高职高专"十二五"规划教材
旅游管理系列

现代饭店管理

第二版

张素娟　宋雪莉　主　编
马　磊　王　晶　武瑞营　副主编

化学工业出版社
·北京·

全书共分为十一章，包括饭店概述，饭店管理概述，饭店人力资源管理，饭店公共关系与企业形象，饭店营销管理，饭店的前厅和客房管理，饭店餐饮管理，饭店康乐服务与管理，饭店工程设备管理，饭店装饰材料及物品的维护与保养，饭店安全、卫生管理与有关法规，基本涵盖了饭店管理的各个方面，尤其是饭店公共关系与企业形象、饭店工程设备管理、饭店装饰材料及物品的维修与保养弥补了目前许多饭店管理教材的空白。

本书完全按照新的标准和要求编写，既可作为高等职业院校的教学用书，也可作为本科教育的教材，还可为在职人员培训提供参考读本，也可为自学考试人员提供辅导资料。

图书在版编目（CIP）数据

现代饭店管理/张素娟，宋雪莉主编. —2 版. —北京：
化学工业出版社，2011.8
高职高专"十二五"规划教材
（旅游管理系列）
ISBN 978-7-122-11874-5

Ⅰ．现…　Ⅱ．①张…②宋…　Ⅲ．饭店-商业管理-
高等职业教育-教材　Ⅳ．F719.2

中国版本图书馆 CIP 数据核字（2011）第 142708 号

责任编辑：于　卉　　　　　　　　　　文字编辑：赵爱萍
责任校对：战河红　　　　　　　　　　装帧设计：王晓宇

出版发行：化学工业出版社（北京市东城区青年湖南街 13 号　邮政编码 100011）
印　　刷：北京云浩印刷有限责任公司
装　　订：三河市宇新装订厂
710mm×1000mm　1/16　印张 17½　字数 388 千字　2011 年 8 月北京第 2 版第 1 次印刷

购书咨询：010-64518888（传真：010-64519686）　　售后服务：010-64518899
网　　址：http://www.cip.com.cn
凡购买本书，如有缺损质量问题，本社销售中心负责调换。

定　　价：29.80 元

前　言

本书根据教育部对高职高专教育的要求，遵循高等职业技术院校学生"理论知识必需、够用；操作性又很强"的原则，注重吸收中外饭店管理的最新研究成果，注意贴近饭店经营管理的实际，力求体现系统性、创新性和实用性三大特色，系统地阐述了现代饭店管理的基本理论、基本方法和基本内容。突出案例教学法，每一章都配备了大量案例或图片，具体形象、生动直观，便于理解和接受。

改革开放三十年以来，星级饭店评定标准在推动中国饭店产业发展的过程中扮演着重要的角色。为与时俱进，饭店主管部门根据饭店发展中面临的问题和未来发展趋势，及时推出了《旅游饭店星级的划分与评定》（2010 年版），于 2011 年 1 月 1 日起正式实施。重新的修编令评定标准焕发出新的生命力，以便更好地规范和引导行业的发展。

本书第一版出版后，在使用过程中受到广大师生的好评，因星级饭店评定标准的变化，故对教材进行修订。新的教材将更加适合教学的需要。

本书由河北省星级饭店检查员、长期从事饭店管理教学和实践的张素娟老师及河北省星级饭店检查员、长期在饭店管理一线工作的宋雪莉处长担任主编。具体写作分工为：武瑞营、贾艳琼编写第一、二章，马磊、盖艳秋、刘巍编写第三章，宋雪莉、张素娟编写第四、九、十章，马磊、魏群编写第五章，王晶编写第六、七章，张素娟编写第八、十一章和附录部分，全书最后由张素娟老师和宋雪莉处长共同统稿和定稿。

本书完全按照新的标准和要求编写，既可作为高等职业院校的教学用书，也可作为本科教育的教材，还可为在职人员培训提供参考读本，也可为自学考试人员提供辅导资料。

欢迎广大读者在使用过程中对本书提出宝贵意见。

编者
2011 年 6 月

第一版前言

20 世纪 70 年代末以来，中国旅游业快速发展，在 20 多年的时间里，我国已实现了从旅游资源大国向世界旅游大国和亚洲旅游强国的历史性跨越，现在正向世界旅游强国的目标迈进。近几年，中国旅游业发展的内部、外部条件发生了根本性的变化，作为旅游业三大支柱之一的饭店业发展迅速。2001 年我国加入世界贸易组织，为了进一步与国际接轨，规范旅游饭店管理制定了《中国旅游饭店行业规范》，修订了《旅游饭店星级的划分与评定》。

在旅游业快速发展的同时，我国旅游教育和旅游科研也蓬勃开展。各种形式和各种层次（研究生、本科、大专、中专等）的旅游教育方兴未艾，为旅游业输送着大批专门人才。尤其是高等职业技术学院，目前它的招生数量可观。

本书在编写体例和编排形式的设计上，从有利于素质教育和能力培养的角度出发，做了一些尝试。例如，在各章标题之下，列出本章导读和本章学习要点，便于学员掌握学习的主动权；每章、每节内容都列举了大量相关案例或图片，这些资料来自中外饭店经营管理实例，便于组织学员进行讨论与分析，加深学员对本书内容的理解。章后附思考与练习题，目的是启发学员复习、思考、理解和运用本章所要求掌握的基本内容。

本书由张素娟、宋雪莉担任主编；武瑞营、王晶、马磊担任副主编。具体写作分工为：宋雪莉、武瑞营编写第一、二章，马磊、盖艳秋、刘巍编写第三章，宋雪莉编写第四、九、十章，马磊、魏群编写第五章，王晶编写第六、七章，张素娟、王菇编写第八、十一章和附录部分，彭中枢、卢爽、常向鹏、王建菇也参与了本书的编写工作，全书最后由张素娟和宋雪莉共同统稿和定稿。

本书在编写过程中参考了国内外的一些相关文献和资料，在此，谨向这些文献的作者表示诚挚的谢意。由于作者能力所限，本书中的疏漏在所难免，欢迎各位读者批评和指正。

2007 年 2 月

非常重要的。对于其他生产性企业销售产品的方式是把生产的产品运往世界各地来完成销售。由于饭店建筑是不可移动的，所以这就决定了饭店产品只能把消费者请进饭店就地消费，这就要求饭店在选址的时候，应考虑是否有更多的消费者会来此地旅行，或通过创新营销手段吸引消费者到此购买饭店产品。

3. 生产与消费的同步性

饭店产品的生产（提供服务）是根据消费者的即时需要而定时、定量提供的。饭店的各种服务是与客人的消费同步进行，通常是边服务边消费，待服务结束时消费亦同时结束。这种生产和消费的同时性就决定了饭店产品要使饭店的每个时段中的每个空间都能产生最高的效益，提高效益的关键就是加强饭店管理。

4. 不可贮藏性

饭店的设施、空间、环境不能贮存、不能搬运，在某一时间内不能销售出去的客房、菜肴等，在这一时间段内的价值便随时光而消失。如客房空置，它在当晚的价值就不存在了，无法通过以后的消费来弥补今天没有销售出去而造成的损失。

5. 质量的可变性

饭店产品质量受人为因素影响较大，难以恒定地维持一致。一方面由于服务的对象是人，他们有着不同的兴趣、爱好、风俗、习惯，又有着不同的动机和需要；另一方面提供服务的也是人，其提供服务时受知识、性格、情绪等影响。这些影响对产品质量有着很大的可变性。

6. 季节性

饭店产品的销售受季节的影响较大，一个地区的旅游有淡旺季之分，呈周期性变化。季节的变化直接影响着人们的旅游活动，也影响着饭店产品的销售。

第二节 饭店业的发展历史及趋势

没有人能确切说出世界上的第一家旅馆建在何时、何地、由何人经营，然而可以肯定的是当旅行活动和货币交换被人们广泛使用时，商业性的住宿设施也就应运而生。所以，可以说旅馆业的历史和人类文明一样久远。早在公元前3000年时，腓尼基人就驾着商船航行在地中海与爱琴海上；在公元前十一世纪至公元前八世纪的西周时代，中国人就已建成3000多公里长的驿道；古罗马帝国更是拥有了四通八达的公路网，可以通往欧洲各地，沿大道出现了许多早期食宿设施，称"传舍"、"驿站"，后慢慢演变成为客栈。

一、世界饭店业的发展历史

15～18世纪是客栈盛行时期，客栈时期历经的时间很长，英国客栈是当时的典型代表。伴随着世界产业大革命，火车、轮船等交通工具得到普及，外出旅行的人和商务、公务活动的增加，为饭店提供了大发展的机遇。1807年美国人富尔顿发明了第一艘载客轮船，1814年英国人史蒂芬森发明了蒸汽机车，1825年英国建成第一条铁路，港口、车站成了游人集聚地，使一批设施、装备现代化的旅馆拔地而起，1829 年在美国波士顿落成的特里蒙特饭店成为新兴饭店的标准。这座饭店除了设施豪华外，在旅馆设计、管理上还有许多创新，极大地影响了欧美旅馆业的发展。如特里蒙特饭店第一次把客房分为单人间和双人间，第一个设前厅并把钥匙交给客人（为提醒客人离店时把钥匙交给前台服务员，每把钥匙上拴有一小块铁片）；第一次在客房内设计了盥洗室，并免费提供肥皂；第一次设立门厅服务员；第一次使用菜单；第一次开展对员工的培训。这些设计和管理方法在现今的饭店建设和饭店管理中仍能看到。

在西方资本主义经济迅速发展，商务活动开始在世界范围内频繁起来后，普通人外出经商和不同目的的出行活动大大增加，价格昂贵的饭店对于大多数客人来说望尘莫及，不方便、欠清洁的小饭店人们又不愿住，人们非常希望能有价格比较经济实惠、方便、舒适、卫生的旅店供他们住宿。20 世纪初，经济实惠的商业饭店在美国应运而生。1907 年，被称为"商业饭店之父"的美国饭店大王埃尔斯沃思·密尔顿·斯塔特勒自己设计建造的布法罗斯塔特勒饭店于 1908 年在美国布法罗城开业。这是一座规模不大共有 300 间客房的饭店，但有大多数客人能承受的价格，提供清洁舒适的环境、优质的服务。该饭店的新颖之处和做法赢得了客人们的广泛好评：每个客间内都配有浴室，并装有浴巾挂钩；每两间客房的浴室背靠背相连，各层浴室均位于同一位置，水、暖、电管线均集中在两间浴室间，从底楼一直通到顶楼的竖井中；每间客房安放一部电话、一台收音机、一个落地梳妆镜；客房内有循环冰水；免费洗熨客人衣物；每天提供一份免费报纸，并在客房内为客人提供免费文具和盥洗梳妆用品；房门锁装在门把手上，钥匙孔在把手中间方便客人顺利开门；电灯开关安在门边；设置连通各楼层的邮件通道和防火安全门；房价公开、明码标价。布法罗斯塔特勒饭店开业一周年就赚取 3 万多美金。斯塔特勒还提出："饭店经营成功的根本要素是地点、地点、还是地点"、"饭店从根本上说，只销售一样东西，就是服务"，"斯塔特勒式"的经营服务方式成为所有饭店经营者效仿的榜样。

这个时期饭店业日渐引起社会的重视，欧美各国相继成立了饭店协会，制定行业规范，出现了专门培养饭店管理人才的院校或专业，其中著名的有：康奈尔酒店管理学院、柏林酒店管理学院、洛桑酒店管理学院。

第二次世界大战结束后的 1945 年，饭店业开始重新繁荣，美国许多饭店的客房出租率高达 90％。新型饭店大批涌现，饭店资本迅速积累起来，出现了许多国际饭店集团，又称国际旅馆联号。国际饭店集团以签订管理合同、让渡（出售）特许经营权、租赁等形式进行连锁经营，使世界饭店业发生了巨大变化。

二、中国饭店业的发展历史

早在夏商周时期古代君王就为了出游和传递信息创立了驿站。唐、宋、明、清则被认为是住宿设施的较大发展时期。分驿站和迎宾馆两类，均为官办，主要接待官吏、外国使者、民族代表、商客及信使等，对中国古代的政治、经济、文化交流起到不可忽视的作用。

我国早在周朝就出现了民间旅店，它的产生与发展与商贸活动的兴衰及交通运输条件密切相关。秦汉两代商业较为发达，民间旅店大量出现。明清时代商业进入都市，民间旅店更加兴旺。

19世纪初，西式饭店随外国列强进入中国，由外国资本建设和经营。经营管理人员来自英、法、德等国，接待来华外国人。由于这些经营人员中不少都受过专业的教育和训练，他们把西方饭店的先进设施设备、管理经验和服务方式带到中国，对中国近代饭店业的发展起到了一定促进作用。同时期，中国民族资本家开始向饭店业投资，到20世纪30年代达到鼎盛时期。

1978年，在中共中央十一届三中全会后，我国实行对外开放政策，旅游业在社会经济形势的推动下有了快速发展，饭店业作为最早与国际接轨的行业，国务院授权国家旅游局要将原来多头建设、多头管理的招待所、疗养院、旅馆、宾馆等逐步实行规范化管理。

目前，我国饭店业无论在行业规模、设施设备、服务质量、经营观念、管理水平等方面均有很大进步，具体表现为：①行业管理逐步规范；②投资形式及经营机制多样化；③实行多种形式的联合；④经营管理日益科学化。

三、现代饭店业的主要特点

1. 注重规模效益，连锁经营

饭店集团是在一定的历史背景和市场环境中形成和发展的。饭店集团化经营可使饭店在激烈的市场竞争中，扩大自身优势、实现规模经济、提高竞争能力。目前，美国有80%的饭店加入各饭店集团，如美国马里奥特公司1986年在世界排名第9位，拥有165家饭店、7.5万间客房。1995年已拥有900家饭店、18万间客房，又把拥有31家饭店、1万间客房的丽兹-卡尔顿饭店集团买下。在2000年饭店集团共有2099家饭店，390469间客房。欧洲约有30%的饭店走向联合集团化。

近年来，我国饭店集团化进程不断加速，在全球饭店集团300强中，凯莱、锦江、首旅等国产饭店集团开始榜上有名，但中国饭店业集团化状态和国际饭店集团相比，饭店集团的经营与扩张仍处于初级阶段，还存在很大的差距和不足。2002年，名列中国第1位、全球第47位的上海锦江饭店集团仅拥有饭店77家，客房18278间。

2. 注重新产品开发，综合经营

饭店在提供食、宿、娱乐、健身、购物、商务多种服务的基础上，又开设女宾客房、无烟楼层、智能楼层、行政商务楼或楼层等设置，以吸引客人。

3. 经营管理日益科学化、现代化

饭店引入适合客人需求的饭店服务及办公、管理的高科技产品，如信息处理、安全管理、电脑网络、可视电话、会议设备及办公自动化设备等。

四、饭店业的发展趋势

进入21世纪，世界进入了知识经济、经济全球化、信息化的崭新时代。饭店是时代变化的"形象窗口"，以下八个方面将成为未来饭店的发展趋势。

1. 营销网络化

饭店业对于网络技术的运用经历了中央预订系统（CRS）和全球分销系统（GDS）两个发展阶段。CRS是饭店业的第一代网上销售系统，是饭店集团为控制客源使用的本集团内部的电脑预订系统，客人可在集团所属饭店内随时预订在世界任何地方的该集团饭店的客房。GDS是一种共享信息网络系统，自20世纪90年代以来，成为国际饭店业争相采用的新技术，它使中小型独立饭店有可能在网络上扩大自己的市场范围，极大地提高了饭店的销售效率，并已成为各国饭店网上订房的主要工具。到2000年，北美网上订房数占该地区订房总数的10%，欧洲也达到5%。进入21世纪，随着因特网技术的日益发展，网上商店、网络广告、网络预订等商业活动将空前活跃，饭店业的营销方式在网络技术的影响下将发生巨大的变革。

2. 饭店科技智能化

当今的饭店，电脑的运用不仅局限登记入住、结账、存储信息等方面，很多饭店客房内的电视机有多媒体显示，消费者在房内可以了解天气预报、股市行情等信息，可以随时查阅自己在饭店的消费情况，还可以在客房内订餐，在房内用信用卡结账而不必再去总台费时等候。

指纹锁的出现，消费者只需将手指对准锁孔，门即可打开。而声响锁是根据住店客人说话声波设计预制的，既方便又安全可靠。

此外，还有红外线感应开关、数码控制电灯、房间智能管理系统等。

3. 功能结构布局实用化

饭店功能结构布局的设计和设施设备的选择越来越追求实用性。如采用多功能设计。大堂的功能日益增多，大堂酒吧向开放式发展，并成为大堂的主要收入来源。大堂还普遍附设小型餐厅。宴会厅多采用高档的装修和陈设，向多功能厅方向发展。

（1）缩小餐厅规模

在努力推出风味独特的美味佳肴的同时，由于来自竞争力很强的社会餐馆的压力，饭店餐厅规模在能满足住店客人的需求时正在不断缩小。

（2）完善商务设施

新建饭店重视商务设施建设，商务中心设备不断完善，并能提供不少于12小时的服务。

（3）提供特色服务

由于压缩餐饮规模，使饭店有潜力增加更多独具特色的服务设施和项目，如为会议客人的配偶和子女提供内容丰富的活动等。

（4）更新卫生间设备

现代饭店的卫生间的面积要在8平方米以上，有大浴盆、多种洁具，干湿区分开、单设化妆间等，卫生间光线要充足，光色要柔和，设施要方便老年客人或残疾客人使用。

（5）建造别墅式饭店

为高消费客源群提供更多的属于他们的空间和安静、舒适的环境。追求简洁的外观，简洁的外观成为饭店建筑物的设计趋势。

（6）减少后勤占地

设备自动化、智能化减少了饭店的后勤占地，例如许多饭店使用了统一的中央厨房。

（7）满足特殊需要

饭店设计者力图扩大饭店的服务面，满足特殊市场的特殊需要，如设计了无烟室、老年人客房和残疾人客房等。

4. 饭店环境绿色化

绿色饭店的兴起实际上是饭店行业在可持续发展理念的指导下响应环境保护倡议的一种自觉行为，值得大力宣传推广。绿色饭店推出绿色产品、提供绿色服务、提倡绿色消费，对于饭店自身而言，积极意义是多方面的。首先，绿色饭店讲究生态化设计，其环境保护的社会形象很容易深入人心，受到消费者的青睐；另一方面，绿色饭店引入了循环经济的概念，可以在很大程度上降低饭店的运营成本。在我国，浙江省在绿色饭店的创建方面起步最早，成效也最为显著。据统计，该省凡是参加创建绿色饭店的成本平均下降了15％，这个数字是非常可观的。

5. 战略品牌化

品牌意味着广泛的知名度和良好的美誉度，其强大市场激发能力是毋庸置疑的。由于饭店业的竞争日渐白热化，塑造品牌已经成为饭店生存与发展的必由之路。国内外的饭店都非常注重品牌的培育，例如法国雅高集团推行品牌丛战略，在饭店的各个层次都不遗余力地打造出享誉世界的著名品牌，在高端市场有索菲特（Sofitel），在中端市场有诺富特（Novotel）、美居（Mercure），在经济型层次则有宜必思（Ibis）、伊塔普（Etap）、佛缪勒第1（Formule 1）、6号汽车旅馆（Motel 6）等。实践证明，消费者在为选择饭店而作决策时，确实存在着品牌偏好，这也是很多品牌饭店都拥有大量回头客的重要原因之一。国际饭店管理公司实施多品牌经营战略，这种战略顺应了饭店业市场细分的潮流。

6. 人力资源国际化

饭店集团化管理为人力资源国际化提供了广阔的平台，国际饭店集团在人力资源方面的优势首先表现在员工的教育培训上。许多饭店集团都在自己的总部或地区中心建立了培训基地和培训系统，如假日饭店集团开办了假日大学，希尔顿在美国休斯敦大学设立了饭店管理学院，用于轮训各成员饭店的管理人员和培训新生力量。

另外，饭店管理公司在向兼并、收购、输出、联号等饭店输出管理的时候，人力资源实行统一管理和安排，利用其庞大的人力资源内部市场网络，将不同国籍的饭店职业经理人派遣到某个国家的同一个饭店实施管理，并由饭店集团统一领导的人力资源部门负责在全世界范围内招聘、考评各级员工。同时，国际饭店集团也注意更多地使用本地化员工和管理人员，使他们既具有国际管理的意识和标准，又理解当地文化和相关人群（客人和员工）的特殊性，从而能充分利用本地的人力资源开展管理和营销活动。

7. 资本经营多元化

饭店集团的成立，也改变了传统饭店的资本经营运作方式。当某一个独立的饭店看到好项目需要投资时很难在短时间筹措到资金，若你是饭店集团中的成员饭店，就可以利用饭店集团本身雄厚的资本和良好的声誉在较短的时间内筹集到资金，投入到市场前景看好的项目上去。如假日饭店集团就曾创下 1 天在全球开业 5 家饭店的世界纪录。投资方式的多元化也使得投资风险分散，从而提高了饭店的抗风险能力。

8. 饭店业市场进一步细分，经济型饭店成为新的增长点

由于饭店市场的需求格局发生了很大变化，细分趋势要求饭店的所有者和经营者必须根据市场要求来确定自己饭店的档次、类别以及经营特色。在消费者需求日益多元化的今天，主题饭店、经济型饭店可以被看作是市场高度细分的结果，它们能够极大地满足对应市场群体的特定需求，因而在全球范围内迅速普及开来。与传统的综合性饭店相比，主题饭店从某一主题入手，把服务项目与主题相结合，以个性化服务代替刻板的服务模式，体现出饭店对消费者的尊重和信任。主题饭店不再单纯是住宿、餐饮消费的场所，更是以历史、文化、城市、自然等吸引消费者体验生活的舞台。普通的国内外消费者需要有适合他们的饭店，住房安全、卫生、方便、舒适而不豪华，服务热情而迅捷，他们不需要浮华、繁重，他们只要求方便和放松。在专业化管理下的低投入、低成本的经济型饭店满足了他们的要求。如"天天"、"如家"、"速八"等就是著名的品牌经济型饭店。

第三节　饭店的分类与评级

一、饭店的分类

饭店分类的两大目的：一是利于饭店进行市场定位，确定经营方向和经营目标，有效地制订和推行营销计划；二是便于饭店对投资和建设做出决策。

国际上流行的分类方法：一般根据饭店的位置、等级、体制、客源市场、管理方式、规模等因素而定，目前主要有以下几种。

（一）根据饭店所接待的客人特点划分

1. 商务型饭店

此类饭店（图 1-20）多位于城市的中心位置，靠近商业中心。以接待商务型客人和公务客人为主。商务型客人消费水平较高，文化修养较好，重视服务质量，对价格的关注度不高。商务型饭店要求有更健全的服务项目，以满足商务需求。因此它必须具有较大的空间可以摆放舒适的办公桌椅、有科学的照明设施、有易于连接的电脑宽带接口和电源插座等，有方便商务型客人在房间内办公的、带浴室的单人房、双人房或套房、有直通国内一些主要城市、世界上一些主要国家和地区的主要都市的直通电话及总机服务、有专为接待商务型客人的专用服务台、设施完备的商务中心和环境高雅的正餐厅能提供 24 小时送餐服务、24 小时洗衣服务等。特色主要表现在四个方面：客房设施行政楼层，商务设施，餐饮娱乐设施。

2. 度假型饭店

顾名思义，它是为旅游度假者而建的。它必须建在交通方便的风景名胜地区，如海滨、著名山区、温泉附近。它一般拥有良好的沙滩和游泳场；或者有良好的滑雪、溜冰

图 1-20　商务型饭店

场；或者有高尔夫球场和运动场等。人们可在这里游泳、晒太阳、滑雪、溜冰、骑马、打球、划划艇、玩风帆，尽情享受度假之乐。

度假型饭店（图 1-21）受季节影响较大，因而近年来已出现了度假型与商务型结合的饭店。也就是在度假型饭店里增设商务会议设施，即所谓改良的度假型饭店。度假型饭店以康乐设施为主要设施，如室内保龄球馆、游泳池、网球馆、壁球馆、棋牌室、舞厅、夜总会、音乐酒吧，室外如高尔夫球场、滑雪场、骑马场、垂钓区、潜水区等。还需营造休闲、温馨的气氛，为家庭提供不同规格的客房，如联通房、双卧套间、加床三人间，高档客房还需增加厨房设备，设置供几套房合用的活动室。而且改良的度假型饭店被认为是当代饭店设施发展的方向。

图 1-21　度假型饭店

3. 会议型饭店

会议型饭店通常建在大都市、政治经济文化中心或交通便利的旅游胜地。主要接待的对象是会议团体。会议型饭店除应具备相应的住宿和餐饮设施外，还必须配备会议室、会议设备，如投影仪、多媒体、录放像设备、先进的通讯视听设备，接待国际会议还要求有同声传译装置。一些高档的会议型饭店有专门的会议大楼，里面有不种类型的会议室以供消费者需求。并需要配备专门的会议销售部、接待人员。

4. 旅游型饭店

以接待旅游观光客人为主。其特色是从旅游团队停留时间短、统一行动、时间紧凑等特点着想，在接待入住、行李服务、叫醒、就餐等方面，积极配合旅行社开展工作。另外，旅游型饭店（图 1-22）要在建筑装潢、服务风格、菜点设计等方面突出民族和地方特色，以满足观光旅游消费者的猎奇心理。

图 1-22　旅游型饭店

5. 长住型饭店

长住型饭店也称为公寓饭店。此类饭店一般采用公寓式建筑的造型，适合住宿期较长、在当地短期工作或休假的消费者或家庭居住。此种饭店除拥有商业型饭店的一般设备外，在房间里还必须有厨房和办公设备，及供小孩游戏的设施，使消费者能充分享受家庭之乐。

6. 汽车饭店

汽车饭店停车车位较多，以供驾车消费者使用。汽车饭店早期设施简单、规模较小，常见于公路两旁。现在，有的汽车饭店不仅设施方面大有改善，且趋向豪华，多数可提供现代化的综合服务。美国的假日酒店集团、华美达环球酒店集团均拥有大量的汽车饭店。

7. 机场饭店

机场饭店主要为乘飞机客人暂时停留提供食宿需要，饭店多建立在机场附近，现在也在大城市建立饭店系统，将交通和食宿结合在一起。

（二）根据饭店的计价方式分类

① 欧式计价饭店：收费系以房间租费为准，不包括餐饮费用。

② 欧陆式计价饭店：计房租时包括欧陆式早餐。

③ 美式计价饭店：计房租时包括早、午、晚三餐餐费在内。

④ 修正美式计价饭店：计房租时包括早、午或晚两餐餐费在内。

⑤ 百慕大计价饭店：计房租时包括美式早餐。

（三）根据饭店的所有权及管理方式分类

① 独立经营饭店：这是个人独资或政府投资委任经理独立经营的饭店。

② 合作经营的饭店：这是由两个以上投资者合作兴建并联合经营的饭店，利润除还本付息外，按双方或几方投资额，或协议进行分配。

③ 连锁经营的饭店：这是一个饭店集团以同一个商标在不同的国家和地区拓展其相同的风格或水准来进行经营管理的饭店。

（四）根据饭店房间的数量分类

① 大型饭店：有 600 间客房以上的饭店。

② 中型饭店：有 300～600 间客房的饭店。

③ 小型饭店：客房数在 300 间以下的饭店。

以上是以饭店各种特点为依据对饭店所作的基本划分，一家饭店往往拥有多种特点，要确定一家饭店的类型，应根据其主要特点划分。

二、饭店的评级

（一）饭店评级的目的

饭店评级，不同的国家和地区采用不同的评级标准，但其评级的根本目的是一致的。即保护消费者的利益，有利于饭店的发展，便于进行行业管理和监督。

（二）世界上常用的等级表示方法

1. 星级制

把饭店依据一定的标准分成等级，分别用星号"★"表示出来，加以区别其等级的制度。比较流行的是五颗星，星级越高，表示饭店的设施和服务越好。

2. 字母表示法

许多国家将饭店的等级用英文字母表示，即 A、B、C、D、E 五级，A 为最高级，E 的级别最低。

（三）饭店评级的机构

各国做法不同，大致可分为三类，一是官方确定统一定级标准，如中国、法国、西班牙、意大利、泰国；二是由非官方组织核定饭店等级，如英国由英国饭店协会、英国旅游局、英国汽车协会和皇家汽车俱乐部联合对全国饭店实施分等定级工作；三是国家对饭店没制定统一的定级标准，而是由饭店协会制定评定标准，如美国、德国。

（四）我国饭店的星级评定

1978 年在中共中央十一届三中全会以后，我国实行对外开放政策，饭店业作为最早与国际接轨的行业，国务院授权国家旅游局要逐步对饭店实行规范化管理。鉴于我国当时的具体情况，国家旅游局对有条件接待旅游者的社会饭店给予分类评级，开始了行业指导。

1988年9月1日开始正式执行《中华人民共和国评定旅游涉外饭店星级的规定和标准》，在实施几年后，于1992年，结合国际饭店的发展以及我国旅游饭店的发展趋势，开始对该标准进行了修改，1993年版的《旅游饭店星级的划分与评定》（GB/T 14308—1993）作为国家标准进行大力推广，使原来较封闭的招待旅馆向国际饭店业接轨，产生了真正意义上的商业饭店，饭店行业逐步成为了相对于国内其他行业中与国际水平较为接近的行业之一，其主要标志是：行业壁垒消失，职业饭店管理人队伍的出现，行业内一批饭店企业的经营管理达到或接近了国际先进水平。

按照国家标准的有关规定，《旅游饭店星级的划分与评定》每五年修改一次。修改后的2010年版《旅游饭店星级的划分与评定》（GB/T 14308—2010）于2011年1月1日正式实施。2010年版《旅游饭店星级的划分与评定》作为新标准代替2003年版《旅游饭店星级的划分与评定》（GB/T 14308—2003）老标准。本标准所代替标准的历次版本发布情况为：

——GB/T 14308—1993

——GB/T 14308—1997

——GB/T 14308—2003

在2011年1月1日实施的2010版《旅游饭店星级的划分及评定》（以下简称为"本标准"）中，"旅游饭店"的定义修改为："以间（套）夜为时间单位出租客房，以住宿服务为主，并提供商务、会议、休闲、度假等相应服务的住宿设施，按不同习惯可能也被称为宾馆、酒店、旅馆、旅社、宾舍、度假村、俱乐部、大厦、中心等。"其特性包含适度超前性和强文化性。

同时，在本标准的"总则"中对饭店发展方向给出了导向性的阐述，如"有限服务饭店"、"完全服务饭店"、饭店的绿色环保、星级饭店的突发事件应急处置要求等。

1. 目的

既有中国特色又符合国际标准，保护旅游经营者和旅游消费者的利益。

2. 划分依据

以饭店的建筑外观与结构，内外装修装饰，设施、设备及管理，计算机管理系统，饭店节能减排，服务信息及导向系统和服务水平，以及运营质量和管理为依据，具体对饭店必备项目、设施设备和运营质量三大类条件进行评判打分，均达到其申请的星级要求以上，才能获得旅游饭店星级评定委员会的批准。

3. 适用范围

饭店开业一年后可申请评定星级，经相应星级评定机构评定后，星级标志使用有效期为三年。三年期满后应进行重新评定。

4. 评定标准

（1）必备项目（附录A）

必备项目规定了各星级饭店应具备的硬件设施和服务项目。作为饭店进入不同星级的基本准入条件，具有严肃性与不可缺失性，每条必备项目均具有"一条否决"的效力。

（2）设施设备（附录B）

设施设备评定标准，满分为 600 分，一星级、二星级饭店不作要求，三星级、四星级、五星级饭店规定最低得分线：三星级 220 分，四星级 320 分，五星级 420 分。还需对地理位置、环境、建筑结构、功能设施布局，共用系统，前厅，客房，餐厅，安全设施，员工设施，特色类别八个方面进行打分。

（3）饭店运营质量（附录 C）

饭店运营质量的要求总分 600 分。评价内容分为总体要求（10 项 60 分）、前厅（37 项 111 分）、客房（42 项 126 分）、餐饮（39 项 117 分）、其他（28 项 84 分）、公共及后台区域（34 项 102 分）六个大项。一星级、二星级饭店不作要求。三星级、四星级、五星级饭店规定最低得分率：三星级 70％，四星级 80％，五星级 85％。

总之，2010 版《旅游饭店星级的划分及评定》在饭店硬件的功能定位方面：前厅强调实用，客房强调舒适，餐饮强调品质，康体设施可以弱化。主要通过对硬件配备的引导，让经营者更注重饭店的核心产品、特色经营和节能减排，突出在使用时的舒适度和人性化管理。

三、国际、国内著名饭店管理集团

（一）巴斯饭店公司 （Bass Hotels & Resorts）

1990 年英国的巴斯集团购买了假日饭店集团，成为世界最大的饭店集团之一。假日集团的创始人凯蒙斯·威尔逊于 1952 年建立了第一家假日饭店，并在以后的 30 多年时间里，将一个仅拥有几家汽车旅馆的假日公司发展成为世界上最大的饭店集团。其成功主要得益于以下几个方面。

1. 标准化管理

标准化管理是假日饭店集团成功的首要因素。威尔逊先生在最初选择采用特许经营形式扩张其饭店时，主要考虑饭店的位置和业主的资本与信誉，而很少考虑他们个人经营饭店的经验，因此，许多其他行业的人成为假日饭店特许经营权的购买者。为使所属饭店可以达到标准，业主能够经营成功，假日饭店集团专门编写了《假日饭店标准手册》，每家饭店都有一册。标准对所属饭店的建造、室内设备、服务规程都做了详细的规定，任何规定非经总部批准不得更改。为确保所属饭店切实执行标准，并达到集团规定的服务质量要求，假日饭店集团建立了严格的检查和奖惩制度。对于不合格的饭店限期整改，如仍不能达到标准，集团拥有的饭店就解雇经理，特许经营的饭店则由总部解除特许经营合同，从假日饭店系统除名。同时，假日集团每年在世界范围内评出 50 家最佳饭店，再从中评出最佳 10 个饭店，分别授予称号，并颁发特别奖。

2. 出售特许经营权

通过出售特许经营权的方式扩张饭店的规模，降低了饭店集团经营的风险。威尔逊先生所采用的这种形式改变了以前直接经营的扩张形式，开创了饭店集团成长的一个新的时期——特许经营时期。目前，假日集团自己拥有的饭店数目仅占集团饭店总数的 15％，而其余 85％都是特许经营的饭店。获得特许经营权的饭店在向金融机构贷款、寻找客户、广告促销等方面，因为有假日集团作为后盾而具有较大的优势。一般情况下，特许经营权的费用大致占一家饭店收入的 6％。而对假日集团而言，特许经营权收入占集团总收入的很大一部分。

3. 严格控制各类成本

严格控制成本是威尔逊先生的经营哲学，在集团经营中表现在各个方面。首先，假日饭店集团充分利用规模经济的作用，能够筹集巨资在世界范围内进行科学的市场调研，制订完善的促销计划，进行统一促销，并长期保持饭店品牌在公众中的特色形象。通过为所属饭店提供支持性服务，包括人员培训、计算机系统开发、经营咨询以及统一采购等，使成员饭店的服务设施和质量标准保持在较高的水平，同时整个系统的运营成本也保持最低水平。其次，在建设装修过程中，注重采用当地的建筑材料，不求豪华，但求舒适，很少建地下室，水暖设备一般安装在建筑顶部。另外，大力降低采购成本。充分利用集团购买的优势，由假日总部集中采购各种物资设备，而且大量选择和使用节能设备。

4. 注重产品的层次化开发

假日饭店集团十分注重饭店产品的层次化开发。针对客源市场的商务、休闲、旅游度假的不同需求，以及消费水平上的豪华、经济、大众化需求，假日集团开发了针对不同层次顾客的不同的饭店品牌，使饭店品牌多样化，并成立了针对不同客源市场的子集团。目前，假日集团拥有假日饭店（Holiday Inn）、假日快运饭店（Holiday Inn Express）、假日皇冠广场（Holiday Inn Crown Plaza）、假日花园庭院（Holiday Inn Garden Court）、假日精选饭店（Holiday Inn Select）、假日阳光度假村（Holiday Inn Sunspree Resort）、假日套房饭店（Staybridge Suites by Holiday Inn）七种品牌，为各个细分市场提供了适合的产品。

5. 培养假日集团精神

威尔逊认为，员工素质是饭店效率的根本保证。假日集团特别注重员工、特别是管理人员的培养和教育。在1968年，假日集团在总部所在地孟菲斯建立了"假日旅馆大学"，为特许经营权的购买者、集团内的饭店经理、部门经理以及有发展前途的员工提供短期进修、学习的机会。这个培训中心除开设饭店管理等相关课程以外，重点在于宣传假日的企业文化，培训学员的"假日集团精神"。这种文化和精神包括朴实无华、诚实可靠、坚持不懈、乐观大度、热情洋溢等，是假日饭店集团长期竞争优势的保证。

（二）**精品国际饭店公司**（Choice Hotels International）

精品国际饭店公司是世界排名第二的饭店特许经营公司，最早起源于信誉良好的品质客栈（Quality Inn）连锁集团。1981年后开始快速发展，并逐渐拥有了七个知名品牌：Comfort，Quality，Clarion，Sleep Inn，Rodeway Inn，Econo Lodge 和 MainStay Suites。各品牌具有特定的市场定位，以求全面满足顾客的需求。精品作为一家世界级的饭店特许经营公司，能够在激烈的国际饭店竞争中脱颖而出，原因在于它拥有自己的经营特色，主要包括以下几个方面。

1. 建立合理的经营模式

特许经营有两种基本形式，一是品牌或名称的特许经营，二是经营模式的特许经营。精品的经营模式属于第二类——经营模式的特许经营。精品向受让者提供全方位的服务，包括选址、培训、提供产品、营销策划和帮助融资，其中最关键的要素是营销策略和计划、操作指南以及统一的经营理念。采用这种形式，受让者需要先交纳一定的加盟费，以后还要不断交纳权利金，特许者则利用这些经费为受让者提供相应的服务和不断的支持。精品利用这种模式不断地使饭店集团得以发展壮大。进而，精品在其主要特许经营模式以外又引入了全新的战略联盟模式。1998 年精品与欧洲的友好组织合作，在英国和欧洲购买了 250 家饭店；1999 年，精品与澳大利亚的旗帜国际有限公司结成战略联盟关系，开设了旗帜精品饭店。战略联盟使得饭店集团得以双赢，达到利益共享、保持集团独立和强劲的竞争力的目的。

2. 网络的充分利用

精品对于网络在现代饭店运营中的作用给予了充分的重视，不仅在其主页上向用户提供了直接订房功能，同时还向网络用户提供 10％的折扣优惠。为便于投资者决策，精品还在其主页上提供了股票信息，顾客打开主页，即可以看到所显示的数据。精品最有特色的是其电话预订系统——精品 2001 预订系统，完全体现了精品关于竞争核心内容的观念：永远站在高科技的前沿。它能够根据顾客所在地与各饭店的地理位置，从超过 16000 个预先设定的相关地点中定位到一个有适当房间的饭店。

3. 明确的市场定位

精品的七个品牌各有自己的市场定位，并具有鲜明的特色。Clarion 是一个一流的提供全面服务的饭店品牌，包括各种各样类型的饭店，地理位置也是从市中心到度假胜地无所不包；Econo Lodge 则以大众可以接受的中等价格提供整洁、经济的服务，带给顾客超值享受；Comfort 是精品七个品牌中规模最大、投资回报率最高的品牌，定位于大众市场；Sleep Inn 以适中的服务、中等的价位和创新的设计使饭店简洁而具有浓厚的艺术氛围；Rodeway Inn 则主要面向城市或大小城镇的高级旅游市场，提供中等价格的房间；MainStay Suites 则提供了适合顾客长期居住的设施、家具和必需品，适合长期逗留在异地的客人。精品面向不同的顾客群的特征提供不同品牌的设施和服务，就是其明确的市场定位的结果。这使得精品的饭店产品更加能够满足顾客的需求。

4. 众多的特殊服务项目

除了传统的周到的服务和良好的住宿环境以外，精品还经常推出一些特殊优惠的服务项目，培养忠诚客人，使客人能够享受到物有所值的服务。如为经常旅行客人设计的"特别顾客权"，使客人可以通过住店换取积分，达到一定数额之后可以免费住店或消费；给予旅游代理商折扣优惠的"旅游代理商服务项目"；给予团队旅游折扣、礼品等优惠的"团体旅游服务项目"。

一个饭店集团的成功，并不仅仅靠其短期的成功管理，关键在于能够保持长期的高水平服务质量和为客人提供物超所值的饭店产品。精品的经营核心就是为顾客、受许人、合伙人、零售商、股东等创造最大的价值。所以精品已经成为许许多多饭店加盟的选择。

（三）希尔顿饭店公司与希尔顿国际饭店公司（Hilton Hotels Corp. Hilton International）

希尔顿饭店王国的建立开始于 1919 年，康拉德·希尔顿先生投资 5000 美元买下的一幢红色砖结构的小旅馆。经过 90 余年的经营与发展，希尔顿饭店集团以全面而优质的服务，严格而高效的管理和超群的经济效益在同行中享有盛名。希尔顿国际饭店公司成立于 1948 年，当时是希尔顿饭店公司的一个独立的子公司，1964 年，从希尔顿饭店公司中独立出来。目前，希尔顿饭店公司和希尔顿国际饭店公司已经是两家独立的饭店联号，但它们共同享有希尔顿这一世界驰名的商标和希尔顿预订系统。另外，目前饭店集团经营的一个主要形式——管理合同的雏形来自于希尔顿集团同波多黎各合作经营时使用的利润共享租赁。后来，希尔顿集团把这种租赁转变为现代的管理合同形式。希尔顿饭店集团的成功得益于其不断创新的管理模式，主要体现在以下几个方面。

1. 细分目标市场，提供多样化的产品

在对顾客做细致分类的基础上，希尔顿采用品牌延伸的方式把联号集团的饭店分成不同质量和档次的饭店，以满足不同顾客的需求。目前，希尔顿集团的饭店主要有七类，即机场饭店、商务饭店、会议饭店、全套间饭店、度假区饭店以及希尔顿假日俱乐部和希尔顿花园饭店。其中希尔顿花园饭店因为价位适中、环境优美，深得全家旅游和长住商务客人的喜欢。除此以外，希尔顿还在产品的开发上越来越多地采取亲近客人的策略，并推出各种特色服务项目，包括为情侣庆祝周年或新婚等提供的"浪漫一夜"，为周末度假客人提供的价格优惠的"轻松周末"项目等。

2. 实行质量监控，提供高标准的服务

为适应饭店客人的活动规律，希尔顿先生强调饭店的高效率，要求所提供的一切服务都要快捷准确。为此，他制定了三项基本措施来控制服务质量。其一是规定服务时间和服务方式，所有服务都必须严格按照规定的服务程序进行，不可随意更换服务方式，同时每项服务的完成都有严格的时间限制。其二是进行明确的工作分析，清晰规定每一岗位的工作职责和服务规程。其三是制定具体的工作标准，包括数量标准和质量标准。另外，希尔顿饭店公司有一套严格的连锁经营评审计划，通过不断淘汰不符合希尔顿标准的饭店，从而保证希尔顿品牌始终保持在较高的水平之上。

3. 采取有效措施，严格控制成本费用

严格控制成本费用是希尔顿先生经营管理饭店的一大特点。他强调在饭店的每一寸土地都要挖金，即希尔顿饭店的每一寸空间都要产生最大效益。为严格控制费用支出，希尔顿饭店的经理都必须准确了解每天各个工种的员工需要量，同时饭店的一切物资采购要根据预测和需要，要适量，每天的用电用水量要进入电脑，进入成本核算系统。希尔顿先生强调，成本费用、财会审批手续要绝对集中，权限不能下放，一切费用大的项目都要经过总部或地区分部的审批方能采购，他认为控制成本费用本身就是要降低成本消耗，增加利润。

4. 坚持"以人为本"，进行人力资源管理

希尔顿饭店集团所经营的饭店多是坐落在世界名城的高级饭店。因此，他们非常重视人力资源管理，始终贯彻以人为本的员工管理战略。首先，希尔顿集团拥有自己的培训机构，对饭店高级管理人员进行培训；其次，集团拥有庞大的人才库，掌握着分属 60 多个国家的 3000 多关键人物的名单，作为希尔顿最宝贵的财产和发展的基础；另外，希尔顿坚持业务监督，总部和区域管理人员通过不断的巡视检查，了解各饭店高级管理人员的工作水平和能力。

5. 进行市场调研，开展市场营销活动

希尔顿饭店非常重视市场调研和进行各种营销活动。新饭店从建造开始，营销部就会针对饭店的具体情况，制订一个世界性的营销计划，作为开业后销售的原则，当然，这项计划还要根据市场条件的变化每年进行修订和更新。希尔顿在全球范围内的营销活动包括著名的 Hhonors 促销活动、银发旅游促销活动、周末度假促销活动以及家庭度假站促销活动。其中，Hhonors 促销活动是指以客人入住参加活动的饭店的时间长短计算获得的积分，并以此为基础给予客人相应的回报。顾客通过参加这项活动，可以获得许多的优惠。这些有效的促销活动大大提高了饭店集团的经营业绩。

6. 利用新技术，提高饭店的科技含量

希尔顿饭店公司对各种最新技术的发展保持相当的敏感性。当他们认为新的技术有利于给宾客提供更优质的服务或能够提高饭店的工作效率的时候，就会非常积极地把这种技术运用到饭店或集团的日常经营管理之中。如希尔顿集团在 1973 年使用 CRS，1995 年希尔顿因特网网站开通，1999 年使用新的中央预订系统（HILSTAR），将世界上 500 多家希尔顿饭店联成网络等。

希尔顿饭店集团的成功经营有赖于其具有特色的经营哲学和管理理念，正如希尔顿饭店的使命书中所述，希尔顿饭店的使命就是：被确认为世界最好的第一流饭店组织，持续不断地改进工作，并使为宾客、员工、股东利益服务的事业繁荣昌盛。

（四）凯悦饭店集团（Hyatt Hotels）/凯悦国际（Hyatt International）饭店集团

凯悦饭店及度假区饭店集团包括两个独立的集团公司——凯悦饭店集团和凯悦国际饭店集团，都属于芝加哥金融世家普里茨科家族的集团。凯悦饭店通常位于主要的中心城市或旅游度假区，拥有典雅与豪华完美结合的饭店建筑，创造更大、更开放的公共空间。凯悦的品牌和服务是豪华和典雅的象征。凯悦饭店的舒适、方便以及它所提供的会议设施和特殊服务，特别受到商务旅游者的欢迎。如摄政俱乐部楼层，提供最佳的贵宾服务，已经成为"饭店中之饭店"；对顾客提供奖赏和市场形象识别的"金护照方案"；增加会议客人满意度的"主动关怀计划"等。凯悦尽力向所有的客人提供最佳服务，它的口号是"时刻关照您"，以优质的服务创出一个"凯悦风格"。凯悦认为服务标准的连贯一致和尽善尽美同等重要。另外，凯悦一直被认为是产品创新的倡导者，经常致力于开发一些具有变革性的服务和产品，如"会议金钥匙"服务，为会议客人提供会议策划的专家等。

另外，凯悦在社会和环境方面也起着非常重要的作用。凯悦的经营理念是：在任何时候、任何地方，只要公司能够做到，公司就会通过各种方式回报当地居民和环境。如凯悦的"广泛回收计划"致力于保护当地、国家乃至全球的环境。

（五）香格里拉国际饭店管理集团

香格里拉国际饭店管理集团是亚太地区发展迅速的豪华饭店集团，并且被公认为世界著名的饭店集团之一。"香格里拉"一词源于英国作家詹姆斯·希尔顿 1933 年撰写的《消失的地平线》一书。传说它是喜马拉雅山脉中的一个人间天堂。在那块乐土上，到处都充满着和平与欢乐的气氛，人们永葆青春。香格里拉一贯恪守为客人提供优质服务的承诺，并把其经营哲学浓缩为一句话："由体贴入微的员工提供的亚洲式接待。"香格里拉国际饭店管理集团的创始人是郭鹤年。

香格里拉的经营理念是"由体贴入微的员工提供的亚洲式接待"。顾名思义，就是指为客人提供体贴入微的具有浓郁东方文化风格的优质服务。它有五个核心价值：尊重备至，温良谦恭，真诚质朴，乐于助人，彬彬有礼。

（1）建立客人忠实感

在顾客服务上，他们不再局限于传统的客人满意原则，而是将其引申为由客人满意到使客人愉悦，直至建立客人忠实感。在香格里拉，主要是通过认知客人的重要性、预见客人的需求、灵活处理客人要求并积极补救出现的问题四种途径来使客人感到愉悦。

（2）建立员工忠实感

香格里拉相信有了忠实的员工才会有忠实的客人。所以他们注重对员工的培训，提高凝聚力，尊重员工。

（六）半岛酒店集团

拥有并管理着高档饭店、商用和民用住宅的半岛酒店集团，是以创建于 1928 年的香港半岛酒店为核心发展起来的一个饭店集团，而它的上级公司 HSH 则是从 1922 年开始在上海管理第一家饭店的。1972 年成立半岛酒店集团的目的是将管理与营销这两部分运作列开来。

综观半岛酒店集团的成长历程，它的成功源于多方面。其有以下几个经营特点：注重区位战略，保持和加强品牌，纯粹而简单的扩展观，成功的市场细分，别具一格的酒店文化及紧跟世界技术潮流。半岛酒店集团目前遵循自己所特有的经营战略特色，适应当前的世界经济大气候，结合自己的实际情况，推出了一系列的战略新举措。

①"三步走"战略。实现现金流通最大化，要通过重组提高工作效率和员工士气，和潜在的伙伴记忆接触，抓住那些与公司总目标相符合的机遇；实现效率最大化，就必须保证提供高标准的服务。

② 强调核心业务。

③ 增大在合资企业中的份额。

④ 把重点放在关键目的。

⑤ 寻找合适的合作伙伴。

除了上述管理集团以外，世界著名饭店管理集团还有总部设在巴黎的雅高集团（Accor），全球最大的饭店联合体最佳西方国际饭店集团（Best Western International），总部在美国新泽西州的天天饭店集团，以及加拿大的四季饭店集团、英国的福特饭店集团、德国的凯宾斯基集团等。

（七）首旅建国酒店管理公司

首旅建国酒店管理公司是中国最大旅游集团之一——首都旅游集团在整合了旗下的建国国际、凯燕、华龙、欣燕都等酒店品牌之后，成立的专业从事酒店管理的国际化的酒店管理集团。

作为一个相对年轻的企业，自成立以来，首旅建国始终以"走国际化路，创民族品牌"为使命，以创建既有浓郁中国特色，又具有国际竞争能力的酒店品牌为企业愿景，注重东西方文化的融合，经过管理团队的不断努力和社会各界的大力支持，现在已经发展成为最具有影响力的中国本土酒店连锁品牌。

目前，"首旅建国"已拥有"建国商务"、"建国快捷"和"建国度假"三个连锁品牌，并在全国各地接管了 50 余家酒店，分布在北京、上海、重庆、山东、河南、陕西、四川、云南、宁夏、贵州、青海、海南等地，其酒店的客房数已经超过 2 万间。"首旅建国"计划在三年后将成员酒店扩大到 100 家。

"首旅建国"在成立之初就把注重品牌的内涵和管理能力的提升作为己任。公司已经建立起了支撑品牌运作的强有力的管理系统。全球范围的客源预订系统的开通，常旅客计划的即将实施，香港和东京销售办事处的设立，都让"首旅建国"品牌的内涵不断扩充。同时"首旅建国"还十分重视酒店产品的规范和研发，分别制定完成了各品牌的工程技术标准和品牌运行标准，独具特色的"建国"产品将逐步成为其成员酒店的经营亮点；"首旅建国"为提高成员酒店的运行水平而建立的质量控制系统和专业化的培训体系也都发挥出了积极的作用。

"首旅建国"在积极实践"走国际化路"的过程中，还与有国际先进水平的专业机构开展合作，其与浩华管理顾问公司完成了对部分成员酒店的战略分析，与赛诺威公司合作建立了宾客满意度的调查分析，与英国世界大酒店组织和美国 Travel CLICK 公司建立了销售推广系统，在全系统还引入了 Fidelio 管理系统。通过与国际专业机构的持续合作，"首旅建国"自身专业化能力不断提高，也使其与国际接轨的目标迅速实现。

作为一个有社会责任感的企业，"首旅建国"确定了"都市绿洲，自在建国"的经营理念，给客人营造出轻松、愉悦、自在、舒适的酒店环境，将成为"首旅建国"始终追求的目标。2005 年 6 月，第 30 个世界环境日这一天，"首旅建国"的成员酒店共同签署了《绿色行动宣言》，并推出了具有"首旅建国"特点的"绿色行动"，在全国酒店行业引起了强烈反响，北京 140 多家星级饭店也纷纷采取行动加入到建设节能环保型酒店的行列中来。未来"首旅建国"将在酒店运营、客用品的选购、酒店的工程设计和改造等诸多领域里继续全面推进、深化绿色环保措施，环保型酒店和环保的酒店产品是"首旅建国"对宾客、对行业、对社会的庄严承诺。

"首旅建国"得以迅速发展还在于公司聚集了一批高素质的职业经理人，公司总部中高层管理人员基本上都具有在知名的国际酒店集团或其管理的酒店工作的经验，熟悉国际化规则，具备专业化水平。2006 年公司又聘请到了在凯宾斯基担任多年集团高级职务的巴士博先生担任"首旅建国"的首席运营官，一个更加国际化、专业化的团队必将使"首旅建国"的运作水平达到一个新的高度。

（八）如家酒店集团

如家酒店集团于 2002 年 6 月由中国资产最大的旅游集团——首都旅游集团、中国最大的酒店分销商——携程旅行服务公司（简称携程）共同投资组建。

如家酒店集团借鉴了欧美成功的经济型酒店管理模式，追求"洁净、温馨"的精致简约、有限服务，为国内外中小型商务客人和旅游者提供洁净温馨、便捷舒适、实用大方的高性价比住宿设施。如家提倡"适度生活、自然自在"的生活方式，没有豪华的大堂、讲究的餐厅和艺术性的陈设，但有国外名家设计的内外装潢布置，客房内除宽大的席梦思床具及现代感十足的配套家具外，还提供 24 小时冷热水、空调、电视、电话、免费宽带上网。如家致力发展成为中国经济型酒店的著名品牌。如家酒店集团下一步将采取中心开花、从东往西、点面结合的布局策略。以上海、北京、广州为中心，按照从东往西，从沿海到内地的策略挺进。

如家的经营原则是要让员工得到尊重，工作愉快，以能在"如家"工作而自豪；同时使得投资者能够获得稳定而有竞争力的回报；由此创造"如家"品牌。

如家酒店集团旗下各酒店 2005 年平均出租率达到 90%，2004 年如家酒店集团所有房间平均房价达到 170 元左右。到 2006 年，"如家"已在全国拥有 67 家连锁酒店和近十万忠诚会员组成的客源网络，形成了自己宏大的连锁规模，是中国发展最快的经济型酒店连锁体系。已覆盖北京、上海、天津、杭州、宁波、南京、苏州、无锡、南通、常州、福州、厦门、成都、重庆、广州、深圳、合肥、武汉、江阴等 20 多个国内主要商务城市。

2002 年如家酒店集团被中国饭店业协会评为"中国饭店业集团 20 强"；2005 年，又荣获"中国饭店集团十大影响力品牌"及"未来之星"称号，成为中国年度最具成长力新兴企业的杰出代表之一。

（九）上海锦江国际酒店发展股份有限公司

上海锦江国际酒店（集团）股份有限公司（锦江酒店）是中国主要酒店服务供应商之一，主要从事星级酒店营运与管理、经济型酒店营运与特许经营以及餐厅营运等业务。

锦江酒店获许可使用享誉中国的"锦江"及"锦江之星"商标，旗下营运中及筹建中的酒店包括经典酒店、豪华酒店、商务酒店和锦江之星旅馆合计超过 260 间，客房合计超过 51000 间；由高雅经典的锦江饭店及和平饭店到简约经济的锦江之星旅馆，致力迎合各阶层顾客的需要。于 2007 年，以客房量计算，锦江酒店及其附属公司（集团）被国际酒店和餐厅协会出版的《HOTELS Magazine》评为全球酒店企业第 17 位；2006年被 TTG 系列杂志选举为"最佳本土酒店集团"。

锦江酒店已在品牌架构上为并购国际品牌预留了空间，未来，将通过并购国际酒店管理公司，获取具有一定知名度的国际酒店品牌；同时通过酒店资产置换、发展境外酒店管理合同等形式，在我国公民的主要商务旅游目的地投资或管理酒店。

根据规划，在北京、上海、深圳、广州、西安、武汉、重庆、南京、杭州等国内主要城市，锦江酒店都将拥有和管理高星级酒店。而其经济型酒店品牌"锦江之星"，则将以长三角、渤海湾、珠三角地区为重点，通过输出品牌和管理模式，使连锁酒店的总数达到 600~800 家。

（十）锦江之星旅馆有限公司

锦江之星旅馆有限公司系中国规模最大的综合性旅游企业集团——锦江国际集团的子公司，是经营管理国内首创、中国最大的经济型连锁旅馆"锦江之星"的专业公司。公司创立于 1996 年，注册资本人民币 17971.22 万元。"锦江之星"商标为上海市著名商标，是中国经济型连锁旅馆的驰名品牌。

锦江之星旅馆是一家具有全新理念的经济型连锁宾馆。它借鉴欧美发达国家大众宾馆的特点，简洁、方便、舒适、安全、价廉，深受广大消费者的欢迎。旅馆内设单人房、双人房、家庭房和套房。房内空调、卫浴、电视、电话等设施齐全。旅馆内附设餐厅，供应价廉物美的风味小吃和家常饭菜，兼办各档酒席。服务台提供打印、传真、复印、贵重物品保管等服务。

公司建立了设施先进、功能完善的独立预订系统和锦江之星旅馆网站及会员俱乐部；创编了系统并具有锦江之星特色的管理模式；组建了以专门培养经济型连锁旅馆各类管理人才的锦江之星旅馆管理学院。

截至 2007 年，公司不仅拥有经济型连锁旅馆的驰名品牌"锦江之星"，而且拥有为满足一般商务客人和社会大众需求及以"营养、实惠、时尚"为特色的"锦江大厨"餐饮品牌。公司战略发展目标为 1000 家。

（十一）金陵饭店集团有限公司

金陵饭店集团有限公司，是在原南京金陵饭店整体改制基础上，于 2002 年 10 月经江苏省人民政府批准成立并被授予国有资产投资主体的国有独资有限公司。名列"2004 中国饭店业民族品牌先锋"。

1983 年 10 月，作为中国改革开放后经国务院批准的第一批全国六家引进外资建成的旅游涉外饭店之一——37 层高的金陵饭店在南京市中心拔地而起。它以当时"神州第一高楼"、国内唯一的旋转餐厅和最先进、最齐全、最舒适的酒店设施蜚声海内外。20 多年的优良运营和丰厚积累使"金陵"拥有了雄厚的实力；东方神韵和国际水准的交融使它具备了独特的优势。这一切都决定了"金陵"发展的强劲竞争力。金陵人创造性地走出了一条中国人自己管理现代化国际酒店的成功之路，打造出了独具民族特色和国际水准的"金陵"品牌，取得了优良的经济效益和社会效益。

金陵饭店开业以来先后获得"全国五一劳动奖状"、"全国 50 家最佳星级饭店"、"全国旅游行业文明窗口示范单位"、"全国质量管理先进企业"等崇高荣誉，而其创造的"金陵模式"更为其赢得了"中国酒店管理的一颗明星"、"全国旅游饭店的一面旗帜"和"中国旅游业改革开放的标志和骄傲"等美誉。

金陵饭店独具特色的管理细节，主要表现在培养客户忠诚度的理念和做法上。金陵饭店独创了"细意浓情"的服务理念，这一理念强调服务细节，譬如灯光的设置，"是照在桌子的中间还是一侧，亮度是多少"，都有十分严格的规定，"客人是左撇子，第二次来就餐，筷子就会放在左边"。

金陵对每一个服务细节都有标准化的管理。最为经典的是餐饮制作。"金陵饭店的菜肴制作一直代表着淮扬菜系的最高水平，2006 年餐饮收入 9000 万元，酒店营业利润占到了南京市 8 家五星级饭店的 76％。"在金陵饭店，每份菜肴都配有标准成本卡，制作过程不再是"盐少许、油少许"，而是像西餐那样有严格精确的定量。成本的标准化带来的是质量的稳定，"到金陵饭店用餐，菜肴的花样经常变，但某一款菜肴的色泽与口味却永远不变，绝不会出现今天咸了，明天淡了的质量波动。"细节服务赢得了良好的口碑，"2006 年连战夫人在金陵饭店就餐后，特意把桌子上的菜谱珍藏了起来"，这个细节也成了饭店员工的骄傲。

"金陵"从筹建伊始，便明确定位要建中国最好的饭店。更重要的是，不请国外知名酒店集团管理，而完全由中国人自己经营。金陵饭店成为第一家由中国人自己管理的现代化酒店。为了从一开始就高起点地与国际市场接轨，金陵饭店最终选定世界十大名酒店之一——香港文华东方酒店作为范本，派出骨干力量潜心学习管理技术，消化吸收、先仿后创，成功建树了融世界一流水准和中国文化风格为一体的金陵饭店管理体系。

"金陵"不断保持与国际上有影响力的酒店集团、教学和研究机构之间的合作与交流，使酒店的经营理念、管理水准和服务品质始终走在国际酒店业的前列，创造了中国酒店业的服务经典和具有国际影响力的"金陵"品牌，被国家旅游局誉为"中国酒店管理的一颗明星"、"全国旅游饭店业的一面旗帜"，走出了一条以国有独资方式与市场经济有机融合并取得成功的发展之路。

20年的优良运营和丰厚积累使"金陵"拥有了雄厚的实力；金陵饭店是中国的，民族的，也是世界的；东方神韵和国际水准的交融使它具备了独特的优势。这一切都决定了"金陵"连锁发展的强劲竞争力。

2007年的金陵酒店管理公司已是一个在全国范围内拥有33家酒店和超过8000间客房的大型连锁集团，连续3年位居"中国饭店业民族品牌20强"第5位（2006中国饭店集团管理公司统计报告）。

复习思考题

1. 饭店的概念和作用是什么？
2. 按不同的分类方式饭店可分为哪几类？
3. 饭店分类分等的目的是什么？
4. 现代饭店连锁经营的概念、优势是什么？
5. 世界饭店业的发展史和中国饭店业的发展史都经历了哪些阶段？
6. 在你所学习或工作的城市中做一下调研，查询一下这个城市中的饭店有多少家？不同星级的饭店是多少家？这些饭店是什么类型？

第二章　饭店管理概述

饭店管理是以管理学的一般原理和理论为基础，综合运用多学科知识，与饭店具体实践相结合，从饭店本身的业务特点和管理特点出发而形成的一门独立的管理学科。虽然饭店管理理论来源于管理学的各种学说和原理，但它已形成了自己独立的体系和内容。

饭店管理基础理论部分首先介绍饭店管理的概念、饭店管理体系和管理职能，使管理者能够理清管理的思路。其次探讨饭店消费者的消费心理和饭店管理的基本意识。最后介绍饭店管理过程中经常运用到的一些管理方法。

【学习目标】

1. 掌握饭店管理的概念和体系。
2. 掌握饭店管理的基本理论。
3. 掌握饭店管理与消费者的消费心理。
4. 掌握饭店管理常用的管理方法。

第一节　饭店管理概述

饭店管理是由管理者和被管理者共同完成的一个过程。所以，要求两者都要有良好的素质，并熟悉饭店管理的基本知识，才能完成和相互配合做好饭店的管理工作。

案例 1

恺撒·里兹的饭店经营管理理念

欧洲贵族饭店成功的经营管理者恺撒·里兹（Cesar Ritz）。被英国国王爱德华四世称赞为："你不仅是国王们的旅馆主，你也是旅馆主们的国王。"

恺撒·里兹 1850 年 2 月 23 日出生于瑞士南部一个叫尼德瓦尔德的小村庄里。他先后在奥地利、瑞士、法国、德国、英国的餐厅和饭店工作，接待了许多王侯、贵族、富豪和艺人，其中有法国国王和王储、比利时国王利奥波德二世、俄国的沙皇和皇后、意大利国王和丹麦王子等。27 岁时，里兹被邀请担任当时瑞士最大最豪华的卢塞恩国家大饭店的总经理。

经营管理最豪华的贵族饭店，里兹总结的经验是：要满足贵族客人追求奢侈、豪华、新奇的心理享受，尽可能让他们满意。如他在伦敦萨依伏大饭店任经理时，为给客人创造出威尼斯水城的气氛，在伦敦萨依伏大饭店底层餐厅放满水，水面上飘荡着威尼斯凤尾船，客人在二楼边聆听船上人唱歌，边品尝美味佳肴。他成功了！成功地塑造了最豪华、最奢侈、最富想象力的饭店典型。

里兹还倡导要享受高品质的生活，他认为旅馆遵循"卫生、高效而优雅"的原则。1898年6月，里兹建成了一家自己的饭店：里兹旅馆，他为每一间客房都建了一个浴室，成为当时巴黎最现代化的旅馆。他又成功了。

恺撒·里兹不但有创新的经营思想，他还有人本管理格言。他为他的服务人员讲课，要求他们将自己培训成淑女和绅士，他告诫他的员工说："我们是为淑女和绅士服务的淑女和绅士。"这也许正是那些王侯、公子、显贵、名流们喜欢他的原因。

同时，恺撒·里兹很重视人才，善于发掘人才和提拔人才。他说"好人才是无价之宝"（A goodman is beyond price）。如他聘请名厨埃斯科菲那，并始终和他合作。

恺撒·里兹成功的饭店经营管理经验，对目前饭店的经营管理仍具有借鉴意义。

案例2

马里奥特（万豪）国际股份有限公司总裁的管理风格

约翰·威拉德·马里奥特创建了马里奥特公司，但公司能发展到今天的规模，取得如此的成功要归功于他的儿子比尔·马里奥特。比尔·马里奥特继承了父亲注重亲身体验和走动式管理的领导风格。甚至公司发展到了一个拥有1500多家饭店的大集团以后，他仍然保持着这种工作作风。马里奥特父子认为了解公司运转正常情况最可靠的途径是亲耳听到、亲眼看到这一事实。比尔每年要乘飞机旅行15万多英里，走访马里奥特的各家饭店。

马里奥特的管理风格是以"员工第一，顾客第二"的信条为前提。他认为：员工只有在对自己的工作满意、有信心、感兴趣的情况下，他们才能很好地为顾客提供服务。马里奥特不仅注重员工培训、医疗福利，甚至帮助解决员工子女的看护问题或移民方面的问题。公司开通了一条热线，员工无论遇到什么样的问题和麻烦都可以拨打这个电话寻求帮助。当公司需要管理人员时，马里奥特会优先从公司的记时工中挑选，从而有效地调动了这一群体的积极性。

如马里奥特就"家庭责任"这一主题对包括一线员工和管理人员在内的1600人进行了调查。结果发现：55%的员工的子女不满12岁，其中15%的员工的子女的年龄在5岁以下。这35%的员工因为需要照看孩子而在一年之内平均有4天不能上班，迟到在5次以上。双职工父母中有33%的人一年之内至少要请假两天，因为他们的孩子无人照看。20%的受调查者因工作与家庭冲突而辞掉工作。

马里奥特从中得出的结论是：①员工的个人生活影响了他们的工作效率；②男、女员工都面临工作与家庭冲突的压力。子女的照顾问题给员工造成了巨大的压力，同时也限制了工作时间安排和加班加点。这一困境加大了人员流失率，降低了生产力。调查的一项意外收获是：员工越来越关注老年人的赡养问题。

根据调查结果，马里奥特采取了一系列独特的家庭和子女照顾措施。他们建立了托儿介绍中心，帮助寻找收费合理的托儿所；为老人和子女的照顾费用开设了税收递延账户；组织工作与家庭论坛；发行有关抚养问题的内部刊物；以及在公司总部开办了托儿中心。

马里奥特成功的另一个方面是在员工中提倡团队精神。公司已经形成了一种鼓励相互协作重于个人兴趣的工作氛围。公司雇用并提升那些乐观、投入、注重亲身体验、渴望融入公司文化的管理者。马里奥特在"公司致谢日"（Associate Appreciation Day）表彰出色的员工。这一天安排有聚会、竞赛、特殊奖励，公司还要向协作者表示衷心的感谢。

另外，他精心建立了坚不可摧的公司机制，这套良性循环的公司机制在他心脏病爆发时，仍能有条不紊的顺利运转。

一、饭店管理的概念

饭店管理是指饭店管理者在了解市场需求的前提下，通过执行决策、组织、指挥、控制、协调、创新、激励、督导等管理职能，使饭店具备最大接待能力，保证实现经营目标的一个活动过程。其概念包含三层含义：第一，饭店管理的基础是了解和认识市场；第二，其实质是一个协调内部与外部各要素使其达到相对平衡的动态过程；第三，饭店管理的目标是达到经济效益和社会效益的最优化。

饭店管理是饭店经营管理的简称，包括经营和管理两个方面，两者既有联系又有区别。饭店管理是既包括管理又包括经营的开放式管理，经营与管理密切相关。首先，经营时管理起着决定与制约的作用。同时，管理与经营又有着不同的内涵，管理侧重对内的具体业务活动，对各种资源的组织、调配工作，以确保饭店目标的实现；经营侧重对外市场调研等活动，以确立饭店的经营方向和目标，制订市场营销计划，开发新产品等。可见，饭店的经营和管理相辅相成、密不可分，和谐地统一于饭店的各项业务活动中。

饭店管理既定目标的实现程度是衡量饭店管理成效的主要依据，这些目标包括经济效益目标、社会效益目标和生态效益目标，饭店管理谋求的是三大效益目标的有机统一。饭店管理的对象则是饭店管理者在管理过程中可凭借的各种生产要素，如人力资源、物力资源、财力资源、信息资源等，其中人力资源最为重要。饭店管理的职能是管理者与饭店实体相联系的纽带，计划、组织、控制、领导、创新是饭店管理的核心职能，而饭店管理的本质也就在于管理者能够科学地执行这些管理职能。

二、饭店管理的内容

案例3

质量管理

质量管理——在丽思·卡尔顿酒店集团获得 1992 年马可姆·波里奇（Malcolm Baldrige）国家质量奖时达到了新的高峰。这项国会奖，对由于注重产品质量而赢得良好业绩的美国公司加以奖赏。作为第一家获此殊荣的酒店公司，丽思·卡尔顿公司重新唤起全行业对为客人服务的关注。

丽思·卡尔顿公司的质量管理计划首先强调雇用正确的人员。《喜来登客人满意标准》（SGSS）称之为雇用眼光；丽思·卡尔顿公司称之为人才导入。所有计划都包括培训，给经营层面的员工委以更大的权力，以及对使整个酒店业务顺利运行的举措进行鼓励性奖励。培训、委任和奖励是质量管理计划的基础部分。

雷迪森酒店（Radisson）是另一家青睐质量管理的酒店，它做了精心的设计来实施一项对客人服务的培训计划。这项叫做"是的，我能！"的计划在所有雷迪森拥有的和雷迪森特许经营的酒店中得到实施。该酒店还把质量管理计划延伸至客人范围之外，要求每位员工将以客人为中心的服务思想相应扩展，运用到每位员工身上。无论是向同事问候还是为其提供服务，每位员工对待其他员工的行为举止要像对待客人一样。

现代饭店是由多种经营业务和职能部门所组成的经济组织，由于饭店业务的多样性和服务的综合性，决定了饭店经营管理的复杂性和琐碎性。因此，一个好的饭店经营管理者必须明确饭店管理的主要内容，才能抓住关键，成功地管理好饭店。饭店经营管理的主要内容包括以下几个方面。

1. 饭店的经营战略和决策

饭店是否具有一个高瞻远瞩、富有创新的经营战略和科学决策，是饭店经营能否成功的关键。

所谓决策，指从两个或两个以上的方案中选择一个满意方案并加以实施的过程。饭店决策主要运用各种决策技术和方法，在经营活动之前作出如何行动的决定。饭店决策的主要内容有：一是进行市场调查、分析和市场预测，在此基础上整理出可供参考的资料；二是在分析这些资料的基础上制定饭店经营目标，目标必须明确并尽可能量化；三是围绕目标制定行动方案；四是对方案评估，选择最满意的方案。

2. 饭店建筑布局

饭店的建筑布局是指建筑物的外观要有特色、装饰要精致、环境绿色环保，建设布局合理符合操作流程，功能划分科学、实用，设施设备使用安全、方便，内部装修与饭店定位协调、配套、突出风格，并且运营时节约能源、节约人力。

3. 饭店计划管理

饭店计划是指饭店面对未来，立足现实，通过对饭店经营活动的决策规划所形成的全面安排饭店经营业务活动的文件。饭店计划必须要明确饭店管理的内容及重要性；饭店计划类型及主要的计划指标；饭店计划的编拟过程；以及提高饭店管理水平的现代化方法等。

4. 饭店业务管理

饭店的业务是指对消费者提供住宿、餐饮、康乐等"一线"业务部门的综合性服务工作的管理，和对支持"一线"部门正常运营的工程设备、物料供管、安全防范等"二线"业务部门的保障性工作的管理。因此，必须知道和确定这些部门的管理范围、目标和要求，设计操作流程和运转程序，制定服务规范和质量标准，确定各部门间信息沟通的方式和协调的途径，执行其管理职能，实施全过程、全方位、全员参与的管理。

5. 饭店财务管理

财务管理包括资金筹措、固定资金和流动资金管理、成本分析、利润管理、财务收支计划、成本核算等。

6. 饭店人力资源管理

人力资源管理是根据饭店的管理体制和实际状况设计合理的组织机构，科学、合理定岗定编定员，选择、招收合格的管理人员和员工，适时进行全员培训提高技能，用人之长，科学使用人才，建立饭店各项管理制度和规范，通过激励充分调动全体人员的积极性。

7. 饭店营销和企业形象管理

饭店的产品和服务，只有提供给宾客消费才能实现其价值。因此，在消费者心中树立良好的饭店形象是饭店新营销理念中必须进行的管理内容。而且饭店产品的不可贮存性，又要求尽可能多的促进饭店产品和服务的销售。所以，树立新营销理念，顺应市场需求趋势做好饭店的市场定位、产品设计、市场拓展等营销管理，掌握市场营销组合的要素，灵活运用销售策略才能促进饭店经营的发展。

8. 服务质量管理

饭店产品是由有形物质和无形服务构成的，要想成为消费者心中的"真爱"，就必须明确服务质量的概念、含义和内容，树立牢固的质量意识。确定饭店及各部门各岗位的服务质量标准，制订服务质量计划。制定并实施服务规程，鼓励员工按规程服务，严格服务规程的管理。

在饭店建立质量管理体系，确立"顾客是关注的焦点"，实施生产与服务过程的质量控制，执行质量信息传递、服务质量考评奖惩等措施，实施全面质量管理。

三、饭店管理的职能

案例 4

霍斯特·舒尔茨（Horst Schulze）1983 年进入巴克海德的丽思·卡尔顿酒店，任副总裁、总经理兼营业部经理。1988 年升任丽思·卡尔顿酒店集团的总裁和首席执行官。在他的领导下，公司于 1992 年被授予马可姆·波里奇国家质量奖（Malcolm Baldrige National Quality Award），成为第一家也是唯一一家荣获此奖项的饭店公司。1999 公司再次捧回该奖，成为第一家也是唯一一家两度获此殊荣的饭店。这一荣誉足以证明了霍斯特·舒尔茨卓越的领导才能。

舒尔茨先生非常推崇授人以权。每家饭店开业时，他都邀请全体员工参加一次领导艺术研讨会。舒尔茨先生的开场白是这样说的："我是丽思·卡尔顿酒店集团总裁……我是一个重要人物。"稍做停顿后，他接着说："你们和我一样重要，因为是你们使这座饭店运营起来。我离开饭店一天，没有人会注意。但是你们，女士们、先生们，只要离开一天就会使饭店的运营受到影响。是你们使我们的公司享誉世界。"

舒尔茨先生充分地理解授予一线员工决策权的重要性，因为，他从 14 岁起就开始在饭店业工作，从刷碗工做起；也因为他曾在欧美许多世界一流饭店工作过。舒尔茨是丽思·卡尔顿酒店集团服务理念最初制定者之一。其服务理念——公司的格言——"我们是为淑女和绅士服务的淑女和绅士"，已经深深地渗透到了公司的每一管理层。

案例 5

奇力餐厅（chili's Restaurant）分店在每次的季会期间都要用一天的时间让管理人员对小组竞赛活动进行评选。小组竞赛活动的形式多种多样、别出心裁，比如"捕捉美好瞬间"的活动，由公司出资，让员工组成小组，带着照相机在市区内各处游览，但返回后一定要交上"游后感"和抓拍的精彩照片。优胜小组将获得奖品，活动总是以欢乐的晚会结束。季会结束后，公司鼓励管理人员设计出更多更有趣的活动。

还是这家餐厅，在每天晚上开张之前都要先为自己的厨师和服务员准备一顿"家庭晚餐"，让他们品尝最新的特色菜和各种酒，让厨房和餐厅服务两个部门有机会相互了解。席间还会探讨服务和操作程序方面的问题，这样做既能使服务人员把特色菜更具体、生动的介绍给客人，并能用更专业的服务使客人感受到用餐的享受。

仍是在这家餐厅，为餐厅推出的特色菜派厨师亲自前往当地的农场选取原料。

法国管理学家法约尔的《一般管理与工业管理》一书中提出，管理是由计划、组织、指挥、协调、控制五个因素构成。饭店管理在原基础之上结合管理对象的特点和规律进行了发展，管理的核心职能被归纳为计划、组织、控制、领导、创新、激励六个职能，饭店管理者应通过执行这些管理职能来实现饭店的经营目标。

（一）计划职能

1. 计划职能的涵义

简单地说，计划就是预先决定做什么，如何做，何时做和由谁做。计划的前提是决策，决策的结果形成计划。饭店计划职能是指饭店通过周密、科学的调查研究，分析预测，并进行决策，以此为基础确定未来某一时期内饭店的发展目标，并规定实现目标的途径、方法的管理活动。在市场经济条件下，社会、经济的发展为饭店的发展提供了机会，也带来了风险。计划职能就是利用各种机会有效地利用现有资源，实现饭店最佳的经济效益和社会效益，即饭店利益的最大化，同时使饭店经营风险最小化。因此，在饭店管理中，首先要科学合理的拟定计划。

2. 计划职能的作用

（1）确定饭店统一行动的目标

计划职能通过确定饭店的经营管理目标，为饭店内各部门、各环节及员工的工作或行动指明方向，明确了责任，有利于相互之间的沟通与协调，使饭店所有成员互相配合，最终实现饭店目标。

（2）充分利用饭店各种资源

计划职能可使饭店对所拥有的人、财、物等资源进行合理而有效的组合与调配，使人尽其才、物尽其用，减少人力、物力、财力的浪费，从而形成尽可能大的接待能力，实现饭店效益最大化。

（3）增强适应环境变化的应变能力

计划职能在确定饭店目标的同时也规定了实现目标的途径和方法。这些途径和方法充分考虑了饭店内外环境的变化及其趋势，使饭店在市场竞争日趋激烈、宾客需要日益多变的环境中求生存、图发展，变被动为主动，增强了饭店的应变能力。

3. 计划的制订

制订计划是管理的基础。计划是否恰当，直接影响到饭店管理的成效。制订计划必须充分考虑饭店的各种内外信息，并对广泛收集的饭店内外信息进行整理分析。在信息准备基础上，管理者制订饭店计划草案以供相关人员讨论，并根据讨论意见对草案进行反复修改，使之更可行、更具体化。当饭店上下相关人员对计划草案达成共识后，即可把可行的计划确定下来，作为日后工作的依据。

4. 计划的实施

编制计划的目的是为了使饭店所有管理者和员工实施计划，实现计划目标。计划的实施分计划的执行和计划的控制两方面。

（1）计划的执行

饭店计划一旦确定，就应将其分部门、分层次、分阶段层层分解，逐一落实到部门、班组、员工，分解至饭店业务活动的淡季、平季、旺季或月、周等。计划展开分解后，饭店计划便成为各个部门和每位员工的具体工作任务。为有效地完成这些任务，饭店应通过落实岗位责任制和经济责任制，要求各岗位的员工和管理者按规定的标准完成工作任务，并承担一定的经济责任。为此，必须授予相应的权力，并规定达到计划目标后的相应利益，做到责、权、利三者的和谐统一。同时，饭店应实行统一指挥，使计划目标不偏离饭店整体计划，并层层落实下去，取得预期效果。

在执行计划过程中，管理者还必须通过严格的考核制度和分配的激励机制调动员工积极性，监督计划的执行情况，检查计划的执行结果，及时发现问题，并予以彻底地解决。

（2）计划的控制

计划的控制是通过检查计划的实施结果，将实际结果与计划目标进行比较，找出两者之间差异，然后针对差异进行认真分析，主要分析造成差异的原因，并根据差异原因修订计划。但无论是局部修订还是总体修订都必须慎重，均需饭店办公会议反复讨论、论证后决策。另外，饭店还应根据计划实施的实际结果，客观、公正地对计划进行评价，反思计划的制订和实施过程，总结经验教训，为科学合理地制订下期计划提供参考。

（二）组织职能

1. 组织职能的涵义

饭店组织职能是指为了有效地达到饭店计划目标，管理者确定组织结构，进行人、财、物、时间、信息等资源的调配，划分部门、分配权力和协调饭店各种业务活动的管理过程。组织职能是计划职能的自然延伸，贯穿于饭店管理的全过程。饭店组织管理是否有效，将直接影响整个饭店的经营成果。所以，组织职能是实现计划的重要保证，也是其他管理职能的基础和前提。

2. 饭店业务组织

简单地说，饭店管理的组织职能就是管理者对饭店组织的管理，其涵义有两重：一是设置组织机构和管理体制，并使之符合饭店的客观运行规律；二是为达到饭店管理目标，合理而有效地调配饭店的人、财、物、信息、时间等资源，形成接待能力，进行业务接待，即对接待业务进行组织。

（1）饭店接待能力的组织

饭店接待能力是指饭店能够接待宾客并满足其需要的各种条件的总和，包括设施设备、服务水平、环境气氛等。饭店接待能力的组织就是管理者根据饭店的实际情况，合理安排饭店的人、财、物、信息、时间等资源，达到以最小的投入接待尽量多的客人的目的。饭店管理者应随着宾客需求、客源流向等变化审时度势，不断调整，使饭店接待能力符合饭店计划目标要求。

（2）饭店接待业务周期的组织

饭店周而复始不断地为客人提供服务的过程即构成了饭店的接待业务周期。如客房经过员工清理、管理者检查后具备接待能力，宾客入住，接待业务开始；宾客离店，该客房失去接待能力；而当重新整理合格后就又恢复了接待能力。所以，饭店接待业务周期就是指某一特定的接待业务从其准备开始到宾客使用完毕为止这样一个过程，并不断循环进行。饭店形成接待能力后，还需进行接待业务周期的组织才能真正接待宾客并满足其需要。所以，在管理过程中，饭店管理者应根据业务的进行情况对饭店所拥有的各种资源，特别是人力和物力资源进行及时的组合和调配，并进行现场控制，使饭店接待业务按计划、有序地进行。

（三）控制职能

1. 控制职能的涵义

在饭店管理过程中，管理者应始终以目标为基准，对饭店中的各种资源进行尽可能合理的调配和组织，并随时调整和改变策略以适应饭店经营的需要。这就需要对整个饭店管理过程进行有效的控制。饭店控制职能是指饭店根据计划目标和预定标准，对饭店业务的运转过程进行监督、调节、检查、分析，以确保目标任务完成的管理活动。

在饭店竞争日趋激烈、市场变幻莫测的形势下，可使实际结果与计划目标之间出现差异。饭店管理者应及时发现问题，采取相应措施进行调节，从而避免更大的损失。所以，饭店在经营业务活动中，要衡量计划目标的完成程度、饭店的服务质量水平、员工的工作效率、计划与实际是否一致等，都离不开控制职能。控制职能的实质是对饭店业务的实际运行活动的反馈信息做出反应。

2. 执行控制职能的步骤

（1）制定控制标准

控制标准是指在正常条件下员工完成工作的方式方法和应达到的要求。标准是控制的必要条件，而饭店计划是制定控制标准的依据。在饭店中，控制标准通常分为两类：一类是用数量来表示的各种标准，即数量标准，如营业额、成本费用等；另一类是以描述性语言表示的各种标准，即质量标准，如服务规程、卫生标准等。控制标准应尽量详细、具体，以便于执行和衡量。

（2）效果评估

确立了各种标准之后，即可通过检查将实际工作与预定标准进行比较，评估其实际工作效果。在饭店管理中，效果评估的重点通常是：营业额与预期的成果，成本、费用支出的合理性，服务质量水平等直接影响到饭店的社会效益和经济效益的内容。评估时还应根据考核对象的不同而采取不同的要求，如对中高层管理者主要以饭店目标为衡量标准，而对操作层主要以工作量、工作时间以及质量等作为衡量的标准。

（3）差异分析纠正偏差

效果评估使管理者能及时判断实际与标准的差异，管理者应分析差异产生的原因找出问题的症结所在和主要原因，并进行有效的控制，以达到管理目的。通常产生差异的原因有：目标或标准不合理、实际工作中的误差、外部环境变化的影响以及各种因素的综合作用。

3. 控制职能的类型

根据控制职能在饭店管理中的作用，控制职能一般可分为以下三种类型。

（1）预先控制

预先控制又称事前控制，是指管理者通过对饭店业务情况的观察、预测和分析，预计可能出现的问题，做出控制预案，当问题一旦发生可依据预案进行处理的管理活动。其中，最为重要的有经营活动前的人力、财力和物力的投入控制。

（2）现场控制

现场控制又称实时控制、关键时刻控制，是指管理者在饭店业务进行过程中的控制，是饭店管理的一种有效的管理方式。它通过管理者的现场巡视，督导下属员工按服务规程操作；根据业务活动的需要，对预先安排的人、财、物等资源进行合理的重新组合、调配；及时处理宾客投诉以消除不良影响，保证饭店服务质量。

（3）反馈控制

反馈控制也称事后控制，是指管理者在饭店经营业务活动结束后，把实际工作结果与预定目标相比较，找出偏差，分析产生差异的原因，提出整改措施，以便在今后的工作中改进提高的管理方法。

（四）领导职能

1. 领导职能的含义

领导是与计划、组织、控制并列的职能，同时又与这三种职能互有交叉。领导者既是饭店计划的决策者，又是饭店业务的组织者，还是饭店运行的控制者。饭店领导者的权力与权威能否有效行使，将直接影响整个饭店的经营成果。饭店的领导职能就是饭店管理者通过塑造自我形象，影响下属的价值观和态度，改变下属的认知，给予下属利益和授予下属权力，率领下属组成较高凝聚力的团队，从而实现饭店的既定目标。

2. 领导者的素质能力

领导者是领导活动的主体、关键要素和核心，他们是饭店管理的核心主体，因此要求他们应具有以下素质能力。

① 正直。领导者通常因其真诚、敬业、公正和言行一致而能与下属建立相互信赖的关系。

② 远见。富有远见的领导者通常能够从组织发展的整体布局来考虑问题，能够预见组织未来的发展方向，具有较强的洞察力。

③ 自信。能够让下属相信其目标和决策的正确性的领导者通常具有高度的自信，也正因为如此，下属才会忠诚地追随其去实现既定的目标。

④ 感召力。成功的领导者通常善于鼓舞和激励下属，能够通过有效的沟通营造团队氛围，获得下属的信任和服从。

⑤ 进取。领导者一般都具有高度的成就愿望，精力充沛，主动性、进取心强，对所从事的活动表现出高度的努力和坚持不懈的精神。

⑥ 意志力。领导者应具有坚强的意志和顽强的斗志，遇到危机和困境时，有不屈

不挠的精神。

⑦ 魄力。领导者的无畏精神和决断的魄力是鼓舞和驱使下属积极行动的最强力量。

所以，领导是管理中很平常的活动，而领导者则是管理活动中与众不同的人。

3. 领导职能的内容

饭店领导职能是饭店管理不可或缺的重要职能之一，其内容十分广泛，主要包含以下几个方面。

（1）科学决策

进行科学的决策是领导职能的首要内容。饭店的各级领导者，无论层次高低，都有责任对面临的现实问题作出决策，其决策应该当机立断，这也反映出领导者的一种魄力。当然，由于领导者所在层次的差异，其决策的内容和重要程度也有所不同。

（2）合理用人

任人唯贤、人适其岗是领导者用人最基本的原则，也是领导职能的另一基本内容。饭店的各级领导者要善于吸引人才、发现人才、团结人才和使用人才。在此，饭店领导者的人格魅力尤为重要，只有那些独具人格魅力的领导者才会得到专业人才的认可与追随。

（3）综合协调

饭店业务涉及多部门、多岗位和多成员，一旦部门、岗位或成员之间在工作中就某些具体问题未能达成共识时，就需要饭店领导者出面进行综合协调，使各人和事、各部门和岗位的业务活动能互相配合、互相衔接、互相制约、互相间形成一个和谐的整体，协调的目的是保证饭店经营活动的顺利进行，并有效地实现饭店的计划目标。

（4）统一指挥

饭店业务的有序开展还有赖于领导者的指挥调度。指挥是上级对下级的一种管理行为，表现为领导者通过语言、文字等信息形式将指令传达给指挥对象，使之服从自己的意志，并付诸行动。在饭店这样的层级制组织中，指挥链是逐级向下的，为了避免下级对上级的多头指令无所适从，一般不能越级指挥。

（五）创新职能

1. 创新职能的含义

1912 年，美籍奥地利经济学家约瑟夫·熊彼特在其力作《经济发展理论》中首次提出了著名的"创新理论"。时至今日，创新性活动已成为企业提升其核心竞争力的必要手段，进而从管理活动中延伸出来，成为创新职能。饭店的创新职能是指管理者基于保持饭店在既定良性轨道向着计划目标运行的前提，根据内外环境的动态变化，不断调整组织活动内容以适应环境变化，或者在一定程度上改造环境，从而使饭店以新观念、新面貌、新形式、新产品、新渠道等进一步发展的管理活动。

2. 创新的基本原则

饭店创新要结合时代和现实需要，通过变通、改造或重塑的形式使饭店的各项工作具有现代性，从而更趋合理化。饭店创新应遵循以下基本原则。

（1）市场导向原则

市场是饭店生存与发展的生命线。作为典型的服务型企业，饭店应该树立"顾客至上"的经营理念，将最大限度地满足顾客需求作为努力的方向，市场导向的创新原则要求饭店在作出创新开发决策之前，必须进行详细周密的市场调研预测和可行性分析。

（2）特色导向原则

在充分调查和研究的基础上准确地确定创新的特色和鲜明的主题，是饭店创新获得成功的重要因素。饭店创新具有了鲜明的个性主题，就能获取差异化优势，区别于竞争对手，从而有利于饭店产品的定位和市场促销。

（3）文化导向原则

饭店是具有高文化附加值的企业，应非常注重企业文化的建设。因此，饭店创新还必须坚持文化导向原则，进行全方位的文化创新活动，不断开发出高文化含量的创新型产品和服务，满足饭店消费者和员工的需求。

3. 创新的途径

饭店创新工程可以从观念创新、组织创新、产品创新、营销创新和科技创新等几个方面着手来加以实施。

（1）观念创新

心理学表明，人的各种观念都可以经过后天重塑。在管理中，首先应培养全员的创新观念，使他们对创新有一个充分的认识，并能在各项工作中不断强化这一观念，采用各种形式的奖励来调动员工主动创新的积极性，从而形成一种良好的饭店创新文化。

（2）组织创新

组织结构也是饭店创新的重要领域之一。面临知识经济时代，传统的直线制、多层级组织架构无论是在管理效率还是在应变能力上都存在不少缺憾，为了突出"人性化管理"的要求，饭店可考虑在内部各管理层构筑起共同管理体系，使整个组织更趋于柔性；还可考虑减少管理的中间层次，缩短指挥链，使组织扁平化。

（3）产品创新

饭店产品的价值在很大程度上在于由饭店的服务、环境、文化氛围等给顾客带来的心理满足感，对它们的创新性开发，应从提升服务质量、改善消费环境和挖掘文化底蕴的角度入手，使之更具吸引力。

（4）营销创新

随着饭店市场日趋成熟，竞争日趋国际化、全球化，营销创新已成为饭店发展的必然选择。饭店营销创新的目的是通过新颖的营销理念或手段抓住消费者，使消费者关注他需求的产品并产生购买意愿，最终实施购买行为，从而提高饭店的市场占有率。主题营销、机会营销、网络营销、分时营销、绿色营销、内部营销、关系营销、跨文化营销等都是近些年来兴起的新型营销方式。

（5）科技创新

科学技术是第一生产力。饭店创新自然也离不开科技创新，这里的"科技"，既包括物质形态的硬技术，又包括智力形态的软技术。一方面，饭店要善于应用各种科学领域的最新研究成果，如计算机网络技术、环境生态保护技术、自动温控技术等；另一方面，饭店也要尝试企业经营管理技术如人力资源管理技术的革新。无论是硬技术还是软技术，都要在饭店运行过程中反复实践，不断总结经验教训，并寻求新的突破。

（六）激励职能

案例 6

缺乏积极性的员工会无故缺勤、跳槽，更糟糕的是使饭店的服务质量低下。曾任凯悦饭店集团首席行政官的莱昂纳德（Darryl Hartley-Leonard）认为调动员工积极性的责任主要在管理者身上："如果说我在过去27年的服务业生涯中学习到了什么的话，那就是认识到99％的员工都是愿意把工作做好的。他们的表现如何只是他们雇主的行为的反映。当员工对工作不满时，故意旷工的现象会增多，生产率会降低，工作质量变差，人员流失率升高。"莱昂纳德认为，作为饭店管理者应探讨激励理论，努力建立一支高绩效的工作团队。

1. 激励理论

什么是激励？激励（Motivation）是行为的驱动力，举止的诱因。激励是包括行为的引发、行为的导向及行为的保持等一系列心理活动过程。引发（Arousal）指做事的欲望；导向（Direction）指做事的具体行为；保持（Persistence）指做事的时间。

当一个人被高度激励时，他会努力工作；而没有被激励时，他会尽可能地节省精力。管理者的任务就是要点燃员工内心的工作热情之火，以此驱动员工在工作中表现出色。管理理论家认为，人们喜欢挑战，渴望获得达到目标或超越目标后的成就感，希望做出贡献并渴求已付出的努力得到人们的赏识。在这样的情况下，员工表现得会比预想得更出色。

2. 激励方法

（1）奖励需求

如果您想通过奖励来调动员工积极性的话，奖励方式必须与员工当时的需求层次相吻合。如果是用钱去奖励那些追求自我价值实现的员工，那么他们实现自我表现的愿望没有得到增强。同样，如果用更多的责任和自主权而不是钱去奖励那些生活困难的员工，他们不可能更加努力地工作的。因此，饭店管理者应与员工聊天沟通，谈他们的希望和要求，从而了解他们的需求层次。弄清楚什么能促使员工出色地完成任务，便把其需求作为奖励与工作结合起来。

（2）制定目标

爱德温·洛克（Edwin A. Locke）提出的制定目标（Goal setting）理论的前提是有效的目标具有很强的激励能力。目标的定义是：个人争取达到的业绩水平，是行为的目标或目的。目标在激励我们努力工作、坚持不懈的同时，还指引我们安排自己的时间，提高工作效率。

制定目标要能够在最大程度上取得成效，我们需要注意以下几点。

① 目标必须具有挑战性。研究表明，如果我们接受了困难的目标，我们所取得的绩效水平就会超过容易达到的目标的绩效水平。因此，如果我们要发挥出自己最大的潜力，目标一定要定得高一些。

② 目标一定要具体。模糊的目标，如"改善客户服务"，永远不如"通过延长回答问题的时间，使顾客投诉下降10％"具体、量化的目标效果好。

③ 目标必须是被普遍接受的。人们努力工作以实现为自己设定的目标。员工必须广泛参与改善工作业绩目标的制定，必须参与实现目标的计划的制订。

3. 奖励机制

奖励机制由外在奖励和内在奖励组成。外在奖励一般是管理者或饭店给予的。外在奖励是个人控制之外的因素；内在奖励是内心的体会，是建立在从工作本身获得快乐的基础之上感受到的。

外在奖励和内在奖励源于工作表现，由能力、对个人发展的感觉和在工作中的主观能动性组成。内在奖励才是真正的激励因素，要达到更高水平的业绩，很多员工需要的是他们能够有权控制有趣的任务。尽可能多地给员工额外的责任和控制工作的权力，尽量给员工分配他们喜欢的任务，那样他们就会从内心里受到激励，从而发挥出最高水平。

作为饭店管理者，有许多激励员工的方法。首先，必须清楚每个人都有自己特定的需求和愿望。其次，不要忽视工作认可和奖励机制的效用。当把奖励和激励方式与员工的需求联系起来之后，员工积极性会被调动、工作表现将有大的改进。另外，通过委派给员工他们喜爱的、有兴趣的工作任务调动他们内在的积极性。最后，还要重视事业发展规划，让员工清楚地知道他们在饭店中所能达到的目标。为员工制定有挑战性的目标提供方便，帮助他们在自身事业发展上和在企业中取得成功。

第二节　饭店管理基础理论

管理理论的产生和发展直接来源于企业管理的实践。美国泰罗的科学管理理论和法国法约尔的组织管理理论最具有代表性。

案例 7

某饭店为提高客房员工的工作效率，采取了"有差别的计件工资制"，规定客房清扫服务员根据清扫的房间数和质量等级计算每日工资。根据这一原则，饭店确定了清扫客房的标准工资：清扫一间走客房（标准间），可得工资 3 元，住客房 2.4 元，套房 6 元等。客房员工清扫完毕，由客房领班查房，符合饭店清洁卫生质量标准、无返工项目，定为 A 等，可获得所清扫客房的 100% 标准工资；如有个别项目清洁不到位，需要返工，定为 B 等，返工后只能拿 70% 的所清扫客房的标准工资；若需要全部返工，则为 C 等，返工后只能拿 40% 的所清扫客房的标准工资。同时，饭店确定了员工每日的工作定额是清扫 12 间走客房，经过测算后，又规定清扫一间住客房折算为 0.8 间走客房，一套套房折算为 2 间走客房，空房折算为 0.3 间走客房等。员工完成每日工作定额 12 间或以上，可获得标准工资，如果不能完成 12 间，则只能获得标准工资的 50%。推行后，该饭店客房员工的工作效率大幅度提高，清洁卫生质量也有了明显改善。

一、管理思想的发展

（一）科学管理理论

科学管理理论是 19 世纪末 20 世纪初在美国形成的。泰罗（Frederick W. Taylor，1856～1915）的科学管理理论的内容主要有以下几点。

① 工时定额化、操作标准化。当时劳资之间常在日常工作量问题上发生纠纷，为确定合理的工作量，泰罗选择了合格的工人对其工作的每一个程序和动作进行严格规范，记录完成某一工作需要的标准时间，确定了标准的工时定额。然后按照这种程序和方法训练工人，要求工人执行工时定额。当时，泰罗应用这种方法对工人进行搬运生铁试验，使工人每天搬运数量提高了 3.8 倍。

② 实行差别计件工资制。按照作业标准和时间定额，规定不同的工资率。对完成工作定额的工人，以较高的工资率计件支付工资；对没有完成定额的工人，则按较低的工资率支付工资。这样可以极大地调动工人完成任务的积极性。

③ 科学地选择和培训工人。泰罗认为，每个工人都有自身的特点，管理者应为员工找到他们最适合的工作，并对其进行培训，激励他们尽最大的力量来工作。

④ 作业人员和管理者的分工协调。泰罗主张工人与管理部门实行分工，把计划职能从工人的工作中分离出来，由专业的计划部门去做，从而提高计划的科学性、可行性，也便于工人去执行。

泰罗的科学管理方法的最大特点就是实行标准化管理。这种管理方法可以在饭店管理的某些方面加以运用，例如，时间与动作研究就可适用于操作程序固定的饭店客房整理工作，以提高饭店客房整理的工作效率。尽管泰罗的科学管理理论产生于工业化初期，一个世纪以来社会的各个方面都发生了很大的变化，但其中的很多观点、方法对今天的饭店还有很多值得借鉴的地方。

（二）组织管理理论

与泰罗同时代的法国人亨利·法约尔（Henri Fayol，1841～1925）于 1916 年发表了《一般管理和工业管理》奠定了古典管理理论的基本框架。他侧重于从中高层管理者的角度去剖析具有一般性的管理，因此被称为"一般管理理论"。法约尔认为，要经营好一个企业，不仅要改进生产现场的管理，而且要注意改善有关企业经营的六个方面的活动：技术活动、经营活动、财务活动、安全活动、会计活动、管理活动。

法约尔第一次提出了管理职能的概念，认为管理职能包括计划、组织、指挥、协调、控制职能，管理的五大要素就是计划、组织、指挥、协调和控制。并在此基础上提出了企业管理中组织管理的十四项原则：劳动分工，权力与责任，纪律，统一指挥，统一领导，个人利益服从集体利益，人员报酬，集中，等级链，秩序，公平，人员的稳定，首创精神，人员的团结。法约尔的管理理论特别强调经营与管理的区别、管理职能的五要素论和组织管理的十四项原则。

法约尔第一次从一般的角度阐述了管理理论，构建了管理理论的基本框架，对以后管理理论的发展产生了巨大影响，他的理论也是饭店管理的基本理论基础。

二、饭店管理与消费心理

饭店管理基础理论离不开探讨消费者的消费心理，因此，饭店管理者必须了解消费者的需要和动机，并以饭店消费者的消费心理为导向，设计并提供符合消费者需要的饭店产品。

（一）消费者的消费心理

人们在生活中总是寻求平衡、和谐、相同、可预见性和没有冲突，它可以使人心理放松。但是，人们在一定的环境中又有寻求刺激心理，追求新奇、出乎意料、变化和不可预见性，它能给人带来满足感。心理学研究认为，人们在生活中总是力求平静与刺激之间的平衡状态，平静太多，会使人产生厌倦；刺激太多，又使人产生过分紧张以至于恐惧。因此，旅游成为人们调整自己生活节奏、变换心情感受的重要方式。

（二）消费需要的分类

饭店的消费需要可以从先天性需要和社会性需要两方面进行分析。

1. 先天性需要

先天性需要又称生理性需要，主要指消费者对饮食、睡眠、安全、温度等人体必需条件的需要，是满足个体生存和发展的保障。它包含了生理需要和安全需要两个层次。

在生理需要方面，消费者需要有衣被抵御寒冷，需要有适合自己生活习惯和口味特点的饮食制品，要求食品卫生高质，同时，还需要有优雅、舒适的休息、睡眠环境。他们希望客房清洁安静，用品齐全方便，有空调设备，保证适宜的温度、湿度，有良好的隔音性能以防止噪声的干扰，保证环境的安静。他们还需要娱乐和运动，舞厅、音乐茶座、保龄球室、高尔夫球场、网球场、健身房、游泳池等设施能满足他们娱乐、运动的需要。

消费者对安全的需要也是多方面的。首先，他们要求在消费期间人身和财产的安全得到保障，希望餐厅提供的食品、饮料符合卫生标准。同时，希望客房有严格的保安措施，能防火、防盗、防止一切意外事故的发生。

2. 社会性需要

社会性需要又称心理性需要，是个体在成长过程中通过各种经验的积累而形成的需要，是后天形成的，并反映了特定历史条件下个人对社会生活的要求。它是在人的社会化过程中逐渐形成和发展的。

消费者的社会性需要主要表现在需要进行社会交往和要求受到尊重、实现自我价值等方面。他们在进行消费的过程中，希望与人交往以获得友谊；希望得到别人的信任和友爱；希望处身在一个和谐、热情、宽松的交往环境之中，使其有一种真正的宾至如归的感觉。他们还需要饭店为其提供必要的设施设备（电话、电传等），以满足社会交往的需要。

消费者希望在消费过程中受到尊重，这是一种普遍的心理需求。他们希望听到别人对他的尊称，希望听到别人对他某一特长的赞赏，希望他们的意愿要求、生活习惯、民族风俗、宗教信仰受到尊重。饭店产品应从满足人们求得尊重的需要出发，尊重每一位宾客的人格和权益。此外，消费者在享用服务成果、消费物质产品的同时，还表现出一种求新、求美、求知的需要，这也是顾客社会性需要的表现。

随着人们消费观念的改变，消费需要已经不仅仅局限于某些实物的获得，哪怕是在对食物和休息这些简单而又直接的需要中，都带有浓厚的主观色彩和精神因素。这些都告诉我们，饭店服务工作不能仅仅停留在为消费者提供各种物质条件上，还要认清消费者各种需要之间的联系，力求全面满足消费者的各种需要。

3. 饭店管理与消费者

饭店产品是供消费者使用的，消费者在购买某一种饭店产品时获得了主要需求，但对购买到的这种产品自然而然地产生了种种期望。如消费者在入住一家饭店后，会对饭店建筑、装饰、设施、设备、服务项目、服务水平等方面产生质量要求。不但如此，可能还希望自己入住的客房会与众不同，享用到创新的菜肴等。

三、饭店管理的基本意识

现代饭店业不仅是为消费者提供吃、喝、住的服务接待业，同样也吸引着大批的当地居民，越来越多的人们开始利用饭店优越和便利的条件来提高自己的生活质量。饭店管理属于社会科学的范畴，它随社会的发展、人们需求的变化而不断改变其管理、运营手段。

饭店管理者应通过人性化管理营造和谐环境，实施人才培养和人才发展，让饭店最活跃的因素充满活力和竞争力，时刻保持强烈的竞争意识、服务意识和创新意识，这样才能使饭店在市场经济的环境下立于不败之地。

（一）竞争意识

竞争是关系到饭店盛衰荣枯、生死存亡的大事。市场经济是竞争经济，饭店要生存，要发展，必须具有强烈的竞争意识，把竞争意识作为一种观念指导饭店的经营决策和经营活动，使经营决策具有竞争性，经营活动具有竞争性。竞争无所不在，无时不有，饭店的竞争，主要体现在产品竞争、价格竞争、分销竞争和促销竞争四个方面。

1. 产品竞争

产品竞争主要体现在增加品种、提高质量、增加功能、更新品牌、改进包装、完善服务等，以比竞争对手更优的产品和服务满足顾客需求。

2. 价格竞争

价格竞争主要体现在以比竞争者更低廉的价格服务于顾客。而要达到这一目的，必须想方设法降低生产成本和经营成本。

3. 分销竞争

分销竞争主要体现在选择合理的运输工具和运输线路、选择合理的仓储机构、使用有效的销售渠道并积极与中间商进行配合，将产品以最快的速度和最低廉的费用送到客户手中。

4. 促销竞争

促销竞争饭店要在市场竞争中取胜，必须还要以比竞争者更优的促销宣传方式将有关饭店和饭店产品的信息传递给顾客，这些方式包括广告、人员推销、营业推广和公共关系等。

饭店具有竞争意识，并不意味着饭店可以不择手段地进行不公平竞争，竞争意识本身要求饭店要具有创新意识，通过创新取得竞争优势。

（二）服务意识

在现代的市场竞争中，产品价格和质量已经不是竞争的主体。美国发表的研究报告指出：再次光顾企业的顾客，可以为企业创造 25％～85％ 的利润，而吸引他们再次光临的主要因素，首先是服务的质量好坏，其次是产品本身，最后才是价格（美国《哈佛商业杂志》，2001）。由此可见，服务才是现代市场竞争的焦点所在。

从消费者的角度来讲，随着社会经济的发展，人们收入水平的提高，从消费物质产品本身所获得的享受已经不再是消费者所追求的主要目标。而在消费产品过程中，消费者所需要的精神享受已跃居重要的位置，服务产品日益受到消费者的青睐。因此，企业只有为顾客着想，解决好顾客的难题，才能创造高质量的服务，也只有这种高质量的服务，才能使顾客以更多的热情购买产品来回报企业，企业才能在顾客中有良好的口碑和形象，企业和顾客的关系才能进入良性循环。

对于饭店企业来说，激烈的市场竞争已经使各个企业产品之间的差异性越来越小，饭店企业必须在提高技术水平，增强品牌意识的同时，注重服务的竞争。服务意识，是对饭店服务人员的职责、义务、规范、标准、要求的认识，要求服务员时刻保持客人在我心中的真诚感。饭店提供服务的对象是顾客，完善的服务行为能直接在客户中树立良好的市场形象，这是饭店管理的重要内容，也成为竞争取胜的主要手段。

（三）创新意识

创新意识是指人们根据社会和个体生活发展的需要，引起创造前所未有的事物或观念的动机，并在创造活动中表现出的意向、愿望和设想。创新意识是为了满足新的社会需求，或是用新的方式更好地满足社会需求，创新意识是求新意识。

1. 饭店经营要有创新思维

中国的饭店业是随着对外开放的步伐逐步发展壮大的，是最早接受国际先进管理经验和技术的行业。然而，考察饭店业的整体情况，发现不少中小型饭店的经营管理仍然停留在照搬和模仿国外经验的初级阶段，缺乏经营的灵活性和创新意识，经营成效并未达到最佳状态。

没有创新，在这个变革的时代，企业就无法适应，更谈不上发展。如海尔集团总裁张瑞敏认为，"只有淡季的思想，没有淡季的产品"，海尔充分发挥员工的创新潜力，不断开发新产品，使企业得到了真正意义上的发展。

目前，许多饭店产品雷同、千篇一律、百店一格的现象比较突出，致使饭店间的竞争愈演愈烈，导致成本上升，效益下降。消费者需求的多样化，要求饭店产品也必须多元化。饭店硬件不能一味攀比豪华、气派、大而全，而应该立足于在有限的投资中尽量设计出各自不同的风格、品位、气氛和文化特色。饭店软件也要在具备"老三化"（规范化、标准化、程序化）的基础之上做到"新三化"（个性化、特色化、形象化）。饭店如果不去进行这种创新改造工作，就会被市场无情地淘汰。

2. 饭店管理要有创新手段

饭店创新要遵照顾客的要求去进行，要留住顾客，产品就必须有变化、有创新、有突破。饭店若要表现出与众不同的差异性，最容易的突破点就是文化。文化的地域特点特别明显，入住的客人绝大多数是异地客人，并且饭店星级越高、客人与饭店所在地的距离越远，文化差异性也就越大。饭店可以在建筑造型、室内装修、服务人员服饰、服务形式、饮食文化、背景音乐、娱乐活动等方面突出表现本地文化特点，吸引顾客选择自己的饭店进行消费。饭店提供的是生活服务，客人的一般心理总是求新、求异、求变的，对于异地的各种文化往往表现得乐意接受。

同时，饭店管理要善于利用现代先进的科学技术，以此提高饭店管理层级和水平。例如，随着信息技术在酒店业的广泛应用，网络营销以惊人的发展速度成为酒店最有效、最便捷、最经济、最有前景的营销手段。据美国旅游业协会统计，1997 年利用 Internet 安排旅游行程的人数为 1170 万，通过 Internet 订位的人数为 540 万，旅游销售额为 8.2 亿美元，1998 年这三项数字分别达到 3380 万、670 万和 11 亿美元，并预测到 2006 年底，利用 Internet 安排旅游的预计额将有数十倍增长。酒店网络销售系统是具有革命性的酒店营销创新，它的优势主要在于能够有效地展示酒店形象和服务，建立与客户良好的互动关系，建立高效率管理销售过程，还能显著降低销售成本、提高经济效益和管理水平。

第三节　饭店管理的科学方法

饭店管理方法是饭店管理者执行管理职能的重要手段，也是协调各种经营活动的具体措施和方法。

案例8

比尔·马里奥特（Bill Marriott）因走动式管理而闻名。他很注重尽可能多地走访他的饭店的每个部门。当他巡视饭店时，他常常把自己介绍给普通员工而不仅仅是管理人员。对于一名餐厅侍者或客房服务人员来说，能和集团总经理握手确实让他们惊喜，并激发了服务人员的工作热情。走动式管理是和员工保持联系的有效方法。

案例9

几年前，萨拉·李经营着一家餐厅，一次他听到员工抱怨重复性工作给他们带来了精神压力。公司没有把这当成员工的一般牢骚而掉以轻心，而是请来一名心理医生和一名工效学工程师来观察员工工作情况。在两名专家的建议下，公司改变了工作习惯，从而使抱怨受到重复性工作压力伤害的员工数减少了 80%。

一、效益管理方法

效益的基本含义是以最小的资源（包括自然资源和人的资源）消耗取得同样多的效果，或用同样的资源消耗取得较大的效果。实施管理的根本目的就是为了获取效益。从微观方面看，管理就是要合理地组织人、财、物等生产要素，使其得到最充分合理的使用，发挥最大的效用；从宏观方面看，任何一个系统的管理就是要使该系统内的所有资源得到最优的配置，切实做到物尽其用，以生产出尽可能多的满足社会需要的系统产品。

影响饭店管理效率和管理水平的因素是多方面的，如饭店管理者的决策效率、决策质量、管理方法的运用情况、饭店管理技术的运用情况、饭店管理者素质的高低等。我们无法对每一个影响因素逐一进行评价，来衡量饭店管理者管理的整体水平，但它们对饭店管理产生的影响，最终会综合反映到饭店管理效益（尤其是经济效益）中。因此，管理效益的大小是评价、考核饭店管理效率与管理水平的重要标志。

（一）饭店管理的效益体系

饭店管理活动首先通过对饭店服务行为的科学化管理，使饭店业为国家经济发展和人民生活水平提高做出更多的贡献。饭店业是个综合性产业，它与国民经济其他许多部门和行业有着密切的联系。旅游业的收入是 GDP 不可缺少的一部分，饭店业收入占旅游业收入的 40%，饭店的建设还是当地经济的窗口，所以，饭店业的管理效益必然会从整个社会中表现出来，从而体现为饭店宏观管理效益。

（二）确立饭店管理的效益价值观

饭店管理首先要确立以效益为核心的价值观。追求效益的不断提高，应该成为饭店管理活动的中心和一切管理工作的出发点。在正确的效益观指导下，饭店管理者将克服传统体制下"以生产为中心"的管理思想，从而引导饭店业发展由粗放型增长向集约型增长转变，在追求量的同时更注重对质的追求，使饭店综合效益得到大幅提升。

（三）优化饭店管理的系统资源配置

饭店管理对效益最大化的追求要通过合理的系统资源配置来完成，必须根据效益目标的追求不断优化系统资源配置。饭店管理的系统资源配置主要体现在人、财、物三个方面，人力资源配置优化是其中最关键的环节，主要涉及到饭店管理各子系统中人员的构成是否合理、人员的素质是否达到管理岗位的要求、人员的关系是否协调等。只有最优的人力资源配置才能确保财和物资源的最佳配置和使用，从而取得管理效益的最大化。

（四）完善饭店管理效益的评价体系

饭店需要不断完善管理效益的评价体系，为饭店管理活动制定科学的效益目标。饭店管理效益的评价体系通常包括以下几方面的分析比较。

1. 饭店管理活动的有效成果同消费者需要的比较

饭店管理活动必须使一切饭店服务向着消费者满意的方向发展，这样才能体现饭店管理活动的有效成果。

2. 饭店管理活动的有效成果同劳动消耗和占用的比较

作为饭店管理部门和单位，为了完成饭店管理任务，必然要耗费社会劳动、占用资金，从而形成饭店管理活动的成本和费用。如果饭店管理活动只讲满足社会需求，而不计成本高低，则违背经济规律。因此，必须把饭店管理活动的有效成果（主要是经济效益）同劳动占用和消耗进行比较，以评价饭店管理活动的合理性和饭店管理效益的好坏。

3. 饭店管理活动的有效成果同资源的利用和环境变化的比较

资源的充分利用和环境的有效保护是衡量饭店管理效益的重要标准。通过把饭店管理活动的有效成果同饭店资源的利用和环境变化相比较，可以揭示饭店管理的程度和水平，同时寻找充分利用饭店资源、保护饭店环境的管理途径和方法，使饭店资源持续带来饭店收入和经济效益。

4. 饭店管理活动的宏观效益与微观效益的统一

宏观效益指饭店产业的整体效益，微观效益主要指饭店的经济效益，表现为饭店的经营收入与成本之间的比较，饭店管理必须把微观效益同宏观效益统一起来，以保证饭店经济效益持续提高。

二、任务管理方法

最早提出科学管理方法的是美国管理学家泰勒，任务管理法是人们最早研究的一种科学的管理方法。

任务管理方法最明显的作用在于提高工人的工作效率，而提高效率的关键又在于科学地进行时间动作的研究。泰勒所说的时间动作研究，大体包括以下几个步骤。

① 物色比如说 10～15 个不同的人员，他们应特别适合于做需要进行时间动作分析研究的工作。

② 仔细研究工人在完成被调查工作中所进行的基本操作或动作，包括每个人员所使用的工具。

③ 用秒表记录完成每一个基本动作所需要的时间，然后选择其中动作最快的工作方法。

④ 淘汰所有不正确、缓慢和无效的动作。

⑤ 把最快最好的动作以及最好的工具集中在一个序列中归类。

经过以上几个步骤，可得出完成标准作业所需的标准时间。按照这种方法来规定一个岗位上一个人在一定时间内的工作量，就有科学根据了。同样地，对每一个行业中使用的各种工具也进行研究。

任务管理法的实质就是通过专门的人员对时间和动作进行研究，从而科学地设计工作任务，使工人满负荷工作，以达到提高企业生产效率的目的，但它只是从生产技术过程的角度研究作业管理的具体方法，而很少从企业经理人员的角度去研究企业经营的全局问题，如果孤立地使用任务管理法，企业规模越大，不适应性越突出。同时，它也否定了人在工作中的自主性、独立性，忽略了人际关系对人行为的影响。

三、系统管理方法

第二次世界大战之后，企业组织规模日益扩大，企业内部的组织结构也更加复杂，从而提出了一个重要的管理课题，即如何从企业整体的要求出发，处理好企业组织内部各个单位或部门之间的相互关系，保证组织整体的有效运转。以往的管理理论都只侧重于管理的某一个方面，它们或者侧重于生产技术过程的管理，或者侧重于人际关系，或者侧重于一般的组织结构问题，为了解决组织整体的效率问题，于是产生了系统理论学派。这一理论是弗理蒙特·卡斯特、罗森茨威克和约翰逊等美国管理学家在一般系统论的基础上建立起来的。

饭店运用系统管理方法时，一般应该遵循整体性、最优化的原则。所谓整体性原则，就是把饭店管理对象看作由各个构成要素形成的有机整体，从整体与局部相互依赖、相互制约的关系中揭示对象的特征和运动规律；最优化原则，是指从许多可供选择的方案中选择出一种最优的方案，以便使饭店管理系统运行于最优状态，达到最优的效果。饭店运用系统管理的一般步骤如下。

① 确定问题，收集资料。即首先确定所要解决的问题的性质和范围，研究问题包含哪些主要因素，分析系统要素之间的相互关系以及与外界环境之间的相互关系。

② 系统分析。将复杂系统分解成若干较简单的子系统，再将分解的结果进行综合分析，这是饭店管理者进行决策的依据。

③ 方案决策。即在一种或几种值得采用或进一步考虑的方案中选择方案，尽可能在待选方案中选出满足系统要求的最佳方案。

④ 实施计划。根据最后选定的方案，按计划进行具体实施。

系统方法是一种满足整体、统筹全局、把整体与局部辩证地统一起来的科学方法，它将分析和综合有机地结合起来，并运用数学语言定量地、精确地描述研究对象的运动状态和规律。它为运用数理逻辑和电子计算机来解决复杂系统的问题开辟了道路，为认识、研究和探讨结构复杂的整体确立了必要的方法论原则，为人们处理和解决各种复杂组织的管理问题提供了一种十分有用的思路和方法。

四、人本管理方法

人是饭店中最重要的资源，是一个自变量。怎样创造良好的环境、氛围、岗位、工作任务来激发员工的潜在能力，为饭店的生存和发展服务？如何给员工以创造和发展的空间，形成饭店和员工共同的价值观和共同愿望，使大家能在各自岗位上充分发挥自己的聪明才智，又互相配合和协调，形成企业的团队精神？最根本的是要求饭店经营者重视以人为本的管理。

"人力资本"概念来自舒尔茨和贝克尔在 20 世纪 60 年代创立的"人力资本理论"，它在理论上突破了传统理论中的资本只是物质资本的束缚，将资本划分为人力资本和物质资本，这样就可以从全新的视角来研究经济理论和实践。该理论认为物质资本指现有物质产品上的资本，包括厂房、机器、设备、原材料、土地、货币和其他有价证券等，而人力资本则是体现在人身上的资本，即对生产者进行普通教育、职业培训等支出和其在接受教育的机会成本等价值在生产者身上的凝结，它表现为蕴涵于人身上的各种生产知识、劳动与管理技能以及健康素质的存量总和。人力资本同物质资本一样，可以通过投资得到。

1. 尊重人的本性

人本来就具有趋利避害的本性。比如使用"赏罚"来达成管理中的令行禁止，就是对人的趋利避害的本性顺其自然，并加以引导利用，从而达到提高管理效果的目的。习惯理论认为，人能够适应环境，在塑造机制下形成行为习惯。习惯左右着人的许多行为，应用于管理就是进行行为塑造，利用习惯进行管理。比如员工的工作技能，就是职业习惯使然；高手削面，快捷准确，令人叫绝；好的职业习惯使优秀员工的工作干脆利落，稳当可靠；而较差的员工，由于职业习惯不太好，工作拖泥带水，失误很多。

习惯的形成要依靠塑造机制。观察工作者的行为，对有利的行为进行强化（鼓励奖赏），不理睬不利的行为，从而使工作者形成新的良好职业习惯。塑造作用可以诱发出新的行为习惯，良好职业习惯形成之后，还应该用反复强化来巩固它。因此，利用习惯进行管理，可以做到事半功倍。

2. 注重人际关系

在人际关系理论的推动下，对于组织的管理和研究便从原来的以"事"为中心发展到以"人"为中心，由原来的对"纪律"的研究发展到对行为的分析，由原来的"监督"管理发展到"自主"管理，由原来的"独裁式"管理发展到"民主参与式"管理。管理者在管理中采取以工作人员为中心的领导方式，即实行民主领导，让职工参加决策会议，领导者经常考虑下属的处境、想法、要求和希望，与下属采取合作态度，管理中的问题通过集体讨论，由集体来做出决定，监督也采取职工互相监督的方式等。这样，职工在情感上容易和组织融为一体，对上司不是恐惧疏远而是亲切信任，他们的工作情绪也就可以保持较高的状态，从而使组织活动取得更大的成果。这种以人为中心的管理理论和方法也包含着一系列更为具体的管理方法，常用的主要有参与管理、民主管理、工作扩大化、提案制度和走动管理等。

对饭店管理者而言，如何科学合理地用人，是人力资源管理中最具挑战性，也最具艺术性的工作。只有用好人，才能发挥员工的积极性和创造性。用人的实质是安置好人，找到"人"与"事"的最佳结合点。

首先是用好一批人，所谓用好一批人，是指将饭店内年轻的业务骨干、有发展潜力的管理者和掌握专门技术的特殊人才分层次运用各种方式加以培养，大胆启用，建立人才档案，提供各种锻炼机会，按市场原则确定报酬待遇，充分调动起他们的工作积极性，使他们的内在潜质得以充分发挥，便于饭店挑选，并成为饭店各项业务管理活动的中坚力量。

其次是管好一批人，管好一批人是指对在饭店工作了几十年，为饭店的发展曾经作出贡献，目前由于年龄、知识结构等原因，已跟不上饭店发展新要求的那些人。他们是饭店的奠基人，"前人栽树，后人乘凉"，不能忘记他们，要尊重他们的经验和过去，让他们享受一定的待遇。但同时也要克服饭店论资排辈的陋习，要利用他们的经验优势来带好饭店的年轻人，带出饭店的接班人，而不是让他们成为阻止年轻人发展的绊脚石。

再次是流动一批人，流动一批人是指对不是骨干岗位，操作技能不复杂的员工，采取不签长期合同的办法，不断地调整人员。通过"流动"给他们施加压力，让他们树立不进则退的观念；用"流动"来给他们创造机会，发现自己的长处，找到更适合自己的工作岗位。另一方面，饭店亦可以从人员流动的过程中，及时发现每个人的长处，拓展用人视野。

饭店的管理者应通过上述"用好、管好、流动"的人员管理手段，在饭店内部建立起真正的"能上能下、人尽其才"的机制，最终使"不断追求更好"成为员工的自觉行为，由此提高客人的总体满意度。即便不是一线员工，也会通过他们对一线员工的后勤服务间接地影响顾客的满意度。

五、目标管理方法

目标管理是美国管理学家德鲁克的首创。1954 年，他在《管理实践》一书中首先提出"目标管理与自我控制"的主张，随后在《管理：任务、责任、实践》一书中对此作了进一步阐述。德鲁克认为，并不是有了工作才有目标，而是有了目标才能确定每个人的工作。所以"企业的使命和任务，必须转化为目标"，如果一个领域没有目标，这个领域的工作必然会被忽视。因此管理者应该通过目标对下级进行管理，当组织高层管理者确定了组织目标后，必须对其进行有效分解，转变成各部门以及各个人的分目标，管理者根据分目标的完成情况对下级进行考核、评价和奖惩。德鲁克还认为，目标管理的最大优点在于它能使人们用自我控制的管理来代替受他人支配的管理，激发人们发挥最大的能力把事情做好。

目标管理是使管理活动围绕和服务于目标中心，以分解和执行目标为手段，以圆满实现目标为宗旨的一种管理方法。目标管理的主要内容包括如下五点。

1. 要有目标

关键是设定战略性的整体总目标。一个组织总目标的确定是目标管理的起点。此后，由总目标再分解成各部门各单位和每个人的具体目标。下级的分项目标和个人目标是构成和实现上级总目标的充分而必要的条件。总目标、分项目标、个人目标，左右相连，上下一贯，彼此制约，融会成目标结构体系，形成一个目标连锁。目标管理的核心就在于将各项目标予以整合，以目标来统合各部门、各单位和个人的不同工作活动及其贡献，从而实现组织的总目标。

2. 目标管理必须制订出完成目标周详严密的计划

周详严密的计划既包括目标的订立，也包括实施目标的方针、政策以及方法、程序的选择，使各项工作有所依据，循序渐进。计划是目标管理的基础，可以使各方面的行动集中于目标。它规定每个目标完成的期限，否则，目标管理就难以实现。

3. 目标管理与组织建设相互为用

目标是组织行动的纲领，是由组织制定、核准并监督执行的。目标从制定到实施都是组织行为的重要表现。它既反映了组织的职能，同时又反映了组织和职位的责任与权力。目标管理实质上就是组织管理的一种形式、一个方面。目标管理使权力下放，使责权利统一成为可能。目标管理与组织建设必须相互为用，才能互相促进。

4. 培养员工参与管理的意识

普遍地培养员工参与管理的意识，认识到自己是既定目标下的成员，诱导员工为实现目标积极行动，努力实现自己制定的个人目标，从而实现部门单位目标，进而实现组织的整体目标。

5. 必须与有效的考核办法相配合

考核、评估、验收目标执行情况，是目标管理的关键环节。缺乏考评，目标管理就缺乏反馈过程，目标管理的目的（实现目标的愿望）就难以达到。

目标管理是以相信人的积极性和能力为基础的，企业各级领导者对下属人员的领导，不是简单地依靠行政命令强迫他们去干，而是运用激励理论，引导职工自己制定工作目标，自主进行自我控制，自觉采取措施完成目标，自动进行自我评价。目标管理的最大特征是通过诱导和启发职工自觉地去干，激发员工的生产潜能，提高员工的工作效率来促进企业总体目标的实现。

目标管理可能看起来简单，但要把它付诸实施，管理者必须对它有很好地领会和理解。首先，管理者必须知道什么是目标管理，为什么要实行目标管理？如果管理者本身不能很好地理解和掌握目标管理的原理，那么，由其来组织实施目标管理也是一件不可能的事。其次，管理者必须知道饭店的目标是什么，以及他们自己的活动怎样适应这些目标。如果饭店的一些目标含糊不清、不现实或不能协调一致，管理人员不可能与这些目标协调一致。再次，目标管理所设置的目标必须是正确的、合理的。所谓正确的，是指目标的设定应符合饭店的长远利益，与企业的目标相一致，而不能是短期的。所谓合理的，是指设置目标的数量和标准应当是科学的，是通过努力一定能达到的。最后，所设目标无论在数量或质量方面都具备可考核性，这是目标管理成功与否的关键。如果目标管理不可考核，就无益于对管理工作或工作效果的评价。

六、PDCA 循环管理方法

PDCA 循环是管理学中的一个通用模型，最早由沃特·阿曼德·休哈特（Walter A. Shewhart）于 1930 年构想，后来被美国质量管理专家戴明（W. Edwards Deming）博士在 1950 年再度挖掘出来，并加以广泛宣传和运用于持续改善产品质量的过程中。它是全面质量管理所应遵循的科学程序。全面质量管理活动的全部过程，就是质量计划的制订和组织实现的过程，这个过程就是按照 PDCA 循环，不停顿地周而复始地运转。

PDCA 四个英文字母及其在 PDCA 循环中所代表的含义如下。

P（Plan）——计划，确定方针和目标，确定活动计划。

D（Do）——执行，实地去做，实现计划中的内容。

C（Check）——检查，总结执行计划的结果，注意效果，找出问题。

A（Action）——行动，对总结检查的结果进行处理，成功的经验加以肯定并适当推广、标准化；失败的教训加以总结，以免重现，未解决的问题放到下一个 PDCA 循环。

1. PDCA 表明了管理活动的四个阶段和每个阶段的若干步骤

计划阶段：要通过市场调查、用户访问等，摸清用户对产品质量的要求，确定质量政策、质量目标和质量计划等。它包括现状调查、原因分析、确定要因和制订计划四个步骤。

执行阶段：要实施上一阶段所规定的内容，如根据质量标准进行产品设计、试制、试验，其中包括计划执行前的人员培训。它只有一个步骤：执行计划。

检查阶段：主要是在计划执行过程之中或执行之后，检查执行情况，看是否符合计划的预期结果。该阶段也只有一个步骤：效果检查。

处理阶段：主要是根据检查结果，采取相应的措施。巩固成绩，把成功的经验尽可能纳入标准，进行标准化，遗留问题则转入下一个 PDCA 循环去解决。它包括两个步骤：巩固措施和下一步的打算。

2. PDCA 循环特点

PDCA 循环实际上是有效地进行任何一项工作的合乎逻辑的工作程序。它可以使我们的思想方法和工作步骤更加条理化、系统化、图像化和科学化。之所以将其称之为PDCA 循环，是因为这四个过程不是运行一次就完结，而是要周而复始地进行。一个循环完了，解决了一部分问题，可能还有其他问题尚未解决或者又出现了新的问题，再进行下一次循环，其基本模型如图 2-1 所示。

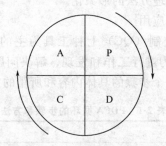

图 2-1　PDCA 循环的基本模型

PDCA 循环具有如下特点。

（1）大环套小环，小环保大环，推动大循环

PDCA 循环作为质量管理的基本方法，适用于整个企业和企业内的科室部门、班组以至个人。这里，大环与小环的关系，主要是通过企业的方针、目标、计划连接起来，上一级的管理循环是下一级管理循环的根据，下一级的管理循环又是上一级管理循环的组成部分和具体保证。这样，各级部门都有自己的 PDCA 循环，层层循环，形成大环套小环，小环里面又套更小的环。大环是小环的母体和依据，小环是大环的分解和保证。各级部门的小环循环一定要按顺序进行，都围绕着企业的总目标朝着同一方向转动。通过循环它依靠组织的力量来推动，把企业上下的各项工作有机地联系起来，彼此协同，互相促进。

（2）不断前进、不断提高

PDCA 循环就像爬楼梯一样，一个循环运转结束，生产、服务的质量就会提高一步，然后再制定下一个循环，再运转、再提高，不断前进，不断提高。图 2-2 表示了这个阶梯式上升的过程。

（3）处理阶段是 PDCA 循环的关键

因为处理阶段就是解决存在的问题，总结经验和吸取教训的阶段。该阶段的重点又在于修订标准，包括技术标准和管理制度。没有标准化和制度化，就不可能使 PDCA循环转动向前。

（4）形象化

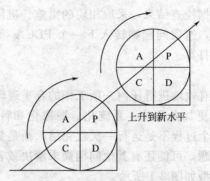

上升到新水平

图 2-2　PDCA 循环的步骤和方法

PDCA 循环是一个科学管理方法的形象化。

（5）科学管理方法的综合应用

PDCA 循环应用以品质控制（QC）七种工具为主的统计处理方法以及工业工程（IE）中工作研究的方法，作为进行工作和发现、解决问题的工具。PDCA 循环的四个阶段又可细分为八个步骤，每个步骤的具体内容和所用的方法如表 2-1 所述。

表 2-1　PDCA 循环的步骤和方法

阶段	步骤	主要方法
P	1. 分析现状,找出问题	排列图、直方图、控制图
	2. 分析各种影响因素或原因	因果图
	3. 找出主要影响因素	排列图,相关图
	4. 针对主要原因,制订措施计划	回答"5W1H" 为什么制定该措施（Why）? 达到什么目标（What）? 在何处执行（Where）? 什么时间完成（When） 由谁负责完成（Who）? 如何完成（How）?
D	5. 执行、实施计划	
C	6. 检查计划执行结果	排列图,直方图,控制图
A	7. 总结成功经验,制定相应标准	制定或修改工作规程、检查规程及其他有关规章制度
	8. 把未解决或新出现的问题转入下一个 PDCA 循环	

3. PDCA 有关问题

随着更多行业的管理中应用 PDCA，在运用的过程中发现了些问题。如：人在按流程工作一段时间后很容易导致惯性思维的产生，而失去创造性。为了避免 PDCA 在实际的项目中有一些局限，我们加入 PTC〔Plan（计划）/Try（试做）/Check（检查完善）〕作为创新型的评价体系，有了 Try 很重要，要求你去发现寻找新的东西，这在我们国家自主创新中是必不可少的。另外作为 Check 环节，让人感觉你是自上而下的检查作业，这容易陷人模式思维，Check 的同时也有可能抹杀创新的灵感，因此我们又提出了 PTS［Plan（计划）/Try（试做）/Study（研究学习）］，在这个过程中，发生改变的是 Check＞Study，站在学习的心态，时刻捕捉敏感问题，容易发现新事物，可以提高创新的能力。

其实，无论哪种公式或模式，关键在于执行过程中赋予它怎样的思想，尤其是对于 Check，赋予的思想不同，其发挥的作用自然不同。所有在应用中，还是建议 PDCA 要集中在管理思想的赋予。

4. PDCA 循环的灵活运用

灵活运用 PDCA 方法，可先从 CA 入手，然后再进入 PDCA 循环，即先"检查"、"处置"（改进）前一循环的实施效果后，再进入"策划"阶段。例如：制定年度方针、目标及实施计划方案时，应回顾上一年度方针、目标的实现情况，有准备地进入策划阶段与检查前一循环的实施效果后再进入策划阶段，即对上年度的 PDCA 循环效果进行充分验证后，再制定本年度的计划。其效果截然不同。

事实证明，进行 PDCA 循环时，尤其要注意 CA 环节，在此基础上进行策划，对提高策划的水平和有效性很重要。

复习思考题

1. 你认为管理者应该具备什么样的素质能力？
2. 饭店管理的基本职能有哪些？
3. 泰罗的科学管理理论的主要内容是什么？
4. 简述法约尔的组织管理理论。
5. 简述饭店的科学方法。

第三章　饭店人力资源管理

作为旅游业的三大支柱之一，旅游饭店是旅游者补充能量的重要基础设施。

饭店是包括人力资源在内的各种资源组合而成的竞争实体，其具有人力资源密集的特点且其服务产品质量直接与员工的工作状况相关。因而，旅游饭店的人力资源管理和开发就显得尤为重要。在激烈的市场竞争中，环境的变化、对手的改进和自身内部资源的消耗都会影响饭店的运行和发展。饭店竞争优势的持续保障是饭店获得发展的基本条件，而这又有赖于对饭店人力资源管理开发的科学定位。它在根本上影响着饭店资源的增值潜力及竞争价值。

本章主要介绍了饭店人力资源管理的概念，饭店人力资源部的工作内容和任务，员工招聘、培训的程序及方法；通过本章的学习使我们掌握激励员工和与员工沟通协调的基本方法。

【学习目标】

1. 人力资源是现代饭店最基本、最宝贵、重要的资源之一。
2. 人力资源管理的涵义、目标、招聘和激励方法。
3. 人力资源管理的沟通与协调方法。

案例 1

麦当劳，从 1990 年进入中国在深圳开设第一家麦当劳餐厅开始，目前，麦当劳在中国已开设了 680 多家餐厅，员工超过 5 万人。面对如此迅猛的发展速度，麦当劳是如何管理员工的呢？

公司要求在麦当劳工作的人要了解公司的理念、了解工作伙伴、了解各种日常制度、积极学习和寻找更好的工作方法。麦当劳崇尚"坚毅"，麦当劳创始人雷·克罗克认为："世上没有东西可取代坚毅的地位。有才能而失败的人比比皆是，才华横溢却不思进取者众多，受过教育但潦倒终生的也屡见不鲜。唯有坚毅的人无所不能。"此外，麦当劳还注重质量、服务和清洁，向顾客提供 100% 的满意，尽量满足顾客的一些特殊要求；公司强调"沟通、协调、合作"，大家都是平等的，有意见可以随时和管理组成员沟通。

同时，麦当劳充分运用激励机制，为每个不同岗位的人制定目标，达到目标即得到公司积分奖励，并可递增和积累。等到月底或年底可用来兑换相应价钱的奖品，如手表、雨伞、手电筒等。这样，员工每天都尽力做到最好，以得到尽量多的奖券。这种积分奖励方法，在麦当劳内部营造出了持久的竞争气氛。

与一般企业不同的是，麦当劳的大部分员工都是兼职人员。因此，每个员工都要提前与经理沟通，让经理了解自己下星期可以上班的时间段，以便提前安排。如偶有请假可请人替班，制度比较人性化。当员工熟悉了一个岗位后，可申请去其他的岗位，经理也会主动帮助安排。如果学会了所有岗位的工作，加上平时积极、良好的表现，员工就可得到晋升的机会。在麦当劳的管理层人员中，有相当一部分是从普通服务员做起，通过努力一步一步晋升的。

总之，在人力资源管理方面，麦当劳是靠积累了五十多年的发展经验来逐步提高的，而员工在感受到企业的诚意、活力和价值以后，会更加忠于企业。

第一节　饭店人力资源管理概述

随着市场经济的日趋成熟和知识经济的渐入佳境，知识对经济增长和经济发展的贡献将超过资本、土地等传统要素。人力资本成为决定企业生存和发展的最重要的资本。然而从目前我国饭店现状来看，大都存在着人才短缺现象，要么找不到合适的人才，要么留不住优秀的人才。人力资源的不足已成了企业可持续发展的瓶颈。所以如何加强人力资源管理，造就充足而优秀的人才队伍，将是我国饭店企业人力资源管理的重要课题。

一、饭店人力资源管理的概念

人力资源是指一切能为社会创造财富，能为社会提供劳动的人及其所有具有的能力。只有将人的体质、人的智力、人具有特定范围的才干、人的意识观念状态和道德准则这四个方面有机的组合，才能形成人力资源。由于人力资源中每个人在四个方面存在着差异，因而我们又把人力资源分为一般的人力资源和人才。所谓饭店的人力资源管理，也就是运用科学的管理方法，根据饭店的特殊需要发掘、提高、强化人力资源，并充分利用人力资源的四个方面，为饭店创造更多的财富。

二、饭店人力资源管理是科学化管理

饭店人力资源管理必须建立起一整套标准化、程序化、制度化和定量化的管理系统。标准化是指录用员工要有素质条件标准，岗位培训要有达标条件，服务工作要有质量标准等；程序化是指管理工作要按程序办事；制度化是指人力资源开发管理工作要有严密的规章制度作保障，使录用、招聘、考核等工作顺利进行，有据可依；定量化是指员工有合理的定员与定额，考核系统有科学的数量依据等。

三、饭店人力资源管理是全员性管理

全员性管理是指不仅饭店人力资源部或人事部对全体员工的培训与考核有责任，而且包括饭店全体管理人员对下属督导与管理的义务，是饭店全体管理者的职责之一。

四、饭店人力资源管理是动态管理

动态管理不仅要对员工的录用、招聘、培训、奖惩、晋升、退职等全过程进行管理，更要在工作过程中重视员工的心理需求，了解员工的思想动态，并采取相应措施，因人、因环境调动员工的工作积极性，使全体员工发挥出最大的效能。

 资料

国际饭店业认为，每一位饭店从业人员，不管他工作在饭店的哪一个岗位，都要深刻领会和掌握服务这一概念的国际含义和饭店服务的十把金钥匙。

1. 服务概念的国际含义

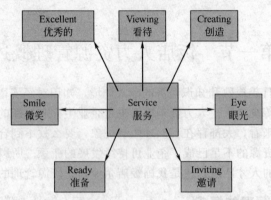

2. 饭店服务的 10 把金钥匙
① 顾客就是上帝。
② 微笑。
③ 真诚、诚实和友好。
④ 要提供快速敏捷的服务。
⑤ 要经常使用两句具有魔术般魅力的话语。
⑥ 佩戴好你的服务铭牌。
⑦ 每一位服务人员都要以自己经过修饰的容貌为骄傲。
⑧ 要有与他人合作的团队精神。
⑨ 在顾客问候你之前，先用尊称向顾客问候。
⑩ 每一位服务员要熟悉自己的工作，熟悉自己的饭店和有关信息。

3. 对不同人员的要求

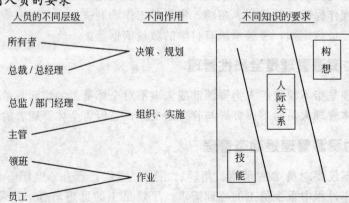

第二节 饭店人力资源管理

饭店人力资源及培训工作一般是由人力资源部与其他业务部门共同进行的。这两者的关系是：其他业务部门负责本部门人事培训的日常工作，人力资源部对其他部门的人事培训工作起服务、指导与监督的作用。虽然饭店的规模有大有小，但人力资源管理工作一般包括以下几个方面的内容。

一、确定所需员工的数量

1. 确定各部门所需的岗位数

确定各部门所需的岗位数首先要按照服务流程和分工的要求列出各个岗位数。例如要确定饭店前厅部的岗位数，可按照从接机到前厅的服务流程和分工要求列出各个岗位。首先，饭店要有机场代表在机场迎接散客，然后提供前厅迎接服务、行李服务、问讯接待及结账服务、电话总机服务、预订服务、大堂问讯与投诉服务，这就产生了各个岗位；再根据本饭店实际情况检查上述岗位是否可以取消或合并。如星级较低，哪项服务可以不提供？哪两个岗位由于他们的工作地点相近、工作量少和工作时间可以互相衔接，就可以合并。如在深夜 12 点到清晨 5 点，由于抵离的航班车次较少，总台的工作可以由 1 人承担。

2. 确定每一个岗位所需的员工数

岗位所需的员工数取决于下列因素。

① 岗位服务设施的数量与设施的利用率。如一家饭店有 300 间客房，其客房每天的出租率为 75％，那么客房服务员这一岗位的实际工作量是 225 间，而不是 300 间。

② 每位员工每班次所能完成的工作量。做这方面的计算要考虑三个方面的因素。

第一，要考虑法定工作时间长度及超额工作时间（一般按照每周工作 5 天，每天工作 8 小时计算），如以每天为单位计，由于饭店工作量波动性大，员工超额工作时间累计就可能很多，如果以每月为单位或以每季为单位计，员工超额工作时间累计就可能很少或者没有。这是因为有的工作日工作量少的话，可以让员工提前下班或者倒休，这样实际工作时间就减少了。大多数酒店以 3 个月为单位来计算员工的超额工作时间，这样就大大减少了超额工作时间费用的支出。

第二，要考虑工作标准。如日班客房服务员的工作定额一般是清扫 14 间客房，晚班客房服务员的工作定额一般是清扫 50 间客房的夜床。原因是日班客房清扫程序复杂、要求高，而晚班只要求小清扫和做夜床，标准不同，所需的员工数亦不同。

第三，要考虑每位员工的工作效率。也就是单位时间内所能完成的工作量。如有的人清扫一间客房需要 30 分钟，有的人只需 20 分钟。一般规定实习生和新员工在开始进入工作时劳动定额低，随着工作的适应和熟练，逐渐增加工作量。

3. 所确定的员工数要在人均营业收入或工资成本线以内

这是为完成饭店正常经营利润目标所必需的。如一家饭店的人均营业额为 6 万元，如果低于这一营业额，说明你的员工人数多，需要适当的裁员。美国饭店员工工资成本一般占营业额的 38%，中国饭店员工工资成本一般占营业收入的 25%，如果高于这一营业收入，就意味着你饭店的员工太多了，工资成本太高了，要考虑减少员工数量。

【例题】 某家饭店有 300 间客房，15 个雅间和共 300 个餐位的中餐厅和零点餐厅。客房平均出租率 65%，餐厅中午的上座率 50%、晚上的上座率 70%，请计算月营业额不少于多少万元才能使本饭店的 200 名员工的平均月工资拿到 1240 元？

可设相关条件：每间房平均房价 120 元/（间·夜）；每位就餐客人平均消费 15 元/（人·中餐），20 元/（人·晚餐）。

计算结果：当月营业额不少于 99.2 万元时才能保证员工的平均月工资拿到 1240 元。

4. 应考虑的干扰因素及相应对策

在饭店的运转过程中，有很多干扰因素影响着上述按科学方法配备员工数量的计算，其中主要有三个方面。

① 员工的病假与事假。

② 员工的流动。这是指员工流动前为了避免饭店对他采取不利之举，只在要走之时才提出辞职，使得饭店的经理与主管措手不及。

③ 顾客与工作量的波动。顾客的工作量和相应的工作量一般有三种波动类型。一是全年季节波动；二是每周的波动；三是每天的波动。

要解决这些干扰因素在人力资源管理方面有以下几个方面的对策。首先要适当安排员工的工作时间，如全年带薪休假可安排在淡季，也可安排在暑期有实习生进店顶岗实习的时候；可完全根据工作需要采取不规则的上班时间和分段工作时间。如餐饮部门可安排厨房的粗加工人员早晨 8 点钟上班，切配人员可在 9 点上班，厨师可在营业开始时的 10 点上班。其次对专业相近岗位的员工进行交叉培训，以便他们在忙闲不均时能够互相帮助。这种帮助既可表现在正常工作时间以内，又可以表现在业余时间做超额工作。第三就是要建立一支召之即来、挥之则去的临时工与后备员工队伍。这既可解决即使流动产生的临时缺人的问题，又可适当补充正式员工的需要。有的饭店除了有季节性的临时工队伍外，还与旅游学校的实习生建立了良好的关系，以作为后备的员工队伍，我国很多饭店与旅游学校校企合作，以作为后备员工的基地。

从经验来看，饭店业是一个人员流动率较高的产业，饭店人员流动率有的高达 50%，这说明人力资源部需要有一定的人才储备。

二、招聘员工

什么是员工最好的来源渠道？饭店业一般采用外部渠道和内部渠道两大类。

1. 内部渠道

内部渠道一般包括两个方面。①当饭店有岗位空缺时，向饭店内部员工开放，引起员工岗位的平行移动或垂直晋升。如将咖啡厅的服务员调到零点餐厅当服务员，或是前厅主管提升为前厅部经理。②让员工推荐他们的亲戚、朋友及同学到饭店工作。

利用内部渠道选用员工，特别是晋升员工，其优点是可以起到激励的作用，培养员工对酒店的忠诚情感，同时，被提升的员工由于对工作环境的熟悉，可以迅速适应新的工作岗位。但是不利于带来新的思想和新的变化，使饭店依然墨守成规，按部就班的工作，对运转不利的部门不会有大的起色。同时容易产生不公正和庇护关系。一般说来，一家饭店内部管理制度有效，员工风气很好，饭店不想改变自己目前的经营状况，就可以选用内部渠道来招聘员工。

国际著名的饭店集团往往都采用内部渠道来招聘员工。如威斯汀饭店公司在公司使命书上公开宣布，为每一个员工提供成才和自我实现的最有利条件。通过内部员工介绍来的新员工，他们对饭店的了解也要比其他申请者更为深刻，能够在了解了饭店基本情况下来工作，一方面能够很快适应环境，同时流动的可能性也会减小。

相反，如果饭店某一个部门管理效率低，风气不正，我们要改变目前的不良状况，就可以选用外部渠道来招聘员工。这样我们也可以避免形成小团体或非正式组织所产生的消极庇护作用。

2. 外部渠道

饭店招聘员工的外部渠道主要有：

① 旅游学校的学生；

② 来饭店申请工作者；

③ 职业介绍或人才交流会；

④ 广告。

一般认为，在一家饭店实习过的饭店管理专业的毕业生最好，因为他们的职业目的明确，既有专业知识，又对饭店了解和忠诚。其次是主动要求来店工作的申请者，利用这一渠道可以免除广告招聘的费用。可是当饭店即将开业之时，需要员工数量大，工种多，上述两个渠道就难以得到满足，这样饭店就会采用广告招聘和职业介绍所招聘的渠道。广告的优点是传播面广并且及时，被候选者多，缺点是费用高，工作量大，另外，在几家饭店同时为开业刊登广告招聘时，应聘人员的数量难以确定。如果饭店要用广告招聘员工，最好在需要录用或储备大量员工时集中起来做。饭店集团还可以以集团的名义来集中做这项工作，这样就可以节省招聘广告的开支。

员工招聘广告一般选用地方报纸、地方电视台或地方广播电台及互联网等形式。

饭店招聘广告的内容一般包括五个方面的内容。

① 饭店本身的介绍，如果饭店已经很有名气了，像希尔顿、喜来登酒店，就无需介绍太多，如果是一家新建的新命名的饭店，就需要介绍它的星级、类型和规模等。

② 招聘岗位的介绍。如是少数岗位，招聘岗位的字体要求大而醒目，以吸引应聘者。

③ 应聘岗位要求介绍。包括年龄、性别、教育程度、工作经验、工作时间及责任等。

④ 应聘岗位待遇介绍。工作班次、月薪、假期、晋升前景与其他福利待遇等。

⑤ 工作申请的联系方式。如联系人、联系地址、电话和网址及申请所需携带的各种证件及资料。

青岛香格里拉大饭店招聘信息

公司基本资料

所属行业：住宿和餐饮业　　　所在地区：山东省　青岛市市南区

注册资金：1000万～5000万　　公司性质：三资企业

员工人数：500～1000人　　公司主页：www.shangri-la.com

公司简介：

　　香格里拉酒店集团一向以殷勤待客之道著称，加之超豪华的设施，使其成为全球最成功的酒店集团之一。一直以来香格里拉酒店集团都非常重视员工的培训和发展，先后在深圳、北京设立了培训中心，并在北京成立了香格里拉大学，同时集团内部各饭店之间、饭店内部都为员工准备了大量的培训，以此来提高员工的各项能力，获得更好的发展机会。青岛香格里拉大饭店系香格里拉酒店集团旗下的独资饭店，地处青岛繁华地段，是青岛著名的豪华五星级酒店。到青岛香格里拉大饭店来寻找你的香格里拉吧！

公司网站：www.shangri-la.com

电子邮箱：recruit.slq@shangri-la.com

联系方法

公司地址：青岛市香港中路9号　　邮政编码：266071

联系人：叶小姐　　联系电话：053283883838

职务：招聘经理　　传真：053283895236

电子邮箱：recruit.slq@shangri-la.com

香宫、咖啡厅服务人员（职位编号12879）招聘人数：2人（已被查看1474次）

工作地点：青岛　　月薪：面议

学历要求：本科　　外语语种要求：英语

专业要求：不限　　性别要求：女

工作经验要求：不限　　年龄要求：不限

招聘方式：全职　　发布日期：2005-12-12　16：36：41

职位描述

要求：

女性，身高不低于1.62米；

品貌端庄，举止大方，热爱餐饮服务工作；

性格开朗、乐观、自信；

具备良好的沟通能力和团队合作精神；

具备良好的英文会话能力。

酒吧（职位编号 12880）招聘人数：4 人（已被查看 1452 次）

工作地点：青岛　　　　月薪：面议

学历要求：本科　　　外语语种要求：英语

专业要求：不限　　　性别要求：女

工作经验要求：不限　　　年龄要求：不限

招聘方式：全职　　　发布日期：2005-12-12　16：43：43

职位描述

要求：

女，身高不低于 1.65 米；

品貌端庄，举止大方，热爱餐饮服务工作；

性格开朗、乐观、自信；

具备良好的沟通能力和团队合作精神；

对时尚有高度的敏锐度和观察力。

前厅接待/商务中心文员/总机接线员（职位编号 12881）招聘人数：3 人（已被查看 1447 次）

工作地点：青岛　　　　月薪：面议

学历要求：本科　　　外语语种要求：英语

专业要求：不限　　　性别要求：不限

工作经验要求：不限　　　年龄要求：不限

招聘方式：全职　　　发布日期：2005-12-12　16：45：57

职位描述

要求：

品貌端庄，举止大方，热爱饭店服务工作；

性格开朗、乐观、自信；

具备良好的沟通能力和团队合作精神；

具备良好的中英文沟通能力。

健康中心接待员（职位编号 12882）招聘人数：1 人（已被查看 1439 次）

工作地点：青岛　　　　月薪：面议

学历要求：本科　　　外语语种要求：英语

专业要求：不限　　　性别要求：不限

工作经验要求：不限　　　年龄要求：不限

招聘方式：全职　　　发布日期：2005-12-12　16：47：33

职位描述

要求：

品貌端庄，举止大方，热爱饭店服务工作；

性格开朗、乐观、自信；

具备良好的沟通能力和团队合作精神；

体育专业，有教练证者优先考虑。

三、挑选员工

挑选员工的原则是既要使员工喜欢和胜任这一工作岗位，又要使工作岗位也适合员工的要求。要做到这一点，就需要制定工作岗位的要求并搜集应聘者的情况。具体要依次完成下列工作：制定饭店岗位要求说明书；制作饭店工作申请表；审阅工作申请表；进行面试和录用前的考试；核实申请者的有关情况及决定是否录用。

1. 饭店岗位要求说明书的制定

饭店岗位责任说明书是用来说明岗位的责任是什么，而饭店岗位要求说明书则用来说明岗位的任职资格与待遇是什么。大多数饭店将二者合二为一，既可以用于员工招聘，又可以用于员工的日常管理工作。

工作岗位要求说明书

岗位名称：酒吧服务员助手。

聘用人数：通常每班 1～2 人，视酒吧业务量而定。

资　　格：必须符合做酒精饮料服务的最低年龄要求。中专以上学历，听从指导。在繁忙时刻必须保持冷静。

工作时间：上午 10 点到晚上 10 点期间，每天最多工作 9 小时。

休 息 日：每周休息 2 天。

带薪假期：工作 1 年后为 1 周，工作两年后为 1.5 周，工作三年后为 2 周。

个性要求：令人愉快。在繁忙时也能保持温和。

联　　系：与所有酒吧服务员工联系。

工作类型：无技术的。

直接主管：酒吧经理。

工　　资：第三等级工资。

生活福利：提供制服并帮助洗涤。对工作 6 小时班次的酒吧服务员助手提供一餐免费的膳食。

经　　验：以前有工作经验固然好，但这不作为必要的前提条件。

身体要求：必须干净和健康。

责　　任：帮助酒吧服务员工作。

工作环境：正常。在使用一些切割器具时要小心。要搬运重物。

晋 升 到：工资第四等级、酒窖管理人员、酒吧服务员、餐饮服务员。

转　　到：餐厅服务员助手。

晋 升 来：可从盘子洗涤工、公共区域清洁工晋升到酒吧服务员助手。

饭店工作岗位要求说明书不但要把涉及员工任职条件的内容写清楚，而且要把员工所关心的一切工作待遇、福利和成长机会写清楚，同时也需要把各岗位之间的关系写清楚，以便于饭店对各岗位员工工作的调配与对他们进行针对性地培训。

2. 饭店工作申请表的制作

应聘者必须填写饭店工作申请表，饭店工作申请表的设计要按信息重要性来排列表

_____大酒店求职申请表

求职意向	部门	职位	工资要求	其他感兴趣的部门或职位		是否录用

姓名		性别		出生日期		贴照片处
政治面貌		民族		参工日期		
婚姻状况		身高		体重		
文化程度		专业		语言能力		
特长				证书		
家庭住址				邮政编码		
身份证号				联系电话		

受教育情况	起止时间	学校名称	所学专业及等级

工作经历	起止时间	工作单位及岗位	离职原因

奖惩情况	

家庭情况	与本人关系	姓名	现从事职业及工作单位

备注		求职人签名： 年　月　日

中各栏目的先后次序，栏目要能提供申请者的基本必需的情况；栏目所提出的问题必须符合法律规定；栏目不能过多。

3. 审核工作申请表

审核工作申请表，首先把一些明显不符合录用岗位要求的申请者排除掉。常见的不符合要求的情况有：所需应聘的岗位不适合，体质不适合，语言不行，专业技术和经验不适合，品质不行，工资要求太高和对工作时间有特殊要求等。

如果申请者已被排除在考虑之外，就要及时并委婉的通知他。关键是让每一个申请者感觉到饭店对他的处理和对其他人一样的公平。一种方式就是当申请者完全没有可能被录用的情况下，就说人员已满，十分遗憾；还有一种是今后他可能会被考虑再录用，就可以说你的申请表已被我们饭店储存，我们一有机会就会通知他。

大多数饭店为了省事，对落选的人不发通知，虽然可以节省人力和物力，但不符合国际惯例。一般应给申请者一封复信，表示饭店的感谢和关心，这也会在公众中树立饭店良好的形象。

如果申请者已通过工作申请表的审阅，就应及时通知他参加面试或其他考试。

4. 面试

饭店是高人际沟通与高情感的服务行业，对申请者的面试是十分重要的。在面试时要创造一种轻松愉快的气氛。面试主持者要对申请者的形体、举止、外貌、体质、语言、能力、衣着、清洁卫生等进行严格的审视。同时要让申请者了解它可能担任岗位的具体情况。在提问时，设计的问题一定要使申请者用完整的句子来回答，避免简单的回答"是"或"不"。面试结束时，应给申请者一定的时间来询问他感兴趣的其他问题，也应告诉他什么时候可以得到是否被录用的通知。

5. 员工的培训

饭店员工必须经过不断的培训，饭店服务质量才能得以保持和提升。正确选择培训内容、类型与方法十分重要，每个饭店管理者都应该成为这方面的专家。

员工的培训内容总体可以分为四个方面：职业态度、职业知识、职业技术和职业习惯。我们可根据岗位和培训需求将员工分为不同类型并进行有针对性地培训。如新员工上岗前的培训，在岗位上的培训，工作岗位调动培训，工作岗位晋升培训及针对服务与管理中所出现的问题的培训，以及服务方法、服务标准与饭店产品发生变化时的培训等。

饭店员工的培训工作一般是由人力资源部门和业务部门一起来做的。人力资源部一般负责新员工的入店教育培训、管理人员的培训、外语培训等。业务部门的主管和经理一般负责员工工作岗位的业务技术培训。

培训工作要有效地进行，还要注意掌握好培训的时间、培训的经费和培训的激励机制这三个因素。培训应安排在工作不忙的时期，如淡季、每周与每天的空闲时间。经费预算一般可以按照完成计划培训任务所需要的费用来计算，如聘请老师、占用场地、购买书籍和教学设备用具等所需的费用；还可以按照一个固定比例额来提取，如可按照员工工资额的百分比来提取。至于培训激励机制是让员工明确通过培训可以提高服务质量，提高服务质量后就会让客人更加认可，同时能为饭店和个人带来丰厚的利润和利益。要将培训成绩作为晋升的依据之一，要让员工认识到参加培训是人力资本的投资，是终生受益的。

饭店培训工作计划与实施的步骤和方法可以分为五个方面。

① 发现培训需求。一般是将目前员工的工作状况与所应达到的工作标准相对照，如发现存在差距，那就需要进行培训；还可以根据宾客的投诉、员工的抱怨和检查发现的问题进行培训。

案例2

喜来登饭店为了提高服务质量，开展了"喜来登宾客满意系统"的培训。其内容有四个方面。

① 遇见客人时先微笑，然后有礼貌的与客人打招呼。

② 以友善、热情和礼貌的语气与客人说话。

③ 迅速正确的回答客人的问题，并主动为客人排除疑难，找出答案。

④ 预测客人的需要，并帮助解决问题。

同时喜来登饭店通过大堂经理每周分析一次宾客的投诉、建议和表扬，通过人力资源部经理每周分析一次宾客的投诉、建议和表扬，通过总经理每周一次免费招待长住客的鸡尾酒会了解到的客人的问题和期望，来发现服务质量的问题和培训的任务。如果客人抱怨热菜不热，首先就要分析其产生的原因是什么。可能使用冷盘装热菜，可能厨师出菜以后，传菜员没有及时传送。显然，这些都不是设施设备的问题，而是技术的问题，于是对员工加强培训解决了这个问题。

② 制订培训计划。

③ 针对不同的培训任务和对象准备好不同的培训资料、场地、设备和老师。

④ 具体实施培训。国际饭店业技能培训的方法可以简单的概括为四句话。一是告诉你，就是告诉你如何去做。二是做给你看，就是示范一遍。三是跟我做一下。四是检查纠正你。

⑤ 评估培训成效。这主要是指总结培训效果。

6. 员工的考核评估

对员工的考核评估要考虑到每位员工的工作岗位等级；员工工作的实绩及工资等级。决定每一个工作岗位等级的考核叫做工作岗位评估。决定每一位员工相对于其他员工或工作标准的工作实绩高低的考核叫做员工工作实绩评估。而一项公平的工资登记制度应该能反映工作岗位等级和员工工作表现的不同。因此工作岗位等级的评估和员工工作实绩高低的评估对保证工资的公平分配来说是很必要的。

第三节　饭店员工的激励

假日集团的创始人凯蒙·威尔逊先生曾说过：没有满意的员工就没有满意的客人；没有让员工满意的工作环境，就没有令客人满意的享受环境。

　　饭店管理者的主要工作就是要创造出使下属愿意积极去工作的态度和行为，通过激励使下属有动力把工作做好。根据美国心理学家马斯洛的需求层次理论：每一个人的需求有多种层次，每一位员工需求的层次也是不同的，只有满足了他的层次的需求，他才会产生较高层次的需求。因此管理人员要按照每一员工对不同层次需求的状况，选用适当动力因素来进行激励。

　　激励一词的含义，一是激发、鼓励的意思；二是劝勉、指正之意。在管理理论中，激励包括激发和约束两个方面的含义，奖励和惩罚是两种最基本的激励措施。激励的两个方面含义是对立统一的，激发导致某一种行为的发生，约束则是对所激发的行为加以规范，使其符合一定的方向，并限制在一定的时空范围内。饭店管理者在激励工作中经常采用的基本形式，主要有以下几种。

一、需求激励

　　需求激励是饭店中应用最普遍的一种激励方式。其理论基础是美国心理学家马斯洛的需求层次理论。首先，管理者要自我激励，有效的自我激励要做到以下几点：

　　① 要用积极的心态正确对待工作中的困难；

　　② 有自信心；

　　③ 有明确的目标；

　　④ 建立感恩的心态；

　　⑤ 不为自己寻找借口；

　　⑥ 不谓失败。

　　饭店管理者在自我激励的基础上，针对每个员工对不同层次的需求分别进行激励（表 3-1）。

表 3-1　饭店管理者可选用的动力因素

需求层次	动力因素
自我实现	成就和荣誉 挑战性的工作 参与管理和拥有责任及权力
自尊	成绩证书 参加培训 轮岗工作 奖学金 对工作及时和定期的评估 责任和权力代表 征求意见 信息反馈 晋升 职称

续表

需求层次	动力因素
社会或归属	团体娱乐活动 饭店通讯 饭店口号 圣诞宴会或新年聚餐 小组成员 团体会议 饭店资助活动 敬语问候
安全和保险	工作安全计划 健康保险 退休金计划 工作保障制度 明确的办事政策和程序 公平的评价制度 公平的纪律制度 公平的抱怨制度 工会
生理	足够的工资 在工作期间的休息 工作餐 工作制服 清新的空气 适当的温度和湿度

　　需要注意的是，实际上人们所需要的动力因素是多方面的，综合性的，因此，我们也要注意动力因素的全面选用。一般与上述五种需求层次相应的动力因素都需要考虑，特别需要注意生存、安全和自尊三类动力因素的综合选用。

二、目标激励

　　1954 年，德鲁克在《管理实践》一书中，首先提出了目标管理的概念，并提出了目标管理与自我控制的理论。其方法是促使每一位员工关心自己的企业，使之成为提高士气和情绪的原动力。它包括企业目标、部门目标和个人目标。如果饭店目标与员工的个人目标方向一致，员工必然为达到饭店目标而努力工作。因为饭店目标的完成意味着个人目标也达到了。目标的制定要多层次、多方位，但最重要的是制定员工工作目标、晋升目标、业务目标等。

$$动力强度＝欲望强度×成功概率$$

　　如果欲望强度是 100％，成功概率也是 100％，那么动力强度就是 100％。反之，欲望强度是 100％，成功概率是 0，那么动力强度也等于 0。

三、情感激励

每个人对事物的认识和人的行为都是在情感的影响下完成的，情感激励是对人的行为最直接的激励方式。情感激励的正效应可以焕发出惊人的力量，使员工自觉地努力工作。所以管理者必须用自己的真诚去打动和征服员工的感情。管理者对下属员工的爱护、关心和体贴越深、越周到，越有利于员工形成一个和谐的心理气氛，使他们热爱自己的工作环境。我们可以充分了解员工的经济、住房、健康、家庭情况，尽力帮助他们解决衣食住行等生活中遇到的问题，这样，管理者也可以从情感上赢得员工的信赖和对饭店的忠诚感。

案例 3

清洁工见义勇为的理由

清洁工的工作在大公司来说是最容易被人忽视，也最被人看不起。但就是这样一个人，却在一天晚上，在公司的保险箱被盗时，与小偷进行了殊死搏斗，保住了财物。

事后，大家为他请功，并问他的动机。然而答案却是出人意料，他说当公司的总经理从他身边经过的时候，总会赞美他："你扫的地真干净。"

就这么简简单单的一句话，却能感动一个员工，并"以命相许"。

世界上有两种东西比金钱更为人们所需要，那就是赞美与认可。你对别人真诚的表扬与赞同，就是对他价值的最好的承认和重视。而能够真诚的赞美下属的领导，才能激发他们的潜在能力。

四、信任激励

管理者充分信任员工并对员工抱有较高的期望，员工就会充满信心，产生荣誉感，增强责任感和事业心。这样的员工愿意承担工作，更愿意承担工作责任，同时也愿意在自己的工作和职责的范围内处理问题。

五、榜样激励

以个人或集体为榜样，显得鲜明生动，比说教式的教育更具有说服力和号召力。榜样容易引起人们感情上的共鸣，给人以鼓励、教育和鞭策，激励他人模仿和追赶的愿望。这种愿望是榜样所激发出来的力量。在运用榜样激励时，要特别注意所树立的榜样必须有广泛的群众基础，真正来自于群众。另一方面，饭店管理者的行为本身就是具有榜样作用的，领导者自身随时都产生着一种影响力。领导者的工作态度、工作方法、性格好恶，甚至言谈举止都会给人以潜移默化的影响。

六、惩罚激励

惩罚激励是对员工的某种行为予以否定和惩罚，是指减弱、消退，已达到靠强化的方法来激励员工的目的。饭店管理者在运用惩罚激励方式时，必须明确批评和惩罚仅仅是一种手段，而不是目的。因为员工的不满意既可能产生很大的动力，又可能导致丧失动力。

由满足产生的动力叫做正动力，而由不满足或害怕遭到惩罚而产生的动力叫做负动力。作为一名有效的饭店管理者，要善于运用这两种不同的动力手段。

以上谈到的只是激励的几种基本形式，在实际工作中，激励并没有固定的模式，需要管理者根据具体情况灵活掌握运用。

第四节　饭店的沟通与协调

在现代饭店中，所有工作的完成都要依赖于沟通与协调。沟通能把员工组织和团结起来，它提供了合作工作的基础。而各个部门之间、员工之间、员工与宾客之间经常会发生矛盾和冲突，解决这些问题就需要管理者做好协调工作。

一、饭店的沟通管理

饭店管理者要通过计划对饭店进行管理，在制订计划前，先要将饭店计划目标告知各个管理层，各个管理层制订计划后，还要将计划传达给各自的下属。这一切都有赖于沟通：传递信息和接收信息。

沟通的作用：

① 使饭店政令畅通，使每个员工能及时了解饭店的各项政策；

② 管理更公开、公平、公正和民主化；

③ 能改善群体间的人际关系；

④ 能改善员工的态度和行为。

在饭店组织里有三种沟通方式：由管理者自上而下的传递沟通，由部门之间平行的沟通和由员工自下而上地向管理者进行沟通。

（一）自上而下的沟通方法

自上而下的沟通是从饭店的高层开始，通过中间管理层传递到员工身上。一般有两种信息沟通流。

1. 指导全体员工的信息流可以成为饭店组织信息

其作用在于使整个饭店的员工团结起来，这种沟通深入到饭店底层独立工作的夜间值班员，不同部门的管理人员。饭店组织信息包括：通知有关事项、各类知识介绍、职工活动等，它是发展一种团结精神。我们可以通过《饭店通讯》和《饭店员工手册》介绍饭店的历史、饭店的经营宗旨和目的；组织员工活动，如郊游或其他类的聚会等。饭店对每一位员工进行的饭店组织信息的沟通是一种潜移默化、永无止境的工作。

2. 指导个别员工的信息流可以称作饭店的指令信息

饭店大量的自上而下流动的信息不是组织信息，而是指令信息。在管理者与员工的沟通中，组织信息只发挥一种相对小的作用。管理者与员工的大多数沟通是口头式的沟通，一对一的，具有指令性质。没有日常指令性的沟通，饭店管理的计划和组织的功能将难以实现。

我们在工作中要防止指令信息与组织信息之间的矛盾冲突现象，要注意信息流的融合性。一般来说，所处管理层面越低，指令性信息就越多，组织沟通信息就越少。指令必须是有益的和全面的，但并不意味着所有的员工应该了解每一项工作的全面细节。例如，宴会经理应该知道每一个宴会的细节，但其中的许多细节并不需要告诉宴会的酒水搬运工，他们仅需知道这个宴会对饭店的重要性和有关宴会搬运工作的要求就可以了。

（二）平行的沟通方法

平行的沟通包括在工作小组和部门之间的有关活动计划的信息交流。这种沟通的主要作用是使小组和各部门的工作协调得更好。随着饭店规模的扩大，这一点越来越重要。这种沟通也能使管理人员与其他部门的人员通过联系，加强部门间的理解，创造出一种合作的气氛。

在饭店运转过程中，有许多工作要求采取快速行动。在这种情况下，通过一个共同的管理者来指挥所有的沟通，速度会太慢，这对饭店的许多工作是不可行的。很多工作需要我们直接进行部门的沟通，跳过部门间共同的管理者，快速协调解决存在的问题是十分必要的。平行的沟通方式应该受到饭店管理部门的提倡和鼓励。

（三）自下而上的沟通方法

在饭店的三种沟通方式中，自下而上的沟通方式是最容易被忽视，经常是不充分的，因为存在"害怕的障碍"。所以自下而上的意见和建议沟通的有效性取决于饭店管理层对员工参与管理的态度。如果管理层相信员工参与管理是很重要的，他们就应该提供一个鼓励员工参与的环境，保证员工的意见和建议受到尊重。

我们可以运用很多方法来鼓励信息自下而上的沟通。给予每一位员工可向管理者提供建议的"开门"政策，给员工讨论关心的问题的机会。与员工面谈和以问卷的方式也可以获得信息。我们还可以使用建议箱、"总经理接待日"及指定时间的"总经理电话热线"的方式。饭店出版物要为员工提供咨询问题和回答问题的专栏，这可以帮助员工避免面对面提建议时的难堪局面。

离职面谈为员工提供了一个不害怕报复的直率的论坛。在离职面谈时，员工会把自己的抱怨和意见毫无顾虑地表达出来。饭店员工的投诉处理程序应保证工会和管理层能听到所有的意见，特别要注意那些经常容易被忽视的领域。

（四）饭店沟通的具体手段

1. 体态语言的沟通手段

语言是人们思想交流的工具，它包括口头语言、书面语言和体态语言。体态语言是指我们的面部表情、手势和其他动作。现实中我们通过体态语言的手段沟通的信息要比口头和书面交流信息还要多。

行动常比言词更有影响力。大量的信息沟通是用我们的面部表情、手势，甚至我们的穿衣方式来完成的。翘翘眉毛、交叉手臂和一次深深的叹息，都是沟通的一种形式；走路的方式、脸色的变化都是有利的沟通手段；延伸的接触能传递信任、理解、怀疑与愤怒。虽然我们不是始终意识到这些体态语言的提示，但我们必须注意到，它们在决定沟通的有效性方面发挥了主要作用。

如果体态语言信息和所说的语言传递的信息相冲突，倾听者可能会变得糊涂。例如一位经理皱着眉头对员工说，"我对你们的表现很满意"，员工会感到迷惑不解，至少是语言信息的可信度打折。有效的沟通应将各种沟通手段结合在一起运用。

管理者不仅要注意自己沟通手段的使用，同时也要注意观察由员工所传递的信息，以便判断沟通是否有效。如员工在听管理者讲话时东张西望，这表明他们没有注意；如果员工在管理者讲话时架腿而坐，手臂环抱在胸前，且一只手捂着鼻子，则有可能表示不赞同所说的内容等，管理者需要正确、及时地了解、分析这些信号。

2. 讲演和书面沟通手段

大量的工作沟通是口头的。用口头语言来传递信息要比用书面语言来传递信息快得多。而且面对面的沟通可获得较高质量的反馈。双方可以互相提问，交换意见并能快速地处理日常的工作问题。使用口头语言要注意措辞与语音和表情的使用，以达到良好的沟通效果。

用书面文字进行的信息沟通也能获得反馈，但速度要慢一点，书面沟通也有它的优点。因为它是一种持久的参照物，能被存档和不断的再使用。而且图像加上文字能使沟通更加清晰。对大量的、分布在各地的信息接受者来说，文字信息要比口头信息传递得快。

根据实际需要来判断，口头与书面这两种沟通手段各有各自适合使用的环境，我们可以分别利用。

3. 会议

会议是饭店信息沟通的一种主要手段。它适合于传递饭店、部门和班组群体之间的信息。可由信息传递的需要来决定会议的规模、时间和次数。通常管理者和下属有每天、每周或每月的例行会议，以保持信息的正常沟通。

4. 饭店通讯和杂志

饭店目标、政策和活动一般可以通过《饭店通讯》或《饭店杂志》来进行沟通。如上海花园酒店的《百花园》、上海锦江集团的《锦江集团报》等，这些刊物提供了一种持久地信息来源，员工们可以在他们工作休息或学习时间里，阅读这些刊物。这样的出版物的内容应该是有趣并和员工相关的。员工既想了解到其他人员的动态，又想了解饭店的政策，还需要学习有关饭店的外语与专业知识等内容。饭店出版物也提供了一个让大家参与信息交流的场所，是一个双向沟通的工具。

在饭店中，其他与员工沟通的方法还有：《工作岗位责任说明书》、《工作岗位要求说明书》、年度经营财务报告、饭店员工的投诉处理等。对于管理者来说，不存在不需要沟通的问题，问题是沟通什么和如何沟通得更好。

二、饭店的协调管理

事实上，饭店部门之间、员工之间及宾客与饭店之间，由于在利益上的矛盾或认识上的不一致等，导致产生彼此抵触、争执或攻击现象是无法避免的。饭店的协调管理就是指饭店管理者对饭店部门之间、员工之间、宾客与饭店之间发生的冲突的管理。协调管理可以有效地提高服务质量，改善饭店与宾客之间的关系。通过协调管理可以充分利用饭店的各种资源，以保证计划健康顺利执行。

我们要根据冲突的性质与程度来选择其处理方式。一般根据冲突的性质是积极的还是消极的，将冲突分为建设性冲突与破坏性冲突两大类并加以处理。

（一）饭店建设性冲突的处理方法

饭店建设性的冲突是指饭店员工对饭店工作提出改进建议和宾客提出的改进意见与投诉等。这类冲突能加强饭店的服务气氛和凝聚力，或将存在的问题揭露出来，提醒管理人员及时去解决，从而防止严重后果的出现。对这类冲突的处理宗旨是加以鼓励。

1. 对员工提出问题的处理方法

第一，欢迎员工提意见，并规定管理人员要认真倾听和及时解决。为了使对员工意见的处理既及时又有条不紊，对员工意见的处理也应规定一定的程序。

资料

喜来登酒店为了使员工的投诉处理得有条不紊，规定：员工因工作原因而需要投诉必须按下列程序进行。

① 先找你的直接上级领导，让他来帮你解决问题，如果一周后仍然没有解决，你可以找你的部门主管。

② 如果你的部门主管一周内不能帮助你解决问题，你可以找人事部帮你解决你的问题。

③ 如果人事部一周内仍未帮助你解决问题，你可以找酒店的总经理。

④ 只有在经过以上途径后，问题仍未得到解决，你才能去找工会寻求帮助解决。不得跳越以上任何一步而直接去找工会寻求问题的解决。

⑤ 员工遇到非常情况可以直接找人事部经理投诉。

⑥ 员工在投诉期间停工的，暂停发薪。如果调查结果员工胜诉，再进行补发；如果员工败诉，将不再补发。

第二，设立员工建议箱。很多饭店将员工建议箱设在员工餐厅旁边，为了树立员工的主人翁精神，还吸引员工购买饭店的股票。

第三，员工问询表。人事部可以经常对员工发放问询表，了解他们与同事的关系，与主管的关系，对饭店有什么建议等，特别是对刚进饭店的新员工。

2. 对消费者提出问题的处理方法

为了更好地解决消费者对饭店的建议，应设立大堂经理，随时回答消费者的投诉问题；设立宾客建议箱；设立饭店质量投诉电话；在客房内放置宾客意见表。还要规定宾客投诉处理程序。

对于一些不激烈的小问题，处理的方法及程序一般是这样的：第一向客人道歉，做到对人不对事，主要是使客人感到安慰；第二是向客人表示同情，倾听客人的意见，用适当的手势和表情来表示你对客人的讲话内容是感兴趣的，努力听清事实，发现问题的线索和答案；第三采取行动，即告诉客人你将如何处理，他的问题大约需要多长时间可得到解决；第四去了解问题的当事人；第五确定饭店有关处理意见；最后感谢客人，将解决问题的处理方案告知客人，并感谢他提出的问题引起了你的注意，使他在饭店愉快。同时还要防止此类问题的再发生。

案例 4

某酒店一位客人王先生在结账时发现账单上有长途电话费，但他认为自己没有打过长途电话，可是前台收款员只能参照账单进行结账，客人十分生气，他就向大堂经理投诉。

大堂经理小李接待了王先生，他对王先生说："实在对不起，这件事给您添了很多的麻烦，影响了您的心情，我们感到十分的歉意，请你不要着急，慢慢说，我们会将这件事查清楚给您满意的答复的。"

听完王先生叙述的事情经过后，大堂经理小李迅速到总服务台了解情况：长途电话费是自动记录的，这说明肯定有人在这位顾客的房间里打过长途电话，可能不是顾客本人打的，因为他如打过一般不会赖账，可能是顾客的朋友打的，这位朋友打电话的时候有可能客人不在房间里。因此，大堂经理就将电话单拿来，根据上边打电话的时间启发王先生回忆，是否在这个时间有人在他的房间，而他正好离开客房，这人可能有急事需要打电话，就打了这个长途电话。

王先生回忆起来了，他的外甥来看过他，外甥的女朋友正好在外地工作，可能外甥与他女朋友通过电话。

王先生歉意地对大堂经理说："对不起，给你们添麻烦了。"

大堂经理小李带着微笑说："没关系，我们结账员也应该提醒您一下，因此，您也帮我们发现了服务不周的地方，我们十分感谢您！我们一定改进我们的工作，希望你下次再光临我店。"

对于客人反映比较强烈的问题，我们应该采用"绅士"的处理方法和程序。

一般是这样的：向客人道歉并陪伴客人到宁静、舒适和与外界隔离的地方，首先可以避免顾客投诉的激烈情绪与批评在公共场合传播。其次会使客人有一种平等、亲切的感觉；然后倾听顾客的意见，表示同情、关注并作记录；搞清问题的来龙去脉之后，感谢顾客提出的问题并说明你将采取的行动和计划，并告诉客人什么时候可以获得解决问题的结果，让他确信你将立即采取措施；值得注意的是，在没有事先了解清楚问题的有关责任前，不要轻易的承担责任，在没有了解酒店的处理政策前不要承诺和提供任何补偿；弄清楚问题之后将处理结果告诉客人，询问其是否满意，在分析投诉产生的原因后，采取一切必要的措施，防止类似事件的再次发生。

案例 5

客人李先生在一个月前在某酒店为自己 10 月 1 日的婚礼预订了宴会和客房，客房的房间号码是 702。李先生如期抵店，但总台服务员告诉他客房的房间号码是 502，但这位新郎坚持要 702 房间，接待员告诉他 702 房间已有一位香港客人入住，不可能换房，这位新郎听后十分生气，在大堂里大声喧哗，说酒店的预订服务不好，说酒店的服务太差，严重的影响了酒店大堂的气氛，李先生一定要见总经理。

大堂经理了解事情经过后，及时请示了总经理。陈总随即来到大堂，他把客人请到会客室，坐在李先生身旁，并请服务员为李先生送上一杯热茶，然后耐心倾听他的诉说。当他确定是饭店预订部的错误时，陈总承诺保证做到使这位新郎满意。

陈总当场宣布李先生已是饭店非常重要的客人（VIP）。在婚宴上，陈总派人送上了敬贺的喜庆蛋糕，同时，就餐服务提高一个等级，用银质餐具。另外将502房间隆重地布置了一番，客房四周摆满了鲜花并挂上了恭贺新婚的条幅，李先生看后非常满意，这一次"重量级"的投诉被圆满地解决了。

之后陈总问明预订变更的原因，指示预订部今后一定要按照向顾客所保证的预订办，不能随意推翻饭店做出的承诺。

（二）饭店破坏性冲突的处理方法

饭店破坏性冲突是指造成员工士气低落，宾客不满情绪增加，客源和营业额下降，成本提高的冲突。如个别员工偷懒，拒绝执行工作安排而引起的冲突等。具体的处理方法如下。

首先要说服并协商解决，如果说服和协商解决都没有效果的话，就要采取权威的解决办法，即通过行政主管运用行政纪律与指令来解决。运用这种方法一般只能改变双方表面的行为，无法影响其内在态度的改变，不能消除引起冲突的内在原因。一般情况下不要采用这种方法。如果不得不采用，要及时做好思想工作或准备进行根本性的组织机构与人员的调整。

复习思考题

1. 饭店人力资源管理的概念。
2. 饭店人力资源管理的主要内容有哪些？
3. 饭店管理者在工作中如何调动员工的积极性？
4. 如何做好饭店的协调和沟通工作？

第四章 饭店公共关系与企业形象

20世纪80年代初,公共关系从西方传入我国,从发展走向成熟,公共关系显示出其巨大的魅力。一些具有创新意识的组织领导者运用公共关系作为开拓事业的手段,取得了极大的成功。

随着饭店业的深入发展,饭店管理者更加清楚地认识到,现代饭店要为满足客人的需要而生产和提供服务,要根据瞬息万变的市场信息,根据客人的愿望、需求进行决策,要靠自己去开拓产品的购销渠道,构建市场营销网络,要通过各种人际交往、传播手段或各种社会活动来与公众保持广泛的联系,创造一个"人和"的发展环境,所有这些都离不开公共关系。

在本章中,我们重点介绍公共关系和企业形象的基本内容、构成要素,并结合饭店业的特点,阐述饭店业常用的几类专题公共关系活动以及饭店塑造形象的基础手段——CIS。

【学习目标】
1. 公共关系的三要素。
2. 公共关系与企业形象的关系。
3. 饭店公关机构的设置与公关的基本程度。
4. 饭店企业形象设计的必要性。
5. 饭店CIS的构成要素。
6. 饭店CIS的运作程序。

第一节 公共关系与企业形象

经济体制改革使我国企业走上了市场经济的轨道。现代企业间的竞争,不仅表现在产品质量、价格等硬件方面,也反映在企业形象等软件方面。随着高新技术突飞猛进的发展,企业间在硬件方面的差距逐渐缩小,竞争的焦点日益集中在企业形象上。从一定意义上说,企业间的竞争,也就是形象的竞争。公共关系作为一门塑造形象的艺术,将愈来愈受到人们的青睐。

一、公共关系的概念

案例1

香港实业家曾宪梓决定把自己作坊里生产的领带推向市场时,和许多香港时装界的老板一样，给自己的产品取了一个外国名字"Goldlion"，其中文品牌名为"金狮"。可是"金狮"牌领带在香港的销路一直不好。一个不愿接受"金狮"牌领带作为生日礼物的朋友解开了曾宪梓心里的疑团："我才不用你的领带呢！金狮金狮——什么都输掉了！"原来香港话中的"金狮"与"尽输"的读音相近，因而大家都避而远之。曾宪梓冥思苦想，一直想不出一个比较满意的名字。终于有一天，曾宪梓灵感迸发，把"Goldlion"中的"Gold"意译为"金"，"Lion"音译为"利来"，从而创造了"金利来"这个新品牌。香港人忌讳"尽输"，但对"金利来"这样一个吉利的名字，却是人见人爱。就这样，随着"Goldlion"的中文品牌名从"金狮"改为"金利来"，曾宪梓的领带一下子畅销香港甚至风靡大陆。

案例2

美国国际商业机器公司把原来的公司全称 International Business Machines Corporation 改为 IBM，以 IBM 为中心的企业识别标志简单、明了、流畅、美观、喊得响亮，一下子从众多企业中脱颖而出。

1. 公共关系

"公共关系"一词是英文"Public relations"的中文译称，英文缩写为"PR"，既可翻译成"公共关系"，也可翻译为"公众关系"。

公共关系作为一种社会现象，应该说是一种与人类社会的产生同步存在的客观事实。是指社会组织或个人在社会活动中的相互关系。只是这种现象在 19 世纪末之前，还没有探索出公共关系状态的变化和其一般规律以及如何能使人们获益。公共关系起源于美国，20 世纪初，美国的社会生产结构和市场体系发生了重大变化，"卖方市场"向"买方市场"转变，公众成为企业的竞争对象，企业要想生存和发展，就需要建立良好的公众关系，树立社会形象和公众信誉。于是公共关系作为一种经营管理方法，被应用在工商业领域。

2. 公共关系的定义

公共关系是社会组织为了塑造自身的良好形象，以这种特殊的管理职能，帮助其建立并保持与公众间的交流、理解和认可，运用传播媒介与公众进行信息沟通，并建立利益互惠的社会关系。

二、公共关系的本质和基本特征

（一）公共关系的本质

考察公共关系的本质，目的是区别与其他事物的差别，有利于我们了解、认识、运用公共关系。组织、公众和传播是构成公共关系活动的基本要素。

1. 公共关系的主体——企业组织

企业组织是社会组织和经济组织的一种形式。它是具有一定的目标系统、组织机构和职责权限的有机整体。它是以从事经济活动的方式，通过为客户提供优质的产品、周到的服务而获取经济效益的营利性机构。企业组织为了生存和发展，在生产经营过程中涉及到的各方面的关系都必须妥善处理，以获得多方面的支持与合作，从而使企业组织处于一种良好的运行状态中。

2. 公共关系的客体——相关公众

任何活动都是由主体、客体所构成的，主体是活动的主导者，客体是主体的工作对象。相关公众会随着社会发展和市场经济的繁荣而变化，他们对企业组织的影响与制约会越来越大，企业必须密切关注相关公众的动态，注重与他们保持一种良好的关系状态。

3. 公共关系的中介——传播沟通

传播沟通既是现代社会一种传递信息和联络感情的方式，又是联结主体与客体之间的桥梁与纽带。现代公共关系的传播沟通是一种"双向沟通"模式，是区别于其他传播的重要特征。

4. 三大要素之间的联系

企业组织作为公共关系活动的主体，具有很强的主导性。它希望通过一系列的公共关系活动来塑造形象、传播形象、影响公众、改善环境，创建一种"天时、地利、人和"的良好公共关系状态。

企业组织的相关公众虽然是被影响、被作用的对象，但公众有着自己的观点、看法和体验，因此要获得公众的理解和认同就必须认真对待公众利益，扎实做好公众工作。在市场竞争中，公众的支持是企业组织取胜的决定性因素。

公共关系作为一种现代经营管理科学与艺术，就是为了树立组织形象，用传播沟通的手段去影响公众。

"组织"、"公众"、"传播"这三个要素是我们对公共关系概念的全面阐释。

（二）公共关系的基本特征

公共关系作为一门管理科学，区别于社会组织的其他管理形式和活动内容。公共关系的基本特征可以概括为六个方面的内容。

1. 以公众为对象

如果说，人际关系以个人为支点，是个人之间的关系的话，那么，公共关系则是以组织为支点，是组织与公众形成的关系。因此，建立一个和谐、完善的公共关系网络，了解不同公众的特点、需求和价值取向，以促进组织与公众之间的双向沟通，为组织的生存和发展创造一个良好的人际环境和社会环境，是公共关系的重要任务。

2. 以美誉为目标

在社会公众中塑造组织的美好形象，是公共关系的核心目标。搞好公共关系的目的，是为了使组织拥有良好的形象，公共关系活动始终围绕组织形象的塑造而展开。塑造美好的组织形象，是公共关系活动追求的效果。

3. 以互惠为原则

公共关系是以一定的利益因素为纽带而把公众与组织联系在一起的。公共关系的价值取向是组织利益、公众利益与社会利益的统一。组织开展公共关系活动，在追求自身利益的同时，必须担负起相应的社会责任，兼顾组织利益、公众利益和社会利益。

4. 以长远发展为方针

　　公共关系是经过周密计划、科学运筹而实施的一系列具有连续性的战略战术。良好的公共关系，是在有计划地长期努力下形成的。组织的良好形象建立起来以后，还必须时刻监测环境的变化，及时调整公关策略，长期不懈地、稳定的开展公关工作。

　　5. 以诚实为信条

　　"诚招天下客，信得万人心"，公共关系必须奉行真诚的原则，对公众的态度要诚恳，承诺要守信，宣传要真实，言行要一致，交易要公平。诚实是组织开展公共关系活动的信条。

　　6. 以信息传播为手段

　　公共关系的本质就是公关主体和相关公众之间的一个全方位的双向的信息传播沟通活动。因此，公关主体以信息传播为手段，与组织的内外公众进行沟通，一方面要及时、准确、有效地将本组织的信息传播给相关的公众，使公众认识、了解自己，喜欢自己，拥护和支持自己；另一方面要尽量迅速、准确、及时地收集来自公众的反馈信息，了解舆论和民意，调整自己的行为，改善自己的形象。这种双向的信息传播，是实现公共关系内外信息交流的重要方式，是公共关系的重要特征。

三、公共关系与企业形象

案例 3

　　美国一家建筑企业，在一幢未竣工的高楼内发现了一批野鸽子。工人们本着保护生态环境的角度，开始试图把鸽子从房子里赶出去，可是鸽子死活不肯离开这里。无奈之下，工人们向总经理请示。老总扔下手头的活赶到现场。在他的安排下，大家请来了野生动物保护协会的专家救助鸽子，同时也请来了记者。结果，随着各大新闻媒体对这一事件的报道，该企业"珍惜动物、保护环境"的美名也一下子传遍了千家万户。

（一）企业形象

　　每个人有自己的形象，由人组成的经济组织——企业，也有自己的形象。企业的形象指的是企业的内外公众对企业的产品、特征及服务质量、管理水平、经营行为等的综合评价。

　　1. 企业形象的特征

　　企业形象由外显特征和内在精神两部分组成。外显特征主要是指企业名称、标志、代表色、广告、信笺、建筑式样、制服、名片等有形的、可见的东西。内在精神是指企业积极的价值观和行为准则，经营管理的特色，对产品和服务质量的追求，创新和开拓的意识，遵纪守法和诚实正派的经营作风等无形的、不可见的东西。它要通过人的心理作用才能感受得到。企业的内在精神是构成企业外显特征的基础，企业的外显特征要体现企业的内在精神。

　　2. 企业形象的组成要素

　　① 外观形象。这是最直观的要素。如企业的建筑物、名称、标志、店旗、店服等。

　　② 人物形象。包括员工形象、领导者形象和工作状态等。

　　③ 服务形象。企业是否考虑顾客的利益，服务是否周到、细致等。

④ 质量形象。质量是否经得起检验等。

⑤ 信誉形象。企业经营思想是否端正，是否重合同守信用，是否遵守社会道德等。

⑥ 市场形象。企业在社会中知名度的高低，市场占有率是多少等。

⑦ 社会责任形象。是否关心社会公众，是否勇于承担一定的社会责任，能被社会公众所认同等。

⑧ 技术形象。企业的创新能力是否旺盛、有发展潜力等。

⑨ 企业文化形象。企业员工具有的价值观念体系以及相应的文化教育活动的总和。

⑩ 效益形象。企业本身的经济效益如何？能否产生相应的社会效益，企业员工的福利待遇如何等。

总之，企业就是要运用各种方法，将以上的形象传给公众，使其对企业产生好感、认同感。

3. 企业形象的作用

"形象"对一个企业来说，可以成为一笔无形的财富。良好的企业形象的作用主要有以下四个方面。

(1) 良好的企业形象，有助于企业的产品和服务赢得顾客的信赖

首先它树立了消费者的消费信心。

现代人的消费观念已进入了"感性"消费的时代，人们更加注重品牌效应。在企业产品质量、性能等雷同的状况下，商标和企业形象变得比产品和价格本身更为重要备受关注。良好的形象有助于增强消费者的购买欲望，心理上产生自豪感，以拥有良好的企业形象"牌子"的产品为荣，以享有其服务为豪。

其次，良好的形象，为企业推出新产品作准备。

所谓"爱屋及乌"。有良好形象的企业推出新产品时，能吸引消费者，迅速打开销售局面。例如假日、喜来登、希尔顿等集团，就是依靠良好的企业形象使其分店开遍全球各地。

(2) 良好的企业形象，有助于增强企业的凝聚力和吸引力

一个拥有良好形象的企业，对外可以吸引大量的人才，能确保企业人力资源的持续。对内可以感染每一位员工，使大家在认同价值观的基础上"凝聚"起来，形成一种上下、内外一致的行为准则，并使员工由心理上的认同转化为行动上的参与，以"我是其中一员"而满足和自豪。

(3) 良好的形象，有助于获得社会各界的支持

良好的形象，本身可以产生两大奇迹。一是扩散——形象好，消费者会称赞该企业的产品和服务，这比企业花钱做广告宣传更让消费者相信。二是延续——良好的形象，在消费者心中留下深刻的印象后不会轻易改变，将长期影响着人们的消费心理和消费行为。

形象良好的企业，因具有较强的社会责任感，关心社区的建设，社区也更乐意为企业发展创造一个良好的外部环境。

(4) 良好的企业形象，有助于企业在竞争中赢得优势

企业的发展伴随着竞争。现代社会谁能将优秀、鲜明的企业形象呈现在公众面前，

谁就能在激烈的竞争中脱颖而出，稳操胜券。

（二）公共关系与企业形象

1. 企业形象是公共关系的基石

现代企业生产出的任何产品都离不开服务，都需要公众体验，这是与消费者之间的一种面对面的关系。因此，塑造企业形象应是公共关系的首要工作。

企业形象不仅是企业外显特征与内在精神在公众心目中的反映，而且还是社会公众对企业的总体评价。

2. 企业形象是公共关系的核心概念

通过多年的企业工作实践，以及对公共关系学学科理论的理解与研究，我们认为企业形象，是公共关系理论的核心概念，是贯穿于公共关系的一条主线。

第一，企业形象内涵丰富，有明显的外显特征和内在精神。

第二，企业形象的主、客体的统一，是左右公众总体评价的客观依据，是影响社会公众舆论、争取社会公众支持的关键。

第三，评价企业形象最基本的指标有两个：知名度与美誉度。因此，企业若想树立良好的形象，就必须把提高知名度与美誉度作为长期追求的目标。只有这样，企业才能重视员工自身素质的提高，重视产品和服务质量的优化，不断提高管理质量与管理效能。

第四，为了维护企业形象，应注意不断协调好各方面的关系，积极承担社会责任，注重企业利益与公众利益之间的平衡，争取获得良好的公众评价；开拓进取，增强凝聚力，注重塑造企业精神与企业风格。

第二节　饭店公共关系

饭店的公共关系活动，是由作为主体的饭店、作为客体的内外公众和作为中介的传播构成的，三者关系相辅相成，是不可分割的整体。饭店是公共关系的主导性操作机构，内外公众是公共关系的对象；传播是联结饭店与公众的桥梁。在公关主体的策略与谋划下，有目的、有计划，积极主动地改善饭店的内、外关系，能为饭店创造一种"人和"的良好公共关系状态，以利于饭店的生存与发展。

一、饭店公共关系的基本涵义

饭店是一个经济组织，因此饭店公共关系的作用是为饭店的经济利益服务的。它是通过为饭店塑造形象、改善关系、宣传招徕、创建环境等一系列公共关系活动，来塑造饭店的良好形象和赢得公众信誉，最终凭借良好的社会效益获取良好的经济效益。饭店业是旅游业的重要支柱产业，几乎占了旅游业总产值的一半。因此饭店业的发展是旅游业经济发展的基石。公共关系活动是使饭店走向现代化、走向世界、对内团结一致、对外开拓进取占领市场的重要手段。

二、饭店公共关系要素分析

案例 4

在江苏溧阳天目湖宾馆门前，一尊硕大的厨师造型吸引着消费者的眼球。只见他右手高高地托着印有"天目湖沙锅鱼头"字样的沙锅，左手骄傲地翘着大拇指，腰间的围裙上赫然印着"天目湖宾馆"的字样及水波纹标志。造型前面的文字介绍他是本宾馆的形象代表，著名的鱼头烹饪大师、天目湖沙锅鱼头的创始人朱顺才。走入该宾馆，消费者的视线再次被诸多的照片所吸引。这些照片中除了公众熟悉的一些政界人物、影视界明星外，唯一不变的主角就是朱师傅。从这些照片中，公众直接感受到天目湖宾馆沙锅鱼头的不凡身价和深远的影响力。而在饭店印制的各类宣传册中，朱师傅的形象也始终位于重要位置。

（一）饭店公共关系的主体

饭店公共关系的主体是饭店企业。相对于别的企业，饭店企业有着自己鲜明的行业特色，这就要求饭店应结合自己的行业特点组建公关机构，培养合格的公关人员。

1. 饭店公关机构的设置

饭店企业应根据自己的实际情况设置公关机构。

规模较小的饭店，可将公关机构设在总经理办公室，由该部门负责日常性的公关事宜，包括宣传资料的编辑和汇总、对外联络协作工作、礼宾接待工作、内部信息沟通等。公关塑造形象、拓展市场等功能，则协调饭店前厅、销售等部门共同完成。

中等规模的饭店可将公关部与营销部或前厅部合为一部。公关部设在营销部或前厅部应根据实际需要而定。

规模较大的饭店可设立单独的公关部，根据任务的多少分设新闻宣传组、公共事务组、内部协调组等。公关部一般设部门经理一名，其主要任务是负责拟订饭店公关计划、指导本部门的工作、协调部门及饭店与外部有关组织的关系、定期向饭店决策层汇报工作、提供各种决策咨询。

2. 饭店公关人员的基本素质

公关人员作为饭店企业形象的代表，对能否成功地开展公关活动起着决定性作用。因此，饭店公关人员应具备如下基本素质。

（1）高尚的职业道德

公关人员从事的是一种高尚的、富于创造性的智慧型劳动。要塑造良好企业形象，必须先以个人优秀的道德品质获得公众的认同。道德品质包括真诚可信、公正无私、乐于助人、勤奋努力、胸襟坦荡。

（2）强烈的公关意识

公关意识是一种综合性的意识，它指导公关人员创造性地开展各项公关工作。这些意识包括信息意识、公众意识、情感意识、开放意识、危机意识、创新意识、形象意识等。

（3）广博的知识结构

公关人员必须具备博而专、广而深的知识结构。不仅要掌握公关的基本理论和实务知识，还必须充分了解饭店企业和产品的特殊性，不仅要掌握风土人情、政策法规等综合性知识，还必须熟悉管理、经济、社交、传播、谈判等专项知识。

（4）良好的心理素质

由于公关工作挑战性很强，因而要求公关人员具有乐观向上、自信坚强、热情宽容、开放兼容的心理素质。

（5）全面的沟通能力

公关工作的顺利开展依赖于良好的沟通能力。因此公关人员应具备包括口头沟通、书面沟通和形体沟通等综合性的沟通能力。只有融会贯通不同的沟通能力，才能取得最佳的沟通效果。

（6）乐观的处事态度

从某些方面讲，公共关系是创造快乐、创造和谐的工作。作为公关人员，应始终保持乐观向上的精神，尤其面对逆境，要处变不惊、临危不乱，保持积极乐观的自信态度。

（二）饭店公共关系的客体

公众是饭店公共关系的客体，是与饭店发生联系并相互作用的组织和个人的总称。不同的主体，有不同的公众；不同时期的主体，也有不同的公众。它是饭店公共关系工作的对象。

1. 公众的基本特征

饭店公共关系的公众具有以下四个特征。

（1）广泛性

饭店在与各式各样的组织和个人发生联系的过程中，形成了各式各样的社会关系，它的范围非常广泛：顾客公众群中，有科学家、艺术家、商人、工人、教育工作者等；在客源输送机构公众群中，有各类旅行社、各有关接待部门等；在社区公众群中，有左邻右舍、兄弟单位、协作伙伴等；在媒介公众群中，有报纸、杂志、广播、电视等新闻单位；在政府公众群中，有上级主管部门、政府各职能机构等；饭店还必须面对内部公众，如员工、股东，员工是饭店最重要的、关系最密切的公众，而且员工和股东中的成分也不是单一的。因此，广泛性是饭店公共关系的公众的第一个特征。

（2）同质性

是指饭店公关的公众都因共同性质的问题和涉及到的共同利益，与饭店保持着某种联系。例如，某饭店正在组织一项大型活动，使这些原本并没有联系的参会人员，能共同关心这次活动的程序和具体内容。

（3）可变性

社会环境的变化直接影响着公众价值观念、消费行为、思维方式的变化，因此，公众具有可变性特征。随着社会的发展，人们经济能力提高，消费需求及购买力都在变化。正是由于这种可变性，饭店公关工作必须围绕公众的需求，采取相应的对策，寻找有利于饭店发展的公关之路。

（4）可导性

公众的动机和态度具有可导性。饭店公共关系工作借助各种公关方式和手段，通过不懈努力塑造饭店形象，逐渐影响和改变公众的态度，创造较高的公众信誉度和美誉度。

2. 饭店公众的分类

公关工作如没有目标公众，就失去了方向。饭店公共关系的公众可分为内部公众和外部公众。

饭店的内部公众，包括员工和合资饭店中的股东，他们与饭店有最直接、最密切的利益关系，与饭店同呼吸共命运，是饭店公共关系的重要目标公众。员工作为饭店最重要的、关系最密切的公众，有三个部门是饭店与员工之间的桥梁和纽带：人力资源部代表管理层，工会是职工代表，而公关部则是"中间人"的角色。他们是管理部门的助理和参谋，协调内部关系，激发员工的士气和潜力。同时，他们还是员工的顾问和代言人，为员工维护利益的需要提供沟通和渠道，向主管部门反映员工的意见和要求，通过沟通和改进措施，能有效地调动员工的积极性和归属感。

饭店的外部公众，主要是指与饭店有着较紧密联系和较重要利益关系的社会群体。它们应该是：主要顾客群、客源机构、社区、新闻媒介机构、政府机关、旅游教育界、饭店物资设备供应商、金融界和竞争对手等。现代社会能否正确处理好与外部公众的关系，是衡量一个组织机构素质的重要标准之一，也是饭店能否取得成功的重要条件。

3. 饭店公众的发展趋势

随着社会的进步，饭店所面临的公众队伍也发生了变化。其突出表现为以下三点。

（1）公众构成日益复杂

以往，中高级饭店的宾客主要是来自大公司、大企业的商务旅游者、海外旅游者以及少部分家庭旅游者。随着人们生活水平的提高，越来越多的家庭旅游者加入到饭店主要客源队伍中，这些家庭旅游者来自不同的地域，有不同的文化背景，他们与饭店原有的客源共同构成了饭店公关的重要客体。饭店在组织策划各类活动时，应考虑这些变化而带来的不同公众的需求。

（2）消费理念日益成熟

如今，饭店面对的公众都积累了较丰富的消费经验，有较强的自我保护意识。在与饭店交往中，饭店稍有不慎，就可能招致公众的投诉。因此，饭店在组织策划各类活动时，应充分考虑活动内容的严谨性，防止出现漏洞或缺陷，避免引起不良后果。

（3）感性要求逐渐强化

公众希望在与饭店交往的过程中，能感受到来自饭店的情感关怀。因而，饭店在组织策划各类公关活动时，应考虑如何突出各项活动的感情色彩。

特别需要注意的是，任何一家饭店的公众时刻处于变化和发展之中，因此，饭店必须随时掌握变化了的公众数量、质量、态度、范围、性质等方面的情报资料，据此修正原来公关计划中的目标、重点、方针、政策和手段等，使公关活动适应相应的变化。

（三）饭店公共关系的手段

公关手段是联系主体和客体的纽带，借助于公关手段传播沟通活动。形形色色的传播沟通活动在主体和客体之间搭起一座信息沟通的桥梁，使主体和客体在信息充分共享的基础上，建立并保持良好的关系。

饭店可利用的公关手段非常丰富。以信息传播沟通手段而言，有语言沟通、非语言沟通、电子媒体沟通、印刷媒体沟通、其他媒体沟通等。不同的沟通手段有不同的特点，饭店应该根据不同的公关目的、公关活动来选择不同的传播沟通手段，使沟通效用最大化。

1. 以信息宣传为主的公关活动

饭店通过各类传播媒体或内部沟通等途径，开展各类信息沟通活动，树立形象。典型的形式有新闻发布会、记者招待会等。其特点是以信息传播为中心，时效性较强，传播面较广，推广形象效果显著。不足之处是片面突出信息宣传，有"王婆卖瓜，自卖自夸"之嫌，并且活动的有效性持续时间短，易被淡忘。

2. 以采集信息为主的公关活动

以采集信息为主的公关活动，目的是通过信息采集、舆论监督、民意测验等工作，掌握与饭店有关的信息，为饭店管理决策提供咨询，使饭店的行为与民情民意、市场发展趋势以及社会利益相适应。典型的方式如各类调研活动等。这类公关活动应贯穿饭店发展的全过程。

3. 以联络感情为主的公关活动

这类公关活动一般通过人际交往的方式进行。在人际交往过程中，以语言、类语言及体态语、物语等作为信息沟通的媒体开展公关活动。典型的方式如各类茶话会、联欢会、纪念会等。其特点是由于活动的主体和客体都是人，因此，带有较浓厚的感情色彩，双方通过面对面的方式直接交往，容易深入交流信息，及时获取反馈。不足之处是如果违背公关原则开展交际，容易成为庸俗公关活动。

4. 以优化服务为主的公关活动

饭店是以服务为主的行业，在开展公关活动时，应突出活动的服务性，以实际行动获得公众的了解和好评，密切与公众的关系。如营养知识宣传、消费咨询等。

5. 以服务社会为主的公关活动

饭店通过举办各种社会性、公益性、赞助性的活动来塑造企业形象，目的是通过积极的社会活动扩大饭店对社会的影响。如赈灾捐款、资助希望工程、体育事业等。

三、饭店公共关系的基本程序

为了使饭店公关工作富有成效，应在收集信息、塑造形象、协调关系、决策咨询、拓展市场等方面发挥功效。

（一）收集信息，调查研究

公共关系需要预测发展趋势。对信息的收集、整理、传递、反馈是公关部门和公关人员的重要职责，所有的公关活动都应建立在广泛、正确的信息基础之上。

1. 信息收集的范围

① 关于饭店形象的信息，如知名度、美誉度、支持率。

② 关于产品的信息，如有形产品、无形产品。

③ 有关公众的信息，如有关公众的基本情况、需求差异、情感倾向性、市场环境

以及政策法规、社会习俗、社会热点等的趋势。

2. 信息收集的渠道

① 内部信息收集渠道，如计算机系统、各类报表、工作报告、内部行文、各类会议、各类特别记事、内部刊物、谈话记录、值班日记等。

② 外部信息收集渠道，如各行业公开发行的报纸或统计资料、各类贸易会或洽谈会、宾客的信息和反馈、各类行业交流会、非正式聚会等。

③ 信息收集的方法，如问卷、访谈、观察、资料摘录等。

3. 研究梳理、分析判断

应对收集到的信息进行迅速、准确、全面、重点突出的过滤、鉴别、分析、综合处理，得出最终的分析结果，为决策服务。

（二）制订计划，设计形象

经过调查研究，发现并确认问题后，为确保公关活动的一致性、准确性和连续性，饭店应思考对策，拟订公关计划。

（1）确定公关目标

公关计划是饭店开展公关活动的纲领性文件，首先要确定公关目标。为确保目标的有效性，公关目标应与饭店总体目标一致。其次是公关活动前后目标要一致。

（2）对公众对象分类

饭店所面临的公众队伍广泛而复杂，因而饭店应在对公众进行恰当分类的基础上进一步分析公众。饭店既应了解不同公众对饭店的共同需求，更要了解不同公众对饭店的特殊需求，以便公关活动较好地切合公众的需求。

（3）设计公关主题

饭店在设计公关项目时，必须着重考虑每一次公关活动的主题。公关主题除新奇之外，还应适应公关对象的心理需要，并能成为连接整个公关活动的纽带。主题必须含义清楚、观点鲜明、中肯诚实、便于记忆，还要起到主导、联结整个公关活动的作用。主题应符合饭店的实际情况，否则，当饭店无法实现承诺时，将失去公众信任，严重损害饭店形象。

（4）编制实施细则

为加强公关计划的可操作性，饭店应编制实施细则，包括实施某一公关项目所需要达到的效果、时间进度、人员责任、分工、经费控制、所需的器材设备、成果考核及考核方法等内容。

（5）公关计划的论证

对重大的公关计划可请有关领导、专家和实际工作者进行可行性论证，主要对公关目标、限制性因素、预期结果进行综合分析，并考虑可能出现的突发情况或不可控因素，准备备选计划和应急手段。

（三）实施过程管理，评价形象

公关计划的实施过程是整个公关活动的中心环节。是饭店运用各种现代传播技术和沟通手段，把预期的信息传达给目标公众，改变目标公众的态度，促成目标公众的行动，创造对饭店有利的各种环境。由于外部环境具有不可控的特点，饭店在实施计划过程中，要随时注意新情况、新问题、新动向，必要时对公关计划作出及时调整。

四、饭店公共关系的功能

饭店公共关系是"内求团结，外求发展"的现代经营管理科学，它贯穿工作各个环节，渗透于经营管理的各个方面，在饭店的各项活动中发挥着独特的作用，直接影响着饭店的决策、经营、管理和服务。饭店公共关系有以下六个功能。

1. 信息情报功能

在经济快速发展的今天信息就是战略资源，是饭店提高竞争力和占领市场的前提条件。饭店必须通过有效的手段采集有关饭店的信息，经过分析、处理，选择有价值的信息，作为调整和完善饭店经营决策的依据，确保饭店目标的准确性与科学性，使饭店在市场竞争中立于不败之地。

2. 参谋、咨询、决策功能

市场变化莫测，饭店所做的战略性决策仅靠个人的才智很难成功，要保证经营决策的正确，就需要了解大量的信息，进行多方面、多角度、多层次的论证，饭店的公关人员收集信息、提供咨询建议，对饭店做出正确判断和决策起着重要的参谋作用。

3. 宣传传播沟通功能

饭店需要知名度，就需要不断向外界宣传组织政策、宗旨和行为，与公众保持信息、情感、态度和行为四个层次的密切交流，以达到让公众了解饭店的特色、理解饭店的目标、拥护饭店的行为，成为饭店忠实的行动公众的目的。饭店公关部对外宣传是一项极重要的职责。

4. 交际社会交往功能

饭店公关的目的就是与公众保持良好的关系，使饭店处在"天时、地利、人和"的环境中，要达到这个目标就要求公关人员通过广泛的社会交往，为饭店广结善缘、赢得信任与好感，为今后的合作奠定良好的基础。

5. 协调功能

饭店要保持与内外环境的平衡与和谐，协调功能非常重要。协调饭店员工与领导之间的关系，保持上下同心，是实现饭店目标的基础；协调饭店内部各部门之间的关系，保持同步与和谐，是实现饭店目标的保证；协调饭店与外部公众的关系，避免和减少不必要的冲突，是实现饭店总体目标的条件。

6. 服务功能

饭店公共关系所开展的协调公众关系、优化环境等一系列工作，其根本目的就是帮助饭店实现组织目标。所以说公关的一切活动都是为饭店组织的利益服务的，具有很强的从属性与服务性。

第三节　饭店 CIS 设计

饭店形象是人们对饭店特征和状况的抽象反映。如我们对中国大酒店的认识，它是一家五星级的豪华饭店，接待过来自世界各国的高级首脑，有高消费食宿，有优质服务等。至于中国大酒店有多少员工？有多少房间和床位？有多少道特色菜肴？有多少把"金钥匙"等诸多细节，反而显得无关紧要了。所以说，这里指的饭店形象，是指社会公众对饭店在经营活动中显示出来的行为特征和精神面貌的总印象，以及由此产生的总体评价。

案例5

石家庄国际大厦导入 CIS 后，在饭店内部推行以人为本的管理和"暖＋严"的管理风格，大大增强了饭店的凝聚力，唤起了员工对企业的信赖，增强了认同感。

案例6

麦当劳几十年来严格遵守"质量、服务、清洁、价值"的经营理念，并持之以恒地将其落实到具体的工作和员工的行动中去，优质服务使麦当劳在激烈的竞争中立于不败之地。

案例7

江苏锡州宾馆将质量保证写进了《CIS手册》，提出融高效原则与温馨天使为一体。温馨天使是指在程序化、规范化、科技化的高效服务体系中融进温馨、微笑与激情，使客人不至于因为程序和规范而感到乏味。员工认真履行《CIS手册》，实行质量承诺。

一、饭店进行 CIS 设计的必要性

CIS（Corporate identity system），可翻译为企业识别系统。它以形象为中心，注重从企业的理念、行为、视觉三方面进行全方位的识别设计，制造企业优势、产品优势和竞争优势，是科学调控各种有效资源的系统工程。

（一）形象

"形象"是 CIS 中的重要概念。大家知道，对每个具体的客观事物的本身的认识，都是先通过感觉器官对有形物质的感觉后才产生印象，也就是说先有"形"后有"象"。

形象的特点如下。

（1）主观性

形象是一种具体的形状或姿态，它有形、具体、可描述，是一种客观物质的存在。同时，因为人是形象的感受者，所以带有主观性。

（2）可塑性

因为形象可通过后天的努力重新塑造，形象的另一重要特点就是它的可塑性。

正因为"形象"的这两个重要特点，为我们进行 CIS 设计提供了切入点。在现代社会中，形象是企业的无价之宝。世界范围内如索尼、奔驰、丰田、柯达、IBM、迪斯尼、微软、麦当劳、可口可乐等，它们的形象价值远远超过了它们的固定资产价值；中国的海尔、茅台、五粮液等，其无形资产价值也非常大，这就是形象的魅力所在。然而，企业"形象"不是一时一事就能建立的，是要科学地对企业所处的内部环境、未来

需求和经营目标进行分析、预测和设计，并以此开展各种活动，长期一贯的坚持，才能真正的塑造好企业形象。

（二）CIS 设计的必要性

1. 从饭店的发展趋势看

随着世界旅游业的发展速度的加快，饭店业迅猛发展、竞争环境也日趋激烈，走饭店集团化之路将是必然趋势。伴随饭店集团化，饭店规模不断扩大，为了统一饭店的服务规程、服务标准以及突出本饭店的特色，就有必要进行饭店 CIS 设计。

2. 从饭店的现状看

中国饭店业经过几十年的发展，星级饭店已超过万家。饭店经营管理者面临着一个重要的问题：如何从众多的饭店中脱颖而出？于是引入饭店 CIS 设计就成为当务之急，也是重要的经营管理手段。

3. 从饭店产品的特殊性看

饭店产品与其他企业产品不同，有其特殊性。这些特殊性也使得现代饭店在经济管理中更应注重 CIS 设计。

① 饭店产品的无形性，可通过建立形象识别系统，将无形产品具体化。无形的服务借助有形物质的展示，达到让事实作证的目的，将无形的服务变为有形的形象，从而树立饭店整体形象。

② 饭店产品营销的脆弱性，可通过建立饭店形象识别系统，使营销手段变得灵活。饭店的产品不是产品移向宾客，而是宾客移向产品。宾客离店时，不能带走饭店产品，只能带走得到的感受，饭店产品的销售主要靠名声来吸引宾客来店消费，因此饭店产品营销具有脆弱性。饭店的名声一方面可以通过各种现代化的传播媒介，如电视、报纸、饭店简介等来拓展；另一方面也可通过提供优质服务，让"回头客"将获得的良性信息传播到潜在客人身上；还可以通过"第三者"来宣传形象。这种宣传、服务都应在理念识别的指导下进行。

③ 饭店产品质量的不稳定性，可通过建立形象识别系统，稳固饭店的客源市场。饭店产品的不稳定性体现在不同的服务员对客人提供的服务是不同的；就是同一服务员，也有可能因一些不可避免的因素无法提供一致的服务水准；再加上对服务质量的衡量往往因人而异。所以，建立良好的饭店形象，可以使客人能持理解的态度、合作的精神来看待自己所得到的服务。如在一个自己有好感的饭店内，即使服务员出了一点差错，客人一定会谅解；否则，客人很可能会吹毛求疵，加深误解和不满。如果形象好，宾客关系牢固，饭店的客源市场相应也较稳定。

④ 饭店产品消费的随意性，可建立形象识别系统，激发人们的消费欲望。旅游是人们生活水平提高后产生的一种享受型休闲活动，容易受客人的情感、兴趣、动机等心理因素的影响，随意性较大。而良好的饭店形象可以诱发客人对饭店产品的需要。如同是吃一顿饭，当消费价格差不多时，客人一定会选择形象好的饭店。

⑤ 饭店产品的不可储存性，可建立形象识别系统，加强产品的使用率。饭店的产品不像别的商品一样可以储存。当天产品卖不出去，就实现不了价值。鉴于此，饭店更应通过一系列的形象识别设计，来加大自己的推销力度，降低饭店产品——服务的"报

废率"，最大限度地利用饭店产品。

总之，作为现代饭店经营管理者，应该明确：创造良好的饭店形象，促使客人购买饭店的服务项目，促使客人对这些服务加以肯定，是饭店立足之本、成功之本。

二、CIS 的构成要素

案例8

珠海银都酒店是一家五星级饭店，其食街从早到晚，总是熙熙攘攘，碰上吃饭的高峰时间，客人不得不长时间等位。其生意火暴的秘诀何在呢？得益于它"源于大众，服务大众"的经营方针。这里的建筑布局宛如民间闹市，用餐方式轻松随意，食街的美食佳肴更是集前人之大成，妙趣横生，品种多达400余种。菜式大多为我国南北小吃、家乡小炒，煎、炒、蒸、炖样样俱全。难能可贵的是作为高星级酒店的产品，这些"不登大雅之堂"的小菜又被高明的师傅精心烹制，做得更加精细、雅致，品种更是推陈出新，不断丰富。在食街，各种食品明码标价，便宜公道，难怪人们称赞这里是"五星级大排档"。

餐饮市场瞬息万变，顾客的口味也越来越挑剔，银都食街始终坚持如一的"源于大众，服务大众"的方针，无论华衣锦服或是粗衣布衫的顾客，服务员都会提供热情周到的服务。食街管理给员工反复强调的价值观是"来者都是客，即使再忙，也不能怠慢客人"。银都食街犹如一个平易近人的朋友，赢得了大众的青睐。

案例9

上海华亭宾馆的一位服务员在一次新婚酒宴中，给客人上汤时，由于客人突然立起敬酒，撞到了服务员身上导致身体失去平衡。在热汤即将洒向客人时，服务员出于职业本能，将热汤洒向自己，烫出一串水疱，服务员还是不声不响地完成了以后的工作。这位服务员用他的实际行动诠释着全心全意为顾客服务的誓言。

作为一项系统工程，CIS 是一个庞大体系，主要由 MIS、BIS、VIS 三大子系统构成。这三大子系统相互作用，协调运作，共同烘托出饭店企业的整体形象。

（一）MIS

简单地说，理念识别系统（Mind identity system）就是饭店精神气质，它建立在企业长期发展过程中所形成的文化价值体系之上，结合饭店特色、行业特色、时代特色、企业的发展战略目标，在创新的基础上，构建出一套新的价值体系。这套价值体系能得到社会普遍认同，能体现饭店自身个性特征，能保持饭店正常运作并促进其发展，能反映出饭店明确的经营意识。

饭店理念识别系统主要包括以下三方面的内容。

1. 战略目标

战略目标即饭店在较长时间内指导全局的总方针、总计划。它要求饭店以全局为对象，综合考虑供应、生产、技术、销售、服务、财务、人事等多方面因素，根据社会、企业、人才的总体发展需要来制定企业经营活动的行动纲领和奋斗目标。它包括饭店的人才目标、市场目标、服务目标、销售利润目标、社会贡献目标、品牌建设目标等。

战略目标的确定是一种预测未来的工作，要求饭店在复杂多变的竞争环境中选择适合自己生存发展的战略目标，因此，在确定时会遇到许多模糊的、不确定因素的影响。这就需要饭店的决策层依靠群体力量，借助公关的咨询作用，确立科学的、合理的、有一定超前性且又可行的经营战略。

饭店在制定战略目标时，应准确了解饭店当前所处的宏观社会环境和微观行业环境，充分了解环境对饭店发展可能带来的制约和挑战，明确饭店的经营使命和活动领域。

2. 经营哲学

经营哲学是饭店运作的基本特色，是决定饭店个性的重要组成因素。对于饭店而言，经营哲学的生命力在于"以特取胜"。世界上著名的饭店，都具有各自独特的经营理念，如喜来登饭店联号以"物有所值"赢得宾客的好感，希尔顿饭店联号以"快"著称，而香港的文华大酒店以"情"服务而感动宾客。饭店要根据自身所处的地理条件、硬件条件等来确定经营理念，扬长避短、发挥优势，以优质的服务和设施设备满足公众的需求，取得最佳的经济效益、社会效益和环境效益。

3. 企业文化

企业文化是社会文化的一个分支，也是一种管理文化、经营文化。因而，企业文化既带有一般社会文化的特性，又带有管理文化、经营文化的特性。它要求饭店在发展过程中，充分考虑人的建设、经济的建设和文化的建设，三者互相渗透、互相贯通，有机统一，促进人、经济、文化的协调发展。饭店本身就是文化色彩非常浓厚的企业，客人购买饭店的产品，本身寻求的就是一种精神上、文化上的愉悦和享受。因而，现代饭店应注重在发展过程中突出文化色彩，并贯穿到管理、服务的各个环节。

（1）企业文化的构成

企业文化是根植于饭店全体员工心目中的精神观念总和，由企业精神、行为准则、职业道德等内容构成，其核心是企业精神。企业精神是一种规范化、信念化、意志化了的群体意识的表现，是饭店理念系统的高度概括和综合反映。企业精神的核心思想主要通过价值观念来体现。作为评判是非的标准，企业价值观念综合表现为饭店对质量、员工、宾客、市场、品牌、法律等的认识。

（2）企业文化的培植

饭店可采用各种灵活的方式培植企业文化。饭店可通过专题教育、小组讨论等形式，借助教材、讲义、实地考察、游戏等方式，邀请专家、领导、优秀员工代表等作为"教员"，系统学习、领会企业文化的基本内涵；也可通过舆论造势、树立典型人物等，深化员工对企业文化的认识和理解。

例如厦门华夏大酒店的理念识别系统（MIS）包括以下几个方面。

a. 企业精神：华夏是我家，我是华夏人。

b. 价值观念：我与华夏同发展，实现自我；华夏为我创机遇，超越自我。

c. 经营信条：宾客第一，员工第一；顾客永远是对的。

d. 经营准则：设施抓质量，以质取胜；经营重特色，以特引客；服务讲感情，以情动人；环境求优雅，以雅迎宾。

e. 协作格言：只要精神不滑坡，办法总比困难多；只要感情不掉队，谅解终究胜误会。

f. 广告语：行遍天下，华夏是家。

饭店在培植企业文化过程中，应坚持如下基本原则。

① 人本原则。企业文化强调人的理想、道德、价值观、行为规范等因素在饭店发展过程中的作用，强调饭店从"物本主义"转变为"人本主义"，将人作为饭店中最重要的资源，注重关心人、尊重人、理解人、信任人，提倡借助各种柔性管理手段激发人的使命感、自豪感和责任感。在饭店的经营流程中，起决定作用的是人，因而人本原则在饭店文化中的体现应尤为突出。

② 继承原则。企业文化在一定程度上是民族文化的体现，真诚仁爱、团结一致、自强不息、勤俭节约等是我国优秀的传统文化，饭店应继承优秀的民族文化和传统的企业文化。

③ 创新原则。随着经济全球化的推进，文化也趋于多元化。饭店应随着经营环境的变化而自觉地进行文化创新。只有创新的企业文化才有生命力。

④ 独特原则。企业文化应和企业的实际情况相吻合，同时要与别的企业相区别，以体现其鲜明的个性。因而，饭店可从创业、发展、开拓市场的实践中寻求企业特色，并将其提升到文化的高度，使之成为企业发展的强大精神动力。

（二）BIS

案例 10

北京的慕田峪长城，在得到国内外的捐款修复完善以后，为答谢社会各界的厚爱，慕田峪长城管理处决定举行一次新闻发布会。北京香格里拉饭店争取到作为该次发布会主会场的机会。他们不仅为新闻发布会提供了完善的设施、完美的环境，而且在会后准备了香槟、小毛驴，让与会的朋友骑驴观长城，使得长城、毛驴、香槟和洋人组成了一幅妙趣横生的画面，经过新闻记者的笔，将香格里拉饭店和长城一起传到了世界各地。

行为识别系统（Behavior identity system）是饭店在经营过程中采取的各种活动的总称。饭店行为识别是饭店理念识别的具体体现。行为识别系统通过开展形形色色的活动，把饭店抽象的理念外显化，使之成为看得见、摸得着的东西。让公众真切体会到饭店的"言行一致"。

饭店行为识别系统主要由内部行为识别和外部行为识别两方面内容构成。

1. 饭店内部行为识别

内部行为识别的活动重心是饭店企业内部，活动的主体对象是饭店内所有的员工。通过开展内部行为识别，理顺饭店内部各种关系，加强员工的整体素质，减少内部摩擦，促进饭店整体的高效运转。因此，它多表现为饭店的管理活动。这些管理活动包括以下几项。

① 设计组织机构，包括确定组织管理体制，确定工作范畴等。

② 设置岗位，确定岗位职责，使饭店业务实际运转起来。

③ 规范服务过程，制定、实施服务规程。

④ 安排人事管理，包括制定各项招聘、培训、考核、奖惩、工资、晋级等管理制度，并加以落实。

⑤ 严格质量管理，包括围绕提高饭店产品质量开展的一系列活动。

2. 饭店外部行为识别

外部行为识别的活动重心是饭店企业外部，活动的主体对象是饭店外部的广大公众。通过开展外部行为识别活动以改善饭店与各类外部公众的关系，为饭店的发展创造一个和谐的外部环境。外部行为识别活动主要包括以下几方面。

① 市场调查活动，包括各类问卷调查、人员走访、电话询问、网络咨询、宾客访谈等。

② 产品促销工作，包括各类经营型的主题活动、广告活动、公共关系活动、营业推广活动等。

③ 各项服务工作，这是外部行为识别中最重要的活动构成，它直接关系到饭店在宾客心目中的地位。饭店应建立合理、完善、周到的服务体系。

④ 各类公益活动，包括各类环境保护活动、赞助型活动、健康的社区交往活动等。

饭店在开展行为识别活动时，应坚持"外显化理念"、"内外兼顾"、"立足长远"、"防微杜渐"的原则。

（三）VIS

图片案例说明：饭店标志是代表饭店形象、特征、信誉、文化的一种特定的符号，是CIS（Visual identity system）视觉识别传达设计的主角，也是公众心目中饭店的代名词。

图片案例 1

图片案例 2

图片案例 3

视觉识别系统是饭店静态的识别系统，它通过各种符号传递饭店的理念和活动，是饭店形象识别系统中最具传播力和感染力的要素。

视觉识别系统由基本要素和应用要素两部分组成。

1. 基本要素

根据信息传递的实际情况，我们把那些相对稳定的信息称为基本要素。这类要素都是饭店的形象代表，一旦确定，一般就不会轻易改变。它包括饭店的名称、标志、标准字体、标准色、活动造型、象征图案和宣传口号。

2. 应用要素

各类基本要素作为饭店的形象代表，必须被广泛地加以宣传才会有效。这些基本要素的传播需要借助于一定的载体。这些信息传播的载体就是应用要素。包括以下几点。

① 饭店各类办公用品。如信封、信笺、名片、笔、各类统计报表等。这些物品既有公务上的实用性，又有传递信息的基本功能。

② 环境系统。它是饭店形象宣传的"立体广告"，同时又能影响员工的精神风貌。饭店的环境系统应体现饭店的精神气质。

③ 运输系统。它是饭店形象宣传的"流动广告"，如电梯、工作车、大客车、工具车等，其功能在运动过程中展示饭店的形象。

④ 广告作品。饭店在各类广告作品上应标上统一的、相对固定的基本要素，在体现广告连续性的同时突出饭店的形象。

⑤ 宾客用品系列。即提供给客人直接使用的各类物品。饭店可在客人使用的大量一次性耗品的外包装上印上饭店的名称、标志等基本要素，最大限度地宣传饭店。

⑥ 制服系统。饭店应根据部门、岗位特色确定一套鲜明、美观的制服系统，可直观展示饭店形象。

⑦ 内部标记系统。包括员工铭牌、工作证、各类指示性符号等。

⑧ 其他。

总之，对饭店而言，可供开发、利用的应用要素非常丰富。饭店应努力开发各类应用要素，增加这些免费"广告媒体"的数量，全方位地塑造饭店的整体形象。

CIS 的三大组成部分是一个有机的整体，三者缺一不可，必须保持和谐统一、高度一致。MIS 是 CIS 的策略面，是企业的心，看不见却统帅一切，它指导 BIS 和 VIS；BIS 是 CIS 的执行面，是企业的手；VIS 是 CIS 的展开面，是企业的脸。BIS 和 VIS 共同将 MIS 具体化、可见化。

三、CIS 的运作程序

为确保 CIS 的顺利实施，饭店必须明确导入 CIS 的步骤。导入 CIS 的步骤分为以下六个阶段。

（一）导入准备阶段

1. 提案阶段

由饭店的总经理或外界的 CIS 专家提出导入 CIS 的建议，利用详实的数据和严密的分析，阐明饭店导入 CIS 的必要性。

2. 阐明概念阶段

组建 CIS 培训小组，向公众解释 CIS 的基本含义以及功能。在全体员工中，做好五个转变，树立五种观念：①转变导入 CIS 是花钱、开支的观念，树立导入 CIS 是投资行为的观念；②转变导入 CIS 是领导行为的观念，树立导入 CIS 是群体行为的观念；③转变导入 CIS 是短期行为的观念，树立导入 CIS 是需要长期坚持的观念；④转变导入 CIS 是装点门面的观念，树立导入 CIS 是系统工程的观念；⑤转变导入 CIS 是见效甚微的观念，树立导入 CIS 是综合获益的观念。

3. 组建 CIS 委员会

由饭店高层领导、CIS 专家、财务主管、相关职能部门人员组成饭店的 CIS 委员会，由饭店的高层领导人兼任 CIS 委员会主席。CIS 委员会具体负责制订 CIS 的推进计划，监督各项措施的落实，检查各项工作的开展情况等。

4. 选择协作单位

导入 CIS 会涉及一些专业性很强的知识，如各种色彩语言、符号语言、字体语言等的设计。因此，饭店应根据自己的专业人才的情况来决定是否需要聘请专业公司（主要是形象策划公司）合作。

5. CIS 提案修正

准备工作的最后一个阶段，就是具体、细致地对原始提案进行修正，着重说明导入 CIS 的流程及各个流程的具体内容、时间进度、经费预算、主要负责人等，使之成为 CIS 导入的纲领性文件，同时也为以后的监督测评提供可对比的依据。

（二）调查研究阶段

1. 明确调查研究的必要性

通过饭店发展的纵向比较以及与竞争对手的横向比较，诊断饭店的脉搏找出症结，重视调查研究的重要性和迫切性，明确调查研究是导入 CIS 的基础。

2. 确定调查内容和对象

调查的内容主要是饭店形象现状以及饭店视觉识别要素所涉及到的情况。调查对象是饭店众多的内外公众，重点是员工和宾客。

3. 调查阶段

采用各种调查方法，深入调查，收集各类与调查主题相关的详实资料。

4. 形成调查报告

以规范、严谨的文字说明调查的经过，重点分析调查发现的各类问题，以建议的形式提出饭店今后的形象目标的努力方向。

（三）定位策划阶段

案例 11

北京香格里拉饭店，在强手如林的首都饭店业中，巧妙定位，造就了"北京香格里拉＋新闻中心＝形象"这样一个奇迹，在竞争中，站稳了脚跟。香格里拉饭店先后承担了美国前总统布什、前苏联前领导人戈尔巴乔夫、日本前首相海部俊树、英国前首相梅杰、联合国前秘书长加利、韩国前总统卢泰愚等首脑级人物访华的新闻发布会。美国的苹果电脑公司，日本的索尼公司、美国的 IBM 公司，还有克莱斯勒汽车公司、摩托罗拉公司等世界重量级公司先后在北京香格里拉饭店举行产品展览会。在对这些重大新闻进行报道时，作为新闻五要素之一的地点（北京香格里拉饭店），理所当然的是不可或缺的。如布什总统访华时，美国的 CNN（美国有线电视新闻网）、NBC（美国全国广播公司）、ABC（美国广播公司）、CBS（哥伦比亚广播公司）四大广播公司在香格里拉安营扎寨。香格里拉就是以这种"搭便车"的方式，多次出现在世界各地的媒体上，饭店的"新闻中心"的形象也随之而起。1994 年，香格里拉饭店被评为"世界最佳会议场所"。可见，香格里拉饭店不求全而求精的定位做法是一个成功的例子。

1. 明确饭店形象定位

明确本饭店应定位于哪一类饭店，是商务型还是度假型、是经济型还是豪华型、是一般规模还是超大规模、是彰显传统还是立足现代、是单体发展还是连锁经营。

2. 明确主要公众的需求

了解各类公众的特点和需求，从公众的需求和饭店的实际出发来选择本饭店形象的突破口。

3. 明确市场定位

选用各种定位方法，对饭店的具体服务对象、服务模式、服务标准、产品档次等进行准确定位。

4. 进行策划

根据已定好的形象，策划各种标志系统，主要是视觉识别要素中的基本要素，并最终形成具体的、可行的策划书。

（四）实施管理阶段

1. 合理选择导入 CIS 的时机

一般，导入 CIS 的最佳时机为饭店创立之初、饭店推出比较大的全新的服务项目时、饭店的周年纪念日、饭店合并或重组时、饭店出现形象危机或经营危机时。

2. 合理选择导入的方式

饭店可根据自己的经济实力考虑是全方位集中导入还是分阶段、分部门导入。

3. 加强导入管理

这主要是从经费、人员等方面进行监督管理，确保 CIS 的系统导入。

（五）成果发表阶段

① 通过比较选择恰当的发表媒体，注意内部媒体与外部媒体、印刷媒体与电子媒体的有机配合。

② 科学设计发表内容：成果的发表应注意掌握发表重点，在发表过程中要防止信息的失真。

（六）检测评估阶段

从新闻舆论分析、营业效果比较、公众态度的变化等角度进行对比，检测导入 CIS 的效果，对照提案，总结成败得失，并进一步修正提案，不断提高 CIS 的质量。

既然，"形象"是 CIS 中的重要概念，那么，明确饭店形象定位、主要公众的需求、市场定位，就是我们确保 CIS 顺利实施的关键环节。然而，饭店"形象"不是一时一事就能建立的，而是靠科学地、长期一贯的坚持，才能形成真正好的饭店形象。所以，饭店要从日常工作中塑造"形象"，在日常工作中创造"形象"美感，抓住专题活动和 VIP 客人推广"形象"。

四、饭店公关模式及案例

饭店的公关活动可以从不同的方面分为不同的模式。

1. 服务型公关

案例 12

长城饭店开业之初聘请了美国达拉斯凯饭店公关经理露西·布朗女士。一位客房服务员在打扫房屋时，没有把客人摊在床头框上的书挪动位置，也没有简单的合上书，而是细心地在书摊开的位置夹进一张小纸条起到了书签的作用。事后客人对此服务大加赞赏，告诉了他认识的所有的朋友。布朗女士在培训时告诉大家："这就是公关！公关需要从细微的服务工作中体现出来，才能树立饭店服务的完美形象。"

目的："情感＋美感＝经济价值"。

特点：服务型公关是抓住了"方便"、"实惠"、"微笑"、"生动"、"细节"等这些优质服务必不可少的环节。同时，服务型公关还要创造服务美感。

形式：良好的饭店形象，是要求饭店中每一位管理人员和服务人员的仪容、仪表、仪态的外观美和礼节、礼貌的行为美给客人留下美好的印象，其中人美、物美、语言美和行为美是服务型公关的关键。

2. 交际型公关

案例 13

南京金陵饭店以"江南水乡"为主题，开展了一系列的宾客联欢活动，如"中秋游园"、"外国留学生唱中国歌比赛"、"水上芭蕾表演"等，密切了宾主关系。

即在人际交往中开展公关工作，无媒介介入，目的是进行感情投资，广结人缘，建立广泛的社会网络，形成有利于饭店发展的人际环境。此类公关活动如举行国庆茶话会、周年纪念日、宾客联欢会等。

特点：讲究灵活性、感情色彩浓。

操作要点：坚持公关原则开展工作，不搞非正当手段。

3. 社会型公关

案例 14

北京香格里拉饭店曾在 1991 年举行义卖募捐活动，为期两周。他们以非常便宜的价格销售五星级饭店的小吃，并将所得的 11 万元义卖款全部捐献受灾的华东人民。

特点：以公益性为导向，讲究人道主义精神。

举办各种社会性、公益性、赞助性活动，塑造形象。目的是通过积极的社会活动来扩大饭店的社会影响。如赈灾捐款。

操作要点：不能搞得太滥，不能"自不量力"。

形式：

——以饭店本身的重要活动为核心开展活动，如开业剪彩，邀请公众参加。

——赞助社会福利事业，如为残疾人捐款。

——赞助大众传媒举办的活动，如"某某杯竞赛"。

——赞助体育、文化活动。

社会型公关活动还可以以文教事业作为自己的公关对象，尤其是教育科研领域。

4. 建设型公关

案例 15

1983 年 4 月，南京金陵饭店试营业，37 层的大厦只开放 10 层，连四周的脚手架也未拆除。这时他们打听到法国总统密特朗先生带领庞大的记者团将访问南京，金陵饭店的领导意识到，这对于一个刚开业的饭店来说，无疑是一个大好的公关时机。如果抓住了这个时机，就能很好地利用名人效应，开展活动，起到有效的形象宣传。经过努力，金陵饭店争取到了接待总统的任务。他们经过细致精心的准备，迎接总统的到来。5 月 6 日，密特朗总统带着他庞大的记者团到达南京。当时的江苏省副省长顾秀莲在金陵饭店举行盛大的欢迎宴会。席间，一道道具有法国风味的菜肴使客人产生"宾至如归"的感觉。酒至方酣，宴会厅的灯光突然暗下来，20 多位小姐每人手捧一个点着蜡烛的蛋糕，分两排走进宴会厅，接着主人致欢迎词。在座的人们都被此情此景感动了，密特朗总统高兴地说，作为一家新开业的饭店，就能做得这么好，象征着南京的欣欣向荣。

建设型公关适用于饭店创建初期或新的服务项目首次推出时，为打开局面而进行的公关工作。

目的：形成好的"第一印象"。

通过诱导，使公众产生兴趣，进而产生了解、支持。如免费参观饭店、饭店知识有奖问答等。

5. 维系型公关

适用于饭店稳定发展时期，用以巩固良好的公关状态。目的是通过不间断的宣传和工作，维持已有的好形象。可分为软维系和硬维系。

(1) 硬维系

案例 16

北京王府饭店为了树立良好的对客形象，凡入住 20 次以上的客人再来住店，信封、信笺盒上都用烫金烫上了客人的名字，特制的睡衣上用金黄线绣上客人的名字。

硬维系指维系对象明确，已经和维系对象建立了良好的关系或有业务往来。

形式：如入住达到一定次数，可得到各种名目的优惠等。

目的：通过优惠服务和感情联系，吸引"回头客"。

(2) 软维系

案例 17

1986 年圣诞节期间，北京长城饭店邀请各国使馆大使的孩子来装饰圣诞树，同时，让他们参观饭店，并赠送小礼品。用意就是借此建立与各使馆的联系。因为孩子们回去以后，肯定会和自己的家长说在饭店的所见所闻，以达到建立形象的目的。

较之硬维系而言，软维系的维系对象不很明确，在没有建立或将要建立关系，在不知不觉中进行。

目的：通过信息传播使公众不要淡忘本饭店。

形式：一方面可通过大众传播媒介宣传；另一方面可借提供服务进行。

6. 防御型公关

案例 18

长城饭店是一家五星级的豪华饭店，在它接待的宾客中 95％以上的是外国客人。这在北京市民中造成了一个不良的印象，即长城饭店是国人不敢问津的地方，是一个高消费的饭店。这种"高处不胜寒"的片面理解，使公众时时产生一些不利于长城饭店的舆论。为此，长城饭店决定开展防御型公关，改变这种局面。他们在饭店客源较少的时候，通过《北京青年报》、《北京日报》、中央人民广播电台等新闻媒体，向广大市民发布：每一个普通的北京市民均可以参加长城饭店举办的集体婚礼，还可带上 15 位亲友，饭店将为他们举行盛大的结婚典礼。当 95 对新婚夫妇和 1000 多名亲友步入长城饭店时，饭店为他们举行了隆重的婚礼仪式，在北京市民中引起了轰动。紧接着，长城饭店趁热打铁，及时向市民传播了长城饭店的员工为社会做的种种贡献，并向公众赠送饭店的小礼品，很快改善了局面，形成了一种有利于自己的良好舆论，在次年的全国优秀饭店评比中，长城饭店名列前茅。

防御型公关是为防止公关失调而采取的一种活动。适于饭店与外部环境出现不协调或与公众发生摩擦的时候，通过调整行为，扭转不利形势。

特点：防御与引导相结合。一方面通过调查及时调整行为；另一方面积极引导，扭转不利因素开创新局面。

这种防患意识，减少了风险，打出了一个全新的局面，赢得了意想不到的效果。

7. 矫正型公关

案例 19

1986 年，竹园宾馆的港方老板在港破产，被迫清盘退股。竹园一夜之间将原先享有的优惠条件丧失殆尽，港方、中方总经理同时卸任，住房率开始下降，员工人心思动。在这种状况下，新上任的总经理提出：软性经营，公关为先。饭店首先开展"保龄球公关"，抓住"全国保龄球精英赛"开赛之机，提供比赛场地和食宿条件，并赞助 2万元，又召开记者招待会，宣传这次赛事，并趁机成立了保龄球协会，打响了竹园的一系列"公关战"，使竹园宾馆取得圆满成功。竹园宾馆也从此摆脱危机的阴影。

矫正型公关是在饭店遇到风险时采用的。目的是当饭店公关严重失调而影响饭店利益时，通过努力将损害减到最低，挽回声誉，"亡羊补牢"。

特点：及时，要明察于端倪，防患于未然。

饭店形象受损，针对不同的原因，采取不同的应对措施。

① 外在原因，如一些谣言、误解，这种情况下，饭店要查明起因，对症下药。

② 内在原因，如服务质量不佳等，这种情况下饭店要找出症结，及时调整，要学会利用新闻界重塑形象。

复习思考题

1. 请解释下列概念：公共关系，CIS。

2. 结合饭店公共关系的基本特点，试论述饭店开展公共关系活动的要点。

3. 饭店在收集信息时，应贯彻哪些原则？为什么？

4. 如何理解饭店企业 CIS 的基本构成？

第五章 饭店营销管理

　　旅游市场是连接饭店和消费者的纽带，消费者通过旅游市场在众多的饭店中选择自己满意的饭店，饭店则通过旅游市场为自己的产品找到消费者。饭店在通过旅游市场把自己的信息传递给消费者的同时，又根据从旅游市场不断反馈的变化需求信息来调整更新自己的产品，旅游市场是检验饭店经营管理的镜子，它可以检验饭店及其产品的质量是否符合消费者的需求。饭店的生存和发展有赖于旅游市场，饭店经营管理最重要的任务就是满足市场需求，只有在此前提下，饭店才能进一步树立良好的社会形象。

　　饭店营销是饭店经营管理极为重要的内容，随着我国饭店业日益与国际接轨，饭店营销的意识和方法也在我国饭店业中得到发展。特别是在饭店市场竞争越来越激烈的条件下，成功的营销是饭店在激烈的市场竞争中处于不败之地的有效保证。本章将对饭店市场营销的概念、饭店市场营销的发展历程及市场营销的理念进行阐述，目的是让我们对营销有一个总体的了解。

【学习目标】

　　1. 推销观念与营销理念的区别。

　　2. 营销管理与需求的关系。

　　3. 现代饭店的营销策划。

案例1

　　当前苏联航空母舰"明斯克"号巨大的身躯缓缓驶入深圳港的时候，整个中国为之一振，继而国内外传媒竞相报道，前来一睹为快者络绎不绝，在全国范围内掀起了一股"航母"热。正当人们纷纷猜测航空母舰的买家深圳某著名公司将如何开发利用这艘退役的庞然大物时，一座游弋在海面上的巨型五星级酒店横空出世了，精美的海景客房、典雅的水上餐厅，尤其是布局在巨大甲板上的系列室外娱乐项目顿时就吸引了所有的顾客，上"航母"去潇洒成为新时尚。

　　航空母舰在世界军事实力格局中享有相当特殊的地位，在普通老百姓心目中充满了神秘感。由于多方面的原因，我国至今没有自己的航空母舰，该公司引进此项目，首先就引起了轰动效应，不花一分钱，就赢得了大量、广泛的宣传，吸引了无数潜在顾客的深切关注；而且航母由于面积大，易于布局娱乐餐饮项目，特别适于饭店业。而且，所有的东西一旦与"航母"这样的巨无霸联系起来，本身就意味着无限的商机。

第一节　饭店市场营销概述

许多人都认为，营销就是推销和广告。的确我们每天都要接触大量的电视广告、报纸广告、邮寄广告，甚至电话推销，每时每刻都有人试图向我们推销产品。然而，营销却是让我们用满足顾客物质和心理的双重需求的新观念来解释。

一、饭店市场营销的概念

饭店市场营销就是通过开发和提供饭店产品及其价值的交换活动，使消费者的需求得到物质和心理的双重满足，并促使饭店获得最大的社会与经济效益的经营管理过程。

饭店市场营销的主要内容包括以下几点。

① 挖掘和确定消费者的需要和要求。

② 根据消费者的需要和要求设计或调整饭店产品的内容。

③ 让消费者了解饭店的产品并吸引他们购买饭店的产品。

④ 通过消费者对饭店产品的使用，使饭店创造收入和利润。

二、饭店市场营销理念的发展

饭店业的营销理念和方法同样经历了许多的变化，其中最重要的变化是：由单纯的销售观念与方法转变到营销的理念与方法，再转变到沟通营销的理念与方法。其大体可分为以下几个阶段。

1. 生产观念

生产观念是建立在卖方市场基础上的典型"以产定销"的思想。顾客会接受所能买到并且买得起的产品。所以企业普遍采用"以生产为中心"的管理方法，企业流动的口号是"我生产什么，就出售什么"。于是企业的注意力主要集中在进行专业分工、扩大生产和降低成本，以求获得较高的利润，而不重视市场的企业经营指导思想。

在饭店客房供不应求的情况下，饭店的经营者只是把精力放在建造饭店上，至于今后的市场需求和变化则很少考虑或者根本不过问。当供不应求的矛盾已经缓和，如果饭店的管理者仍然奉行生产观念，就会使饭店缺乏市场竞争力，甚至失去自己的客源市场。

2. 产品观念

产品观念的基本点是，顾客喜欢质量好、操作性强、创新功能多的产品。因此，饭店集中力量改进产品，一切从顾客的需求出发，在使顾客满意的同时，也使饭店得到满意的利润。因而，饭店管理者更多的热衷于饭店的设施、设备、用品的高档化和多样化，追求服务的标准化和规范化，使饭店的设施和服务日臻完善。然而饭店管理者在完善自身设施、设备的同时，却忽略了客源市场需求的变化。目前，我国许多城市的高档饭店客源不足，而经济型客人却找不到适合自己入住的饭店。

在 1988 年《中华人民共和国评定旅游涉外饭店星级的规定和标准》颁布时，许多饭店管理者都想使自己的饭店获得高星级的称号，盲目攀星使五星级饭店如雨后春笋从稀缺到过剩，好多有一流设施、设备的饭店，出租率低得可怜，造成了严重亏损。

3. 推销观念

推销观念的基本点是，如果企业不进行大规模的促销和推销，消费者就不会购买足够的产品。奉行这种观念的饭店认为，在饭店供大于求的时候，客人往往缺乏对饭店产品的了解，因此饭店除了提供质量好的服务外，还必须组织人员去推销饭店的产品。为此饭店比较重视销售环节，通过"销售刺激"或"利益引诱"促使消费者购买饭店的产品。但是由于许多饭店一般只是着力于现有饭店产品的推销，偏重价格手段，忽视了市场需求的变化和消费者的满意程度，也就难以有效地促进饭店的经营活动。

4. 营销理念

营销理念认为，实现组织目标的关键在于正确的确定目标市场的需求，并比竞争者更有效的满足消费者的需要。主张"顾客需要什么，我就生产什么，就销售什么"，一切从消费者出发。

营销理念的着眼点是生产消费者所需要的产品，通过满足消费者的需求而获取利润。

5. 社会营销理念

社会营销理念认为，组织应该确定目标市场的需要和利益，然后向顾客提供超价值的产品和服务，以便改进消费者和社会的福利。

喜来登饭店公司将销售部（Sales department）改为营销部（Sales and marketing department）进而改为沟通营销部（Communication and marketing department），这从一个侧面说明了饭店销售观念与方法的改变。

6. 新营销的几个观点

（1）营销的本质——好一点点，有效的价值

价值＝解决问题的功能/顾客的购买代价。

（2）营销艺术

营销专家菲利普·科特勒："营销不是教会我们如何巧妙地卖东西，而是一门创造真正客户价值的艺术。"

（3）销售与营销之间的区别

营销是企业的经营之道和企业的销售之道之和；而销售只是企业的销售之道。

第二节　饭店营销策略

案例2

有一家效益相当好的大公司，为了扩大经营规模，决定高薪招聘营销主管。广告打出报名者云集。面对众多应聘者，招聘经理要求应聘者以 10 天为限，向和尚推销木梳多数应聘者感到困惑，最后只剩下甲、乙、丙三个应聘者。

10 天期限到。"卖出多少把？"甲答："1 把。"招聘经理问甲："怎么卖的？"甲讲述

了历尽的辛苦，游说和尚应当买把梳子，无甚效果，还惨遭和尚的责骂，好在下山途中遇到一个小和尚一边晒太阳，一边使劲挠着头皮。甲灵机一动，递上木梳，小和尚用后满心欢喜，于是买了一把。

招聘经理问乙：“卖了多少把？”乙答：“10把。”招聘经理问乙：“怎么卖的？”乙说他去了一座古寺，由于山高风大，进香者的头发都被吹乱了，他找到寺院的住持说："蓬头垢面是对佛的不敬。应在每座庙的香案前放把木梳，供善男信女梳理鬓发。"住持采纳了他的建议。那山有10座庙，于是买下了10把梳子。

招聘经理问丙：“卖出多少把？”答：“1000把。”招聘经理惊奇地问：“怎么卖的？”丙说他到一个颇具盛名、香火极旺的深山宝刹，朝圣者、施主络绎不绝。便对住持说："凡来进香参观者，都有一颗虔诚之心，宝刹应有所回赠，以做纪念，保佑其平安吉祥，鼓励其多做善事。我有一批木梳，您的书法超群，将‘积善梳’三个字刻在木梳上，便可做赠品。"住持大喜，立即买下1000把木梳。得到“积善梳”的施主与香客也很高兴，一传十、十传百，朝圣者更多，香火更旺。

饭店经营管理中的第一个问题就是饭店的需求问题。饭店管理者在完成目标的过程中，产品投入市场可能会遇到各种不同的需求状态，管理者的任务就是要对其中的每一种需求状态进行有针对性的营销管理，以便更好地实现饭店的经营目标。

一、对负需求状态的管理

负需求状态一般表现为：很大一部分消费者不喜欢或者厌恶我们饭店的产品，甚至故意避免购买它们。如某饭店曾经有位客人被暴徒勒死在客房里……显然，其他消费者都会害怕住在曾被勒死过客人的房间，甚至躲避这家饭店。所以，如果饭店多次发生死人、失窃、中毒或火灾等恶性事件，消费者自然就会避免去这家饭店了。

在这种情况下，饭店管理者就要分析消费者不喜欢这家饭店的原因。如果产品过时，就要对产品进行重新设计；如果产品质量不好，就要提高质量；如果产品价格太高，就要降低价格；如果消费者还不知晓这一产品或对这一产品有误解，就要用更积极的促销手段来改变消费者的态度。如某饭店可以在增设了安全监控设备和加强了安全措施后，可通过报纸报道各国贵宾入住后对本饭店的评价来扭转以前的不佳形象。这种负需求管理可叫做扭转性营销管理。

二、对无需求状态的管理

无需求状态一般表现为：宾客对你的饭店产品不感兴趣，没有人来购买你饭店的产品。如某城市已有近百家饭店，在一段时期内，从总体上说客房的供给量已经大大超过了客房的需求量。在这种情况下，如果有一家新的饭店开业，而且，这家饭店的地理位置又远离市中心，消费者就会降低对这家饭店的兴趣，很少会购买这家饭店的产品。

在这种情况下，饭店管理者就必须发现或创造一些能把自己的饭店产品与消费者的需要和兴趣联系起来的供需点。如一些新开业的饭店采用打折的方法将顾客吸引过来。这种无需求营销管理可以叫做刺激性营销管理。

案例3

意大利某制鞋公司的甲推销员到阿拉伯国家去推销皮鞋，可当甲推销员到达阿拉伯国家后才发现，当地人根本不习惯穿鞋。他沮丧地回国对公司经理说：阿拉伯国家没有鞋的需求。公司又派乙推销员到阿拉伯国家去推销皮鞋，乙推销员认为正因为当地人原来不穿鞋，才有很大的市场需求，只要让当地人认同了"穿鞋才是文明人的形象"的理念时，皮鞋一定大有市场。事实证明他是对的，阿拉伯国家成了最大的皮鞋进口国家之一。

三、对潜在需求状态的管理

潜在需求状态一般表现为消费者具有的潜在需求还没被消费者自己真正的认识到，而现存的产品和服务也未将消费者内心潜在的需求挖掘并表示出来。在这种状况下，饭店管理者的任务就是要了解这一潜在的市场需求类型和需求规模，创造出新的产品和服务，培养和满足这一需求。这种管理又叫做开发性营销管理。

四、对下降需求状态的管理

由于任何饭店的产品，具有出生、成长和衰退的过程，因此每一家饭店总会遇到他的某一种产品需求量下降的状况，如上海锦江饭店附近的新锦江大酒店和花园酒店建成后，海外消费者住宿人数下降。

在这种情况下，饭店管理者必须努力找出客源市场需求下降的原因，同时发现新的客源市场来增加新的需求，也可以改变原有产品的特点，或者使用更有效的沟通手段。如上海锦江饭店通过分析发现，由于锦江饭店的设施、设备老化，已不可能再吸引海外高级商务消费者，更不要说与新建的五星级饭店竞争。于是它就利用饭店地处市中心，可闹中取静、有花园、购物街等的地理优势，吸引外商驻沪机构，接待国内高级商务和公务消费者，来替补海外客源市场的减少。同时，把以前房价计价方式由单独销售客房改为加一顿早餐，并适当提高房价，由此来增加收入。还在夏日的晚上设立了花园啤酒音乐雅座，同时饭店的改造工作也拉开了帷幕，一座超五星级的贵宾楼脱颖而出，重新参与到高层次客源市场的竞争中。这种管理又叫做再生性营销管理。

五、对不规则状态的管理

这种需求状态表现为饭店的需求量在一年的不同季节、不同周期、不同天和一天的不同时间波动很大，这样就会产生两方面的问题。一方面高峰期客人过多造成拥挤，另一方面在淡季设施、设备大量闲置。

在这种状况下，饭店管理者必须通过灵活的价格、促销手段和其他激励手法来调整顾客需求量的时间分布状态，分流旺季、高峰需求量，增加淡季销售量。如在淡季的时候招徕会议客人等。这种管理可叫做平衡性营销管理。

六、对充足需求状态的管理

饭店的客房、餐饮、商场和娱乐设施等在某种情况下拥有充足的需求。在这种情况下，饭店管理者要密切注意顾客需求偏好的变动和新饭店涌入竞争加剧的趋向，保持饭店质量和考虑顾客的满意程度，以及时做出适当的营销努力。在维持原有需求水平的基础上，还可以用高质量的客源来代替低质量的客源，从而增加饭店的总收入。这种管理叫做维持性营销管理。

七、对过度需求状态的管理

这种需求状态是饭店的需求量处于供不应求的状况。如饭店客房出租率高于100%，大量客人等候住房用餐，在这种状况下，饭店管理者的任务就是反营销。这种方法也就是要暂时的或者是持续的减少需求，否则就会使饭店的产品质量降低，影响饭店产品在消费者心中的形象。反营销的目的不是为了降低需求，而是为了保证长期的需求而减少需求。其方法可以是提高价格、减少促销活动和服务项目等。这种管理叫做降低营销管理。

八、对不健康需求状态的管理

这种产品的市场需求，从消费者、供应者的立场来看，对于社会有不良影响，这种需求也称为不健康的需求。对于这种需求，必须采取措施进行消除。如饭店餐厅内不要提供高度烈性酒、饭店不要提供淫秽录像或色情产品等。

在这种情况下，饭店管理者既要反对、制止这种需求，又要不影响大多数客人进行正常的享受消费的环境和气氛。应做到事先有针对性地防范和事后的严肃处理。这种管理可叫做软性反营销管理。

第三节　饭店营销的方法

饭店营销不是某一个部门或者某一个人的工作，作为饭店的管理者，要在全体员工心目中树立营销观念，搞好饭店营销是每个饭店员工应尽的义务。然而饭店的营销活动十分广泛，从事营销活动的人员结构也十分复杂。因此要对所有的人员进行营销管理，使他们了解饭店营销的基本方法，让他们在每一项营销活动中都能充分地发挥作用。

饭店的营销方法分为饭店的内部营销方法和饭店的外部营销方法，具体内容如下。

一、饭店的内部营销方法

针对于已经开业的饭店，其拥有了一定数量的消费客源，应该说，内部营销是最有效的方法。这是因为作为高档消费品的饭店产品，人们在预订购买前更愿意相信享受过这一产品的消费者的介绍，如在举办会议或者举行婚宴时，人们愿意询问购买过这家饭店产品的朋友，了解饭店的设施如何、服务怎样、设施、设备如何等问题。据市场调查证明，海外消费者了解饭店的途径 60％以上来自朋友的介绍，可见口碑宣传的作用特别大。而且饭店采用内部营销的方式也是最经济的，消费者比较愿意接受这种宣传，因为他们每天在消费这一产品，也了解该饭店产品的品种与质量。如何做好饭店的内部营销工作呢？

（一）组织全员营销的方法

全员营销，就是饭店的每一位员工都参与营销。这既可以通过向客人提供优质服务，又可以通过主动向客人及亲戚朋友介绍饭店的产品来实现，在具体组织上，要注意以下四个方面的问题。

1. 要让每一位员工都具有营销意识

每一位员工都应视自己是饭店的主人和代表。使他们有主人翁的责任感和使命感。

2. 要让每一位员工都有参与营销的动力

饭店管理者一定要认识到，营销是要付出代价的。有的地理位置偏僻的饭店给出租车司机奖励费；也有的饭店给机场代表奖励费，因此，对员工在日常工作与生活中做出的营销贡献也可以给予鼓励。奖励方式有现金、评选优秀员工和晋升等。

3. 要让每一位员工都掌握营销知识

饭店可以给每一位员工发一本有关饭店设施与服务项目的手册，其内容包括饭店所有项目的经营时间、地点、价格、预订方式等，内容越具体越详细越好；并在员工培训时，尽可能多的让他们了解饭店各营业部门的情况，通过参观使员工对饭店的设施和产品有了更深的感性认识，当消费者向其咨询他部门的情况时，也能很好地介绍其产品。当饭店举行大型的营销活动时，如举行圣诞大酬宾活动，要及时让员工知道，并让员工参观饭店各种设施。同时也可以学习维也纳马里奥特酒店，规定饭店员工每月可以邀请亲朋好友到酒店用餐一次，享受半价优惠。当然，为了激励员工掌握这些知识与信息，销售部门或人事部门可以定期组织一些活动，如发调查表，了解员工对饭店知识的掌握情况，发现不足及时弥补。

4. 要让每一位员工都掌握营销技术

这项工作可以通过销售部经理对每一位员工的培训来实现。

🔄 **小资料**

新加坡文华酒店规定，前台人员要掌握下列销售知识与技术。

1. 对商务客人的销售

当我们对商务客人进行销售时，我们必须记住商务客人的下列需求特点。

（1）商务客人通常为了洽谈生意，不一定有严格的预算。他们可能需要客房送餐服务和享受饭店的舒适气氛。如开夜床时放玫瑰花和巧克力等。

（2）他们外出旅行的目的是商务，而不是娱乐，而且他们往往经常在外旅行，因此饭店是他们外出的家，他们极可能在饭店里用餐饮。

（3）时间对于他们来说是一个重要的因素。因此他们要求饭店能提供快速、高效率的入住与离店手续，还可能要求夜宵服务。

（4）他们可能要求有秘书服务和网络服务。

（5）如果饭店的服务是满意的，商务客人很可能会成为饭店经常性的顾客，他们也会向自己的商务同事推荐这家饭店。

（6）对商务客人来说不存在旺季和淡季的问题，完全根据商务需要。他们一般在很短的时间内要求预订客房。许多大的商务机构与饭店签订了正规的住房使用协议。一些饭店为这类经常性的商务客人保存分类账单，直接将宾客账单寄到公司去，这可便利商务客人迅速离店。

2. 对有"价格意识"的宾客的销售

对一位宾客来说考虑价格是自然的事。宾客在前台有关房价的大多数问题是："在这一房价下我能获得什么东西？"因此，在进行任何报价时，介绍房间的设施与服务是很重要的。报价时不要从最低开始，应该提供一个价格幅度，让顾客进行挑选。不要廉价销售，许多人在他们了解了客房的特别设施与服务后，都会选择高价房。

销售时也不要故意把顾客推向高价房，让顾客感觉到他正在被逼迫接受高价房，你这次可能可以获得多一点的美元收入，但以后却要付出失去回头客带来的数百美元的损失。

3. 对"还未决定"的顾客的销售

有时候，一位客人走近总台时会问："你们饭店有什么样的客房？"这可能是他第一次到这个地方来，到这家饭店来，或者他可能希望能住上与他以前不同的饭店客房。无论如何，这对实际的销售工作提供了一个黄金机会。

一个尚未决定的客人经常要求给予比其他人更多的个人关心。他可能从客房设施、房价一直询问到离店、结账手续为止。要记住，我们要努力为他们的住宿和再次光临服务，我们的任何冷漠都可能马上失去他们。

5. 做好内部营销

做好内部营销还应特别注意以下四点。

（1）确保良好的酒店形象

良好形象的树立是一项系统工作，主要包括：结构新颖、美观壮丽、富有艺术感的酒店外形设计；风格独特、协调和谐、让人流连忘返的酒店大堂；安静舒适、安全便利的客房和环境幽雅、服务周到的餐厅等。所有这些都会给客人留下难以忘怀的记忆，增加了对酒店的好感和满意程度。

（2）注重员工的积极作用

普通员工的销售作用可列为首位。一位仪表得体、礼貌友善、技术娴熟、训练有素的员工会抓住适当的时机销售。如：

① 前台接待员在客人入住时，不失时机地向客人介绍本地的旅游点、名胜古迹，尽可能地安排客人的活动，以期延长客人下榻时间；

② 行李员可以利用替客人搬运行李、送客人上房间的机会，根据客人的爱好，向客人介绍酒店的各种服务设施，销售酒店产品；

③ 餐厅服务员主动热情地帮助客人挑选符合客人口味的食品，推荐餐厅特色菜肴，使销售活动在不知不觉中进行。

（3）提供优质的产品与服务

服务质量是饭店的生命线，也是搞好内部推销工作的关键。良好的服务态度，会使客人产生亲切感、宾至如归感；娴熟的服务技能给客人带来精神和物质的享受；快速的服务节约了客人的时间；众多的服务项目可以满足客人的多方面需求；设备、设施的良好运转保证了客人生活的舒适；清洁卫生的环境使客人心情愉快。另外，安全保密、食品质量等也都从不同角度构成了优质服务的内容。

（4）准备必要的销售工具

除了销售方法之外，还应注意内部的销售工具，以便及时准确地告诉客人本酒店提供的商品和服务，以配合员工销售和弥补员工销售所留下的空白点。销售工具包括：《服务指南》；菜单和送餐菜单；酒店介绍；闭路电视服务；指路牌；霓虹灯招牌等；另外，新年或节日送的精美贺卡，奉送印有酒店地址、电话号码的打火机、火柴、餐巾、明信片等小礼品等。必要的销售工具，在整个酒店营销中都将发挥重要的作用。

（二）内部营销资料的设计、摆设与更换

我们的服务对象是消费者，我们可以沿着一位消费者进驻饭店后活动的基本路线，来看饭店应该有些什么样的内部营销资料，这些资料在设计、摆设和更换时要注意哪些问题。

1. 饭店大堂里的营销资料

① 展示能证明饭店等级、品质、质量的资料信息，当客人进入饭店的大门后，第一眼可以看到它们，可以给客人一个最基本的提示。最好有中英文两种文字。

② 在大堂的一侧可以陈列消费者在享受餐饮与娱乐设施的照片，可以给客人一个最直接的感官认识。

③ 在前台的旁边有一个信息和服务项目介绍栏：介绍饭店的小册子、饭店各部门的服务项目介绍及宣传印刷等，同时还可以刊登当地的民俗活动、文艺表演等。

④ 在客人领取钥匙卡的同时，可以得到一份饭店服务卡，里面介绍了饭店各个部门的服务项目及营业时间，所在的位置等，同时印有当地旅游观光活动的内容，包括观光胜地、购物商场及机场、车站和码头的位置指向。

⑤ 大堂的信息牌，说明饭店的设施服务地点与当天的活动信息，如圣诞节舞会及各种庆典活动等。

同时要求前台的每位接待员能做到对宾客百问不厌，即使过路的客人到饭店里来问路，服务人员也能给予详细的介绍。

2. 在电梯旁和电梯内的营销资料

由于在电梯前和乘电梯时客人有时间观察周围的事物，所以在电梯门外两侧和电梯内陈设营销资料是一种很好的方法。在电梯内陈设资料时，考虑到客人进电梯后将转身面对电梯门，因此宜放在电梯门框上面或电梯内左右两侧。内容一般是餐饮和娱乐的设施及活动介绍。要注意写明其地点与服务时间。

3. 在客房内的营销资料

客房里的营销资料一般有：饭店服务指南，它介绍饭店各种设施与服务的地点、时间、内容与联系、预订电话；饭店客房用餐单；挂在门把上的客房订餐卡；国际电话号码本；微型酒吧饮料单；洗衣单；饭店商场购物指南的介绍；特殊促销活动资料：美容厅服务介绍、圣诞节菜单、饭店烛光晚餐、风味餐等的介绍；火柴盒、信封纸和明信片上饭店的店徽与通讯地址及宾客意见征询表。

4. 在餐厅内的营销资料

在餐厅里的营销资料有：饮料单里特色饮料的专门介绍；在餐桌上用透明的卡座进行特色菜、时令菜的推销；用小的可移动的餐饮摆设台展示各种酒类和食品。

5. 在会议厅里的营销资料

在接待会议客人时，饭店往往要发给每一位参加会议者一本会议记录本，我们可以在这一记录本内介绍饭店的有关设施与服务。如香格里拉饭店在会议记录本的记录纸底部边上印有餐饮与娱乐设施的地点与时间等。

6. 饭店的定期活动与特殊活动的营销资料

现代饭店是当地社会娱乐活动、欢庆活动和美食活动的中心。因此许多饭店有定期活动的营销资料。如饭店的营销部门负责制定近期的娱乐活动、欢庆活动推销资料，该资料可以以消费者感兴趣的名字命名。如感恩节的庆祝活动、圣诞节、元旦、春节的优惠与预订信息，并列出了在这段时间里每天推荐的餐饮和娱乐活动。这份资料表可以在饭店的前台领取，也可以以信件的方式索取，饭店营销部门也可以定期向目标消费群邮寄。

饭店可以利用各种社会资源和消费者兴趣热点推出一些特别餐饮与娱乐活动，可用活页印刷资料进行推销。如"周末的演唱会"、"星期日特别早茶"等。

二、饭店的外部营销方法

根据饭店业的经验，现代饭店进行营销可以通过多种渠道、多种角度进行，具体方法如下。

（一）饭店标识、符号与机场接待服务台的设计

运用饭店标志的符号，可以让客人对饭店的认识更加形象化，也便于记忆，有时还会创造出一种神秘悦人的意境，起到广告宣传的作用，因此饭店的符号一定要注意选择。它一般使用图像形式和字体形式来表现。很多酒店的标识设计得很有特色，产生了很大的市场影响力。

现代饭店不但有标志，而且有标示语。每一家饭店可以在一定时期选一句饭店的标识语。如假日饭店全球性的标识语是："和你熟悉的人会面"。承德盛华大酒店开业时的标识语是："游承德，皇帝的选择；住盛华，身份的象征。"标识语会使客人产生一种强有力的联想和亲切感。

在刚开业或需要在机场招徕散客或竞争激烈时，饭店需要设置机场接待服务台。机场接待服务台设置徽标要醒目，色彩要与酒店相协调，服务人员要有良好的形象，给客人亲切感，留下良好的第一印象。

（二）饭店的广告设计

广告从字面上理解就是"广而告之"的意思；其英文词根源于拉丁文，有"大喊大

叫"、"注意"、"诱导"之意。广告是企业支付费用，通过大众媒体，向目标客源传递企业、产品和服务信息，并说服消费者购买的活动。广告是企业促销手段中最受普遍重视和应用最广的形式，是社会经济活动中大规模传播信息的工具。他以说服的方式，影响舆论和消费者的购买行为，直接或间接的促进产品和服务的销售。

作为促销手段的广告，可以利用任何想象得到的形式来传播。根据使用媒体的不同，饭店广告按照广告的性质可分为饭店形象告知广告和某一产品的促销广告。

1. 饭店形象告知广告的主要内容

① 饭店的星级标志。

② 饭店的标识语。

③ 一幅反映饭店形象的照片，饭店形象照片有两种选择：一是饭店的整体照片；另一种是选择饭店各部分的形象照片形成一组照片，包括客房、餐饮、娱乐设施等。

④ 饭店的标志、名字和所属的管理集团的标志。

⑤ 饭店的联系、预订方式，包括电话、地址、传真、网址等。

形象告知广告设计

🔄 **小资料**

广告语

美好的明天，从今晚长城开始！——长城饭店

香格里拉——您平步青云的必然选择！——香格里拉大酒店

跨下银马座，好运自然来！——银马座酒店

千帆竞发扬子江，万冠云集新世界！——新世纪酒店

挽卿手、共白头、阳光酒店誓千秋！——阳光酒店

乐在海洋——可食可玩可住！——海洋酒店

我心中的小沙梅！——小沙梅酒店

2. 特殊促销广告

特殊促销广告是专为饭店组织的活动而设计的。一般包括以下几方面的内容。

① 特殊促销活动的标题，如圣诞节在某某饭店等。

② 特殊促销活动的照片。照片要选择能够刺激消费者购买的情景的照片。

③ 特殊促销活动内容的说明。

浪漫情人节尽在北京东方君悦大酒店
悦庭

　　在古典雅致的氛围中体验甜蜜温馨的情人节。技艺精湛的厨师专为嘉宾们准备了双人情侣套餐。精选五道大菜另加别出心裁的情人节甜品，诚心为情侣们营造一个动情难忘的节日。

双人情侣套餐人民币1288元+15%。敬请提前预订。

日期：2007年2月14日

时间：晚上5:30至晚上10:00

预订电话：85181234转3628

　　广告媒体选择范围广，形式多样，都是通过文字和图片来进行宣传的，一般分为报纸、杂志、广播电视及户外广告等，还可以采用日常用品来制作广告，如购物袋、信封、火柴盒、贺卡、台历等，也可给公众留下深刻的印象。

　　不论我们身在何处，广告信息似乎无所不在，广告在今天已经成为人类生活环境中最大的影响源之一。但是一则广告必须要有独到之处，新颖别致，才能吸引公众的注意力。不论采取何种方法，广告必须使人产生一种紧迫感，需要马上作出询问或购买的反应。

案例4

　　20世纪60年代，台湾知名保险公司——星光人寿初创时，市场上已有数家保险公司。作为一家刚入行的公司，新光要想吸引客户，首要任务就是提高企业知名度。但当时台湾传媒稀缺，电视、电影广告的价格昂贵，让新光难以承受。有没有更便宜的办法？

一次，新光人寿的总经理到电影院去看电影，中途有人打字幕找他，几乎所有的观众都看到了这行字幕。这件事情激发了董事长吴火狮的灵感，于是他立即决定：让业务员在台湾各地的电影院里每场花五毛钱，在影片放映中途打出"新光人寿经理外面有人找"的寻人字幕。这样独特的手段果然有效：没过多久，新光人寿的知名度便直线上升。

后来，新光人寿又用在台湾的中学举办以书写"新光人寿造福人群"为内容的书法比赛，打开了学生市场。

（三）直接邮寄广告的设计

直接邮寄广告是一种最经济、最有效的推销广告，它可以直接针对你的对象，所以收效明显。要做好直接邮寄广告工作，首先要确定直接邮寄广告接收的对象名单，其次就是要设计好广告的内容。接受直接邮寄广告的人应该是前来消费可能性最大的"回头客"或潜在的消费者。其名单顺序可以如下。

① 以前光临过特别是多次光临过的客人。

② 由以前光临过的客人介绍或推荐的客人。

③ 曾经打电话或写信来询问过但没有进行预订的客人。

④ 我们所调查确定的潜在客人的名单。

邮寄品的内容应该考虑到消费者的兴趣和利益，要求体现人情味和设计的个性。恰到好处的直接邮寄促销材料，可以使企业收益匪浅。

广告内容要简洁，开门见山，要易上口，便于记忆，有韵味、有魅力，甚至可有个人手写的签名，让消费者感到浓度的人情味。一般应由下列四段文字组成：第一段要唤起消费者对你的产品的注意，第二段要激起消费者对你的产品的兴趣，第三段要引发消费者购买你产品和服务的欲望，第四段要促使消费者立即采取购买行动。

中文销售信内容样式

唤起注意	当你正在计划下一次会议的时候，你可以选择×××饭店。它拥有20间会议厅、20000平方米的娱乐场馆，一些我国最专业化的娱乐节目和表演者以及专业化和富有经验的会议接待者。
激起兴趣	所有这些设施和服务在一年的某一时候可供您单独使用。您在的时候，没有其他会议举行。
引发欲望	如果您有时间看一下的话，您将马上会发现可以灵活组合的设施能进行调整，以适合于您将举行的会议，从20～600人，价格可由您按照实际情况来确定。
促使行动	请您花费2～3分钟回答一下这份调查表，放入邮资已经支付的信封里寄给我们好吗？如果您有空的话，请打电话告诉我们，您是否能利用周末作为我们的宾客来访，亲自来考察我们饭店的设施与服务。

（四）饭店小册子、电子资料、音像资料的设计

饭店小册子是介绍饭店产品、树立饭店形象的重要工具。设计饭店小册子时要注意以下几点。

① 选择好饭店小册子的形式。饭店小册子的设计可以采用装订成书本的式样，这种形式会给人一种豪华高贵的感觉，但成本比较高，客人看时对饭店的全貌不能够一目了然；饭店小册子还可以采用折叠活页式，采用这种形式，可以降低成本，将折叠的活页展开，让客人欣赏饭店的全貌，这种形式的小册子是比较理想的。大多数饭店选择折叠活页式小册子。

② 选择好小册子的大小和页数。饭店宣传小册子每页宽和长的尺寸是 10 厘米×21 厘米，折叠活页式的小册子一般是由 4 张纸正反面 8 页构成的，装订成书本状的小册子页数要多一点。

③ 页面设计要美观，能够吸引客人的注意，但不可弄虚作假。

④ 小册子的内容不仅要介绍饭店主要设施，更要体现饭店特色；既要介绍饭店的服务项目和特色产品，又要适当介绍饭店周围及本地的环境和旅游资源，以吸引更多客人入住饭店。

电子邮件和音像资料可以更加形象、直观、生动、有效、广泛的推销饭店的产品，饭店应该更好地利用这种营销手段。

三、与旅行社合作进行销售

饭店通过向旅行社提供优惠的产品和服务，或向其支付佣金，可以得到旅行社组团的客户，达到利用旅行社的销售网促销的目的，从而为饭店带来一定的收益。但是，饭店在与旅行社合作的过程中，由于要让利给旅行社，饭店收益率相对降低，所以饭店应根据自身的情况确定与旅行社合作的范围与程度。此外，特别值得注意的是饭店应选择具有一定实力和良好信誉的旅行社作为合作伙伴，并与他们签订合作协议，这对保障饭店的利益是十分重要的。

如果是一家饭店集团的话，那么就需要旅行社为我们推销多家饭店的产品。这样，就需要印制饭店连锁集团的推销小册子。

四、饭店关系营销

关系营销突破了传统市场营销理论的局限，是对传统市场营销理论的延伸与创新。它强调双向沟通，通过双向交流促进信息的扩张和情感的发展。如饭店不仅要把自己的产品特色介绍给消费者，同样重要的还要了解消费者的喜好及消费者对饭店产品的建议与批评；关系营销着眼于保持"回头客"，致力于谋求消费者的忠诚和持久，它不是只针对少数重点消费者，而是面向所有消费者；关系营销强调营销者应与消费者、分销商、供应商、竞争者以及政府机构等建立长期的、互相信任的、互相合作的和谐关系。关系营销绝非"拉关系、走后门、谋私利"的庸俗个人关系。其追求的是在企业与消费者、竞争者、供销商、政府、社会公众之间以及企业内部之间建立良好的关系。

关系营销的关键因素是建立并发展与相关组织和个人的良好关系；关系营销的核心

是追求消费者忠诚，维系消费者；关系营销最主要的表现形式是一对一营销；关系营销的重要特征是双向沟通。

美国哈佛商业杂志的一份研究报告指出，重复购买的消费者可以为公司带来25%～85%的利润，固定消费者数量增长5%，企业利润则增加25%。吸引消费者再来的因素中，首先是服务质量的好坏，其次是产品的本身，最后才是价格。维系消费者是关系营销的重要内容。国外学者提出了三个级别的关系营销来反映与消费者长期友好的关系。

1. 一级关系营销

一级关系营销又称为频繁市场营销，有时也被称为购买型关系营销。在关系营销的三个级别中是最低的级别。要使消费者忠诚于饭店，饭店必须让消费者满意。一级关系营销通过直接经济利益刺激消费者购买更多的产品和服务。如对频繁购买的消费者实行让利奖励和减少消费者购买风险，保证退货、损失补偿等手段来保障消费者利益，获得消费者满意，使消费者与企业建立友好关系。如印度的6家喜来登饭店和亚太地区其他40家喜来登饭店共同签订了喜来登质量保证书，若饭店没有按预定条件提供住宿，或没有按时提供饮食，或没有配备音响设备以及这些设备没有按规定的标准正常工作，消费者将得到经济上的补偿。

2. 二级关系营销

二级关系营销有时也称为社交型关系营销。其更加重视与消费者建立长期的交往联系网络，通过了解单个消费者的需要与欲望并使其服务个性化和人格化来增加企业与消费者的社会性联系，把人与人之间的营销和人与组织之间的营销结合起来，增加消费者对企业的认同感。其主要表现为：以某种方式将消费者纳入到饭店的特定组织中，如顾客之家，是饭店与消费者保持更为紧密地联系，通过定期举办联谊活动，借以加深消费者对饭店的情感信任、认同感，密切双方的关系。如美国旅馆资产公司经营着数家饭店、咖啡厅、哈根达斯以及好莱坞餐厅等一些特许经营店。在亚洲，该公司的所有零售店为公司顾客俱乐部持卡会员提供特别优惠。俱乐部成员可能得到奖励，能参加生活方式研讨会、集会以及其他一些游艺活动。

3. 三级关系营销

三级关系营销又称结构营销，有时也称为忠诚型关系营销，在关系营销的三个级别中级别最高。这种营销方式是饭店通过向消费者提供某种对消费者很有价值、又不易获得的特殊服务，借此实现饭店与消费者双向忠诚，相互依赖、长期合作的关系，这种关系被称为结构性关系。在结构性关系中，饭店为客户提供的特殊服务往往以技术为基础，精心设计的独特服务体系，使竞争对手很难模仿。这种结构关系的形成，将提高客户转向竞争对手的机会成本，同时也增加了从竞争对手那里吸引另一些客户的机会。饭店只有通过建立独特的服务体系，向客户提供技术性服务等深层次的联系，才能吸引消费者，并与消费者保持长久的良好关系。

案例 5

某公司的七八名员工一起到一家高档餐厅吃饭，七嘴八舌的点了菜。吃着吃着，突然听见桌边的服务员小声说："糟了，上错菜了。这道菜不是他们的。"

　　由于点的菜很多，所以这些客人谁也不知道他们一共都有哪些菜，每道菜上来大家都以为是别人点的，只管大吃，所以听到服务小姐的话后，大家都一愣："是吗？"

　　得知这个情况后，经理很快出现了。不过，经理的举动却大大出乎客人们的意料。他首先声明："各位，感谢你们到本店来用餐，这道菜是我们奉送的，请尽管用。"然后，他又向客人们道歉："我们的服务人员服务不好，请各位包涵。这样：今天这顿饭打八折。"饭后，他还向这几位客人赠送了贵宾卡。

　　对这位经理的处理方式，客人心悦诚服。后来他们不仅自己常常到这家饭店用餐，还带来了很多亲戚朋友。

五、绿色营销

　　饭店的绿色营销是在环保潮流推动下产生的，在绿色消费趋势下发展。绿色营销是以环境保护作为价值观，以消费者的绿色消费为中心和出发点，力求满足消费者绿色消费需求和社会可持续发展要求的一种营销过程。

　　绿色营销包含了两个层次的含义。一是基于饭店自身利益的绿色营销，即饭店通过绿色营销既能满足消费者的绿色消费需求，又能降低成本，有利于在竞争中获取差别优势，从而得到更多的市场机会。二是基于社会道义的绿色营销，即营销过程要与人类实现全球环境与社会经济发展的目标相协调，尽量减少对环境的污染，保持和促进人类社会可持续发展。绿色营销强调消费者利益、环保利益和饭店自身利益的统一。绿色营销的主要表现形式是树立绿色形象，开发绿色产品，实行绿色包装，采用绿色标志，加强绿色沟通，推动绿色消费。

　　1. 绿色管理的基本原则

　　① 减量化原则。

　　② 再使用原则。

　　③ 再循环原则。

　　④ 替代原则。

　　2. 树立绿色形象

　　饭店在实施绿色营销的过程中，首先要树立良好的绿色形象。包括绿色产品形象、绿色服务形象、绿色经营形象、绿色员工形象、绿色发展形象和绿色环境形象等。努力按照 ISO 14001 标准办事，通过 ISO 14001 国际环境质量认证是饭店树立良好的绿色形象的有效措施。

　　3. 开发绿色产品

　　开发绿色产品应以环境和环境资源保护为核心。开发绿色产品的基本思路是，预防污染从设计开始，把改善环境努力结合在产品的设计之中。

　　对饭店来说，饭店绿色产品主要包括绿色客房、绿色餐饮和绿色服务三大类。

　　（1）绿色客房

　　首先房屋建筑物使用的建筑材料，包括房间的涂料、黏合剂、覆盖物以及家具等都应采用无污染的"绿色装饰材料"和低能耗、有利于生态平衡的"生态装饰材料"。其次，要用绿色物品替换客房的有害物品。如用布制洗衣袋替换塑料洗衣袋，用无氟绿色冰箱替代有氟冰箱等。

（2）绿色餐厅

常见绿色餐厅的核心是使用、推广绿色食品。绿色食品是指无公害、无污染、安全、新鲜、优质的食品，它包括蔬菜、肉类和其他食品。推广绿色食品必须重视三个环节。第一是绿色食品生产原料的生产必须符合"绿色标准"，如蔬菜、稻米、小麦等种植过程中，不允许使用化学农药和化肥，牛、猪及家禽的养殖过程中不允许使用含激素的饲料。第二是在绿色食品原料的运输、储存、包装等方面必须符合"绿色标准"，如运输应用专门的车辆、储存要用专门的仓位，不要多层包装，也不要用塑料袋包装。第三在绿色食品制作过程中必须符合"绿色标准"。如在菜肴烹制及点心制作时使用天然的色素，不用化学合成的添加剂；不用珍稀动物制作的菜肴；尽量多使用具有"绿色标志"的原材料。

（3）绿色服务

绿色服务是指饭店在绿色营销理念指导下，能满足绿色消费需求的服务。如餐饮服务中，适当提示客人点菜不要过量，避免浪费，客人需带走剩菜时，积极提供"打包"服务；在饭店服务中，专门开设无烟楼层、无烟餐厅以满足不吸烟绿色消费者的需要；饭店设立专门收集旧电池等有害物品的废物箱等。

4. 加强绿色沟通

绿色沟通就是把环保理念纳入产品和企业广告活动中，通过强调企业在环保方面的行动来改善和加强企业的绿色形象，更多的推销绿色产品。绿色沟通主要内容是绿色广告和绿色公关。

绿色广告的任务是提供企业绿色产品和绿色服务的信息，诱导顾客购买绿色产品，提醒使用，通过广告可以培养消费者的绿色消费意识和环保意识。

绿色公关是指通过各种有利的绿色宣传，发展与公众和公众机构良好的关系，建立良好的绿色形象和良好的绿色营销环境。以对付不利于绿色营销的谣言或事件。其途径很多，如保持与各新闻单位的良好关系，利用新闻媒体为饭店的绿色产品作宣传；安排著名环保人士参观访问饭店，指导"创绿"工作等。

六、网络营销

互联网的强大功能加上它的高速发展，催生了网络营销这个全新的营销模式。网络营销是指以互联网技术为基础，通过与消费者在网上直接接触和双向互动的沟通，最大程度地满足消费者个性化需求，以达到开拓市场、增加盈利目标的一种营销过程。

按目前互联网上的商业应用方式，网络营销的主要形式有以下三种。

① 网上市场调研。调研市场信息，从中发现消费者需求动向，可为饭店细分客源市场提供依据，是饭店开展市场营销的重要活动。

② 网上广告。网上广告具有费用低廉、跨越时空、三维图像、虚拟现实、双向沟通等许多传统媒体无法达到的优点。因此受到广大公众消费者的欢迎和饭店的重视。目前已有大量的饭店在互联网上建立了自己的网站和主页，及时向全世界发布网上广告。

③ 网上销售。是把饭店产品以多媒体信息方式通过互联网，以供消费者浏览和选购。如 GDS 全球预订系统（Global distribution system）成为国际饭店业广泛使用的饭店网上订房新技术。

七、主题营销

是以差异性、文化性作为饭店企业的经营卖点，成为营销新策略（主题饭店概念起源于美国）。

主题营销是饭店企业在组织开展各种营销活动时根据消费时尚、饭店特色、时令季节、客源需求、社会热点等因素，选定一个或多个历史或其主题为吸引标志，向客人宣传饭店形象，吸引公众的关注以产生购买行为。

八、服务营销

由于饭店的竞争是以服务为基础，服务营销概念应运而生。服务营销理念认为，营销不仅是吸引客人，而且还要拥有客人，留住客人。要实现这个目的，就必须以市场为导向，把服务质量和营销理念有机结合，其核心是服务质量，优质服务。要求给客人一种难忘的消费经历，因而优质服务的 7 条标准：礼貌、沟通、安全、理解、情感、及时、有形是不可少的。

复习思考题

1. 饭店市场营销的概念。
2. 根据饭店产品在市场中的需求状态，饭店营销人员应该如何做好营销工作？
3. 市场营销的方法有哪些？
4. 饭店如何利用网络提升形象、拓展市场？

第六章　饭店的前厅和客房管理

饭店前厅与客房管理是对围绕饭店主要产品——客房服务的生产和销售所展开的各项事务的管理。前厅与客房管理是将客房服务产品的生产过程和销售过程完美结合的管理活动，与饭店的全局管理直接相关，是影响整个饭店管理的关键因素之一。小型饭店中一般设置客房部全面负责饭店前厅和客房的管理工作，中型饭店通常设置前厅部和客房部，而实行总监制的大型饭店则设置房务系统，由房务总监统辖。

【学习目标】

1. 前厅部在饭店中的地位和作用。
2. 前厅部各项业务管理要点。
3. 前厅部的信息控制。
4. 客房部在饭店中的地位和作用。
5. 客房部各项业务管理的要点。
6. 客房部对客服务的质量控制。

第一节　前厅管理概述

案例1

6月份哈尔滨一年一度的哈洽会期间，是饭店的接待高峰，为了保证饭店的经济效益，一连几天前台都实行了超额预订。一个下雨天，一位来自北京的客人要入住饭店，可是他没有提前预订房间，而且此时饭店房间已全部出租，没有空余的房间。当前台服务员向客人解释时，客人却不理睬。这位客人提着行李在大堂大喊大叫，说自己第一次来哈尔滨又冒着大雨，是因为公司与饭店签了协议才来的，因此是不会走的。这时，大堂副理走过来，将客人引领到大堂副理工作台前，细心地给客人解释，可这大雨天也得让客人有地方住才行，最后大堂副理打电话给同星级的饭店，终于在附近的饭店找到了一间房，价格相近，之后又经请示派出饭店的车辆将客人送至附近的饭店，这时客人的气儿才消了。大堂副理将客人安顿好后，北京的客人对大堂副理说他对饭店的服务感到非常满意，并承诺，下个月来时会提前预订房间。

处理订房纠纷是一件复杂、细心的工作，有时甚至很棘手，前台接待员和大堂副理要注意平时多积累经验和技巧，善于把握客人的心理，既要耐心而礼貌地向客人做好解释工作，又要使其接受现实，最重要的是帮助客人妥善安排住宿，解决客人的燃眉之急。

案例 2

一天傍晚，美国客人 Mr. William 来到内地一家三星级饭店总台登记住宿，他用英语询问接待员小李："该房费是否含有早餐?"只有英语 C 级水平的小李没有听明白客人的意思，便随口应答了"Yes"。

次日，Mr. William 去西餐厅用自助早餐，出于细心，又询问餐厅值台员小王这一问题，不料小王的英语也不行，慌忙中也随便应答了声"Yes"。

三天以后，Mr. William 到总台退房结账，可账单上他每顿早餐的费用一笔不漏!他越想越糊涂，怎么可能呢? 明明总台和餐厅两位员工都亲口告之"Yes"，为什么还需支付早餐费呢? 他百思不得其解，经他再三追问，总台管理者才告诉他："饭店早餐历来不含在房费之内。"Mr. William 便将两次获得"Yes"答复的原委告诉管理者，希望免费供应早餐的许诺能得到兑现，但遭到拒绝。Mr. William 无奈中只得付了早餐费，便怒气冲冲地带着一肚子怨气离开了饭店。

一、前厅部的地位

前厅部是整个饭店业务活动的中心，因其主要服务部门总服务台（Front desk）通常位于饭店最前部的大堂，因而称为前厅部（Front office）。前厅部是销售饭店客房及餐饮娱乐等产品和服务、沟通与协调饭店各部门，为客人提供各种综合服务的部门。前厅部接触面广、政策性强、业务复杂，管理好前厅部，能够协调、推动饭店各部门之间的工作，争取更多客源，提高饭店声誉，创造良好的经济效益，因此前厅部在饭店中具有举足轻重的地位。

二、前厅部的作用

前厅部虽然不属于饭店主要的营业部门，但其运转好坏将直接影响饭店的服务质量、经济效益乃至管理水平和市场形象，其在饭店中的作用主要体现在以下几个方面。

1. 前厅部是饭店的门面

前厅部是饭店最先迎接客人和最后送别客人的地方，前厅服务是使客人对饭店产生第一印象和留下最后印象的重要环节。客人总是带着第一印象来评价饭店的服务质量；而最后印象则在客人的脑海里停留时间最长，留下的记忆最为深刻。毋庸置疑，前厅部是赢得客人好感的重要阵地。

作为饭店的门面，前厅部的环境气氛、服务质量水平在客人心目中代表着饭店的总体水平及形象，这不仅包括大堂的建筑设计、装饰、陈设布置，也包括前厅部员工的精神面貌、仪容仪表、服务态度、服务技巧、服务效率及组织纪律等。

2. 前厅部是饭店的销售窗口

前厅部是饭店的销售窗口，它左右着饭店商品的出售，控制着饭店收入的焦点与核心。客房是饭店销售的主要产品，客房的营业收入一般要占饭店全部营业收入的40%～50%。饭店每日客房出租率的高低在很大程度上取决于前厅部的销售工作。前厅部通过和客人的直接或间接的接触，与饭店服务的主体——社会，建立起广泛的联系，从而了解到许多客源信息，为饭店制定销售政策和饭店其他部门的销售提供重要的依据和条件。

3. 前厅部是饭店的神经中枢

前厅部是饭店的神经中枢，负责联络和协调各部门对客服务。前厅部为了有效地开展预订服务，组织客源，做好接待工作，必须和旅行社、大使馆、领事馆、各种国际商业机构、国内客户单位、机场、车站、码头及旅游景点等单位保持联系，也必须同旅游团的领队、陪同等建立联系。同时，还必须联络与协调饭店的其他部门，共同对客人服务。所以，前厅部犹如饭店的神经中枢，对外起着"联络官"的作用，对内则发挥着业务调度的职能，在很大程度上控制与协调整个饭店的经营活动。

4. 前厅部是饭店的信息中心

前厅部是饭店经营活动的主要信息源，饭店绝大多数的业务信息都来自前厅，例如市场信息、营业情况、客户档案等。前厅部是饭店的信息集散中心，它所收集、加工和传递的信息是饭店管理者进行科学决策的依据。饭店管理工作的质量和效率，很大程度上取决于传递信息的数量、有效性、及时性和精确性。

5. 前厅部是建立良好客人关系的重要环节

前厅部处于饭店与客人的中介桥梁位置上，也是与客人接触最多的部门，所以前厅部是饭店建立良好客人关系的重要环节。根据希尔顿饭店手册，在与客人的关系中每一位员工都是"希尔顿"，在客人面前都是希尔顿大使，要与客人建立良好的关系。饭店服务质量从客人角度来分析，"客人满意程度"是重要的评价指标，而建立良好的客户关系正是提高客人满意程度的重要因素。

三、前厅部的组织结构

饭店及前厅的组织系统受到饭店本身的背景、特点、规模、经营方式、营业对象、目标市场、财务制度、管理经验、政策法令等诸因素的制约，所以，不同饭店应遵循组织结构设计原则，采取各自最适合的组织结构形式。

(一) 前厅部的组织机构设置的原则

1. 从实际出发

前厅部机构设置应该从饭店的性质、规模、地理位置、经营特点及管理方式等饭店的实际出发，而不能生搬硬套。比如规模小的饭店以及内部接待为主的饭店就可以将前厅部并入客房部，而不必独立设置。

2. 机构精简

在前厅部机构设置时应该防止机构臃肿，人浮于事的现象，尤其要注意"因事设人"，而不能"因人设事"、"因人设岗"。但另一方面也要注意，"机构精简"并不意味着机构的过分简单化，出现职能空缺的现象。

3. 分工明确

应明确岗位人员的职责和任务，明确上下级隶属关系及信息传达的渠道和途径。防止出现管理职能的空缺、重叠或相互打架的现象。

（二）前厅部组织结构示例

1. 大型饭店

在大型饭店中，前厅部内通常设有部门经理、主管、领班、普通员工四个层次，但不同的饭店其前厅部组织结构也会有所变化。

2. 中型饭店

中型饭店的前厅部一般由部门经理、领班、普通员工三个层次构成，与大型饭店相比，前厅部下设的工种少。

3. 小型饭店

小型饭店的前厅部通常由客房部下设的总服务台班组替代，一般只设领班（或主管）、普通员工两个层次。

大型饭店前厅部的组织机构可参照图 6-1 进行设置。

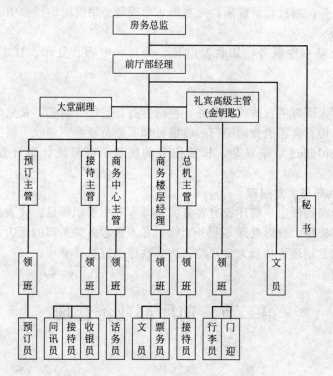

图 6-1　大型饭店前厅部的组织机构图

（三）前厅部各机构的职责

1. 预订处

接受客房预订、办理预订手续；制作预订报表，对预订进行计划安排；按要求定期预报客源情况和保管预订资料等。

2. 接待处

接待抵达饭店并要求住店的客人，包括有预订的团体散客，无预订的散客，办理客人住店手续，负责分配客房；负责对内联络，安排接待事项；掌握并控制客房出租状况，制作客房出租报表；保管有关住宿资料。

3. 问讯处

回答宾客有关饭店各种服务、设施及饭店所在城市的交通、游览、购物等内容的询问；代客对外联络，代办客人委托事项；收发保管客房钥匙；处理客人信函、电报等。

4. 礼宾部

负责在店口或机场、车站、码头迎送宾客；调度门前车辆，维持门前秩序；代客卸送行李，陪客进房，介绍客房设备与服务，并为客人提供行李寄存和托运服务；分送客人邮件、报纸、转送留言、物品；代办客人委托的各项事宜；高星级饭店提供"金钥匙"服务。

5. 电话总机

负责接转饭店内外电话，承办长途电话，回答客人的电话询问；提供电话找人、留言服务，叫醒服务；播放背景音乐；充当饭店出现紧急情况时的指挥中心。

6. 商务中心

提供信息及秘书性服务，如收发电传、传真和电报、复印、打字及电脑文字处理等。

7. 收银处

负责饭店客人所有消费的收款业务，包括客房、餐厅、酒吧、长途电话等各项服务费用；同饭店一切有宾客消费的部门的收银员和服务员联系，催收、核实账单；及时催收长住客人或公司超过结账日期，长期拖欠的账款；夜间统计当日营业收益，制作表格。

8. 客务关系部与大堂副理

现在，不少高档饭店在前厅设有客务关系部，其主要职责是：代表总经理负责前厅服务协调、贵宾接待、投诉处理等服务工作。在不设客务关系部的饭店，这些职责由大堂副理负责，大堂副理还负责大堂环境、大堂秩序的维护等事项。

第二节　前厅部业务管理

案例 3

　　Y 公司是一家知名公司，一次该公司安排一名重要客户入住饭店，由于预订员的疏忽没有看清预订单上标明客人有吸烟要求，因此将客人安排到了无烟房间。预订单上注明客人入住时在 VIP 室办理手续，未注明享受 VIP 待遇，且该客人无 VIP 客史，预订员也未向销售部核实便按一般客人安排，使这位高档商务客人未享受贵宾待遇，Y 公司对此提出严重投诉。

　　客房预订业务是一种技术性较强的工作，如果不认真、仔细就有可能出现差错。预订员的职责就是要按照预订单上客人的要求做好预订工作。做预订时需要仔细审阅预订说明，细心、认真、负责地做好预订工作。

案例 4

某日，一旅行团到店后通知前台次日早 7 时叫早，当班接待员让客人签了一个名就去接待其他客人，忘记了此事，未在叫早登记簿上登记此团的叫早要求。同时，同班的另一名服务员也没有认真核对团队叫早登记，导致次日该团未被叫早，遭到客人投诉。

一、前厅部业务管理

前厅部运行主要是以人为中心，以客人需求为目标，通过快速敏捷的服务创造效率及客人满意的工作效果，将感情服务贯穿于整个服务过程，为客人留下满意的第一印象和最后印象。前厅部的工作主要集中在以下四个环节：接受客人预订、接待客人入住、客人住店期间的系列服务、办理客人离店及结账手续。

二、基本业务工作

饭店前厅部一般设立预订处或订房部，提供预订服务。其主要职责是：接受客人以电话、电传、传真、信函、电子邮件或口头等形式的预订；负责与有关公司、旅行社等提供客源的单位建立业务关系，尽力推销客房并了解委托单位接待要求；密切与总台接待处的联系，及时向前厅部经理及总台有关部门提供有关客房预订资料。

1. 预订的渠道

饭店客房的预订通常通过下列形式进行预订。

① 直接与饭店预订。

② 通过与饭店签订商务合同的单位预订。

③ 通过饭店所加入的预订网络预订。

④ 由旅行社或航空公司预订。

⑤ 由会议组织机构预订。

⑥ 由政府机关或企业事业单位预订。

上述预订渠道，被视为饭店的客源销售渠道。对饭店来说，总是设法将自己的产品直接销售给客人，但往往因人力、财力有限而无法仅通过直接销售渠道来吸引客源。因此，饭店常借助于中间商，并利用他们的网络、专业特长及规模等优势，将饭店的产品及时、大量、顺畅地推销给客人，以扩大客源，增加销售量。

2. 预订的方式

客人采用何种方式进行预订，受其预订的紧急程度和客人预订设备条件的制约。因此，客房预订的方式多种多样，各有其不同的特点。

通常，客人采用的预订方式主要有下列几种。

(1) 电话预订

客人或其委托人使用电话进行预订。该方式较为普遍，其特点是迅速、简便，易于客人与预订员之间的直接沟通，可使客人根据饭店客房的实际情况，及时调整其预订要求，订到满意的客房。

（2）当面预订

客人或其委托人直接到饭店前厅进行预订。当面预订可让服务员更直接地了解客人的需求，以便满足客人的要求。

（3）传真预订

传真预订是当今饭店与客人进行预订最方便的通信手段之一。传真预订传递速度快，即发即收，内容详细。此种预订方式可将客人的预订资料完好的保存，不易出现预订纠纷。

（4）信函预订

信函预订是客人或其委托人在离抵店日期较长的时间的前提下采取的一种传统而正式的预订方式。此种方式比较正规，对客人和饭店都能起到约束作用。

（5）网络预订

互联网为饭店的预订业务提供了更加便捷的预订方式。客人通过互联网向饭店进行客房的预订。此种预订不仅方便了客人，而且提高了饭店客房的预订工作效率，从而扩大客户群，争取到更多的客源。

3. 预订的种类

饭店在接受和处理客人预订时，一般将预订分为以下几个类型。

（1）临时性预订

临时性预订是指客人的订房日期或时间与抵达日期或时间很接近，饭店一般没有足够的时间给客人以书面确认或没有给予客人确认。临时性预订客人如在当天的"取消预订时限"（通常为18:00）还未到达饭店，该预订即被取消。

（2）确认性预订

确认性预订指客人的订房要求已被饭店接受，而且饭店以口头或书面形式给予确认，一般不要求客人预付预订金，但规定客人必须于预订入住日的规定时限到达，否则作为自动放弃预订。

（3）等待性预订

饭店在客房已订满的情况下，因考虑到预订常有取消及变更情况，所以仍接受一定数量的等待类订房。对这类订房客人，饭店不发给确认书，只是通知客人，在其他客人取消预订或提前离店的情况下，给予优先安排。

（4）保证性预订

在旺季饭店为了避免因预订客人擅自不来或临时取消订房而引起损失，要求客人预付订金加以保证，这类预订称为保证性预订。保证性预订使饭店与未来的住客之间建立了更牢靠的关系，客人可以通过使用信用卡、预付订金以及订立商业合同的方式来进行订房的担保。

4. 散客预订与团队预订的注意事项

（1）散客预订

一般预订客人在15名以下时称为散客预订。散客预订时，应注意以下几点。

① 散客预订的来源要按符合饭店的实际情况正确分类，这是饭店营销工作的重要资料。例如国内、国外、公司、旅行社、政府机关等来源。

② 如果散客的预订没有确定抵店日期，则应要求客人支付预约保证金或接受其他更为准确的客源。

③ 接受贵宾（VIP）预订时，预订员应正确执行接待贵宾的有关规定，并迅速通知有关部门。

（2）团队预订

① 在确认团队预订的同时，也要确认团队名单、餐食预订、旅行日程等事宜。

② 对常常可能取消或更改预订的团队，例如旅行社、航空公司等确切性不高的团队，应在一周前进行复核确认。

③ 注意支付方式。

④ 妥善保管预订申请的来信原件或回信复印件。

5. 超额预订及其处理

由于种种原因，客人可能会临时取消预订，或者订了房而不到，或者提前离店，从而造成饭店部分客房的闲置，引起损失。根据饭店经验，一般情况下订房不到者大约占订房数的 5%，临时取消预订的占 8%～10%。因此，超额预订成了饭店避免遭受过多损失的有效方法。

应该有个"度"的限制，以免出现因过度超额而使有预定的客人不能入住。通常饭店接受超额预订的比例可掌握在 10%～20%，各饭店应根据自家饭店以往的取消率合理掌控。

6. 预订业务程序的控制

客房预订业务是一项技术性较强的工作，为了确保预订工作的高效有序，必须建立科学的工作程序。一般可分为以下几个步骤。

（1）通讯联系

客人以面谈、信函、电话、电传、传真、电报、电脑终端等方式向饭店提出订房要求。

（2）明确订房要求

预订员将客人的订房要求填写统一规格的订房单，以明确饭店接受预订的各种信息，如客人姓名、人数、国籍、抵离店日期及时间、车次或航班、所需客房的种类及数量、付款方式、预定人姓名、地址、电话号码等。

（3）接受或婉拒预订

饭店根据客人预计抵达的日期、所需客房数量、种类、住店天数等是否与自己的接待能力相一致，如一致，则接受预订，否则应婉拒。婉拒客人预订要求时，应主动提出可供选择的建议。

（4）确认预订

接受了客人的订房要求后，饭店应及时发出预订确认书。确认书中应复述客人的订房要求、房价及付款方式，申明饭店对客人订房变更及取消预订的规定。向确认性预订的客人申明抵店的时限，对保证性预订的客人申明收取预订金。

（5）记录、储存订房资料

预订员将已确认的预订在预订汇总表上注明，填写入住预订记录簿并整理预订资料。订房资料由订房单、确认书、预订金收据、预订变更单、预订取消单、客史档案卡等组成。订房资料按预期抵店的日期顺序排列和存放。另制作预订卡片，按预订客人姓名的英文字母顺序排列，以便于查找。

（6）预订变更、取消及客人抵店前的准备工作

如果已确认的客人预订要求变更或取消，预订员必须填写变更单或取消单。将取消订房的资料归入取消类存档，将变更订房资料与变更单汇总，按接受新的预订程序处理。

客人抵店前的准备工作包括发出客情预报表、次日抵店客人名单、贵宾接待通知单、团体接待通知单等。

三、接待业务管理

案例5

某饭店到来一个西欧旅游团。行李已运到楼层电梯厅，当主管经过时，正赶上旅游团的领队气势汹汹地冲着服务员发火。见到主管，立即投诉："为什么只有一个人动手帮助客人，那两个站在那里……"主管马上解释："对不起，那两个是实习生，根据我们饭店规定……"这一解释，如同火上浇油："什么实习生？穿酒店制服，就要为客人服务！"说着，抓起电话，厉声向总经理投诉。

由此可见，客人有抱怨，决不要解释，而应立即帮助解决问题。不解释，可能会大事化小，一解释，反而会把事情闹大。

前厅部的接待处为客人办理接待入住手续，其主要职责为：接待前来投宿的客人，包括团体、散客、长住客、预订客人、非预期到达或未预订客人；办理入住登记手续、分配房间；负责对内联络，掌握客房出租变化和业务接治；掌握住店客人动态及情报资料，建立客户档案；控制客房状态，及时更改客房信息；制作客房营业日报表等表格；协调对客服务工作。

（一）接待准备

1. 客房状况控制

饭店的客房随着客人的入住及离去而处于流动状态之中。前厅接待处只有掌握好全饭店即时即刻的客房状况，才能准确、高效地进行客房销售。客房多处于以下几种状况：可售房；住客房；走客房；预留房；待修房。

2. 制定用房预分方案

根据饭店空房情况及客人的具体情况预分客房，既可提高工作效率，又可满足客人的不同要求，提高客人满意度。所以说，分房讲究一定的艺术是十分必要的。

（1）排房的顺序

① 团体客人；

② 重要客人（VIP）；

③ 已付订金等保证性预订客人；

④ 普通预订客人，并有准确航班号或抵达时间；

⑤ 常客；

⑥ 无预订的散客。

（2）排房艺术

① 团体客人或会议客人应尽量安排在同一楼层或相近楼层；

② 对于残疾、年老、带小孩的客人，尽量安排在离服务台和电梯较近的房间；

③ 把内宾和外宾分别安排在不同的楼层；

④ 对于 VIP 客人应安排同类型中最佳状态的房间；

⑤ 不要把敌对国家的客人安排在同一楼层或相近楼层；

⑥ 注意房号的忌讳（如西方客人忌"13"等）。

3. 检查待出售房间

对预留房，接待员要同客房部保持联系，注意电脑显示房态的变化，尽快使待出售房间进入销售状况。特别是对 VIP 客人的房间，要由大堂副理亲自检查。前台主管要复查各项预分房间是否合适，有无差错。

4. 准备入住资料

将登记表、欢迎卡、客房钥匙、账单和其他有关单据、表格等按一定的顺序摆放，待客人入住登记时使用。

（二）接待程序

1. 散客接待程序

散客接待程序见表 6-1。

表 6-1　散客接待程序

步骤	1	2	3	4	5	6	7
工作内容	识别客人有无预订	填写登记表	排房定房价	决定付款方式	完成入住登记手续	分发客房钥匙	制作有关表格

2. 团队接待程序

① 团队到达时，接待处派一名接待员，在领队和导游的协助下，宣布分房名单；分发钥匙，请客人在登记表上签名或由领队统一办理签名。如房间分配有变动，马上在分房表上作出更正。

② 迅速引导客人入房。

③ 客人离开大厅后，接待员将最新的分房表分送问讯处、行李处、电话总机及领队或导游。为团体客人设立一份总账单，并连同其他有关资料一并移交收银处。开出团体用餐单送餐饮部。

四、前厅日常服务管理

（一）问询服务

前厅部的问询处是为了满足住店客人和来访客人寻求饭店日常服务需要而设，其主要职责有：回答客人有关部门饭店服务的一切问题和饭店外的交通、旅游、购物、娱乐、社团活动等内容的询问；代客对外联络（主要指机场、车站、码头、游览点等代办服务事项）；代客保管钥匙和贵重物品；处理客人信函、留言、电传、电报、传真、电子邮件等。

1. 客人信息

客人信息的提供是饭店问询业务中最基本也是占比重较多的一项，在提供客人信息时要注意：

① 关于住店客人的信息要问清对方身份再给予相应回答；

② 未经客人同意，不能将客人的房号告诉访客；

③ 只知道房号打听客人姓名时除了特殊情况外应拒绝回答；

④ 有同名客人时要掌握好详细的个人情况，以免出错；

⑤ 注意客人要求保密的情况。

2. 饭店内部信息

问询员应掌握的饭店内部信息有：

① 对饭店内提供的服务项目、营业时间与收费标准要详细加以说明；

② 每天熟知有关特殊宴会、会议、展览会等预订事项；

③ 接收邮件，分类后转给客人及饭店各部门。

3. 饭店外部信息

问询员应掌握的饭店外部信息有：

① 饭店所在城市的主要旅游点及交通情况；

② 饭店所在城市的主要娱乐场所、商业区、商业机构、政府部门、大专院校及有关企业的位置和交通情况；

③ 近期内有关大型商业、文艺、体育活动的基本情况；

④ 国内国际航班情况；

⑤ 饭店所在城市的主要风土人情、特产及习俗情况。

（二）礼宾服务

前厅部礼宾服务处又称为大厅服务处，其主要职责为：机场车站等店外迎送；开关车门店门，向抵店客人表示欢迎，致以问候；协助管理和指挥门厅入口处的车辆停靠，确保畅通和安全；代客装卸行李；陪同客人进房并介绍饭店设施、服务项目；为客人搬送行李；提供行李寄存服务；转递客人的信件、电报、传真及邮件等；传递有关部门通知单；雨伞的寄存与出租；公共部位找人；代客联系车辆，送别客人；负责客人其他委托代办事项。礼宾部的金钥匙还能提供金钥匙服务，以满足客人的各项要求。

1. 应接服务

迎宾员是代表饭店在大门口迎送客人的专门人员。客人抵达、离店时，迎宾员要主动迎送，拉车门，协助客人上、下车及装、卸行李等。同时还负责维持大门口秩序、引导和疏散车辆等。

2. 行李服务

行李服务工作由前厅部专设的行李处承担。行李员主要负责行李的运送服务。行李主管每天要认真阅读分析由预订处和接待处送来的"抵店客人名单"和"离店客人名单"，掌握进出店的客流量，以便安排好人力。

（三）总机服务

电话总机能为客人提供接转电话、挂拨长途电话、问询服务、代客留言、播放背景音乐、叫醒服务等。

（四）商务中心服务

商务中心为商务客人提供各类商务所需的服务，例如提供复印、打字、电传、长途电话以及互联网等商务服务；提供翻译（多种语言）、听写会议记录、抄写及文件核对、代办邮件、会议室出租、文件整理及装订等服务；提供秘书、托运、信差、商业信息查询及安排会晤等服务。

（五）客人投诉处理

投诉是指客人对饭店服务工作感到不满而提出意见。前厅部在客人心目中是"饭店的代表"，所以前厅部往往是受理客人投诉的所在。客人是饭店送上门的老师，对于客人的投诉应积极对待，而不是害怕与逃避。

1. 预防为主

饭店在实际工作中一定要尽量减少客人的投诉，对客人的投诉应以预防为主。

① 加强与客人的沟通。增强员工对客人的沟通意识，提高员工与客人的沟通技巧。并且通过表单与工作程序的约束建立完善的制度，多渠道多方位地加强与客人的沟通。通过与客人的及时沟通，可以最大限度地及时掌握客人的满意程度，缩小客人投诉态势的发展，并且增强改进工作的主动性。

② 注重服务质量的控制。建立科学完善的质量管理体系，加强日常工作的质量控制力度。重视员工的思想素质教育、业务及技能的培训，增强工作责任心，提高工作效率及服务质量。

③ 加强设施、设备的管理与维护。据统计，在客人的投诉中有关设施、设备的运行和维护方面的问题占据较大比重。所以，饭店应建立完善的设施、设备管理体制，制定有关设施、设备的管理、维修保养等方面的具体工作制度及工作计划。

④ 建立客史档案及客人投诉档案。建立客史档案及客人投诉档案，并定期由专人整理，及时进行信息整理、反馈及做好总结、反思工作，防止此类投诉再次发生。

2. 处理投诉的原则

① 充分理解客人。处理投诉时应设身处地，站在客人立场，充分理解客人的心情及客人要求，积极为客人排忧解难，而不应推卸责任或者转移目标。

② 充分维护饭店形象。处理投诉既要真诚地为客人解决问题，保护客人的利益，同时也要注意充分维护饭店形象及饭店的正当利益。

③ 快速处理。对于客人投诉应尽快处理，以免由于时间的耽搁而引起客人更大的不满。

3. 处理投诉的程序

处理投诉的程序因投诉类型的不同而有所不同。

（1）理智型投诉

对于理智型客人的投诉，处理程序如下。

① 认真聆听并记录，表示同情及理解。

② 听取客人建议，采取行动，解决问题。

③ 落实、监督、检查处理情况并将相关信息通知客人。

④ 总结，并将投诉详细情况记录存档。

（2）冲动型投诉

有些客人在提出投诉时，情绪激动，投诉地点往往在公众场合。若处理不当，会扩大对饭店的不利影响，所以投诉处理应注意以下内容。

① 隔离处理。当情绪激动的客人提出投诉时，应首先将客人请至专门的会客室，而不能在大庭广众下处理，以免陷入被动境地。

② 尽量安抚客人情绪。在客人未恢复理智前，尽量安抚客人，平息客人情绪是首要的。可以通过给客人上毛巾、上饮料茶水等方式来进行。

③ 沿用理智型投诉处理的程序。当客人的情绪稍微缓和后，沿用上述理智型投诉处理程序进行处理。

五、金钥匙服务

案例6

某日上午9时，810房间的M先生在礼宾柜台旁吸烟，金钥匙小唐立即递上烟缸，客人表示感谢并和小唐攀谈起来。客人是第一次来北京，小唐简单地向客人介绍了饭店的情况及北京的风景名胜，与客人聊得很开心。在谈话过程中，客人出示了一张名片，说这是他的一位老朋友，因工作关系，5年前在伊朗认识并结下了深厚的友谊，这次到北京来想亲自拜访一下老朋友，试着拨打名片上的电话，但无人接听，可能电话改了。因名片上有公司的名称，小唐通过"114"电话查询台帮客人查找到此公司新的电话，结果还是无人接听，客人表示遗憾，但客人还是非常感谢小唐，并说："我回房间再试一试。"

客人回房间了，但小唐并没有放弃为客人寻找，工作之余仍不断地为客人拨打电话，功夫不负有心人，电话终于有人接了，经过联系询问之后，果真就是这位外宾要找的老朋友冯先生，小唐向冯先生说明了事情的经过后，冯先生很高兴。小唐把客人的房号、饭店地址和电话告诉了冯先生，约定了见面的时间，然后马上给客人房间回电话，给客人一个惊喜，客人听到此消息后，又激动又高兴，亲自到大堂来感谢。

饭店金钥匙服务，是一种典型的在完美主义的激情推动下实施的极致服务，所谓"精诚所至，金石为开"，饭店金钥匙对这种特定形式的理念和形式的执著追求，使服务中的各种困难迎刃而解。在金钥匙眼中，服务就是一切。

1. 金钥匙的本质

金钥匙的标志是两把交叉在一起的金钥匙，两把金光闪闪的交叉金钥匙代表着饭店委托代办的两种主要的职能：一把金钥匙用于开启饭店综合服务的大门；另一把金钥匙用于开启该城市综合服务的大门。

金钥匙既是一种专业化的饭店服务，又指一个国际化的民间专业服务组织，此外还是对具有国际金钥匙组织会员资格的饭店礼宾部职员的特殊称谓。

饭店金钥匙的本质，是指饭店中通过掌握丰富信息并使用以共同的价值观和信息高速公路组成的服务网络，为客人提供专业个性化服务的委托代办个人或协作群体的总称。

2. 金钥匙服务

金钥匙服务是饭店内礼宾部职员（如具有国际金钥匙组织会员资格则可称为"金钥匙"）以为其所在饭店创造更大的经营效益为目的，按照国际金钥匙组织特有的金钥匙服务理念和由此派生出的服务方式为客人提供的"一条龙"个性化服务，这种服务通常以"委托代办"的形式出现，即客人委托，职员代表饭店为客人代办。因为它的高附加值区别于一般的饭店服务，具有鲜明的个性化特点，被饭店业的专家认为是饭店服务的极致，因此被称为金钥匙服务。

3. 金钥匙的服务项目

饭店金钥匙通过礼宾部这个集体发挥个人作用。礼宾部的职责是围绕客人提供一条龙服务，从客人到达饭店所在的城市开始，包括订房、订餐、机场码头接送客人等一系列服务。

六、前厅客账管理

前厅客账管理是一项十分细致复杂的工作，时间性与业务性都很强。前厅客账管理工作的好坏，直接关系到能否保证饭店的经济效益和准确反映饭店经营业务活动的状况，也反映了饭店的服务水平和经营管理效率。位于前厅的收银处，每天负责核算和整理各业务部门收银员送来的客人消费账单，为离店客人办理结账收款事宜，编制各种会计报表，以便及时反映饭店的营业活动情况。从业务性质来说，前厅收银处一般直接归属于饭店财务部，但由于它处在接待客人的第一线岗位，又需接受前厅部的指挥。

客人离店的工作流程可分为七个步骤（表 6-2），需由前厅收银、接待、预订等各工作单位相互配合，共同完成。

表 6-2　客人离店的工作流程

步骤	1	2	3	4	5	6	7
工作内容	根据客情表做好结账准备	向离店客人出示账卡	结账收款	向客人致谢道别	变更客房状况	汇总凭证以供夜审	客史归档

七、前厅信息管理

前厅信息管理中，信息的收集与传递是手段，进行信息归档、分析整理及统计报告是核心，提出咨询建议，帮助饭店管理层作出决策、销售饭店客房及其他产品、提高管理水平和经济效益是信息管理的目的。

（一）信息传递沟通的手段

饭店信息传递、沟通的手段很多，常见的方法如下。

1. 各类表单与报告

各类表单与报告是前厅信息传递与沟通的主要手段，除了各类工作表单外，按组织机构管理层次，逐级呈交的季度、月度报告也是前厅在信息传递与整理中不可缺少的桥梁。

2. 各类口头、书面通知、通告与备忘录

各类口头、书面通知、通告以及备忘录是饭店上下级、部门间传递信息的有效形式，例如各类工作指示、通知、请示、汇报、建议、批示等。

3. 交班日记与记事簿

交班日记与记事簿是各班组之间在对客服务中相互联系的纽带，主要用来记录本班组的当班情况以及工作中发生的问题，还有尚未完成需要下一班组继续处理的事宜。

4. 各类会议

饭店内举行的各种类型的会议，也是上下级之间、各部门之间、各班组之间信息沟通传递的有效手段。会议种类有饭店总经理召集的各种指令会、协调会、晨会；还有在部门班组范围内召开的部门工作会议、班组例会等。会议的预案、所需材料、会议通知、会议记录及会后工作总结，都是饭店重要的工作信息，必须妥善保存。

5. 计算机系统

在信息高速公路飞速发展的今天，计算机系统早已成为饭店信息传递、沟通、协调的重要手段。计算机系统在信息统计的精确性、处理的高效性、传递的即时性、范围的全球性方面有着无与伦比的优势，是任何一个手段都无法替代的。常用的前厅部计算机应用系统有客房预订系统、客房销售系统、查询系统、账务系统以及综合分析系统。

（二）前厅信息资料的管理方法

1. 信息资料管理中的主要失误

饭店中常见的信息障碍表现为以下几个方面。

（1）信息资料没有及时传递或传递不到位

信息传递过程中出现障碍是造成信息失误的主要原因，例如班组交接时信息没有传递到位，或者部门之间表单的递送出现障碍。解决方法有专事专人负责，即由哪一位员工接手的信息资料就由这位员工负责传递到下一站；或者班组内按照分工进行划分，由专人负责其中一项工作，便由此人负责关于这项工作的所有信息传递。

（2）表单资料遗失

例如预订客人前来办理入住手续时，饭店却找不到这位客人的预订资料，造成工作失误。解决方法除了由上述的专事专人负责外，还需建立严格的信息资料存档制度。

（3）信息没有及时更新

信息发生变动时，未在表单资料上及时表现出来，或者已传递给其他部门但未进行追加。例如预订的最新更动情况未进行及时通报，或者团队、会议客人日程安排有变化，却未通知其他部门等，都会造成不小的工作失误。

（4）信息资料查找困难

当需要某种信息时，却因查找困难延误时机，降低工作效率。例如客人到问询处查询某项信息，却由于问询员一时查找不到资料而在柜台前等待良久。或者在进行月度、季度、年度业务情况分析时由于资料存放混乱而查找困难。解决方法可在信息资料上编制索引，并由专人负责资料的整理存放工作。

2. 信息资料管理方法

（1）制定信息管理相关制度，并严格按照制度执行

前厅部应根据实际的运转程序与工作情况，制定相关信息制度，并且指定相关责任人，使信息系统的每个环节都能保证畅通无阻，传递及时准确。

（2）将信息资料分类处理

按照信息资料的传递对象进行分类。各种信息资料的传递对象不同，可分为：对外资料，例如客用表单，或需要其他单位填写的表单；对内资料，是一些属于饭店商业秘密，需要妥善保存，严禁向外透露或流失。

按照各个业务部门进行分类。前厅部的信息资料种类繁多，每个业务分工都有各自的一套信息资料。例如预订处的信息资料、接待处的信息资料、前厅服务的信息资料等。

按照客人入住流程的每个环节进行分类。除了根据各个部门进行信息资料分类外，还可以从客人角度，按照客人入住流程的各个环节进行信息资料分类。例如预订环节的信息资料、入住环节的信息资料、住店期间的信息资料、结账离店时所需的信息资料等。

按照信息需要处理的情况进行分类。各种信息资料所需的处理方式不同，可分为：临时类（临时类信息资料是指短期内需要经过处理，再整理归档的表单、文件，例如客人的订房资料、住店客人的住宿登记表等）；待处理类（待处理类信息资料是指正待处理的表单、文件，例如需要答复的客人订房传真、客人的留言单、物品转交单、订票单等）；永久存放类（永久存放类是指需要长期保存，供日后查阅的信息资料，例如各种合同的副本、会议记录、客史档案、营业日报表等，需要妥善保存）。

（3）制作索引

在信息资料存档前，应在资料上制作索引。例如按客人姓名字母顺序或按照日期，或按照部门，以方便查找。

（4）专人负责资料汇总、整理存放工作

应指定专人负责资料汇总与整理存放工作，可以由前厅部文员专职承担，也可由班组或部门负责人亲自进行管理。

第三节　客房管理概述

一、客房部的地位和作用

1. 客房是饭店的基本设施，是饭店存在的基础

向客人提供食宿是饭店的基本功能，而客房是客人投宿的物质承担者，是住店客人购买的最大、最主要的产品。所以，饭店的客房是饭店存在的基础，没有了客房，实际意义上的饭店就不复存在了。我国饭店客房的建筑面积一般占总体建筑面积的 60%～70%，在饭店投资上，客房的土建、内外装修与设备购置也占据了相当大的比重。

2. 客房收入是饭店营业收入的主要来源

客房是饭店最主要的商品之一，客房部是饭店的主要创利部门，销售收入十分可观，一般要占饭店全部营业收入的 40%～60%。客房虽然在初建时投资大，但耐用性强，纯利高。

3. 客房部的服务与管理水平是提高饭店声誉及客房出租率的重要条件

客人在饭店居留期间，客房是其停留时间最长的场所。而且饭店的公共区域卫生工作一般也由客房部承担，对客人的影响较大。所以，客房的设施等级以及客房部的服务管理水平往往成为客人评价饭店的主要因素，代表着整个饭店的质量水平。

4. 客房部是饭店降低物资消耗、节约成本的重要部门

客房商品的生产成本在整个饭店成本中占据较大比重，例如能源（水、电、汽）消耗及低值易耗品、各类物料用品等。客房部是否重视开源节流，是否加强成本管理、建立部门经济责任制及原始记录考核制度，对整个饭店是否能降低成本消耗，获得良好收益起到关键作用。

5. 客房部担负着管理饭店固定资产的重任

在饭店企业，固定资产占总资产的 80%～90%，包括建筑物、设备设施、家具、物品配备等。其中，在客房部管辖范围内的部分占了大多数。对整个饭店客房楼层部分、公共部分设施设备的日常保养及维护工作是客房部的重要工作任务。客房部的任务是管理好这些资产，或直接进行维修保养，或者增强责任心，及时督促或协助有关部门进行维修，尽可能延长资产的保值期。

6. 客房部担负着整个饭店公共卫生及布件洗涤发放的重任

客房部也是饭店管家部门，不仅负责整个饭店公共部分的清洁保养及绿化工作，也担负着整个饭店布件的洗涤、熨烫、保管、发放的重任，对饭店其他部门的正常运转给予不可缺少的支持。

二、客房部的业务特点

1. 以时间为单位出售客房使用权，合理制定客房售价，客房提供服务

客房商品的销售属于以无形的时间为单位的商品销售形态，与其他商品最大的区别在于只出售使用权，但商品的所有权不发生转移。客房部员工一方面应尊重客人对客房的使用权，向客人提供各类客房服务；另一方面，也应保护饭店对客房的所有权，做好客房设备、设施、物质用品的保管和维护工作。

正因为客房商品是以时间为单位出售的，所以其价值实现的机会如果在规定的时间内丧失，就意味着永远失去。客房部应确定科学的客房清扫程序，加速客房的周转，及时为前厅销售提供合格的产品。

合理制定客房售价，需要运用科学的计算方法，常用的有以下两种。

（1）千分之一法

即将每间客房的售价确定为客房数平均造价的千分之一。

【例题 1】　某饭店有 300 间客房，总造价 4200 万元，若每间面积相同时，每间客房造价 14 万元，请计算每间客房的售价。

（2）客房面积定价法

$$R = \frac{y}{Mnr} \times m$$

公式中 R 为某间房售价，y 为预算某月总收入，n 为计划天数，M 为客房总面积，m 为某间房面积，r 为预计出租率。

【例题 2】　某饭店预计全年客房总收入 384 万元，客房总面积 2000 平方米，预计客房年平均出租率 70％，请计算一个 20 平方米的客房售价应为多少元？

2. 随机性强

客人入住饭店，大部分时间在客房度过，客房是客人休息、工作、会客、娱乐、存放行李物品及清理个人卫生的场所。不同客人的身份地位不同、生活习惯相异、文化修养与个人爱好也各有差异，所以对客房服务的要求也是多方面的，这就使客房部业务具有很强的随机性和差异性。

除了客人的要求具有随机性和差异性外，客房部业务本身也具有随机性。客房部的管辖范围较广，除了客房的业务以外一般还负责清洁工（PA）清洁、绿化及布件洗涤、发放等工作。而且客房的卫生与服务工作也比较琐碎，从客房的整理、物品补充、查房、设施设备的日常维修保养到各项客房服务，都具有很强的随机性。

3. 对私密性与安全性的高度要求

客房是客人在饭店的私人领域，客房业务对私密性与安全性的要求很高。服务人员未经客人同意不能随意进入客房，要做到尽量少打扰客人；而且服务人员在客房内不能随意移动、翻看客人物品，应尊重客人的隐私权。

安全是客人进行旅游活动的前提条件，是客人最基本的需求。作为客人在旅途中的投宿场所，每一个饭店都必须确保客房安全，提供客人一个安全舒适的私密环境。

三、客房管理的基本环节

1. 掌握客房接待业务工作量，做好服务过程的组织安排

根据前厅发出的客房预订信息、客人到店预测信息以及接待通知单等信息，及时掌握客人的入住情况，并据此安排好人员、物品用具以及客房，及时提供服务。

2. 合理制定服务程序，适应住店客人需要

客房对客服务的内容很多，饭店应根据主要客源的实际需要及饭店的经营特色，合理制定服务项目及各项服务程序、服务要求。

3. 搞好清洁卫生工作，提供舒适环境

清洁卫生工作是客房部的重要工作内容，主要包括日常清洁及计划清洁。饭店应制定明确的清洁卫生标准及完善的卫生检查制度，进行有效控制。

4. 加强设备及物品管理，控制成本损耗

客房部管辖范围内各种设备、物品的品种多，数量大，各种设备的使用、维护以及各类用品的消耗，开支的合理程度，直接影响客房的经济效益。所以，加强设备与物品管理，有效控制客房成本消耗，是客房部的重要管理内容。

5. 正确处理和各部门之间的关系，保持接待服务工作的衔接和协调

客房部的正常运转，需要各部门的密切配合。所以，客房部应正确处理好与其他部门之间的关系，以保证客房部业务的顺利进行。

6. 搞好客房原始资料的收集和整理工作，加强客房信息资料控制

客房部的原始资料，包括每日客房状况表、客房服务工作记录、客房物品消耗记录、客房设施设备维修记录等。这些原始资料与信息是客房部掌握情况、发现问题、考核员工的主要依据，必须建立和健全。

四、客房部的组织结构示例

近年来，客房部的组织结构经历了一些变化。随着国外隐蔽式服务的提出，饭店客房部从先前的楼层服务台服务模式向客房服务中心模式转换。但楼层服务台的撤销又使一些饭店感到不便，所以又出现了一些将楼层服务与客房服务中心组合在一起的服务模式。从而，客房部的组织结构也各有不同。

图 6-2 为一个大中型饭店客房部的组织机构图，可作参考。

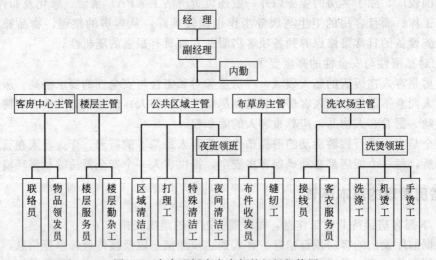

图 6-2　大中型饭店客房部的组织机构图

小型饭店客房部组织机构图见图 6-3。

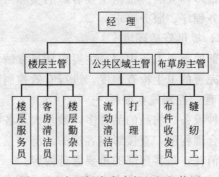

图 6-3　小型饭店客房部组织机构图

第四节 客房部业务管理

案例 7

晚上 10 点左右，1105 房间入住了一位香港的李先生。李先生很快洗了一个澡，然后掀开已经开好的夜床准备休息，却突然发现床单上有一根长长的头发丝，接着又发现床单有些皱。于是，李先生打电话到大堂副理处投诉说："我房间里的床单皱巴巴，而且上面还有一根头发丝，肯定没有换过，我要求宾馆立即更换床单。还有，你们酒店给我提供的是一间'次品房'，因此我要求房价打折。"大堂副理迅速赶到 1105 房，果然发现李先生的陈述属实，便对他说："先生，真对不起，我马上让服务员更换床单，并给您的房价打八折，您看可以吗？"李先生表示接受大堂副理的处理。

案例 8

822 房间的客人欧先生投诉：客房内茶几螺丝松动；写字台桌边有胶未擦干净；台灯与床头板有灰尘。客人认为上述几点与五星级饭店称号有一定距离。经查，由于客房出租率较高，服务人员在清扫房间时，对房间卫生标准有所放松，且楼层经理（主管）和查房员（领班）查房不细所致。

一、客房部的业务分工

1. 客房服务中心

客房服务中心的主要任务是接受客人的服务要求，然后负责统一安排、高度对客服务，并且负责与其他部门的联络协调工作，是客房部的信息接收、传递、处理中心。

① 接受客人服务要求，统一高度对客服务。

② 管理楼层万能钥匙，安排清洁组对客房进行打扫。

③ 接受客人投诉。

④ 与前厅部保持及时、直接的信息联系。

⑤ 负责与布件房、洗衣房进行布件、客衣的交接工作。

⑥ 负责向工程部递交维修单，并检查维修情况。

⑦ 协调与其他部门的关系。

2. 洗衣房

洗衣房主要担负洗涤熨烫布草、员工制服和洗送客衣等工作，其管理水平、洗涤质量和工作效率的高低，不仅直接影响整个饭店的经营活动与成本损耗，也影响客人对饭店服务质量的评价。

① 负责饭店棉织品的洗涤、熨烫。

② 负责饭店员工制服的洗涤、熨烫。

③ 负责客衣的收取与洗涤、发放。

④ 负责洗衣房设施、设备的日常保养。

⑤ 协调与其他部门的关系。

3. 布件房

布件房负责饭店所有布草、制服洗涤后的交换、发送业务。具体包括：

① 饭店客房、餐饮部布草的收发分类；

② 对客房及餐厅布草的定期盘点；

③ 负责全店员工制服的储存、修补和交换；

④ 定期配备、更新布草和制服，保证制服和布草的及时供应；

⑤ 与洗衣房协调，搞好制服和布草的送洗、清点和验收。

4. 公共区域卫生部

饭店的公共区域面对的不仅是住店客人，很多前来开会、用餐、购物、娱乐的人也常常在饭店的公共区域驻足，人们习惯于根据饭店公共区域是否整洁来判断饭店的水平。其业务范围包括：

① 负责饭店室内和室外公共区域的卫生工作；

② 负责饭店所有下水道、排水、排污等管道系统、沟渠、河井等的清疏工作；

③ 负责饭店卫生防疫、喷杀"六害"的工作；

④ 负责饭店的绿化、花卉护理工作。

二、客房清洁卫生管理

客房的清洁卫生工作是客房部服务管理的重要内容，也是客人较敏感的问题。根据饭店机构进行的市场研究表明，促使消费者选择饭店的诸要素中，清洁卫生居于第一位，其得分率高达63％。因此，客房的清洁卫生工作是客房部最基本的工作内容之一。应引起高度重视，并严格按照服务规程制定的标准、要求来进行管理和检查。

（一）客房日常清洁控制

1. 确定科学的清洁工作规范和程序

客房日常清洁的工作规范与程序如下。

（1）客房清扫的顺序规定

客房清洁员在每天开始客房清扫前，应根据开房的急缓先后，客人情况或领班的指示决定客房清扫的顺序。一般情况下，客房的清扫顺序为：挂有 MUR（Make up room）指示的房间，即请速打扫房；总台或领班指示打扫的房间；走客房；普通住客房。

另外，VIP 客房一般采取专人打扫与三进房制或随进随出制；长住房则与客人协调，定时打扫。

（2）客房清扫的准备工作

清洁员应明确客房清扫的准备工作程序：签领客房钥匙；了解当天房态；决定清扫顺序；准备房务工作车及清洁用品、器具与各类客房用品；准备吸尘器；检查着装。

（3）走客房清扫的注意事项

接到通知后，迅速来到客房；对客房进行检查，检查要点为客人有无遗留物品、房间的设备与家具、物品有无损坏及丢失、客房的迷你吧与饮料消耗情况。如有以上情况，立即通知前台及领班，并进行登记；对卫生间各个部位进行严格的洗涤消毒；清扫合格后，立即通知总台，即时通报为 OK 房。

（4）住客房的清扫注意事项

客人在房间时，应经客人同意再进房清扫；不得翻看客人物品与文件；不得自行处理客人物品；不得接听客房电话；房间清扫完毕后不得无故停留。

2. 制定客房日常清洁检查的程序和标准

客房的清洁卫生质量与饭店的清洁标准和检查制度的制定密切相关，同时这些标准的贯彻执行也非常关键。

（1）客房清洁标准

分为视觉标准和生化标准。视觉标准指客人和员工、管理者凭借视觉或嗅觉能感受到的标准，但由于个体的感受不同，标准只是停留在表面。生化标准是由专业防疫人员进行专业仪器采样与检测的标准，包含的内容有洗涤消毒标准、空气卫生质量标准、微小气候质量标准、采光照明质量标准及其环境噪声允许值标准等。生化标准是客房清洁卫生质量更深层次的衡量标准。

（2）客房清洁检查制度

包括清洁员自查、领班普查、管理员抽查、部门经理抽查、总经理抽查、定期检查、其他形式检查等。客房检查还有一些其他方式，即在客房设置客人意见表、拜访住店客人或邀请一些专家、同行进行检查。

（二）客房的计划清洁控制

客房的计划清洁是指在日常整理客房的清洁卫生的基础上，拟订周期性的清洁计划，采取定期循环的方式，清洁客房中平时不易做到或无法彻底清理的项目。例如地板打蜡、地毯吸尘、擦窗、家具除尘及打蜡、清扫墙面、卫生间清洁消毒等。

1. 制订计划

① 每日计划清洁。每日计划清洁是指在完成日常的清扫整理工作外，每日都计划性的对客房某一领域或部位进行彻底地清理。

② 季节性及年度性计划清洁。季节性与年度性的计划清洁的范围较大，不仅包括客房家具，还包括各项设备及床上用品。由于目标较大，时间较长，所以季节性与年度性的计划清洁一般在淡季进行，而且必须与前厅部与工程部密切合作，以便对某一楼层实行封房和维修人员进行设备检查。

2. 落实计划及进行检查工作

客房部拟订计划后，应做好计划清洁的落实与检查工作。一般由领班负责督促清洁员完成当天的计划卫生任务，并进行检查。

3. 安排清洁用品

进行计划清洁需要一定的清洁设备及用品，所以事先安排好清洁用品非常重要，否则可能导致浪费清洁剂及降低清洁保养效果。

（三）客房消毒控制

1. 客房卧室

客房卧室应定期进行预防性消毒，方法包括每日的通风换气、室外日光消毒、室内采光消毒以及每星期一次的紫外线或其他化学消毒剂消灭病菌和虫害，防止病菌传播。

2. 卫生间

卫生间的设备用具易于污染病菌，因此卫生间的消毒工作尤其重要，必须做到天天彻底打扫、定期消毒。

3. 茶水具与酒具

茶水具与酒具也是传播疾病的渠道，楼层应配备消毒设备与用具，以便进行杯具消毒。每天住客房的杯具都必须撤换，统一送杯具洗涤室进行洗涤消毒。走客房的杯具统一撤换，并进行严格的洗涤消毒。

4. 客房清洁员

客房清洁员自身的消毒工作也非常重要。清洁卫生间时，应戴胶皮手套进行操作；上下班更换工作制服，保持制服的洁净；定期检查身体，防止疾病感染。

三、客房服务管理

客房服务是构成完整的饭店客房产品的重要要素，在很大程度上体现了饭店的整体服务水平及服务质量。常规服务有以下要点。

1. 迎客服务

迎客服务是客房部对客服务的首要环节，其服务要点如下。

① 了解客情。客房服务中心接到前厅部的《客情通知单》及《特殊服务通知单》后，尽可能详细了解来客的各种基本情况，掌握来客的宗教信仰、风俗习惯、生活特点、身份职业以及接待规格，制订接待计划，安排接待准备工作。

② 客房布置。按照客人情况与接待规格进行客房布置与检查。

③ 迎客。在电梯间迎候，当客人到达楼层时主动问候客人，并引领进房。向客人简单介绍客房情况，告知客房服务中心的联系方法，并祝客人住店愉快。

2. 送客服务

送客服务是客房部对客服务中的最后一环，其服务要点如下。

① 了解客情。根据次日离店客人一览表，掌握客人离店情况，检查对客服务的落实情况。

② 送客。当客人离店时，到房间送别客人，提醒客人有无遗忘物品。

③ 检查客房。迅速检查客房，如有物品丢失或损坏，或酒水饮料有最新消费，应立即通知总台及上级。

3. 会客服务

会客服务是当客人有来访者时按客人要求提供的服务，其服务要点如下。

① 了解客人需求。了解客人的访客情况及接待要求，如来访者人数及来访时间、提供饮料、点心、鲜花摆设等情况。

② 做好准备。在来访前约半小时做好接待准备，如准备好茶具、茶叶、开水及其他饮料、食品、烟缸、坐椅等。

③ 协助引领。访客到达时，在电梯口协助引领。

④ 提供服务。提供饮料、茶水服务，及时续水。

⑤ 协助送客。来访结束后，协助客人送客。

⑥ 房间整理。撤出加添的家具与物品，并对房间进行小整。

4. 洗衣服务

洗衣服务在对客服务中，是比较容易引起客人投诉的一个项目，所以更应注重对洗衣服务的控制。

① 接到客人要求后，迅速前往收取客衣。

② 听取客人要求，检查清点衣物及核对洗衣单填写的内容，并请客人签字确认。

③ 通知洗衣房收取，交接。

④ 将经过核收的衣物及时送往客人房间，请客人签收。

四、客房安全管理

客房安全是指客人在客房范围内人身、财产、正当权益不受侵害，也不存在可能导致侵害的因素。

（一）火灾预防及控制

饭店火灾的发生率虽然不高，但一旦发生，后果极为严重。它不仅直接威胁店内人员（包括客人与饭店员工）的生命安全、饭店与客人的财产安全，而且会极大破坏饭店的声誉及社会形象，给饭店带来不可估量的严重后果。因此，饭店与客房部应制定一套完整的火灾预防措施与处理程序，更应注重对员工的防火意识及常识的培训，防止火灾的发生。

1. 火灾预防

① 完备的防火设施、设备。在客房区域内配置完整的防火设施、设备，包括各类防火、灭火装置及安全设施和其防火性能的说明。例如，客房内的《安全须知》、《安全通道示意图》、各类安全报警装置、楼道内的安全防火灯及疏散指示标志等。

② 员工的防火意识与知识。注重培养员工的防火意识，使员工在整理客房时能注意检查各种安全隐患，并加强对客人的防火宣传。配合保安部定期检查防火、灭火装置及器具，训练客房部员工掌握灭火设备设施的使用方法与技能。

③ 严格的防火制度及职责。制定客房部各岗位工作人员在防火、灭火中的任务及职责，并要求严格执行。制定发生火警时的各类应急与疏散计划及程序，组织员工进行模拟场景训练。

2. 消防与疏散

一旦发生火灾或出现火警信号及疏散信号，客房部员工应保持冷静，按照饭店与客房部制定的消防和疏散规则，迅速采取有效措施，保证客人的生命财产安全及饭店与员工的安全，尽量减少损失。

（二）盗窃预防及控制

饭店发生盗窃情况可分为饭店财产被饭店工作人员、房客或窃贼盗走及住客财产被窃贼盗走两种情况。为了保障客人、饭店与员工的财产不受损失，客房部必须制定各项安全规定，并严格执行，预防各类盗窃事件的发生。

1. 预防

① 完善设施设备。为了有效防止盗窃案件的发生，客房部除了增强全体员工的安全意识外，还应具备各类现代化的防盗设施。例如闭路电视监控系统、各类报警器及客房安全装置等。

② 制定严格的各项安全制度。客房清洁员、服务员、维工、送餐服务员等员工进出客房时应登记其进出时间、事由、房号及员工姓名。其他部门的员工在进入客房时，应有客房部的员工在场。严格钥匙管理，制定严格的钥匙使用制度、领交制度及登记制度，并由专人负责保管。员工携带物品进出饭店大门时应遵循饭店有关携带物品的规定，进行登记。

2. 报失处理

① 制定受理客人报失规定。客房服务员接到客人报失后，应立即报告上级，与部门与大堂副理、保安部取得联系，共同处理。客人报失后，服务员只能听取客人反映情况，不能随意对客人作出任何猜测，以免为以后的调查工作增加困难。服务员接到报失后，不能擅自进房间查找。

② 制定处理程序。向客人了解丢失物品的时间、地点及详细内容。并帮助客人回忆物品丢失的前后经过，分析是否确实属于失窃。将客人丢失物品的情况做好详细记录。征得客人同意后，由保安员与客房服务员共同在房间内帮助查找。如果客人丢失的财物属于贵重物品或金额较大，应立即向总经理汇报，保护好现场。并经总经理同意向公安机关报案，由公安机关进行处理。

（三）意外事故的防范与控制

客房部的设备、设施种类复杂、用品繁多，客人在客房停留时间长，服务员因工作需要也要经常进房工作，所以客房部一定要重视意外事故的防范与控制。

1. 防范

① 客房部应重视员工的安全操作意识教育，要求员工养成规范细致的工作习惯，严格执行安全操作程序。

② 设施设备的老化使用及不规范使用都是引发意外事故的原因，所以客房部应重视设备、设施的正确使用及维护保养工作。

③ 安全操作规程的制定与严格执行是预防意外事故发生的重要措施，每一位客房部员工都应对安全操作规程熟知于心，并养成良好的安全操作习惯。

2. 处理

① 在本人或他人发生意外事故时，首先应保持冷静，进行理智地思考及分析。

② 立即通知有关人员，寻求帮助。

③ 当知晓他人发生意外事故时，应立即赶赴现场，运用紧急救护常识进行必要的救护，避免事态扩大化。

五、饭店客房的设备、物品管理

客房的设备和物品是饭店等级水平的实物体现，饭店应合理使用物资，科学保养和维修设备，在满足客人使用、保证服务质量的前提下，努力降低成本，减少支出。

1. 客房设备管理

客房设备主要包括家具、地毯、灯具、电视机、空调、音响、电冰箱、电话等电器设备、卫生设备和安全装置五大类。客房部要全面掌握本部门的设备资产情况及其进出和使用状况，就必须建立设备档案制度，对设备的领用、维修、变动、损坏等情况做好记录，以便饭店设备部门和财务部门核查。同时，要加强对员工的技术培训，使其掌握客房设备的用途、性能、使用方法及保养方法。定期对客房设备进行日常检查和维护保养，发生故障要及时报修。同时应建立住客损坏设备赔付制度。

2. 客房物品的管理

客房物品包括客房供应品和客房备品两种。客房供应品是指供客人一次性消耗使用，也称为客房消耗品；客房备品是指可供多批客人使用、客人不能带走的客房用品。

（1）科学核定物品消耗定额

① 客房供应品是一次性消耗品，如文具用品、清洁用品等，其定额是以人过夜数为单位来确定的。具体消耗定额制定方法为，以单房配备为基础，确定每天需要量，然后根据预测的年平均出租率来确定年度消耗定额。计算公式为：

单项物品的年度消耗定额＝单房每天配备数×客房数×预测的年平均出租率×365

② 客房备品为多次性消耗品，如棉织品、茶烟具、清洁卫生用具等，其定额是按照一定时间的物品损耗率来确定的。首先，根据各类客房备品的特点、性能、耐用性将物品分类，如棉织品为一类、烟茶具为一类等，然后确定这些物品在一定时间内的损耗率，即可算出这一时期内该物品的消耗定额。客房棉织品，即布件、毛巾等是客房部使用频率最高、数量最多的多次性消耗品，以其定额的确定方法为例，首先是根据饭店的等级或档次，确定单房配备量，然后确定棉织品的损耗率，即可确定出消耗定额。计算公式为：

单项棉织品年度消耗定额＝单房配备套数×客房数×预测的年平均出租率×单项棉织品年度损耗率

（2）确定合理的储备量

客房部储备的物品要有一个合理的限量，以既能保证供应、又不致积压为宜。具体储备量可根据客房物品消耗定额、客房总数、人过夜总数来确定。客房部应根据物品实际使用情况，制订物品需要计划，向饭店采购部申购。

【例题 3】 某四星级饭店有 400 间客房，客房年平均出租率为 70%，客人一次性消耗品茶叶每天配备量 4 包；多次性消耗品床单每间客房配备 3 套，每套 3 条，床单的年损耗率为 25%。请计算茶叶、床单的年度消耗定额分别各是多少？

六、主题客房的开发与设计

 案例9

有特色的个性化服务

某国政府首脑入住前，客房部了解到该客人不喜欢百合，喜食苹果和香蕉，楼层及时通知有关部门调整派送鲜花和水果的品种并增派了苹果和香蕉，客人入住后非常满意。某 VIP 重要客人腰有病不能睡软床，对北京的干燥气候也不适应，服务员及时为客人加放木床板，垫上适中的褥子，并在房间里放上加湿器，客人表示非常感谢。服务员知道某日本客人的爱好，每次这位客人一入住，房间里就摆好了他喜欢的茶具和茶叶，使客人有一种到家的感觉。韩国某集团的客人一到饭店，房间里就已增派了冰箱、刀叉、酒具等物品，客人感到非常方便。某日本客人喜欢在总统套房里谈判、签协议，每次这位客人一入住，套房的会客室里就摆上了日中两国国旗，客人非常高兴。为长住户营造家的气氛，逢年过节时在他们的房间里布置一些节日气氛很浓的饰品，如年画、拉花、中国结、圣诞树等，这些经常会给客人带来节日的惊喜，得到客人的一致好评。某先生是一位足球迷，服务员了解到这一情况后每天买一份《足球报》放在房间内，客人回来后兴奋异常，万分感谢。

(一) 客人需求的变化

饭店产品发展到今天，人们已经明显感觉到"标准房"带来的乏味。可以预料，"主题客房"将成为客人的新宠，成为饭店竞相显示文化魅力的又一舞台。

1. 客源结构与层次日趋丰富

客源结构的日趋广泛、客人层次的日趋丰富，使饭店面对的客人更为复杂。以往饭店的客源以国外商务、观光客为主，饭店的客房形式多为向西方学习的标准间、西式床。而现今国际旅游与国内旅游的发展高潮迭起，来自各个国家、各种年龄层次、各种职业的客人纷纷从四面八方涌来，单一的标准房再也难以满足广大客人的需求。

2. 基本需求向更高层次的需求发展

"清洁、卫生、安全、舒适"是客人对饭店客房的基本需求，但是随着社会的发展，经济实力的不断提高，"宜居、文化、智能、精品"是人们新的需求。因此，使客房产品不仅要满足客人的基本需求，更要能满足客人高层次的需求。

3. 个性"张扬"的时代

21世纪是崇尚个性的时代，"个性"需求，使消费者得到自我实现的满足。饭店产品属于高消费产品，在个性设计上更应注重客人这一精神需求，更深层次地关怀人、尊重人，从而也体现出饭店产品本身的个性。

(二) 主题客房产品的性质特点

1. 性质

主题客房比一般的客房更具有针对性，是运用多种艺术手法，通过空间、平面布局、光线、色彩、多种陈设与装饰等多种要素的设计与布置，烘托出某种独特的文化气氛，突出表现某种主题的客房。主题客房除了在客房产品上突出主题外，客房服务也更具有针对性。所以主题客房的功能不只是传统意义上的休息睡眠场所，而是给予客人一次精神上的享受，一次在文化之舟上的停留，一个难忘的经历。

2. 特点

主题客房的主要特点如下。

① 独特性。主题客房具有与其他普通客房全然不同的环境气氛，凭借独特的陈设装饰与布置，给人以全新的感受。

② 浓郁的文化气息。主题客房表现不同的主题文化，可以从客房的名称、客房的设计风格、客房的陈设装饰上体现出来。浓厚的文化气息渗透在整个房间的各个细节中，让客人感受到深刻的文化内涵，沉浸在主题客房的文化氛围中。

③ 针对性。主题客房并不是适合于所有客人的，但每一间主题客房因其所表达的主题与个性都吸引着相应的客源群，因而成为这些客人的第一选择。饭店可以针对目标市场的一些个性需求，设计一定比例的主题客房，增加饭店产品的针对性及个性化。

（三）客房的主题风格类型

主题客房的主要风格类型如下。

1. 以客人各种年龄段与性别、职业为主题

以客人各种年龄段与性别、职业为主题的客房是主题客房中比较常见的类型，在很多饭店都可以见到。例如商务客房、老年人客房、蜜月客房、女子客房、家庭客房、青年客房、儿童客房等。

2. 以某种时尚、兴趣爱好为主题

以某种时尚及兴趣爱好为主题的客房对具有这些方面兴趣的客人具有很大的吸引力，客人在这种主题客房住宿的同时，也满足了其在兴趣爱好方面的需求，享受了一个丰富的夜晚。例如以人们对汽车、足球、邮票、网络、音乐、电影、书刊的兴趣为主题。

3. 以植物花卉或动物为主题

大自然中的生物具有神奇的魅力，吸引着人们去探索它们的神秘，享受大自然带来的美好景象。以某种植物花卉或动物为主题的客房，同样给人美的享受，让人在休息的同时，收获不菲。例如以竹、藤、花卉等植物或者以蝴蝶、金鱼等观赏动物为主题。

4. 以某种特定环境为主题

现代人喜欢猎奇，在旅途中渴望经历一些从未经历过的事物，渴望处于一种奇特的环境之中。一些以某种特定环境为主题的客房，使寻求刺激、感受新奇的客人得到满足。例如以海底世界、森林、太空或者梦幻世界为主题。

（四）主题客房的新型服务功能

随着社会的发展，消费者的需求逐步向专业化、享受化、快捷化转变；同时，现代科技的进步也为不断变化的顾客需求提供了技术上与物质上的条件。因此，饭店客房服务的新功能与新项目也应运而生。

1. 新型娱乐服务功能

通过电脑网络系统、闭路系统和多制式电视机的组合，可以向客人提供更为多样化的娱乐服务。

2. 新型办公服务功能

办公设施装备齐全的客房可以满足商务客人的需求，提高客人的工作效率。美国加州的 Beverly Hills 公司已在希尔顿饭店公司的四家饭店的 40 家客房内试验希尔顿"智能写字台"，即客房客人个人电脑系统，为商务客人提供方便。

3. 新型购物服务功能

先进的现代化装备使房内购物成为现实，客人可以根据电视屏幕上显示的商品目录，在遥控器上轻轻一点，即可完成购物。物品由服务员送至客房，货款则自动计入客人在饭店的总账单。

4. 新型通讯服务功能

客房内提供传真机、可视电话及电脑，客人可以在任何时候以各种方式在全球范围内与对方取得联系。

5. 新型阅览服务功能

提供电脑与各种光盘，客人可以根据电脑的文字翻译、图文介绍及摘要梗概更加灵活地阅读，解决语言不通的问题。

6. 新型保健服务客房

客房的温度、湿度、光线、空气清新度等环境因素的控制皆由传感器连接计算机来进行，客人可以在人体最为适宜的环境中得到休息。具有按摩功能的新型床与浴缸，使客人在旅途中的疲乏一扫而空。

随着饭店业不断向多元化、专业化发展，主题客房也将拥有更广阔的开发前景，成为饭店展现个性、发挥特长的又一手段。

复习思考题

1. 前厅部在饭店中的地位如何？它的主要工作任务是什么？
2. 预订的种类有哪些？
3. 金钥匙的本质是什么？金钥匙可以分别指代什么？
4. 如何处理客人投诉？
5. 简述客房部在饭店经营中的作用及其业务特点。
6. 客房管理有哪些主要环节？
7. 客房部安全工作有哪些内容及要求？
8. 主题客房有什么特点？它的开发前景如何？

第七章 饭店餐饮管理

餐饮部是我国饭店中的主要对客服务部门和创收部门。目前，我国大多数饭店的部门中餐饮部是人员最多的。同时餐饮质量也是客人衡量、评价一家饭店质量程度和整体素质的主要指标。因此，精美的菜肴食品、优质精湛的餐饮服务、独特的餐厅风格就是成功经营饭店的关键所在。

【学习目标】
1. 餐饮服务的基本特点。
2. 餐饮服务管理的基本内容。
3. 菜单的重要性及其设计依据。
4. 专业化餐厅服务。

第一节 餐饮管理概述

案例1

餐厅里，客人还未到齐，服务员小张主动询问客人点什么茶水？客人谈兴正浓，无人理睬服务员小张。小张直觉感到这桌客人不好服务，一定要加倍小心，不能出现差错。客人到齐了，主人开始点菜，点了各种海鲜和特色菜。当基围虾上来后，客人立即叫小张。"小姐这是基围虾吗？大小不一，头都黑了，一定是死虾！"小张彬彬有理地向客人解释道："夏先生，这虾是活的，由于是冬季，虾的生长状态不佳，个头所以不一，头黑是因为喂料造成的。活虾的鉴定方法是皮光亮坚硬，尾张开，头不脱，这虾都符合活虾的标准。"客人听完解释后，没再说什么。此时清蒸桂鱼上台了，那位主宾又有意见了。"小姐，你为什么要把鱼头朝向我？今天你要给我个说法，否则，鱼头酒你替我喝！"客人不是很严肃，有点故意刁难服务员小张。见此情形，小张镇定地说："这是清蒸桂（贵）鱼，今天您是贵宾，鱼头不朝向您，朝向哪儿呢？"其他客人见状立即起哄要主宾饮鱼头酒，气氛随后缓和了许多。

案例2

一次，一位客人点了一条高档清蒸鱼，厨房按一般时间进行蒸制，鱼上桌客人品尝后认为时间蒸过了，鱼肉老了，要求退换，给饭店造成一定的经济损失。

一、餐饮部概述

餐饮部是饭店中的一个重要部门，作为饭店唯一生产实物产品的部门，它不仅满足了客人对餐饮产品和服务的需求，而且还为饭店在社会上树立良好的企业形象提供了一扇窗户。同时，还为饭店创造了较好的经济效益，是饭店吸纳员工就业、安排劳动力最多的一个部门。

二、餐饮服务的意义和作用

1. 餐饮服务是一种重要的旅游资源

饭店产品由有形的实物产品和无形的劳务服务组成，是两者有机结合的一个整体，餐饮产品则最典型地体现了饭店产品的这一特性。餐饮产品是餐饮实物、烹饪技术和服务技巧完美结合的饭店产品，它能满足客人的生理性直接需求以及许多如心理、感情方面的间接需求。不仅如此，饭店餐饮产品集中体现了一个地区的饮食文化。客人在品尝美食的同时，可以从中了解到该地区的民风民俗、文化传统、历史沿革乃至宗教习俗。因此可以认为，餐饮不仅是饭店产品，而且是旅游产品的重要组成部分。

2. 餐饮服务是饭店服务的必要组成部分

住、食、行是人们外出旅行或旅游的必备条件，而住和食尤为重要。有人说，不提供餐饮服务的饭店算不上真正的饭店，此话不免失之偏颇，但至少可以这样认为，餐饮服务是饭店服务的必要组成部分，餐饮部是饭店必不可少的业务部门。只不过由于饭店的类型、规模、等级、经营重点、地理位置不同，各自餐饮服务的经营规模和特点也有所不同罢了。

3. 餐饮服务水平是饭店服务水平的客观标志

餐饮服务的水平客观地反映了饭店的服务水平，餐饮服务质量直接影响饭店的声誉和竞争力。餐饮服务水平由多种因素决定，涉及餐饮服务的各个业务环节，而从客人消费的角度分析，主要由厨房烹调和餐厅服务两大因素决定。厨房烹调技术影响餐饮产品实物部分的水平，餐厅服务水平则影响着客人购买、接受餐饮产品时的精神和心理状态。餐厅服务水平除了指服务员的态度和技术，还包括餐厅的环境氛围、风格情调、餐饮器皿等的质量水平，而这一切都决定于饭店的管理水平。

4. 餐饮收入是饭店营业收入的主要来源之一

饭店餐饮部是饭店重要营利部门之一，由于所处地区、档次规模、经营重点不同，各地各类饭店具体情况会有所不同。如欧洲的饭店餐饮营业收入往往高达饭店营业总收入的40％～45％，北美的饭店可占30％～35％；在中国，低星级饭店餐饮收入占饭店营业总收入比例高于高星级饭店，此乃高星级饭店客房销售收入比例较高使然，据2004年《中国饭店业务统计》，全国三星级饭店餐饮营业收入占饭店营业总收入44.3％，而四、五星级饭店分别为37.5％和36.6％，但餐饮部门利润率情况却刚好相反，三、四、五星级饭店分别为18.9％、25.4％、33.4％。

三、餐饮服务的基本特点

饭店餐饮服务充分具备饭店产品的各种特点。从根本意义上说，讨论餐饮服务的特点，实际上就是讨论饭店产品或服务的特点。

1. 服务是餐饮产品的主要内容

只要对服务企业的销售内容或消费者的购买内容稍加分析就不难发现：任何商品的销售或购买都伴随着服务的销售或购买；而任何服务的销售或购买也伴随着商品的销售或购买。饭店餐厅提供菜肴、食品、饮料等实物产品，是为了销售烹调技艺、餐厅环境和服务。其中服务通过实物产品得到充分发挥并实现其价值，而实物产品则起着服务销售的载体作用。

2. 餐饮服务的无形性特点

尽管餐饮服务是具有实物形态的饭店产品，但它仍然具有服务的无形性特点。服务的最简单的定义是"为他人完成某一工作或任务的行为"，相对于实物产品，行为是无形的。饭店客人无法把服务行为购买回家，他带回去的只是服务产生的效果，是服务对消费者所产生的生理、心理、感官上的亲身体验。对就餐客人来说，他除享受到了餐饮实物的色、香、味、形以外，更重要的是餐厅的环境气氛、服务员的热情服务所给予的感官上和心理上的满足和舒适，而这一切都是服务的结果。

3. 餐饮服务的不可储存性特点

饭店餐饮服务的不可储存性特点，表现在餐饮服务不能被保存储藏以应付将来之需这一点上。虽然仓库可以储藏饭店近期内所需的食品原料，但厨房却不能在一天内生产一周营业所需的餐饮产品。

同样，餐厅服务员由于闲着无事而浪费的时间，不可能保存到第二天再使用。同时，由于饭店餐厅的接待能力在一定时期内一般都固定不变，而客人需求量却在不断变化，因而造成了厨房、餐厅应付需求波动的困难，特别是当就餐客人突然大量增加时，会不可避免地给厨房、餐厅带来压迫感。餐饮服务不可储存的特点告诉我们，饭店必须主动采取营销措施，调节客人需求量，使之尽可能接近饭店现有接待能力，避免因接待能力不足或客人量不足而引起损失。

4. 餐饮服务的差异性特点

由于餐饮服务依靠大量手工劳动，缺少机器控制，又由于员工工作态度、技能技巧各有好坏和高低，餐饮服务便不可避免地存在质量、水平上的差异。服务的差异性并非指一家饭店与另一家饭店的服务之间存在着差异，而是指同一家饭店所提供的服务也存在着差异，具体表现为同一员工在不同的时间、不同的场合或对于不同的对象所生产的同一餐饮产品或所提供的同一种服务往往水平不一，质量不同。例如，餐厅服务员在整个服务期间，由于体力、情绪变化的影响，难以自始至终提供同一质量的服务。因此，制定严格的质量标准，坚持执行质量标准，加强员工培训教育，不断地改善、端正服务态度，提高技术技能，是饭店餐饮服务取得成功的必要手段。

5. 餐饮服务生产与消费的同时性特点

同时性指饭店餐饮服务的生产过程和消费过程同时或几乎同时发生，即当场生产当场消费，消费者与生产者直接接触的特点。这一特点决定了饭店的规模必然受到区域性限制，市场范围受到一定的局限，因而必须根据目标市场的大小确定企业设施规模和接待能力。同时性特点也决定了饭店必须既重视消费环境，也重视生产环境，因为在绝大多数情况下，饭店餐厅既是服务的生产场所，又是服务的消费场所。与此同时，餐饮服务的同时性特点为饭店创造了工矿企业所没有的现场推销的机会，使得餐厅服务员有机会直接向客人介绍、推荐食品、饮料、促进销售。而这又要求餐厅服务员必须具有双重技能，即服务技能和推销技能。事实上，一名称职的餐厅服务员必须精于服务，善于推销。

6. 餐饮收入的可变性特点

餐饮服务的营业收入会因为餐厅座位周转率和客人人均消费额的可变性而成为一个变量，为提高餐饮收入提供了极大的可能和余地。现代饭店业中，在客房和其他设施、设备水平都相似的情况下，餐饮服务便成了饭店之间相互竞争的一个重要手段。

7. 餐饮服务对饭店其他设施的依赖性

饭店餐饮服务能为饭店吸引客人，提高客房出租率，但其自身的营业量却又在很大程度上依赖于饭店客房设施的规模及客房的出租率。餐饮服务对饭店其他设施、设备也同样有较大的依赖性，在正常情况下，凡客房数多、出租率高、公共服务设施齐全的饭店，其餐厅营业量一般也较大。

8. 餐饮服务的复杂性

所谓管理艺术和科学，乃指职业技能和专业技能而言。职业技能指管理者应掌握的管理理论与原理，这在各行各业大同小异。而这些理论与原理还必须与专业技能相结合，管理者才能去从事某一特定行业的管理工作。

餐饮管理是饭店中牵涉到专业技艺、学科知识最多的一种业务活动。因此餐饮部经理不仅必须掌握一定的现代管理理论，而且还必须通晓烹饪技术，掌握与食品、饮料及其服务有关的其他学科的知识，如心理学、化学、物理、食品卫生、营养学等。许多心理学的基本原理多被用于管理，例如，管理者应如何激发员工的积极性，如何刺激或改变市场需求，厨房员工的地位、等级是怎样影响工作效率的，客人站队等候与坐在餐桌前等候对其心理产生怎样不同的影响和作用，餐厅的布置、色调、气氛、灯光、音响对客人进餐时的情绪有何影响，甚至餐盘的大小或食品的形状、大小与客人接受该食品的关系等都可用心理学原理进行研究。餐饮服务遇到的许多问题很可能与食品、饮料本身无关，而是由餐厅服务不周或布置装饰不妥引起客人心理、情绪不适所致。有经验的管理者认为，一个餐厅供应的食物本身质量可以一般，但只要服务出色，环境气氛宜人，便仍能吸引相当一部分客人。相反，如果虽有上好的餐饮食物，其服务却粗鲁怠慢，环境布置不尽如人意，这样的餐厅则断无成功之日。

物理学和化学的某些原理在餐饮中也得到应用。例如，厨房洗碗机的工作原理、烤箱的工作原理，只有用物理学的原理才能解释。又如，为什么微波炉加热食品如此迅速，且食品总是从内部先熟；为什么厨师喜欢用煤气烹烧胜于电炉，尽管两者所散发的热量相等。化学原理的应用则更加广泛，更加引人入胜。为什么蔬菜烹烧以后会改变颜色，怎样才能使其保持原有色泽；为什么有的肉容易煮烂，而有的却永远煮不烂而必须借助其他办法；为什么马铃薯冷藏后油炸极易炸焦发黑；而玉米在新鲜时其味甘甜，数小时后便甜味尽失；烹调中牛奶遇到酸性食物极易结块，应该怎样防止；油锅温度不高时炸制的食物为什么特别油腻等，这些虽都是极普通的问题，但要了解究竟，都需要学些有机化学知识。

食品卫生千万不能忽视。无论是管理者还是员工都有必要掌握常见致病细菌知识，懂得食品储藏的温度、湿度和时间要求以控制食品原料中微生物、细菌的繁殖生长，同时还必须清楚什么是食物中毒，能够识别各种中毒的症状并懂得怎样预防和怎样处理。

掌握营养学知识对饭店餐饮服务来说十分重要。"吃好"往往并不意味着科学饮食。餐饮服务从业人员应该掌握营养素的基本分类及其对人体的作用，了解不同年龄、不同性别的人的正常摄入量。懂得这些，有助于科学地制订菜单，为客人提供营养丰富的餐食。要求饭店菜单标明各道菜肴的营养成分已成为一种趋势，向广大客人提供富有营养、搭配科学的餐饮产品，无疑是餐饮服务义不容辞的职责。

第二节　餐饮服务组织形式和管理内容

案例 3

某日，一桌客人正在饮酒交谈，第一道热菜上来后口味有点咸，客人没说什么。第二道菜上来还有点咸，客人就向服务员提出菜能不能淡一点，服务员答应了，但没有马上通知厨房，到第三道菜上来后菜仍然很咸，客人很不高兴，问服务员菜为什么还这么咸，并进行投诉。

由于各人口味不同，对菜肴出品的咸淡要求不同，同时由于厨师操作问题，菜肴出品的咸淡也可能不同。不管哪类原因，只要客人提出，餐厅和厨房都应该立即按客人的口味要求进行调整。

案例 4

某日，几位客人到西餐厅用餐。落座后客人对服务员说是第一次吃西餐，是否可以帮助介绍一下。餐厅服务员热情地为客人从头盘、汤、沙拉、主盘到甜品做了详细的介绍，并为客人推荐了一些适合中国人口味的食品，使客人既品尝到正宗的西餐，又不至于点菜过多造成浪费。同时，服务员还主动向客人介绍了用西餐的礼节礼仪、食用常识等。客人用餐后非常感谢，对服务员说："我们今天不但吃到可口的西餐，而且还了解了西方用餐礼仪，收获非常大，你的服务非常好，下一次我们还要到这里来用餐。"

案例 5

在北京某一酒店的餐厅里，服务员正在值台服务，当传菜员又端来一盘菜时，服务员发现餐桌已经摆满，于是对客人说："对不起，先生，打扰您一下，这盘虾我给您换个小盘，腾个地方给您上新菜可以吗？"客人答应后，服务员将虾拿到一旁倒到小盘里，谁知盘一滑，掉到工作台上两只虾，于是，服务员趁着客人不注意，用手抓着两只虾又放回了小盘里，然后若无其事的给客人端上餐台摆好，并礼貌地说："各位请用。"当客人吃完下楼结账时，一位先生悄悄地对服务员说："小姐，刚才那虾没扎到你吧？"服务员听后一愣，忙向客人道歉。

一、餐饮服务组织形式

饭店餐饮服务不论其规模大小，一般都由食品原料采购供应、厨房加工烹调、餐厅酒吧服务三大部分组成，通常设有原料采供部、仓库、厨房、餐厅、酒吧、膳务部（或称管事部）等业务部门。

1. 原料采购供应

原料采供部和仓库负责食品原料物资的采购、验收、储藏、发放等工作。采供部工作的好坏对餐饮产品质量、食品原料成本有直接的影响。小型饭店的原料采供往往由厨师长负责，大中型饭店则通常在财务部下设二级部门负责饭店各种物资原料包括食品原料的采购供应。

2. 厨房加工烹调

厨房是餐饮部的生产部门，为餐厅服务，与餐厅配套。如果饭店所有餐厅的饮食都能由一个厨房供应，那当然是最理想不过的，然而实际上并不可行，特别是设有多个餐饮设施的大型饭店。因而饭店除了主厨房外，某些餐厅还通常有配套厨房。厨房业务由厨师长负责，下设各类主厨和领班。有些饭店还专设膳务部，主管餐厅布置、宴会布置、炊具餐具洗涤保管和清洁卫生工作。

3. 餐厅酒吧服务

饭店各类餐厅、酒吧是餐饮部的前台服务部门。餐厅、酒吧不论从服务形式还是餐饮特色来分，可谓形形色色，五花八门，而且饭店规模越大、等级越高。大型饭店通常都有数处甚至十多处餐厅和酒吧设施，如正餐厅、宴会厅、风味餐厅、自助餐厅、多功能厅、咖啡厅、扒房、大堂酒吧、鸡尾酒酒廊等。各类餐厅根据其规模和等级，通常设经理、主管、领班三个层次的管理人员。酒吧通常设酒吧经理或主管。大型饭店一般还都设立宴会部，负责宴会业务的销售、组织和服务。

二、餐饮管理与控制

（一）餐饮计划管理

餐饮计划管理是饭店餐饮管理的基本职能或首要职能，是餐饮经营活动的行为方案。餐饮计划应具备科学的预见、比例和平衡三个要素。

餐饮计划管理工作的任务是协调餐饮活动的各个环节，充分挖掘和合理利用人力、物力、财力和信息等资源，以求得到最佳的经济效益和社会效益。

由于餐饮经营活动的特殊性，餐饮计划指标的确定、执行和检查比其他企业要困难得多。餐饮计划管理工作有三个环节。

① 整理原始记录（各种报表）。

② 统计分析前期经营管理数据。

③ 制定各种标准和定额。

（二）餐饮原料采购管理与控制

餐饮原料是饭店餐饮服务的重要物质基础。餐饮原料的采购管理是保证为厨房等加工部门提供适当数量的食品、饮料原料，保证每种原料的质量符合一定的使用规格和标准，并保证采购的价格和费用最为低廉，使餐饮原料成本处于最理想的状态。

1. 采购管理工作的内容

（1）配备合格的采购员

合格的采购员是餐饮部搞好采购的前提。一个合格的采购员需要达到的要求是：要了解餐饮经营与生产，掌握食品、饮料的产品知识，了解食品、饮料产品市场，熟悉财务制度和财务知识，诚实可靠，具有进取精神。

（2）严格控制餐饮原料采购质量

餐饮部要提供始终如一的餐饮产品，就必须使用质量始终如一的餐饮原料。餐饮原料的质量是指餐饮原料是否适用，越适于使用，质量就越高。

（3）合理确定采购数量

采购质量标准在一定时间内可以相对稳定，而采购数量应根据客源和库存量的变化不断进行调整，各类原料的采购数量主要取决于原料的使用生命周期和日需要量。

（4）严格控制采购价格

有效的采购工作目标是用理想的价格获得满意的原料和服务。原料的价格受各种因素的影响，诸如市场的供求状况、餐饮的需求程度、采购的数量、原料本身的质量、供应单位的货源渠道和经营成本及其他供应者对其影响等。针对这些影响价格的因素，可以采取以下方法降低价格：规定采购价格，规定购货渠道和供应单位，控制大宗和贵重原料的购货权，提高购货量和改变购货规格，根据市场行情适时采购，尽可能减少中间环节。这样既可以保证原料的质量，又可以实施对采购价格的控制。

（5）采购控制

介绍两种常用的计算方法。

① 定期订货法。即规定一个固定天数订货一次。

$$订货量＝下期需求量－现有库存量＋期末需存量$$

【例题 1】　某餐厅规定每周进一次货，该餐厅现库存蘑菇罐头 20 听，平均日用量 15 听，到货日正负 1 天。请计算本次订货量是多少听？

② 永续盘存法。是通过对原料入库与发料均进行连续完整记录决定采购量。

$$本次最佳订货量＝采购周期内使用量－（现有库存量－最低库存量）$$
$$采购周期内使用量＝平均日用量×采购周期$$
$$订货期需求量＝平均日用量×平均订货期$$
$$订货期安全量＝订货期需求量×安全系数$$
$$最低库存量＝订货期需求量＋订货期安全量$$
$$最高库存量＝采购周期内使用量＋订货期需求量$$

【例题 2】　某餐厅现存蘑菇罐头 100 听，平均日用量 15 听，规定采购周期为 20 天，平均订货期 4 天，安全系数 50％。请计算本次最佳订货量是多少听？

2. 餐饮原料验收管理

如果仅对餐饮原料的采购进行控制，而忽视验收这一环节，往往会使采购的各种控制前功尽弃。采购物品的订货数量适当、质量合格、价格最优惠，并不能保证实际发送的货物也是如此，因而验收也是餐饮管理的重要环节。验收管理的基本方法如下。

① 建立合理的验收体系。为了保证整个验收工作在机制、体系上的完善，餐饮管理人员应首先建立一套合理、完善的验收体系，具体包括：配备称职的验收人员，配备适当、适用的验收设备和器材，制定科学的验收程序，使验收人员养成良好的习惯，餐饮管理人员应加强监督检查，不定期的检查验收工作等。

② 确定科学的验收操作程序。根据验收的目的，验收程序主要围绕核对价格、盘点数量、检查质量等环节展开。

3. 餐饮原料的储存管理

餐饮原料的储存管理是办好餐饮企业的一个重要环节。许多餐饮企业由于对餐饮物资的储存管理混乱，引起食品、饮料原料变质腐败，或遭偷盗、丢失或被私自挪用。库存管理不严，使饭店的餐饮成本和经营费用提高。

加强储存管理，要求饭店改善储存设施和储存条件，合理搞好库存物资的安排，加强仓库的保安和清洁卫生工作，采取有效的库存控制和管理手段。

4. 发料与库存盘点管理

为搞好库存管理和餐饮成本的计算，库存原料的发放要符合下列要求：定时发放，凭领料单发放，正确计算、汇总领取食品饮料的总金额。同时，饭店和餐饮部每月至少要对餐饮原料的库存盘点一次，统计库存的价值。库存盘点能全面清点库房和厨房的库存物质，检查原料的实际库存额是否与账面额相符，以便控制库存物资的短缺。通过库存盘点，能计算和核实每月月末的库存额和餐饮成本消耗，为编制每月的资金平衡表和经营情况表提供依据。

（三）餐饮生产管理

餐饮生产管理是餐饮管理的重要组成部分，厨房作为饭店向客人提供食品的生产加工部门，厨房生产对餐饮经营状况的好坏至关重要。餐饮生产的水平高低和产品质量的好坏，又直接关系到饭店的餐饮特色和市场形象。

餐饮生产管理是对食品加工过程中的各种活动进行计划、指导、监督、指挥和控制。具体而言，其管理内容与方法如下。

1. 合理设置餐饮生产的组织机构

要使餐饮生产活动正常进行，首先要建立起合理的餐饮生产组织机构，并本着科学、合理、经济、高效和实用的原则，配置相应的生产工作人员。同时，随着饭店餐饮经营方式、策略及市场环境的变化，餐饮生产组织机构也必须做出相应的调整和改变。

2. 合理布局餐饮生产场所

生产场所的合理设计布局，是生产餐饮产品、体现高超烹调技艺的客观要求。生产场所设计布局的科学与否，不仅直接关系到员工的劳动量和工作方式，还影响到生产场地内部以及生产场所与餐厅间的联系，影响到建设投资是否合理和确有成效。

餐饮生产场所布局的基本要求如下。

① 保证工作流程畅通、连续，避免回流现象。

② 厨房各部门应尽量安排在同一楼层，并力求靠近餐厅。

③ 兼顾厨房的促销功能。

④ 作业点安排紧凑。

⑤ 设备尽可能兼用、套用。

⑥ 创造良好的工作条件。

⑦ 要符合卫生和安全要求。

3. 加强餐饮生产过程的质量控制

为了保证菜单上各菜品的质量达到规定的标准，并使质量具有一定的稳定性，为了有效地进行餐饮成本控制，有必要对餐饮生产进行标准化控制。为此，要对菜单上的各菜品制定标准菜谱，餐饮生产管理人员应定期不定期地检查餐饮生产制作人员对标准菜谱的执行情况，发现问题，及时解决。

为了做好餐饮生产过程的质量控制，餐饮管理人员应重点做好以下几项工作。

① 加强产品加工阶段的管理。加工阶段包括原料的初步加工和深加工。这一阶段的工作是整个餐饮生产制作的基础，其加工品的规格质量和出品时效对以后阶段的餐饮生产将会产生直接影响。加工阶段的管理内容主要包括：产品加工质量的管理，产品加工数量的管理，产品加工程序的管理。

② 重视产品配份阶段的管理。配份阶段是决定每份菜肴的用料及其相应成本的关键，因此，配份阶段的控制既是保证出品质量的需要，同时也是经营盈利的需要。其基本管理内容是：产品配份数量及成本控制、产品配份质量管理。

③ 加强产品烹调阶段的管理。烹调是餐饮产品生产的最后一个阶段，是确定菜肴色泽、口味、形态和质地的关键。这一阶段要重视做好产品烹调阶段的质量管理。

（四）餐饮销售控制

销售控制的目的是要保证厨房生产的菜品和餐厅向客人提供的菜品都能产生收入。成本控制固然重要，但销售的产品若不能得到预期的收入，成本控制的效率就不能实现。因此，餐饮管理人员应重视销售控制，杜绝漏洞，避免利润流失等问题。

销售控制的基本内容如下。

1. 点菜单的控制

点菜单是餐厅服务员到厨房、酒吧拿取菜肴、酒水等物品的凭证，也是餐饮营业点收银员开账单、收取餐饮账款的依据，是餐饮收入发生过程中所需的第一张单据。

对点菜单最严密最有效的控制方法是将厨房留存的一联与餐饮账单逐项核对检查。此外，还可采用以下两种较为简单的方法，一是印章审核法，即审核厨房交来的点菜单上有无收银员的印章；二是页数审核法，即核对点菜单的页数，不核对每页的内容。

2. 出菜检查过程的控制

具有一定规模的餐厅，需要在厨房中设置一名出菜检查员。他是食品生产和餐厅服务之间的协调员，是厨房生产的控制员。他的责任是：既要保证食品生产、产品质量、服务质量，又要杜绝餐饮员工的舞弊作为，保证餐饮应有的收入水平。

3. 餐饮收银控制

餐饮收入活动涉及钱、单、物三个方面。三者的关系是：物品消费掉、账单开出来、货币收进来，从而完成餐饮收银活动的全过程。因此，设计餐饮收入内部控制的基本程序，既要把握三者的有机联系进行综合考虑，又要将三者分开单独进行考察和控制，从而保证饭店应有的收入。

同时，为了能及时反映餐厅的经营情况，餐饮部每日都应编制营业日报表，营业日报表上一般反映各餐厅的就餐人数、销售额和客人的平均消费额等数据。为作比较，报表上还要列出本月的累计值、上年本月的累计值数据，这样可清楚地反映本日和本月经营的情况，有利于管理人员做出正确决策。

（五）餐饮服务质量管理

优质的餐饮服务是以一流的餐饮管理为基础的。服务管理是餐饮管理体系的重要组成部分，搞好餐饮服务管理是搞好饭店餐饮管理最重要的任务之一。

1. 餐饮服务质量管理的内容

（1）标准化

是指在向顾客提供各种具体服务时所必须达到的一定的准绳和尺度。

在餐饮服务过程中，顾客总是希望能得到尽可能多和好的服务，而饭店为了考虑成本和效率，又不可能无条件地满足顾客的一切要求。例如，中档饭店餐饮不可能提供高档饭店餐饮服务。另外，服务人员的工作也需要有一个客观的依据和标准。这就要求实行标准化管理。

餐饮服务质量管理的标准主要有设施设备质量标准，产品质量标准，接待服务标准，安全卫生标准，服务操作标准，礼节、仪表标准，语言、动作标准和工作效率标准八方面内容。

（2）程序化

是指接待服务工作的先后顺序，以标准化为基础，通过服务程序使各项服务工作有条不紊地进行。

服务程序的制定要以顾客感到舒适、方便为原则，而不能以服务人员自己的方便、轻松为基点。因此，程序要经试行，并逐步修改使其完善，最后达到科学合理、提高服务质量的目的。

（3）制度化

是指用规章制度的形式把餐饮内部服务质量的一系列标准和程序固定下来，使之成为质量管理的重要组成部分。

餐饮制度有两类。一类是指直接为顾客服务的各项规章制度，如餐饮产品检验制度，餐具更新、补充制度等。这些制度全面而具体地规定了各项服务工作必须遵循的准则，要求餐饮工作人员共同执行。另一类制度是间接为顾客服务的各项规章制度，如餐饮交接班制度、工作记录制度、客史档案制度及考勤制度等。这类规章制度是用以维护劳动纪律、保证直接对客服务制度的贯彻执行。

2. 餐饮服务质量的控制

进行餐饮服务质量控制的目的是使餐厅的每一项工作都围绕着为顾客提供满意的服务而展开。

（1）餐饮服务质量控制的基础

要进行有效的餐饮服务质量控制，必须具备以下基本条件。

① 必须制定服务规程。服务规程是餐饮服务应达到的规格、程序和标准。为了提高和保证服务质量，应该把服务规程视做工作人员应当遵守的准则和内部服务工作的

法规。

制定服务规程时，首先要确定服务的环节和顺序，再确定每个环节服务人员的动作、语言、姿态、质量和时间以及对用具、手续、意外处理和临时措施的要求。每套规程在开始和结尾处应有与相邻服务过程互相联系、相互衔接的规定。

在制定服务规程时，不要照搬其他饭店的服务规程，而应该在广泛吸取国内外先进管理经验、接待方式的基础上，紧密结合本饭店大多数顾客的饮食习惯和本地的风味特色，推出全新的服务规范和程序。

② 必须收集质量信息。餐饮管理人员应该知道服务的结果如何，即顾客是否感到满意，从而采取改进服务、提高质量的措施。应该根据餐饮服务的目标和服务规程，通过巡视、定量抽查、统计报表和听取顾客意见等方式来收集服务质量信息。

③ 必须抓好全员培训。饭店之间质量竞争的实质是人才的竞争、员工素质的竞争。一个没有经过良好训练的服务员很难提供高质量的服务。因此，新员工在上岗前必须进行严格的基本功训练和业务知识培训，不允许未经职业技术培训、没有取得上岗资格的人上岗操作。在职员工必须利用淡季和空闲时间进行培训，以提高业务技术、丰富业务知识。

（2）餐饮服务质量控制的方法

根据餐饮服务的三个阶段——准备阶段、执行阶段和结束阶段，餐饮服务质量的控制可以按照时间顺序相应地分为以下三个阶段。

① 预先控制（第一阶段）。就是为使服务结果达到预定的目标，在开餐前所做的一切管理上的努力。其主要内容包括人力资源的预先控制、物质资源的预先控制、卫生质量的预先控制和事故的预先控制。

② 现场控制（第二阶段）。是指监督现场正在进行的餐饮服务，使其程序化、规范化，并迅速妥善处理意外事件。餐饮部管理人员应将现场控制作为管理工作的重要内容。其主要内容包括服务程序的控制、上菜时机的控制、意外事件的控制和开餐期间的人力控制。

③ 反馈控制（第三阶段）。就是通过质量信息的反馈，找出服务工作在准备阶段和执行阶段的不足，采取措施，加强预先控制和现场控制，提高服务质量，使顾客更加满意。质量信息反馈由内部系统和外部系统构成。在每餐结束后，应召开简短的总结会，以利不断改进服务水平、提高服务质量。信息反馈的外部系统，是指来自就餐顾客的信息。为了及时获取顾客的意见，餐桌上可放置顾客意见表；在顾客用餐后，也可主动征求顾客意见。顾客通过大堂、旅行社、新闻传播媒介等反馈回来的投诉，属于强反馈，应予以高度重视，切实保证以后不再发生类似的服务质量问题。建立和健全两个信息反馈系统，餐饮服务质量才能不断提高，从而更好地满足顾客的需求。

第三节 菜单设计

在餐饮经营管理中，菜单的筹划和设计是整个餐饮经营中一项至关重要的核心环节。它是在市场调研、餐饮市场的细分定位并确定目标市场的基础上进行的。因此，菜单的筹划和设计必须遵循目标市场供需关系平衡及餐饮消费时尚导向的原则，深入细致地分析同业竞争对手的产品状况，并结合本企业的餐饮硬件设施、技术水平、服务水准、成本控制、预算收益等特点，运用易于被目标市场接受的定价策略和方法来进行菜单的筹划工作。所以，菜单筹划是餐饮产品的生产、服务和销售的总的纲领。

一、菜单的作用

餐饮学中的菜单，它的英文名为 Menu，语源为法文中的"Lemenu"或拉丁文中的"Minutus"，原意为食品的清单或项目单（Bill of fare）。

所谓菜单，是指饭店等餐饮企业向市场提供的有关餐饮产品的主题风格、种类项目、烹调技术、品质特点、服务方式、价格水平等经营行为和状况的总的纲领。菜单，通常以书面的形式将餐厅的餐饮产品，尤其是特色产品经过科学的排列组合，并加以考究的装帧，精美的印刷，融入风格突出鲜明的餐厅环境气氛，呈现于客人面前，供客人进行欣赏和选择。随着饭店餐饮的不断发展变化和经营观念的日益丰富创新，菜单的作用、种类、内容及形象也随之不断附加了崭新的亮点和内涵，并直接作用于饭店餐饮部的经营与管理；以菜单为纲，作为一种有效的管理手段，体现了餐饮产品质量管理的标准化、程序化和制度化，透过菜单这一扇常变常新的窗口，可折射出饭店餐饮的销售形象和收益状况；菜单作为紧密联系餐饮内部各岗位各成员之间的一条纽带，作为与消费群体之间沟通的桥梁，维系着极其重要的系统运作和销售渠道之间的动态平衡。

菜单，不仅是餐饮部向消费市场提供餐饮产品信息的一览表和说明书。事实上，从餐厅的投资筹划、经营管理到评估改进，菜单的作用始终贯穿于全过程。

（一）菜单是餐饮部营销的客观依据和基本工具

从市场需求关系上看，菜单的筹划和设计必须在国家有关政策法规的指导下，以市场需求预测为基础进行调查分析，确定餐饮产品的主题形象、体系组合和品质价位等；从餐饮系统供给关系上看，菜单上餐饮产品的选择和设计必须同饭店的硬件规模、服务项目、技术力量、成本控制和利润指标相适应。两者相结合，才能充分发挥菜单市场营销的作用。同时，餐饮市场供求关系是脆弱的，大多数餐饮消费属于感性消费，当市场的供求关系发生变化时，菜单的形式和内容必须随之调整，在继承传统的基础上，不断改革创新，开拓新品优品菜点，主动地适应千变万化、竞争激烈的餐饮市场。所以，菜单是餐饮市场营销的客观依据。是餐饮市场营销分析、计划、组织执行和控制的直接体现。

（二）菜单是餐饮质量管理的保证

美国餐饮管理协会理事科汉（Khan）博士在评论菜单的重要性时说："餐饮经营的成功与失败关键在菜单。"

1. 菜单决定了餐饮企业设备的选择和购置

餐饮部选择购置的设备、厨具、工具及餐具用品，其类型、功能、质量、数量以及设备用品的组合，都取决于菜单的设定。不仅如此，菜单还决定着餐厨设备、设施的总体投入和预算。此外，餐厨设备的选择购置和布局设计必须与菜单所要求的服务方式、服务效率协调一致。

2. 菜单决定了员工的整体素质要求、技能水平、岗位设置和人员编制

菜单内容的丰富程度，菜品质量控制的要求，餐厨设备的机械化、自动化以及操作使用的熟练程度，出品线的设定，加工生产动力流水线的设定，餐饮产品的品种结构组合以及对客服务技能的要求、服务方式的设计等，直接决定着餐饮部人力资源的配备。

3. 菜单决定着餐饮场所设施、设备的安置、空间布局以及环境气氛的营造

厨房的类型及其设计组合中的很多原则和影响因素都是由菜单支配的。厨房功能区域的分割、餐厨设备的定位、出品流水线以及出品速度，应当以既定菜单所属产品的加工制作要求和质量监控体系为准则。中餐厨房和西餐厨房的餐厨设备和空间布局，往往大相径庭，这是因为它们的菜单形式和内容存在着明显的差异性和专业性，即使同是中餐厨房或西餐厨房，也会因为各自菜单在菜系流派、经营模式等方面的差异而产生各自的特设布局。

同时，厨房与餐厅所占面积的比例、厨房的面积及空间要求、明档厨房和暗档厨房的设计以及两者的互相结合，也是由菜单决定的。餐厅环境和气氛的营造，应展现菜单所渗透出的饮食文化内涵，激发起宾客潜在的审美情趣和对美食的热情。

4. 菜单是餐饮服务方式拟定的基础和依据

菜单规定了餐饮经营取向、体系风格和价格策略等重要思想。一份特定的菜单所属的餐饮产品，在长期的服务实践过程中，不同的国家、地区和民族，形成了约定俗成相对固定的餐饮习惯，并使其规范化、程序化和标准化。所以，服务方式的拟定，必须遵循菜单这一归属的特性，并把它划规为服务模式的一个重要组成部分。

菜单设计的国际化、多元化和兼收并蓄的发展趋势表明，服务方式的拟定，必须把握菜单发展规律的脉搏，将中西餐饮服务方式有机地结合在一起，与菜单目标及设备设施的使用配套实施，以提高服务效率，树立餐饮市场营销形象。

5. 菜单提供餐饮原材料的采供计划，对原材料的采购、验收、储存和领发等流程起到了规范的控制作用

菜单的内容直接决定着食品原材料的品种，菜单的复杂程度直接决定着食品原材料的结构以及派生出的调料、辅料的品种与结构。以菜单为中心的采供计划，体现了适时、适量、适质的采购基本原则，同时也提高资金的周转，并直接影响到厨房生产、产品质量、成本消耗、经济效益，以及菜品的竞争力。

6. 菜单决定了餐饮成本及费用的控制

成本控制，是餐饮管理的关键。这里的成本控制包括：原材料成本、辅料成本、调料成本三大成本控制，以及与此相关的人力成本控制、设备设施折旧、能源控制等。

原材料、辅料及调料成本等直接影响菜单的价格定位。此外，菜单的内容决定着人力成本。设备设施的损耗与折旧年限的确定，水电气等能源耗费的多少，在一定程度上也是由菜单决定的。

（三）菜单能传播餐饮文化、引导美食时尚

1. 菜单是餐厅主题、等级和特色的标志

菜单的设计与装帧，是餐厅主题气氛的缩影，与餐厅的装潢布置互相协调。菜单上所列出的菜式品种的数量、品质和总体价格水平，体现了餐厅的等级，并直接决定了客

源市场的消费水平。

2. 菜单是餐饮部与消费者之间信息沟通的载体

客人根据自身的饮食喜好选择菜点、饮品，餐饮服务员则通过菜单，在熟练掌握菜点、饮品基本知识的前提下，揣摩宾客的心理，以较强的服务意识和技巧向宾客推销。

3. 菜单是研究菜品和竞争对手的第一手资料

菜单是直观揭示餐厅菜品质量、价格及菜品受欢迎程度等的信息资料。菜肴开发人员可通过广泛收集的别家菜单，研究餐饮市场的"卖点"；分析竞争对手餐饮产品热卖的"诱因"和菜单促销手段，知己知彼，保持活力。

4. 菜单图文并茂，是餐厅艺术化的广告作品

菜单不仅是餐厅的一种点缀，更是餐厅的重要标志，菜单的形状选择，封面封底的绘图套色，菜单正页的内容编排、文字表述、字体选择、插图修饰以及菜单的装帧技术，向菜单设计者提供了广阔的创作空间。当菜单分散在客人手中时，菜单的艺术性感染着客人的情绪，它无疑会成为客人愉快的就餐经历中的一个印记和精美的艺术品。

二、菜单设计的依据

菜单的科学性和合理性影响企业的市场、设备、人员、成本、服务等方面，而这些因素也必然会影响菜单设计工作。很明显，不顾客人需求和经济能力，不考虑企业技术力量、设备条件以及原料供应、成本费用等因素，脱离实际去拟写一份美好的菜单固然轻而易举，其结果却无可避免地会给企业带来混乱。菜单设计受到企业各种因素的制约，因而必须顺应主客观条件。

（一）市场需求

任何一家饭店，都不具备同时满足所有旅游者需求的能力和条件，它们必须选择自己的目标市场。例如，饭店餐厅，它们有的专门服务于旅游团体，有的负责接待零散客人，有的则对外客开放，有的却以招徕个人、团体、机关、企业的宴会业务为主。

因而，菜单设计应该首先认清目标市场，掌握目标市场的各种特点和需求。必须明确了解谁是本餐厅的客人、他们从哪里来、旅游目的、年龄结构、性别比例、职业特点、文化程度、收入水平、风俗习惯、饮食嗜好和宗教禁忌等。事实上，要设计成功的菜单，诸如此类的问题必须首先得到回答。同时，尽管饭店选定的目标市场由具有相似消费特点的客人组成，但其中不同的个人还往往有着不同的需求。例如，有的人最关心的可能是菜肴的质量，有的可能是餐饮的价格，有的或许是用餐的便利，有的或许是服务形式和环境气氛。总之，只有在及时、详细地调查了解和深入分析目标市场的各种特点和需求的基础上，饭店才能有目的地在菜式品种、规格水平、餐饮价格、营养成分、烹制方法等方面进行计划和调整，从而设计出为客人所喜爱的菜单。

（二）食品原料成本及菜式获利能力

菜单设计是饭店餐饮部为获取利润所必须进行的第一步计划工作。因而，菜单设计者必须自始至终明确饭店餐饮业务的成本对象，即目标成本或目标成本率，这在食品原料价格时有上涨的情况下尤为重要。如果菜单计划不合理，高成本菜式安排过多，饭店即使制定了完善的食品成本控制措施，也难于获得预期的毛利。

　　饭店的菜单与一般的快餐馆、点心店的菜单是大不相同的。快餐馆和点心店之类的企业可以尽量选择既畅销、热门又有很大获利能力的菜式组成菜单，因为这类企业的市场比较狭小，需求比较单一。然而饭店因饭店的目标市场由众多的具有相似消费特点，但同时又各持不同需求的客人组成。就需要饭店提供丰富多彩的菜式品种才能满足各个层次的客人的餐饮要求，而这意味着饭店的菜单必然由不同成本，甚至成本相差很大、获利能力大小悬殊的诸多菜式品种组成。

　　就原料成本和获利能力而言，饭店的所有菜式大致上可以分成四类：第一类既畅销且又利润高；第二类虽畅销但利润低；第三类不畅销但利润高；第四类既不畅销又利润低。一般说来，没有获利能力或获利能力小的菜式，如第二、四类菜式，不应列入菜单或者应该及时撤换，除非有充分的理由才将其保留。例如，某道菜式相当畅销，但其原料成本和制作成本相当高，因而获利能力不大，如第二类菜式。这样的菜式一般认为应该从菜单上撤掉，首先是因为它获利能力小、利润低，更重要的是正因其畅销便必然妨碍其他菜式的销售，使正常的菜式销售结构失去平衡，从而影响整个菜单的获利能力。相反，如果是一道高成本、获利能力差，但并不畅销的菜式，如第四类菜式，则不妨让它留在菜单上，虽然这类菜式销售机会不多，而且即使得到销售也无多大赢利。保留这类菜式的理由很简单，正因为它不畅销，因而不会影响其他菜式的销售。而且，保留这类菜式能使菜单内容显得更加丰富。我们不妨把这类菜式看作是"装饰性菜式"，如同百货大楼的陈列商品一样，起到装饰和吸引客人的作用。

　　那么，如何合理地计算菜品的销售价格呢？我们一般采用成本毛利率定价法（外加法）和销售毛利率定价法（内扣法）两种方法。

　　1. 成本毛利率定价法（外加法）

　　是以产品成本为基数，按确定的成本毛利率加成计算售价的方法。

　　设：C——产品成本；

　　　　r_1——成本毛利率；

　　　　s——产品销售价格。

成本毛利率公式：
$$s = C(1 + r_1)$$

　　2. 销售毛利率定价法（内扣法）

　　是以产品销售价为基数，按毛利与销售价的比值计算售价的方法。

　　设：C——产品成本；

　　　　s——产品销售价格；

　　　　r_2——销售毛利率。

销售毛利率公式：
$$s = \frac{C}{1 - r_2}$$

　　【例题 3】　若一份基围虾原料成本为 98 元时，调料 0.28 元，请计算此盘菜的售价。

　　【例题 4】　某饭店接到 15 桌宴会的预定，每桌标准售价（s）800 元，规定销售毛利率为 45%（r_2），请计算共需投入的原料成本（C）应为多少元？

　　总之，菜单设计者在决定某一菜式是否应列入菜单时，应该综合考虑以下三点：

第一，明确该菜式的原料成本、售价和毛利，检查其成本率是否符合目标成本率，即该菜式的获利能力如何；第二，分析该菜式的畅销程度，即可能的销售量；第三，分析该菜式的销售对其他菜式的销售所产生的影响，即有利还是不利于其他菜式的销售。

（三）食品原料供应情况

凡列入菜单的菜式品种，厨房必须无条件地保证供应，这是一条相当重要但极易被忽视的餐饮管理原则，诸多餐馆及饭店餐厅未能做到这一点。某些餐厅的菜单虽然丰富多彩甚至包罗万象，但客人点菜时却常常得到这也没有那也没有的回答，结果使客人失望和不满，究其原因，通常是原料断档所致。因此，在设计菜单时必须充分掌握各种原料的供应情况。

食品原料供应往往受市场供求关系、采购和运输条件、季节、饭店地理位置等因素的影响。菜单设计者在确定菜式时须充分估计到各种局限性，尽量使用当地出产物和供应充足的食品原料。对于一般饭店来说，如果菜单菜式所需的原料都须从遥远的地方采购，甚至须从国外进口，则难免会发生供应不及时或原料成本过高等问题。

餐饮企业所需的食品原料中，不乏具有季节性特点的蔬菜、瓜果、水产、禽兽类原料。大多数季节性原料大量上市时，往往也是这些原料质量最好、价格最低的时候。菜单设计者应根据时令节气，不失时机地调整菜单菜式，以便一方面能及时满足客人品尝时令菜肴的要求，一方面有利于企业降低食品原料成本。这无疑是两全其美、有利可图的做法。

在掌握食品原料市场供应情况的同时，菜单设计者还应重视饭店现有的库存原料，特别是那些易损易坏的原料，如鲜果、蔬菜、乳制品，以及各种仍可利用的剩余食品。要做到这一点，厨师长、管理人员每天都得巡视库房，决定哪些原料应立即予以消耗，以便根据具体情况增设当日菜式进行推销，或作其他适当处理。

（四）食物的花色品种

不论何种类型和规格的餐厅，它们供应的食物都应该具有诱人的魅力。如果饭店客人中有相当一部分是长住客人或餐厅的常客较多，那么丰富食物的花式品种更是菜单设计的一项重要任务。设计新的花式品种并非易事，但同时却为我们提供了发挥想象力和聪明才智的机会。以烹制荤菜而言，一般饭店所用的原料种类并不多，无非是猪肉、牛肉、羊肉、鸡、鸭、水产、海味、乳晶等而已。据统计，大部分饭店以猪肉为主料烹制的菜式往往占所有菜式的 35％～40％。然而，所用的原料种类虽然有限，经过不同的搭配、不同的加工烹调，却可以烹制出形形色色、各具神韵的菜式品种来。也就是说，可以通过各种不同的烹调加工方法，使菜肴在色、香、味、形及温度方面达到调和或产生对比来丰富菜式品种。因而，要使菜单丰富多彩，菜单设计者本人必须掌握丰富的食品原料知识、配菜知识和相当的烹调知识。

（五）食物的营养成分

菜单设计还必须考虑人体营养需求这一因素。相比之下，工矿、学校、医院等企事业单位的食堂餐厅对此较为重视，而一般餐馆及饭店则往往忽视为客人提供营养成分搭配得当的饮食的必要性和重要性，认为客人只是临时用餐，再多也不过数天而已，因此就餐者的营养问题与他们无关；认为餐馆、餐厅提供的饮食已经如此丰富，山珍海味无所不有，因而根本不必考虑就餐者的营养摄入是否正常。然而，随着我国生活水平的不断提高，人们已逐渐从满足于衣食温饱转向追求穿好吃好。餐馆、饭店已不仅仅是人们解决饥饿这一基本生理需求的去处，而将是人们品尝名菜美点、珍馐佳肴的场所；外出就餐已不再是偶尔为之，而将成为人们经常性的活动。更重要的是，饮食需讲科学，营养需求平衡。大鱼大肉、酒足饭饱并不意味着科学饮食。诚然，如何选择适合自己的饮食是就餐者本人的责任，但向广大客人提供既丰富多彩又符合营养原理的饮食无疑是餐饮服务义不容辞的职责。为此，菜单设计者不仅要掌握各种食物所含的营养成分，了解各类客人每天所需的营养成分和热量摄入，还应当懂得该选用什么原料，如何搭配才能烹制出符合营养原理的菜肴。

（六）厨房设备条件及职工技术水平

最后，菜单设计还应当考虑饭店厨房设备和技术力量的局限性。厨房设备条件和职工技术水平在很大程度上影响和限制了菜单菜式的种类和规格。不考虑这些因素而盲目设计的菜单，即使再好也是空中楼阁。先行购置设备、招聘人员，然后再编制菜单的做法无异于本末倒置，必须努力避免此类情况。如果厨房现有烤箱的生产能力只能满足制作面包之需，菜单上就不可增设需使用烤箱的其他菜式；如果现有厨师只擅长烹制某一菜系的菜肴，那么菜单上也不便立即增设其他菜系的菜式。如果菜单菜式的种类、规格、水平超出了设备生产能力或厨师的烹调水平和服务员的服务水平，后果可想而知。

另一方面，菜单上各类菜式之间的数量比例必须合理，以免造成厨房中某些设备使用过度，而某些设备得不到充分利用甚至闲置的现象。即使厨房拥有生产量较大的设备，在菜单设计时仍应留有余地，否则在营业高峰时难免会应接不暇而延误出菜。与此同时，各类菜式数量的分配还应避免造成某些厨师负担过重，而另一些厨师闲着无事的情况，这种现象在厨师分工比较明细的西餐厨房更易发生。

总之，菜单设计者不能光凭主观愿望去决定菜单内容、规格和菜式数量，而必须先熟悉厨房设备条件，了解它们的最大生产量及各自的局限性，掌握各类厨师和餐厅服务员的实际技术水平，这样才能避免菜单内容与厨房设备和职工技术水平之间发生矛盾。

必须指出的是，现代饭店管理理论强调，要使菜单与厨房设备、职工技术力量之间的关系达到最大程度的和谐协调，就必须首先设计菜单，然后再按照菜单的要求去购置设备和招聘人员。

三、科学合理的菜单

任何餐饮服务设施，不论其类型、规模、等级，一般都有菜单设计、食品原料采购、食品原料验收、食品原料储藏、食品原料领发、原料粗加工、食品烹制、餐厅服务、结账收款等业务环节。这些环节围绕着优质服务和获取利润这一共同的企业目标，在各自独立发挥功能的同时，又相互联结组成了餐饮服务的营业循环。餐饮服务的营业过程恰似一个连锁反应，如果缺少其中某一环节或某一环节失灵，那么整个系统就会失去平衡甚至陷入瘫痪。假如我们仅仅观察饭店餐饮部或餐馆的日常业务，或只着眼于食品流程，那么很可能认为餐饮服务营业循环开始于食品原料采购。然而，只要我们对餐饮服务业务环节之间的相互关系稍加分析，就不难发现餐饮服务营业循环的起点是菜单设计，而不是原料采购或其他环节。理由十分明显：菜单不仅规定了采购的内容，而且还支配着餐饮服务的其他业务环节，影响整个餐饮服务生产系统。

过去，几乎所有餐饮企业都是先购置设备，配备人员，临开业时才匆匆地拼凑菜单，未曾把菜单作为整个业务活动的基础。而今，越来越多的饭店经营者认识到，菜单体现了餐饮服务的经营决策，菜单设计是计划组织餐饮服务的首要环节，必须走在其他计划组织工作的前面。

菜单设计确非易事，设计科学而合理的菜单则更加困难。菜单设计是一个复杂细致的工作过程，不仅要求设计者充分重视和反复权衡各方面的有利条件和不利因素，更须有明确的设计目的和要求。一份科学合理的菜单至少应该达到以下几方面要求。

① 以优美文雅而又诱人食欲的文字，恰如其分地描述出迎合市场需求的各种餐饮食品，最大程度地吸引客人，从而使菜单成为餐饮企业所拥有的最基本、最重要的推销工具。

② 科学而合理地安排菜式品种和品种数量比例，成为企业控制劳力、设备成本费用的依据，以避免造成厨房、餐厅一部分劳力、设备使用过度，而另一部分闲置的现象。

③ 菜单价格应正确体现原料成本和毛利之间的关系，使菜单成为企业管理原料成本的工具，以合理的价格确保企业获得预期的赢利。

④ 机动灵活，使企业有充分余地及时采用季节性食品原料以丰富餐饮内容，或采用临时特价原料以降低原料成本。

⑤ 正确、如实地反映厨师烹饪技术水平，成为企业制定菜谱、加工、配菜、烹制、装饰菜肴的依据。

⑥ 为餐厅服务员提供各菜式的风味特色、原料配料、烹制方法及所需时间等有关情况，以利餐厅推销和保证餐厅服务质量。菜单只有达到了上述要求，才算具备了一定的科学性和合理性，方能成为餐饮服务经营管理的工具和指南。

菜单设计过程中必须避免两大极易出现的倾向或弊病。一是以自己的癖好为标准，而不顾市场需求。二是沿用陈旧的菜式，而不敢创新。某一菜肴也许是菜单设计者百食不厌的菜式，但是否大多数客人也同样有如此强烈的兴趣？已拟就的菜单虽然已大体上可以满足客人的要求，但倘若能及时地翻换菜单内容，那么餐厅将会有更多更愉快的客人光临。绝大多数饭店中，菜单设计工作由厨师长负责或主持。国外某些大型的饭店企业，特别是饭店管理集团，往往还设立烹饪研究部，专门研究设计各饭店餐厅的菜单。

复习思考题

1. 简述饭店餐饮服务的作用和特点。
2. 举例说明服务是餐饮产品的主要内容。
3. 饭店餐饮服务管理有哪些主要内容？
4. 为什么说菜单设计是计划组织餐饮服务的首要环节？
5. 菜单设计应考虑哪些因素？

第八章　饭店康乐服务与管理

康乐部是为消费者提供健身、娱乐、美容等活动场所的部门，是酒店满足消费者多种消费需求，吸引顾客，提高酒店声誉和营业收入的一个重要部门，因此越来越受到饭店管理者的重视。

在食、宿、行、游、购、娱六大旅游要素中，"娱"就是指康乐活动，它是一项十分重要的活动内容。

本章从康乐部的地位、作用、组织机构、基本任务、岗位职责谈起，进而讲述康乐部与其他部门的关系和协调、健身服务管理、娱乐服务管理、美容服务管理等。

【学习目标】

1. 康乐部的地位和作用。
2. 康乐部的组织机构。
3. 健身项目管理。
4. 娱乐项目管理。
5. 美容美发管理。

第一节　康乐部概述

康乐，顾名思义就是健康娱乐。是指能满足人们健康、娱乐和休闲放松等需要的一系列活动，包括康体活动、娱乐活动、休闲活动、文艺活动、美容美发等多种形式。康乐活动的项目一般包括：夜总会、歌舞厅、卡拉 OK、棋牌室、茶室、健身房、保龄球、台球、网球、高尔夫球、游泳池、桑拿浴、芬兰浴、按摩室、美容、美发等。

在不同类型的饭店、不同星级的饭店中，康乐设施的档次、康乐项目的多少也不同。通常情况下，度假型饭店、商务型饭店、星级较高的饭店对康乐项目和服务要求较高，经济型饭店、星级较低的饭店对康乐设施及项目的要求相对较低。

对于康乐设施和项目较少的饭店，康乐部一般归属于客房部或餐饮部；对于康乐设施和项目较多的饭店，康乐部一般与客房部、餐饮部等并列为饭店的主要部门。也有的饭店将康乐部称为康乐中心。随着我国居民收入水平的提高，康乐需求也必将越来越普遍，因此康乐部在饭店中的地位日益突出和重要。

一、康乐在现代饭店中的地位

在现代饭店中，康乐部的地位日益突出。作为一种较高档次的消费品，它应该能满足人们适当超前的需求，引导人们的消费潮流。实际上，当今的许多饭店已经发展成集餐饮、住宿、购物、康乐为一体的综合性经济实体，为客人提供康乐设施和服务已成为饭店业发展的一大趋势。

1. 康乐项目扩大了饭店的服务范围，是饭店等级的重要标志

现代旅游饭店一般划分为五个等级，按照国际惯例，四、五星级饭店必须具备康乐部，三星级饭店也应具备康乐设施。

2. 康乐是某些饭店的必备条件和主要经营方向

西方许多国家都明文规定，公寓式饭店和常住型饭店应有康乐设施和项目。

对度假型饭店而言，除提供一般服务项目外，康乐项目更是其必备条件和主要经营方向。度假游客一般在饭店居住时间较长，并经常开展休闲、健身、娱乐活动，因此，度假型饭店应具备完善的康乐设施，如健身房、保龄球室、台球室、网球练习场、高尔夫球练习场、游泳池、桑拿浴室、芬兰浴室、按摩室、卡拉 OK 房、棋牌室、美容厅、美发厅等。

3. 康乐项目是吸引客源的重要手段

饭店业的竞争日益激烈，如果仅靠单一的食宿功能，很难吸引足够的客人。许多饭店纷纷推出娱乐项目，改善康乐设施、设备条件，以增加客源。一些位于海滨、山地或温泉附近的度假型饭店往往因地制宜，推出极具特色的康乐项目。例如，高寒地区度假型饭店设立高山滑雪和探险项目，海滨度假型饭店设立海底潜水和海上帆板运动，山地度假型饭店设立登山和攀岩运动项目等。许多城市饭店还利用自身的区位优势，推出大众型康乐活动项目，除吸引外地游客以外，还大量吸引当地居民，取得了很好的经济效益。同时，康乐活动项目提高了饭店的知名度，扩大了饭店在社区的影响，一些饭店的康乐部甚至成为当地居民社交、娱乐的中心。

4. 康乐部是饭店营业收入的重要来源

随着消费者的增加，康乐项目为饭店带来的经济效益也在不断增加。一些饭店的康乐部规模越来越大，并与客房部、餐饮部一样成为饭店创收的主要部门。

康乐部虽然建设性投资较大，但因其消费档次较高，加之可提供多种相关服务，因而能获得较高的营业收入。在我国各大城市特别是东部沿海城市，饭店康乐部、康乐中心的营业收入在整个饭店的总营业额中都占相当大的比重。

从世界范围看，欧美及日本等经济发达地区，康乐业发展已经趋于成熟，康乐设施、设备先进，康乐项目推广普及率高，而且不断开发出新的康乐项目。我国康乐业起步晚、水平低、设备有限，管理水平有待提高。但由于我国经济持续快速健康发展，人们的文化需求日益增加，可以预见，我国现代康乐事业必将走向繁荣。

二、康乐部的作用

康乐活动在社会生活中的重要性日益突出，已成为人们日常生活和交际不可或缺的内容。在紧张的工作、学习之余定期从事康乐活动，已经成为许多人的一种生活习惯。

1. 康乐活动有助于消除疲劳

康乐活动丰富多彩，男女老少都能找到自己喜欢的活动形式。它能使人们暂时忘记生活的烦恼和工作的压力，得到精神和体力上的休息和恢复，增强体质。

2．康乐活动有助于改变不良的社会风气

在一些地区，由于没有丰富的娱乐活动，人们只能用一些不健康的娱乐活动来消磨时间，以致黄、赌、毒盛行，导致家庭破裂、刑事案件增加，这已成为严重的社会问题。如果社会能提供足够的娱乐设施，引导人们用健康向上的康乐活动进行消遣，便能在一定程度上丰富人们的业余生活，纠正不良的社会风气。

3．康乐活动能增加旅游地的吸引力

对旅游者而言，他们希望在外出旅游的过程中最大限度地利用这段有限的时间，尽情地享受，使旅游活动更加丰富多彩。"白天看庙，晚上睡觉"式的传统旅游方式已不能满足人们的需求，康乐活动正好弥补了许多旅游地的这一缺陷，为旅游者提供丰富的夜生活，充实旅游中的余暇时间。

4．康乐活动能为社会创造巨大的经济效益

康乐活动需要专门的设施、设备，因此给生产厂家和商家提供了机遇，同时，康乐活动相对消费较高，变动成本小，服务附加价值高，康乐部门如果经营得当，能产生良好的经济效益，并能向国家上缴利税，所以，康乐企业或康乐部门的经营状况往往是一个地区经济发展的晴雨表。

三、康乐部的组织结构

对于康乐设施和项目较少的饭店，康乐部一般归属于客房部或餐饮部；对于康乐设施和项目较多的饭店，康乐部一般与客房部、餐饮部等并列为饭店的主要部门。也有的饭店将康乐部称为康乐中心。

康乐部作为饭店的一个部门，职务的设置与其他各部门一样，部门有重要的管理体制，并向上级领导负责。

四、康乐部的基本任务

1．满足消费者锻炼的需要

锻炼有一般运动与重点运动之分。一般运动是指活动筋骨、做操、跑步等；重点运动是指各项运动，如举重、骑自行车、打球、锻炼各种肌肉等的运动。所以根据客人需求，康乐部应开辟专门的健身房、游泳池等设施齐全的锻炼场所。

2．满足消费者健美运动的需要

健美是现代文明的心理表现。它表现为体形健美标准、脸形健美标准、发型健美标准三种。体形健美可以在健身房得以实现，脸形、发型健美标准可在按摩、美容美发过程中加以实现。

3．满足消费者娱乐的需要

消费者在饭店除了住房和就餐外，还希望在住店期间得到娱乐的享受，因此，康乐部要在项目上注意做到丰富多彩，以满足不同消费者的娱乐需求，但一定要符合我国国情与法律规定。

4．做好运动、康乐器械、设施、场所的环境布置和卫生工作

运动场所、康乐场所门口客人须知、营业时间、价目表等标志牌要设置齐全，设计

要美观、大方，中英文对照，文字清楚，摆放位置得当。

运动场所、康乐场所是一个高雅、洁净的场所，客流量大，使用频繁，尤其是康乐的设备与器械经过多数客人的使用，清洁卫生工作十分重要。运动、康乐的器械、设施和场所尤其是场所内的更衣室、淋浴室、卫生间洁净高雅，不但会给消费者带来舒心愉快的情趣，而且也会给消费者带来宾至如归的感受。客人的要求就是要有一个清新的环境。所以，清洁卫生管理是康乐部每位工作人员每天必须做的、非常关键而重要的工作内容。

美容室也是卫生要求极高的部门。所有的美容设备、美容物品都直接与消费者的面部、头部接触，卫生要求十分严格，不仅要表面整洁干净，而且毛巾等用具要经过高温消毒处理。所有美容物品、化妆品都要符合卫生标准，化学成分要达标。

5. 做好娱乐设施、运动器械及其场所的安全保养

健身运动器械具有"冲撞性"，存在着安全问题，潜伏着一定的"危险"性。所以，每天必须在消费者使用之前做一次检查，并对设施、运动器械、场地进行安全保养，对存在"不安全"隐患的器械随时更换。

第二节　康乐部与其他部门的协调与沟通

一、康乐部与工程部的关系

康乐部经营的好坏在很大程度上决定于康乐设施、设备的运转情况，康乐设施是否运转正常，与工程部有着密切的联系。如何与工程部协调，搞好康乐设备的维修保养，是康乐部管理人员面临的重要问题。

（一）建立工程维修制度

除了工程部掌握使用的设备外，饭店还有许多设备处于服务现场，属于客用设备。这样就很难及时检查设备的运行情况，再加上康乐设备小维修比较频繁，工程部人员有限，有时会出现维修不及时的现象，为保证设施、设备能有效运转，康乐部应建立维修保养制度。

1. 检查制度

实行对康乐设施、设备定期检查制度，规定时限和目标，把责任落实到人。

2. 报修制度

饭店康乐设施维修程序见表 8-1。

表 8-1　饭店康乐设施维修程序

涉及人员	维修保养程序
康乐服务员	① 检查各种设备是否有损坏； ② 根据检查结果，填写"报修单"送领班；
康乐领班	③ 根据损坏情况，填写"维修通知单"，通知工程部；
工程部	④ 工程部在 15 分钟内安排维修人员前往康乐部维修；
维修工	⑤ 检查设备损坏情况，正式修理，做好维修记录；
康乐领班	⑥ 检查维修结果，进行调试，检查合格后，在"维修单"上签字认可

3. 维修情况的报告制度

维修情况的报告视维修情况而采用不同的报告程序。例如：影响康乐部正常营业的维修，工程部需报呈总经理，经批准后，方可实施，并通报康乐部。

（二）对康乐部员工进行培训

通过对康乐部员工的培训，使员工了解康乐设施设备保养的基本要求和简单方法，教育员工爱护康乐设施、设备，使康乐设施、设备得到及时的保养，同时，还可以减轻工程部的负担。

（三）配合工程部对康乐设施进行维修

① 当康乐设施需要维修时，康乐部应积极与工程部配合，确保康乐设施的及时修复。

② 在淡季时，与前厅部协调，封闭某些康乐场地，并及时通知工程部对康乐设施进行彻底检查和维修。

③ 康乐部经理应每年至少两次会同工程部经理对康乐设施进行全面检查。

二、康乐部与公关销售部的关系

康乐部的服务项目有很大一部分是由公关销售部来向客人推广和销售的，因此，公关销售部应利用各种机会和场合，采取行之有效的促销手段，宣传康乐部的设施和服务项目。康乐部应配合公关销售部进行广告宣传，以设施、设备的有效运转和高质量的服务为公关销售部的宣传作保障，增加饭店的吸引力和竞争力，吸引更多的客人到饭店来消费。

三、康乐部与前厅部的关系

前厅部是饭店对客人接待和销售的主要部门，康乐项目的销售有较大部分来自于前厅部工作人员的推销，因此，康乐部应把最新康乐服务信息告知前厅部，通过前厅部把最好的、最新的服务项目介绍给消费者，从而获取更大效益。

四、康乐部与客房部或餐饮部的关系

在许多饭店中，康乐部是以隶属于客房部或餐饮部等中层结构的形式而存在的，其经理对客房部经理或餐饮部经理负责，日常事务由客房部经理或餐饮部经理统一安排。

五、康乐部与采供部的关系

康乐部所需的一切康乐设施、设备和易耗品均由采供部负责采供。为购买到物美价廉的物品，康乐部与采供部之间要互通信息，力求购买到最适合康乐要求的物品。

① 采供部随时了解市场供应信息，便于康乐部提出申购计划。

② 康乐部应明确所需物品的规格、质量、数量，经核准后，由采供部负责办理，并保证及时供应。

六、康乐部与保安部的关系

康乐部应积极协助保安部对饭店公共区域及康乐场所进行检查，做好防火防盗等安全工作。协助保安部做好人身安全、财产安全等工作，使饭店服务工作安全、有序。

七、康乐部与人力资源部的关系

康乐部要对员工的录用和培训，以及待提升人员的培训提出计划和要求，协助人事培训部做好员工的招聘和培训工作。

八、康乐部与财务部的关系

康乐部应协助财务部做好有关康乐账单的核对、固定资产的清点及员工薪金的支付等工作。财务部应配合康乐部做好布件、清洁用品、运动类用品等的盘点工作和预算的制定工作。

第三节　健身项目管理

康乐部的健身项目一般包括健身房、保龄球房、台球室、网球练习场、高尔夫球练习场、游泳池等，我们这里主要介绍健身房、保龄球房、网球室、游泳池的管理。

一、健身房管理

饭店健身房一般分为器械健身房和无器械健身房两类。器械健身房是饭店中为客人提供各种先进器械和设备，进行肌肉训练和力量训练的场所，是现代饭店健身房中最常见的形式。一般饭店中的健身设备有：跑步机、自行车练习器、健骑机、综合性力量训练设备等。无器械健身房又叫体操房，是供客人进行徒手健美体操的场所。健身活动的目的，一是减肥，二是通过锻炼使身体更健美。

案例 1

进入冬季，一位美国女士到饭店健康中心健身，并办了一张健身月卡。这位美国客人戴着耳机，听着音乐，手里拿着 CD 机在跑步机上健身。当这位客人第一次来健身时，服务员小龙就在想，用什么办法才能让客人不用手拿着 CD 机跑步呢？经过思考后，他想出了一个办法。第二天，这位客人来到健身中心后，小龙到前台拿来了一个塑料袋，把客人的 CD 机放在塑料袋里，并将塑料袋系在了跑步机的扶手上，让客人解放双手，轻松健身，解决了客人的难题，客人非常高兴。这位女士健身后离开饭店时用不太纯正的汉语对小龙说："你是最好的人！"

由此可见，为宾客提供个性化服务，有时并不需要娴熟的技术或投入很多的物力和财力，需要的只是细心和用心。只要在日常的服务中能够细致入微地为客人去着想，就会不断地发现客人的需求，并想办法帮助客人去解决难题。

1. 健身房环境质量管理

健身房内健身器材布局合理，摆放整齐。录像机、电视机、钟表设置合理，便于客人观看使用。健身房内照明充足。适当位置有足够数量的常绿植物调节小气候。整个环境质量达到美观、整洁、舒适，布局合理，空气清新。

2. 健身房服务人员管理

健身房服务人员要具有较好的专业外语对话能力，仪容整洁，精神饱满，身体健康，待客热情、大方、有礼，能熟练地掌握、正确地使用和讲解健身器材的使用方法，善于引导客人参加健身运动。

当客人要健身，并要求辅导时，健身房服务人员应主动示范。带客人做健身操，口令清晰、姿势正确、动作一丝不苟，并根据客人体质状况，因材施教，做有针对性的指导。

健身房服务人员要坚守岗位，严格执行健身房规定，注意客人健身动态，随时给予正确的指导，指导客人安全运动，礼貌劝止一切违反规则的行为。

健身房服务人员负责健身房及更衣室、淋浴室的清洁卫生工作。搞好环境卫生和设备卫生，保持环境的整洁和空气的清新，以达到质量标准，给健身者以良好的环境感觉。

负责维护健身设备的正常运行，如发现问题，应及时上报。每天按规定准备好营业用品，需要补充的用品，应及时报告领班申领。

二、游泳池管理

案例 2

某日下午五点多钟，某饭店游泳池迎来了一位老年客人。该老人在游泳池里游了一圈又一圈。眼看下班的时间就要到了，游泳池里人越来越少，服务员也因故离开了现场。当服务员回来时，游泳池里飘起了老人的尸体。事后，老人的家属要求饭店进行赔偿，此事闹得沸沸扬扬，该饭店游泳池也因此事件，很久没有顾客光临。

案例 3

某日，某饭店迎来了一个由旅游部门五六位领导组成的检查团。饭店总经理、副总经理、部门经理等七八人恭恭敬敬地陪同。西装革履的一干人马，检查了客房部、餐饮部，随后来到了康乐部。路过游泳池休息区时，康乐部经理热情地邀请上级领导进去参观检查，于是，一行人推门而入：这时，穿着游泳衣躺在椅子上的 2 名美国老太太，一时不知所措，非常尴尬。事后，她们到大堂经理处投诉，控告饭店侵犯了她们的隐私权。

游泳运动是所有消闲体育活动中最受人喜爱的运动之一，是在水中这种特殊的环境中进行的运动项目。经常进行锻炼，不但能使神经、呼吸和循环系统的功能得到改善，而且还能促使身体匀称、协调和全面的发展。

在饭店中常见的游泳池有室内游泳池和室外游泳池，以及室内外两用游泳池等。

室内游泳池是饭店中最常见的游泳池类型，它不受气候的影响，一年四季都可以使用，并且容易保持水的温度和水质的清洁卫生。

饭店的室内游泳池最小不少于 40 平方米，可以设计成长方形、圆环形等各种自由形状，但无论何种形状都必须保证客人安全。游泳池的水温和室温一般控制在 25℃ 左右，室温一般高于水温 1～2℃，游泳池内饮料用杯必须用塑料材质以保证客人安全。

饭店的室外游泳池是指在室外建造的游泳设施，一般在南方的饭店较常见。由于其设施露天设置，所以更强调大自然的情调，空间环境的布置、形状设计也可以更丰富些；但也正是由于露天设置，而对卫生方面的要求更为严格，也更难以保持，同时还需要更强的动力供给保证合适的水温。

室内外两用型游泳池属于比较豪华的类型，其投资和维护费用都比较高，它同时具备室内游泳池和室外游泳池的优点，既方便保持温度和卫生，又可以充分享受大自然的清新和情调。这种游泳池在设计和布置上有不同的做法，一种是顶棚可以开启的，另一种是将游泳池设计成室内、室外相连的形式。

饭店的游泳池免费提供给本饭店的住客进行运动，一般也接受非住店客人。客人进入游泳池一般凭房间钥匙或饭店发的证卡，服务员带领客人到更衣室更衣。客人来到游泳池，服务员要准确记录客人姓名、房号（饭店宾客应登记房号）、到达时间、更衣柜号码；客人的衣服挂在衣柜里，鞋袜放在柜下，贵重物品要客人自己保管好，需要加锁的要为客人锁好，钥匙由客人保管。

客人进入游泳池前应先淋浴。擦太阳油者必须淋浴后方可入游泳池。对有皮肤病、急性结膜炎、艾滋病等传染病患者，心脏病、癫痫病、精神病、酗酒者及过饥过饱者，应谢绝进入游泳池。

客人来到游泳池不仅要游泳，还要晒太阳，所以游泳池还要有一些场地供人晒太阳、休息、餐饮等。游泳池要有幽雅的环境、现代化的设备、清洁的水质、严格的管理制度、有效的安全措施和优质的服务，因此，游泳池的工作人员要经过严格的训练。

1. 环境管理

游泳池环境要美观、舒适、优雅。室内游泳池、休息区及配套设施整体布局协调，空气清新，通风良好，光照充足。保证标准的室内换气量、自然光率、室内温度、水温和室内相对湿度等。休息区躺椅、坐椅及餐桌摆放整齐美观，大型盆栽盆景舒适干净。

游泳池不仅要有现代化的设备，如池底吸尘器和自动过滤循环装置等，还要有专用出入通道，入口处有浸脚消毒池。

2. 卫生管理

① 游泳池顶层玻璃与墙面要干净、整洁，地面无积水，休息区地面、躺椅、餐桌、座椅、用具等无尘土、污迹和废弃物，无卫生死角。

② 更衣室、淋浴室、卫生间天花板光洁明亮，墙面、地面整洁，无灰尘、蜘蛛网，地面干燥，卫生间无异味。

③ 所有金属件光亮，镜面光洁。

④ 更衣柜内无尘土、垃圾、脏物等。

⑤ 游泳池水质清澈透明，无污物、毛发，池水定期消毒，并定期进行更换。

⑥ 饮用水无色、透明、清洁卫生，符合国家卫生标准。

⑦ 拖鞋应在各位客人使用后进行消毒，防止脚病的相互传染。

3. 安全管理

游泳池"客人须知"中要明确公告："饮酒过量者谢绝入内"。服务过程中发现客人中有饮酒过量的，应婉言谢绝入内。游泳池应在醒目的位置标明池水的深度，防止客人不明深浅误入深水区发出溺水事件。现场的服务人员应受过救生训练，现场值班服务时应选择便于观察的位置随时关注水中客人的情况，发现异常，及时采取有效的救援措施。池边应备有救生圈，配有2倍于池宽的长绳和长竿救生钩。对带小孩的客人，要提醒注意安全。整个服务过程中，要保障不发生溺水等安全事故。

三、保龄球房管理

案例4

一天晚上，吕小姐和施先生在保龄球房打球，服务员小彭在为客人服务中得知这两位客人不太熟悉保龄球规则，服务员小彭便耐心讲解、演示，两个小时后（凌晨12点）客人满意离去，并对服务员小彭说，这里的服务就是与众不同。凌晨1时，保龄球房的电话响了，服务员小彭接起电话后听到吕小姐焦急的声音："我的手表可能丢在卫生间了，请你赶快帮我看一看，我正往这里赶呢。"服务员小彭放下电话后马上到卫生间寻找，果然发现了吕小姐的手表。当吕小姐赶到饭店看到自己的手表时，心情特别激动，因为这是一只价值5万元并有特殊纪念意义的手表。吕小姐一再感谢保龄球房的服务员，并成为服务员小彭的好朋友和保龄球房的常客。

饭店的每个岗位都会因服务项目不同，而服务性质、服务方式、服务对象不同，所以都应该有自己的服务特色。

保龄球也叫滚球，是一种在木板球道上撞击木球瓶的室内体育运动项目。保龄球因为简单易学、老少皆宜、不受时间限制等特点，长期以来风行于欧美、大洋洲及亚洲一些国家和地区，是客人较喜欢的一种体育活动。

（一）保龄球馆的配套设施

① 球馆入口设有服务接待柜台，要配齐相应数量的各种鞋号的保龄专用鞋及电脑记分和结账设备。

② 球馆旁边要有与接待能力相应档次与数量的男、女更衣室、淋浴室、卫生间等。

a. 更衣室要配更衣柜、挂衣钩、衣架、鞋架与长凳。

b. 淋浴室各间互相隔离，配冷热水喷头以及浴帘。

c. 卫生间配隔离式抽水马桶、小便器、大镜及固定式吹风机等卫生设备。

d. 各配套区域的墙面、地面均满铺瓷砖或大理石，并有防滑措施。

③ 球馆内设吧台及休息区。为节省空间也可将吧台和服务台设在一处。

④ 球馆内要设有保龄球架。

⑤ 球场内部通道、过道、球道、记分显示、球路显示等设施布局合理，整体协调、美观。

⑥ 各种器材摆放整齐，适当位置有大型盆景美化环境。

（二）保龄球馆服务人员管理

客人前来打保龄球时，保龄球馆服务人员要主动问好，运用准确、规范的服务语言迎接客人，准确记录客人姓名、房号（饭店宾客应登记房号）、运动时间，询问客人是按每人一局还是按时间租用保龄球道。根据客人预订及人数和球道出租情况安排球道。在投球道的记分台上为客人设定人数及局数，对应的电视银屏会自动显示每次投球的积分情况。如遇客满，商请客人排队等候。

客人玩球时，服务人员要提供巡视服务，观察操作设备运行是否良好，保证自动回球、记分显示、球路显示等正常动作。

服务员在工作期间要始终保持良好的精神状态，及时、准确、礼貌地提醒客人注意球场秩序，向客人讲解保龄球运动知识。及时纠正违反球场规则和妨碍他人的行为，并能迅速排解客人纠纷。客人休息时，主动及时地询问客人有何需求，做好记录，并迅速提供服务。客人离开时，要主动告别，并欢迎再次光临。

保龄球馆设专门陪练员或教练员。根据客人需要随时提供陪练服务。陪练员要能清楚讲解运动、规则、记分方法等知识，示范动作标准规范。掌握客人心理和陪练分寸，以激发客人兴趣。能够组织比赛，服务周到。

保龄球馆要设急救药箱和药品，配氧气袋和急救器材，客人若有不适或发生意外，能及时采取急救措施。

客人休息区配套酒吧提供饮料、快餐。按照酒吧服务标准迎接、问候、引坐、开单，以及提供酒水饮料等服务。

结束时服务员应礼貌地征求客人意见，是否需延长使用场地的时间，如客人结束租用，应检查有无遗失物品，客人是否归还租用的保龄球鞋等。最后向客人致谢，欢迎客人再次光临。

四、网球场服务管理

网球是由2人（单打）或4人（双打）在中间隔一网的场地上，用球拍往返拍击一个有弹性的橡胶小球的运动。在网球运动中奔跑、挥拍、跳跃等动作使人体各部分都得到适当的活动，同时还训练人的判断力和反应能力，是一项老少皆宜的活动。

网球场因铺设的材料不同而分为硬式场地和软式场地。硬式场地的地面有木板地、水泥地、沥青地等，软式场地有草地球场、泥地球场和砂质球场等。硬式场地打出的球普遍速度较快，其中水泥球场反弹力最好，而且容易保养，在我国这种场地较多，但它的缺点是双脚容易疲劳；木板球场维护、保养较麻烦；合成材料球场的材料包括富丽克、速维龙等很多种类，这种球场弹性稳定，维护也较方便。

网球场服务员每日营业前要整理好网球场、休息区、更衣室、淋浴室与卫生间的卫生。将设备、设施摆放整齐。正式营业前准备好为客人服务的各种用品，整理好个人卫生，准备迎接客人。

客人前来打网球时，网球场服务员要向客人介绍球场设施、开放时间、服务项目并准确记录客人姓名、运动时间。为客人及时提供更衣柜钥匙、毛巾等用品，服务要细致。客人打网球，视需要及时提供客人要求的各种服务，协助客人保管好衣物，主动为客人当裁判记分。客人要求出租或修理球拍，应及时、周到地提供服务。

客人休息时需要饮料、小吃，应主动及时询问需求，做好记录，并迅速提供服务。

客人离开，应主动告别，并欢迎再次光临。

网球室设专门陪练员或教练员。客人要求陪练服务时，应热情提供。

陪练员应技术熟练，示范动作规范、标准。掌握客人心理和陪练输赢分寸，以提高客人兴趣。能够组织球场比赛，预先制定接待方案，球场秩序良好。提供陪练服务应按时间收费。

网球场应设急救药箱和急救药品，配氧气袋、担架等和急救器材，并掌握一些抢救知识和方法，当客人出现不适或发生意外，能够及时采取急救措施。

第四节　娱乐、休闲项目管理

康乐部娱乐、休闲项目主要包括 KTV 包房、歌舞厅、棋牌室、茶室等，这些项目服务管理的共同特点是创造和保持优雅的环境，提供高质量的设施、设备，热情而主动、周到的服务。

一、KTV 服务管理

KTV 是卡拉 OK 和 MTV 的结合。台湾 KTV 创始人刘英先生对 KTV 的定义是："KTV 是提供器材、设备、空间供客人练歌的场所。"从视听娱乐发展序列看，KTV 是卡拉 OK 的再一代延伸，因此也有"卡拉 OK 包房"之称，并被誉为第五代视听娱乐活动项目。KTV 服务是集餐饮、娱乐、消遣于一体的多功能综合性服务。当消费者进入 KTV 消费时，必然会带动厨房、吧台等的消费。同时，服务人员的无形服务，使消费者感到精神的享受，无形中对整个酒店形象起到了更好的宣传作用。

（一）KTV 服务的特点

1. KTV 服务项目的综合性

KTV 包房是集食、饮、娱一体的综合服务场所，服务人员不仅要具备基本餐饮服务技能，而且还要具备一定的视听服务知识和技能来满足顾客的娱乐需要。

2. KTV 服务的趣味性

KTV 提供客人自我表现的卡拉 OK、MTV、舞池等娱乐设施，或提供客人欣赏的娱乐项目，客人能借助这些设施和活动向客户、朋友表述自己的感情。KTV 的服务人员兼有 DJ（Disc Jockey）（调音师）的职责，在客人有需求时，KTV 服务人员应能提供活跃现场气氛的娱乐活动。

3. KTV 服务的隐蔽性

光顾 KTV 包房的客人，为使自己的团体能尽兴尽情的消费娱乐，都不想受到外界打扰。提供 KTV 包房服务时，要尽量尊重和满足顾客的隐私需要为客人保密。

4. KTV 服务的依附性

KTV 包房的服务是依附于一定的餐饮形式来提供的。KTV 包房是为特定的团体服务的。客人消费目的明确，主题突出分明，这给 KTV 包房服务提供了很多方便之处，也提出了很具体的要求。KTV 包房服务与餐厅服务相比，无论是服务规范，还是在服务技能上、服务水平上都应是高水平的、一流的。在经营上，KTV 必须注意两点。一是要具有安全设备，特别注意防止发生火灾。在保持 KTV 封闭性的同时，也要有紧急情况下的安全逃生通道。二是要做好各种音响视频设备的经常性维护保养，保证其完好、有效、好用，提高服务水平，让客人满意。

（二）KTV 包房定价的方式

1. KTV 包房成本定价法

KTV 包房成本定价法是以 KTV 完全成本为基础，加上一定比例的利润和税金制定价格的方法。这种方法为简单成本定价法，我国服务业、餐饮业中常用此方法。

计算公式：

$$KTV 销售价格 = 完全成本 / (1 - 预期利润率 - 营业税税率)$$

说明：①每个 KTV 包房的完全成本包括直接原料（如酒水、菜品等）和直接成本（如人工费、经营费用等）；②预期利润率可以参考市场平均售价利润率来制定。

计算实例：某 KTV 包房日均总投资分摊费 50 元，直接原料费 100 元，直接人工费 100 元，经营管理费 50 元，计划售价利润率 30％，营业税税率为 5％，可计算出 KTV 售价为 $(50+100+100+50)/(1-30％-5％) = 461.54$ 元/间（结果可取整数）。

此种方法计算简便易行。成本资料一般比较齐全，以成本为基础定价比较方便。但是此方法忽视了市场需求和竞争因素的影响。

2. KTV 资本报酬定价

资本报酬定价法是指按照与投入的资本成一定比例进行利润加成本定价的方法。资本报酬定价方法在于结合占用资本多少，讲究"将本求利"。

计算公式：　　　　　　$价格 = 销售成本 × (1 + 资本报酬率)$

例如：某 KTV 销售成本为 300 元，资本报酬率为 35％。则销售价格 $= 300 × (1+35％) = 405$ 元/间。

利用此方法主要问题是如何确定资本利润率。在市场经济条件下确定资本利润率，饭店应主要考虑以下几个因素。

① 满足饭店正常发展对资金的需要。餐饮娱乐发展主要靠自身积累，资本的运用必须满足饭店正常发展对资金的需要。

② 给股东的报酬。一般情况下，股息应高于银行存款利息。风险大的行业应高于风险小的行业。

③ 考虑通货膨胀等其他因素的影响。

3. KTV 市场需求定价法

① 随行就市法。以竞争为中心的定价方法就是密切注视和追随竞争者的价格，以达到维护和扩大 KTV 包房的市场占有率以及扩大销售量为目的。

② 最高价格法。当 KTV 具有一定的优势时，可根据自身的特点，参考竞争者的价格制定自己相应的价格。

③ 同质低价法。对同样质量的 KTV 包房订出低于竞争者的价格，以求扩大和占领市场。另一方面加强成本控制，降低成本，实行薄利多销。

二、专业茶室经营管理

茶是一种受人们普遍喜爱的有益饮料，是世界四大饮料之一。我国是世界上较早以茶叶作为饮料的国家，已有 2000 多年栽培茶树的历史。茶产自中国，是中国的国饮。兴于唐，盛于宋，发展于明清，茶叶，饮誉世界。茶，是中华民族的象征。经营茶馆古人有之，唐代茶圣陆羽就曾著《茶经》。茶不仅是一种理想的饮料，而且还含有咖啡碱、茶碱、鞣酸、挥发油、B 族维生素、维生素 C 等而有强心助神、生津止渴、消食健胃、消炎收敛等功能。

"茶"除了能满足人们生活的物质需要外，更能满足人们在精神生活上的需求，茶馆逐渐成为人们休闲、社交的高雅场所。约一二知己倾诉心扉、唤三五伙伴商洽业务，一杯香茗在手，娓娓道来，和谐融洽。因此，许多饭店都开设了茶室以满足消费者的需要。

茶室是提供喝茶服务，以喝茶为主，以茶为载体的经营、服务场所。这就要求茶室的管理人员及整个团队除具备其他的管理、服务知识外还要具备专业的茶知识。茶知识特指经营范围之内的各种茶叶的产地、采摘、制作及其相关的茶典故；专业的沏泡方法；茶叶的储存等相关知识。

茶室的装修风格要与茶相得益彰。应该古朴、清新、整洁、明亮、舒适，是古典与时尚的有机结合。茶具要根据茶叶的不同而进行选择：绿茶使用透明的玻璃茶具，功夫茶一定要用紫砂壶。不同的茶叶要用不同温度的水来冲泡。

茶室服务员每日营业前要整理好茶室的卫生，准备好为客人服务的各种用品。将茶壶、茶杯摆放整齐。整理好个人卫生，准备迎接客人。

客人前来喝茶时，服务员要向客人介绍茶叶品种、特点、保健作用等，然后按照客人要求准备茶叶，当面为客人冲泡茶叶，并适当介绍冲泡步骤，为客人斟茶。

客人需要饮料、小吃，应主动及时询问需求，并迅速提供服务。客人离开，应主动告别，并欢迎再次光临。

三、舞厅管理

饭店的舞厅一般要凭票入场，一人一票。门票只限当日有效。谢绝衣着不整者入场，谢绝饮酒过量者入场。举办迪斯科舞会时，谢绝 18 岁以下少年入场。厅内不得大声喧哗，严禁吸烟，听从工作人员的安排和疏导。提倡文明礼貌，尊重文艺演出人员和舞会伴奏人员。自觉维护社会公德，维护公共秩序，对扰乱治安者经劝阻无效，可送交公安机关处理。

舞厅服务人员包括门岗、大厅流动岗等。服务员必须提前 10 分钟到岗，检查岗位上有无异常情况，做好开业准备。上岗后要精神饱满，彬彬有礼，微笑服务，热情、礼貌地接待宾客，耐心解答宾客的问题，与客人对话时眼睛要正视客人，音量要适中，使用敬语，不与客人争辩、争吵；站姿要标准，双手轻握，自然交叉在前或自然下垂于身体两侧，不叉腰、不抱肩、不插兜、不倚靠它物。大厅流动岗要引导客人入座并随时打扫厅内卫生，协助客人在厅内的一切活动。如有大型活动时，岗位设置将有所变化。活动结束时，全体人员列队于门口，欢送客人。活动结束后，服务人员要及时清理场地，搞好卫生。经主管或领班确认无事后，方可下班。

有音乐会、文艺演出、时装表演、网球比赛、拳击表演、宴会、鸡尾酒会等活动时，对上述项目业务上的安排应由康乐部、公关部等有关部门协调配合。必要时成立接待小组，以便安排工作。拟一份详细的方案交到管理层审批，经批准后再返回康乐部、餐饮部和其他有关部门一起统筹安排。

四、棋牌室

棋牌类项目具有趣味性、娱乐性、益智性和普及性等特点。可以培养人独立思考的能力和团结协作的精神，要求配合默契，互通信息，讲究技法。另外，棋牌类项目对参与者的修养、素质也能起到陶冶作用。从某种程度上来说，一个人的脾气、秉性、心理素质都可以在此类项目中得到淋漓尽致的体现。因此，棋牌类项目是男女老幼都非常喜欢并经常参与的项目，棋牌室也成了各行各业人士经常光顾的场所。棋牌类项目服务跟其他娱乐类服务要求基本相同，这里不再重复，以下就常见的棋牌类娱乐项目的特点和规则分别作简单介绍。

（一）麻将

麻将是中国人发明的一种游戏，是在马吊牌的基础上丰富和发展起来的。一副麻将共有 144 或 148（在东西南北风与兰竹菊梅共存时）张牌，由万子、条子、筒子、三箭、四风、季花以及两枚骰子组成。麻将需 4 人一起玩，东、西、南、北，一人一方。其中一人为庄，称庄家。玩牌时，先将牌面朝下掺、洗好，摆成方阵，然后掷骰，根据点数决定庄家和班位。无论输赢，庄家所得和付出，都是其他三方的 2 倍。定庄之后，由庄家掷骰切牌，即决定从哪里开始抓。然后，每人按顺序每次抓 2 对牌，抓三次，一共 12 张牌。庄家最后跳牌，其余 3 人按顺序抓 1 张。庄家先出牌，每人手中都是 13 张牌。麻将有许多玩法，但大多采用和的方式决定输赢。所谓和（音"胡"），就是将自己的牌组成四套加一个对子。所以在打牌时，每人抓完牌后，要立足于留接近和牌的牌，将牌进行分类，以决定留什么牌，打什么牌。

（二）桥牌

桥牌是各种扑克牌玩法中最复杂的一种，分叫牌和打牌两个阶段，是一种数字性很强的游戏，以牌的好与坏偶然性来决定胜负的成分小，牌手要考虑到多种偶然因素，要求思维严谨，利用概率论知识和一定的牌理推断，对牌的分配和其他牌手持牌情况做出猜测和估计，并要求有良好的记忆力。

四人坐于方桌前，分两两对抗，伙伴或对家要相对而坐，确立东南西北四家，先由一人发牌，由其左手一侧按顺时针方向分发，大小主除外后，将余下的 52 张牌平均轮流分发给四人，每人 13 张。打桥牌分"叫牌"和"打牌"两个阶段。叫牌有"单位制"和"计点制"等方法，用规定术语进行，可叫任何一种花色作"将牌"即"王牌"，也可打"无将"。四人各出一张，大者称为一墩，并确定完成定约所需牌的墩数。叫牌由发牌人起按顺时针方向轮流进行。通过叫牌，由其中一方确定一个定约。定约分有将定约和无将定约两种。有将定约就是在黑桃、红桃、方块和草花四种花色中，指定一种为"将牌"，"将牌"将压过其他三种牌。叫牌时，以无将的等级为最高，以下依次为黑桃、红桃、方块、草花。叫牌中，下一牌手需盖过上一牌手，如果定约数字相同则要在等级上高过上一牌手，如 1 无将可盖叫黑桃。如果低于上一牌手，则需增加定约数，如 2 草花又盖叫 1 无将。打牌时轮流出牌，一次出一张，同样花色以大胜小。指定将牌时，将牌有特殊威力，可压过其他牌，但需缺此门。打无将时，只能在同一花色中比大小，若跟不出同样花色时，只能垫牌。完成定约牌墩数者得分，否则罚分，得分多者为胜。

（三）围棋

起源于中国的围棋是世界上最古老的棋类游戏之一，大约在两晋南北朝时期就已确定了今天所用的 19 道棋制，在 7 世纪末隋唐时期，随着中日交往的增加，围棋传入日本。围棋尤其盛行于中国、日本等国家。其基本方法是：两方对阵，在一块空白地方上，各自围占自己的领地，得地盘多者为胜，在富于理念含义的 19×19 方格棋盘上，大小、取舍、比较、前后、优劣势、虚实、全局与部分，进攻与防守等军事谋略，被展示得淋漓尽致。它既锻炼棋手的思维能力，棋艺水平，也是一种棋手间个性、感情、价值观、心理素质、应变能力的对垒和交流，英文"handtalk"一词形象地反映了这一项目的特点。

围棋有对子局和让子局之分，中国、日本的规则有所不同。为了避免和棋，故规定有 1/2 子，一般是黑先白后，开局后，在 19×19 横竖线的交叉点轮流下子，不得移动，只是被困死后提子。关键棋、好棋、妙棋叫"手筋"。"两眼"为活棋或双活。通常一盘棋要经过布局、中盘、收官三阶段才结束，每一阶段均有其要领、方法、技术和战略。

围棋的棋盘一般为木制，长宽分别为 46 厘米、43.3 厘米，略呈长方形，上面横竖各画 19 条平行线，形成 361 个交点，其中有 9 个交点处画有 2.5 毫米的小圆点，以确定位置，称为"星"。棋子呈圆形，分黑白两色，其中黑子 181 颗，白子 180 颗。

（四）中国象棋

中国象棋是历史悠久、在中国普及最广的棋种，据《楚辞》记载，在 2000 多年前就已有"象棋"之名，但有别于今天的象棋。现在的象棋棋盘上画有 9 条竖线和 10 条横线相交形成 90 个交点，棋盘中间竖线没有连接的地方叫做"界河"，有斜线交叉的方格叫"九宫"。红黑两方各有 16 个棋子，分别由将（1 个）、仕（2 个）、象（2 个）、马（2 个）、车（2 个）、兵（5 个）、炮（2 个）七种棋子构成。对局时，红先黑后，双方轮流每次走一步，以把对方"将死"或"困毙"为胜。

（五）国际象棋

国际象棋起源于西方，是变化最多的一种棋类，它在一正方形的棋盘上分黑白两方对阵，棋盘黑白相间，分为 64 个四方格子，棋走格中，而不走交叉点。还有"兵的升格"、"皇车易位"等规定。以把对方将死为胜，如出现"长将"现象则视为和棋。

第五节 饭店美容美发、桑拿浴、按摩室服务管理

案例 5

正月初六，晚上 6 点钟左右，有两位客人正在饭店美容美发室进行美容。当时只有

小程一人当班，到吃晚饭的时间了，小程在给客人敷上面膜后，就去食堂吃饭了，她认为这样做两不耽误。这时美容美发室只有客人在，没有服务员。碰巧总经理巡视时发现，立即派夜间值班经理将正在楼下吃饭的员工叫了上来。

此案例发生在春节期间，当时虽然正是饭店经营的淡季，但是员工在未给客人做完全套服务的情况下，就擅自离岗去吃饭，显然是不对的。

案例6

某日，商务散客王先生非常疲倦地来到美容美发厅做头发。美发师小姚见状，马上送上一双柔软的拖鞋，并帮客人换上，让客人的脚和头一样充分地放松。在客人结束美发时，小姚呈现给客人的是已擦得锃亮的皮鞋。这一细微的超值服务，给客人带来了意想不到的惊喜。

饭店在经营管理中，要通过为客人提供舒适、体贴、快捷、超值的服务，来赢得回头客，使饭店的品牌得到客人的认可。饭店的日常管理工作应以创造更多惊喜一刻的服务为亮点。美发师的周到服务，不仅使客人的头部展现了新的形象，而且使客人的皮鞋也变了新姿。对客人服务需要不断创新，需要许多意想不到的服务。

一、美容美发厅管理

近年来，随着社会的发展，人们生活水平的提高，美容美发行业加入了越来越多的享受性成分，逐渐成为娱乐业的一部分。美容美发成为人们在工作之余消除疲劳、愉悦身心的方式之一。因此美容美发厅在拥有高超的理发师的同时，还必须有现代化的设备、优美整洁的环境，以愉悦客人的身心。

现代人对美容美发的需求是十分稳定的，特别是对皮肤护理都是定期的，因此三星以上饭店一般都设立美容美发项目。而且大部分饭店将美容和美发设置在同一个区域，因为大部分客人往往同时要求两个项目的服务。

(一) 美容美发厅的结构设置

一般分为四个部分。

1. 宾客接待室

顾名思义就是招待客人的地方。宾客接待室除了安置一些沙发、桌椅，提供报刊、杂志为等候的顾客服务之外，有些美容美发厅还设置美容顾问，解答客人提出的有关美容美发方面的问题。

2. 美发室

专用的美发设备有吹风机、烘发机、焗油机、剪子、削刀、各类梳子以及美发椅、美发镜台、美发工具车等辅助设备。美发室安装大面积的镜子，顾客可以从各个侧面看到自己，在美发过程中得到享受。

3. 皮肤护理室

在这个区域内，一般设置包厢和大房间，内设真空吸面机、蒸面机、离子导入器等各种皮肤护理设备。

4. 美容室

这个区域对设备以及专业人员的技术水平要求很高。同时，要十分注重各个方面的清洁卫生。这些服务都与人体的皮肤直接接触，因此配备紫外线消毒设备等消毒设施十分必要。所有与客人接触过的物品都应进行消毒，才能让客人用得放心。

（二）美容美发服务项目

美容是广义的名称，美容厅只允许进行生活美容。人们更多的是希望在美容厅内得到专业按摩，用专业仪器和护肤品对皮肤进行清洗和护理，以及对个人整体形象进行设计。

目前主要的美容项目有：面部普通护理、特殊护理保养、肩颈部护理、手部护理及美化，如化妆、修面、修甲、面部和头部按摩等；主要的美发项目分为：洗发、剃须、修面、理发、吹风、烫发、漂发、染发、焗油、束发和按摩等。

（三）美容美发服务的服务程序

① 美容师接到通知后，做好准备工作，立即对设备和卫生作全面检查。

② 打开指定房间的紫外线杀菌箱将美容工具进行消毒；打开电子瓦煲加热棉花（换新药棉）；打开蒸汽机和热蜡炉；更换新床单；将美容袍摆在美容椅上。

③ 接待员和美容师在门口迎接客人，待客人进房后，送上咖啡或茶水，为客人更衣。

④ 美容师在工作中主动介绍护肤程序，注意征求客人意见，尊重客人的感觉。

⑤ 工作完毕后礼貌送客。

（四）做好美容美发服务的要求

① 美容美发服务中心要具备齐全的设备、高超的技术、舒适清洁的环境和热情周到的服务。

② 美容美发服务人员要懂得各种器械、工具的简单构造、性能、维修及保养方法。

③ 美容师要自觉遵守饭店的各项规章制度，热爱本职工作，热诚待客，为客人提供优质服务。培养温文尔雅的性格，尊重客人，尽责尽职，给客人以信任感。

④ 美容美发服务的项目多，客人的习惯和要求又各不相同，为了更周到地为客人服务，使客人满意，服务员要做到：一观察，二询问，三细心操作。

如以美发为例：

观察就是仔细观察客人的发型、脸型，看清楚客人原来的发型特点，考虑更适合客人年龄、脸型的发型；询问就是在观察的基础上，询问客人有什么要求，如发型、长短及操作技术等，一切询问清楚后，再进行操作；细心操作包括两个方面：一是在操作过程中要注意客人的表情动态。如洗头时，是轻一点好，还是用力重一点好，要依客人的动态而定；二是遇到奇特发型要慢削，慢剪，随时征求客人意见，按客人要求操作。有些来洗头的女外宾，要求保持长发梳成的发型，理发员要在洗发之前细心拆下发卡，记住梳理顺序，绝不可出现给客人洗头后不能恢复原发型的事故。

⑤ 美容美发服务中心的服务员要掌握毛巾和理发工具清洁消毒的知识和技能，懂得服务程序。遵守饭店内的各项规章制度，严格按规定规范自己的行为。

（五）美容美发厅工作人员要求

美容师必须经过有资质培训机构培训并取得卫生与劳动管理部门颁发的上岗资格

证，才能上岗为客人提供服务。美容师上班时脸部要化妆，制服要整洁，不留长指甲和涂指甲油，头发须三日洗一次，工鞋为白色矮跟鞋，丝袜为肉色或白色。

专业理发员必须受过 1～2 年专业培训，有 1 年以上实践经验，熟练掌握美发专业知识、工作内容和工作程序，操作技术熟练。具有较广泛的生活常识，了解各主要国家和地区的风土人情和审美情趣，了解国际国内美发的发展动向，具有创新和追求国际潮流的意识。熟悉各种发型、染发等技术。

（六）美容师的服务管理

美容师要严格按程序向客人提供服务，提供一流水准的美容服务。要对色彩及其搭配效果有一定的认识，对人体各部分有深入的了解，有独特风格的审美观，能为客人创造出美的形象。

美容师还要负责解答客人有关美容护肤方面的咨询，根据客人不同皮肤性质提供相应的护理程序，向客人推销产品。负责化妆品、护肤品、美容工具的补充、清洁、消毒等工作，并根据实际情况对房间的设备、用品、摆设提出维修保养方面的建议。

（七）美容物品卫生管理

美容用的毛巾、头带、头布、床单等要一客一换，用完后用洗衣机清洗并加以消毒，再用干燥机烘干，电烫斗熨平。选用消毒药棉，用前放入紫外线杀菌箱内消毒，再放入电子瓦煲加热后使用，为一次性用品。黑头针、眉钳、修甲工具，每天要用酒精浸泡，用前放在紫外线杀菌箱内消毒，使用时再用酒精抹一遍。客用梳子定期用洗洁精、消毒剂浸泡消毒，无残留头发。眉扫、胭脂扫、唇扫要定期用酒精浸泡清洗。

二、桑拿浴室管理

桑拿浴是在特制的小木板房中通过特殊设备将室温迅速升 45℃ 以上，以便使沐浴者身体受热充分排汗，这种沐浴方式认为只有体内垃圾充分排出体外才能保持健康。

桑拿浴的洗浴方式有干蒸和湿蒸之分。干蒸称为芬兰浴，其整个沐浴过程是将室内温度升高到 45～75℃，不加任何水分，使沐浴者犹如置身于骄阳之下或沙漠中一样，体内的水分被大量地蒸发，以达到排泄的目的。湿蒸又称土耳其浴，是在温度很高的室内不断地增加湿度，使沐浴者仿佛置身于热带雨林中，这种闷热的环境会使沐浴者大汗淋漓，从而达到排泄体内垃圾的目的。

桑拿浴的主要作用：一是减肥，如果每天去一次桑拿浴，通过蒸汽热使人大量出汗，对减肥有显著效果；二是消除疲劳，桑拿浴以后，加速人体的血液循环，促进了新陈代谢，使人迅速恢复体力；三是可以防治风湿病和皮肤病。

1. 桑拿浴室环境质量及卫生管理

桑拿浴室门口营业时间、客人须知、价目表等标志牌要齐全、完好，设计美观大方，安装位置合理，中英文对照，字迹清楚。室内分隔式小桑拿浴室，室温保持在30℃左右。各室内通风良好，空气清新，环境整洁。客人有舒适感和安全感。

桑拿浴服务人员要做好清洁卫生工作，保证各桑拿浴室的天花板和墙面无灰尘、水渍、印痕，无掉皮、脱皮现象。地面干燥，无灰尘、垃圾和卫生死角，整洁干净。所有金属件表面光洁明亮，镜面无水迹。所有木板洁净、光滑，无灰尘、污迹和碳化物，使客人有舒适感。

桑拿浴的服务人员负责检查桑拿浴室设备的运转情况，如水位、温度需随时调节、补充，抽风机和灯光等设备需随时检查，有情况向领班报维修项目。

2. 桑拿浴服务人员管理

桑拿浴服务人员要具备简单的外语对话能力，对客热情、礼貌、周到、责任心强、服从工作安排，与按摩师通力合作做好桑拿室的各项工作。

客人到达时桑拿浴服务人员要主动问好，热情迎接客人，询问有无预订。准确记录客人姓名、房号、到达时间和提供更衣柜号码、钥匙、分配浴室。主动及时提供毛巾、服务用品。客人进入桑拿浴室准备开始桑拿前，服务员要调好温度和沙漏控时器。客人享用桑拿浴期间，为防止意外，桑拿浴服务人员要坚守岗位，每10分钟巡视一遍注意客人情况，确保客人安全。发现问题及时报告。若有呼唤，及时提供客人要求的各项服务。

客人离开时，桑拿浴服务人员应礼貌送客，要提醒客人不要遗忘东西，并送客到门口。拾到任何遗留的物品，要立即按规定上交。

三、按摩室管理

酒店按摩服务设有大按摩房和按摩包厢，小包厢每房放2个床位，每次只容纳一两位客人，大按摩房是指有3个及以上床位的房间。按摩收费是按"钟"计算的，各饭店的规定时间不尽相同，有的是45分钟，有的是50分钟，客人可以选择买几个钟或是否加钟。

几乎所有的健身浴项目都与按摩连在一起，因为进行一次彻底的健身沐浴能够将人体内的疲乏诱发出来，排遣出去，特别是桑拿等使人大量出汗的浴种。当客人沐浴完毕后会感到特别乏力，需要一段时间的静卧休息或其他辅助手段才能彻底消除疲劳，达到健身目的，按摩就是去除疲劳的最有效的辅助手段之一。

1. 按摩方式

按摩是东方古老的健身方法，它依据中医学的经络原理，在人体各有效部位进行推、拿、按、摩等手法操作，从而理顺经络、扶正祛邪。它不仅可以消除疲劳，强体健身，而且对许多病症也有一定的辅助疗效。同时，由于它在消除疲劳方面的作用而使它成为一种享乐活动，已成为某些娱乐场所不可缺少的项目。

不同国家和地区的按摩差异较大，它们的区别表现在按摩理论、按摩部位、按摩手法等多个方面。目前，具有代表性的按摩主要有中式按摩和泰式按摩。

中式按摩是依据中医学人体穴位的原理创造的一种按摩方式。中医学认为，人体从头到脚密布着许多穴位，这些穴位与人体各脏腑器官有着对应关系，也联系着人的各路神经，刺激这些穴位通过经络可以有效地缓解或消除某些不适，并在止痛、消除疲劳方面具有独特的作用。根据中医的这种理论，中式按摩就是针对这些穴位，采用推拿、按摩等手法刺激有效穴位，以达到治病健身的目的。

泰式按摩更注重的是人体经脉理论，认为经脉通则气血通，气血通就会通体舒泰。泰式按摩以细致而著称，主要是采用指压的方式从脚底开始按照经脉的走向一点一点地按摩，仅从脚底到膝盖的按摩就需花费二三十分钟之久。泰式按摩讲究对人体的每个关节以及经脉所过的每一部位的按压牵拉，在按摩的最后阶段，按摩师还会将客人仰面背起，握住客人举起的双手尽力前拉，使客人全身的关节都得到伸展。在泰国，这种按摩非常盛行。

泰式按摩和中式按摩在理论和手法上各有特点，所需设施也不同，一般中式按摩在按摩床上进行；泰式按摩则不需要按摩床，而是将软垫放于地面上，天花上要有 2 个吊杠供按摩师操作时使用。从技术的角度讲，按摩都含有医疗性质，按摩师必须经过有资质的、专门的培训机构培训并取得卫生与劳动管理部门颁发的上岗资格证，才能上岗为客人提供服务。不仅懂得穴位、经脉理论，还必须力量得当，手法规范准确。

2. 按摩师的服务要求

礼貌待客，工作讲究效率，责任心强。能够随时根据客人要求提供最佳服务。熟悉按摩室内各设施的功能，向客人介绍服务设施的使用方法及注意事项，爱护设施。同时，协助桑拿员工做好卫生、服务工作，保持桑拿按摩室的环境整洁舒适。

3. 机器按摩

无论是中式按摩还是泰式按摩，都是手工按摩。近年来随着科技的进步，娱乐市场上出现了各种电脑控制的按摩器，主要品种如下。

（1）身体功能调理运动器

这种运动器有一张铺软垫的床，床的某些部位可以高低、左右或上下摆动以对身体各部位进行按摩，包括脚部、大腿、臀部、胃部及全身肌肉，使人全身放松。

（2）电动按摩椅

电动按摩椅的外观与一般皮椅十分相似，只是在椅面内装了各种电动装置，以对人体各部进行各种动作的按摩。这种按摩椅还可以用电脑设定按摩程序，并可在液晶显示屏上指示操作部位。

另外还有热能震荡按摩放松器、水疗美容按摩床等。

机器按摩比人工按摩更为科学，效率也更高，一般电脑机器按摩是按分钟计费的。由于机器按摩器价格比较昂贵，只有档次较高的饭店康乐部或社会康乐企业才会采用。

复习思考题

1. 简述康乐组织机构设置的原则。

2. 到一家饭店参观，并画出其康乐部组织结构图，试分析采取该种模式的原因。

3. 简述康乐工作人员的一般要求。

4. 举例说明康乐部与饭店其他部门的关系。

5. 举例说明游泳池管理人员的岗位职责。

6. 举例说明健身房服务人员的岗位职责。

第九章　饭店工程设备管理

现代饭店为适应客人的多种需求，其设备设施投入的费用超过饭店总造价的 30%。设备一旦出了故障，服务就受到影响，因此，饭店对设备的依赖程度日益剧增。由于饭店设备种类多、分布广，安装隐蔽，如何使设备发挥应有的作用，延长设备的使用寿命，维护保养好这些设备，也是一个不容忽视的课题。因此，越来越多的饭店总经理们认识到，作好饭店工程设备的维修管理工作，是饭店经营取得成功的关键之一。

本章将重点介绍饭店主要设备，如供配电系统、给排水系统、供热系统、中央空调系统、消防报警系统、垂直运送系统等设备的运行原理，和对这些设备的维修、保养以及降低能耗等方面的管理要点。

【学习目标】

1. 认识设备管理是客人对饭店产品是否满意的关键环节之一。
2. 掌握饭店主要的六大设备系统的工作特性要求和管理要点。
3. 饭店主要六大设备系统的管理水平，不仅关系到客人对饭店的满意程度，还关系着客人与饭店的安全。
4. 能源管理直接影响着饭店的经济效益。

第一节　饭店工程设备管理概述

饭店是以出售"服务"为主的企业，经营饭店的目的就是要尽可能获得客人的满意。大家设想一下：一个饭店的电梯运行摇摆晃荡、空调不冷、卫生间到处漏水、客房门锁碰不上，怎能让住店客人满意？因此，设备运行的好坏直接关系到服务质量，饭店设备就是赢得客人满意的物质基础。

一个有着优质服务、设备设施运行良好并且能充分发挥设备的运行效率的饭店，才能使客人获得安全感，才是客人认同的"物有所值"的饭店，客人才愿意来这里住宿、活动。所以，设备设施科学管理和合理的配置，不但关系到饭店的销售价格，关系到饭店和客人的安全，还关系到饭店的收益。

总之，饭店工程设备管理是饭店管理的一个重要领域，饭店管理者应该认识到饭店工程设备管理的重要性。

案例 1

夏天的一个晚上，客房部值班经理接到 601 房间韩先生的电话投诉，说他住的 601 房的空调是坏的，室温太高。值班经理派工程部维修工前去修理发现，是空调的调温旋钮滑扣不能调温，而使室温过高。

案例 2

李先生是饭店的长期客户，乘坐电梯时发现：电梯内的个别按钮不亮并灵敏度差，电梯靠层停靠时晃动，为此对饭店提出投诉，认为饭店设备故障威胁了客人的人身安全。

一、饭店设备的含义及分类

（一）饭店设备的含义

设备是企业固定资产的重要组成部分，是企业的主要生产工具，是直接或间接参与改变劳动对象的形态和性质的物质资料。对饭店而言，饭店企业的设备不仅具有一般生产企业使用的特性，它还具有特殊的服务功能。饭店设备不仅是一种生产设备，同时也是饭店产品的重要组成部分，为消费者所使用。在饭店的运行中，工程部的管理对象包括饭店所有固定资产。饭店设备是指饭店各部门所使用的机器、机具、仪器、仪表等物质技术装备的总称，它具有长期、多次使用的特性，并在会计核算中被列为固定资产。

（二）饭店设备的分类

在饭店设备管理中，一般依据设备的技术要求和管理要求进行划分，分类的目的是便于对设备实施系统管理，明确设备管理的职责和要求。

1. 按设备的功能划分

饭店设备根据功能的不同可分为12个系统。它们是供配电系统、给排水系统、供热系统、制冷系统、中央空调系统、垂直运送系统、消防报警系统、通讯系统、电视系统、音响系统、计算机管理系统、楼宇管理系统。

2. 按设备在各系统中的作用划分

各系统的设备根据它在系统中的作用不同，可分为三个大类：动力设备（主机）、传输设备和工作设备。

① 动力设备（主机）。动力设备是各系统的核心设备，机电设备系统的动力设备是为系统产生变控动力的设备，如发电机产生电能、锅炉产生热能、水泵产生势能等；信息设备系统的主机是系统运行的主要控制设备，如电话通讯系统的程控交换机、计算机系统的服务器和火灾报警系统的报警控制器等。动力设备是饭店的心脏，动力设备的故障或停机会对饭店的运行造成严重影响。

② 传输设备。传输设备用于传输动力设备产生的能量或传输主机发出的各种控制信息。传输设备一般包括管道（传输蒸汽、水）、风道（传输空气）和电缆、电线（传输电力或信息）等。饭店内的传输设备一般是隐蔽安装的。

③ 工作设备。工作设备是指各设备系统的末端设备。设备系统的工作设备能直接改变工作对象的形状或状态，如压面机可将面团变成面条（形状改变），制冷机使水降温（状态改变），信息系统的工作设备能处理各种信息等。工作设备可由非工程部员工及住店客人操作或使用，使管理难度相对增加。

3. 按设备的重要性划分

饭店设备种类多、数量大，根据设备在生产经营中的重要程度可将设备分成三类。

① 关键设备。饭店的关键设备是指在饭店整个经营过程中起着重要保障作用的设备。一旦这些设备发生故障，将严重影响饭店的生产和经营。通常饭店的关键设备是各设备系统的动力设备（主机），如变压器、制冷机组、电梯、消防水泵、程控交换机和火灾报警控制器等。

② 重要设备。饭店的重要设备是指在各个生产经营部门中起着重要作用的设备。这些设备运行正常才能保证各部门功能得以实现。如电烤炉、洗衣机、水泵等。

③ 普通设备。普通设备是指可以被替代的、一旦损坏对整个饭店经营影响较小的设备。饭店设备中的大多数设备属普通设备。

二、饭店设备管理的特点

1. 设备先进，需一专多能

现代饭店的设备采用当代科学技术的最新成果，如配电、空调、安全消防和通讯等系统的主要设备设计先进、结构复杂，多采用电脑控制。这些设备已成为机械、电气、电子和计算机等多技术种类相结合的高精设备，因此对饭店设备的管理、维修要求比较高，工程技术人员应一专多能，管理人员要一岗多职，以适应饭店设备管理的特点。

2. 种类繁多，分布范围广

由于饭店的综合性、多功能性的特征，促成饭店设备种类繁多的特点。据统计，现代饭店使用的各类设备达 500 多种，给设备管理带来很大困难。同时，大量多种类设备的维护、修理，需要技术人员必须具备多种专业技能，如果技术人员只有某一方面的技术，将会因工程部不能满足技术多样性的要求，使设备得不到良好的维护。又因为饭店设备分布在饭店的各个角落，有可能员工在工作过程中都要使用有关的设施设备，所以，设备的管理既是工程部的主要职责，也是使用部门每位员工的职责。

3. 管线隐蔽，管理维护难

饭店的各种类设备系统大多安装在饭店营业区的后面或地下，为把动力、动能输送到前台供生产经营部门使用，就需大量传输设备（输送管线），而现代化饭店要求注重装饰艺术，前台区域的管线必须隐蔽安装，这给管线维护造成很大困难。为使隐蔽安装的设备和管道清晰明确，就要加强设备的档案分类管理，妥善保管各类图纸，这也是工程部设备管理的基础工作。

4. 投资巨大，全过程管理

现代饭店对设施设备的高标准、多样化的要求，使饭店设备投资超过饭店全部固定资产总额的 30%，并且饭店中使用的中央空调系统、电器控制系统都消耗大量能源，因此，设备管理要求对设备进行全过程管理，以延长设备的使用寿命，将成本费用降到最低。

5. 商品性强，应高效管理

饭店设备与一般生产性企业设备最大的区别就是，它直接构成客人消费商品的一部分。设备本身具有很强的商品性，特别是客人直接使用的设备、设施，其运行的好坏直接决定了饭店产品质量的优劣。在现实中经常可以看到由于饭店中央空调系统运行不良，客房内空气混浊、温度太高引起客人对饭店的投诉。因此，饭店产品是由饭店员工提供的服务和饭店提供的设施设备共同构成的。其中，一部分设施设备是服务的基础，相当多的设施设备直接构成饭店的产品，所以，现代饭店对设施设备的依赖性更大。设施设备的完好程度和运行状态，既反映出饭店产品的质量和管理水平，又反映出饭店档次的高低。

三、饭店设备管理的作用

通过现实的教训，饭店管理人员逐渐认识到，必须转变传统饭店的管理形式，加强工程设备的管理，这是饭店经营成功的关键之一。

1. 影响饭店产品的质量

饭店需提供使客人满意的服务产品，若饭店设施设备管理不到位，怎能向客人提供温馨舒适的环境、美味可口的食品？所以，饭店"硬件"的服务作用甚至比劳务服务更重要，"硬件"的服务具有劳务服务不可替代的作用。

2. 影响饭店的经营收益

饭店设备的购置和运行费用，是饭店除人力成本之外最大的成本费用。只有通过加强设施设备的管理，减少设备故障，降低设备能源消耗，减少环境污染，才能降低饭店的运行费用。

3. 影响饭店的管理水平

由于饭店提供综合服务，使饭店管理变得比较复杂，饭店设施设备管理水平的高低，在客人看来就是饭店管理水平高低的具体体现。

在国外，饭店工程设备管理一般交给专业管理公司来完成，国外饭店工程设备管理中的重要工作是对合同以及服务提供方的管理，以及对客用设备设施的管理两大块。目前，国内饭店一般要承担所有设备设施的运行与维护，因此，国内饭店在设备管理方面的内容更多、更复杂，技术要求更高、更全面。

第二节　饭店的主要设备系统

一、供配电系统

案例3

2003 年的一天晚上 8 点多，某大厦客房区 15 层男、女卫生间突然断电，楼层值班服务员听到从一片漆黑的卫生间里传出一位女士的呼喊声，服务员马上跑过去对该女士进行安慰，但因此处没有应急灯，她也没有打手电，只能打着打火机借着其微弱火光将该女士"救出"。事后通知工程部维修人员，经查是控制电路接触器出现故障所造成，因无配件，只好先将 3 层的同型号接触器拆下安装在 15 层，先暂时解决当晚使用的需要。为此，该女士向大厦提出强烈投诉，认为该大厦没有向其提供安全的使用环境。

(一) 饭店用电要求

1. 安全、可靠

电能是现代饭店使用最广泛、消耗最大的能源。目前，按照我国电力系统要求，当某一建筑物内总装机容量超过 250 千瓦时，必须采用高压供电和变电装置，将高压转换成低压后，供设备用电。我国大、中型规模的饭店装机容量均超过这个标准，就必须从高压电网取电（高压供电的电压级别标准一般为 10 千伏）后进行降压，以满足饭店内部的电力使用。

饭店的用电负荷主要有照明和动力两大类。照明部分包括生活照明、工作照明、广告及其他家用电器的使用。动力部分有中央空调系统、生活水泵、消防泵、电梯以及其他大型用电设备。

饭店电力供应的可靠性有两方面要求：保证供电的持续性以及系统运行的稳定性。供电不连续、电压不稳定都会使设备的使用寿命大大缩短，还会带来用电不安全可能造成的人身伤亡事故。

为保证供电的连续性和稳定性，大、中型规模饭店需采用两个以上的独立回路电源供电，即由两个变电所引进两路 10 千伏高压电源，当任何一路电源发生故障时，饭店配电室的另一路电源自动切换（或手动切换），保证对饭店正常供电；小型饭店可采用两个电源供电，如采用一路高压供电，另一种取自备柴油发电机组供电。

2. 优质、经济

电能优质，主要针对发电厂所发电能的频率和电压波动是否在国家标准允许的范围内，额定频率为 50 赫兹，波动幅度正负 5%；电压偏差在额定电压正负 7%之内波动。如果出现频率过低时，电动机、冰箱、洗衣机等电器电机转速降低，将影响设备正常使用。若电压过低，将会出现电灯不亮、不能正常收看电视的情况。当电压长期过低还会使变压器、发电机的线圈发热，严重时电机无法启动，造成电力系统瓦解。也就是说当饭店供配电系统处在安全、可靠、优质的用电情况时，供配电最为经济。

(二) 供电系统的构成

饭店供电系统的设备主要有三大部分：配电设备、输电设备和用电设备。

1. 配电设备

配电设备包括高压配电柜、变压器、低压配电屏、各楼层及功能区分配电箱、各机房的配电箱和控制柜、柴油发电机组及其附属设备等。配电设备全部集中在配电间，配电间是整个饭店动力的核心，所有的动力线、照明线全由配电间接出。

(1) 高压配电柜

高压配电柜是按饭店规模、用电负荷及配电系统设计要求，选择一定型号的设备组装而成的。高压配电设备包括进线柜、计量柜、出线柜、联络柜等，它们在高压配电中起着控制、保护变压器和电力线路的作用，或者是起监测、计量等作用。饭店采用的高压配电柜一般分为柜架式、手车式和抽屉式三种形式。

(2) 变压器

变压器是根据电磁感应的原理把电压升高或降低的电气设备。饭店变电间所用的变压器是把 10 千伏的高压电降到标准电压 400 伏的"降压变压器"。变压器是供电系统的重要设备，饭店所用的配电变压器主要是干式变压器。干式变压器是用树脂浇注绝缘冷却介质的变压器，虽然此变压器的制造成本较高，但因树脂不燃又没有变压器油污染，损耗小，允许温升高，体积小，可靠性高，是一种较好的变压器。只是它的电压等级和容量不太大。

（3）低压配电屏

低压配电屏是按一定的接线方案将有关电器（如低压开关等）组装起来的一种成套配电设备，在 500 伏以下的供电系统中作动力和照明配电之用。低压配电屏主要有开启式和封闭式两种。低压配电屏上的主要电器设备有低压熔断器、闸刀开关、低压负荷开关、低压自动开关、无功补偿柜等。

2. 输电设备

输电设备主要是输电线路和接线箱。由配电间分配给各用电部位的电能，必须通过输电线路才能送给各用电设备。输电设备主要有母线、电缆和电线三种以及输电线路的中间接线箱。

3. 用电设备

凡是利用电能作动力的设备，都是用电设备。从饭店设备管理的角度看，饭店的用电设备主要有以下四类。

（1）动力设备

在饭店里有许多功能截然不同的机器设备，如电梯、水泵、冷冻机、防火卷帘门等，其共同点都是利用电动机（俗称马达）将电能转化为机械能，再带动各种机械运转进行工作。这类由电动机带动的设备，统称为动力设备。

（2）电热设备

利用电的热效应原理制成的设备称为电热设备。饭店内的电热设备大部分用于厨房的食品加工，如电炉、电烤炉、微波炉、电咖啡壶和电热水器等。一些小型电暖器也属于电热设备。

（3）电子设备

电子设备包括电视设备、通讯设备、音响设备、电脑、消防报警设备及各种自动控制设备等。这些设备的作用不仅是将电能转换成机械能、热能，更重要的是接收、传输、储存和处理各种信息，也称为信息设备。

（4）照明设备

提供光源的设备为照明设备，一般用于照明或装饰。照明灯具的容量占饭店总装机容量的 10%～15%，照明用电占饭店年用电总量的 25%～30%。

（三）供配电设备的运行管理

1. 供配电设备运行技术参数的监视与控制

对供配电设备运行参数进行不间断的监视和有目的的控制，是供配电系统运行管理的主要任务。在运行期间，根据系统电压和负载特性的变化，随时对设备的运行技术参数进行有效的控制和调整，以充分满足用电设备的要求。运行操作人员对设备运行技术参数进行监视和控制的主要设备是各种指示仪表、控制装置和自动装置。

巡回检查是对电气设备运行进行监视的另一种管理手段。如检查开关设备的触点、母线接点的温度等。巡回检查工作应根据饭店具体情况制定巡回检查制度，明确检查人员及分工，确定检查路线及每台电气设备巡回检查的重点内容，并做好检查记录，作为设备定期维护检修的依据。

2. 供配电系统的运行操作和负荷调整

饭店供配电系统的设备经常要按照用电部门的指令改变运行情况，同时还要定期进行检修、调整、试验和消除异常现象。这些工作必须在运行调度人员的统一指挥下，严格执行有关规章制度，并在各方面的配合下才能完成。进行运行操作时，执行人员首先要充分了解即将进行的运行操作的目的、内容，操作设备的名称及操作顺序，要有充分把握，才可进行操作。

我国规定，饭店采取定量供电，规定饭店日用电量和高峰期间的最大用电量，超量使用处以罚款。

3. 电气设备运行中的绝缘监察

由于受工作电场、磁场、热应力、内部过电压、大气过电压、水分、氧气等内在和外在因素的影响，电气设备的绝缘强度随着运行时间的增长逐渐降低。绝缘监察就是根据电气设备绝缘的标准，定期对电气设备的绝缘性能进行测定，根据测定结果确定设备性能的好坏，并决定继续运行还是退出运行、安排检修或报废。

4. 电气设备运行故障处理

电气设备由于不科学管理、维护不当、误操作、外力破坏等原因，在运行过程中会出现故障。正确、迅速处理故障是防止故障蔓延、缩小事故影响的关键。在正常情况下，配电网络的各类故障均可由继电保护装置的正确动作予以解除，同时中央信号装置将发出警报信号，运行人员应根据警报信号的类别和继电保护装置动作情况迅速判断故障性质及故障发生部门，并立即采取果断措施，修复故障、恢复中断供电的线路和设备的运行，摘除故障设备。因此要求运行人员应头脑冷静，具备一定的处理故障的技术水平和技能。

（四）饭店用电管理

1. 安全用电

安全用电是设备安全管理的重要环节，了解和掌握电气安全知识，建立和健全必要的安全工作制度是防止各类电气事故发生、避免损失的重要措施。

2. 计划用电

电平衡测试是实施计划用电的基础工作，目的是考察用电设备和各部门消耗电量的构成、分布、流向和利用水平，促进计划用电，提高电能利用水平，降低电能消耗。

3. 节约用电

加强饭店的节约用电管理，既可缓和电力供应紧缺的矛盾，又可减少饭店的电费和原材料消耗，降低饭店的经营成本。饭店节电工作可从以下几个方面入手。

① 提高功率因素。功率因素是有功功率与视在功率之比，是衡量电网是否经济运行的一个重要指标，提高功率因素可以提高电力变压器利用率，节省饭店电能消耗。

② 提高电气设备的经济运行水平。饭店节能的重点是控制系统的耗电量和合理选择变压器容量。通常，变压器的负载为其定额负载的75%时效率最高。因此要合理控

制变压器运行台数，调整或更换过载及欠载变压器，减少损耗。

③ 加强用电设备的维修工作。加强用电设备的维护保养，可降低电耗，节约用电。例如，做好电动机的维修保养，减少转子的转动摩擦，降低电能消耗；加强线路的维护，消除因导线接头不良而造成的发热及线路漏电，既可节约电能，还保证供电安全。

④ 搞好电动机的节能工作。所有的机械设备都要电动机拖动。在使用过程中正确选择和合理匹配电动机容量，对合理用电、节省电力是十分有效的。

二、给水、排水系统

案例 4

一次工程部的员工在检修大楼低区的 2 号热交换罐和更换阀门时，因为对阀门系统不熟悉，在修理完毕后向交换罐内放水的过程中，在打开放气阀门时忽视了 2 号罐与 1 号、3 号罐的放气阀门是连通的，由于没有关闭连通阀，结果造成大楼七层以下的热水管道里全部灌满了黄铁锈水，无法使用，只好进行重新置换，白白浪费了几十吨热水资源，还造成住店客人对使用铁锈水的投诉。

案例 5

连续几个阴雨天气使某饭店卫生间发出浓烈的异味，使住店客人纷纷向饭店提出投诉，并有部分客人因此退房搬到其他饭店，给饭店的经济效益和声誉都造成了损失。为此，饭店领导要求工程部尽快查出产生异味的原因并迅速整改，以挽回声誉。

经查产生异味的原因是卫生洁具水封被破坏。

案例 6

一天，工程部接到紧急维修单，要求在最快的时间内清除厨房因下水不畅而造成的地面积水，否则可能引发厨师操作时出现危险。

（一）饭店经营对给水系统的要求

1. 用水供应充足

据统计资料表明，以标准客房计算，各档饭店的日用水量是：五星级饭店为2000～2200 升/（间·日），四星级饭店为 1500 升/（间·日），三星级饭店为 1000 升/（间·日）。按照这一比例推算，一座拥有 400 个客房的三星级饭店，每天的用水量将达到400 吨。

由于饭店类别造成饭店经营的差异性，提供充足的水量才能保证饭店经营正常。饭店一般应设置两路供水，并在饭店内部设置蓄水池，以满足连续供水的需要。

2. 水压要求适中

饭店给水系统中水压不能过高，也不能过低。水压过高，使用时不仅出水量太大，水流四溅，使用不便，还会降低给水配件的使用年限；有时还会引起水锤，造成管道振动，发出噪声。水压过低则出水量过小甚至断水，给使用带来不便。我国在《建筑给水排水设计规范》（GBJ—88）中规定：最大水压值为 3.0～3.5（千克/平方厘米）（即

0.3～0.35 兆帕）。这个最大水压值也是高层建筑分区高度的标准。

3. 水质满足要求

饭店供水系统的水质应该满足不同用水使用要求，提供不同质水的供应。如饮用水必须达到国家饮用水水质标准，而饭店绿植浇灌用水的水质要求就低得多。所以，区分用水要求，有利于对水进行循环使用，节约用水。在饭店经营中我们不但要对水质加以控制，还要控制好出水温度和水压。因为，客人不但要求水质达到使用标准，还对出水的温度、压力有要求。例如，客房卫生间出现黄水或水温较低时，客人在使用的过程中，就会放掉大量的水，造成很大的水浪费。

（二）给水系统的设备构成

饭店绝大部分是从城市给水管网中取水，饭店给水系统可分为生活、生产、消防、热水给水系统四部分。饭店给水系统是由输水管网、增压设备、配水附件、计量仪器及储水设备设施等组成。

1. 储水池及水箱

城市供水管网的水一般先进入饭店建在地下的储水池，储水池起调节作用。根据饭店规模可分别建有生活水池和消防水池，也可合用一个水池。储水池的容积根据饭店日用水量确定，一般应能储备 1～2 天的用水量，故储水池容积从几十立方米到几百立方米不等。

2. 水泵

水泵是将电动机的能量传递给水的一种动力机械，是提升和输送水的重要工具，是室内给排水、采暖等工程中常用的增压设备。水泵的种类很多，有离心泵、活塞泵、轴流泵、潜水泵等。

3. 屋顶水箱

饭店屋顶水箱可用钢筋混凝土、钢板或 PVC 塑料制作，根据设计要求确定，通常在 20～70 立方米。用水泵将水注入屋顶水箱储备一定的水量，可起到稳定水压、调节水量和保证供水的作用。

4. 输水管网及附件

输水管网主要由给水管道和各种管件组成。输水管网附件包括配水附件和控制附件两部分。配水附件是指安装在用水点用以调节和分配水流的各式水龙头。如饭店常用的普通水龙头、冷热水混合龙头、消防龙头等；控制附件是用来开启和关闭水流、调节水量的装置。饭店供水系统中常用的控制附件有闸阀、截止阀、止回阀、旋塞、浮球阀等。

5. 水表

水表是一种计量系统用水量的仪表。目前，常用的是流速式水表。其计量原理是当管径一定时，通过水表的水流流速与流量成正比关系，即水流通过水表时推动翼轮旋转，带动传动机构使计数度盘指针转动，计数度盘的读数就是水流量累积值。通过水表可以实时掌握区域用水状况。

（三）给水方式

饭店给水系统的给水方式是根据饭店建筑的特点、用水要求以及城市给水管网提供的水压来制定的。饭店常用的给水方式主要有以下几种。

1. 直接给水方式

当城市给水管网的水量、水压在任何时候均能满足饭店用水的要求时，可采用直接给水方式。这种给水方式一般适用于四层以下的低层建筑用水。

2. 设有储水池、水泵和水箱的给水方式

当城市给水管网的水量、水压达不到要求时，可以采用设有储水池、水泵和水箱的给水方式。由于储水池和水箱储备一定的水量，在停水时可提高供水的可靠性，水压也比较稳定。一般多层的饭店均可采用这类给水方式。

3. 分区供水的给水方式

国际统一对高层建筑的供水分为：50 米以下、50～75 米、76～100 米、100 米以上四个分区标准。高层饭店必须在垂直方向分成几个区分别供水。否则，下层的水压过大，用水时引起喷溅，使顶层断水，还会出现虹吸现象，造成回流污染。此外，因水的落差大、压力大，管材及零件频发故障，缩短使用寿命、增加管理和运行的费用。高层饭店分区供水主要采用高位水箱式、气压水箱式和无水箱给水式三种。

（四）给水系统的管理

1. 水泵的管理

水泵是给水系统中的重要设备，通过它将水送往高处。为了确保饭店的正常给水，必须做好水泵的维护保养工作。水泵的维护保养主要分为日常维护和计划维护。

（1）日常维护

检查水泵及电机运行状况、各仪表及压力表、管道配件、法兰盘连接处和各阀杆填料压盖、控制箱各控制开关的接线等部位情况是否正常。

（2）计划维护

检查各水泵轴承的润滑油状况、磨损状况，水泵与电机连接器及地脚螺钉的牢靠状况，以及叶轮与壳体间的配合状况。

2. 水耗统计

饭店的耗水量比较大，节约用水是饭店经营管理中的一个重要环节。准确掌握和控制饭店各个部门的耗水情况，进行日耗水量、客流量与额定耗水量比较分析，查找原因，提出解决办法和措施。

3. 设备保养及巡检

现代饭店的给水系统一般都是自动运行无须专人值守，但应做好设备的日常保养和巡回检查工作。主要巡检：

① 检查水泵与电机的运转状况，各仪表显示是否正常，水泵轴承杯的油量是否充足，水泵及电机的轴承及壳体温度情况；

② 检查管道和阀门是否锈蚀，开关是否灵，活阀门与管道连接处、管道与管道连接处是否有漏水。

③ 检查水箱的水位是否正常、是否有漏水现象。

④ 检查用水设备及水龙头是否漏水。据测算，一个龙头一秒钟滴一滴水，一小时

就漏 1 升水，一天漏 24 升，一年漏 8760 升，合 8.7 吨水。所以，饭店员工要将漏水情况及时报告，请维修人员及时修复。

（五）排水系统

1. 饭店排水种类

室内排水系统按其所接纳的污（废）水的性质，可分为五类。

（1）粪便污水排水系统

粪便污水是从大便器、小便器排出的污水，还含有便纸等杂质。故粪便污水排水系统还应配置粪便污水处理设施，经处理后的污水才能排入室外污水管道。

（2）生活废水排水系统

生活废水是从洗脸盆、浴盆等器具排出的废水，水中含有碱性的洗涤剂和洗涤下来的细小悬浮杂质。生活废水比生活污水要干净些，生活废水排水系统可直接排入城市污水管道。

（3）厨房废水排水系统

厨房排出的废水含大量的油脂，需经除油处理，故应单独设置厨房废水排水系统。

（4）生产污水、废水排水系统

生产污水因含有酸性、碱性等对人体有害的物质，应设明沟和集水池，经污水泵输送至城市污水管道。生产废水通常只含悬浮物等，无毒无害，如冷却水，经简单处理可重复使用。

（5）屋面的雨、雪水管道系统

屋面雨、雪水管道系统专门收集、排放屋面雨、雪水。水中仅含有从屋面冲刷下来的灰尘，比较干净，可收集处理后使用，也可直接排放到城市污水管道中去。

2. 排水系统构成

排水系统由污（废）水收集器、排水管道、通气管及污水处理的构筑物组成，污（废）水收集器主要用于收集污水，如各种卫生洁具、漏斗等；排水管道由排水支管、排水横管、排水立管、排水干管、排出管和支管水封装置（又称存水弯）组成，主要起输送污水的作用。由于排水横管承接的污水收集器较多，有的排水立管较长，当几个卫生洁具同时放水时，主管就可能被水充满而形成水塞，产生虹吸作用，破坏部分卫生器具中的水封，使臭气外漏。为防止这种情况发生，排水系统须设置通气管。

污水处理的构筑物包括化粪池、隔油池等。化粪池用于处理粪便，粪便经厌氧沉淀后，上浮的清水可排入城市污水管网，沉淀物由环卫部门定期抽取；隔油池修建在厨房废水排水管道前段，当含油脂的废水进入隔油池后，降低了流速并且改变了流动方向，使油脂全部浮在水面上，被隔板挡住留在隔油池内，可以较容易地清除。不含油脂的废水则通过隔板下部从隔油池出水管流出进入厨房废水排水管道，排入城市污水管网。

（六）排水系统的管理要求

1. 厨房废水排水系统的管理

排水系统是饭店唯一不需要动力的系统，一般是隐蔽安装。排水系统中出问题最多的是厨房废水排水系统，最基本的除油方法是在厨房每一个下水口修建小型隔油池，再在厨房的总排水口修建大型隔油池。所有隔油池必须进行定期清洁，以保持隔油池的有效性。实验表明，油污在管道内积存六个月以上就会变成坚硬的块状物，使下水管道报废。

2. 生产污水、废水排水系统的管理

生产污水、废水排水系统的主要问题是对水的再利用，如洗衣房排水量很大，可利用的水也很多，饭店可以通过对洗衣废水的简单除碱处理，将处理后的水用于场地、车辆、水幕除尘、清洗，效果非常好。

3. 排水系统的疏通管理

排水系统的疏通是保障管道畅通的最简单的、最有效的方法。杂物进入排水系统是造成排水系统管道堵塞的最主要原因，必须严禁员工将杂物倒入下水道，并及时清理、疏通管道。

三、供热系统

饭店有许多设备和服务的提供需要热能，为此，饭店需要有相应的热能提供系统。目前城市中的饭店一般采用集中供热。可按照供热方式和供热介质不同分为热空气系统、蒸汽系统、热水系统、电热系统、厨房系统和辐射系统。

案例 7

2005 年 1 月，某市某大酒店的大宴会厅内，正接待着一个参会代表近 200 人的会议宴会，场地布置得豪华而大气，宴会的氛围热烈而友好，会议的接待周到而热情，当宴会进行到一半的时候，上菜的速度越来越慢，客人开始向服务员催菜。上菜的情况不但没有好转，之后上来的面食加生、粘牙更让客人不满意，会议接待单位向饭店总经理提出投诉。总经理向会议接待单位解释，因厨房供气不足导致这种情况的发生，也是饭店没有想到和不愿意见到的，希望代表们谅解。

（一）热能的使用

饭店的主要用热部门有厨房、洗衣房、客房用热水和冬季采暖。

1. 厨房系统

厨房系统的热源是由煤、燃油、燃气、电能以及蒸汽和热水组成的综合系统。各种供热形式互相补充来满足饭店的需要。如食品可直接用蒸汽蒸煮，也可由燃煤炉灶、燃气灶、电磁炉烹制。蒸汽是由分汽缸蒸汽管直接送到厨房各蒸汽灶、蒸汽柜和各楼层开水炉的。

2. 客房用热水及采暖

客房热水主要是提供给客人洗澡、洗脸用的。客房热水是由蒸汽加热而成，在集中式热水供应系统中使用较多的是容积式热交换器。容积式热交换器是一个用钢板制造的密闭圆筒，内有蒸汽管，它既能加热水，又能储存热水。中央空调系统的采暖用热水也是通过热交换器产生，再送至各空气集中处理机和风机盘管的。

集中式热水供应系统的分区和给水系统的分区应保持一致。对于厨房、洗衣房和其他部门用的热水，按各自的温度要求配备专用的热交换器与循环管网。

（二）供热管网的管理

供热管网是输送热能管道的通称。因蒸汽冷凝水回收与蒸汽的生产输送密切相关，也列入热力管网的范围。

1. 供热管网的基础管理

加强供热管网的基础技术资料和基本制度的管理，是确保供热系统安全、经济运行的基本条件。供热管网的系统图、平面布置图、系统配件资料和对用热部门的用汽参数及不同季节的热负荷，冷凝水回水量及水质记录和热力管网腐蚀情况检查记录，都是需要管理的内容。

2. 供热管网的运行及维护

供热管网必须在检查、测验达标后才能投入运行。运行开始，首先进行全面调整：使供热管网的压力损失最小，供热管网散热损失最小，用热部门开始和停止用热或出现事故时易于切换及调整，冷凝水回收不受污染，水量损失小，水温高，以达到在最佳供热方式下运行。

在最佳供热方式确定后，供热管网在运行过程中还要对管网保温，阀门、压力表的生锈、脱落等情况及时进行维护保养，消除跑、冒、滴、漏现象。并且，每天进行核算，确定供汽量和用热部门的用汽量，两者的差为供热网管损失的汽量，当差值较大时，应查明原因，并作出处理。

供热管网停运需检修，在冷却后将其中的积水放尽，检查腐蚀情况。

四、中央空调系统

空调设备可分两大类，一类是中央空调系统，一类是单体空调。目前，我国饭店普遍采用的是中央空调系统。

案例 8

一次，某饭店工程部空调检修工在检修完冷风机和轴承后，由于震动使机组内的一些浮土松动了，在没有进行清理、冲洗、吹尘的情况下就直接在营业时间内启动风机送风，尘土通过送风道吹进餐厅，造成客人投诉。

案例 9

8月的一天，住某饭店1008房间的客人电话投诉说：客房进门处的天花漏水脏了她的衣服，要求饭店解决。

客房进门处的天花上面安装着空调系统的风机盘管，由于冷凝水管不通畅，使冷凝水溢出所致，需疏通冷凝水管。

案例 10

某饭店4月的一天早6时许，动力中心员工小江在开启空调循环泵操作自耦降压启动柜时，在切换开关处于"手动"位置状况下，将设备启动后，未切换到"运行"状态，造成该启动柜自耦变压器长时间带负荷运行，使变压器产生高温，导致启动柜烧毁。烟雾窜入会议楼地下一层后，引起烟感报警器报警。这是一起严重的违反操作规程的违章操作。动力中心是饭店的要害部位，设备运转过程中，员工不但要有高度的责任心，还必须严格遵守操作规程。此起事故说明该员工在实际操作过程中缺少责任心，无视规章制度和操作规程。

(一) 中央空调系统的构成

中央空调系统是一个同时将室内外空气进行处理的通风系统，它将室外空气吸入，进行加温、加湿（或降温、减湿）处理后送入室内，并保持室内空气的洁净和一定的温度，同时将室内混浊空气不断排出。中央空调系统由制冷设备、空气处理设备、冷却器、加热器、加湿器、通风系统、水管系统和控制、调节设备构成。目前新型的中央空调系统已有全智能化微电脑控制系统，在操作时更方便、更实用。

1. 制热系统

空调机房的热交换器以蒸汽为热源。热交换器里的水被蒸汽加热成一定温度的热水，由热水泵输入热水管道，送到各空气处理机和风机盘管中，热水的热量在空气处理机和风机盘管中传递时加热空气，热空气由风机送入房间。热水降温后由回水管流回到空调机房的热交换器再被加热，循环使用。

2. 制冷系统

是借助专用设备使用机械方法，通过冷却物质的作用，最终获得需要的低温。饭店常用的是压缩式制冷系统。压缩式制冷系统采用低沸点制冷剂在低温下汽化吸热的特性，使被冷却物质迅速降温而制冷。该系统由压缩机、冷凝器、压力膨胀阀、蒸发器组成。

随着环保对饭店的要求，吸收式制冷系统将成为中央空调制冷系统的主流设备。吸收式制冷系统由发生器、冷凝器、节流阀、蒸发器和吸收器组成。它采用两种沸点不同的物质组成二元混合物，其中低沸点的物质为制冷剂，沸点高的物质为吸收剂，配成"工质对"，达到降温制冷的目的。如溴化锂吸收式制冷系统中，水为制冷剂，溴化锂溶液为吸收剂。

3. 通风系统

空调的通风系统包括进风（新风）系统和回风系统。在进风过程对空气实施处理。

(1) 进风（新风）系统

进风系统包括采气口（又称进风口）、风道、空气处理机、风机和送风口等部分。采气口的作用是采集室外新鲜空气并由进风口送入通风系统。风道是运送空气的通道，新风风道一般用镀锌铁皮制作，为了控制风道的开闭和调节风量，风道中设有各种阀门，如插板阀、蝶阀、防火阀、止回阀。进风系统的风机一般采用离心式风机作为输送空气的动力设备。送风口在通风管道的末端，它的主要功能是均匀地向室内送风。在不同的场所，送风口的类型是不同的。在大型公共场所一般采用由上向下送风的散流器，而在其他小型区域如客房则采用侧向送风。

(2) 回风系统

为了保持室内空气的温度和新鲜度，需通过回风系统不断地将室内混浊的空气送回空气处理机重新处理，同时将部分空气排出室外。回风系统与进风系统相似，由回风口、排风管道、风机和排气口组成。

回风口是室内空气进行循环或排出的进气口，安装在房间侧壁或天花板上。回风管道也用镀锌铁皮制成，回风系统的风机也采用离心式风机。只有排气管道是由建筑内的混凝土通道组成。排风管道的出口是排风口，防止雨水、雪水倒灌和风沙进入，排风口都设有风帽。

4. 空气处理设备

中央空调系统的核心设备是空气处理设备。有空气集中处理机和风机盘管两种。

（1）空气集中处理机

空气集中处理机是一种具有多功能段的空气综合处理设备。主要功能段有回风段、混合段、粗放过滤段、预热段、表冷段、加热段、加湿段、送风机段、后消声段、中效过滤段等。根据用户要求，将各功能段进行组合。各段之间用螺栓连接，在现场组装，要求密封性好，无漏风，护板隔热性好。机组需经防腐处理，不易锈蚀，具有防火性能。

空气集中处理机是一只长方形的密封铁箱。从室外采集的新鲜空气和部分经室内循环后的空气在混合室内混合，通过空气滤网滤去粗粒灰尘，经换热器盘管加热（或降温），必要时再经加湿处理后，由送风机送到房间。送入房间的空气经循环后，从回风口吸入，小部分被排出室外，大部分再与新鲜空气混合经处理后送入室内。

注意，为防止换热器冷凝水滴下渗污天花，应在换热器下部安装滴水盘和排水管路。

（2）风机盘管

风机盘管主要由风机、换热器（即盘管）、凝水盘及壳体组成。其工作原理与空气集中处理机基本相同，只是没有加湿装置和中效过滤器。每个装有风机盘管的房间都配有高、中、低三挡变速开关，可以调节风机转速，通过不同风速来控制房间的温度。饭店普遍采用的风机盘管有卧式和立式两种。

5. 水管系统

水管系统包括将冷冻水从制冷蒸发器输送至空调设备的冷冻水水管系统和制冷冷凝器的冷却水系统（包括冷却塔和冷水管系统）水管道。输送水的动力设备是水泵。

6. 控制、调节设备

控制、调节装置是对制冷状态进行调节的。控制、调节装置有自动控制和人工控制两种。

（二）空调系统的运行管理

饭店空调系统的特点是管道多、终端设备多、功率大、能耗多，布置分散且多为隐蔽安装。所以，要建立巡查制度，要求工程部与客房部相互配合，客房服务员每天清整客房时都应检查空气处理设备和风机盘管的运转情况；工程部维护人员应定期巡回检查保养，定期对空气处理设备的风机轴承加油，注意调整风机传动皮带的松紧度，定期清洗滤网和盘管，以减少事故，保障空调系统平稳运行。

同时，在空调运行管理中，既要保证达到星级饭店规定的室内温度和湿度要求，还要控制好能耗。据测定，室内温度变化1℃，空调的负荷在夏季可影响5%～7%，冬季可影响 7%～9%。

五、消防系统

消防系统是饭店的安全保障，它应能及早发现和预报火灾隐患，能在火灾发生时及时灭火。消防系统包括消防监控系统、灭火系统及防排烟系统三大部分。

案例 11

1995 年大年初二，广州花园酒店的 1633 号客房内的烟感报警器突然报警。酒店的消防队立即出动，直奔该客房，此时客房内冒出浓烈的硫黄烟焦味。敲门多次，无人应答。他们只得用紧急万能钥匙打开房门。房内的火已经熄灭，烟雾弥漫，茶几上一截未烧尽的烟花余热尚存，近旁还有一包用报纸裹着的烟花和爆竹。经检查发现，地毯、茶几台面及旁边的两张单人沙发的面布上都有被烟花烧坏的痕迹。按照惯例，消防人员进行了现场拍照，着手调查起火原因。

经查该起火灾是随香港中国旅行社组团来的李先生及其境外女友在客房内燃放烟花引起的。经酒店与李先生协商，按国际五星级酒店的质量标准，合计赔偿 6000 元，尚不包括装修费及导致该房间不能出租的损失。

案例 12

1988 年 10 月 21 日，安徽电视台工作人员一行 5 人应邀参加"上海 88 年国际电视节"活动。根据电视节组委会的安排，该电视台的狄、吴二人住进某宾馆 6002 号房间。26 日，狄、吴二人经过一天的采访活动后回到宾馆，晚上 7 时许，由于消防栓喷淋头突然失控，房间顶部出现大量漏水，将二人全身淋湿。同时，还使一台进口录像机和一架进口高级照相机等物品不同程度被漏水浸湿受潮。为此，狄、吴二人向该宾馆投诉，要求赔偿其财产和精神损失。

案例 13

1984 年 5 月 28 日，台北市的时代大饭店发生火灾，由于平时疏于对设施设备的管理，火起后，因排烟装置失灵没能及时发现，致使引发大火。烟火沿着空调管道蔓延使有些客人在房间里就被浓烟窒息而死，在这十万火急时刻，喷淋水龙头又失灵……结果是饭店损失惨重。

（一）火灾报警系统

一般着火时，要过一段时间火势才会蔓延。要防止火灾，关键是能及时发现火情并迅速报警。饭店自动报警系统由火灾探测器和火灾报警控制器两部分构成。

1. 火灾探测器

火灾探测器主要用来发现火灾隐患。饭店常用的有烟感式探测器、温感式探测器和光感式探测器。

① 烟感式探测器有两种感应形式，即离子感应式和光电感应式。两种探测器原理

基本相同：火产生的烟雾微粒对探测器中的电离子或光波产生干扰，使探测器发出报警信号。其中离子感应式更为灵敏可靠，当它安装在 4 米以下高度时，保护范围为 100 平方米。适于安装在客房、餐厅、走廊等处。

② 温感式探测器在火灾发生时，因周围温度升高而启动报警。温感式探测器一般分定温探测器、差温探测器和差定温探测器。

③ 光感式探测器可以感受到火光的辐射能，有红外线光感探测器和紫外线光感探测器两种。光感式探测器虽然对火焰光反应很灵敏，但它只能用来控测直接可见的火光，如果在探测器与火焰之间有障碍物，就会降低它的灵敏度。

④ 厨房还应设置煤气报警器，用于探测煤气的泄漏，防止火灾发生。

2. 火灾报警控制器

火灾报警控制器是报警系统的控制显示器，是由电子元件及继电器组成的高灵敏火灾监视自动报警控制系统。火灾报警控制器的主要功能是接收火警信息后发出声、光报警信号，并显示火灾区域。

由于饭店部门多、范围广，各种探测器和报警设备分布在饭店的每一防火地点。为了能及时、准确地发出火警信号，规模较大的报警系统又由区域报警系统和集中报警系统两级组成。

目前，国内许多饭店已采用电子计算机管理消防报警系统（又称智能型报警系统）。平时，计算机对饭店各防火分区的探测器逐个进行巡回检查，并在消防中心总控制屏上显示监测状态。在火灾发生时，经计算机进行判断后发出各种指令信号。消防中心的计算机可与楼宇管理系统联网。

3. 自动报警系统误报及管理

火灾自动报警系统对饭店及时发现火灾起着非常重要的作用，但自动报警系统有时会发生误报。误报有危险性误报和安全性误报两种。

（1）危险性误报

危险性误报是当火灾发生时，产生了烟雾，并且温度升高，而探测器并不报警的情况。这种情况主要由于探测器的质量低劣或系统的可靠性差造成的。虽然这种危险性误报的发生率很小，但它的危害性极大。

（2）安全性误报

安全性误报又称虚报，是在没有发生火灾时探测器报警的情况。安全性误报主要发生在烟雾感应报警系统，当探测器周围环境变化，如在探测器下吸烟、在客房内做饭或焚烧纸张、房间内过浓的香烟烟雾都会引起探测器动作而发生误报。所以，当消防中心接到报警信号后，首先必须核实，然后再采取措施。在消防管理中，应重视安全性误报，从中排除火灾隐患，并不断完善饭店报警系统。

（二）消防控制系统

1. 消防中心的运行

消防控制系统主要根据火灾报警情况，通过消防中心的联动装置，对饭店从发现火灾到灭火结束的一系列消防救援措施进行处理和控制。消防中心的任务是：在接到火灾报警信号后立即核实，然后发出火灾警报，保安人员迅速出动灭火和救援，同时向消防队报警；根据着火地点及火情，向不同区域分别进行紧急广播，帮助员工指挥客人疏散；切断电源（接通消防应急电源），使电梯迫降，停止空调系统运行，关闭防火门、防火卷帘，启动消防水泵和防、排烟风机。

2. 消防中心的设备

消防中心的主要设备有火灾报警控制器、设备运行状态监视屏、总控制台、备用电源。为了掌握饭店有关在用设备的运行状态，消防中心设有设备运行状态监视屏，监视屏上显示着电梯运行状态、水泵运行台数和其他需要显示的设备运行情况。总控制台上有各设备停止或启动的按钮、设备运行状态指示灯、紧急广播、报警直通电话（或119报警电话）、小型电话总机和对讲机等通讯、指挥设备。备用电源是在停电时保证总控制台操作的用电。

（三）消防灭火系统

1. 消防栓灭火设备

消防栓灭火设备包括消防栓，水龙带和水枪。消防栓就是消防用水的水龙头，是一个直角阀门，用简短的支管连接在消防立管上。消防栓出口水平向外，以内扣式快速接头与水龙带连接。水龙带是输水软管，连接消防栓和水枪。水枪则将水龙带输送的水由喷嘴高速喷出，形成一股强有力的充实水柱，将火击灭。

消防栓、水龙带和水枪一起装置在有玻璃门的消防栓箱内，发生火警时，可击碎玻璃取出消防水枪，打开消防栓进行灭火。GB 50045—95《高层民用建筑设计防火规范》中要求，消防栓的静水压力应小于 $784×10^3$ 帕（Pa），《高层民用建筑设计防火规范》中还规定消防栓口的出水压力超过 $490×10^3$ 帕时应有减压设施，不然水枪的反作用力大于 20 千克，消防员难以控制水枪无法进行扑救。高层饭店的消防供水应参照生活供水的分区形式分区设置。

2. 自动喷淋系统

自动喷淋报警系统由闭式喷头、报警阀、水流指示器管网和供水设备等组成。平时系统管网内的水压由生活、消防兼用供水系统保持。当发生火灾时，环境温度升高，使天花板上的喷头自动打开喷水灭火。由于网管水压降低，报警阀动作，发出火灾信号并启动消防水泵。

（四）防、排烟系统

火灾发生时会产生大量烟雾，半数以上的死亡人数是因烟气使人窒息所致。所以，火灾发生时的排烟、通风是疏散人员的重要措施。我国《高层民用建筑设计防火规范》规定：饭店每层每个防火分区的建筑面积不宜超过 1000 平方米，地下建筑面积不宜超过 500 平方米，每个防烟分区的建筑面积不宜超过 500 平方米。水平防火防烟分区主要由防火墙、防火门、防火卷帘及防火水幕等耐火的非燃烧体分割而成。

防、排烟系统包括排烟系统和正压通风系统。

1. 防、排烟重点区

饭店发生火灾时，客梯、货梯均应迫降到首层并停止运行，消防电梯供消防人员使用，楼梯间是疏散客人的主要通道。因此，客房走廊、消防电梯和安全楼梯以及它们的前室是饭店防、排烟重点区，必须防止浓烟侵入上述区域。

2. 排烟系统

排烟分自然排烟和机械排烟两种方式。室外疏散楼梯和敞开式疏散楼梯间为自然排烟方式。

当饭店的疏散楼梯和前室为室内封闭式结构时，就必须采用机械排烟方式。楼梯前室的面积不应少于 6 平方米。机械排烟一般采取送风排烟设计，在前室设置送风、排烟口，分别与进风竖井和排烟竖井相通。在火灾发生时，启动送、排风风机，使侵入前室的烟雾立即被排出，不再窜入楼梯间。

3. 正压通风系统

在发生火灾后，启动进风风机，向楼梯间加压送风，使楼梯间压力增大，余压进入前室，造成前室压力大于走廊内的气压。当火灾产生的烟雾拥到前室时，被前室内正压挡在门外，少量侵入的烟雾通过排烟口排出，可以确保疏散楼梯间的安全。

（五）消防系统的运行管理

饭店消防系统应以"以防为主，防消结合"的原则管理，做好对报警、消防供水、消防设备、消防设施等系统的精心维护保养，确保整套系统灵敏可靠，一旦发生火灾，系统都能迅速运行，进行灭火自救，以使火灾损失降到最低。

1. 建立消防档案

饭店消防系统是一套比较复杂的综合系统。消防档案包括：饭店平面图和相关消防设施设备的各种图纸；各种消防设施设备、灭火器材的性能、特点、使用范围、使用方法和维修保养要求；消防应急预案和消防设施设备的日常维修、保养、检查制度。

2. 消防系统的保养和维护

消防系统的保养和维护，需指定专人负责。定期对所有的消防设施设备进行检查保养，并做好记录。化学灭火器材需每半年检查一次，对二氧化碳灭火器称重，若重量减少 10％以上，应补充药剂和充气；对干粉灭火器每年必须更换灭火器中的干粉。

六、运送系统

饭店运送系统包括垂直运送设备和水平运送设备。垂直运送设备主要有电梯和自动扶梯，水平运送设备包括旋转餐厅等，电梯是运送系统的主要设备。

案例 14

1996 年 3 月江苏青年潘春刚住宿杭州某饭店。30 日晚 7 时许，潘某欲乘电梯回房间休息，就在他左脚跨入电梯里的一刹那，电梯门突然关闭，电梯急速上升，致其当场死亡。4 月 3 日，死者父母向法院提起诉讼。通过法庭调解，直至 4 月 6 日凌晨 2 时，双方达成赔偿协议，杭州某饭店和某电梯生产厂一次性赔偿死者父母人民币 12 万元。

案例 15

某写字楼 1201 室的客人因有急事外出，在 5 号电梯门关到只剩 5 厘米时，伸手拦门，将手夹伤，客人向工程部提出投诉。

接到投诉后，电梯领班迅速赶至写字楼大门口，向警卫人员了解到客人刚刚出门，赶紧在门外附近追上客人。先聆听了客人对事件的陈述，了解了事情的起因。在听完客人的陈述后，电梯领班首先向客人致歉，并询问客人的伤情，在确认伤情很轻后，再一次向客人表示了歉意，并向客人简明扼要地讲述了电梯使用须知，特别说明电梯门在关至最后3～5厘米时，安全触板便开始回缩，失去安全作用，此时伸手拦门是相当危险的，以后在使用各种电梯时都应尽量避免这种做法，以防危险发生。客人听后了解了电梯工作原理，对电梯领班的责任心表示感谢。

（一）电梯构造

电梯是机械、电气和电子技术高度结合的复杂机器。由于电梯安装在室内，且电梯运行距离较长，所以电梯组成部分还包括机房、井道和厅站等建筑结构。

以钢丝绳索引的客梯为例，电梯由以下部分构成。

1. 机房

电梯机房位于井道的上部，设在建筑物的顶层，机房内安装有曳引机、选层器、电气控制柜、限速器、地震感应器、电源柜和应急电话等。

（1）曳引机

曳引机是电梯的主拖动机械，它是通过曳引绳（钢丝绳）来牵引电梯轿厢上下运动。曳引机还要配备一些机组附件，包括盘车手轮、松闸扳手、导向轮、挡板和压板等。

（2）选层器

选层器是控制电梯运行的中枢机构。选层器主要为电梯选定层站，同时还设有轿厢运行指示、上下行方向定向、轿厢内信号消除、上下行层站呼叫信号记忆及信号消除等功能。

（3）电气控制柜

电梯的电气装置、信号系统，如接触器、继电器、熔断器、电容、电阻器、整流器及控制变压器等都集中装在电气控制柜中，是电梯的动力来源。

（4）限速器

限速器在轿厢超速到一定程度时动作，是电梯的安全装置。

（5）地震感应器

地震感应器安装在机房地面，在感应到地面震动时，感应器指针偏移，接触点断开，使电梯轿厢在就近层站停靠，让客人离开电梯，也是安全装置。

2. 井道

井道是轿厢与平衡砣上下运行的通道。电梯井道多采用钢筋混凝土结构，层数不多的建筑也有用专用框架加砖砌成专用井道。

井道在每一层站开有门洞，经门套装饰成为轿厢进出口。井道侧安装垂直对称的轿厢轨道和平衡砣轨道，供轿厢和平衡砣上下运行。平衡砣的作用是与轿厢起平衡作用。为保证电梯安全运行，避免电梯在运行中"越位"，电梯井道的最高层"顶站"上部和最底层"首站"下部都要有一定的高度作为缓冲量，并且底坑要设置缓冲器。为避免渗水，底坑要做好防水处理。此外，井道下部还装有限速器胀绳轮、感应板、极限开关等装置。

3. 轿厢

轿厢又称车厢或升降台，是供人们乘用或装货的部件。轿厢是一个长方形厢体，由轿厢架、轿底、轿顶和轿门组成。轿厢顶部用钢丝绳通过曳引机与平衡砣相连，轿厢两侧上下设有门导靴，门导靴将轿厢限制在井道壁上的导轨之间，使轿厢可沿导轨上下滑动。轿厢是电梯的重要部分，主要有轿门、操纵盘、楼层显示器、通风及照明装置、平层器、安全窗、安全钳等部件。

4. 层站

层站（又称厅站）是每层楼电梯的出入口。层站由层门框、层门、层门地坎组成。层门框旁边设有层站上行或下行的呼梯按钮（又称廊钮），可供客人呼叫电梯。层门地坎是铺在层门地坪上井道沿口处的金属槽板，作为层门轨道。层门有很多种类，饭店客梯多用自动的封闭式中分门。层门是被动门，与轿门开关联动，轿厢不到站，层门是打不开的。同时轿门、层门和曳引机的电气联锁装置，在电梯开门状态时曳引机不能启动。层门用滚轮吊装在井道门框的滑道上，层门底脚装有门导靴，可以沿层门地坎滑道移动。

（二）客梯的性能要求

电梯是饭店最重要的垂直交通工具，尤其对于高层饭店，电梯是客人上楼必须要使用的代步工具。电梯是为住店客人直接服务的第一台大型设备，也是客人唯一看得见、摸得着的大型设备。因此，在客人眼中，电梯的性能在一定程度上代表了饭店的规格和档次。不论是进口的还是国产的电梯都应具备快捷、舒适、安全等基本性能。

1. 快捷

电梯运行快捷的基本标准是要使客人候梯时间短，具体要求是：30秒以下为良好，40秒以上为较差。要达到这个标准，电梯的性能要满足三方面的条件。

① 额定速度要高。目前大部分饭店的电梯额定速度都是在1.5～2.5米/秒。客梯的速度一般应随层数增加而提高。

② 损失时间要少。损失时间主要是指开、关门的时间。电梯开、关门的时间要短，要尽量消除无用时间；电梯停层后要立即开门，门关上后能立即起动。

③ 控制方式要先进。要增加客梯的运力，提高运行效率，关键是要采用先进的控制方法。先进的电梯用电脑对客流量进行分析，根据客流状态选择最有效的输送方法，以增加运力，缩短客人的候梯时间。

2. 舒适

如果电梯启动时加速过快或停靠时减速过急，运行时发生晃动、振动或有噪声等都会使乘客感到不舒适。饭店客梯要求运行平衡、无晃动、无噪声，让乘客在不知不觉中到达目的层。要达到以上要求，除了电梯本身的性能好以外，电梯的安装一定要保证质量，否则高性能的电梯也达不到高质量的服务水准。

3. 安全

对乘客来说，电梯的安全就是使乘客能安全地进出轿厢，因此电梯在运载客人时必须具有以下安全性能：①轿厢未到达停层站，层门、轿门不会打开；②轿厢的平层性符合标准，不必担心绊脚或踏空；③轿门在关闭过程中碰到任何障碍时，立即反向动作（把门打开）；④层门、轿门未关闭前，轿厢无法启动；⑤具有良好的抗灾性能。

（三）电梯的使用和运行管理

1. 电梯使用要求

（1）正确使用电梯

乘电梯时应正确使用电梯按钮。如果按钮灯已亮，不要多次按按钮，严禁用硬物敲击按钮。电梯在关门过程中，如着急乘电梯，应按廊钮，不要去扒电梯门；当门关至80％位置时，严禁用手或脚去阻止关门，以免造成危险；平时严禁按呼救按钮。

（2）被困电梯内的解救方法

在运行中，电梯因故障会产生将人困入电梯内的情况，一般受困客人在电梯内并无危险，但如客人爬窗撬门或由未经培训的人员盲目解救，将会造成意外。所以，一旦被困入电梯，按呼救钮后等候饭店电梯工进行解救。为了缓解被困者的烦躁不安，要尽快与轿厢中的客人通话进行安抚，稳定其情绪。然后解救人员到电梯所停位置的上一层，用专用钥匙打开层门，设法登上轿厢顶。如轿厢与楼层差不多相平，可在机顶盘动开门电机打开轿门救出被困客人；如轿厢在两层中间，可在机顶操作让电梯慢行至平层，再开门将客人救出；当无法慢车运行时，则应迅速去机房盘动曳引机主绳轮，使电梯平层救人。

（3）轿厢的日常清扫

住店客人进出饭店都乘电梯，要保持电梯的清洁卫生，就必须经常打扫，一般电梯的集中清扫在夜间进行。清扫轿厢时，应将电梯停在首层，用专用钥匙打开轿厢操作盘上的小门，将运行开关置于"停止"位置，将群控开关置于独立位置；关闭门开关。这时门打开、电梯不再运行，可以打扫卫生。清扫完毕，将开关复原，锁好小门，取下钥匙，恢复运行。

日常清扫应注意：层门和轿门地坎槽内的清洁，擦拭电子刀上方的电眼玻璃，以保持光电感应的灵敏度。

2. 技术资料管理

电梯结构复杂，技术性强，机械、电气、电子、建筑配合要求高，而且各部件位置分散。要搞好电梯维护保养首先要有完整的技术资料。包括：购置档案，电梯厂方提供的电梯主机及各部分设备的名称、型号、规格、性能以及所有的图纸和安装、使用、维护说明书等；安装调试验收资料，包括：机房、井道的土建结构图；电梯安装合同、安装方案及安装工艺卡；隐蔽工程验收记录；电梯检查、调整和试运行记录；电梯验收记录、移交手续。

3. 电梯的维护和检修

搞好电梯的维护和检修工作是确保电梯安全运行、避免事故发生的重要管理措施。由于电梯结构复杂，安全性能要求高，所以电梯维修人员必须具备电梯专业知识和维修技能，并持有上岗证才能上岗，按照电梯的维护、检修制度与维修计划内容和程序进行。

（1）电梯的维护、检修计划

电梯的构造比较复杂，运行距离大，部件数量多，且各部件性能、功用各不相同。因此，必须根据电梯部位的性能和特点，按不同的维修周期，制定日常/月度/季度/维护、检修计划。对各种安全装置、电气控制系统的各种电气元件进行维护和检修；对重要的机械部件和电气设备进行详细的检查与调整。

① 年度维修计划。需详细检查安全装置、电气设备和主要部件的磨损情况，更换、维修磨损零、部件。

② 大修理计划。每隔 3～5 年进行一次全面的拆卸、清洗、检修和调整工作，并根据电梯使用频度和零、部件磨损情况进行大修理。

（2）电梯的维护、检修内容

电梯不同部位部件的维护、检修内容和要求各不相同，因此要编制各部件具体的维护、检修的内容和要求，以便于检修人员进行维修。电梯的维护、检修内容包括：主要机件的维护、检修，主要部件的润滑，电梯常见故障及其排除。

（3）电梯的维护、检修程序

电梯的维护、检修可分为例行保养、点检和计划维护与检修。例行保养和点检，由电梯工按日常维护保养要求和点检表逐项进行保养和检查，将检查情况详细登记在点检表上；计划维修与检修是由电梯维修工按照每周（日）的工作任务，逐项进行维护与检修，同时按规定进行润滑。维修人员对每一部件进行维修后，应做好维修记录或填写有关表格。

七、能源管理

饭店能源利用率的高低，一方面反映出饭店的管理水平和盈利能力，另一方面反映了用能设备的状况。

案例 16

某饭店开业快一年了，自开业以来因饭店的经营品种和价格定位很受客户的认同，客人一直很多。总经理满怀信心的要求财务部进行结算，准备结算后能给所有员工一个大"红包"作为激励，以争取明年更好的收益。财务部的结算终于出来了，总经理一看傻眼了，一年的各项能耗费用近 400 万元，饭店所剩利润无几。

（一）饭店与能源问题

1. 能源与饭店经营

饭店耗能主要有以下几个方面：电——用于动力、空调、照明和电器设备；水——用于厨房、洗衣房以及生活用水；蒸汽——用于取暖、蒸煮食品，洗衣房使用；煤气或液化石油气——是烹饪食品的燃料；柴油——用于柴油发电机组或作燃料；煤或重油——是锅炉燃料。

现代饭店的设备设施自动化、电器化程度越来越高，它们的运行就越离不开能源，因此，能源的消耗也越来越大。据统计，我国一座建筑面积在 8 万～10 万平方米的大型高层饭店，单位建筑面积的年用电量为 100～200 千瓦时/平方米，是一般城市居民住宅楼用电水平的 10～20 倍。饭店空调通风系统的使用，使电结构发生了很大的变化：

空调通风用电量在全年用电总量中占 50%～60%；照明用电占 25%～30%。一般旅游饭店能源成本占总营业额的 8%～18%。全年总能源消耗为 1.3 万～1.8 万吨标准煤，相当于一个大型工厂的年耗量，可见现代饭店对能源的依赖性越来越强。

2. 能源费用

现代饭店规模扩大，用电设备多，能耗增加；同时，能源单价逐年上涨。因此，饭店能源费用越来越大，有些大饭店一年中的能耗费用相当于一年的纯利润。如果能耗不加以控制，将会严重影响饭店的经济效益。

（二）能源管理的内容

① 建立健全饭店能源管理体系，明确各级管理者的职责范围。

② 贯彻执行国家有关节能的方针、政策、法规、标准及有关规定，制定并实施本饭店的节能技术措施，完善各项节能管理制度，降低能耗，完成节能任务。

③ 建立健全能耗原始记录、统计台账与报表制度，定期为各部门制定先进、合理的能源消耗定额，并认真进行考核。

④ 完善能源计量系统，加强能源计量管理，认真进行能源分析研究，针对突出的问题提出解决方案。

⑤ 按照合理的原则，均衡、稳定、合理地调度设备运行，避免用能多时供不应求，用能少时过剩浪费的现象，提高能源利用率。

（三）能源管理的方法

1. 明确管理机构的职责

饭店能源的生产、使用遍及各个部门，因此，饭店工程部需加强能源的统一管理，专人负责能源计量，是实现能源统筹安排和合理使用、管好用好各种能源的重要保证。

能源管理的主要职责是：

① 贯彻执行国家的能源法令，管理和监督饭店合理使用能源；

② 建立饭店能源管理制度，完善饭店能耗计量网络；

③ 制订并组织实施饭店的节能年度计划和长远计划；

④ 制定饭店的能耗定额和有关部门能耗定额，并实施考核；

⑤ 组织学习、交流节能经验，组织开展节能教育和培训工作；

⑥ 组织各部门能源管理工作的检查、评比和奖励。

2. 建立健全能源管理制度

为了使能源管理科学化、制度化，必须建立和健全一套管能、用能、节能的规章制度，明确饭店能源管理部门及管理人员的分工和岗位责任、饭店各有关部门在能源管理工作中的相互关系，以及对能源的生产、使用、节约等各个环节的要求。

饭店的能源管理制度主要内容如下。

① 设备的经济运行管理制度。经济运行管理是对主要耗能（或产能）设备（系统）如何提高运行效率的管理。要把运行管理制度中的各项规定纳入岗位责任制，使每个设备系统的每项操作都有专人负责，按实际需要启动或停机。设备经济运行管理制度包括中央空调系统经济运行的管理、水泵房经济运行的管理、照明经济用电的管理、锅炉经济运行的管理。

② 能源使用管理制度。能源使用管理制度包括对水、电、柴油、煤气、煤等的运送、使用管理，节能指标和检查、考核办法。

③ 各部门能源管理制度。各部门应根据本部门能耗的实际情况，制定能源管理制度。

3. 做好能源管理的基础工作

能源管理的基础工作包括以下两方面的内容。

① 建立完整的能源计量体系。计量工作是能源科学管理的基础。只有安装好计量仪表，健全计量制度，加强测定、记录工作，才能使能源管理工作定量化。饭店首先要为主要耗能设备配补齐全能源计量和测试仪器仪表，再为各主要用电、用水部门安装计量仪表，并要落实仪表管理和维修人员，建立健全仪表管理制度，建立完整的能源计量体系。

② 做好能源消耗统计工作。建立健全能源消耗原始记录、统计台账与报表制度。要把饭店中能源的来龙去脉、收支盈亏、节约浪费和波动情况搞清楚。能源统计资料是制订能源消耗定额和用能计划的基础。通过计量取得数据，做好原始记录，在此基础上进行统计、分析，从中找出变化规律，发现问题，从而提出改进措施。

4. 加强对设备经济运行的管理

设备的经济运行就是既要满足饭店经营的需要，又要防止设备作无效益的运行，还要避免"大马拉小车"。对于饭店来说，有以下因素与设备运行有关。

① 住店人数与活动情况。住店人数，大型团队的抵、离店时间，用餐时间等与供汽、供热水有关；举行大型会议等，与空调系统的运行有关。

② 气候情况。中央空调系统的运行与室外气温、湿度有关，饭店照明与日照度的变化有关。

要搞好设备经济运行的管理，就要将各有关因素的变化作为调度设备运行的依据，并建立设备运行调度的程序。

（四）注重饭店主要耗能部门的节能管理

1. 客房节能

客房消耗了饭店相当部分的能源和水资源，国内饭店由于缺乏这方面的统计和计量无法得到参考数据。根据美国饭店的统计，客房的能源平均消耗占总能源消耗的比值为33％。当然，客房的能耗是随季节、住房率等要素的变化而变化的。客房的节能可以从以下方面考虑。

（1）调整操作规程

据估计，饭店员工在清扫客房时可能会用掉客房平均能耗三分之一的能源，所以，饭店需要调整员工清扫客房的程序及方法，以减少能源消耗。例如，客房员工都会在客人离店的第一时间进房检查物品的状况，但很少有饭店要求员工在检查物品的同时关灯或关空调，甚至有的饭店在打扫住房时不关空调，把空调维持在客人需要的状态，这样就会产生极大的浪费。

（2）调整客房的安排

饭店对客房的安排也会对能源的消耗产生影响。例如，在饭店住房率较低的时期，根据设备和电力系统的分区相对集中安排客人住房，饭店就可以关闭一部分无住客区域的设备，达到节约能源的目的。又如，在供热季节，先安排有阳光照射的客房，而在制冷的季节则相反处理，也能达到节能的目的。

（3）调整客房设备、设施

对客房部分设备、设施进行调整可以减少能源的消耗。这种调整有时比较简单，可以由客房员工根据需要来完成。例如在白天，可以留一条缝让光线进入。又如：在水龙头上安装压力控制器或流量控制器；在冷却器上安装温控阀；调整恭桶的水位等。

2．厨房节能

厨房一直是饭店能源利用率最低的地方，但这一事实一般被管理人员所忽视。首先，无论餐饮业务量如何，餐饮的基本设备如冰箱、通风等都在连续不断地运行；其次，这些设备在设计时都是按预期的最大客流量需要设计的；第三，由于缺少管理计划，设备还存在过量使用或使用不当的现象，因此，在厨房有大量的能源被浪费。与一般的社会餐馆相比，提供相同质量和数量的食品，饭店的厨房能耗是它们的 2～3 倍。实现能源有效利用的一个原则是在不降低客人需求的基础上，最大限度地利用设备和能源，使成本最低，所以厨房的节能要从包括设计在内的诸多方面进行考虑。

（1）在厨房的运行和操作中的节约

① 厨房操作的集中度决定了能耗的水平。一般情况下，相同的销售量由更少的厨房来实现有助于降低能源消耗，减少用工。所以饭店需要考虑厨房的操作可否集中；不同的厨房生产不同的食品是否可以合并以减少设备的运行；同时还要检查饭店是否使用最廉价的能源用于烹饪和洗碗。饭店需要比较电力、煤气、柴油或其他燃料的价格，选择最合理的能源使用价格。一般认为，厨房使用蒸汽灶可以使烹饪时间缩短和能耗大幅度降低。

② 厨房设备不使用时应关闭。对大灶来说，预热一般为 10～15 分钟，油炸炉不超过 5 分钟。其他的烤炉等设备在不使用时应及时关闭。饭店应根据炉灶实际使用情况，参考供应商提供的数据来确定相应标准。

③ 厨房的设备应与饭店需要相匹配。一方面，当饭店的食品制作有消费市场时，要考虑的是炉灶、用具等的尺寸应和需要相一致。例如，锅、罐等的大小和需要加热的食品的量相一致；用电热炉加热食品时，装食物的容器应比炉子大；用于加热的罐等应紧贴炉口，确保它们有良好的接触面以降低热量的损失。当达到沸点后，应把炉火调到最小等。另一方面的匹配是和市场匹配，即饭店所采取的操作是否有市场。目前在一些饭店有这样的做法：为了吸引消费者的注意，促进消费，采用明档、展示柜等形式销售菜肴。饭店采取这种销售和食品制作的方式是要仔细考虑的。例如一些饭店，在需要供冷的季节里，一方面开足空调降低餐厅的温度，另一方面在餐厅的一个角落摆上十几个煤气炉加热、制作食品，在这种情况下，空调的负荷是很大很浪费的。

（2）在食物准备中节约

从食品粗加工到上灶之前的所有环节都可以视为食品的准备过程。在这个过程中食品的清洁、冷藏、解冻以及半成品的制作都会消耗能源，所以对这些环节的控制是非常重要的。下面是一些在操作中经常被忽略的问题。

① 冰箱、冷库的使用。冰冻的食品应在冰箱内进行预解冻或在保鲜冰箱中解冻，在冷库中储存的食品亦如此。采取这种方法使食品比较容易融化，而且有助于减少冰箱的能耗。在冷冻食品的储存方面，厨房应尽量合理使用冰箱的空间。在厨房的冰箱中，经常看到食品是直接叠放的，这种做法有许多不利之处：食品由于叠放不能充分冷冻，达不到食品储存的要求；由于叠放，冰箱的空间不能充分利用，每台冰箱都在运行，但每台冰箱中只存放着少量的食品，把同类食品合并，有可能关闭一部分冰箱；食品的叠放还不利于食品的先进先出，造成食品的浪费，有时还会因为食品的误用而导致客人食品中毒。

应减少冰箱的开启次数，每次开启时要注意对冰箱把手的保护，冰箱关闭后，确保每扇门都关好而且是紧密无漏气的。离开冷库时，还要注意关闭冷库内的灯，避免照明浪费能源还增加热负荷。

② 清洁时的节约。采用浸泡洗的方式可以在使用相同或更少的能耗的情况下，获得更好的洗涤效果。在洗碗工作的后期，由于碗的数量大大减少，这时可以考虑关闭设备，把后面零星的碗积存起来达到设备一次负荷量时再开启进行清洗。对热水的使用更要注意节约，只在需要时才使用。

（3）厨房的设计、布局与节能

厨房的规模通常按所预期的最大进餐人数进行设计，一般很少考虑低需求量时的适用性。从食物的制备和供应来说，厨房的设计和利用有其特殊的要求，但确实存在能耗较高的问题，这就需要从布局和设计中加以改进。

中心厨房因为对设施的利用率较高，用能的效率也最高。但大型中心厨房在设计中的普遍问题是，设计往往没有考虑烹调需求量变小时能否关闭一部分不使用的设备。理想的厨房设计应能灵活适应高、低生产量的需求，如有较小型的炉灶、烘箱、烤炉等可在这些时间内使用。因为对厨房设施需求量的变化，大小组件相结合的设计是用能最有效和费用最低廉的厨房布局。这种设计可较大降低只有少数客人来就餐时的能源消耗量。大小组件相结合的厨房设计还能降低使用炉灶和烘烤设备所需要的通风量。使用可变空气容量的供暖和空调系统，能使通风量与空间的占用率相匹配，这样可以大大降低这些系统的能耗费用。

厨房照明装置的选择，不仅影响照明的能源消耗，也影响所需的空气调节量。高照明度的白炽灯向空间散发大量的热，增加空气调节的负荷。所以厨房应使用效率高的荧光灯型照明系统，配以有限的白炽强光灯，尤其是在食物颜色很讲究的地方，要非常注意照明。

3. 洗衣房节能

饭店洗衣房的运行对环境有很大的影响。在各种洗涤和整烫的过程中，需要使用大量的能源和水，而且化学剂的使用，有毒废弃物、污水的排放等都会影响到环境。所以，除非是大型饭店有必要设立自己的洗衣房，从环境保护及经济效益角度考虑，中小饭店设置自己的洗衣房是不合理也不划算的。

洗衣房的能耗主要有洗涤过程和烘干整烫过程，洗涤过程大约占整个洗衣房能源消耗的 35%，烘干和整烫占 65%。

（1）洗衣房运行的节能

① 检查洗衣运行时间是否适合实际运行的需要。延长运行时间将会导致能耗的增加。洗衣房的运行时间应根据实际负荷进行调整，这个负荷主要由饭店的住房率决定。

② 饭店可以考虑配备较多的布草。国外的调查表明，配备实际使用量 5 倍的布草，可以使洗衣房关闭 2 天，而配备 4 倍的量可以使洗衣房关闭 1 天。

③ 洗衣设备在达到一定容量时运转是较合理的。容量较小时运转洗衣设备既不利于节能也不利于洗净衣物。洗衣房可以与客房、餐厅协商后确定稳定的时间表确保洗衣设备的正常、连续工作，替代不定时开关设备及设备的低负荷运转。

④ 在洗衣房员工休息和正常工作结束后，应及时关闭蒸汽系统；在正常工作时间，对不使用的设备也应及时关闭其蒸汽供给。发现蒸汽、水、压缩空气的泄露应立即修复。

（2）洗衣设备管理与节能

洗衣设备的运行管理及设备的维护状况与节能有很大的关系。下面介绍一些饭店可以考虑的措施。

① 烘干机是一种耗能较大的设备，所以应对它的操作进行规范。洗衣房应控制烘干时间，以防止衣物过干。可以考虑安装一个湿度感应器，实现自动停止烘干，以替代预设时间方式的操作。烘干时，确保机器的运行负荷满足要求。运行时要注意调节各个烘干机的容量，尽量使某几台设备一直处于运行状态，而不是让所有设备都断断续续运行。烘干机的纤维滤网和收集器应定期清洁和维护，蒸汽盘管上不能有纤维，否则，会影响烘干机的效率。如果可能还应考虑安装热回收系统。

② 大烫台内部应保持无灰、无滞留物以维持最大的热交换；及时进行润滑工作以减少摩擦；调整滚筒的真空度，因为过量的吸力会降低滚筒的温度；检查大烫台的压力是否满足设备的要求，确保设备运行良好；烫台内部应保温，以防止不必要的热损失，机下的蒸汽管也应保温；在烫台的后面可以安装一个热保护屏；在烫台的上部可以安装一个天棚以保持热量并有适当的排气孔，这样可以防止热量在洗衣房的聚积并能保持烫台的热量。

③ 干洗机的负荷也应与机器容量相一致，在不使用时要注意关机；干洗机的冷却水应循环使用并确保当机器停止使用时水流能自动停止；定期检查设备的密封状况和清洁状况，使设备良好运行。

复习思考题

1. 饭店工程设备管理的作用是什么？

2. 饭店设备有哪些特点？

3. 饭店经营对供电、给排水分别有什么要求？

4. 分别说明供配电、给排水、供热、中央空调、消防、运送系统的系统管理要点。

5. 选择一家饭店，调查该饭店的一个设备系统，了解该系统的设备构成及其运行，并根据调查的结果写一份说明。

6. 能源是如何进行分类的？调查一家饭店，了解该饭店主要使用了哪些能源？使用量是多少？能源消耗对该饭店经营的影响有多大？

第十章 饭店装饰材料及物品的
维护与保养

    饭店的装饰发展，经历了从满足物质功能的需要逐步走向创造精神需求的演变过程，装饰风格的不断变化创新，使现代饭店的装饰越来越丰富多彩，它不但提高人们对食、宿、会议、购物、娱乐、健身等环境的体验享受，还使现代饭店成为人们感受先进、享受异域情调的好场所。当我们走进一家以宫廷式风格装饰的饭店，宽敞的大厅内可见一排硕大的红木雕花宫灯悬挂在天花上，一排鎏金蟠龙圆柱立于大厅两侧，大红地毯铺地，一派富丽堂皇之景象。可是，我们当看到大红地毯上满是油迹、污渍、口香糖渍，鎏金蟠龙圆柱面被腐蚀得锈迹斑驳时……这一切一切，顿时使我们失望万分。这种情景我们在很多饭店都能看到，当我们向饭店管理者提出这些问题时，他们总是表示困惑。如何才能改变这种管理状况，这就是本章要研究的课题。

    本章将重点介绍现代饭店的装饰面层材料、纺织品、日常用品的清洁与保养，以及饭店常用清洁剂的特性、使用和管理。通过改善对饭店装饰材料和物品的管理情况，可延长装饰材料和物品的使用寿命，减少装修改造的次数，降低饭店经营成本。

【学习目标】

    1. 认识饭店常用的装饰材料及物品的种类与特性。

    2. 科学选择清洁剂是延长装饰材料及物品的使用寿命最经济的方法。

    3. 专业的、合理的维修保养可降低饭店的经营成本。

第一节 饭店装饰材料及其保养

    室内面层装饰材料的主要功能是美化并保护墙体和地面基材，创造一个满足需要的、舒适、整洁、美观的室内环境。

一、面层材料概述

（一）室内面层材料的种类

面层装饰材料的品种、花色非常繁杂，通常有两种分类方法。

1. 按材料的化学成分分类

根据化学成分的不同，面层装饰材料可分为金属材料、非金属材料和复合材料三大类。

① 金属材料包括：黑色金属材料（不锈钢、彩色不锈钢），有色金属材料（铝及铝

合金、铜及铜合金、金、银）。

②非金属材料中的无机材料包括：天然饰面石材（天然大理石、天然花岗岩），陶瓷饰面材料（釉面砖、彩釉砖、陶瓷锦砖、琉璃制品、玻璃饰面材料），石膏饰品（装饰石膏板、纸面石膏板、嵌式石膏板、装饰石膏吸声板、石膏艺术制品），水泥（白水泥、彩色水泥），装饰混凝土（彩色混凝土路面砖、水泥混凝土花砖）。

③非金属材料中的有机材料包括：木材饰面（胶合板、纤维板、细木工板、旋地微薄木、木地板），竹藤类（竹林藤材饰面等），织物类（地毯、墙布、窗帘等），塑料饰面（塑料壁纸、塑料地板、塑料装饰板），装饰涂料（地面涂料、墙面涂料）。

④复合材料包括：有机与无机复合材料（人造大理石、人造花岗岩），金属与非金属复合材料（彩色涂层钢板、塑铝板）。

2. 按装饰部位分类

根据装饰部位的不同，面层装饰材料可分为墙面装饰材料、地面装饰材料和顶棚装饰材料三大类。

①墙面装饰材料：壁纸、墙布、内墙涂料、织物饰品、塑料面板、大理石、人造石材、面砖、人造板材、玻璃制品、隔热吸声装饰板、木装饰材料。

②地面装饰材料：地毯、地面材料、天然石材、人造石材、陶瓷地砖、木地板、塑料地板、复合材料。

③顶棚装饰材料：石膏板、矿棉装饰吸声板、珍珠岩装饰吸声板、玻璃棉装饰吸声板、钙塑泡沫装饰吸声板、聚苯乙烯泡沫塑料装饰吸声板、纤维板、涂料、金属材料。

（二）面层材料的特性

1. 天然石材

天然石材，主要分大理石和花岗岩两种。

①天然大理石，属于中硬石材。它具有花纹品种多、色泽鲜艳、石质细腻、抗压性强、吸水率小、耐腐蚀、耐磨、耐久性好、不变形等特点。缺点是硬度较低，磨光面易损坏，抗风化能力差，不宜作为外墙面或露天部位的面材。

②花岗岩，具有结构细密、性质坚硬、耐酸、耐磨、耐腐、吸水性小、抗压强度高、耐冻性强、耐久性好等特点。缺点是自重大、硬度大、质脆、耐火性差，某些花岗岩含微量放射性元素，对人体有害。

2. 再生石材

也称为面层石材料，是以大理石碎块、石英砂、石粉等骨料，拌合树脂、聚酯等聚合物或水泥黏结剂，加压制成的石材。具有天然石材的花纹和质感，重量轻、强度高、厚度薄、易黏结。

3. 内墙面砖

内墙面砖，是用瓷土或优质陶土经低温烧制而成，面层上有光釉、面光釉、花釉、结晶釉层，特点是表面平整、光滑、不沾污、耐水、耐腐性好、易清洗，吸水率不大于20%。

4. 地面砖

地面砖，一般采用可塑性较大且难熔的黏土，经精细加工而成。特点是抗冲击强度较高、硬度高、耐磨性能好、质地密实均匀、吸水性一般小于 4%、不易起尘。

5. 陶瓷锦砖

陶瓷锦砖又称马赛克，特点是质地坚实、耐酸、耐碱、耐磨、耐压、耐冲击、耐水。其中无釉锦砖吸水率不大于 0.2%；有釉锦砖吸水率不大于 1.0%。其缺点是粘贴度差。

6. 内墙涂料

现代涂料的特点：质感好、耐碱、耐水性好、不易粉化、透气性强、吸湿排湿性好、涂刷方便、重涂性好。如水溶性涂料、合成树脂乳涂料、溶剂型涂料、多彩内墙涂料。

7. 壁纸、墙布

（1）壁纸

塑料壁纸，是以纸为基层，聚乙烯薄膜为面层，或掺有发泡剂的 PVC 糊状树脂，经过复合、印花、压花等工序制成，这类壁纸价格较低；非塑料壁纸，是以纸为基层，面层有丝、棉、麻和金属等，经复合加工而成，强度和装饰性等均好于塑料壁纸；特种壁纸，是指有防污、灭菌等特殊功效的壁纸，如灭菌壁纸、健康壁纸、植绒壁纸等。

（2）墙布

目前市场上墙布的种类主要有以下几种。

① 无纺墙布。是采用棉、麻等天然纤维或涤腈等合成纤维，经成型、上树脂、印刷花纹而成。特点是：较挺括、有弹性、不易折断、表面光洁有羊绒毛感、不褪色、耐磨。

② 装饰墙布。是以纯棉布经过预处理、印花、深层制作而成。特点是：强度大、静电小、哑光、吸音、无毒无害，由于防潮性能较弱，故适用范围不是很大。

③ 化纤装饰贴墙布。是以化纤布（如涤纶、腈纶、丙纶等）为基材，经处理后印花而成。特点是：无毒无味、防潮性能好、经久耐用、清洁保养方便、适用范围广。

④ 玻璃纤维印花贴墙布。简称玻纤印花墙布。它是以中碱玻璃纤维织成的布为基材，表面涂以耐磨树脂，并印上彩色图案而制成。特点是：玻璃布本身具有布纹质感，经套色印花后，装饰效果好、不褪色、不老化、防火、防湿、可洗刷、价格便宜。

8. 木质地板

木材因其天然的花纹、良好的弹性和淳朴、典雅的质感而受到人们的青睐。木质地面装饰板，用软木树材（松、杉等）和硬木树材（杨、柳、榆等）加工而成，可做成拼花板、企口板、漆木板和复合地板等。实木地板的特点是：自重轻、导热性能低、弹性较好、舒适度好、美观大方，但容易受温度和湿度的影响而裂缝、起翘、变形。它耐水性差、清洁保养难度大、易腐朽。现在，新型的复合地板，在加工制造中通过革新加工工艺和添加防腐、防虫、耐磨等物质改善性能，已成为很好的地面装饰材料。

9. 地毯

地毯，既有实用价值，又有艺术观赏价值。它原多以动物毛为原料手工编织而成，价格昂贵，难以广泛应用。随着科技的发展，出现了以棉、麻、丝、化纤等为主要原料的机织无纺地毯，使地毯成为饭店客房地面铺设的最主要材料。

（1）羊毛地毯

又称纯毛地毯，它以粗绵羊毛为主要编织材料，具有弹性大、拉力强、光泽好的优点，是高档的铺设饰材。羊毛地毯又分为手工编织羊毛地毯和机织羊毛地毯两大类。

① 手工编织羊毛地毯：采用优质绵羊毛纺纱染色，用精湛的手工编织成瑰丽的图案，经平整加工而成。它的特点是图案优美、色泽鲜艳、富丽堂皇、质地厚实、富有弹性、柔软舒适、经久耐用、装饰效果极佳。缺点：易虫蛀、易霉变、价格昂贵。

② 机织羊毛地毯：具有毯面平整、光泽好、富有弹性、脚感柔软、抗磨耐用等特点。性能与手工羊毛地毯相似，价格低于手工地毯。科技的进步使机织地毯消除了纯毛地毯易虫蛀、易霉变等缺陷，具有了抗虫蛀、抗潮湿的功能。

（2）化纤地毯

化纤地毯，是20世纪70年代发展起来的一种新型地面装饰材料。它以化学合成纤维为原料，经机织或簇绒等方法先加工成面层织物后，再与背衬材料进行复合处理而制成。

① 化纤地毯的面层，是以聚丙烯纤维（丙纶）、聚丙烯腈纤维（腈纶）、聚酯纤维（涤纶）、聚酰胺纤维（锦纶、尼龙）等化学纤维为原料，采用机织或簇绒等方法加工成面层织物。其中，丙纶纤维的密度较小，抗拉强度、抗湿性及耐磨性都很好，但回弹性与染色性较差；而腈纶虽密度稍大些，但具有色彩鲜艳、静电小等优点，回弹性优于丙纶，且有足够的耐磨性；涤纶纤维的优点是有优良的抗皱性和回弹性，缺点是染色性差，织物易起毛球；与涤纶纤维相比，尼龙的强度及耐磨性高于涤纶，但极易起静电，毯面的舒适滑爽感较差。

② 化纤地毯的防松涂层，是指涂刷于面层织物背面、背衬上面的涂层。这种涂层材料是以氯乙烯为基料，再添加增塑剂、增稠剂及填料等配制成为一种水溶性涂料，再将其涂于面层织物背面，以增加地毯绒面纤维在背衬上的固牢度，还增强了地毯的弹性。一些质次的化纤地毯通常没有防松涂层。

③ 背衬，地毯背衬通常有两层，一层是经纬交织的黄麻或是其他泡沫橡胶等；另一层是起防潮和加固作用的防松涂层。背衬不仅保护了面层织物背面的针码，增强了地毯背面的耐磨性，同时也加强了地毯的厚实度。

（3）混纺地毯

混纺地毯，有羊毛和化学纤维各自的优点。

二、面层材料的清洁保养

地面、墙面的清洁保养，是饭店清洁保养工作的重要内容，做好地面、墙面的清洁保养工作可延长地面、墙面装饰材料的使用寿命，减少饭店维修或更换地面、墙面装饰材料的再投资。

案例 1

春季的一天，某旅游团入住到一家开业只有两年的二星级饭店，饭店服务员热情的接待使游客们有宾至如归的感觉。就在游客分散在大厅的不同位置等待分房间的时候，几位游客聚在一起悄声议论：你看，他们饭店的花岗岩地面都是"麻子脸"，木板墙围大片漆皮脱落、木板材腐蚀严重。游客走进客房又看到地毯上有大小不等的十几块不同颜色的污渍，写字台桌面有水烫痕迹，客房卫生间内大理石台面和地砖表面都有大片被腐蚀变色的痕迹……游客们去问导游，这是你说的开业不到两年的新饭店吗？是不是欺骗我们的?!

（一）地面材料的清洁保养

饭店用于地面的装饰材料主要有地毯、大理石、水磨石、木材、瓷砖等。应根据其不同特性，做好清洁保养工作。

1. 地毯

地毯的清洁保养，应采取预防性措施，避免和减轻地毯的污染，这是地毯保养最积极、最经济、最有效的方法。

（1）预防性措施

在地毯使用前，可以向纤维表面喷洒专用的防污剂做保护层，它能起到一定的隔离污物的作用。为了更好的维护地毯，可在饭店大门出入处铺上长毯或擦鞋垫，用以减少和清除客人鞋底上的灰尘污物，从而减轻对店内地面的污染。

同时，周到的服务，也可防止地毯被污染。例如，当服务员发现客人要在客房内食用瓜果时，应主动为客人提供专门的用具、用品，这样就会避免瓜果汁液污染地毯。

（2）及时吸尘清洁

吸尘是清洁保养地毯的最基本、最方便的方法。吸尘可以清除地毯表层及藏匿在纤维浅层里面的尘土、砂粒。吸尘时可交替使用筒式和滚擦式吸尘器。筒式吸尘器一般只能吸除地毯表面的尘土，而滚擦式吸尘器既可吸除地毯表面的尘土，又可通过滚刷作用，将藏匿在纤维浅层里面的尘土、砂粒清除掉，同时还能梳理开黏结、倒伏的纤维，恢复地毯的弹性及外观。

注意：在平时的清洁保养中，不能等到地毯已经很脏时再吸尘。因为，当能够明显地看出地毯上有灰尘时，地毯纤维深层里面也已经积聚了大量的尘土，仅靠吸尘是不能解决问题了。

（3）局部清除污渍

地毯上经常会有局部的小块斑渍，如饮料渍、食物斑渍、化妆品渍等。在日常清洁保养中，应针对这些小块污斑及时除渍。

① 常见的地毯污渍种类及清除方法见表 10-1。

② 对地毯进行局部除渍时，应注意以下事项。

a. 必要时，先用清水湿润地毯污迹周边，以防止污渍潮湿后扩散。

b. 采用刷子湿刷的方法，可减轻对纤维的损伤。

表 10-1　常见的地毯污渍种类及清除方法

污 迹 的 种 类	清 除 方 法	备 注
尿液、烟灰、铁锈、血液、啤酒、果酒、果汁、盐水、芥末、漂白剂、墨水	1. 将清洁用的抹布浸在溶液①中 2. 轻轻抹去污渍 3. 用纸巾或干布吸干 4. 用吸尘器吸尘	溶液①： 30毫升的地毯清洁剂加一匙白醋，溶在120毫升水内
巧克力、鸡蛋、口香糖、冰淇淋、牛奶、汽水、呕吐物	1. 将清洁用的抹布浸在溶液①中 2. 轻轻抹去污渍 3. 用干布或纸巾吸去液体 4. 施用溶液② 5. 施用溶液① 6. 用干布或纸巾吸去液体 7. 干后用吸尘器吸尘	溶液②： 将7％的硼砂溶在300毫升水中
牛油、水果、果汁、油脂、食用油、药膏、油漆、香水、鞋油、蜡	1. 将清洁用的抹布浸在溶液①中 2. 轻轻抹去污渍 3. 用干布或纸巾吸去液体 4. 等待变干 5. 用溶液①浸湿脏处地段 6. 轻轻擦拭 7. 用干布或纸巾吸干 8. 干后用吸尘器吸尘	
地毯轻微烧伤	1. 用软刷轻刷 2. 或者用剪刀将烧焦的部分修剪掉 3. 用吸尘器吸一遍	必要时用清洁剂溶液清洁
地毯严重烧伤	1. 用利刀革掉烧焦部分 2. 用同样的地毯胶贴或织补 3. 用软刷梳理清除痕迹	
地毯上有压痕	1. 用蒸汽熨斗熨烫 2. 用软刷轻刷或用吸尘器吸，消除痕迹	

c. 在清洁污渍前，必须先清除污物。

d. 根据污渍的种类和性质，选用与之相应的清洁剂。若无把握，要先选择损伤性较小的清洁剂试用。

e. 为防止污渍扩散，使用清洁剂时应按照由外围向中心的顺序进行擦抹。待反应一段时间后，用抹布按同样的顺序进行擦抹，或用抽洗机配合手动进行冲洗、吸干。

f. 使用清洁剂后，必须用清水过清，以减轻清洁剂对地毯的损伤。

g. 避免因清洁方法不当而留下新的痕迹，如褪色等。

（4）大面积地毯适时清洗

当地毯使用了一段时间后，就应对地毯进行计划性全面彻底的清洗。注意：全面清洗频率要适度，清洁的方法要得当，因为清洁地毯，对地毯有一定的损伤。常见因清洗使地毯受损的情况主要有：机器设备对地毯的磨损；化学清洁剂对地毯的腐蚀；地毯因受潮后缩水、变形、霉烂、褪色、加速老化而难以恢复原有的弹性和外观。

因此，地毯不宜频繁清洗，清洗时也要选择合适的设备工具和清洁剂。下面介绍几种常用的地毯大面积清洗方法。

① 饭店常用的地毯大面积清洗方法主要有干泡擦洗法、喷吸法、干粉除污法、湿旋法等。

a. 干泡擦洗法。干泡擦洗法，是将清洁剂压缩打泡后喷涂在地毯上，机器底部的擦盘同时擦洗地毯，使泡沫渗入地毯中，靠擦盘的摩擦力和清洁剂的去污力，将污物与纤维分离。分离后的污物与泡沫结成晶体，半小时左右用吸尘器吸除。这种清洗方法不会使地毯过于潮湿，而影响地毯使用，所以适用范围较广。但是如果地毯较脏，一次性难以清洗干净。

b. 喷吸法。喷吸法，是用高压将清洁剂喷射到地毯纤维中，在高压冲击和清洁剂的双重作用下，将污垢与纤维分离，同时用强力吸嘴将溶液及污物从地毯中吸除。这种方法快捷、方便，对地毯的直接伤害较小。但地毯清洗后湿度较大、需较长的干燥时间，一般只用于清洗化纤地毯。

c. 干粉除污法。干粉除污法，是将专用干粉撒在地毯上，用机器碾压，使之渗透到地毯中，待干粉在地毯中滞留一段时间后，用吸尘器吸除。这种方法基本不损伤地毯，但仅适用轻微污染的地毯。

d. 湿旋法。湿旋法，是比较传统而又普通的清洗地毯方法，借助清洁剂的去污力，靠盘刷的旋转摩擦，将污迹与纤维分离，然后用吸水机将溶液及污迹吸除，再用烘干机烘干。这种方法与其他清洗方法相比弊端最多，对地毯的直接磨损最严重，残留的清洁剂和污物较多，容易使地毯缩水、起皱、褪色、霉烂，并且需要较长时间进行干燥，影响地毯使用等。因此，这种方法只适用于污垢严重的化纤地毯，目前已不常用。

② 大面积清洗地毯的注意事项

a. 要有齐全、适用的设备、工具，安全操作；

b. 要配制适用的清洁剂；

c. 水温不能过高；

d. 清洗前要先移开家具及其他障碍物；

e. 边角部位要用手工处理；

f. 地毯如果污染较重，需分几次清洗才能干净；

g. 必须待地毯完全干燥后才能使用；

h. 局部有严重污迹，应先采用手工方式对地毯进行局部除渍，之后，再整体清洗。

2. 大理石地面

对大理石地面进行定期的清洁保养，既可保持其清洁美观，又可延长其使用寿命。大理石地面清洁保养的主要方法有：日常除尘、去除污迹、定期清洗、定期打蜡抛光等。其中比较复杂的是清洗和打蜡。

（1）大理石地面的清洗

在清洗大理石地面前,先准备好警示牌、附有驱动盘和粗尼龙或聚酯垫的抛光机、吸水机及其他工具、用品和 pH 值在 10～11 的碱性清洁剂。

准备工作就绪后,按如下顺序清洗地面。

① 通风,设置警示,清除障碍。

② 将配制好的清洁剂溶液装入清洁桶,用地拖或机器将适量的清洁剂溶液洒在地面上。

③ 用机器对地面进行分段分块的清擦,边角部位用手工擦洗。

④ 及时用吸水机或地拖清除溶液和污物,不然污物又会黏附在地面上。

⑤ 地面全部清擦后,用清水彻底清洗地面。在最后一次清洗时,要在水中加入适量的醋,以中和地面残留清洁剂的碱性。

⑥ 将地面进行干燥处理。

⑦ 打蜡抛光。

⑧ 将设备、工具和用品清洁整理后,收藏保管。撤销警示。

(2) 大理石地面打蜡

在大理石地面打蜡前,先准备好警示牌、涂蜡拖把(棉或羊毛制品)、蜡液容器、抛光机、封蜡、上光蜡及其他工具。

准备工作就绪后,按如下顺序开始给大理石地面打蜡。

① 通风,设警示牌,用遮盖物遮挡住离地面 60 厘米以下的墙壁及空间;

② 操作者面对自然光进行涂蜡,涂蜡动作应流畅、用力均匀,将两个区域的交界处轻轻带过,不要出现遗漏。

③ 蜡涂一遍之后要等蜡层干燥后,用机器磨去粗糙不平处,再涂另一遍蜡。

④ 封蜡需要 12～16 小时后才干。

⑤ 封蜡层干后,抛磨上光。

⑥ 清洗工具、设备,收藏保管。撤去警示牌。

(3) 操作原因造成的大理石地面在打蜡抛光时容易出现的一些常见问题

① 全部涂层很差:a. 对大理石地面上的碱性清洁剂清除不彻底,有残留;b. 上光剂太少;c. 前一层蜡未干就涂上了后一层蜡;d. 上光剂质量太差。

② 地面过滑:a. 大理石地面用的上光剂太多;b. 地面未在打蜡抛光前彻底清洁干净。

③ 涂层成粉状:a. 地面已受过污染;b. 封蜡时湿度过高或过低;c. 地面下有热度;d. 定期保养用错刷垫。

④ 耐久性差:a. 通行负荷超过地面承受能力;b. 错用清洁剂;c. 日常保养用错刷垫;d. 上光剂太少;e. 上光剂涂在受污染的地面上;f. 清洗时清洁剂碱性不够,地面未清擦干净。

(4) 大理石地面清洁保养的注意事项

对大理石地面进行清洁保养时,方法一定要得当。否则,会对大理石地面造成损伤,既影响外观,又缩短使用寿命。在清洁保养中要注意以下几点。

① 避免使用酸性清洁剂。因为酸性清洁剂会与大理石产生化学反应,使大理石表

面变得粗糙，失去光泽和韧性。

②　有选择地使用碱性清洁剂。因为有些碱性清洁剂，如碳酸钠、碳酸氢钠、磷酸钠等，也会对大理石造成损伤。

③　不能使用肥皂水清洁大理石地面。因为肥皂水会在地面上留下黏性沉淀物而不易清除，使大理石地面变滑，影响行人安全。

④　地面预温后，再将清洁剂泼洒在上面，以防止清洁剂中的盐分被大理石表面的细孔吸收。

⑤　新铺的大理石地面，在启用前必须清洗打蜡。第一次打蜡可打两层底蜡和两层面蜡，打蜡后，可防止污物渗透，使地面表面光洁明亮。

⑥　为了减轻污染，在大理石地面周围的出入口处铺放踏脚垫。但不能直接将踏脚垫或有橡胶底的地毯放置在大理石地面上，因为它们会与蜡粘连，形成难以清除的污垢。

⑦　防止地面被坚硬物体擦伤。

3. 水磨石地面

水磨石地面的清洁保养方法如下。

①　水磨石地面表层孔隙多，需用水基蜡离封。

②　经常除尘除污渍、污迹。

③　避免沾染油脂类污物。

④　适时清洗。清洗前，先用干净的温水预温地面，然后用合适的清洁剂溶液清洗，最后用清水冲洗干净并擦干。

⑤　避免使用碱性清洁剂。因为碱性清洁剂会使水磨石地面粉化。

⑥　清洁保养时，通常选用含碘硅酸盐、磷酸盐等清洁剂和合成清洁剂。

4. 瓷砖地面

瓷砖地面日常清洁保养主要应避免地面潮湿，不能使用强碱性的清洁剂，平时用抹布或拖把将地面擦拭干净即可。

5. 木质地面

木质地面的清洁保养方法如下。

①　木地板启用前先用油基蜡离封上光，以达到防潮、防渗透、防磨损的功效。

②　日常清洁保养中，可用抹布或经牵尘剂浸泡过的拖把除尘除迹。

③　特殊污迹，要采用合理的方法清除。

④　一般污迹，使用经稀释过的中性清洁剂用抹布清除。

⑤　定期清除陈蜡并重新打蜡上光。清除陈蜡时，要使用磨砂机干磨，边角部位用钢丝绒手工处理。

⑥　木地板打蜡选用油基蜡。

⑦　防止碰撞或擦伤，防烫、防火烧烤、忌水渗泡。

（二）墙面材料的清洁保养

饭店用于墙面的装饰材料主要有硬质材料、木质材料、墙纸、墙布、软墙面、油漆墙面、涂料墙面等。墙面的装饰材料种类、质地、化学成分以及特点均在前面讲过不再赘述，这里只介绍墙面的清洁保养。

1. 硬质墙面清洁保养

饭店很多地方的墙面多为硬质材料，常见的有大理石和瓷砖等。这些墙面材料的特性与地面材料相同，只是在清洁保养的做法及要求上略有不同。墙面，很少受到摩擦，墙面上主要是浮尘、水渍和其他污物。日常清洁保养只需对墙面进行除尘除迹；定期清洁保养时进行全面清洗，光滑面层可用蜡水清洁保养。厨房、卫生间的墙面用碱性清洁剂清洗，洗后需用清水洗净，以免使表面失去光泽。

2. 木质墙面清洁保养

木质墙面的清洁保养，主要是用微潮抹布除尘除迹，定期使用家具蜡打蜡上光，防止硬物碰撞或擦伤。如有破损需由专业人员维修。木质墙面最好能每隔 2～3 年重新油漆一遍，能延长其使用寿命。

3. 墙纸、墙布清洁保养

墙纸、墙布的清洁保养，首先是使用干布、鸡毛掸、吸尘器等对墙表面除尘。然后辨别它的耐水性，再进行除迹。除迹时，对有耐水能力的墙纸、墙布，可用毛巾、软刷蘸着中性、弱碱性清洁剂进行擦洗，擦洗后再用纸巾或干布吸干墙纸、墙布的表面；对无耐水性的墙纸、墙布，只能用橡皮擦拭，或用毛巾蘸少许清洁剂溶液轻擦。

4. 软墙面清洁保养

软墙面的清洁保养，主要也是除尘除迹。除尘时可使用干布或吸尘器，如有污迹，可选用溶剂清除，用溶剂除迹时，要注意防火。一般不宜水洗，以防止褪色或留下色斑。

5. 油漆墙面清洁保养

油漆墙面清洁保养时，可用潮抹布擦拭清除灰尘污垢，忌用溶剂。

6. 涂料墙面清洁保养

涂料墙面的清洁保养，可用干布或鸡毛掸清除灰尘；污迹可用干擦等方法清除。另外应定期粉刷墙面。

第二节　饭店日常物品的清洗保养

案例 2

926 房间的客人李小姐，要求洗涤一件羽绒服，非常细心的她在洗衣单上特别注明：不得有磨损、褪色现象。洗衣房洗涤查验完将羽绒服送往客人房间，李小姐细致地将衣服从内到外进行审视后，提出了袖口缝内不干净的毛病，而且坚决要求重洗，否则就要进行投诉。洗衣房主管耐心地向她做了解释：因为衣物颜色和穿着程度的原因，如果再洗就会对衣物造成损伤——脱色、起毛等，李小姐听后，不再有任何怨言。

案例3

春节过后某饭店来住店的客人逐渐多起来，这天刚刚入住 1118 房间的客人就气愤地向饭店提出投诉：1118 房间卫生间内的浴盆灰尘较多，让人感觉此客房已经空置很久了；另外，浴衣较脏，摸着有一种油滑的感觉，袖口和领子有污迹。并且，在浴巾架上的浴巾下边露出一点红色的东西，仔细一看是一条女式内裤，心里非常别扭。强烈要求饭店经理到 1118 房间来给出解释。经查，出现浴盆有灰尘、浴衣不干净、卫生间内有以前客人遗留的衣物都是过节期间员工对房间卫生标准有所放松且楼层查房员（领班）检查督导不严所致。

饭店经理马上把 1118 房间的客人升级到套房并再次向客人赔礼道歉。

饭店日常物品包括饭店用纺织品和各类用品。纺织品，是饭店必不可少的物品，客房内使用的纺织品包括：床上布件、卫生间布件、房间装饰用布件。餐厅内使用的纺织品包括：餐厅内布件和装饰用布件。这些布件用量大，使用频率高，实用性强，是饭店管理费用中的一项较大的开支，加强对布件的清洗保养的控制，对降低管理费用有非常重要的意义。

饭店用的纺织品既有满足客人日常生活需要的实用价值，又有装饰美化饭店环境的作用。因此，要保持饭店内使用的所有布件都能较长时间维持其原有的质地和风采，科学合理的洗涤是保养中的关键。

饭店各类用品主要指在饭店公共区域和场所供客人和员工经常使用的物品，如门、门拉手、沙发、茶几、电话、面盆、浴缸等。这些物品的完好和卫生程度都会给每一位客人留下非常重要的第一印象，所以，必须持续不断地进行清洁保养。

一、纺织品纤维的鉴别

纺织品的纤维，是纺织品的最原始的形态，纤维的种类及其特征决定着纺织品的质量及用途。

（一）纺织纤维的种类

纺织纤维，可分为天然纤维和化学纤维两大类。天然纤维，是自然界生长形成的。化学纤维又分两种，其中，以自然界的物质为原料，经过化学加工成纤维的为人造纤维；另一种是由几种天然原料经过合成的纤维称为合成纤维，详见纺织纤维分类（图 10-1）。

（二）纺织纤维的性能

各种纤维都有其特定的性能。

1. 吸湿性

纺织纤维的吸湿性，是饭店客用纺织品必须具备的性能。吸湿性好的天然纤维和人造纤维，水分子可大量进入纤维内部的空隙，使纤维发生膨胀。这种特性有利于染料分子的进入和吸附，增强染色效果。

合成纤维的吸湿性低，着色效果较差。要改善合成纤维的吸湿性，可将合成纤维与天然纤维或人造纤维进行混纺或交织。现在，这些混纺产品因耐磨且价格较便宜在饭店中也广泛使用。

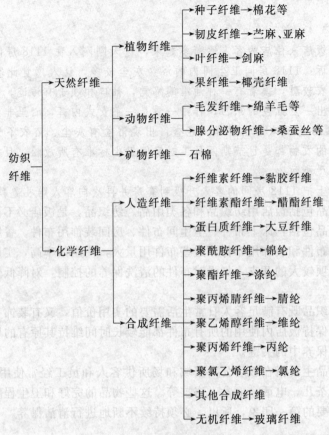

图 10-1　纺织纤维分类

2. 热塑性

合成纤维，加热到一定程度便会软化，这时通过折叠加压等方法，便能使织物变成你所期望的效果，即定形，纤维的这一性能称为热塑性。

天然纤维和人造纤维没有热塑性，即便是在湿热条件下，定形效果仍比合成纤维差很多，难以达到永久定形的效果。如全棉床单、枕套，虽经熨烫，但仍容易起皱。

3. 弹性和强度

柔软且具有弹性，是评价织物优劣的一个重要标志。羊毛和蚕丝的弹性很好，制成地毯等起绒织物，绒毛不倒伏、绒面平整。但因其吸湿性高，在附着较多的水分子时，弹性回复能力变差。合成纤维的弹性很好，经定型处理后，弹性回复能力更强。

纤维的拉伸强度，是决定纤维坚牢程度的主要因素。合成纤维的拉伸强度大于天然纤维。

4. 可纺性

除蚕丝外，天然纤维都是短纤维。合成纤维有短丝也有长丝。而纤维的长度和细度，是决定纺纱工艺和细纱品质的重要因素，能否将这些长丝或短丝纺成细而长的细纱或纱线，是评定纤维可纺性能的重要指标。

5. 纤维改性和变形

天然纤维和化学纤维各有其长处和弱点，可通过混纺、交织的方法或采用高科技对各种纤维进行改性和变形，提高其性能。例如，改性后的全棉织物，既具有良好的吸湿性，又具有良好的热塑性和弹性，反复洗涤和使用后仍不起皱、变形。这种免烫全棉织品，现在已被广泛使用。

经过防火处理后的天然织物，改变了容易起火燃烧的缺点，提高了防火性能。例如，阻燃毛毯、床罩和窗帘等。

（三）纺织品的特点

纤维纺成纱线，再通过不同的织造方法便可织成各种类型的纺织品。常用的织造方法有针织（编织）、纺织和黏结三种。

1. 针织

针织是使用单纺线，内呈环套而成。针织的特点是织品弹性好，柔软、舒适。主要作为毛巾类织品。针织品的缺点：洗涤后易变形或抽纱，从而影响美观和使用效果。

2. 纺织

纺织，是应用最为广泛的一种织造方法。纺织又分为平织、斜纹织和缎织三种。

（1）平织

平织是纺织中最简单的织法，是将经线和纬线平衡交织。平织品是饭店使用最多的纺织品，例如：床单、枕套、台布、装饰布等。平织品的优点是较柔软，手感舒适，修补容易。缺点是容易撕裂。

（2）斜纹织

斜纹织品的特点是质地坚实，不易走形和撕毁。因织法细密，因此使用寿命较长。饭店内厚窗帘、沙发面料等多为斜纹织品。

（3）缎织

缎织的特点是织品表面平滑、外观华丽。缺点是容易撕裂。

3. 黏结

黏结法，是将动物短纤维反复搓揉，使纤维联结，再经压制而成，黏结织物又称为毡。因黏结物不太结实，经不住多次洗涤，因此主要作底垫以增加厚度。

二、纺织品的清洁保养

（一）纺织品的洗涤要求

纺织品的洗涤质量直接影响纺织品的使用寿命以及色彩的光鲜程度。饭店内布件包括：床单、被罩、毛毯、枕套、毛巾、台布、装饰布、桌裙、台布垫、椅套、口布（餐巾）、托盘垫巾、服务布巾、窗帘。它们的洗涤要求按布件种类不同，要求也略有差别，现介绍如下。

1. 床单、枕套

使用 pH 值 $6\sim6.7$ 的碱性清洁剂对床单、枕套清洗，并用漂白剂漂白，过清水冲洗时加少量酸剂，可使床单和枕套达到洁净、无污迹、无破损、杀菌消毒，烘干烫平后的床单、枕套达到平整并柔软舒适的效果。一般洗涤周转次数，全棉床单 300 次左右，全棉枕套 250 次左右。

2. 毛巾

使用洗衣粉对毛巾清洗去污，并加入适量漂白剂再次清洗，第三次过清水冲洗时加少量酸剂或柔软剂，使毛巾洁净、无污迹、无破损、杀菌消毒、色泽明朗、手感柔软。一般洗涤周转次数 150 次左右。

3. 台布、口布、托盘垫巾、服务布巾

先使用润滑剂或碱性洗涤剂预洗，之后使用洗衣粉进行主洗过程，洗时加入适量漂白剂，第三次过清水冲洗时加少量浆粉为上浆，使台布、口布等洁净、无污迹、无破损、杀菌消毒、平整、挺括。一般洗涤周转次数 250 次左右。

4. 装饰布、桌裙、窗帘、沙帘

使用洗衣粉对窗帘、桌裙、窗帘、沙帘清洗去污，主要注意主洗时间不能太短，应视窗帘薄厚程度适量延长主洗和脱水时间。窗帘、沙帘等洗后洁净、无污迹、无破损、色泽明朗、平整。

5. 毛毯、台布垫

饭店客房使用的毛毯质地一般有三种：纯羊毛、混纺、化纤。毛毯洗涤常用干洗法：首先根据被洗毛毯的质地、颜色进行分类，并检查毛毯上有无污迹，如有污迹，先用相应的去污剂作预除污处理。然后按毛毯的不同质地准备溶剂，按以下程序清洗。

（1）准备溶剂

将适量的清洁溶剂抽到筒内，加入大于毛毯重量 0.25% 的水和大于毛毯重量 0.4% 的干洗洗涤剂；开启小循环 30 秒，再将溶剂抽回工作缸内备用。

（2）毛毯装机

按干洗机的额定洗涤量将毛毯放入干洗机；将准备好的溶剂抽进筒体达高液位。

（3）毛毯洗涤

① 正反转洗涤，洗液经过滤器循环，时间 6～8 分钟。

② 将洗液抽进蒸馏缸，并高速脱液 2 分钟。

③ 将清洁溶剂抽进筒体达高液位。

④ 正反转洗涤，洗液经过滤器循环，时间 3～4 分钟。

⑤ 将洗液抽进工作溶剂缸。

（4）毛毯高速脱液

毛毯高速脱液 3～4 分钟。

（5）毛毯烘干

烘干温度 60～65℃，时间为 25～35 分钟。

（6）毛毯冷却和排臭

冷却时间为 3～5 分钟。

毛毯洗后应洁净、无污迹、无破损、色泽明朗、平整，手感和舒适度好。

（二）影响纺织品洗涤效果的因素

1. 洗涤设备

对所使用的自动型和半自动型洗涤设备，都要按洗涤的物品状况设计洗涤程序，因为用相同的洗涤程序洗不同质地的物品，很难达到清洗标准。

2. 水质

水质对洗涤效果影响很大。在设计洗涤程序时，必须充分考虑当地的水质状况。水质好坏表现在两个方面，即水的硬度和水中铁离子的含量。

水的硬度，是指水中钙、镁离子的含量。在洗涤过程中，钙、镁离子在纺织品上沉积使纺织品变灰，影响白度、色度和手感，这种状况一旦形成，就很难改变。因此，必须将水的硬度控制在 100 微克/克以下，水的硬度越低越好。如果超过这个标准，在设计洗涤程序时，就应采取相应的修正措施。

3. 被洗织物的特征

若要设计出最佳洗涤程序，必须考虑被洗织物的特点。

（1）纺织品的质地

不同质地的纺织品，因其纤维性能不同，而对洗涤有不同的要求。饭店纺织品的质地以全棉、涤棉混纺为多，还有一些高档餐厅使用麻织物以及新型的化纤织物。

棉，是星级评定标准中明确要求使用的纤维种类。棉的耐碱性好，可以使用碱性较高的洗涤剂。但棉的耐酸性较差，在使用酸剂进行处理时，需要慎重选择酸的种类并控制好酸的浓度；棉的耐热性非常好，100℃以下的温度不会影响其牢度；棉的吸水性好，需要较长的过水和脱水时间。

涤，具有较高的强度，耐热性良好。但其耐碱性受碱的浓度及温度的影响，在常温浓碱或稀碱高温的情况下，可能发生水解；在溶液 pH 值 < 5 的条件下，对氧化剂的抵抗力明显下降。因此，在设计洗涤程序时，要注意考虑以上因素。另外，涤的吸水性较差。因此过水和脱水时间较短。

涤棉混纺纤维性能介于涤和棉之间，并因混纺比例不同略有差异。

麻和棉同属于纤维素纤维，性能相似。两者相比，麻的耐碱性、耐热性及耐酸性均稍强于棉。但麻对氧化剂敏感，在高浓度漂液中受到的损伤比较大，在设计洗涤程序时，应避免使用高浓度漂液。

（2）纺织品的颜色及染色牢度

纺织品的颜色及染色牢度与氧漂剂的关系密切。白色织物可以采用氧漂，也可以采用氯漂；而彩色织物，尤其是染色牢度不高的织物，最好采用氧漂，较为安全。另外，碱性溶液对彩色织物染色不利，因此，在设计洗涤程序时，应考虑尽可能消除使用碱性洗涤剂的不利影响。

（3）污垢类型及程度

设计洗涤程序时，须分析被洗织物上的污垢类型及程度，有针对性地采取有效的洗涤方法。纺织品上的污垢根据可溶性可分为：水溶性污垢、碱溶性污垢、溶剂性污垢、酸溶性污垢和不可溶性污垢。

① 水溶性污垢，可通过冲洗去除，包括血、尿、排泄物及某些食物等。如果纺织品上此类污垢较多，在设计洗涤程序时，可考虑编入 1～3 个冲洗步骤。

② 碱溶性污垢，包括食物、脂肪、油脂污垢等，可用碱性洗涤剂在主洗时去除。在设计洗涤程序时，需要针对具体污垢情况设定洗涤温度。

③ 溶剂性污垢，是水洗过程中最难清除的污垢，因此，在设计程序时，应编入一个浸泡或预洗的步骤，进行预洗浸泡剂的处理，或在主洗阶段配上润湿剂做处理。

④ 酸溶性污垢，主要是一些矿物质，如钙、镁和铁，在洗涤过程中可通过加酸清除。

⑤ 不可溶性污垢，包括沙、泥土、烟灰及碳等，在冲洗、主洗过程中都比较容易清除。因此，在设计洗涤程序时，可不做特殊的安排。

（三）纺织品的去渍

台布、口布上沾的食物、果汁、汤汁、油滴；床单、枕套上沾的口红、血渍、汗渍、墨水等，这些沾在纺织品上的异物，都称为污渍，污渍是污垢的一类。它们的区别是：污垢可以在常规的水洗或干洗过程中去除，而污渍必须经过特别的技术处理才能去除。去渍，就是运用适当的物质（水、洗涤剂、有机或无机溶剂等）、适当的技巧与方法，将吸附在纺织品表面、常规水洗或干洗无法洗掉的污渍去除的过程。

1. 污渍的种类

纺织品上的污渍种类有多种，要达到好的去渍效果，首先判断污渍的种类，以便对症下药。通常污渍分为以下几大类。

（1）水基污渍

纺织品上的水基污渍比较普通，通常可以用普通洗涤剂或含溶剂的水溶液去除。

（2）油脂类污渍

纺织品上主要是动植物油渍类污渍。对这类污渍，要有针对性地使用有机溶剂，如汽油、松节油、香蕉水等，也可用表面活性剂类洗涤剂，如洗衣粉等。

（3）油基色素渍

圆珠笔油、油墨、复写纸墨等，都属于油基色素渍。这类污渍可采用有机溶剂，如汽油、四氯化碳、香蕉水等去除，也可用洗衣粉水溶液与氧化剂配合洗涤。

（4）果酸色素渍

果酸色素渍，是指水果、果汁、西红柿等汁渍，应用有机酸作溶剂的溶解方法可去除，也可使用洗衣粉水溶液处理。

（5）蛋白质类污渍

肉汤、奶油、鸡蛋、血、汗等污渍，均属于蛋白质类污渍，可用含 2％氨水的皂液去除。也可用蛋白酶处理。

（6）其他类污渍

指纺织品受到某些化学药品的污染或其表面颜色与化学品反应留下的污渍。这类污渍通常因纺织品受到损伤而成为永久性污渍，不易去除。

2. 去渍剂

对不同污渍应使用不同的去渍剂，饭店常用的去渍剂有湿性起渍剂、干性起渍剂、氧化剂和还原剂等。

（1）湿性起渍剂

① 中性洗涤剂。中性洗涤剂，指 pH 值为 7 含表面活性剂的洗涤剂，对污渍起到润湿、分散、乳化的作用。

②碱性蛋白酶。碱性蛋白酶，主要用于清除肉渍、奶渍、血渍、汗渍等蛋白质类污渍。

③甘油。甘油渗透性极强，特别适用于去除墨水和染料污渍。

④醋酸。醋酸是去渍剂中最弱的酸，起到中和污渍中碱性成分的作用，用于去除咖啡渍、菜渍、软饮料污渍等。

⑤草酸。草酸使用时应加水稀释，用于去除铁锈、墨水渍。使用后，纺织品应彻底冲洗，不能遗有残液。

⑥氨水。氨水可用于去除汗渍、某些墨渍、染色及药渍，可中和因酸引起的变色，使纺织品恢复原色。

⑦氢氧酸（除锈剂）。氢氧酸，是去渍剂中最强的酸，有毒，使用时必须小心。可去除墨渍、药渍及锈渍等。

⑧肥皂酒精溶液。肥皂酒精溶液，是由肥皂、酒精、水及少量氨水组合配制而成，主要用于去除一些墨水渍、化妆品渍和油渍等。

（2）干性去渍剂

①香蕉水。香蕉水用于去除指甲油渍、油漆渍等。香蕉水为易燃品，使用时应避免暴露并远离火源。

②乙醚。乙醚，是一种有机溶剂，能溶解蜡质、油脂、树脂等污渍。

③松节油。松节油，是由松脂蒸馏而得的挥发性油，可作为溶剂，能溶解油漆、树脂、油脂等污渍。

④汽油。汽油可用于去除动植物油、矿物油、油漆和其他油性污渍，使用时应小心，远离火源。

⑤四氯化碳。四氯化碳为有机溶剂，有良好的脱脂作用，可去除口红、油漆、圆珠笔油等污渍。

⑥四氯乙烯。四氯乙烯为干洗溶剂，能去除油漆、矿物油、动植物油、化妆品等污渍。

（3）漂白剂

漂白剂与纺织品上的污渍发生反应，可起到掩盖污渍或使污渍呈现无色的作用。漂白反应可从污渍中吸氧或加氧，吸氧称之为还原剂，加氧称之为氧化剂。一般情况下氧化漂白比还原漂白稳定性强，氧化漂白多用于去除有机污渍；还原漂白多用于去除色渍。

①氧化漂白剂。氧化漂白剂有双氧水（过氧化氢）、过硼酸钠、次氧酸钠、高锰酸钾（不常用）等。

②还原漂白剂。还原漂白剂有亚硫酸钠、亚硫酸氢钠、硫酸钛等。

3. 去渍的方法

不同种类的污渍，去渍方法也不同，去渍时应根据污渍的具体情况，选择合适的去渍方法。纺织品常用的去渍方法有喷射法、擦拭法、浸泡法等。

（1）喷射法

水基可溶性污渍可采用喷射法去除或部分去除。使用喷枪时应注意：使用前先放水，防止积水或水锈弄脏纺织品；使用的角度要合适。

（2）擦拭法

擦拭是去渍时常用的方式。擦拭有刷式及刮板式两种方式。

① 刷式。在污渍表面涂抹化学药品后，用刷子顺经逆纬轻刷，直至污渍脱离纺织品。使用毛刷要注意力度和角度。

② 刮板式。在污渍表面涂抹化学药品后，要使其渗透溶解，然后用刮板轻刮污渍，至污渍刮离纺织品。使用刮板时，应注意将有污渍的部位展平放在台面上，掌握好刮板力度再来回刮动，不可强行刮除。

（3）浸泡法

浸泡法，是指将纺织品的污渍部位浸泡在装有化学药品的器皿内，使化学药品有充分的时间与污渍发生反应，去除污渍的方法。

4. 去渍的注意事项

纺织品去渍应细致、慎重的操作，因处理不当，轻者影响纺织品的色泽和美观，重者会磨损纺织品，缩短其使用寿命。所以，纺织品去渍应注意以下事项。

① 纺织品受到污染后，应尽早采取去渍处理，以提高去渍效果。

② 仔细鉴别纺织品的染色度、纤维成分和判断污渍的种类后，使用相应的去渍剂。

③ 对不熟悉的面料或没有接触过的污渍，应先在纺织品隐蔽处或边角处做去渍试验。

④ 使用去渍药品，应从弱到强、从少到多，不能一开始就大量使用。

⑤ 对时间长的污渍可少量多次地使用去渍药品。

⑥ 使用两种或两种以上的去渍药品时，应先将第一种漂净后，再使用第二种（仅限于水洗）。

⑦ 为防止污渍扩散，使用去渍剂时，应从污渍周围向污渍中心滴注。擦拭时顺序同样如此。

⑧ 去渍时污渍面宜向下，放置在毛巾或吸水纸上，从纺织品背面施加去渍剂，尽量少用强力擦搓。

⑨ 用同一方法处理污渍 2～3 次后，效果仍不明显，应考虑改用其他去渍方法。

⑩ 任何水洗去污的纺织品，去渍后要及时将化学药品洗净，避免化学药品的残留对纺织品造成损害。

三、饭店公共区域用品的清洁保养

饭店公共区域，是饭店的重要组成部分。公共区域的清洁保养程度直接影响或代表整个饭店的水准，因为客人往往会根据他们对饭店公共区域的感受来评判饭店的管理水平和服务质量。

案例 4

晚上 9 点多钟，1018 房间的李小姐来到饭店一层的商务中心去给公司发一份业务传真，商务中心值班服务员热情地请李小姐坐在沙发上稍等，当李小姐转身离开接待柜台的瞬间，发出"哎呀"一声。原来是接待柜台立面受潮未及时保养，造成贴面开胶。开裂的贴面划破了李小姐的腿和高筒袜，造成李小姐对饭店的投诉。饭店不但免费为李小姐发了传真，还送李小姐包扎伤口，并赔偿袜子。

案例 5

12 月 18 日，某大公司为明年的业务更有成效，准备在某五星级饭店举办一个大型客户联谊会，公司营销部特地与饭店公共部共同策划出一个让到会客户感到意外惊喜的联谊会方案。但当公司营销部人员来到准备作为会场的多功能厅后，发现水晶吊灯的挂件满是尘埃，早已失去璀璨的光芒，并且其中有近 20％ 的灯泡已坏。当即就要退出更换别家饭店，在公共部经理的一再保证下，承诺一定在 24 小时内做好所有的准备工作，绝不会给会议留下遗憾之后，才保住了这个会议合同。

（一）饭店公共区域的清洁保养特点

饭店公共区域，可分为客用部分和员工使用部分。客用部分主要包括停车场、营业场所及客人临时休息处、公共卫生间等。员工使用部分包括员工更衣室、员工食堂、倒班宿舍、培训教室、阅览室、活动室等。

1. 是客人评价饭店的"门面"

饭店公共区域人流过往频繁，只要到饭店来，任何人都能接触到公共区域，可以说饭店公共区域是饭店的门面。例如，有些人原计划来店住宿或用餐，但他们进入饭店后看到大厅不清洁、设备损坏，就有可能联想到客房和餐厅也不清洁、不卫生，设备用品不完好。在这种情况下，除非某种原因而迫不得已、别无选择，客人是不会在此住宿用餐或进行其他活动的。所以，饭店必须高度重视公共区域的清洁保养工作，并以此给饭店添光加彩，增强饭店对公众的吸引力。

2. 情况变化多，工作繁杂

饭店公共区域范围广、场所多、活动频繁、情况多变。因此。有些工作难以计划和预见，致使清洁保养工作非常繁杂。另外，大型会议团队、临时活动安排、天气变化等多种情况都会给清洁保养带来额外的工作量。

3. 专业性较强，技术含量较高

饭店公共区域的清洁保养工作，尤其是其中一些专门性工作，与其他清洁保养工作相比，专业性较强，技术含量较高，工作中所需要使用的设备、工具、用品繁多，所清洁保养的设备、设施和材料众多，员工必须掌握比较全面的专业知识和熟练的操作技能才能胜任此项工作。

（二）公共区域用品的清洁保养

1. 大厅

大厅，是饭店的门面和窗口，也是饭店日夜使用的场所，大量的过往客人和短暂逗留者不时带进尘土、脚印、烟灰、烟蒂、纸屑等杂物，为了防止或减少客人将尘土、砂石带进室内，要在大门入口处设置防尘格、铺上踏脚垫（请看前面已讲过的地面的清洁保养）。踏脚垫需及时更换清洗。另外，门厅配置伞架或伞套，在雨雪天气，安排专人为客人服务，可避免客人将雨水带进饭店内，减少饭店内的污染。入口处的指示标牌也

要经常擦拭，保持清洁光亮。

（1）门、拉手

门和拉手需经常擦拭，清除灰尘、手印、污迹，保持清洁光亮，减轻锈蚀。

（2）扶手

扶手需要经常擦拭，保持无灰尘、无手印、无锈蚀，光洁明亮。金属扶手须用金属上光剂（省铜剂、不锈钢清洁剂）擦拭，木质扶手用家具蜡除污上光，每天一次。

（3）沙发、座椅、茶几、茶台

大厅供客人休息等候使用的沙发、座椅、茶几、茶台等，由于使用频繁，沙发、座椅上面的灰尘、杂物要随时清除，并整理复位。如有污迹，要及时清洗。对客人已用过的茶几、烟灰缸，里面的烟灰、烟蒂超过一定量要及时更换整理，要注意是否有尚未熄灭的烟头，确保安全。要经常擦拭台面，保证无灰尘、无污迹、无杂物、物品摆放整齐。

（4）烟灰筒

饭店大厅通常有许多烟灰筒（兼作垃圾桶），这些烟灰筒要经常清洁、定期清洗，平时还要检查有无未熄灭的烟头、火种等。

（5）其他物品

如植物花草、告示牌、画牌等，每天都要及时清除洗刷，保证无灰尘、无污迹，摆放整齐。

2. 电梯、自动扶梯

饭店使用的电梯为无人操纵的自控电梯，因此，需要经常不断地清洁保养。具体内容包括地面、四壁、顶部的除尘、除迹。金属部分用金属上光剂擦拭。如果地面铺设地毯，要经常吸尘、除迹，每日更换清扫。

自动扶梯在运行时，可以擦拭扶手、清除污物。停止运行后，进行进一步的清洁保养，主要有：清除油污和台阶护板上的尘土污迹，检查灯厢等。

3. 公共卫生间

饭店公共卫生间因使用者众多并频繁，每日需进行一般性清洁和全面彻底的清洁保养。一般性清洁指随时进行不影响正常使用的清洁活动，主要内容：清洁卫生洁具并进行杀菌消毒，对地面、墙面、镜面、门、拉手、手纸架、烘手器进行除尘、除迹，清除异味，清除垃圾、杂物，更换、补充及整理用品。全面彻底的清洁保养工作，需停止公共卫生间的使用，因此，时间安排要合理。全面清洁保养的具体内容是在一般性清洁的基础上，进行地面、墙面洗刷，地面打蜡抛光、清除污垢等。

4. 吊灯

饭店的大厅、多功能厅等处，一般都装有大型吊灯。吊灯的清洁保养工作是一项比较复杂细致的工作，必须认真计划、合理安排。

① 选择适当的时间。清洁保养公共区域的吊灯应根据各场所的使用情况安排时间，以不影响使用为原则。

② 选择合适的人员。此项工作必须由有经验、责任心强、工作细致认真的服务员承担，因为饭店使用的吊灯大多价格昂贵、易损坏，配件很难采购。在作业中，领班或

主管要加强现场监督，并要求工程部配合协助。

　　③ 配齐设备、工具、用品。

　　④ 清洗灯具，更换烧坏的灯泡。

　　⑤ 注意安全，防止发生工伤事故、损坏灯具。

　　5. 后台区域

　　饭店都有后台区域，包括员工通道、电梯、更衣室、员工卫生间、员工食堂、办公室、倒班宿舍等。饭店后台清洁保养工作的好坏，能直接反映饭店的管理水平，影响员工的工作环境质量和士气。

第三节　饭店常用清洁剂的配置与管理

　　"工欲善其事，必先利其器"，使用高效的清洁剂，不仅能提高清洁功效，同时也能提高员工的劳动效率。

　　饭店的清洁保养工作离不开大量的各种类型的清洁剂。合理配备、正确使用清洁剂，既能提高工作效率、保证工作质量，又能对提高饭店的经济效益产生积极影响。正确合理地使用清洁剂对物体表面进行清洁保养，不仅可以清除物体表面的污垢，还可以延缓老化，延长设施、设备的使用寿命。如一件家具，清洁保养得当，使用 10 年以上仍光亮如新、完好如初，否则会被提前淘汰，使饭店为购买新的家具而增加投入资金。有些饭店使用劣质、低价的清洁剂，以为会节省一点开支，结果给被清洁物造成不可挽回的损伤。如被劣质清洁剂腐蚀花了的大理石台面、防滑地面砖、卫生洁具等。

一、污垢的种类和特点

　　污垢是指吸附于基质表面、内部，可改变基质表面外观及质感特性的不良物质。

　　（一）污垢的特性

　　1. 液体油性污垢

　　液体油性污垢，是指动植物油、矿物油等。如菜肴汤汁、圆珠笔油、化妆品等形成的污垢。其中动植物油脂、脂肪酸可以被碱液皂化，能溶于水。脂肪醇、胆固醇、矿物油虽不能被皂化，但可以被表面活性剂乳化和分散，也能溶于一些醚醇、烃类等有机溶剂中。

　　2. 固体污垢

　　固体污垢，主要有尘埃、砂土、铁锈、灰、炭黑、花粉等。在常温下可溶于水，但像铁锈、灰、炭黑的污垢与纤维形成化学吸附，不易脱落，可以使用含酶的洗涤剂使污垢分解，达到清洁的目的。

　　3. 特殊污垢

　　特殊污垢，主要是指由蛋白质、淀粉、人体分泌物等，在基质上形成的污垢。这类污垢一般不溶于水和有机溶剂，但可以被表面活性剂分子吸附而分散、胶溶、悬浮于溶液中。

（二）污垢的物理和化学性质的分类

为了选择相应的清洁方法，应了解污垢的物理和化学性质。

1. 水溶性和分散性有机物与无机物

砂糖、果汁、果实酸等内含有机酸、食盐、石灰等无机物，在水中可以溶解、分散，借助表面活性剂等可洗净。

2. 非水溶性无机物

水泥、熟石膏、煤烟尘、油烟、土壤等，既不溶于水，也不溶于有机溶剂。可用适当的表面活性剂和机械力处理。

3. 非水溶性非活性有机物

润滑油、润滑脂、沥青、煤焦油、油漆、颜料、动植物油等物质，为非水溶性非活性有机物，虽不溶于水，但多数能溶于某些有机溶剂，使其溶解分离。

4. 非水溶性活性有机物

属于这一类的物质比较少，如脂肪酸之类的物质，只是少量存于油脂和汗液中。

二、清洁剂的特性及配制

提高清洁功效，就应配制恰当的清洁剂有针对性地去垢，以达到事半功倍的效果。

（一）清洁剂的特性

是指使污垢在清洁剂中被溶解、被乳化、被分解或引起某些化学反应的作用。

（二）清洁剂的组成

清洁剂，是指以去污和保养为目的而设计配制的洗涤用品，由必需的活性成分和辅助成分构成。活性成分即为表面清洁剂，辅助成分有助剂、抗沉淀剂、酶、填充剂等。

1. 表面活性剂

清洁剂的表面活性剂，在达到一定的浓度时能使溶剂的表面张力降低，在溶液中形成胶团，产生润湿或反润湿、乳化或破乳、起泡或消泡、加溶、洗涤等作用。

在清洁保养中常用的表面活性剂见图 10-2。

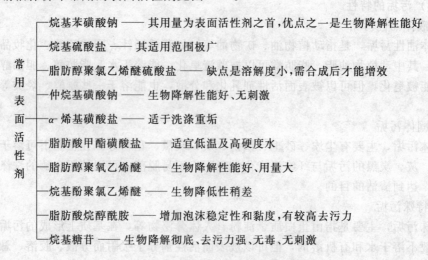

图 10-2　清洁保养中常用的表面活性剂

2. 助剂

清洁剂中除表面活性剂外，还需要添加各种助剂才能发挥更好的去污保洁功能。将助剂加入到清洁剂中，可使清洁剂的性能得到明显的改善或使表面活性剂的配合量降低。因此助剂也被称为清洁剂的净化剂或去污增强剂，是清洁剂中必不可少的组成部分。

助剂的主要功能有：

① 对金属离子有整合作用或有离子交换作用，可使硬水软化；

② 起碱性缓冲作用，使清洁剂维持一定的碱性，保证去污效果；

③ 具有润湿、乳化、悬浮、分散等作用。

常用的助剂见图 10-3。

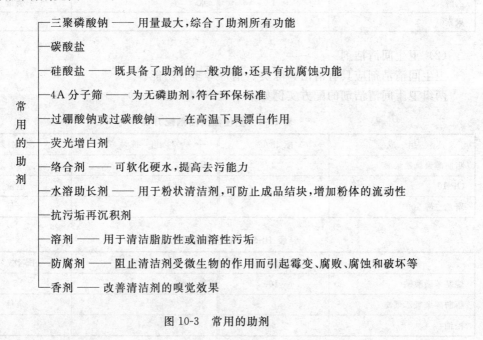

图 10-3　常用的助剂

3. 常用清洁剂的配制

针对各类物品的基质特点和污垢的特性，将表面活性剂和助剂进行不同组合，达到更好的清洁保养功能。

（1）家具清洁剂

家具清洁剂，主要用来清除家具、墙壁、瓷砖、门窗、玻璃等硬质物体表面上的尘埃、茶渍、油污等；使用时选用低泡的非离子表面活性剂，或中泡的烷基苯磺酸钠，以氨、单乙醇氨等调成弱碱性清洁剂，再加入助剂、溶剂等。所用溶剂多为水溶性，以便配制成透明液体，在清洁操作时能够更好地去除油污。这类清洁剂污染小，使用范围广，被称为万能型清洁剂。

两组家具清洁剂的配方如下（表 10-2、表 10-3）。

表 10-2 通用型家具清洁剂配方表

组　成	配比/%	组　成	配比/%
烷基磷酸酯盐(50%)	4	焦磷酸钾	7
脂肪醇聚氧乙烯醚(AEO)	1	水	余量
硅酸钠	5		

表 10-3 涂漆家具清洁剂配方表

组　成	配比/%	组　成	配比/%
OP-10	2	亚氮基三乙酸钠	0.5
聚醚	1	氨水(28%)	0.5
乙醇	1	水	余量
尿素	1		

（2）卫生间清洁剂

卫生间清洁剂应具有清洁、除臭、消毒等多种功能。

两组卫生间清洁剂的配方实例如下（表 10-4、表 10-5）。

表 10-4 坐便器清洁剂配方表

组　成	配比/%	组　成	配比/%
脂肪醇聚氧乙烯醚	2	盐酸(工业)	10
OP-10	2	色素(蓝)	适量
聚乙二醇 500	2	水	余量

表 10-5 浴缸清洁剂配方表

组　成	配比/%	组　成	配比/%
烷基苯磺酸钠	10	异丙醇	5
脂肪醇聚氧乙烯醚	6	水	余量
松油	5		

（3）玻璃清洁剂

饭店内有大量玻璃和镜面，常用玻璃清洁剂的形态有液态型和气雾型两种，配置方法见表 10-6。

表 10-6 玻璃清洁剂配方表

组　成	配比/%	组　成	配比/%
脂肪醇聚氧乙烯醚	6	乙醇	2
甲苯磺酸钠	3	异丙醇	10
烷基苯磺酸钠	3	水	余量

（4）金属清洁上光剂

不同性质的金属种类，必须配制相应的清洁上光剂，以便进行针对性处理（表10-7、表10-8）。

表 10-7 气雾型不锈钢清洁剂配方表

组　成	配比/%	组　成	配比/%
白油	2.1	三氟氯甲烷	19
Span20	0.3	1,1,2,2-四氟氯乙烷	78
二壬基磺酸钡	0.6		

表 10-8 铜清洁剂配方表

组　成	配比/%	组　成	配比/%
聚乙二醇和甲氧基聚乙二醇	35	皂土	8
脂肪醇醚硫酸盐	3	硅藻土	19
柠檬汁	少许	食盐	5
		水	余量

（5）地毯清洁剂

地毯清洁剂又称地毯香波，由于地毯清洁的特殊性，地毯香波的配方应对纤维无损害、润湿力及渗透性好，易于蒸发、干燥。

通用型高泡地毯香波配方见表10-9。

表 10-9 通用型高泡地毯香波配方表

组　成	配比/%	组　成	配比/%
十二烷基硫酸钠	10	二丙二醇单甲醚	4
AES	12	三乙醇胺	5
6501	5	水	余量

（6）溶剂洗涤剂

溶剂洗涤剂，是以有机溶剂为主要成分，加入适量的表面活性剂、少量水等所构成的液体洗涤剂，性能主要受溶剂性质影响。它主要溶解油性污垢，分解固体污垢，使污垢脱离基质。用于对丝、毛等天然纤维织物的清洁。

溶剂型洗涤剂的特点：溶解能力强、化学稳定性好、挥发性适当、不易燃、毒性小、增溶力大、对洗涤设备无腐蚀性。

常用的溶剂如下。

① 五号汽油——无色透明、无异味、稳定性好、毒性弱、价格便宜。

② 四氯乙烯——较稳定、不易燃、溶解力大、有毒性、对金属有轻微的腐蚀性。

③ 三氯乙烷——溶解力好于四氯乙烯，不燃烧、毒性较小、除污功能好，但对金属有腐蚀性。

④ 三氯乙烯——溶解力强，尤其对固态污垢，如蜡、焦油、口香糖等使用效果更

好，但有毒性。

（7）液体消毒剂

是对饭店内使用的所有物品、布件等进行消毒杀菌常用的液体消毒剂，同时应有去污等功能。

阳离子表面活性剂消毒剂的特点：药效高、毒性小、污染少。所以理想的液体消毒剂，是在非离子表面活性剂为主的配方中，加入阳离子表面活性剂。常用的阳离子表面活性剂有洁尔灭、十二烷基三甲基溴化铵、吡啶阳离子等。

三、清洁剂的管理

（一）清洁剂的选购

1. 清洁剂在选购时应注重的几个关键问题

① 选择到的是不是最适合的清洁剂？

② 是不是以合理的价格购进了高质量的清洁剂？

③ 使用是否合理、消耗是否适量。

2. 选择清洁剂时应关注的几个要素

① 去污力。去污力的质量指标与表面活性剂的种类、含量、助剂及整体配方有关。因此，选购时应详细了解其配方组成，并试用。

② pH 值。根据积垢程度选择 pH 值适当的清洁剂是非常重要的。对于液体清洁剂可用 pH 值纸进行测试（pH 值在储存过程中有可能发生变化）。

③ 泡沫。泡沫包括良好的起泡力和泡力稳定两个方面。

④ 漂洗性。选购的标准之一是清洁剂在完成洗涤功能后，能被彻底冲离基质表面。

⑤ 污染。应选择非污染（生物降解度好）的清洁剂。如烷基糖苷，就是一种新型表面活性剂，无毒、无刺激，生物降解速度快，去污性能极好。

⑥ 感观。观察清洁剂的色泽、纯度、气味等，混浊和有不良气味的清洁剂多为过期或劣质产品。

⑦ 包装。清洁剂一般的包装容器多为硬塑料盒（桶）或合金罐。标志清晰美观，无脱色；封口牢固、整齐。包装上还应有：产品名称和标记；商标图案；净含量；制造者名称和详细地址；产品主要成分（表面活性剂、助剂等）；使用说明；生产日期及保质期；运输及储存要求等。

（二）清洁剂的储存与分发

1. 储存

清洁剂在储存时，仓库温度不宜高过 35℃ 或低于 0℃，相对湿度不超过 50%，通风、干燥。清洁剂应放在距地面 20 厘米以上的货架上，以离墙壁 50 厘米为佳，中间应留有通道，切忌靠近水源、火源和热源。就清洁剂的化学特性而言，清洁剂保质期为3～6 个月。

加强安全管理。一些溶剂型清洁剂在 50℃ 以上易燃、易爆，大量存放造成安全隐患。搬运上架时必须轻装、轻卸，按包装箱上箭头标志堆放，避免剧烈震动、撞击和日晒雨淋；用防水笔或标签标明稀释率、浓缩清洁剂的腐蚀性和进库时间，遵循物品"先进先出"原则，定期盘点做账，以备核查。

2. 分发

合理分发清洁剂既能满足清洁需要，又能减少浪费。清洁剂的用量多少与客房出租率有关，可凭经验或试验，测算一罐（或盒或桶）可用多久，用多少房间等，以此作为标准来控制分配；也可采用以空罐换新罐的方法来进行有效控制，以减少流失和浪费。

（三）清洁剂的使用及安全管理

1. 清洁剂的使用

性能再好的清洁剂对陈年污垢清除效果都不会很理想，因为清洁剂一次过多的使用，都会对被清洁物产生程度不同的副作用或损伤。因此，要省时、省力，就应每天选用适应、适量的清洁剂做好清洁工作，这样不仅增加被清洁物的使用价值，还延长它们的使用寿命，所以我们说清洁是保养的关键。

2. 清洁剂的安全管理

高质罐装清洁剂、挥发溶剂清洁剂，强酸、碱性清洁剂，都是不安全物品。前两者属易燃、易爆品，后者会对人体肌肤造成伤害，若管理和使用不当，均有一定的危险性。

因此，制定相应的规章制度，培训员工掌握使用和放置清洁剂的正确方法，注意检查和提醒员工按规程进行操作。浓缩清洁剂在使用前，要戴好防护手套先按比例勾兑进行稀释处理，然后装在壶内分发使用。不能直接倒在清洁桶中，引起交叉污染或泼洒。为了确保安全，禁止员工在工作区域吸烟。

复习思考题

1. 你了解市场上最新的清洁剂产品吗？请列出书上没有的清洁剂并列出其优缺点。
2. 为什么说清洁剂的使用不能以一当十？错误地使用清洁剂有何后果？
3. 请列出地毯常见的污迹和清除地毯常见的污迹所用清洁剂配方。
4. 金属抛光剂、浴缸清洁剂的基本成分是什么？
5. 结合饭店实际，谈谈清洁剂的管理。

第十一章　饭店安全、卫生管理与有关法规

现代饭店作为人们食宿以及娱乐、会议、贸易、外交等各种公众聚合的场所，是社会关系和人际关系的交融聚积点。也正是由于人员复杂、流动性大等行业特点，决定了饭店安全与卫生管理的重要性。饭店安全与卫生管理，贯穿于饭店管理全过程，不仅关系到饭店的声誉和效益，也关系到消费者的人身财产安全与健康。因此，必须加强对饭店安全卫生管理的重视。

【学习目标】
1. 饭店安全管理的特点。
2. 饭店安全管理的要求。
3. 饭店安全管理的内容。
4. 饭店卫生管理的特点。
5. 饭店卫生管理的要求。
6. 饭店卫生管理的内容。

第一节　饭店安全管理概述

案例1

某旅行社组团旅游过程中住在一个三星级的宾馆，该宾馆的客房、餐厅设施都很新颖，卫生条件也不错，服务员非常热情，游客们入住后很满意。不幸的是晚上一游客在宾馆浴池中洗澡时跌倒，把头摔裂。据查，该宾馆的浴缸底部确实较滑，而且该宾馆正从顶层往下更换浴缸，而该游客所住的楼层还未更换到。因此本案中宾馆对摔伤的游客负有责任。

《旅游安全管理暂行办法实施细则》第六条指出，旅游饭店是旅游安全管理工作的基层单位，其安全管理工作的职责包括，坚持日常的安全检查工作，重点检查安全规章制度的落实情况和安全管理漏洞，及时消除不安全隐患。本案中该饭店卫生间没有采取有效的防滑措施，造成对消费者的伤害，不符合 GB/T 14308—2010 版《旅游饭店星级的划分与评定》标准中对三星级饭店客房卫生间及洗浴时的防滑规定，他们提供的设施存在安全隐患，因此，饭店必须承担责任，赔偿的项目应该包括受伤者的医疗费、住院伙食补助费、护理费、交通费、误工费等，如造成受害人残疾还需赔偿：残疾者生活补

助费、残疾用具费等。

案例 2

一天凌晨 2 点左右，某饭店地下一层库房一电源插座和电源线起火，巡逻人员和工程部电工接报后迅速到达现场，切断电源、实施扑救，火很快被扑灭。经调查起火原因是超负荷引起的。

安全保卫工作是饭店一项十分重要的任务。许多旅游者在选择下榻饭店时，把安全因素作为第一条件。因为安全需要是人类的一项基本需要，对身处异乡的、入住饭店客人更显重要，实现并确保旅游者人身和财物的安全，是饭店经营管理者必须要到达的目标。饭店安全管理做得好坏不仅影响到饭店的声誉，有时还会关系到饭店的存亡。安全设施、安全措施、保卫水平也日益成为衡量一家饭店服务档次和服务质量的重要标志。

一、饭店安全管理的特点

饭店的安全管理不同于其他企业，有着自己的特点，主要体现在以下三个方面。

1. 广泛性

饭店安全管理涉及范围较广，几乎包括饭店的各个部门和每项工作，所以其管理内容极为广泛而复杂。具体体现为：

① 既要保障客人的安全，又要保障员工及饭店的安全；

② 既有人身安全，又有财物安全，且管理要求各异；

③ 饭店是公共场所，接待的宾客结构复杂，人员进出频繁，且流动性较大；

④ 饭店里重点、要害部位多，如前厅、餐厅、厨房、康乐场所、仓库、配电房、电梯、锅炉房、财务部等。

2. 参与性

饭店安全管理不仅仅靠饭店安全部门就能做好，更需要饭店全体员工的积极参与。只有群防群治，才能真正把安全工作落到实处。其原因如下。

① 大量员工使用设施设备，只有依靠群体，才能发现设备隐患，并确保操作安全。

② 前台员工与客人接触，只有依靠群体才能发现客人中的不安全因素，如盗窃、赌博、吸毒、卖淫嫖娼等违法犯罪行为。

③ 饭店员工坚守各自岗位，可以及时发现可疑外来人员及火灾苗头等不安全因素。

④ 一旦发现事故，只有依靠大家，才能做好保护现场、调查取证、协助侦破等安全工作。

3. 服务性

饭店的安全工作是饭店服务的一部分，安全部门的员工在工作过程中既要面对客人，又要与各部门员工有工作接触。因此，其工作既要保证饭店各方面安全，同时又要提供服务。

① 安全工作在形式上要适应环境，表现自然；在思想上则要高度警惕，防范各种不安全隐患。

② 仪表仪容应符合饭店规定要求，服务态度应友善，语言谈吐须礼貌，行为举止

要得体。

③ 在处理与客人关系时，既要按原则、政策、制度办事，又要文明执勤、助人为乐。

④ 在处理与各部门及其他员工关系时，既要严格执行各项安全管理制度，又要尽力简化手续，提供方便。

二、饭店安全管理的基本要求

1. 配备必要的安全设施

安全设施是做好安全管理工作的物质基础。"工欲善其事，必先利其器"，离开了安全设施，无法保证宾客的财产和人身安全，不仅客人没有安全感，而且发生了事故也无法补救。饭店的安全设施，主要包括六个方面：

① 消防设施；

② 防火通道；

③ 烟感装置；

④ 监控装置；

⑤ 隔火装置；

⑥ 报警系统。

上述六个方面的安全设施是必不可少的，不仅在饭店开业前必须配备齐全，并经当地消防管理部门检测合格后才能正式开业经营，而且必须随时保持良好的状态，才能为饭店安全管理提供物质保障，预防事故发生。

2. 坚持内紧外松的原则

饭店的安全管理包括人身安全和设施、财产安全两大方面，在很大程度上是为客人提供服务的。做好安全工作必须坚持内紧外松，以防造成不良影响使客人缺乏安全感，降低饭店的声誉。坚持内紧外松必须在内部提高警惕，加强责任心。饭店如果发生事故，只在局部范围内解决，对客人一般要保密，这样才能增加客人的安全感，保证饭店经营活动的正常开展。

3. 加强安全教育，充分发动员工做好安全工作

饭店的安全管理涉及到饭店的各个部门、各个环节。一些日常安全问题，如客人物品丢失、设备损坏，其事故苗头和隐患往往是在日常接待服务过程中发现的。因此，只有加强教育，使每个员工都树立安全生产、安全工作、安全意识，发动群众做好安全工作，使全店员工人人关心安全工作，人人关心设施、设备安全，才能及时发现事故苗头，及时采取措施减少损失。

三、饭店安全管理的重要性

常常有人认为饭店的安全工作是依附于服务而产生的，它不直接产生利润，属于非业务部门，因而较为轻视。这种看法无疑是片面的。饭店安全工作的好坏，不仅直接关系到饭店的正常运转，也在很大程度上影响饭店的效益。

1. 安全管理是提高客人满意度的重要保证

安全是人类生存的一个最基本的需求。下榻饭店的客人具有免遭人身伤害和财产损失，要求自身权利和正当需求受到保护和尊重的安全需求。而且，客人一般身处异地他乡，他们对自己的人身、生命安全、财产安全和心理安全的关注与敏感比平时更高。因此，从经营的角度而言，为客人提供安全的环境以满足客人对安全的期望，是饭店进行日常经营管理工作和提高服务质量的一个基础。

2. 安全管理直接影响饭店的社会效益与经济效益

饭店经营者有义务保证消费者人身、生命安全、财产安全和心理安全，要具备能够保证消费者安全的服务设施。否则，饭店经营者将会面临因安全问题而引起的投诉、索赔甚至承担法律责任，从而影响饭店的社会效益和经济效益。因此，从法律的角度而言，饭店在日常经营管理工作中必须牢固树立安全意识，确保饭店内所有人员及所有财产的安全。这里的"所有人员"，既包括客人，也包括饭店员工以及所有合法在饭店的其他人员；"所有财产"包括客人财产、饭店财产，也包括饭店员工的财产。

3. 安全管理有助于提高员工积极性

安全管理不仅要求保证客人安全、饭店财产安全，同时也要保证饭店员工的安全。如果饭店在生产过程中缺乏各种防范和保护措施，会不可避免地产生工伤事故，使员工的健康状况受到影响，员工缺乏安全感，就很难使员工积极而有效地工作。

第二节　饭店安全管理的主要内容

案例 3

1999 年 10 月，张先生随某旅游团到某市旅游，住在一家三星级酒店。在结束旅游的前一天晚上，在该酒店吃饭，因与随团的几个游客谈得比较投机，于是几个人就在酒店的餐厅要了两瓶白酒，一会儿工夫就喝了个底朝天。张某因不胜酒力就在餐厅的沙发上躺下，另外几个游客见他喝得太多，跟服务员打了个招呼就回房间了。服务员见张某喝得脸色不太好，赶紧叫来导游。导游见状，立即通知酒店经理，经理来了之后看了看张某说："就是喝醉酒了，没事，睡一会儿就好了。"大约过了两个小时，导游欲叫张某，发现张某已经气绝身亡。事后张某的爱人起诉至法院，要求旅行社和酒店共同赔偿其损失。

法院判决认为，本案中张某喝酒的行为，不是旅行社安排的，也不是导游组织的，张某的行为与导游无关，也与旅行社无关。并且导游发现张某醉酒后，立即通知了酒店负责人，尽到了自己的义务。张某自己饮酒过量导致死亡，应由自己负责。但该酒店在此次事件中负有一定的责任，因为根据《消费者权益保护法》的有关规定，酒店不仅要为游客提供安全服务，而且当游客出现危险时，有义务提供必要的帮助。本案中服务员找到导游，导游立即找到了酒店经理，酒店经理认为没事。也就是说，酒店经理因疏忽大意，而没有提供必要的帮助。因此，酒店应承担一定的过错责任。

案例 4

　　某公司在多功能厅举办活动后，搬运人员违章用滚动扶梯运送大货架，导致货架卡在扶梯和天花板之间，使扶梯、天花板和货架都受到损坏，造成 5 万余元的损失。还有一次，餐饮部的几名服务员违章用滚动扶梯运送大圆桌，致使扶梯损坏、屋顶被撞坏、2 名员工受伤，造成直接经济损失 5 万余元，扶梯停驶 4 个月。

　　此案例说明，规章制度是科学管理的保证，是饭店安全运行的必备条件，是必须遵守的，违反规章制度就必然会对饭店设施、设备造成损坏，对人员造成伤害。

一、建立健全安全组织

　　饭店一般都设有专门的安全部门，有的称保安部、安保部，有的称安全部，有的饭店还专门成立了安全委员会，其目的都是在饭店总经理领导下，依靠全体员工做好饭店安全保卫工作。

　　饭店安全组织的设置，主要视饭店具体实际情况而定，没有统一固定的模式，以符合本饭店的实际为标准。

　　饭店安全部门的主要职责是贯彻国家公安部门和上级主管部门有关安全工作的方针政策、法规条文，全面负责饭店客人的人身、财产安全和饭店员工的人身、财产安全的管理工作，为饭店各项业务经营活动的顺利开展和客人消费创造良好的安全环境。具体工作如下。

　　① 在饭店总经理领导下，根据国家安全部门和上级主管部门的有关规定和要求，结合本饭店实际情况，制定饭店安全管理的总体方案和各种防范措施，报总经理审批后组织贯彻落实。

　　② 制定并不断完善饭店的各项安全制度、规定，报请总经理批准后发布施行，并监督落实。

　　③ 领导警卫工作，部署警卫力量，维护饭店的正常经营秩序。保护客房区等要害部位的安全，维护店堂与公共场所秩序，查处一般安全事故。

　　④ 对查出的不安全隐患要通知有关部门限期整改或采取专业措施予以解决。对已发生的事故查明原因，提出处理意见。

　　⑤ 做好重大宴会活动和来店重要宾客（VIP 客人）的内部保卫，并配合公安部门搞好安全警卫工作。

　　⑥ 对新入店的员工进行岗前安全培训，对在岗员工进行不定期的安全知识教育与安全素质考核。

　　⑦ 对住店客人的证件登记实行监督，对一些可疑人员进行监控。

　　⑧ 配合公安机关进行案件侦查，查禁和打击卖淫、嫖娼、赌博、贩毒等违法犯罪活动。

　　⑨ 及时向店领导和上级主管部门上报饭店发生的事故和重大隐患。事故发生后，要迅速、及时研究制定整改及防范措施，并从中吸取经验教训。

　　饭店安全机构的设置应考虑分权与集权、分工与协作统一的原则，设置职能型机构。因事设岗，职责分明，机构层次少、效率高。

1. 内保的工作责任范围

① 负责饭店出入口的秩序，保证客人的出入安全。

② 负责饭店大堂等公共场所的保安和秩序，对无证或证件不全的客人，要协助总台问明情况，安排入住。

③ 负责餐厅客人就餐时的安全，防止被盗。负责歌舞厅等娱乐场所的治安保卫工作。

④ 负责长住客户在店期间的安全，根据情况，建立长住客房档案。

⑤ 负责店内的巡逻任务。协助客房值班员，负责住客安全，防止和处理突发事件。

⑥ 负责电视监控中心的值班与维护。

⑦ 对重点客人实行重点保卫。

2. 外保的工作责任范围

① 负责饭店门前和大院内停车场的车辆指挥和车辆安全，并相应收取管理费。

② 负责饭店大院内的客人及财产的安全。

③ 负责饭店重要部位（机房、仓库、油库等）的安全，保证正常运转。

④ 对饭店大院秩序负责，防止突发事件。

3. 保卫部办公室工作责任范围

① 制订突发事件的应急预案。

② 负责当天住店客人证件的资料统计和整理。

③ 协调保安部的工作关系。

④ 建立长住客户有关治安方面的档案。

⑤ 与当地派出所、公安机关保持联系，掌握当地的治安情况。

4. 消防中心工作责任范围

① 对饭店消防安全负有重要责任。

② 管好消防监视中心的各种设备、设施，保证监视中心正常工作。

③ 定期检查饭店的消防系统，保持它们的灵敏度。

④ 严格执行国家、饭店制订的有关消防安全工作的法规，自觉做好酒店消防管理工作。

⑤ 负责制订饭店防火安全管理措施并负责组织实施。

二、建立健全各种安全防范制度

靠制度来保持整个饭店安全工作的运行十分必要。例如，客房治安管理可通过以下十项制度来实现。

① 旅客住宿验证登记制度。

② 客房钥匙管理制度。

③ 值班安全防范制度。

④ 财物保管制度。

⑤ 防火安全制度。

⑥ 访客制度。

⑦ 情况报告制度。

⑧ 旅客遗留物品和淫秽物品的上缴制度。

⑨ 通告、协查核对制度。

⑩ 交接班制度。

三、开展安全工作培训

安全工作的关键是管理与培训问题。管理人员要负责检查与发现安全隐患，并及时纠正，更重要的是负责安全工作的学习与培训督导。

1. 专业知识培训

饭店设备、设施以及饭店服务的多样性决定了饭店安全工作的复杂性。对员工进行专业知识训练既要包括树立正确的饭店意识，也要包括熟练掌握饭店各种设备、设施的安全操作及正确的执行服务流程，具体说来包括以下内容：饭店业的特点及饭店意识、宾客意识，饭店组织结构、部门设置及相互关系，饭店大堂秩序的控制，钥匙控制程序，闭路监察电视系统的操作和应用，消防报警系统的程序，紧急事故处理的程序，各通道控制的程序，电梯操作控制程序和用电梯时遇到紧急情况的处理程序，货物进出控制的程序，员工通道入口处的控制程序，宾客行李安全保管及贵重物品寄存程序，宾客结账程序，账台及出纳员现金结交程序，停车控制程序，设备安全检查及维修的程序，设备、工具安全使用规程，更衣室控制程序，防止滑倒的措施，事故报告单与事故分析的程序。以上专业知识的训练不仅要在课堂上讲授，更应该注重在上岗培训期间，把学到的知识运用到实践中。

2. 相关知识培训

除了上述专业知识以外，对员工的培训还应该着眼于提高员工的整体素质。因此，还应该对他们进行更广泛的知识及能力的训练。内容包括：我国的法律法规，尤其是适用于饭店经营及饭店安全工作的法规；整个饭店的安全计划，有关安全工作的政策、程序、活动等；本饭店建筑设计布局、各种设备的装置及有关建筑、设备的各种规章；人际关系技巧及沟通技巧等。在员工提高素质的同时，饭店管理人员也要同步地提高管理水平，例如，安全部经理及经理助理应定期参加由公安部门、消防部门、卫生防疫部门组织的专业培训，时刻关注安全管理的新动态；还可以不定期地参加管理知识学习，学习行政管理技术、组织技巧及人员管理知识等。

四、把握不安全因素

一般说来，饭店工作中不安全的因素可以分为两类：一类是饭店内部存在的不安全因素；另一类是住店宾客自身存在的不安全因素。

1. 饭店内部存在的不安全因素

① 饭店建筑及设备、设施由于管理不严、维修不及时或操作方法不当造成安全隐患。如饭店内机器、设备、水、电、热、气（煤气或液化气）系统发生跑水漏气或造成火灾事故，天花板掉落，阳台、观赏台等安装不牢固造成倒塌事故；地板太滑、楼梯不

整、照明不良而造成滑倒、摔倒、跌伤事故。

② 饭店内财务等部门因管理不善、缺少安全防范措施、值班员擅离职守而发生现金、财物失窃的事件。

③ 饮食部门没有很好地执行卫生工作操作程序而发生食物中毒等事故。

④ 饭店服务人员身患传染病而使客人和其他工作人员的健康受到威胁和危害。

2. 住店宾客自身存在的不安全因素

除饭店内部管理疏忽造成安全隐患外，住店客人的一些行为也可能造成饭店的安全隐患。由住店客人造成的不安全因素可归纳为以下几点。

① 客人违规将各种易燃易爆、剧毒、放射性等危险物品带进客房造成火灾等各种事故和隐患，或者违反饭店规定，在客房内使用各种电热设备而发生火灾或烫坏、烧坏客房内家具、地毯等设施、设备。

② 客人将猫、狗等宠物带进客房，形成各种传染病的传播媒介，危害其他客人和服务人员的身体健康。

③ 住店客人有目的性地进行偷盗、破坏活动。如不法分子乔装混进饭店客房内偷盗客人财物，或敌特分子、恐怖组织成员隐藏在饭店内从事搜集我国政治、经济、军事情报的秘密破坏活动或进行暗杀犯罪活动，或利用饭店进行吸毒、赌博、卖淫嫖娼等违法犯罪活动。

④ 客人在客房内因一些主客观原因而自杀，客人发病突然死亡，极个别客人肆意肇事或客人白吃白住后潜逃。

最后要特别重视要害部位的不安全因素。所谓要害部位是指容易发生火灾、盗窃等事故的饭店的命脉性部位。这些部位一旦遭到破坏会使饭店受到严重的损失和极大的危害。饭店要害部位确定的原则是：容易发生火灾的部位，发生火灾后影响全局工作的部位，以及物资、财富集中的部位和人员集中活动的部位等。一般来说，饭店的财务部金库、工艺品库、棉织用品库、汽油库、液化气站、建材库、高低压配电室、电话机务室、计算机房、电梯机房、重要档案资料室、冷冻机房、闭路电视中心等部位均应确定为饭店的要害部位。对这些地方要重点搞好安全工作，加强安全防范措施。同时，要特别重视这些部位的不安全因素，一旦发现事故隐患，就应立即采取措施消除。

五、饭店安全事故的突发与处理

饭店安全的日常管理以"预防为主"，在平时应该加强员工的安全意识，狠抓安全管理工作，以期减少不安全因素造成破坏的概率。但无论怎样防范，饭店还是会出现这样那样的事故，因为饭店安全事故的突发是不依人的意志为转移的，是一般人事先无法预料的。首先，违法犯罪活动不可能完全被消灭，犯罪分子总会蓄意制造各种事故和事件；其次，由于工作人员的疏忽大意或失职行为，以及其他一些不能预见的原因，也会导致诸如爆炸、失火等事故的发生。因此，保安部建立健全对突发安全事故的处理制度是十分必要的。当事故发生时，饭店员工应该掌握事故处理的方法和程序，争取在最短的时间内将事故造成的破坏降到最低点。

（一）国内客人违法的处理

国内客人违法一般是指国内客人在入住宾饭店期间内犯有流氓、斗殴、嫖娼、盗窃、赌博、走私等违反我国法律的行为。保安部值班人员在接到有关客人违法的报告后，应当立即问明事情发生的时间、地点和经过，记录下当事人的姓名、性别、年龄、身份等，并立即向值班经理汇报。值班经理接到报告以后，要立即派保安主管和警卫人员到现场了解情况，保护和维持现场秩序。对于较严重的事件，保安部经理需亲自到现场调查，同时要向值班总经理报告。

保安部人员在找客人了解情况之前，一定要慎重，要了解客人的身份。对于客人之间一般的吵骂等不良行为，保安部可出面进行调解。对于其他违法行为，要查明情况，在征得总经理同意后，向饭店的上级主管部门和公安部门报告。

在向公安部门报告后，保安部的人员应对违法行为人进行监控，等待公安人员的到达。保安部人员不能对违法行为人进行关押，应等候公安人员前来处理。

事件处理完毕后，保安部要把事件的情况和处理结果记录留存。

（二）涉外案件处理

随着国际交流和国际贸易的发展，饭店接待的国际客人日益增多。因此，涉外案件的处理应引起饭店管理者的注意。

涉外案件是指在我国境内发生的涉及外国人（自然人及法人）的刑事、民事、经济、行政、治安等事件。对于外国人违法案件的处理必须做到事实清楚、所用法律正确、法律手续完备。应在对等和互惠原则的基础上，严格履行我国所承担的国际条约义务。当国内法或者我国的内部规定同我国所承担的国际条约义务发生冲突时，应当采用国际条约的有关规定（我国声明保留的条款除外）。此外，要及时通知外国驻华领事馆或大使馆，通知的内容包括外国人的外文姓名、性别、入境时间、护照或证件号码，案件发生的时间、地点及有关情况，当事人违章、违法、犯罪的主要事实，已采取的法律措施及法律依据等。

（三）对宾客死亡的处理

宾客死亡指宾客在住店期间内因病死亡、意外事件死亡、自杀、他杀或其他原因不明的死亡。除前一种属正常死亡，其他均为非正常死亡。

接到宾客的死亡报告后，保安部工作人员应向报告人问明宾客死亡的地点、时间、原因、身份、国籍等，并立即报告保安部经理。保安部经理接到报告后，会同大堂经理和医务人员前往现场。在宾客尚未死亡的情况下，医疗抢救要迅速，经医务人员检查，宾客已确定死亡时，要派保安部人员保护好现场。对现场一切物品都不得挪动，严禁无关人员接近现场，同时向公安部门报告，积极配合公安机关开展调查工作。配合饭店公关部做好家属接待工作，配合家属做好遗体处理工作。

在一切事项处理完毕后。保安部要把死亡及处理的全过程详细记存留档。

（四）爆炸事件的紧急处理

爆炸事件发生后，要按安全部制定的关于此类案件的处理制度严格执行。

① 紧急报警。饭店发生任何爆炸事件，安全部都要按此类案件的报警程序，向公安部门报警。

② 严格保护好现场。对于发生爆炸以后的现场，应立即组织人员警戒，除医务人员、消防人员和公安人员以外，其他人员一律不得进入现场。

③ 灭火救人。爆炸产生的高温高压时常会诱发火灾的发生，因而安全人员到达现场先要把火扑灭。同时对伤亡人员进行抢救，组织现场周围住宿的客人疏散。在抢救时应注意避免破坏现场。

④ 排险隐患。爆炸现场有许多险情和不安全的隐患。安全人员进入现场要积极地检查险情，排除隐患，防止发生第二次爆炸或人员伤亡。

⑤ 积极配合公安部门抓捕肇事者，分析爆炸原因，认定爆炸性质，并写出调查报告。

（五）客人意外受伤、病危事故的处理

① 接到通知后保安部派人到现场处理且有值班主管在场。

② 值班主管处理此类事件必须有医务人员、营业服务部门的人员在场，以相互配合。

③ 初步诊断受伤及病危人员的现状，在不严重时由医务人员就地治疗，现状严重需送医院的，采取急救措施后及时送往医院。

④ 保安部主管职责。a. 记录下有关情况。b. 送客人离开酒店，备齐客人的有关资料送至医院。c. 请示值班经理，决定需不需要通知客人所在单位及亲属。d. 办理住院手续，并在客人单位及亲属未到之前派员看护。e. 危险期内的病人，保安部主管应在场，以防病情恶化。

（六）对宾客财物报失的处理

宾客财物报失是指宾客住店期间在店内丢失、被窃或被骗财物而向饭店进行报失的事件。保安部人员接到宾客报失后，要立即同大堂经理向失主问明事情发生的经过。要详细记录失主的姓名、房号、国籍、地址、丢失财物的名称、数量（包括物品的型号、牌号、规格、新旧、钞票的种类及面额等）及物品丢失的经过。

询问情况的过程中，要帮助失主尽量回忆来店前后的情况，如来店前有无察看过、来店后有无使用过、有无放错地方等。在征得失主的同意后，帮助查找物品。要征求宾客的意见（尤其是外国宾客）以决定是否要向公安机关报案。若宾客愿意报案，需由宾客在记录上签字或要求宾客写一份详细的丢失经过。

如宾客的物品明显属于在饭店内遗失，当班的保安人员要向客房部的失物登记处、前厅问询处及大堂经理处联系查找并派人员在店内寻找，如果宾客丢失的是护照、回乡证等身份证件，应联系当地公安机关外管部门，并让失主前去报案；如果宾客丢失的是信用卡、旅行支票等有价单据，要及时同中国银行取得联系并控制各外汇兑换点。

宾客的报失被确定为案件后，保安部应配合公安部门立案侦破，把情况和处理结果详细记录留存。

如果宾客的财物是在宾馆酒店范围以外被窃、丢失或被骗，失主可亲自向公安部门报案。

（七）遇到自然灾害的处理

威胁饭店安全的自然灾害有：火灾、水灾、地震、台风、龙卷风、暴风雪等。应针对饭店所在地区的地理、气候、水文等特点，制定出本饭店预防及应付可能发生的自然灾害的安全计划。安全计划应包括下列内容。

① 饭店的各种预防及应急措施。

② 各部门及各工作岗位在发生自然灾害时的职责与具体任务。

③ 应备的各种应付自然灾害的设备器材，并定期检查，保持设备器材的完好使用状态。

④ 情况需要时的紧急疏散计划（类似火灾的紧急疏散计划）。

（八）对停电事故的处理

停电事故可能是由外部供电系统引起，也可能是饭店内部供电发生故障，其可能性高于自然灾害和火灾。因此，对有 100 间以上客房的饭店来说，应配备紧急供电装置。该装置能在停电后立即自行起动供电。这是对付停电事故最理想的办法。在没有这种装置的饭店内，应配备足够的应急灯。宾馆酒店平时应设计一个周全的安全计划来应付停电事故，其内容包括：

① 保证所有职工平静地留守在各自的工作岗位上；

② 向宾客及职工说明这是停电事故，正在采取紧急措施排除故障，恢复电力供应；

③ 如在夜间，用手电照明公共场所，帮助滞留在走廊及电梯中的宾客转移到安全地方；

④ 派遣维修人员，找出停电原因，如果是外部原因，应立即与供电单位联系，弄清停电原因、时间等；如果是内部原因，则应尽快排除故障；

⑤ 在停电期间，安全人员须加强巡逻，派遣保卫人员保护有现金及贵重物品的部门，防止有人趁机行窃。

（九）食物中毒事故处理

1. 食物中毒类型

饭店中常见的食物中毒类型如下。

① 细菌性食物中毒。细菌性食物中毒是指饭店提供的食物被有害的或致命的有毒生物所污染而引起顾客中毒现象。对食物造成污染的主要是病原菌，如肠类菌、葡萄球菌、肉毒杆菌等，这些病菌在食物中迅速繁殖并产生毒素。

② 化学性食物中毒。化学性食物中毒是指提供的食物被有毒的化学物质，如不良添加剂、色素、有害防腐剂等污染而引起的食物中毒。

③ 有毒食物中毒。有毒食物中毒是指提供的食品本身含有毒性所造成的食物中毒。有毒食物如发芽的土豆、不新鲜的海产品等。

2. 客人食物中毒的原因

在饭店，造成客人食物中毒的原因主要有以下几种。

① 饭店过失而造成客人的食物中毒或食源性疾病。这是指饭店在提供食物时，或因疏忽没有发现，或已经发现食品被污染、变质，而没有预见到会造成客人食物中毒或引起食源性疾病，或已经预见到却不当一回事，以致客人食用这些食物而发生中毒或引起食源性疾病。

② 由于饭店外部原因而造成客人的食物中毒或食源性疾病。所谓饭店外部原因，

是指饭店在向其他食品生产单位购进半成品、成品食物时，由于其在制作过程中不洁净，或在运输过程中被污染，或由于储存保管不善而变质等原因造成顾客食物中毒或食源性疾病。

③ 由于客人本身原因产生食源性疾病。饭店提供的食品适宜一般健康人食用，但由于个别客人自身生理原因，食用后引起过敏、中毒、病情加剧或产生其他综合症状均属此类。如有的客人在食用海鲜食品后产生过敏或不适，有的客人食用大量奶制品后产生不适，而有的客人食用中餐对味精产生过敏而引起中餐不适应症等。由于客人本身原因而引起的食源性疾病问题，饭店不承担法律责任，但饭店有责任提醒客人注意，并尽量避免让客人食用易引起不适的食物。

3. 食物中毒事故处理

饭店客人食物中毒，多以恶心、呕吐、腹痛、腹泻等急性肠胃炎症为主要症状。一旦发现客人出现上述症状，应立即报告值班经理。值班经理在接到客人可能食物中毒的报告后，应立即通知医生前往诊断。初步确定为食物中毒后，通知保安部经理、大堂经理和总经理，医务室应立即对中毒客人紧急救护，并将中毒客人送医院抢救治疗，而餐饮部要对客人所用的所有食品取样备检，以确定中毒原因，并通知当地卫生防疫部门。

此外，餐饮部要对可疑食品及有关餐具进行控制，以备查证和防止其他客人中毒。由餐饮部负责、保安部协助，对中毒事件进行调查。当地卫生防疫部门到达后，应予以积极配合。前厅部和销售部要通知中毒客人的有关单位和家属，并向他们说明情况，协助做好善后工作。

第三节　饭店卫生管理

案例5

某单位 15 位员工利用假期参加某旅行社组织的到某地旅游活动，旅行社安排旅游团住宿在 A 宾馆。旅游开始的第二天，用过晚餐后，有一位旅游者呕吐并伴有腹泻，腹部绞痛难忍，旅行社及时将其送入医院。随后，除一位旅游者在外用餐外，另外 13 位旅游者均出现不同程度的呕吐和腹泻现象，经医院检查确诊为急性肠炎。卫生防疫部门对旅游团就餐的宾馆餐厅进行了检验，造成旅游者集体呕吐和腹泻的原因确定为餐厅提供的食物不符合卫生标准，细菌严重超标。为此，旅游团的行程被迫延迟。

事后，A 宾馆负责人承认旅游者食物中毒是由于其工作失误所致，同意并保证承担由此产生的旅游损失费用和治疗费用。但是，旅游者返回之后很长时间，A 宾馆一直没有兑现赔偿承诺。某单位的代表将 A 宾馆投诉至旅游质量监督管理部门。

旅游质量监督管理部门经过调查确认，造成旅游者集体食物中毒的原因是 A 宾馆购进变质肉食所致。在旅游质量监督管理部门的协调和要求下，A 宾馆对旅游者进行了如下赔偿。

第一：A 宾馆承担旅游团因食物中毒而延迟行程所发生的食宿费用 941 元。

第二：A 宾馆承担旅游者医疗费用共计人民币 1399 元。

第三：A 宾馆承担耽误一天时间而造成的旅行社业务损失。

第四：对 A 宾馆提出严重警告。

案例 6

　　2005 年的八一建军节，几个转业干部带着家属一起慕名到某市一家著名酒店聚餐，以此纪念这个对他们来讲具有特殊意义的节日。客人一边举杯祝酒，一边赞美该饭店的菜肴味道鲜美。突然一名客人停下筷子惊讶地说："大家看这是什么东西？"原来，油麦菜里一只长长的绿色大蛆正趴在盘子里，包房里的气氛马上尴尬起来……服务员不能做主，叫来了领班，领班又叫来了餐厅经理，客人情绪非常激动，称该酒店太名不副实，竟然出现这样的事件，太让他们扫兴了。事实面前，经理告诉这桌客人，他们今天的这桌菜全部免单。

　　我国加入世界贸易组织后，改革开放进一步扩大，商贸旅游日趋活跃，饭店业面临的竞争和压力也将越来越大。饭店要想在竞争中树立良好形象和在同行中名列前茅，必须在硬件和软件上建设符合现代化要求，并在服务、安全、卫生等方面也达到一流水平。要实现饭店卫生的一流水平，必须从理论和实践上做好饭店的卫生管理。

一、饭店卫生管理的特点

　　1. 广泛性

　　饭店卫生管理的广泛性，是指卫生管理存在于饭店各个部门、各个环节，在饭店的各项管理中都占有一席之地。

　　2. 全员性

　　饭店卫生管理的全员性，是指饭店的每一位员工，上至总经理，下至服务员，搞好卫生，人人有责。各岗位的服务人员除了要履行本岗位的卫生管理职能以外，还要注意搞好个人卫生和维护饭店的公共卫生。

　　3. 复杂性

　　饭店卫生管理的复杂性，是指饭店卫生管理的内容较为复杂，既有墙角、地面、墙面的卫生，又有家具用品的卫生；既有空气、环境的卫生，又有食品、餐具的卫生；既要除虫灭害，又要消除噪声干扰。

　　4. 细致性

　　饭店卫生管理的细致性，是指卫生的清扫整理必须要细致入微，严格执行卫生管理的有关规定，不能马虎从事。尤其是食品卫生管理，必须一丝不苟，防止因污染或管理不善而引起疾病或食物中毒。

　　5. 日常性

　　饭店卫生管理的日常性，是指卫生要天天打扫，天天整理，不能间断。遇到有刮风、下雨、下雪的日子还要重点清扫，以确保饭店卫生清洁整齐。

二、饭店卫生管理的要求

　　为了使饭店保持较高的卫生标准，真正做到整齐清洁，使客人生活在一个干净优美的环境之中，饭店卫生管理要抓好以下几个方面的工作。

1. 抓好个人卫生

饭店的每一位员工，不论其职位高低，不管是什么岗位，都必须特别注重个人卫生。这既是讲文明的需要，也是讲究个人仪表、提高个人素质的需要，更是提高饭店服务质量的需要。

2. 抓好公共卫生

公共卫生即公共场所的卫生，它涉及的范围更广，投入的力量更大，有一定的难度。饭店首先要注意门前卫生，搞好绿化，注意维护社会秩序，给客人创造良好的第一印象。饭店院内，每一个地段、每一扇门窗、每一道走廊楼梯都要责任到人，随时清扫；有些地方还要在晚上或清晨饭店未开始营业之前清扫，避免影响客人的正常活动。还要做好饭店前厅、公共区域卫生间的清洁工作，给客人创造一个良好的居住环境。

3. 抓好客房卫生

饭店客房卫生，不是一件普通的工作，要定时进行。客房卫生的好坏，常常是一个饭店服务质量和管理水平的综合反映，也是客人较为敏感的问题，因此应特别引起重视。既要有严格的清洁制度，配备足够的、良好的清洁卫生工具，还需要训练有素的服务人员，严格按照职责规范制定的标准、要求来进行管理和检查。

4. 抓好饮食卫生

饭店的饮食卫生包括食品卫生、食具卫生、厨房卫生、餐厅卫生等。抓好饮食卫生管理，对提高饭店食品质量，防止食品污染，预防食品中有害因素引起食物中毒，防止肠道传染病和其他疾病的传染，保证客人和员工的身体健康具有十分重要的作用。

5. 抓好检查督促

饭店要制定严格、正规的卫生检查制度，依据详细的卫生检查标准，进行定期或不定期的卫生检查。对于做得好的部门、班组或个人要适时进行表扬和奖励，对发生问题的单位和员工，要进行批评或处罚。检查要科学，要突出重点，注重效果，以便加强饭店的经营管理，提高饭店的声誉。

三、饭店卫生管理的主要内容

案例 7

1999 年 7 月，刘某等 5 人到旅游质量监督所投诉，诉称他们于 1999 年 6 月参加甲旅行社组织的泰国、香港、澳门十日游，在泰国旅游期间，刘某等吃了某酒店的"海鲜大餐"后出现集体食物中毒事件，要求对他们进行赔偿。

旅游质量监督所经过调查得知，该旅游团在泰国旅游期间，吃了某酒店的"海鲜大餐"后，全团 116 人中只有包括刘某等 5 人在内的 11 人，出现肠胃不适。是否认定食物中毒，关键是要取得卫生防疫部门的证明。没有充足的证据是不能轻易认定食物中毒的。就本案而言，该旅游团共计 116 人，而发生肠胃不适的仅有 11 人，这显然不符合食物中毒的特点，况且又无证据支持。一般到海外旅游，会有不同程度的水土不服、肠胃不适等症状。这与食物中毒是两个不同的概念。刘某等的情况属于肠胃不适，不是意外事故，因此，不会得到任何赔偿，只能自己承担。

（一）餐饮卫生

1. 员工卫生

培养员工良好的个人卫生可以保证员工的健康和高效率的工作，而且可以防止疾病的传播，避免食物污染，并减少食物中毒事件的发生。

（1）员工个人卫生管理

个人清洁是个人卫生管理的基础，个人清洁状况不仅显示了个人的自尊自爱，也标志着饭店及餐厅的形象。饭店要培养员工良好的卫生习惯。员工个人卫生管理除了依靠严格的上岗规章制度外，还应从根本着手，即培养员工良好的卫生习惯。

饭店个人卫生管理的内容主要包括以下三个方面。

一是身体卫生。身体卫生是个人卫生的基础，饭店员工，特别是广大服务员必须没有病毒性肝炎、伤寒、痢疾、活动性肺结核等传染病和传染性皮肤病。此外个人卫生还包括饭店员工要常洗澡、洗脸、洗手和仪容整洁等具体内容。

二是服装卫生。服装卫生是个人卫生的重要表现形式。服务人员上班穿戴的各种服装必须勤洗、勤换，保持无污迹、无异味、无破损等。除此之外，应加强员工工作服卫生管理，如饭店应为餐饮工作人员准备两套以上的工作服，工作服必须每天或定期清洗、更换。特别是后厨工作人员的工作服应结实、耐洗、轻便、舒适并且具有吸汗作用。

三是个人卫生习惯。服务人员应养成良好的个人卫生习惯。

总之，饭店个人卫生的内容是比较广泛的，它要求饭店员工、特别是广大服务人员必须根据国家卫生防疫部门、饭店有关规定和服务工作的需要搞好个人卫生。

（2）员工操作卫生管理

员工操作卫生管理的目的是防止工作人员因操作疏忽而导致食品、用具遭受污染。员工在操作时，禁止进食食物与饮料、吸烟，并尽量不交谈；员工在拿取餐具时应采用卫生方法，不能用手直接接触餐具上客人入口的部位。员工不能用手直接抓取食品，准备食物时应尽可能使用各种器皿用具。当必须用手直接进行操作时，应戴好清洁的工作手套，并且在操作结束后处理好使用过的手套等。

2. 厨房卫生管理

厨房卫生管理包括通风设施、照明设施、冷热水设施、地面、墙壁、天花板等的卫生管理。

（1）通风、照明设施

厨房应安装通风设施以排出炉灶烟气和仓库发出的气味，通风设施应经常或定时清洁。有效的照明设施可以缓解厨房员工的眼睛疲劳，在厨房应安装防爆灯具或使用防护罩，以免灯泡爆裂时玻璃片伤人或落入食物内。

（2）冷、热水设施

厨房与备餐间应有充足的冷、热水设施，因为厨房和备餐间的任何清洁工作都必须依靠冷、热水设施完成。

（3）厨房墙壁、天花板、地面、门窗的卫生管理

厨房墙壁应采用光滑、不吸油、易冲洗、浅色的材料，墙壁之间、墙壁与地面之间

的连接处应以弧形为宜，以利清扫。用水泥或砖面砌成的内墙应具有易于清洁的表面，各种电器线路和水、气管道均应合理架设，不应妨碍对墙壁和天花板的正常清扫。厨房天花板应选用不易剥落或不易断裂及可防止染积尘土的材料制成。通常，厨房宜选用轻型金属材料作天花板，其优点是不易剥落和断裂并可以拆卸、安装，利于清洁。厨房地面应选用耐磨、耐损和易于清洁的材料，必须经得起反复冲洗，不至于受厨房内高温影响而开裂、变软或变滑，一般以防滑无釉砖较为适宜。应经常保持地面清洁，每天冲洗地面。厨房的门窗应没有缝隙，保持门窗的清洁卫生，应每天进行擦拭。

3. 餐具、设备卫生管理

（1）加工设备及厨具

加工设备及厨具主要包括各类刀具、案板、切菜机、绞肉机、拌面机，各种盆、盘、筐等。由于它们与生料直接接触，受微生物污染的可能性较高，因而应抓好对这些设备、厨具的洗涤、消毒工作。

（2）烹调设备及厨具

烹调设备及厨具包括炉灶、炒勺、油锅、烤箱等。对于这类设备的清洁卫生要求主要是控制不良气味的产生，并提高设备的效率和利用率。这类设备如果洗刷不净，在烹调食物时会产生大量油烟和不良气味，特别是油锅、烤箱及烤炉等，如不注意清理油垢和残渣，厨房内往往会油烟弥漫。同时，堆积的油垢和食物残渣往往会影响烹调效果，并会缩短设备的使用寿命。

（3）冷藏设备

厨房内的冷藏箱和冷藏柜只能用于短期放置烹调原料，它们并不是万无一失的保险箱。某些微生物在低温环境下仍能生长繁殖，时间一长，同样会造成食物腐败变质，因此，要搞好冰箱卫生。管理人员首先要熟悉各类食品的性质、储存所需温度、储存极限时间，要指派专门人员负责冷藏设备的清洁卫生工作。

（4）清洁消毒设备

清洁消毒设备主要包括洗碗机、洗杯机、洗涤池和消毒柜等。这些设备在使用后容易沾上污物与食物残渣，正是微生物生长繁殖的最佳场所。因此，保持这些机器、设备清洁卫生的重要性显而易见，只有先做到洗涤机械和设备的清洁卫生，才能确保被洗涤的食具的清洁卫生。

（二）客房卫生

客房卫生管理要求：各种卫生用品配备齐全，分类存放，专人保管，使用方便；各种除尘、擦拭毛巾专用，无挪用、混用现象发生；无短缺、损坏、乱扔乱放现象；能够适应客房卫生清扫需要，客房内整洁美观，无灰尘、蜘蛛网和墙纸脱落现象；客房内各种家具和用具始终保持干净、整洁，摆放在规定位置，有利于客人方便使用；客房内各种客用物品始终保持清洁、整齐、美观、舒适，无客人消费使用过的痕迹。

（三）公共区域卫生

1. 公共卫生管理的范围

公共卫生管理的范围主要包括：大厅、饭店门前区域、饭店内花园及饭店周围的清洁卫生；咖啡厅、宴会厅、茶座、酒吧、会议厅及舞厅等场所的清洁保养工作；饭店所有公共卫生间的清洁卫生工作；地下停车场、地下服务设施、楼顶平台、天井等区域的清洁；饭店所有下水道、排水排污等管道系统和垃圾房的清洁整理工作；饭店的卫生防疫工作，定期喷洒药物，杜绝"四害"；饭店的绿化布置；电梯的内壁、地面和梯门的清洁，并定期对电梯地面磨光，对电梯的内壁、地面和梯门上蜡，还要进行定期的消毒；饭店行政办公区域、员工通道、员工更衣室等区域的清洁卫生；雪天门外积雪的及时打扫，铺好防滑胶垫，加强防滑措施的工作。

2. 公共卫生管理的要求

公共卫生管理要求做到：地面、楼梯干净无杂物，地毯干净、平整，大厅四壁无灰尘，玻璃明亮无痕，四角周围、墙围子、沙发、椅子、服务台、广告牌、花盆架等设备陈设整齐无尘土，烟缸、痰盂内保持清洁，各处镜子、金属门扶手保持光亮。

四、饭店卫生管理的方式

为了切实将上述饭店卫生管理工作落到实处，饭店卫生管理除了接受上层集团管理与地方政府管理外，还要形成自身的较为完整的卫生管理系统。依据国际上通行的HACCP（Hazard Analysis Critical Control Points，危险分析必要控制点），完善饭店"食品安全管理体系"与制订"卫生政策与指南"，定期或随机进行卫生检查与督导工作综合评估。保证饭店卫生管理质量是外因与内因两个方面的有机结合，外因是客观的卫生监督，内因是主观自身的卫生管理。饭店自身卫生管理是主动的、积极的，也是适应国际市场竞争的需要和必然。切实做好卫生管理需要加强监督，并建立完善的制度。具体说来有以下几点。

① 制定卫生监督经理专职制度。为使饭店各项卫生管理落到实处，招聘有卫生管理经验的专业人员担任饭店卫生监督经理。卫生监督经理隶属副总经理（驻店经理）领导，专门负责饭店卫生监督管理任务，其职责是根据国家有关卫生法规的卫生"指南"、"准则"以及饭店具体卫生工作，并结合当地政府卫生监督各项要求开展工作。其目标是加强酒店自身卫生监督，提高饭店卫生管理水平，为顾客创造一流的卫生服务。

② 卫生监督日巡视制。制定饭店卫生监督工作计划，作出工作内容安排，实行卫生监督日巡视制度。

③ 专项卫生任务承包责任制。为确保饭店卫生管理质量，饭店可以将部分清洁工作承包给专业清洁公司，这种做法既节约成本又可以达到专业的清洁水平。

第四节　有关法规对饭店的要求

案例 8

1997 年 8 月，林某等 4 名旅游者向旅游行政管理部门投诉。诉称 1997 年 7 月，他们在北京某星级饭店住宿，第二天早晨，发现其置于房内的一个女用黑色挎包不见了。该包内装现金、信用卡、身份证、首饰等物品，价值约 13 万元人民币。林某等认为，他们花钱住饭店，饭店应有义务保护他们的财产安全。现在其财务丢失，饭店应当全额予以赔偿。

旅游行政管理部门接此投诉后，立即与该饭店取得联系，了解、核实情况。据该饭店称，饭店得知客人财务丢失后，立即向公安机关报案，公安机关也当即派出警员赴饭店客人住宿的房间内进行现场勘查，并察看了饭店楼道、电梯的闭路摄像，发现该日凌晨2时许，有两名男子乘电梯下楼，其中一名男子肩背的挎包正是林某等丢失的女用黑包。经查，该两名男子系住店客人，由于林某等晚间未关房门，致使该两名男子潜入房内窃走挎包。该两名男子已于当日上午结账离店。公安机关由此确认这是一起盗窃案件，已经立案侦查。

《旅游安全管理暂行办法实施细则》第六条规定旅游饭店是旅游安全管理的基层单位之一，其安全管理的职责是：①设立安全管理机构，配备安全管理人员；②建立安全规章制度，并组织实施等。这些要求该饭店都做到了，没有违规，这起财物被盗事件属于刑事案件。饭店不应承担其财物损失，因为承担其财物损失属于民事责任。根据我国民法规定，承担民事责任必须具备四个条件：一是行为的违法性；二是要有损害的事实；三是行为和损害之间要有因果关系；四是行为人主观上要有过错。从本案的实际情况看，饭店并不具备这四个要件。由上述案情可见，已经确定客人挎包系两名男子所盗，即侵害人不是饭店，而是那两名男子。在这种情况下，要求饭店承担赔偿损失显然是不合理的。所以，客人林某等的损失只能由那两名男子来承担。

如上述案情所示，此案已由公安机关确认为盗窃案，并已立案侦查。那么，此案的最终赔偿只能待公安机关侦破，查清全部事实后才能确定。作为饭店方，应当向林某等说明情况，予以安慰。

案例9

班克斯教授和他的同事下榻于新奥尔良的凯悦饭店。当他们参加晚宴后回饭店时，有两个持枪歹徒走上来进行抢劫。班克斯教授当场被射杀在饭店的大门口。当时他的头朝着马路（离马路9米），脚朝着饭店的大门，脚离饭店入口的玻璃门仅1.2米。班克斯夫人和孩子向法院起诉，认为饭店没有采取足够的保安措施，并且也没有警告人们在饭店大门口也有被袭击的危险，因此饭店必须为此进行赔偿。陪审团认为饭店方面确实存在工作不得力的情况，因此法院判决饭店付97.5万美元的赔偿金。饭店虽然提出了上诉，但法院最终还是维持了原判。

从本案可以看出，这家凯悦饭店的保安程序有两方面的不足：①虽然饭店处在治安情况比较差的地区，但饭店并没有安排足够的保安人员在饭店附近巡视，所以客人在饭店附近的安全得不到保证；②饭店的员工没有提醒客人饭店附近和周围的治安情况很差。

从2001年12月13日开始，中国已正式成为WTO的一个成员，中国政府对企业的管理也将改变过去行政管理的做法，更多地通过各种法律法规来规范企业的行为。作为饭店的经营管理者，了解饭店与客人之间的权利与义务，熟悉饭店的法律环境和法律责任就显得十分重要。

不管你经营哪个行业，如果你不熟悉与那个行业相关的法律规章，那你就好像是一名不熟悉比赛规则的运动员，哪怕你的体能技艺再好，过不了多久你必定会出局，饭店行业也是如此。随着中国加入世贸组织，中国政府必将更多地通过法律规章来规范企业的行为。要想经营好饭店，必须熟悉与饭店行业经营相关的法律规章。这一节重点引导大家熟悉饭店的法律环境，明确饭店与顾客之间的权利与义务以及饭店的法律责任。

一、饭店的法律环境

到目前为止，我国还没有制定出专门的《旅游法》或《饭店法》，在实践中用来规定饭店作为一个法人所具有的权利和义务以及调整饭店与其他法律主体之间的关系的法律文件包括《中华人民共和国民法》和《中华人民共和国公司法》、《中华人民共和国合同法》、《中华人民共和国反不正当竞争法》、《中华人民共和国会计法》、《中华人民共和国审计法》、《中华人民共和国税法》、《中华人民共和国价格法》等；以及我国有关部门颁布的与饭店经营相关的一些条例：如《中华人民共和国消防条例》、《旅馆业治安管理办法》、《旅游饭店星级的划分与评定》、《娱乐场所管理条例》等。

现在我国已是世界贸易组织的正式成员，今后在处理这类关系时还会参考国际惯例。如 1978 年国际私法统一协会拟定和通过的《关于饭店合同的协定草案》，1981 年国际饭店协会于加德满都批准的《国际饭店法》。旅游饭店属于特种服务行业，它的营业条件有以下特殊的要求。

1. 登记管理的要求

根据《旅馆业治安管理办法》的规定，申请开办旅游饭店，应经主管部门审查批准，须经当地公安机关批准发给特种行业许可证，若是旅游饭店，还须经卫生管理部门批准，取得"卫生许可证"以及经旅游行政主管部门批准，取得"旅游营业许可证"，再向工商行政管理部门申请登记领取营业执照，方可开业。经批准开业的旅游饭店，如有歇业、转业、合并、迁移、改变名称等情况，应当在工商行政管理部门办理变更登记后 3 日内，向当地县、市公安机关备案。

2. 治安管理的要求

根据《旅馆业治安管理办法》的规定，经营旅游饭店必须建立各项安全管理制度，设置治安保卫组织或者具有安全保卫人员。接待客人住宿必须登记，接待境外旅客住宿必须在 24 小时内向当地公安机关报送住宿登记表。应当设置旅客财物保管箱、柜或保管室，指定专人负责保管工作。对寄存的财物要建立登记、领取和交接制度。对客人遗留的物品应当妥善保管，设法归还原主或揭示招领。经招领 3 个月无人认领的，要登记造册，送当地公安机关按拾遗物品处理；对违禁物品、可疑物品，应当及时报告公安机关处理。饭店工作人员发现违法犯罪分子、形迹可疑人员和被公安机关通缉的罪犯，应当立即向当地公安机关报告，不得知情不报或隐瞒包庇。在饭店内开办舞厅、音乐茶座等娱乐、服务场所的，应当遵循《娱乐场所管理条例》。

3. 消防管理的要求

根据《中华人民共和国消防条例》、《高层建筑消防管理规则》等有关法律、法规的规定，现代饭店大多属于使用高层建筑的单位，必须建立健全消防组织，制定防火安全

前言

木材及木质复合材料作为室内装饰装修工程的必备材料，随着当今社会房屋装修规模不断扩大而大量使用，由此带来的室内环境污染问题越来越突出。

人造板生产和使用过程中会缓慢释放出大量的除人们已知的甲醛以外的有毒挥发性气体，包括乙醛、萜烯、苯系物在内约有 500 多种，对人体健康造成伤害。国内对人造板挥发性有机污染物的研究刚刚开始，在已经进行过的和现在正在进行的研究中，多数只是对室内环境空气中的挥发性有机污染物进行测定、分析和表面污染防治，没有从生产工艺即人造板挥发性有机污染物产生的源头入手，研究挥发性有机污染物释放机理及降低释放的长效控制技术，也没有开展综合防治技术评价及标准、产品释放危险度评价研究，因而没有建立相应的预警机制。

对污染源之一的刨花板挥发性有机化合物（VOC）释放进行控制和性能综合评价是缓解室内环境污染的重要措施。本书从刨花板生产工艺入手，介绍刨花板热压工艺及后处理技术对刨花板 VOC 释放特性的影响，从理论上分析其产生作用机理，以促进对刨花板 VOC 释放和控制技术的全面了解和掌握，优化刨花板生产工艺，提高其环保性能。同时，利用研究取得的数据结果，采用主成分分析方法对刨花板整体性能指数进行综合评价，从而为我国人造板产品质量环保监督提供可靠的技术支撑。期望能对从事这一领域相关研究的科研工作者提供参考和帮助，为环保型人造板材料的发展起到积极的作用。

在本书相关内容的研究过程中，得到了国家环保部公益行业项目《室内装饰用人造板挥发性有机污染物释放特性与控制技术研究》（200809120）基金的资助，在此表示衷心的感谢。

由于作者水平有限，不当之处难免，敬请同行和广大读者批评指正。

著　者

目录

第**1**章

绪　论

　　随着国民经济的发展和国家对环境保护宣传力度的加大，全民环保意识有了很大的提高。过去对环境污染问题的认识一般指室外空气和江河湖海的污染，治理也主要围绕工业污染造成的废气、废水和废渣的治理。进入 20 世纪 90 年代初期，由于室内吸烟、燃煤以及人体呼出二氧化碳等污染物质造成的室内污染，引发了室内空气交换机的热销，但由于室外空气污染日益严重，这种室内环境污染的初期治理悄然落幕。20 世纪 90 年代末，随着我国住房制度的改革及人们生活水平的提高，带来了室内装饰装修行业的高速发展。据统计，2007 年全国室内装修和建材需求突破 9500 亿元人民币，随之而来的由装饰装修材料和家具所造成的以化学污染为特征的第三污染时期正逐步影响现代家庭人们的健康。

　　有人认为室内的空气要优于室外的空气。然而，国内外大量调查资料都证实了这样一个事实：由于过分追求节能，建筑物过于密闭，空调空间太小，新风供应不够或气流组织不合理，再加上建筑物内装修的日益普及等，致使室内空气污染程度往往比室外还高，室内空气污染比大气污染更为严重。目前，全球有近一半的人处于室内空气污染中，室内环境已引起 35.7% 的呼吸道疾病、22% 的慢性肺炎和15% 的气管炎、支气管炎和肺癌，全球约 4% 的疾病与室内环境有关。其中室内装饰装修材料和家具的使用是造成室内环境污染的主要原因。

　　根据国家《室内空气质量标准》，室内空气污染按照其性质区分大致可分为以下几类：

　　① 物理污染。主要包括噪声污染、电磁辐射、电离辐射及室内照明不足等对人体造成的污染。室内环境的装饰、陈设、家具、色彩的设计如不合理，人们长时间在室内生活工作，都可能对人体造成伤害。

　　② 放射性污染。主要来源于建筑和装修材料中释放出来的氡气及其衰变子体，还有由石材制品，如大理石、洁具等释放的 γ 射线。目前我国已出台相关标准对放射性污染指标进行控制。

　　③ 生物污染。生物污染主要包括细菌、真菌、花粉、病毒等。这种污染会引起各种呼吸道疾病、哮喘、建筑物综合症等。

④ 化学污染。主要来源于装饰装修、家具、化妆品、厨房燃烧及室内化学品释放出来的氨、氮氧化物、硫氧化物、碳氧化物等无机污染物及甲醛、苯、二甲苯等有机污染物。

目前，我国室内的主要污染表现为化学污染，常见的污染为甲醛、苯、氨和挥发性有机物污染。

1.1　挥发性有机化合物（VOC）的定义及分类

VOC 尚未有国际上一致认可的定义，关于 VOC 的定义有好几种，例如美国 ASTM D3960—98 标准将 VOC 定义为任何能参加大气光化学反应的有机化合物；美国联邦环保署（EPA）的定义为：挥发性有机化合物是除 CO、CO_2、H_2CO_3、金属碳化物、金属碳酸盐和碳酸铵外任何参加大气光化学反应的碳化合物。现在常用的是世界卫生组织（World Health Organization，简称 WHO）规定的分类方法，是以沸点分类的。世界卫生组织将挥发性有机化合物（Volatile Organic Compound，简称 VOC）定义为室温下饱和蒸汽压超过 133.322Pa、沸点在 50~260℃之间的易挥发性有机物质。

VOC 作为室内污染物，种类多，成分复杂，而且有新的种类不断派生出来。WHO 按照挥发性有机化合物的沸点将其分为四类：

① 沸点在 0~50℃的易挥发性有机化合物（VVOC）；

② 沸点在 50~240℃的挥发性有机化合物（VOC）；

③ 沸点在 240~380℃的半挥发性有机化合物（SVOC）；

④ 沸点 380℃以上的颗粒状有机物（POM）。

一般在研究和生活中提到的 VOC 的沸点在 50~260℃之间。从木质人造板中释放的 VVOC 主要是甲醇、甲酸和乙醛；表面处理所用的溶剂、木材中的乙酸和萜烯属于 VOC；挥发性较低的成分 SVOC 会长期缓慢地释放，分子量较高的萜烯和表面处理剂的残余物属于这一类。按化学结构，可进一步分为烷类、芳烃类、烯类、卤烃类、酯类、醛类、酮类和其他化合物 8 类，如表 1-1 所示。目前，对环境空气中污染物浓度的表示方法主要有两种，即质量浓度表示法和体积浓度表示法。质量浓度表示法是指每立方米空气中所含污染物的质量数，即 mg/m^3；体积浓度表示法是指一百万体积的空气中所含污染物的体积数，即 ppm。大部分气体检测仪器测得的气体浓度都是体积浓度（ppm 或 ppb）。在我国则要求气体浓度以质量浓度的单位（如：mg/m^3）表示，而且我国的标准规范也都是采用质量浓度单位（如：mg/m^3）表示的。

多数室内 VOC 的单种化合物浓度很低，一般不超过 $50\mu g/m^3$，但有些化合物，如甲醛和苯系物等具有普遍性，在多数住宅和办公楼室内环境中基本都能检测出，浓度也较高。在 VOC 的沸点范围内，释放结果可按单一成分单独表示，也可

表 1-1 常见 VOC 分类

类　　别	VOC
脂肪类碳氢化合物	丁烷、正己烷
芳香类碳氢化合物	苯、甲苯、二甲苯、苯乙烯
氯化碳氢化合物	二氯甲烷、三氯甲烷、三氯乙烷、二氯乙烯、三氯乙烯、四氯乙烯、四氯化碳
醛、酮、醇、多元醇类	丙酮、丁酮、环己酮、甲基异丁基酮、甲醛、乙醛、甲醇、异丙醇、异丁醇
醚、酚、环氧类化合物	乙醚、甲酚、苯酚、环氧乙烷、环氧丙烷
酯、酸类化合物	醋酸乙酯、醋酸丁酯、乙酸
胺、腈类化合物	二甲基甲酰胺、丙烯腈
其他	氯氟烃、含氢氯氟烃、甲基溴

按全部有机化合物的总和（TVOC）来表示。TVOC 是人体神经对非特异性刺激的一种量化指标，对它的定义和使用是有一定条件的。VOC 包含各种可于室温下挥发的有机化合物，在一般的室内环境中有着 100 种以上的 VOC。广义的 TVOC 中除醛类以外，还有常见的苯、甲苯、二甲苯、乙苯、苯乙烯、三氯甲烷、萘、三氯乙烯等，主要源自各种涂料以及胶黏剂等。一些研究人员指出，虽然 TVOC 不是一种有效的检测指标，但它对确定室内空气污染状况，从健康、舒适、节能和可持续发展角度改善室内污染源的控制是相当有效的。

1.2 挥发性有机物的来源及危害

1.2.1 来源

根据国内外对室内环境污染进行的大量研究表明，室内环境污染物的来源主要有以下几个方面：室外大气污染物、室内建筑装修材料污染物及人类活动有关污染物。

（1）室外大气污染物

汽车尾气、工业污染物的释放和燃料的燃烧都能产生许多的 VOC，它们进入室内造成室内 VOC 的污染。由燃油汽车引起的室内空气污染主要是产生少量的橡胶基质和较多的烷烃及烷基苯。Brooks 等对室内 900 多种化学物质进行鉴别，发现有 350 多种 VOC 的浓度在 $1mg/m^3$ 以上；Bailey 等对机动车尾气中的 VOC 分析结果表明，其主要成分是单环芳烃和低碳数链烃。另外，意外失火也可产生大量的 VOC，Austin 等测定建筑物在着火时主要可产生 14 种 VOC，包括二甲苯、甲苯、乙苯、苯、丙烯、丙烷、1,2-丁二烯、萘、苯乙烯、环戊烯、2-甲基丁烷、1-甲基环戊烯、异丙基苯和 1-丁烯-2-甲基丙烯。

（2）室内建筑装修材料污染物

建筑装饰、装修材料中除了原料本身释放出有机污染物外，还含有因建筑装修需要而加入的作为添加剂使用的许多有机化合物，此类化合物在常温下即可向室内释放 VOC，使室内挥发性有机物污染加剧。室内建筑装修材料污染有源于木材本身的，也有来自装饰材料和家具制品的，但主要还是来自于装饰材料。

① 人造板。第二次世界大战后，胶合板逐步代替实木成为房屋建筑的主要材料，起初胶合板所使用的胶黏剂为脲醛树脂胶，所释放的甲醛量较高，由此出现了采用其他人造板材，如刨花板、定向刨花板和中密度纤维板等替代品，但仍会有少量的醛类和萜烯类化合物的释放。现在室内装饰和家具制造中所用人造板采用的胶黏剂主要为脲醛树脂、酚醛树脂、三聚氰胺甲醛树脂等，其在使用过程中老化、分解会不断地释放出甲醛。近年来开始采用将聚氨酯胶黏剂用于人造板制造，这样虽然减少了甲醛的污染，但甲苯二异氰酸酯（TDI）、二苯基甲烷二异氰酸酯（MDI）污染又随之而来。Borwn 等测定办公家具中 VOC 的含量，其中中密度纤维板释放的 VOC 较低，而刨花板释放的 VOC 较高，胶合板释放的 VOC 最高。

② 胶黏剂与涂料。在室内装饰和家具的制造过程中，也会使用大量的胶黏剂。这些胶黏剂中主要有热熔胶、乳白胶、脲醛胶和乳白胶的混合液以及氯丁橡胶类的万能胶等，这些胶黏剂在使用和分解过程中会有 VOC 的释放。室内装饰用的涂料主要有三大类：第一类是用于木制品表面涂饰用的聚酯和聚氨酯类，主要含有甲苯、二甲苯、游离 TDI、游离 MDI 等挥发性有机化合物；第二类是用于墙面底层的内墙涂料，主要是聚乙烯醇缩甲醛的水溶液与碳酸钙粉搅拌而成，在室内使用量非常大，使用过程中会释放出甲醛等有害物质；第三类是内墙漆，一般是水溶性的，用于墙面装饰，主要成分是苯丙乳液、纯丙乳液或醋酸乙烯及其他添加物，所含 VOC 相对较少。Wieslnader 等认为在新油漆过的住宅内，脂肪烃（C8-C11）、TXIB（是指苯、甲苯、乙苯、邻二甲苯、对二甲苯）浓度明显升高，甲醛浓度也明显升高。

③ 木家具。家具生产使用的木质材料已由天然实木向人造板材逐步转变。人造板材生产中使用的胶黏剂、封边材料及饰面油漆所释放出的有机挥发性物质、可溶性重金属是造成室内空气污染的主要来源。2003 年上海市质量技术监督局对市场上销售的儿童卧室家具进行调查发现，儿童家具的甲醛超标现象严重，抽查的 20 套木制儿童卧房家具结果仅有 9 套合格，抽查合格率仅达 45％。

④ 其他装饰材料。1988 年美国环保署（Environmental Protection Agency，简称 EPA）调查表明，使用新地毯是使室内 VOC 增加的主要因素。目前市场上销售的地毯 90％以上都是由尼龙及其他人造纤维制成。地毯在纺织、印染、毯背涂胶及后处理制造工艺中使用的染料、胶乳、处理剂、添加剂等在产品中不可避免地会存留一定的有害物质，地毯、地毯衬垫及地毯胶黏剂所释放的有机物质在 20 世纪 90 年代就被认定为室内空气污染的主要释放源之一，并出台了一系列的标准对其进行限定。聚氯乙烯卷材地板，又称地板革，在生产加工中使用的原料和辅料会产生对人体有害的物质，如氯乙烯单体、铅盐类化合物、挥发性有机物等。此外，为追

求装饰效果，常使用一些人造高分子装饰材料，这些织物和高分子材料在使用过程中会有不同程度的 VOC 释放。国内目前已对一些纺织品中的甲醛释放量进行限定。

室内的这些装饰材料所产生的 VOC 会与不同的氧化剂作用导致吸收过程和氧化过程而造成二次污染。二次污染源形成过程中可能产生突然、剧烈的室内空气品质（Indoor Air Quality，简称 IAQ）问题，其产生条件见表 1-2。

表 1-2 室内材料产生的 VOC 二次污染源

室内材料	二次污染源	产生条件
化纤地毯、纯毛地毯	乙醛、甲醛、酸、噻唑苯	臭氧
地毯胶垫	乙酸	水/氮
装饰或家具用人造板、细木工板、胶合板、复合地板	甲醛、乙醛	
软木	乙酸、糠醛	热
管道	C6,8~10、乙醛、脂肪酸	臭氧
家具涂层	乙醛、丙烯酸盐、异氰酸盐、苯乙烯	
纯酸树脂油漆、天然油漆	C3,5~6、乙醛、脂肪酸、萜烯	
涂料漆（丙烯酸、乳胶）	乙醛、甲醛、甲酸	臭氧
防锈涂料	己醛	
PVC	二乙基己醇	水
隔热层	乙醛	潮湿

(3) 与人类活动有关污染物

人的活动对室内空气常可产生重大影响，与人类活动有关而产生 VOC 污染的来源较广，如吸烟、人自身的新陈代谢、烹调、生活用品、办公用品及机器设备的使用等。

吸烟是室内空气污染的重要来源，有研究表明吸烟的室内空气流量降低致使室内其他空气污染源释放有害物质的浓度提高。孙永梅等测定香烟烟雾中的挥发性有机物，共检出 78 种，其种类有烷（9 种）、烯（9 种）、炔（0 种）、单环芳烃（9 种）、多环芳烃（3 种）、杂环（12 种）、醛（2 种）、酮（3 种）、醇（8 种）、酸（8 种）、酯（4 种）、酚（8 种）、多酚（2 种）、醌（1 种），这些挥发性有机物主要是低分子有机物。此外，人类自身的新陈代谢也是室内 VOC 的一个来源。梁宏等对密闭环境中受试者汗液中的 VOC 进行了检测，4 名受试者汗液中存在 9 种其所在环境中未检测到的 VOC，且离开密闭环境后，其汗液中 VOC 种类增加到 23 种，有 11 种与密闭环境空气中的 VOC 相同，它们是苯、甲苯、乙苯、二甲苯、萘、三甲苯、异丙苯、异丁苯、苯甲胺和硫代苯乙酸甲醇及乙二醇。Fenske 等测定人体呼出气中 VOC 主要有橡胶基质、丙酮、乙醛、甲醇和其他醛类。

石油及其燃烧产物是室内空气中苯、乙苯和二甲苯等 VOC 的又一主要来源，Pandit 等在使用煤油炉的厨房内检测到正己烷、苯、庚烷、甲苯、间/对二甲苯和癸烷等物质。

生活用品的种类很多，如香水和染发剂、织物、清洁剂、光亮剂、喷雾剂、杀虫剂、干洗剂等。以清洁剂为例，按其功能来分主要包括消毒剂和表面护理产品，其主要成分包括表面活性剂、溶剂、芳香剂、防腐剂等。此外，消毒剂中还包括次氯酸盐、氯胺等活性成分，能够释放氯而达到消毒效果。清洁剂使用时各成分中的挥发性气体可释放到空气中，主要包括萜烯、乙二醇、乙二醇乙醚、甲醛及其释放物质、苯乙烯、甲基丙烯酸酯、含氯 VOC 等。

乙醛可用于生产苯胺燃料、化妆品、塑料制品等工艺，还可用作鱼类制品的防腐剂和食品调味剂，所以这些物质中可释放出大量的乙醛。人们日常接触的报纸、杂志和印刷物是 C8 芳香族 VOC 的暴露来源。

随着越来越多的现代化办公设备和家用电器进入室内，由此产生的空气污染、噪声污染、电磁波及静电干扰和紫外线辐射等给人们的身体健康带来不可忽视的影响。如复印机的使用会造成臭氧、苯乙烯、甲醛和其他半挥发性有机化合物的释放，对环境造成一定程度的影响。

1.2.2　危害

出于节约能源的考虑，建筑物的气密性大大提高，由此带来室内通风量不足，引起室内空气污染事件频频发生。在 20 世纪 70 年代后期，一些西方国家提出 IAQ 的概念。IAQ 主要反映的是在某个具体的环境内，空气中某些要素对人群工作、生活的适宜程度，是为反映人们具体要求而形成的一种概念。

在装修过程中使用了含有大量有害物质（如甲醛、挥发性有机物等）的装修材料，致使挥发性有机化合物气体大量蒸发，严重恶化了室内空气品质，进而导致了长期在室内工作的人们出现了病态建筑综合症（Sick Building Syndrome，简称 SBS）和建筑物关联症（Building Related Illness，简称 BRI），化学品敏感症（Chemical Hyperdensitive Syndrome，简称 CHS）等症状。

室内空气品质恶化除会对人体健康造成危害，使人身体不适外，还会影响工作效率，使社会经济受到损失。美国职业安全及健康管理局估计，恶劣的室内环境质量会使每个员工每天损失 14～15min 的工作时间，此外，恶劣的室内环境质量还会导致医疗费用的增加；另一项调查显示，恶劣的室内环境质量会使总经济成本每年损失高达 47 亿～54 亿美元。

在中国中科室内环境检测中心网上公布的由于室内环境污染造成危害的 10 种主要表现有：起床综合症、心动过速综合症、类烟民综合症、幼童综合症、群发性皮肤病综合症、家庭群发疾病综合症、不孕综合症、胎儿畸形综合症、植物枯萎综合症、宠物死亡综合症。流行病学调查结果显示，VOC 的健康危害主要表现为：异臭，眼痒、眼干、咽喉干燥，流鼻涕、打喷嚏，头痛、头晕、疲倦、失眠、怕冷怕热、吹风感，口渴、恶心，儿童哮喘、支气管炎等。由于 VOC 是许多气体的混合物，下面对几种有毒性污染物对人体的危害作简要介绍。

(1) 甲醛

甲醛为具有较高毒性的物质，在我国有毒化学品优先控制名单上甲醛高居第二位，是公认的变态反应源，也是潜在的强制突变物之一，已被世界卫生组织确定为一类致癌物。甲醛对人体健康的影响主要表现为眼睛、鼻子和咽喉刺激，还有咳嗽、疲乏劳累、皮疹等过敏反应等。当室内空气中甲醛浓度达 $1.0mg/m^3$ 时，就会有异味和不适感；当室内空气中甲醛浓度高于 $1.0mg/m^3$ 时，将引起咽喉不适、恶心、呕吐、咳嗽；当甲醛浓度高达 $30mg/m^3$ 时，将引起恶心、呕吐、胸闷、气喘、甚至肺气肿；当达到 $100mg/m^3$ 以上时，吸入 $5\sim10min$ 即可危及生命。表 1-3 为不同浓度范围的甲醛对人体健康所造成的影响。

表 1-3 不同浓度甲醛所致的健康效应

甲醛浓度/ppb	健康效应	甲醛浓度/ppb	健康效应
0～50	未见报道	10～2500	上呼吸道刺激
50～1000	嗅阈	5000～30000	下呼吸道肺部效应
50～1500	神经系统效应	50000～100000	肺水肿、肺炎
10～2000	眼部刺激	>100000	死亡

(2) 苯系物

苯系物一般指苯、甲苯、二甲苯，均为无色、有特殊芳香气味的液体，难溶于水，易溶于有机溶剂，易挥发、可燃，是化学化工工业级生产装饰装修材料的基本原料，优良的溶剂。苯有甜味，属芳香族，可溶解，被国际癌症研究中心确认为高毒致癌物质，对皮肤和黏膜有局部刺激作用，吸入或经皮肤吸收可引起中毒。苯通过皮肤吸收的速度为 $0.4mg/(m^2 \cdot h)$，而被吸入的苯大约有 $50\%\sim70\%$ 会被肺吸收。当吸入高浓度苯蒸气时，可强烈作用于中枢神经而很快引起酒醉状、痉挛、疲乏无力、昏睡等，严重者可因呼吸中枢痉挛而死亡。当空气中的苯的浓度达到 2% 时，人吸入 $5\sim10min$ 即可致死。苯的急性中毒主要是对中枢神经系统造成损伤，低浓度长期接触即慢性中毒，则对神经系统和造血系统产生不同程度的损害，引起神经衰弱综合症以及白细胞、血小板、红细胞减少症，记忆力减退，导致再生障碍性贫血、白血病等。甲苯属于低度类，其致毒作用与苯相似，主要是对神经系统具有麻醉作用和对皮肤、黏膜的刺激作用。甲苯对中枢神经的损害和刺激作用比苯强，对造血系统损害比苯弱。当吸入 100ppm 的甲苯时会对人产生心理影响，吸入 200ppm 的甲苯会对人的神经中枢发生作用。二甲苯有三种异构体，毒性略有差异，其中间二甲苯毒性最大，对黏膜的刺激作用比苯强，它们的毒性作用主要是对中枢神经和自主神经系统的麻醉和刺激作用。欧洲联合协会用气体分离器/火焰电离检测法测定的室内空气中苯系物的浓度，基于 Molhave 的对黏膜刺激性的毒理学数据给出了它们对人体的影响。表 1-4 为短时间处于苯系物物质中对人体的影响。

表 1-4　短时间处于苯系物物质中对人体的影响

物质	苯	甲苯	苯乙烯
浓度	ppm(mg/m³)	ppm(mg/m³)	ppm(mg/m³)
轻度影响,不适感	0.24(0.78)	9.80(37.00)	5.10(21.40)
严重影响,致残	10.00(32.4)	12.30(46.00)	无确切阈值
立即危及生命	3 000(9 700)	2 000(7 500)	无确切阈值

(3) 其他 VOC

VOC 大多含有发臭基团,如羰基、羧基、羟基等,既对空气产生恶臭污染,又是有害气体,可直接危害人体健康。VOC 具有强挥发性与强亲脂性,故它总是先侵犯呼吸道,后贮留于富含脂类组织中,如神经系统和脂肪。因此,它对健康的危害主要表现于呼吸系统和神经系统,而且以眼睛和呼吸道刺激最为多见。

VOC 多为脂溶性的溶剂和稀释剂,有嗅味,表现出毒性、刺激性,很容易通过人的呼吸作用经肺、血液而进入神经中枢,进而对中枢神经产生很强的麻醉作用,此时人体就会表现出精神恍惚、困倦瞌睡;若吸入 VOC 的量过多,则会出现头晕耳鸣、面色苍白、恶心呕吐甚至肌肉痉挛等全身症状。研究表明,若暴露在 VOC 混合气体中,浓度为 $25\mu g/m^3$ 时,会出现头痛、瞌睡、疲乏、精神混乱;当浓度达到 $35000\mu g/m^3$ 时,可能出现昏迷、抽搐甚至死亡。长期暴露在 VOC 中,容易导致多种慢性病,如记忆力减退、神经衰弱、哮喘等。许多 VOC 具有神经毒性、肾毒性、肝毒性和致癌性。此外,VOC 也可引起免疫、内分泌、泌尿生殖系统以及造血系统等方面的问题,还可引起代谢缺陷,降低肝脏的清除能力。

第2章
VOC污染研究

2.1 室内挥发性有机物污染现状

人们已经认识到解决室内空气环境问题的重要性与迫切性，特别是由 VOC 引起的室内空气环境问题已成为当前室内空气环境领域内的一个研究热点。随着家用燃料消耗量的不断增加及挥发出有害物质的各种建筑材料、装饰材料、人造板家具等产品也大量进入室内，人们在室内接触的有害物质种类和数量有着明显的增多。另一方面，城市建筑物密闭程度的增加，导致室内污染物不易扩散，也增加了室内人群与污染物的接触机会。

目前室内空气污染有以下几个特点：

① 普遍性。近年来，住房装修很普遍，大量的建筑材料和装饰材料，尤其是装饰材料的品种和用量已越来越多，影响也越来越大。

② 持久性。某些室内空气污染源是短期性或偶然性的，采取一定措施可在短时间内消除，而建材所引起的空气污染，如放射性和挥发性有机化合物，往往是长期的、连续的，一旦使用，就难以拆除、更换，所以这类影响的削减和治理较为困难。

③ 复杂性。建筑材料由于种类繁多、成分复杂，所产生的污染物也极其复杂。除放射性、甲醛、苯系物以外，还有多种直链烃、卤代烃、环芳烃、烯、炔、醛、酮、醇、酯及重金属等。

④ 严重性。建材所产生的污染物对人体的神经系统、血液系统、呼吸系统、生殖系统等都会产生严重损害。据美国的一项调查显示，室内空气中可检测出五百多种挥发性有机物，其中有二十余种为致癌物或致突变物。

2.1.1 国外挥发性有机物污染研究现状

国外对 VOC 污染的研究起步较早。1979 年美国 EPA 就开始对 650 个家庭开展了 11～19 种 VOC 的室内外浓度测定，并进行总暴露量评价，研究表明，室内 VOC 浓度高于室外，且与个体接触量有很好的相关性，两者的浓度之比在 0.7～1.3 之间。世界卫生组织利用这些研究数据得到了 VOC 对人类危害实验结果，这一研究结果为随后的德国和芬兰相关调查研究所证实，并为德国学者推荐室内空气中 VOC 浓度限值提供了依据。

居住建筑内 VOC 的浓度通常要比非居住建筑的浓度高。Wallace 等研究者的测试结果表明，居住建筑内 VOC 的平均浓度为 $0.7mg/m^3$，抽样为美国 200 座建筑物，大约 600000 居民。1992 年，Brown 等报道了许多研究者在不同国家的测试结果，在 1081 所住宅中，TVOC 用加权几何平均方法（WAGM）测得的浓度为 $1.13mg/m^3$。在主要的多层非住宅建筑物室内空气品质的调查中，多数报道的 TVOC 值的范围为 $0.1\sim1.0mg/m^3$。有些建筑物的浓度被报道超过 $1.0mg/m^3$，并很少超过 $2.0mg/m^3$ 或 $3.0mg/m^3$。偶尔有过建筑物的 TVOC 浓度超过 $10\sim20mg/m^3$ 的。

不同种类的建筑中，新建筑中 VOC 浓度比旧建筑中要大得多，而旧的住宅建筑中 VOC 和 TVOC 的浓度要比公共建筑中的大得多，许多 VOC 是从发霉的材料或建筑中散发出来的。Schleibinger H 在 1988~1999 年间对德国 744 户居民家中室内 VOC 的释放进行长期的测定，研究发现，室内环境中的脂肪族化合物、芳香烃化合物、醇类、醛类和萜烯类化合物是室内 VOC 释放的主要组成成分，二醇类、酮类、硅氧烷和氯化烃类化合物基本没有检测到。其中检测到甲醛的最高释放量可达 $38ng/m^3$，己醛 $34ng/m^3$，甲苯 $28ng/m^3$，正丁醇 $27ng/m^3$，α-蒎烯 $13ng/m^3$。在研究期间，室内空气中苯、甲苯的释放量明显下降，而 α-蒎烯、β-蒎烯、δ-3-蒈烯、柠檬烯和 1,2-丙二醇甲基醚化合物的释放量有明显上升的趋势。同时，美国健康和营养检查调查协会对近 60 年室内空气中 VOC 污染物的变化趋势进行了研究调查，由于室内化学品使用的增加，室内空气中挥发性有机化合物的醛类和萜烯类化合物浓度在近年来呈现出上升的趋势，见表 2-1。

对于室内空气中 VOC 的释放及来源国外学者进行了大量的研究。S. K. Brown 对澳大利亚已有和新建住宅内的 VOC 污染情况进行研究发现，无论是既有住宅还是新建住宅室内污染绝大部分与室内释放源相关，且每种 VOC 释放衰减速率因化合物分子量的不同而有差异。M. S. Zuraimi 等对欧洲及新加坡室内的 VOC 散发及相关影响因素进行研究。在欧洲，环境烟草烟气及室内装饰中胶黏剂、油漆的使用造成室内空气中庚烷的浓度及释放速率较高，而在禁烟国家新加坡，室内空气中高浓度的苯、甲苯、二甲苯、萘则与人类活动有关。Johe 随机抽取明尼苏达州 284 户住宅，对室内的 VOC 污染情况进行测定，结果表明，有吸烟者的家庭中苯和苯乙烯的含量要明显高于无吸烟者的家庭。住宅带有车库的家庭内苯、三氯甲烷、苯乙烯和二甲苯的含量要显著高于无车库的家庭。此外，室内人口密度与环境相对湿度也是造成两地空气中 VOC 释放不同的主要因素。Hugo Destaillatsa 等人对室内办公设备电脑、复印机、打印机的 VOC 释放进行研究发现，对于室内其他材料的 VOC 释放，办公设备的 VOC 释放量较低，释放物主要为苯乙烯、甲苯、二甲苯和其他烷基苯。国外目前除对居民住宅室内空气质量开展了大量的研究外，一些人员活动频繁、密度大的公共场所，如办公室、学校、图书馆等室内的空气质量也成为人们的研究热点。Paolo 对米兰 100 处办公室的室内空气质量进行测定发现，办公室内 TVOC 浓度达到 $514\mu g/m^3$，其中甲苯的浓度明显高于标准要求。

表 2-1 室内空气中 VOC 污染物的变化趋势

污染物	变化趋势	备 注
高挥发性有机物(VVOC)		
甲醛	↓	UFFI 禁用;人造板产品中甲醛释放降低;室内吸烟量降低
乙醛	↓	室内装饰制品释放的降低
丙烯醛	↓	室内吸烟量的降低;烹饪成为主要释放源
异戊二烯	—	人类活动造成的释放基本没有改变
挥发性有机物(VOC)——醛类		
己醛	↑	人造板产品使用增加;室内化学品使用增加
壬醛	↑	室内化学品使用增加
癸醛	↑	室内化学品使用增加
挥发性有机物(VOC)——脂肪族化合物		
正烷烃	—	脂肪族溶剂的持续使用
支链烷烃	—	脂肪族溶剂的持续使用
挥发性有机物(VOC)——芳香族化合物		
苯	↓↓	溶剂使用的严格限制
甲苯	↓	室外浓度降低;芳香族溶剂使用减少
二甲苯混合物	↓	室外浓度降低;芳香族溶剂使用减少
乙苯	↓	室外浓度降低;芳香族溶剂使用减少
苯乙烯	↓	室外浓度降低;芳香族溶剂使用减少
挥发性有机物(VOC)——萜烯化合物		
柠檬烯	↑	萜类溶剂及香水的使用增加
α-蒎烯	↑	萜类溶剂及香水的使用增加
芳樟醇	↑	萜类溶剂及香水的使用增加
α-松油醇	↑	萜类溶剂及香水的使用增加
挥发性有机物(VOC)——其他		
邻苯二甲酸二甲酯	↑	个人护理用品及化妆品使用增加
邻苯二乙酸二乙酯	↑	个人护理用品及化妆品使用增加
环戊硅氧烷	↑	个人护理用品及化妆品使用增加
半挥发性有机物(SVOC)——产品燃烧烟雾		
环境烟草烟雾(ETS)	↓	室内吸烟量减少
二噁英	↓	室外浓度降低
呋喃	↓	室外浓度降低
多环芳烃	↓	室内吸烟量减少

韩国 Sun-Sook Kim 等人对新建住宅内的室内空气污染情况进行测定,对不同污染控制方法进行对比,结果表明,入住前对室内进行有效的通风能够明显降低室内污染物浓度,采用 VOC 净化处理剂能够有效降低室内甲醛的浓度,而对其他 VOC 化合物的影响因 VOC 的种类而有所不同。Nicolas 对加拿大魁北克地区的 96 户住宅中室内空气污染情况进行研究,结果表明,0.26 次/h 的通风换气量能够有效地降低室内空气中甲醛的浓度,对于一些室内安装废弃排放装置和踢脚板式取暖器的住宅来讲,则需要提高换气量至 0.37 次/h,以保证室内空气中甲醛浓度符合加拿大卫生标准要求。

美国 Kee-Chiang Chung 等人借助计算流体动力学(Computational Fluid Dynamics,简称 CFD)研究室内有机散发污染物在室内的分布情况,即 VOC 散发的数值模拟,通过源汇位置对室内浓度场影响效果的研究优化人员活动区域的空气品质。

目前国外对室内空气污染研究的热点主要集中于如何改善空调系统以解决室内空气污染问题,如何通过净化技术改善室内空气污染状况以及进一步明确室内空气二次污染对人体的危害。

解决室内空气污染问题常用的方法有两种:对建筑材料有害物质释放的源头进行控制以及后期增加室内通风量,采用物理化学方法净化处理。对于新建住宅,污染源的控制是最有效地解决室内空气污染的手段,而对既有建筑而言,只能通过有限的通风换气和 VOC 净化处理手段解决室内空气的污染。

2.1.2　我国挥发性有机物污染研究现状

我国从事住宅室内空气污染的研究始于 20 世纪 70 年代,主要是研究室内通风,并针对二氧化碳等室内空气污染物。90 年代,随着人们生活水平的提高,由室内装饰装修引起的室内空气污染问题,如甲醛、挥发性有机物污染引起了人们的重视。国家建设部于 2001 年 11 月颁布了《民用建筑工程室内环境污染控制规范》(GB 50325—2001),同时国家技术监督局于 2001 年 12 月颁布了《室内装饰装修材料有害物质限量》,国家环保局于 2002 年 11 月颁布了《室内空气质量标准》。

近年来,国内学者对我国各地新装修住宅的室内空气污染情况进行了大量研究,从调查结果来看,目前,甲醛是新装修住宅中的主要污染物。戴天有对北京 15 户现代装修后家庭的污染情况研究发现,甲醛超标的占 60%,装修后短期内甲醛浓度较高,最高浓度达 13.4mg/m³,12 个月时甲醛的平均浓度达到国家标准。魏玉香等研究发现,南京市新装修住宅室内空气中甲醛的污染比较普遍,比国家标准高出近 2 倍,超标率为 75.2%,甲苯、二甲苯浓度比国家标准高出 1 倍以上。长沙市检测新装修居室 116 户,室内空气污染甲醛超标现象严重,超标率为 65.5%,甲醛最高浓度超过国家标准 7.1 倍;苯、甲苯、二甲苯超标率分别为 7.8%、1.7% 和 13.8%,超过国家标准 2 倍以上。西部城市的室内空气污染问题同样严重，兰州市检测新装修住宅居室 100 户，空气中甲醛和 TVOC 的检出率为 100%，甲醛的超标率为 78.8%，甲醛最高浓度超标 8.5 倍；TVOC 超标率为 75%，最高浓度超标 19.8 倍。除对居民住宅室内污染问题开展了大量的研究外，一些公共场所也成为人们的研究热点。余志林研究发现，装修材料销售场所室内空气污染情况不容乐观，大部分销售场所室内均可闻到刺鼻、刺眼的刺激性异味，个别销售场所的室内空气中甲醛的最高值约为室外对照的 70 倍，VOC 最高值为室外对照的 20 倍。

国内对室内空气污染研究集中在以下三个方面。

(1) 污染源控制

污染源控制是我国目前室内空气污染研究的一个热点问题，以人工环境室 (Testing Chamber) 的模拟研究为主要研究手段，通过考察一些环境因子，如温度、湿度、空气更新速率等对污染物浓度分布的影响，模拟释放过程，建立数学模型及评价系统。扩散模型是最常用的方法，目前已将污染物在材料内部的扩散过程及在表层的解析过程结合起来。国内利用人工环境气候箱对板材中的甲醛，油漆、涂料中的可挥发性有机物的释放特性已经进行了比较广泛的研究。1996 年李延红等对室内常用装饰材料散发的 VOC 进行了定性测定，研究发现胶合板释放的 20 种 VOC 以甲醛、苯、甲苯、二甲苯为主；壁纸中主要含甲醛、甲苯、乙苯等 35 种 VOC；彩色涂料中主要含甲苯、乙苯、二甲苯等 160 种 VOC；地板蜡中含癸烷、十一烷、十二烷等 58 种 VOC。2005 年朱明亮等对面漆、织物的 VOC 散发进行模拟，揭示其 VOC 衰减规律及释放特性等。王冬云对 3 种油漆的 VOC 释放进行测定，试验共检出 35 个组分，主要是材料中所含的有机溶剂、未聚合的单体及热氧化和热分解的产物，分属于脂肪烃、芳香烃、卤代烃、醛、酮、醇酸、酚和杂环化合物等 9 大类型。

增加新鲜空气来稀释减少污染物的平均浓度，但它不能完全除去污染物，尤其在高污染物挥发率和气流组织不均匀的地方，增大通风量不过是浪费能源。除此之外，在一些建筑的内部房间，由于通风困难，用室外空气稀释是不现实的。空气净化器利用活性炭等具有高吸附能力的物质来吸附室内空气中的 VOC，然而，这样的附加处理中如何合理地布置这些材料是困难的。现在许多研究都试图快速而且经济地消除室内的 VOC，开发这些先进技术主要是为人类创造一个可以持续发展的生态环境。利用紫外线辐射催化氧化消除 VOC 是一种很有发展前途的新技术。

(2) 室内各种污染物的监测方法

检测室内空气污染物的方法有很多，目前常采用的室内空气采集方法有适用于中、低分子量的碳氢化合物和卤代烃的全量空气采样分析法以及根据不同化合物物理化学性质选择固体吸附剂为吸附介质的吸附采样法。全量空气采样法多采用聚合物袋（聚四氟乙烯、Tedlar 或衬铝箔的 Tedlar）、玻璃容器和不锈钢采样罐采集气体，其污染和吸附损失造成的影响相应较少。吸附采样法用于采样的吸附剂主要有炭吸附剂和聚合物吸附剂两大类。前者常用的有活性炭、分子筛、石墨炭黑和多孔炭等，它们的主要优点是具有较高的吸附活性和热稳定性。后者最常用的是 Tenax 类吸附剂，如 Tenax-GC，Tenax-TA 等，这类吸附剂对 VOC 是惰性的，但其保留体积较低。VOC 在炭吸附剂和非极性聚合物吸附剂上的单一和多级层采样技术已广泛应用，其采样过程简单，标样的制备也相对容易。国内目前的检测技术条件可以基本上满足一些常见的污染物的监测要求，大部分已有成熟的方法，但对于某些污染物，如挥发性有机物，还存在着一些问题。因此，如何更方便、快捷又准确地监测室内空气污染物，建立适合室内环境检测的方法还在进一步研究中。

（3）室内空气质量综合评价的研究

室内空气质量综合评价的研究内容包括对大量建筑进行客观评价、主观评价，或二者相结合。室内环境除室内空气品质外，还包括听觉环境、视觉环境、热舒适等因素，因此也有研究采用室内空气质量与人体热舒适性评价相结合的评价方法。目前，有学者提出评价室内空气质量及提高室内空气质量的较为实用的具体工作流程。在实际的工程应用中，CFD 方法的使用已经非常广泛，研究覆盖的范围也较以前有了更大的变化。黄洪涛从应用性角度出发，以 CFD 方法为研究手段，研究分析了机械通风与自然通风相结合的混合通风条件下室内空气环境 VOC 浓度场的分布状况。

2.2　木材及人造板 VOC 释放研究现状

人造板生产，特别是纤维板和刨花板的生产是以次小薪材为原料，具有材质细密、性能稳定等特点，因此发展很快，成为我国人造板产业中的主流。2007 年，我国人造板总产量已经达到了七千四百多万立方米，刨花板的产量同比上年增长了 4%，达到 3720 万立方米。随着应用领域的不断扩大，刨花板、胶合板、中密度纤维板作为室内装饰材料大量应用于室内装修中，而人造板在生产中大部分使用脲醛树脂胶黏剂和添加剂，导致板材中残留的和未参与反应的挥发性物质逐渐向周围释放，造成室内空气污染。

2.2.1　国外研究进展

人造板制造的各个阶段都有不同程度的 VOC 释放，其来源不只在于原料本身，制造工艺的各个环节以及环境因素都会影响 VOC 的释放，具体表现在原料的搬运、截断、剥皮、精截、刨片、筛选、砂光等操作，纤维、刨花、木材干燥及热压阶段同样会有 VOC 释放。木材干燥中的 VOC 来源于木材本身所含的一些易挥发成分——抽提物。在干燥过程中，VOC 随木材内水分的蒸发而挥发，挥发量的多少受木材树种、干燥温湿度、木材构造、含水率及干燥季节等因素的影响而变化。相对于木材加工中的干燥阶段，人造板在热压阶段所挥发的 VOC 要高得多。

在热压阶段，VOC 是否释放以及释放量的多少随着木材树种、施胶量、热压温度和时间、生产速度的不同而变化。此外，在人造板的二次加工阶段，如切削、砂光、开槽、镂铣、封边，也会产生 VOC，尤其是在进行边部处理时，或是在涂料间和砂光点，VOC 释放的数量通常是无法估计的。

瑞典是第一个发表关于各种人造板 VOC 释放（包括锯材在内）研究报道的。这次研究的对象包括硬质纤维板、胶合板、MDF、锯材、刨花板、锯屑、贴面刨花板。研究确定出产品 VOC 的主要成分是醛类、萜烯和甲醛。样本中 VOC 挥发量最高的是新加工制造的松木锯材，其次是生产两周多的刨花板，然后是锯屑。对于锯材，总 VOC 挥发量为 $920\mu g/m^3$，其中 81% 的 VOC 是萜类，它们多存在于木材的组分中，只有 1% 的挥发物是高聚合的醛，主要是己醛。对刨花板和锯屑来说，总 VOC 的浓度分别是 $430\mu g/m^3$ 和 $190\mu g/m^3$，其中萜类占 20%～22%，醛类占 27%～32%，由于木材组分自身没有高浓度的醛，因而判断它是木材在干燥或热压中受热降解而产生的。

1991 年，北欧国家根据普通材料最大的 VOC 散发量 $40\mu g/(m^2 \cdot h)$，$100\mu g/(m^2 \cdot h)$ 和数百微克/（平方米·小时）将材料分为 MEC-A（低挥发性材料），MEC-B（中挥发性材料）和 MEC-C（高挥发性材料）3 类。1996 年美国 EPA 建立了材料 VOC 散发量及毒性数据库，对污染源进行分类。随后 EPA 提出了影响室内材料释放因素和源释放模型，利用释放数据提出 IAQ（室内空气质量）模型，预测室内释放的污染物浓度，并根据源的释放特性和暴露量评价提出室内材料评价方法。近来美国国家标准协会也出台了低释放量家具甲醛和 TVOC 释放标准，对低释放量产品的定义作出了规定。

作为室内常用装饰装修材料的木材、人造板及其制品在原料加工、干燥、热压处理过程中会释放出的 VOC，在切削、砂光、封边等二次加工阶段以及在涂料间和砂光点释放的 VOC 数量通常是无法估计的。2001 年比利时弗兰德市所产生的 VOC 释放量可达到 1.5kt，其中有 1.3kt 来自于木制品，而 80% 源于家具制造产业。

Sundin 等人在 1992 年对木材的 VOC 释放研究发现，木材本身释放的 VOC80% 为单萜类物质，1% 为游离醛类，此外，针叶材 VOC 的释放与树龄直接相关。此研究结果在 1998 年 Risholm 等人的实验中得到了认证。除甲醛外，木材自身能够释放出大量的萜烯类物质和有机酸物质，且木材树种对 VOC 释放量有显著影响，如山毛榉、栎木类阔叶材释放的 VOC 多为乙酸，少量为萜烯类物质；而针叶材 VOC 释放主要为萜烯类物质，有机酸含量较少。Dix 研究发现，木材自身的 VOC 释放量在存放过程中有显著下降，14 天后 VOC 释放量下降达 50%。

除木材自身 VOC 释放外，对木材及人造板加工中 VOC 释放问题各国专家也先后开展了大量研究。不同地区、不同季节木材所释放的 VOC 也有所不同。Tar-vainen V 等对芬兰南北两个地区的火炬松树木在生长过程中的 VOC 释放进行测定。南方地区和北方地区生长的火炬松其 VOC 的释放量分别为 21～879ng/(g·h) 和 268～1670ng/(g·h)。随着季节的交替，其 VOC 的释放量早春季节较高，进入晚春和早夏有所下降，晚夏又再次升高，进入秋季逐步下降。南部地区和北部地区的火炬松释放的主要 VOC 分别为 δ-蒈烯和 α-蒎烯、β-蒎烯，其释放量分别占总 VOC 释放量的 60%～70% 和 60%～85%。在早夏季节，南北两地火炬松释放的 VOC 主要成分为倍半萜烯和 2-甲基-3-丁烯-2-醇（MBO）。其中 MBO 的释放速率为总的单萜类化合物的 2%～5%。南、北方倍半萜烯的释放速率占总单萜类化合物的 2%～5% 和 40%。

1998～2000 年，Lavery、Banerjee、Milota 等人对木材干燥阶段 VOC 的释放开展了大量研究，明确了干燥过程中 VOC 释放种类及影响因素的作用。Maria Risholm-sundman 公司对木材干燥过程进行了优化，以降低人造板 VOC 的释放。2002 年 Anne 等人对气干樟子松锯材和经热处理后的樟子松锯材 VOC 释放测定发现，气干锯材的 VOC 释放总量是热处理锯材释放量的 8 倍，同时发现锯材干燥处理方式会改变锯材释放的 VOC 种类。2003 年 Milota MR 在 82.2℃ 和 115.6℃ 的条件下干燥白松，结果表明干燥温度升高，总的碳氢化合物的释放量增加了一倍，甲醇的释放量增加了 240%，达到 0.097kg/m³，甲醛的释放量增加了 470%，达到 0.0037kg/cm³。2006 年 Thompson A 对 45 年树龄的火炬松锯材进行干燥，并对试材心、边材干燥前后的 VOC 释放量进行测定，结果表明，干燥后试材心、边材仍有 50%～60% 的萜烯类化合物未挥发出。Conners 等对刨花板制造过程中刨花干燥阶段与热压阶段 VOC 的释放进行对比，结果表明刨花干燥释放的 VOC 约占 70%，热压阶段 VOC 释放约占 20%。

对于人造板产品 VOC 的测定，S. K. Brown 于 1999 年开始采用环境舱法测定人造板甲醛和 VOC 的释放，研究较好地使用环境舱测定人造板及其制品中甲醛及 VOC 释放的条件，并应用一阶衰减指数对其释放进行模拟。同样应用环境舱实验法，Melissa 对美国 57 家人造板厂生产的刨花板和中密度纤维板 VOC 释放进行测定，结果表明两种人造板释放的 VOC 以萜烯类和醛类物质为主，且中密度纤维板醛类物质释放量要高于刨花板醛类释放。目前更多的研究集中于热压过程中 VOC 的释放情况。2002～2003 年，Douglas J，Wenlong Wang 对热压过程中人造板 VOC 释放进行初步研究，发现在热压过程中 VOC 释放以乙酸、甲醛、及萜烯类物质为主，热压温度、时间、胶种、树种的改变对 VOC 释放种类有不同程度的影响。2006 年，Mathias Makowski 等通过调整热压温度和板坯表面结构，对欧洲赤松制造的定向刨花板在热压过程中萜烯类和醛类化合物的释放进行测定。结果表明，热压温度和板坯表面结构的改变对萜烯类化合物的释放量及醛类化合物种类有不同程度的影响。人造板的 VOC 释放是一个长期的过程，大量研究证明了这一点。2005 年，Martin Ohlmeyer 对由火炬松刨花压制的定向刨花板陈放 2 个月后的 VOC 进行 24h 的测定，结果表明定向刨花板的主要释放污染物为单萜类和醛类化合物，随着时间延长，萜烯类化合物的释放呈下降趋势，而醛类化合物则表现为先上升后下降的趋势。醛类化合物是由木材中的不饱和脂肪酸氧化裂解而形成的。

木材工业生产中所产生的 VOC 仍有很大一部分源自于木制品的喷涂、防腐和胶压过程。欧共体根据这一现象出台了一系列的标准（1999/13/CE），对木材浸渍、木材喷涂和木材胶压过程中的 VOC 释放进行了限定。1999/13/CE 标准的出台使一些家具生产企业对生产线进行了调整，选用替代涂层材料来降低 VOC 的释放。一般采用水性漆、高固体含量的溶剂型涂料或粉末涂料来代替原有油漆涂料。Gaca P 等对刨花板、胶合板、铝箔、家具原料（橡木、白蜡木、赤杨、山毛榉、松木及落叶松木）及聚醋酸乙烯酯胶黏剂等不同人造板材料的 VOC 释放进行测定发现，薄木贴面刨花板的 VOC 释放量最高，松木锯材和经过表面涂饰清漆的松木锯材其释放的芳香族化合物的量相对较高，其他树种锯材、胶合板、聚醋酸乙烯酯胶黏剂及铝箔的 VOC 释放量较低。不同的人造板饰面方法对甲醛、VOC 等有害气体的封闭也会起到一定作用。2006 年 Barry 等对不同表面装饰人造板材的甲醛、VOC 释放进行评价，其中，表面涂饰环氧粉末涂料的 MDF 板材其对甲醛及 TVOC 释放的封闭效果最为明显，分别达到 99％和 94％。而经过 UV 漆和丙烯酸面漆（水性漆）处理的 MDF 对甲醛和 TVOC 封闭率仅达到 89％/85％和 11％/27％。对于刨花板材料，采用酚醛浸渍纸、聚氯乙烯薄膜、80g 三聚氰胺浸渍纸和 60g 金属箔贴面处理后，其对甲醛和 VOC 释放的封闭率分别为 99％/88％，99％/66％，93％/85％和 73％/75％。为降低人造板的甲醛、VOC 的释放，也有人采用在人造板生产中添加甲醛净化剂的方法来降低释放。Tohmure S 采用小环境舱法对不同甲醛释放量等级的胶合板中 VOC 及醛类化合物的释放进行 21 天的测定。研究发现甲醛净化剂的加入对其他醛类的释放没有作用。胶合板释放的 VOC 主要为来自于木材本身的萜烯类化合物，其释放量与种类主要取决于木材树种。

2.2.2　国内研究进展

我国对于 VOC 的研究主要集中于对各种人造板材料 VOC 释放的定性研究。1996 年李延红等对室内常用装饰材料散发的 VOC 进行了定性测定，研究发现胶合板释放的 20 种 VOC 以甲醛、苯、甲苯、二甲苯为主。更进一步的研究是 VOC 的扩散系数、对流传质系数对室内 VOC 浓度的影响以及室内材料 VOC 释放模式的研究。2004 年曾海东等研究了建材 VOC 的散发情况，提出了一种测量建材 VOC 散发特性（初始 VOC 平均浓度、分离系数）和对流传质系数的方法。朱明亮对影响装饰材料中 VOC 散发的主要因素：空气温度、表面空气流速、相对湿度、氧化剂和材料的表面特性进行了初步研究发现，空气温度（23～60℃）对 VOC 散发的影响随 VOC 的种类及材料的种类不同而不同，对于大部分材料，VOC 的散发率随温度的增加而增加。研究表明，一般在 60℃时对 VOC 散发的影响最大，一些材料在 23～35℃之间几乎没有差别。2007 年李春艳等对处于稳定散发期的胶合板

VOC 释放研究表明，环境温湿度的变化对胶合板甲醛及 VOC 的释放量影响显著。2008 年姚远等对人造板 VOC 散发特性进行了进一步的测试研究，利用 FLEC 测试舱和高精度在线 VOC 气体检测仪器 PTRMS 测定建材散发特性的方法，对 4 种国产人造板 VOC 散发特性进行了检测，得到了板材散发 VOC 种类以及散发速率等特性参数。

针对人造板加工中的 VOC 释放，我国从本世纪初才开始初步展开。2003 年，陈太安对不同树种木材干燥过程中的 VOC 释放进行定量测定，得出树种、木材构造和干燥介质对木材 VOC 释放有不同程度的影响。2004 年南京林业大学李信等在加拿大 FORINTEK 对不同胶黏剂的麦秸刨花板和杨木刨花板的 VOC 释放进行定性研究发现，使用脲醛树脂胶黏剂的人造板释放的 VOC 种类较多，主要为乙酸和醛、酮类物质。木材在常温下释放的 VOC 成分大都与树木生长中所释放的 VOC 一致，主要为以异戊二烯为构成单元的萜类。2005～2006 年沈隽等对不同热压温度、时间、施胶量等工艺参数对刨花板 VOC 的释放规律进行初步探讨，进一步明确了工艺条件对刨花板 VOC 释放的影响。2007～2008 年龙玲等人采用高效液相色谱法对常温下杉木、杨木、马尾松和尾叶桉中挥发性有机化合物的成分及含量进行测定发现，4 种木材常温下可释放多种醛和萜烯化合物，以乙醛释放量最高；温度上升，杉木醛类和萜烯类释放量显著增加。对杉木干燥过程的研究发现，有大量的醛类、萜烯类、醇类化合物释放，干燥温度和终含水率对挥发物的释放量影响较大。

从国内外学者的研究中发现，木材、人造板及其制品在生产、加工及使用各个阶段均有不同程度的 VOC 释放，但目前各国尚未出台官方标准对木材及人造板制品的 VOC 释放限量做出规定。人造板的 VOC 释放十分复杂，它取决于包含最终产品用途在内的生产各要素。降低人造板中 VOC 的释放、了解人造板 VOC 释放机理、明确人造板 VOC 释放影响因素是国内外专家共同的目标。从目前所进行的大量研究中可以看出对 VOC 污染问题的重视，因此，对人造板 VOC 开展研究潜力巨大。

2.3　VOC 的限量标准

随着人们对于室内空气污染认识的不断深化，室内环境作为卫生和环境科学的重要组成部分越来越受到重视。一批专门从事室内环境检测、宣传教育、学术研究和学术交流、咨询和评估的机构开始形成。如美国工业卫生协会（AIHA）专门设立了室内环境质量（IEQ）委员会。国际室内空气质量与气候协会（ISIAQ）、美国绿色建筑委员会（USGBC）和室内空气质量协会（IAQA）也于 1992 年、1993 年和 1995 年相继创立。北大西洋公约组织（NATO）也在它的科学与环境事务局所属的高级研究中心开展室内空气质量（IAQ）科学的研究和教育培训计划，每年都要在缔约国开展室内环境方面的培训工作。1990 年德国学者 Bernd Seifert 推荐了一套室内空气中 VOC 浓度的指导限值，规定 TVOC 最高浓度为 $300\mu g/m^3$，如表 2-2 所示。

表 2-2 Seifert 推荐的室内空气 VOC 浓度指导限值（1990 年）

VOC 的化学分类	推荐限值/($\mu g/m^{3①}$)	VOC 的化学分类	推荐限值/($\mu g/m^3$)
烷烃	100	酯类	20
芳烃	50	醛和酮②	20
萜烃	30	其他化合物	50
卤代烃	30	TVOC	300

① 单个化合物的质量浓度不超过所属分类的 50%，也不超过 TVOC 的 10%；不适用于致癌化合物的评价。
② 不包括甲醛。

1990 年，丹麦学者 Lars Molhave 根据国际室内空气科学学会的研究结果进行了控制暴露实验，并结合流行病学研究提出了 VOC 的实验性剂量-反应关系，如表 2-3 所示。

表 2-3 TVOC 的剂量-反应关系

TVOC 浓度/(mg/m^3)	人 体 反 应
<0.2	没有刺激，没有不舒适感
0.2～3.0	与其他紧张性刺激（令人不舒服的光线、温度等）协同作用，将出现刺激和不适
3.0～25	与其他因素协同作用，可能出现经常性头痛
>25	除了头痛外，还可能毒害神经系统

目前世界各国对室内空气中 VOC 的浓度均作出了严格的标准限定。如德国卫生协会将 VOC 控制限值定为 $0.3mg/m^3$（75ppb）；美国卫生协会定为小于 $1mg/m^3$（200ppb）；澳大利亚国家健康协会定为 $0.5mg/m^3$（100ppb）；日本在 2002 年将不引起反应的 VOC 浓度定为 $0.4mg/m^3$。由于挥发性有机化合物并非单一的化合物，并且它们之间的相加、协同、相乘和独立作用也较难确定，此外还会受到国家、地区之间的影响，因此目前尚未出台统一标准加以限定。

针对室内环境中甲醛污染问题，近年来我国出台了一系列室内环境的控制标准。1995 年国家发布了《居室空气中甲醛的卫生标准》（GB/T 16127—1995），标准规定了居室内空气中甲醛的最高容许浓度为 $0.08mg/m^3$，2001 年国家发布实施《民用建筑工程室内环境污染控制规范》（GB 50325—2001），提出了不同建筑工程的不同控制室内环境污染的分类及污染物的浓度限量，其中I类民用建筑中游离甲醛浓度≤$0.08mg/m^3$，TVOC≤$0.5mg/m^3$；Ⅱ类民用建筑中游离甲醛含量≤$0.12mg/m^3$，TVOC≤$0.6mg/m^3$。2002 年国家发布实施《室内空气质量标准》，标准中要求控制甲醛污染浓度在 1h 均值为 $0.10mg/m^3$，TVOC8h 均值为 $0.6mg/m^3$。与其他国家相比，我国室内空气中各种有机挥发气体的浓度控制较为宽松，见表 2-4。

· 19 ·

表 2-4　各国和地区室内空气污染物控制限值　　　单位：$\mu g/m^3$

污染物	中国内地	中国香港	日本	韩国	WHO	芬兰
甲醛	100	100	100	210	100	30/50/100
苯	110	16.1		30		
甲苯	200	1092	260	1000	260	
乙苯		1447	3800	360		
二甲苯	200	1447	870	700		
苯乙烯			220	300	260	
TVOC	600	600	400			200/300/600

为了减少 VOC 所造成的危害和污染，国外一些发达国家致力于低 VOC 产品的研究，提倡零 VOC 已有十几年的历史，并已有产品问世。2001 年我国对内墙涂料的 VOC 含量制定了强制性限量标准（GB 18582—2001），2005 年又推出了新的环境保护行业标准（HJ/T 201—2005），2008 年颁布了新修订的强制性限量标准《室内装饰装修材料内墙涂料中有害物质限量》（GB 18582—2008），对水性涂料中的 VOC 含量提出了更高的要求，这些标准的实施推动了我国内墙涂料朝着无害化方向发展。

对于人造板产品，目前各国已有相关标准对甲醛的测定方法和释放限量作出严格规定。美国加利福尼亚州空气资源委员会（CARB）于 2007 年 4 月投票通过的一项对木质人造板中甲醛释放的限令，CARB 规定，将对胶合板、刨花板、中密度纤维板等木质产品的甲醛释放标准分 3 个阶段进行限定，至 2012 年 7 月前控制胶合板、刨花板、中密度纤维板中甲醛释放量不超过 0.05ppm，0.09ppm 和 0.11ppm。美国、日本、德国等地目前已出台了人造板产品中除甲醛外的其他挥发性有机化合物释放的测定方法标准，如 ASTM D 5116—97《用小容积气候箱测定室内装饰装修材料及产品挥发性有机化合物释放量的标准方法》、ASTM D 6330—98《在规定测试条件下，用小容积气候箱测定人造板挥发性有机化合物（不包括甲醛）释放量的标准方法》、ANSI/BIFMA M7.1—2007《测定从办公家具、部件和座椅中排放出的挥发性化合物（VOC）的标准试验方法》、JIS A1912—2008《建筑相关制品用挥发性有机化合物和无甲醛醛类的排放的测定：大室法》、ISO 16000-9—2006《建筑产品和家具释放挥发性有机化合物的测定：释放试验室法》等。在人造板中 VOC 的释放限量标准中，欧洲出台的 EN 15102：2006《木质层压地板 VOC 释放评价》要求木质层压地板 3 天释放的 TVOC$\leqslant$10000$\mu g/m^3$，28 天 TVOC$\leqslant$1000$\mu g/m^3$。日本提出的 ISA1901—2003《建筑相关制品有机挥发物及醛类化合物释放限量》标准中，对建筑装饰装修用板的甲苯、二甲苯、乙苯、苯乙烯及乙醛的释放限值进行了限定，要求这几种化合物的释放量分别低于 260$\mu g/m^3$、870$\mu g/m^3$、3800$\mu g/m^3$、220$\mu g/m^3$ 和 48$\mu g/m^3$。

第**3**章

挥发性有机物监测方法

3.1 室内挥发性有机物的采样方法

由于大部分的 VOC 浓度较低，为了准确分析其浓度，必须用高灵敏度、高精度的分析方法和仪器。VOC 的分析过程通常包括样品的采集、预处理及其检测。

空气中 VOC 采样方法正确与否，直接关系到测定结果的可靠性。采样方式可分为直接采样、有动力采样和被动式采样。

(1) 直接采样

通常适用于污染物浓度较高或对所用分析方法灵敏的污染源，采用注射器、塑料袋等固定容器直接采集，用这类采样方法测得的结果是瞬间或者短时间内的平均浓度，而且可以比较快地得到分析结果。这种采样方法要求所使用的容器最好是新的，如果使用用过的容器，则必须清洗干净，保证没有前一个样品的残留影响。塑料采样袋（Tedlar 气体袋）的材料对某些样品组分会产生吸附或渗透作用，保存样品的时间不宜过长；塑性容器成本较低，操作灵活方便，由于采样时需要泵，也可能会引起潜在的样品被污染的问题。美国环保局标准方法中采用 Summa 真空钢瓶直接采集全空气样品，然后送回实验室，冷凝浓缩富集样品，用 GC-MS 分析。罐取样技术的优点在于可避免采用吸附剂采样时的穿透、分解及解析，湿度对采样无影响，且可同时分析同一样品中的多种成分，但必须保证罐中样品的稳定性，样品的回收率需接近 100%。但由于成本太高，我国还很少采用。

(2) 有动力采样

通常是用固体吸附剂捕获大气中的 VOC，选择的吸附剂主要有炭吸附剂和聚合物吸附剂两大类。活性炭对各种 VOC 有较强的吸附性，采样效率高。20 世纪 70 年代中期，Saalwaechter 等曾研究了活性炭吸附—常温采样空气中 VOC 的性能。但是，由于采集在活性炭上的高沸点 VOC 解析困难，使用受到一定限制。针对这一缺点，近年来相继开发出了蜂窝状活性炭、球状活性炭、活性碳纤维及新型活性炭等多个品种。活性碳纤维（Activated Carbon Fibers，简称 ACF）是近 20 年来最引人注目的炭质吸附剂。由于其微孔丰富，吸附容量大，且微孔直接暴露于

ACF 表面，因此具有优异的吸附与解析特性。活性碳纤维采样法与热解析/毛细管色谱联用，可用于分析室内空气中低沸点的挥发性有机物。目前国际常用的吸附剂是 Tenax、XAD 树脂、Carbo trap、GDX-104 等。Tenax 为国际上通用的吸附剂，它对于挥发性有机物几乎没有背景污染，适于采集室内 μg/L 级的有机物污染，并且具有较高的热稳定性（450℃），适合于热解析。目前 GB 50325—2001（2006 年版）以及 GB/T 18883—2002 中对于 TVOC 的吸附材料均选用 TENAX-TA 作为吸附剂。Anna-lena Sunessen 等比较了 Tenax-TA、Tenax-GC、Chromosorb 102、Carbotrap C、Carbopack B、Anasorb 727、Anasorb 747 和 Po rsil C/正辛烷 8 种吸附剂的采样及解析定量分析效果，认为没有一种单一的吸附剂适用于采集所有挥发性和极性范围的有机化合物。采用两种或两种以上的吸附剂组成混合吸附采样管，例如活性炭＋ Tenax 混合吸附采样管有可能解决这一问题。有动力采样分析方法既适用于长期采样，确定 VOC 的平均浓度，又适用于短期采样，确定 VOC 的峰值浓度。它是利用泵抽取一定量的空气，使其通过吸附管完成采样过程的。采集的样品可通过溶剂萃取与傅里叶红外光谱（FT-IR）、液相色谱/紫外-可见分光光度法（LC/UV）或 GC-MS 结合分析，也可通过热解析与 GC-MS 结合测定。

（3）被动式采样

这是基于气体分子扩散或渗透原理采集空气中气态或蒸气态污染物的一种采样方法，吸附剂以一定的方式暴露于空气中，待测 VOC 通过分子扩散到达吸附剂表面。被动式采样器可分为徽章式和管状采样器，它们体积小，重量轻，价格便宜，操作简单，不仅适用于长期个体暴露监测，而且适用于室内外不同浓度的 VOC 多点采样。对于低浓度 VOC 的被动式采样，关键问题是整个系统，尤其是吸附剂空白水平的控制。Cao 和 Hewitt 研究了四种常用吸附剂：Tenax-TA，Carbopack，Tenax-GR 和 Chromosorb106 对室内低浓度 VOC 被动式采样的适用性。他们发现，在采样后样品分析前的贮存过程中，吸附剂表面或吸附剂中会形成后生物，这将导致色谱分析中噪声信号的增加。Chromosorb106 适用性也受到限制，尤其对于 C＜5 的 VOC 化合物，只有 Tenax-TA 和 Tenax-GR 的效果尚可。为了使吸附剂的空白值尽可能低，应尽量缩短贮存和暴露的时间，可利用设计采样速率较高的被动式采样器（增加 A/L 的比值），或建立更灵敏的测定方法来实现这一目的。该技术早期主要应用于劳动卫生和防护监测，最近逐步用于环境卫生和环保监测。

3.2　人造板挥发性有机物的采样方法

为了加强对人造板类污染源的控制与监控，1990 年德国对木制品的甲醛散发量及建筑物中致癌 VOC 的散发量作了规定，同时美国 ASTM 提出了测试室内源释放有机物的指导程序，推荐采用小型人工环境舱测定室内材料/制品中的挥发性有机物。

　　环境舱法在人造板作为建筑材料应用较多的美国和德国得到广泛应用，其环境舱法检测技术处于世界领先地位。环境舱法是将已知表面积的试件放入温度、相对湿度、空气速率和空气交换率控制在一定值的箱体内，通过将有害气体与空气混合，定期抽取空气从而测定气体浓度的一种方法。环境舱法主要有美国的 $22.6m^3$，德国及欧洲的 $1m^3$、$12m^3$、$40m^3$ 等几种测试室容积，其工作原理基本相同。我国将 $1m^3$ 气候箱法作为饰面人造板甲醛释放量的仲裁检测方法。其特点是：模拟室内自然气候环境，检测结果准确可靠，更贴近实际。美国、日本、欧洲等国家和地区均有此类检测装置的标准和产品，相关标准有欧洲标准 ENV 717-1《人造板甲醛释放量测定气候箱法》、美国标准 ASTM D 6007—96《用小容积气候箱测定木制品甲醛释放量的标准方法》、美国标准 ASTM E 1333—96《用大容积气候箱测定木制品甲醛释放量的标准方法》、美国标准 ASTM D 5116—97《用小容积气候箱测定室内装饰装修材料及产品挥发性有机化合物释放量的标准方法》及美国 ASTM D 6330—98《在规定测试条件下，用小容积气候箱测定人造板挥发性有机化合物（不包括甲醛）释放量的标准方法》。

　　近年，在气候箱法之外又研究出一种"实验室小空间释放法"（简称 FLEC 法）的设备，用于测定挥发性有机化合物的含量。实验室小空间释放法的装置是把一个环形的抛物面不锈钢盖放在实验样板的表面上。此装置置于恒温 23℃、湿度 50%的实验室条件中，向其释放室通入清洁空气。释放室出来的气体分成两股通过 2 个捕集器，每个捕集器以 40mL/min 的流量抽气 8h，采集释放室出来空气中的有机挥发气体，如图 3-1 所示。欧洲标准草案 PRENV13419-2 中建议将此小空间释放法作为一种标准试验方法用来测定 VOC。用同一设备也可以测定甲醛释放量。

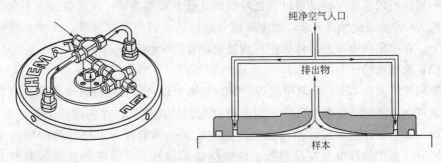

图 3-1　实验室小空间释放法

　　干燥器盖法是对 FLEC 法的修改，是由卡斯科公司研究开发的检测方法。它的优点是设备的花费较小，样品表面的平整度和均一性没有 FLEC 法要求的那样严格，并且可通过直接读数的仪器获得检测结果。干燥器盖安放在样品的表面上

（见图 3-2）。气流通过样品表面，甲醛释放量在直读式仪器上显示。仪器采用电化学元件，可将甲醛浓度转换成电信号，气流通过样品表面，仪器显示的是通过仪器空气中有机挥发气体的浓度。干燥器盖的覆盖面积为 0.08m²，容积为 1.91L。为了使它的空气交换率与负荷因子之比（N/L）和标准的气候箱法近似相同，须使它的气流速度设定在 1L/min，保持不产生波动是评价测定甲醛释放方法的重要条件。

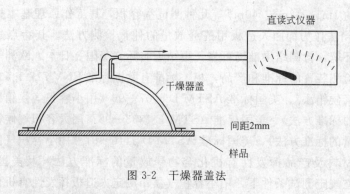

图 3-2　干燥器盖法

3.3　挥发性有机物的分析测定

3.3.1　样品预处理技术

样品预处理可起到浓缩被测痕量组分的作用，从而提高了测定方法的灵敏度，降低了最小的检测极限，并且样品经预处理后就很容易保存和运输。常见 VOC 的预处理技术包括解析法、固相微萃取法、吹扫捕集法、顶空法等。

（1）预浓缩

一定体积的全空气样品通过液氮冷却的开管低温捕集阱，在捕集温度下空气样品中的 VOC 被完全保留下来，而主要成分通过捕集阱而不被采集。或者在稍高的温度下，在捕集阱中填充固体吸附剂或玻璃珠吸附全空气样品中的 VOC。

（2）溶剂解析

常用的溶剂有 CS₂，二氯甲烷等。溶剂与解析试剂联合使用时要注意，溶剂和解析试剂都不能和样品发生反应，因而要求它们的纯度高，在色谱峰上峰形要窄，也不能与吸附剂发生反应，但与吸附剂要有足够的亲和能力以把样品彻底洗脱下来，同时，溶剂和解析剂在检测器上的响应越低越好。采集在活性炭吸附剂上的 VOC 常用 CS₂ 溶剂解析。由于 CS₂ 中有杂质峰，需要提纯，加上它的易挥发性，污染环境和对健康有影响，现在逐步被热解析取代。

（3）热解析

热解析技术是一种二合一技术：集采样与浓缩于一体，然后将样品从采样管中转移出来后进行检测。热解析进样技术，是将吸附有待测物质的采样管置于热解析装置中，该装置与 GC 直接相连，当热解析装置加热升温时，VOC 从吸附剂中释放出来，随载气进入 GC 进行分离分析。热解析采用加热的方式将有机化合物从采样管中释放出来，而不是用溶剂洗脱的方法，这使得热解析技术避免了较长的溶剂洗脱时间，且在色谱图中无溶剂峰。这种方法快速、准确、不需要有机有毒溶剂，因而目前被广泛应用。但吸附剂和待测组分的热稳定性限制了热解析的最高使用温度，因而降低了低挥发性组分的样品回收率。在解析过程中吸附剂的热衰变可能形成后生化合物（降解产物）。此外，这一方法固有缺陷是样品不能进行重复分析。

目前常用的 Dynatherm 热解析仪采用填充有吸附剂的玻璃管捕获有机化合物，然后将它们导入气相色谱仪中，通过气相色谱，这些有机化合物得到分离和测定。解析过程中使用两种吸附管进行两级解析：第一步，采用大体积采样将化合物保留在高容量的吸附管（采样管）中，然后加热解析到下一级毛细聚焦管中（一级解析）；第二步，富集在毛细聚焦管中的样品再次加热解析后导入气相色谱毛细管中（二级解析）。采用毛细聚焦管二级富集解析，只需较小的载气量就可以把富集在毛细聚焦管中的分析物导入气相色谱，提高了进样效率，并且可以得到尖锐的化合物峰形。毛细聚焦管技术避免了水的干扰，增强了极性化合物的分析。

(4) 固相微萃取

固相微萃取（SPME）是在固相萃取的基础上发展起来的一种新的萃取分离技术，具有操作时间短、样品量小、无需萃取溶剂、适用于分析挥发性与非挥发性物质、重现性好等优点。固相微萃取的采样方法是将固相微萃取针管穿过样品瓶密封垫，插入样品瓶中或者将固相微萃取针管放置在需测试的空气中；然后推出萃取头，将萃取头浸入样品（浸入方式）或置于样品上部空间（顶空方式）或者需测试的空气中，萃取时间大约 2～30min，以达到目标化合物吸附平衡为准；最后缩回萃取头，将针管拔出；然后将固相微萃取针管插入 GC 进样口，推手柄杆，伸出纤维头，使用进样口的高温热解析目标化合物，解析后被载气带入色谱柱。装置的萃取纤维头涂层对化合物的吸附有选择性，聚二甲基硅氧烷（PDMS）涂层适用于非极性化合物；聚丙烯酸酯涂层适用于采集极性化合物。

(5) 吹扫捕集法

吹扫捕集法作为样品的前处理方式，以其取样量少、富集效率高、受基体干扰小、容易实现在线检测等优点，自 1974 年 Bellar 和 Lichtenber 首次发表有关吹扫捕集色谱法测定水中挥发性有机物论文以来，一直受到环境科学与分析化学界的重视。美国 EPA601，602，603，624，501.1 与 524.2 等标准方法均采用吹扫捕集技术。特别是随着商业化吹扫捕集仪器的广泛使用，吹扫捕集法在挥发性和半挥发性有机化合物分析，有机金属化合物的形态分析中将起到越来越重要的作用。其原理是使吹洗气体连续通过样品将其中的挥发组分萃取后在吸附剂或冷阱中捕集，再进行分析测定，因而是一种非平衡态连续萃取。这种方法几乎能全部定量地将被测物萃取出来，不但萃取效率高，而且被测物可以被浓缩，使该方法灵敏度大大提高。

(6) 顶空法

顶空法是气相色谱特有的一种进样方法。适用于挥发性大的组分分析。顶空法是一种以分析置于密封容器中样品上方的蒸汽组成为基础的气相色谱法。它是 20 世纪 70 年代开始发展的新技术。其最大优点在于它能真实地反映样品的气相组成，从而揭示了人们所嗅到的香味本质。随着商品仪器自动化的迅速发展，它更具有分辨力好、灵敏度高、选择性强、样品制备简单、分析快速等优点。它适用于环境分析、溶剂残留分析、血中气体分析和食品或天然产物中的芳香成分等方面的微量分析，尤其在食品的风味分析方面得到了广泛的应用。

顶空法可分为静态法（Static）和动态法（Dynamic）两类。早期多采用静态法，其操作比较简单，将盛有样品的容器置于低温槽中，待温度恒定后用注射器抽取数毫升样品上方的气体，即可直接注入气相色谱柱。为了提高结果的重现性，要注意样品温度恒定和注射器保持严密的气密性。此法的主要缺点是样品的蒸汽体积过大，影响色谱柱的分离效能，特别对于组成复杂的样品，这种进样方式限制了高效毛细管柱的使用，蒸汽中大量水分也往往有损于柱的寿命。然而如果样品中待分析组分的含量不是很低，而水分又缺少时，静态法仍是一种有效的分析方法。为克服这些缺点，1972 年 Jennings 首先报道将多孔高聚物用于顶空气体的捕集，这就是动态法，也称为驱赶捕集法。此法是用惰性气体（如高纯度氮气）不断通过待测样品，挥发性组分随气流进入捕集器，后者装有固体吸附剂（现更多使用 Tenax GC），它能选择性地吸附样品组分。经过一段时间驱赶，挥发性组分富集于吸附剂中，最后将它们瞬间加热而解析，并由载气导入色谱柱进行分析。这种方法比静态法优越，因为它不仅适用于挥发性较高的组分，而且也可用于较难挥发及浓度较低的组分。它能与毛细管色谱柱配合使用。对组分复杂、含量又低的样品更为有效。

3.3.2　分析方法

复杂未知样品的分离与分析是目前分析化学的热点和难点之一。目前，较准确地分析 VOC 的方法有气相色谱法（GC）、气相色谱-质谱法（GC-MS）、荧光分光光度法和膜导入质谱法等。

(1) 气相色谱法

用气体作为流动相的色谱法称为气相色谱法。根据固定相的状态不同，又可将其分为气固色谱和气液色谱。气固色谱是采用多孔性固体为固定相，分离的主要对象是一些气体和低沸点的化合物。气液色谱多用高沸点的有机化合物涂渍在惰性载体上作为固定相，一般只要在450℃以下，有1.5～10kPa的蒸气压且热稳定性好的有机及无机化合物都可用气液色谱分离。由于在气液色谱中可供选择的固定液种类很多，容易得到好的选择性，所以气液色谱有广泛的实用价值。气固色谱可供选择的固定相种类甚少，分离的对象不多，且色谱峰容易产生拖尾，因此实际应用相对较少。

气相色谱分析是一种高效能、选择性好、灵敏度高、操作简单、应用广泛的分析、分离方法。例如，用空心毛细管色谱柱，一次可以解决含有一百多个组分的烃类混合物的分离及分析，因此气相色谱法的分离效能高、选择性好。在气相色谱分析中，由于使用了高灵敏度的检测器，可以检测10^{-11}～10^{-13}g物质。因此在痕量分析上，它可以检出超纯气体、高分子单体和高纯试剂等物质中质量分数为10^{-6}甚至10^{-10}数量级的杂质；在环境监测上可用来直接检测大气中的污染物，而污染物不需事先浓缩；农药残留量的分析中可测出农副产品、食品、水质中质量分数为10^{-6}～10^{-9}数量级的卤素、硫、磷化物等。在美国EPA规定的114种有机优先检出物中就有挥发性组分45种，占40%。气相色谱几乎是分离分析这一类组分的惟一方法。

气相色谱分析操作简单，分析快速，通常一个试样的分析可在几分钟到几十分钟内完成。某些快速分析，一秒可分析多个组分。但若使用手工计算数据，常使分析速度受到很大限制。目前，由于计算机技术的飞速发展，计算机技术和色谱仪的结合，使色谱仪操作及数据处理实现了自动化，同时也使气相色谱分析的高速度得到充分的发展。

(2) 气相色谱-质谱联用

GC和GC-MS分析法在VOC检测分析中应用比较广泛。质谱法可以进行有效的定性分析，但对复杂有机化合物的分析就显得无能为力，而色谱法对有机化合物是一种有效的分析分离方法，特别适合于进行有机化合物的定量分析，但定性分析则比较困难。因此，这两者的有效结合必将为化学家及生物学家对复杂有机化合物分析提供一个高效的定性、定量分析工具。

与气相色谱法相比，GC-MS具有以下优点：GC-MS方法定性参数增加，定性可靠。GC-MS方法不仅与GC方法一样能提供保留时间，而且有质谱图、分子离子峰的准确质量、碎片离子峰强度比和同位素离子峰、选择离子的离子质谱图，使得GC-MS定性远比GC方法可靠，而且，自动谱库检索的功能可以在很短的时间内检索到目标化合物。

GC-MS可以作为一种通用的检测方法，且灵敏度要比气相色谱中任何一种通用检测器要高很多。而气相色谱中其他检测器多为一些选择性检测器，只对某些元素或官能团敏感，在通用性上要比GC-MS逊色得多，GC-MS独有的提取离子色谱、选择离子检测等技术可大大降低基质的干扰和化学噪声的影响，可分离出总离子流量图上尚未分离出的色谱峰。

　　GC-MS 虽不像 GC 那样要对检测器进行定期清洗，但是对它的离子源要进行定期维护。检测离子源是否需要清洗的方法之一是对质谱进行自动调谐，如果调谐报告上显示的总峰数为几百个，就说明离子源污染比较严重，需要进行清洗。清洗离子源时要格外小心，初学者最好在专业工程师的指导下进行，此外，定期的调谐报告也可对质谱仪各个元件的参数进行检查。

　　自霍姆斯和莫雷尔于 1957 年首次实现气相色谱与质谱联用以来，气相色谱与质谱联机技术日臻完善，特别是对复杂多组分混合物分析的检测限可达 10^{-11} g。Pellizzari 等最早对常温吸附-直接热脱附色谱法分析空气中挥发性有机物作过技术性考察。包志成等采用气体浓缩进样器进行气体中有机物的冷冻浓缩，用 GC-MS 鉴定，最低检测浓度约在 $0.2\sim0.6\text{mg/m}^3$ 之间。Childers 等用气相色谱/基体分离红外光谱法测定了空气中样品抽出物中半挥发性有机化合物。Whalen 等利用浓缩器-光离子检测器的自动气相色谱测定了空气中的苯、甲苯和二甲苯。戴树桂等采用 GC-FID 定量测定典型室内环境中苯系物的浓度，考察污染物的来源及其变化趋势；采用毛细管气相色谱-质谱联用技术对挥发物中多种有机物进行定性分析。

(3) 荧光分光光度法

　　利用荧光强度进行分析的方法，称为荧光法。在荧光分析中，待测物质分子成为激发态时所吸收的光称为激发光，处于激发态的分子回到基态时所产生的荧光称为发射光。荧光分析法测定的是受光激发后所发射的荧光强弱。

　　当紫外光照射某一物质时，该物质会在极短的时间内发射出较照射波长为长的光。而当紫外光停止照射时，这种光也随之很快消失，这种光称为荧光。荧光是一种光致发光现象。如前所述，分子吸收了某一波长区的辐射能后，它的电子可跃迁至激发态，然后以热能形式将这一部分能量释放出来，本身又恢复到基态。如果吸收辐射能后处于电子激发态的分子以发射辐射的方式释放这一部分能量，即为光致发光。再发射的波长与分子所吸收的波长可以相同，也可以不同。物质所吸收光的波长和发射的荧光波长与物质分子结构有密切关系。同一种分子结构的物质，用同一波长的激发光照射，可发射相同波长的荧光，但其所发射的荧光强度随着该物质浓度的增大而增强。利用这些性质对物质进行定性和定量分析的方法，称为荧光光谱分析法，也称为荧光分光光度法。这种方法具较高的选择性及灵敏度，试样量少，操作简单，且能提供比较多的物理参数，现已成为生化分析和研究的常用手段。

3.3.3　常用检测器

(1) 火焰离子化检测器（FID）

　　因为火焰离子化检测器一般都用的是氢气，所以一般叫氢火焰检测器。1958

年 Mewillan 和 Harley 等分别研制成功氢火焰离子化检测器（FID）。它是典型的破坏性、质量型检测器，是以氢气和空气燃烧生成的火焰为能源，当有机化合物进入以氢气和氧气燃烧的火焰中时，在高温下产生化学电离，电离产生比基流高几个数量级的离子，在高压电场的定向作用下形成离子流，微弱的离子流（$10^{-12} \sim 10^{-8}\,A$）经过高阻（$10^6 \sim 10^{11}\,\Omega$）放大，成为与进入火焰的有机化合物量成正比的电信号，对这个电流信号进行检测和记录即可得到相应的谱图，因此，可以根据信号的大小对有机物进行定量分析。一般的有机化合物在 FID 上都有响应，一般分子量越大，灵敏度越高。FID 是 GC 最基本的检测器。氢火焰检测器由于结构简单、性能优异、稳定可靠、操作方便，所以经过 40 多年的发展，今天的 FID 结构仍无实质性的变化。其主要特点是对几乎所有挥发性的有机化合物均有响应，对所有烃类化合物（碳数≥3）的相对响应值几乎相等，对含杂原子的烃类有机物中的同系物（碳数≥3）的相对响应值也几乎相等。这给化合物的定量带来很大的方便，而且具有灵敏度高（$10^{-13} \sim 10^{-10}\,g/s$），基流小（$10^{-14} \sim 10^{-13}\,A$），线性范围宽（$10^6 \sim 10^7$），死体积小（$\leqslant 1\mu L$），响应快（1ms），可以和毛细管柱直接联用，对气体流速、压力和温度变化不敏感等优点，所以成为应用最广泛的气相色谱检测器。其主要缺点是需要三种气源及其流速控制系统，尤其是对防爆有严格的要求。

（2）光离子化检测器（PID）

光离子化检测器可以检测极低浓度（0～1000ppm）的挥发性有机化合物和其他有毒气体。PID 是一个高度灵敏的宽范围检测器，可以看成是一个"低浓度 LEL 检测器"。很多发生事故的有害物质都是 VOC，因而对 VOC 检测具有极高灵敏度的 PID 就在应急事故检测中有着无法替代的用途。

PID 使用了一个紫外灯（UV）光源将有机物打成可被检测器检测到的正负离子（离子化），检测器测量离子化了的气体的电荷并将其转化为电流信号，电流信号被放大并显示出"PPM"浓度值。在被检测后，离子重新复合成为原来的气体和蒸气。PID 是一种非破坏性检测器，它不会"燃烧"或永久性改变待测气体，这样一来，经过 PID 检测的气体仍可被收集做进一步的测定。所有的元素和化合物都可以被离子化，但在所需能量上有所不同，而这种可以替代元素中的一个电子，即将化合物离子化的能量被称之为"电离电位"（IP），它以电子伏特（eV）为计量单位。由 UV 灯发出的能量也以 eV 为单位。如果待测气体的 IP 低于灯的输出能量，那么这种气体就可以被离子化。大量的可以被 PID 检测的是含碳的有机化合物，包括芳香类、酮类和醛类、氨和胺类、卤代烃类、不饱和烃类、醇类和不含碳的无机气体。

（3）MSD

MSD 是一种常见的检测器，利用 EI、CI 等手段将目标组分打成碎片，然后通过检测不同目标离子的丰度来进行定性/定量。MSD 由离子源、质量分析器和离子检测器组成。离子源将待测组分电离成离子，使这些离子加速并聚焦成离子束。质谱检测器将不同质荷比的离子分离，经质量分析器分离之后的离子进入离子检测器，将正负离子流转成电信号输出，MSD 的输出为电压-质荷比-时间三维谱图。

常用的 MSD 种类有不少，譬如四极杆质谱、飞行时间质谱等。通常有 SCAN 模式和 SIM 模式，前者是全扫描，就是所有离子都扫描，通常用作定性分析；后者是选择离子扫描，对于每种组分只扫描几种特征离子，用作定量分析，灵敏度很高。MSD 的定性全扫描质谱图，图中分子离子峰可确定待测组分的分子量，各碎片离子是该分子的一些组成部分。可采用计算机检索定性，也可通过图谱解析定性。MSD 定量的基础是待测组分的峰强与其含量成正比。通常首先对总离子流量图中待定量组分进行鉴定，确保样品中有被定量组分存在，然后确定用于定量的特征离子，做标样校准曲线，进行实际样品的分析。MSD 需要高真空条件，而 GC 是有相当的柱压的。

3.3.4　便携式检测仪

随着传感器和计算机技术的不断进步和完善，自 20 世纪 80 年代以来，各种用于室内外空气中有害有毒气体和其他污染物现场实时检测技术和相应的便携式仪器开始发展起来。目前，国际上的仪器，从测试范围、分辨率、精确度和稳定性，已经接近或达到 WHO 和国内有关部门制订的指导限值以及规范和标准的要求。这些新型仪器的最大优点是现场实时、响应快速、操作方便、成本低、自动化程度高、能 24h 连续监测，并能提供 TVOC 随时间变化的曲线，适合大面积普查。尽管大多数便携式检测仪器是室内环境污染检测仪，国内外尚没有列入标准中作为法定的检测方法，但它们已在国内外被广泛使用，尤其是作为大面积的筛选式检测，它们起到了实验室化学分析无法达到的效果。有的国家已对便携式检测仪器与标准法进行了深入对比研究，在此基础上已将部分便携式检测仪列为推荐方法。

（1）便携式 TVOC 快速检测仪

采用 PID 检测仪现场快速测定 TVOC，可瞬时直接读出测定结果，也可进行连续监测。仪器携带方便，分析速度快。

PID 使用了一个紫外灯（UV）光源将有机物分子电离成可被检测器检测到的正负离子（离子化）。检测器捕捉到离子化了的气体的正负电荷，并将其转化为电流信号实现气体浓度测量。当待测气体吸收高能量的紫外光时，气体分子受紫外光的激发暂时失去电子成为带正电荷的离子。气体离子在检测器的电极上被检测后，很快与电子结合重新组成原来的气体和蒸汽分子。PID 是一种非破坏性检测器，它不会燃烧或永久性改变待测气体分子，经过 PID 检测的气体可被收集作进一步的测定。其工作原理如图 3-3 所示。

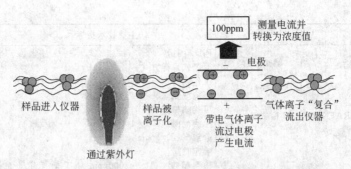

图 3-3 PID 灯工作原理

PID 可检测的最主要的气体或挥发物是大量的含碳原子的有机化合物,包括芳香类,如苯、甲苯、乙苯、二甲苯等;酮类和醛类,如丙酮、丁酮、甲醛、乙醛等;胺类和氨基化合物,如二乙胺等;卤代烃类,如三氯乙烯、全氯乙烯等;含硫化合物,如甲硫醇、硫化物等;不饱和烃类,如丁烷、辛烷等;醇类,如异丙醇、乙醇等。

PID 检测仪主要有两种采样方式,扩散式和泵吸式。扩散式依靠自然空气对流将空气带入检测仪,气体通过仪器室或传感器盖的扩散孔、排气孔进入传感器。扩散式仪器只能监测环绕在仪器周围的气体,无法进行远距离采样。泵吸式在检测仪内安装微型采样泵,将被测气体吸入传感器。泵吸式检测仪主要用于泄漏检测、事故区域确定、材料释放、产品净化效果评价等检测。

常见的便携式 TVOC 快速检测仪的主要技术性能指标见表 3-1。

表 3-1 几种 TVOC 检测仪主要技术性能指标

型　号	主要技术指标	产　地
PGM-7240VOC 检测仪	PID 光离子化检测器 内置式采样泵,可水平 60m 或垂直 30m 采样 范围　0~9.999ppb 分辨率　1ppb 响应时间　<5s 精度　±20ppb 或读数的 10% 数据采集　可存储 15000 个数据 可连续工作 10h 工作温度　-10~40℃ 湿度　0~95%(无冷凝)	美国
PGM7200-UltraRAE 特种 VOC 检测仪	PID 检测器 泵吸式采样方式 环境温度　-20~45℃ 环境湿度　0~95%相对湿度(无冷凝) 检测范围　0~99ppm 分辨率　0.1ppm 响应时间　5s 检测精度　0~5ppm 苯标定点的±10%	美国

续表

型　号	主要技术指标	产　地
PGM-7300/MiniRAE Lite VOC 检测仪	PID 检测器 泵吸式采样方式 工作温度　$-20\sim50℃$ 环境湿度　$0\sim95\%$（无冷凝） 可连续工作 12h 检测范围　$0.1\sim10000$ppm 分辨率　0.1ppm 响应时间　2s 检测精度　$10\sim2000$ppm 异丁烯标定点的 $\pm5\%$	美国
PC5000Ex 便携式气体 VOC 检测仪	PID 检测器 泵吸式采样方式 检测范围　$1\sim999$ppb 分辨率　1ppb 或 0.001mg/m³ 准确度　$\pm5\%$显示值$\pm$显示末位值 响应时间　1s 操作温度　$-20\sim60℃$ 操作湿度　$0\sim99\%$相对湿度 可连续工作 16h	英国
XP-339V 挥发性有机化合物（TVOC）检测仪	热线型半导体式传感器 自动吸引式采样方式 响应时间　30s 以内（90%响应时） 连续使用时间　约 8h 使用温度　$0\sim40℃$ 显示功能　数字显示（$0\sim2000$）带峰值保持功能	日本
pc 2000ex VOC 检测仪	PID 检测器 泵吸式采样方式 泵流量　220mL/min 操作温度　$-20\sim60℃$ 操作湿度　$0\sim99\%$ RH（无冷凝） 可连续工作 20h	英国
PhoCheck+5000EX PID 检测仪	PID 检测器 响应时间　1s 精度　读数的 $\pm5\%$ 可连续工作 20h 量程 1ppb$\sim$10000ppm 操作温度　$-20\sim60℃$，$-4\sim140℉$ 相对湿度　$0\sim99\%$（无冷凝）	英国
PGM-30 VOC 检测仪	PID 检测器 扩散式采样方式 工作温度　$-10\sim40℃$ 环境湿度　$0\sim95\%$相对湿度（无冷凝） 可连续工作 12h 检测范围　$0\sim99.9$ppm 分辨率　0.1ppm 响应时间　20s 检测精度　$0\sim100$ppm 异丁烯标定点的 $\pm10\%$	美国

(2) 便携式气相色谱仪

便携式气相色谱仪是最近几年才发展起来的新式检测仪器，能对 VOC 进行现场直接分析测定，完全避免了 VOC 监测中样品的保存问题。仪器可以自由移动，在现场和野外监测环境下可以直接得到检测数据，采用气相色谱分离检测原理的现场检测设备——便携式气相色谱仪应用范围比较宽，例如，大规模杀伤武器检测、环保监测、有毒有害有机物的现场检测等。便携式气相色谱仪内部带有充装载气的装置，使用之前可把载气充入仪器内部，其对样品处理及进样方法与其他仪器不同，不需要另外的采样装置和顶空装置；不需要对样品进行预处理，仪器直接对现场空气进行采样，采样时由内载气带入内部毛细管柱，采样时间可自定。进样结束后，仪器开始对样品进行分离和检测。分离主要是在色谱柱中进行，当载气带着被测气体进入色谱柱时，不同组分在色谱柱中停留时间不同，且不同色谱柱有不同的分离效率。对组分的检测主要是通过色谱仪内部的检测器进行的，最后仪器的数据处理系统对样品进行定性和定量分析。

目前市场上的便携式气相色谱仪只有两种进样方式，第一种就是在气相色谱仪内部装一个吸气泵，用吸附阱吸附浓缩进样，主要用于作浓度低的挥发性的有机化合物；第二种就是直接注射定量环进样，可以作不挥发的农药残留，由于是定量环直接进样，浓度高的样品也不需要浓缩，不会超出色谱的承载范围。

便携式气相色谱仪常用载气有"超纯空气"（用于 PID，其中的碳氢化合物必须低于 10^{-7} 级）、氩气（用于 AID）、氮气和氦气等。可以使用的色谱柱有填充柱或毛细柱，且可并联多根不同性能的色谱柱，分别用于分离重、较重和较轻的组分。与台式色谱仪一样，便携式气相色谱仪也有多种检测器可供选择，不同检测器的特点和应用范围见表 3-2。

表 3-2 便携式气相色谱仪常用检测器的特点和应用范围

检测器种类	简称	特　点	主要检测对象
火焰离子化检测器	FID	通用性	烃类化合物
电子捕获检测器	ECD	灵敏、选择性	电负性化合物
光离子化检测器	PID	灵敏、选择性	芳香族及其他不饱和化合物
火焰光度检测器	FPD	灵敏、选择性	含硫及含磷化合物
脉冲式火焰光度检测器	PFPD	比 FPD 更灵敏、更精确	含氮、含磷、含硫有机物及某些金属
卤素检测器	XSD	灵敏、选择性	含氯的化合物
氩离子化检测器	AID	灵敏、选择性	卤代烃类化合物
微氩离子化检测器	MAID	体积小、灵敏、使用寿命长	芳香族化合物
热导检测器	TCD	广谱性、检测限高	天然气

常用的不同型号便携式气相色谱仪的性能见表 3-3 所示。

表 3-3　不同型号便携式气相色谱仪的比较

型号	Voyager	PM-2000	CMS-200
产地	美国	美国	美国
工作条件	$(10\sim40℃),(0\sim100)\%RH$	$(10\sim38℃),(0\sim100)\%RH$	$(10\sim40℃),(0\sim100)\%RH$
长×宽×高/cm	$39\times27\times15$	$30\times30\times125$	$15\times52\times51$
质量/kg	6.8	8	21.7
电池寿命	$6\sim9h$	连续型监测	9h
样品注入	阀件和手动进样	阀件或固态吸附阱	阀件或手动进样
载气	二氧化碳	氮气或氢气	自带 40L，或外接钢瓶
检测器	PID 或 ECD	FID,XSD,FPD,PID,PFPD 等	AID、MAID、ECD、PID、TCD 等
可检测化合物	VOCs,PAHs,PCBs,农药及杀虫剂	VOCs	VOCs 和 S VOCs
检测限	$<10^{-9}$级	$10^{-12}\sim10^{-6}$级	10^{-12}级～百分数水平
色谱柱	三根,可自动转换	毛细柱	毛细柱或填充柱
可编程温度范围	$5℃/min$,室温－200℃	室温－200℃	$5℃/min$,室温－180℃

便携式气相色谱仪可以自带电池和气源，能适应现场复杂的环境，可在现场快速有效地分析空气、土壤和水中的有机物。在选择好自动可靠的样品前处理装置和合适的色谱分离系统及检测器的前提下，可以作为环境监测及其他相关领域的首选监测手段。

（3）便携式气相色谱-质谱联用仪

便携式气质联用仪相当于可携带的小型实验室，有便携式和车载式两种，包括采样、读数、记录和分析，将最先进的质谱技术和最灵敏的色谱技术小型化，现场给出土壤、水体和环境空气中未知的挥发物和半挥发物，尤其是有毒挥发性物质的鉴定结果，特别适宜于对人体有毒有害物质的现场检测，实时给出定性定量的结果，马上知道危险指数，可以及时进行灾情判断、确认、评估和标准处理程序。色谱-质谱具有独立的气相色谱/质谱测量系统，包括采样系统、色谱系统、色谱-质谱连接系统、质谱系统，其中新型的直接进样探头大大简化了测量程序。独特的微阱浓缩技术程序升温功能，使检测限低至 10^{-12}级，可检测范围更宽。

该类仪器一般采用 NIST 谱库，配套的软件自动完成数据的转换、谱图的形成、谱图的分析、色谱图和质谱图的切换、未知物谱图和标准谱图的对比、报告的记录和打印等功能，可以保证实时的分析和数据的后处理。该类仪器采用 TIC 和 SIM 两种方式进行检测和实时监测，针对不同的应用提供不同的检测方式，更方便快捷。

以目前新开发的用于现场监测的 CT-1128 便携式 GC-MS 为例，仪器具有是一个独立的系统，它采用了高性能的安捷伦 5973N 质量选择检测器（MSD）。经气相色谱分离后，待测物质的分子通过电子轰击源而离子化，并断裂为可预测的形式。进样口为分流/不分流进样器，该进样器可与直接液体注射或固相微萃取注射器兼容。通过 SPME 可以完成对气体、液体和固相集体的分析。这样可以实现快速从液体或固体样品中萃取挥发性化合物。还有一个可选的内置样品加热器/混合器，可加快从固体和液体基体中萃取挥发性化合物的速度。快速 GC 柱箱可对进样口、色谱柱和输送管进行独立的温度控制。色谱柱的温控箱的特点是可使用两级梯度从环境温度程序升温至 325℃，最高速率为 60℃/min。

常见的便携式气质联用仪见表 3-4。

表 3-4   不同型号便携式气相色谱-质谱仪的比较

型号	HAPSITE	CT-1128	Spectra Trak
名称	便携式 GC-MS	车载式 GC-MS	车载式 GC-MS
产地	美国	美国	英国
工作条件	5～45℃,(5～95)%RH	10～35℃,(5～95)%RH	5～45℃,(5～95)%RH
长×宽×高/cm	46×43×18	38×58×38	36×53×81
质量/kg	约 16	约 34	约 65
电池寿命	直流电,约 3h	交流电	交流电
样品注入	直接,内部样品泵	直接,液体注射和固相微萃取	双道捕集,浓缩与解析设计
载气	氮气	氢气或氦气	氦气
特点	野外式携带;内置浓缩器,分析/探查工作模式,可在不利条件下工作,在野外污染情况下,可用水清洗或漂洗	解决了与运送台式实验室系统到检测现场有关的所有问题。可以使用市场上买到的耗材和替换零件,便于在现场维修	系统的真空分离阀和离子源加热器使启动时间只有约 20min,并可在分析后的几分钟内关机结束,去往下一个检测现场
检测限	对大多数分析物＜10^{-9}g	约 100pg 六氯苯,约 20fg 八氟萘	10^{-12}g
质量范围	1～300AMU	1.6～800AMU	1.6～700AMU
扫描速率	1000AMU/s	5200AMU/s	1800AMU/s
电离模式	70eV EI	5～240eV EI	5～240eV EI
检测器	电子倍增器	电子倍增器或光电倍增器	电子倍增器
真空系统	非蒸发吸气剂泵	1 个初级泵和 2 个分子涡流泵	内置分子涡流泵
动态范围	7 个量级	6 个量级	4 个量级
SIM 通道	10 个质量	50 组质量,30 个质量/组	50 组质量,30 个质量/组
谱库	NIST 或 AMDIS	NIST/EPA/NIH	NIST 和 Wiley
CC 可编程温度范围	45～225℃	环境温度 ～ 325℃,60℃/min	环境温度～325℃,四阶
CC 柱	可变换相位和薄膜厚度	专用柱,可选装	安装标准毛细管柱

随着应急监测的需要越来越多，便携式分析仪器得到了越来越广泛的应用。便携式气相色谱和气质联用仪在应急监测中发挥了越来越大的作用，其特点及应用需要让更多的分析监测人员掌握。但它不是标准的分析方法。对于一些特大的污染事故，污染物质成分复杂，污染范围大，影响时间长，就需要实验室的台式机发挥其灵敏度好、准确性高且分析方法标准化的优势。

第4章
刨花板原料VOC释放分析

  落叶松是东北林区主要材种，蓄积量大，分布于大兴安岭林区的兴安落叶松，其蓄积量高达该林区用材总蓄积量的70%，其木材生产量占第一位。

  木材的主要成分有纤维素、半纤维素及木质素。纤维素约占木材的50%，是D-葡萄糖以β-1,4-苷键结合起来的链状高分子化合物。半纤维素是占木材20%~60%的非纤维素的高聚糖类，大部分可溶于碱。木质素约占木材的20%~30%，是取代的苯丙烷单元以碳-碳键和醚键结合起来的高分子芳香族物质，大部分不溶于有机溶剂。除这三类主要组分外，还含有少量其他组分。它们是指用极性和非极性有机溶剂、水蒸气或水可提取的物质，因此一般称为提取物、抽提（出）物或浸出成分。抽提物的含量及其组成，在不同材种之间差别甚大，同一材种的不同部位也是如此。提取物的总量除若干树种外，一般约占绝干材的2%~5%，有些成分只在特殊树种中才能找到。

  尽管木材提取物包括种类繁多的有机化合物，经鉴定，目前有700多种，但一般可把它们分为三大类：萜类化合物、脂肪族化合物和酚类化合物。薄壁细胞树脂富含脂肪族成分，油树脂主要由萜类化合物组成，心材的特征是聚积着酚类化合物。

  脂肪族化合物发现有烃类、醛类、酸类、脂肪酸等。脂肪酸分布在射线薄壁组织中，并且边材较心材分布得多。在提取物中，芳香族化合物是多种多样的，有苯酚类、二苯乙烯类、香豆素类、色酮类、黄酮类、鞣质类、醌类、木酚素类等。芳香族化合物大多是一个或一个以上的酚羟基取代具有侧链的酚类化合物，由于造成木材的颜色和在亚硫酸盐法制浆时难于蒸解而被注意。萜类化合物可看作是异戊二烯的倍数及其含氧衍生物，一般来说，针叶树材含有的萜烯无论在量上或种类上皆较阔叶树材多。萜和萜类化合物存在于某些针叶树，尤其松树树脂道中的油树脂，当树木受到伤害时，就像黏性流体一样分泌出来。松树油树脂大约含25%挥发性成分，即"挥发油"（或松节油）；非挥发性残留物主要为树脂酸。松节油的主要成分属单萜类，松香的主要成分是二萜烯。

  木材在常温条件下会释放出挥发性有机物质，近年来，国内外相继开展了相关初步研究。1998年Sundman等人研究发现，对针叶树材来说，单萜类物质是主要的释放成分，其中最为常见的有 α-蒎烯、β-蒎烯和 3-蒈烯。Yohshida 研究发现柳杉内墙板、栎木地板居室的 VOC 释放物质主要为萜烯、甲醛和乙醛。由木材所释放的挥发性有机物质主要来源于木材抽提物中的挥发性成分，因此，有必要对木材抽提物含量及落叶松木材 VOC 释放成分进行测定，为研究木材在生产加工过程中提取物受热产生 VOC 及协同作用产生的化合物提供依据，并从理论上分析 VOC 产生进行说明，以调整生产工艺来减少产品 VOC 的释放。

4.1　落叶松木材提取物

4.1.1　实验材料与方法

试材取自黑龙江省朗乡林场。将试材分为边材、心材分别制样，经气干、研磨后，取 40~60 目之间的细末贮于具有磨砂玻璃塞的广口瓶中供分析使用。

落叶松木材冷水抽出物、热水抽出物含量的测定按照 GB/T 2677.4—1993《造纸原料水抽出物的含量》方法进行；1% NaOH 抽出物的测定按照 GB/T 2677.5—1993《造纸原料 1% NaOH 抽出物的测定》方法进行；乙醚抽出物、苯醇抽出物含量的测定按照 GB/T 2677.6—1994《造纸原料有机原料抽出物含量的测定》方法进行。

4.1.2　实验结果

落叶松木材中抽提物含量测定结果见表 4-1。

表 4-1　落叶松木材心边材抽提物含量测定结果

项目	水分		冷水抽出物		热水抽出物		1% NaOH 抽出物		乙醚抽出物		苯醇抽出物	
	心材	边材	心材	边材	心材	边材	心材	边材	心材	边材	心材	边材
含量/%	6.64	5.29	14.64	4.80	15.71	5.23	24.44	14.81	1.31	0.78	4.79	4.55

由表 4-1 可知，落叶松木材中各种抽提物含量心材均较边材含量高，这与木材生长过程有关。1% NaOH 抽出物含量最高，心材可达 24.44%，边材含量达到 14.81%。抽出物中除包含淀粉和果胶外，还包括部分半纤维素和木质素以及少量油脂、树脂和香精油。在稀碱溶液中，落叶松木材中弱酸性酚类物如黄酮类、树脂酚、木酚素类均有溶出，同时分支度较高的半纤维素、淀粉等也易溶出。

兴安落叶松木材中冷、热水抽出物的含量也较高，心材含量均在 10% 以上，这是由于落叶松属木材含有 10%~25% 的高分支度的水溶性聚阿拉伯糖半乳糖，使冷、热水抽出物含量增高，但心、边材含量相差较大。冷、热水抽出物一般包括单宁、色素、生物碱、单糖、淀粉及果胶等。

兴安落叶松的苯醇抽出物含量不高，其心材含量仅达 4.79%。苯醇抽出物主要分布于射线薄壁组织与纵向薄壁组织中,也沉积于纹孔周围,其中除主要含树脂外,还有较多的黄酮等酚类化合物。乙醚抽出物的含量较低,心材含量为 1.31%,主要包括戊烷、环戊烷、环己烷、丙醇、松香酸、甘露醇、戊烯等。

4.2　落叶松 VOC 释放成分测定

4.2.1　VOC 提取方法的选择

落叶松木材在常温及加工过程中释放出来的有机挥发性物质极其复杂,范围较广,且大部分含量较低。采用不同的提取方法,将影响到落叶松释放的 VOC 测定的可靠性和准确性。

顶空分析法具有样品消耗量少、无需溶剂的提取特点,是一种便捷的挥发性成分分析方法。静态顶空采样从原理上讲是最简单的顶空技术。样品放置于密闭容器内,挥发性成分在样品基质和顶空物之间达到平衡后,直接取顶空物进样,该平衡受到容器温度、样品尺寸、平衡时间等因素影响。但这种方法多用于高度挥发性成分或高含量组分的检测。固相微萃取利用一根熔融石英纤维丝或涂有一层具有选择性固相或液相聚合薄膜的石英纤维头从待分析基质中萃取被分析物,然后插入气相色谱仪的进样器中解析后分析检测。顶空分析法简便、快速、经济安全、无溶剂、选择性好且灵敏度高,可直接与气相色谱-质谱联用,集采集、萃取、浓缩、进样于一体,大大加快了分析检测的速度。影响其分析结果的因素主要包括萃取头的选择、吸附温度、吸附时间、脱附时间等。为了寻找一种实用、准确的提取方法,本试验将分别采用静态顶空法(HS)、顶空固相微萃取法(HS-SPME)结合 GC-MS 对落叶松刨花中释放的 VOC 进行分析比较,建立最佳的提取方法。

(1) 实验材料与仪器

落叶松刨花:试验用木材取自黑龙江省朗乡实验林场,经削片刨片成刨花,干燥至含水率在 4%~6%,筛选出 1g 尺寸在 60~80 目之间的刨花放置于 15mL 萃取瓶中备用。

试验仪器:DSQ Ⅱ气相色谱质谱联用仪(美国 Thermo Fisher 公司),Triplus 三位一体自动进样器,15mL 萃取瓶。

(2) 实验方法

① 落叶松刨花中 VOC 的提取方法

a. 静态顶空法(HS)。称取 1g 的 60~80 目落叶松刨花放入 15mL 顶空进样瓶中,用硅胶垫密封,铝盖封口。于室温 22℃条件下平衡 40min 后取样 1mL 进行 GC-MS 分析。

b. 顶空固相微萃取法(HS-SPME)。顶空固相微萃取借助 Triplus 三位一体自动进样器完成。称取 1g 的 60~80 目落叶松刨花放入 15mL 顶空进样瓶中密封,自动进样器将样品瓶移至孵化器中,在 60℃的条件下振荡 10min,取出样品瓶,插入 100μm 聚二甲基硅氧烷(PDMS)萃取头,在 60℃下萃取 20min,进入 GC 进样口在 250℃下解析 2min。

② GC-MS 分析条件

色谱条件：TRACE TR-V1 毛细管色谱柱（30m×0.25mm×1.4μm）；载气：99.996％的氦气，流速 1mL/min；进样口温度 250℃，不分流进样；程序升温：柱温由 50℃保留 1min，然后以 10℃/min 升至 150℃保留 3min，再以 10℃/min 升至 250℃保留 12min。

质谱条件：DSQⅡ，离子源温度 230℃，电离方式为 EI，电子能量 70eV，质量扫描范围 50～450amu，色谱-质谱接口传输线温度 270℃。

数据分析：用气相色谱-质谱-计算机联用技术检测得到的落叶松刨花有机挥发性气体成分总离子图，各组分质谱分析经 NIST 谱库检索分析，确认其挥发成分。

（3）结果与讨论

从图 4-1、图 4-2 可以看出，采用静态顶空法和顶空固相微萃取法两种方法提取落叶松刨花所释放的 VOC 中共检测到 20 种挥发性有机化合物成分，其中相同成分有 3 种。采用两种不同萃取方法得到的落叶松刨花中释放的 VOC 成分总离子流量图中，静态顶空法提取刨花 VOC 成分的 GC-MS 总离子流量图经计算机谱库检索分析可检出 9 种挥发性有机化合物，大部分属于萜烯类挥发性物质。顶空固相微萃取法得到的落叶松刨花 VOC 成分的总离子流量图共鉴定出 14 种挥发性有机化合物，除包含静态顶空法检出的己醛、α-蒎烯、水芹烯外还检测到烷烃、醛类、芳香烃等挥发性物质。

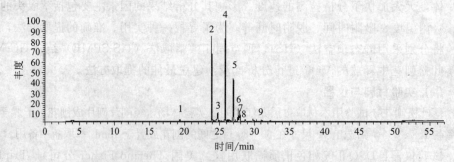

图 4-1　HS-GC 法分析落叶松刨花 VOC 成分总离子流量图

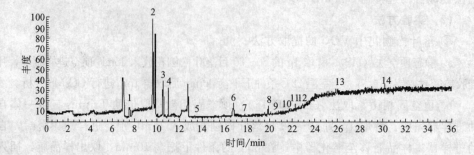

图 4-2　HS-SPME-GC 法分析落叶松刨花 VOC 成分总离子流量图

表 4-2　HS 法和 HS-SPME 法测定的刨花释放 VOC 化学组成

序号	静态顶空法		顶空固相微萃取法	
	保留时间/min	化合物名称	保留时间/min	化合物名称
1	19.31	己醛	7.53	己醛
2	23.91	α-蒎烯	9.60	α-蒎烯
3	24.69	莰烯	10.52	水芹烯
4	25.84	β-蒎烯	10.99	3-蒈烯
5	26.94	1-甲基-1,4-环己二烯	13.35	壬醛
6	27.68	柠檬烯	16.19	1H-1-亚甲基茚
7	27.81	1-甲基-2-(1-甲基)-苯	17.81	22,23-二羟基豆甾烷醇
8	27.87	水芹烯	19.76	正十八烷
9	29.76	1-甲基-4-(1-甲基亚乙基)-环己烯	20.59	9-己基十七烷
10			21.53	7-苄氧基-3-甲氧基-2-(3,4-双甲氧基苯基)-4H-苯丙吡喃-4-酮
11			22.13	2,6-双(1,1-二甲基乙基)-4-(1-甲基丙基)-苯酚
12			23.73	2-(3-乙酰氧基-4,4,14-三甲基雄甾-8-en-17-烷基)-丙酸
13			26.14	5H-[3,4]苯并[1,2]蒽基-5-酮-环丙烷
14			31.07	17-乙酰氧基-4,4,10,13-四甲基-3-乙酸酯-7-氧代-十四氢化并菲-乙酸酯

静态顶空分析法操作比较简便、快速，它只取气相部分进行分析，大大减少了样品基质对分析的干扰。其次，采用顶空蒸气注入色谱仪避免了色谱柱的污染，延长了柱的使用寿命。但是，从图 4-1、图 4-2 及表 4-2 分析结果中可以看出，采用顶空-气相色谱质谱联用技术分析鉴定刨花 VOC 成分，质谱图出峰时间较晚，出现的峰的数目较少，且仅有萜烯类化合物出峰情况较为明显，原因可能是由于在实验过程中吸附时间的限制。另外，顶空瓶内样品的加热温度、平衡时间以及动态、静态进样条件都会对结果的准确度和灵敏度造成一定的影响。

与静态顶空-气相色谱测定法相比，采用顶空固相微萃取-气相色谱质谱联用技术分析刨花 VOC 的化学成分，色谱峰峰形较好、出峰较多、较早且峰形明显，除萜烯类化合物外，还鉴定得到烷烃、芳香烃、醛类、酯类化合物，检测得到的化合物范围较广，另外，此方法的实验重现性较好、操作简便、分析时间短。故本研究采用固相微萃取-气相色谱质谱联用技术分析刨花及板材中 VOC 的化学成分。

综合以上萃取方法的优缺点和分析结果，顶空固相-微萃取（HS-SPME）比较适合对落叶松刨花中释放的 VOC 成分提取分离。HS-SPME 的萃取效果受到很多影响因素的制约，为了进一步减少影响，下一步要对 HS-SPME 条件进一步优化。

4.2.2 VOC 提取分析条件的优化

(1) 实验材料与仪器

试验用落叶松试材取自黑龙江省朗乡林场。经刨片处理后进行干燥处理，终含水率控制在 4%～6% 左右。从中筛选 60～80 目大小的刨花 1g，置于 15mL 萃取瓶中备用。

DSQ Ⅱ气相色谱-质谱联用仪（GC-MS）（见图 4-3）	美国 Thermo Fisher 公司
Triplus 三位一体自动进样器	美国 Thermo Fisher 公司
100μm 聚二甲基硅氧烷（PDMS）萃取头	美国 Supelco 公司
15mL 萃取瓶	美国 Thermo Fisher 公司
电子天平	上海银桥公司

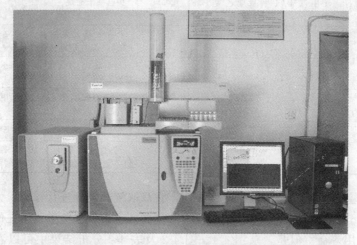

图 4-3　DSQ Ⅱ气相色谱-质谱联用仪

(2) 实验方法

① 萃取条件。用电子天平称取 1.00g 木粉放置于 15mL 萃取瓶中，用聚四氟乙烯衬里的硅橡胶垫密封，并置于样品台上备用。在 GC-MS 上连接装有 100μm PDMS 萃取头的顶空 Triplus 自动进样器，根据正交实验设计（见表 4-3）设置萃取条件。萃取头在使用前在气相色谱进样口于 250℃下老化 1h。

② 色谱条件

色谱柱：TRACE TR-V1 毛细管色谱柱（30m×0.25mm×1.4μm）；载气：高纯氦气，流速 1mL/min；进样口温度 250℃，不分流进样；程序升温：50℃保留1min，然后以 10℃/min 升至 150℃保留 3min，再以 10℃/min 升至 250℃保留 12min。

③ 质谱条件

离子源：EI 源；离子源温度 230℃；电子能量 70eV；质量扫描范围 50～

450amu；GC-MS 接口温度 270℃。

谱图检索：采用 Wiley 和 NIST 谱库进行检索。

④ 实验方案。通过一系列的预备实验可以发现，萃取温度、平衡时间、吸附时间和脱附时间对落叶松刨花中挥发性有机化合物的提取影响较大。为进一步研究萃取温度、平衡时间、吸附时间和脱附时间对刨花中 VOC 提取效果的影响，采用顶空固相微萃取（HS-SPME）作为富集木材挥发性有机物质的手段，利用正交实验确定 HS-SPME 的最佳萃取条件参数，并在最优萃取条件下确定落叶松刨花VOC 释放的主要化合物。根据前期探索性实验，选取萃取温度、平衡时间、吸附时间和脱附时间为主要考察因子，以目标化合物为考察指标，作 $L_9(3^4)$ 正交实验。考察因子与水平表见表 4-3。

表 4-3　考察因子与水平表

水平	A 萃取温度/℃	B 平衡时间/min	C 吸附时间/min	D 脱附时间/min
1	40	20	10	2
2	60	30	20	3
3	80	40	30	4

（3）实验结果

① 萃取条件的优化。以 GC-MS 分析得到的目标化合物作为考察指标所得到的正交实验结果如表 4-4 所示。根据 R 值可以得到，影响顶空固相微萃取效果的因素为 A 萃取温度，D 脱附时间，B 平衡时间，C 吸附时间。

表 4-4　正交实验结果分析

试验数	A 萃取温度/℃	B 平衡时间/min	C 吸附时间/min	D 脱附时间/min	目标物出峰数量/个
1	40	20	10	2	25
2	40	30	20	3	27
3	40	40	30	4	30
4	60	20	20	4	30
5	60	30	30	2	31
6	60	40	10	3	31
7	80	20	30	3	29
8	80	30	10	4	32
9	80	40	20	2	29
k1	27.3	28	29.3	28.3	
k2	30.7	30	28.7	29	
k3	30	30	30	30.7	
Rj	3.4	2	1.3	2.4	

萃取温度在 HS-SPME 分析中起着重要的作用，温度对萃取效果的影响具有两面性：一方面，温度升高加快样品分子运动，导致蒸汽压的增大，分析物的扩散系数增大，扩散速度随之增大，有利于萃取，尤其对于顶空固相微萃取，缩短了平衡时间。升温使分析物到顶层的传质加快，对固态或半固态样品，加热有利于分析物脱离复杂的基体，进入气相。另一方面，温度升高会增加萃取头固有组分的解析，从而降低萃取头萃取分析组分的能力。由图 4-4 可见，萃取温度在 40～60℃ 之间变化时，萃取温度升高，目标化合物的检出物增多，温度升高到 80℃ 时检出的化合物出现下降。萃取温度低时不利于化合物的挥发，顶空中化合物的量及数目较少。而萃取温度升高到 80℃ 时虽然萃取量仍有增加，但是能检出的有效化合物却降低。综合考虑诸多因素，选用 60℃ 作为萃取温度，此时萃取量可满足分析要求，而且检出的化合物最多。

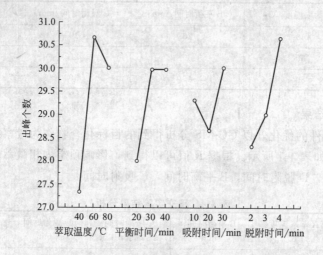

图 4-4 提取分析条件对落叶松刨花释放 VOC 总数的影响

顶空固相微萃取法是一种在平衡状态测定被分析物的方法，分析物的平衡状态由各相中的物质分配决定。一旦被分析物在各相中达到平衡，它们在每一相中的质量浓度为一常数。所以，要准确测定分析物在样品中的质量浓度，首先要使系统达到平衡状态。当平衡时间在 20～40min 上升时，化合物的检出物增多，萃取量增加。因此选择平衡时间 40min 为最佳平衡条件。

吸附时间是从石英纤维与试样接触到吸附平衡所需要的时间。影响萃取时间的因素很多，例如分配系数、试样的扩散速度、试样量、容器体积、试样本身基质、温度等。在萃取初始阶段，分析组分很容易且很快富集到石英纤维固定相中，随着时间的延长，富集的速度越来越慢，接近平衡状态时即使时间延长对富集也没有意义了，从试验曲线上找出最佳萃取时间点为 30min。

萃取头吸附样品后插入 GC 进样口脱附。脱附过程受进样口温度、脱附时间、待测物性质等因素的影响。进样口温度较高可以缩短脱附时间，但会因某些热不稳定物质发生热降解而损伤萃取纤维。经前期试验实验发现，进样口温度为 250℃时效果较好。脱附时间过短会导致脱附不完全，从而使得纤维涂层存在记忆效应，导致下一次的萃取误差；脱附时间过长，会出现色谱峰数目、保留时间等方面的偏差。本实验增加脱附时间 2~4min 时，检出化合物有所上升。

综合以上实验结果可知，利用 HS-SPME-GC-MS 测定落叶松刨花有机挥发性物质的最佳萃取条件为萃取温度 60℃、平衡时间 40min、吸附时间 30min、脱附时间 4min。

② 重复性实验。结合正交实验所得到的最优萃取条件，采用顶空固相微萃取法提取刨花中 VOC 进行 GC-MS 分析。色谱、质谱条件同 4.2.2（2）。实验得到的落叶松刨花 VOC 成分的总离子流量图见图 4-5。

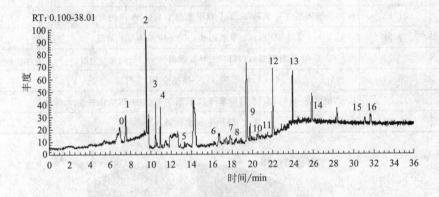

图 4-5　最优萃取条件下刨花 VOC 成分 GC-MS 分析总离子流量图

通过 Xcalibur 软件结合 NIST 谱库对图 4-5 总离子流量图中的各个组分进行分析，得到刨花中 VOC 释放组分及相对含量见表 4-5。

由图 4-5 及表 4-5 分析可以得出，采用优化萃取条件共检测鉴定出 16 种物质，其中含有萜烯类、醛类、烷烃类、苯酚衍生物等挥发性成分，各类挥发性成分所占含量如图 4-6 所示。从测定的结果可以看出，落叶松刨花中萜烯类占主要成分的比例大，占总检测物质量的 55.7%，其次醛酮类物质含量较高，占总检测物质量的 15.7%。从鉴定出的 16 种化合物来看，其中 α-蒎烯所占的相对含量最高，为 34.8%，其次为正己醛（11.8%）、β-水芹烯（11.5%）、3-蒈烯（9.4%）。根据德国对建筑材料中释放的 VOC 物质的毒性进行分析并对各物质的最低排放浓度进行限定，在本实验检测得到的 16 种物质中，正己醛、壬醛、茚、萘、α-蒎烯、3-蒈烯被列为有毒性化学物质，毒性指数 LCI（Lowest Concentration of Interest）规定其浓度值分别为 640μg/m³，640μg/m³，450μg/m³，50μg/m³，2.00μg/m³，2.00μg/m³。

表 4-5　落叶松刨花释放 VOC 组分 GC-MS 分析结果

序号	保留时间/min	化　合　物	相对含量/%
1	7.53	正己醛	11.8
2	9.60	α-蒎烯	34.8
3	10.52	β-水芹烯	11.5
4	10.99	3-蒈烯	9.4
5	13.35	壬醛	1.3
6	16.19	1H-1-亚甲基茚	1.3
7	17.81	22,23-二羟基豆甾烷醇	5.2
8	18.45	1-甲基萘	2.3
9	19.76	正十八烷	4.0
10	20.59	9-己基十七烷	2.8
11	21.53	7-苄氧基-3-甲氧基-2-(3,4-双甲氧基苯基)-4H-苯丙吡喃-4-酮	2.6
12	22.86	2,6-双(1,1-二甲基乙基)-4-(1-甲基丙基)-苯酚	3.1
13	23.73	2-(3-乙酰氧基-4,4,14-三甲基雄甾-8-en-17-烷基)-丙酸	4.4
14	26.14	5H-[3,4]苯并[1,2]薁基-5-酮-环丙烷	2.1
15	31.07	17-乙酰氧基-4,4,10,13-四甲基-3-乙酸酯-7-氧代-十四氢化并菲-乙酸酯	1.5
16	31.68	羟甲基秋水仙碱	1.9

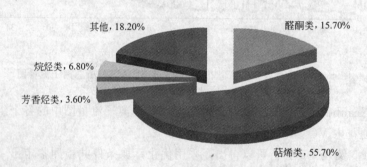

图 4-6　刨花中 VOC 各类物质质量分数

　　郭廷翘对落叶松球果挥发性物质进行鉴定发现，在落叶松球果挥发的主要成分中 α-蒎烯、β-罗勒烯、月桂烯、β-蒎烯、3-蒈烯和水芹烯 6 种单萜化合物的含量较多。周恩宝等采用水蒸气蒸馏法对兴安落叶松针叶挥发油的成分进行鉴定，发现兴安落叶松针叶挥发油的主要成分为萜烯类化合物，占总量的 92.12%。徐伟等采用预浓缩和固相微萃取两种方法对二年生兴安阔叶松苗挥发性成分进行分析发现，落叶松苗挥发物中主要是萜烯类化合物，挥发物在不同部位和组织中的组成和相对含量存在差异，表现为挥发物组分种类整株＜针叶＜树皮，树皮中倍半萜和不饱和醇、酮类化合物含量较高，针叶中直链烯烃和饱和烷烃含量较高。本实验结果显示，落叶松刨花中 VOC 的主要成分有萜烯类、醛酮类、烷烃类等，其中萜烯类占主要成分的比例大，且 LCI 毒性值较低，因此，由落叶松所释放出的萜烯类化合物应引起人们的重视。

4.3 脲醛树脂胶黏剂 VOC 成分测定

4.3.1 实验材料

UF 树脂胶黏剂，取自黑龙江省林科院，pH 值为 8.9，黏度为 156s，固化时间 50s，固体含量为 69.68%，游离甲醛 0.6%。

4.3.2 实验方法

(1) 样品采集

用电子天平称取 75g UF 树脂胶黏剂放置于铝箔纸内，在容器内密封放置 12h 后通过将容器与 DNPH 管连接进行样品采集。为测定胶黏剂在不同温度下释放的 VOC 成分，实验分别对室温 23℃、140℃、150℃、160℃、170℃、180℃的 UF 胶黏剂的 VOC 释放进行采集。

(2) 色谱条件

色谱柱：TRACE TR-V1 毛细管色谱柱（30m×0.25mm×0.25μm）；载气：高纯氦气，流速 1mL/min；分流比 1:30；进样口温度 250℃；程序升温：40℃保留 2min，然后以 2℃/min 升至 50℃保留 4min，再以 5℃/min 升至 150℃保留 4min，最后以 10℃/min 升至 250℃保留 8min。

(3) 质谱条件

离子源：EI 源；离子源温度 230℃；电子能量 70eV；质量扫描范围 40~450amu；GC-MS 接口温度 270℃。

谱图检索：采用 Wiley 和 NIST 谱库进行检索。

4.3.3 实验结果

采用 GC-MS 法分析得到的 UF 树脂胶黏剂在室温 23℃、140℃、150℃、160℃、170℃、180℃时的 VOC 释放成分结果见附表 1~附表 6。

UF 树脂胶黏剂在室温 23℃放置时所释放的 VOC 成分主要包括醇、醛酮类、烷烃类、芳香族类、酯类和少量烯烃类化合物，其中以醇类化合物的检出率较高，质量分数达到 85.59%，主要为乙醇和丙醇，分析其主要源于 UF 树脂胶黏剂在合成过程中加入的醇类物质而产生的；其次检出量较高的为醛酮类，其质量分数为 4.90%，见图 4-7。

UF 树脂胶黏剂在 140℃/180℃高温条件下释放的 VOC 种类与常温条件下

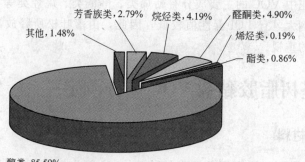

图 4-7 UF 树脂胶黏剂 23℃时释放的 VOC 物质质量分数

VOC 释放种类相似，但各类物质的质量分数有了明显的变化。其中醇类物质的质量分数有了明显的降低，在 140℃条件下，醇类物质的检出率仅为 1.01%。而芳香族化合物、酚类化合物、烷烃类化合物、醛酮类化合物和酯类化合物的质量分数有明显上升。在 140℃条件下，这几类化合物的质量分数分别上升至 30.33%、30.93%、9.75%、11.96%、6.10%。当温度升高至 180℃时，除芳香族化合物外，其他几类化合物的质量分数持续增加。在 140℃/180℃条件下，实验检测得到的 UF 树脂胶黏剂所释放的 VOC 物质中，以苯酚的质量分数较高，可达到 30%，见图 4-8，分析其主要是由于高温条件下造成的胶黏剂合成原料中的酚类物质释放所致。

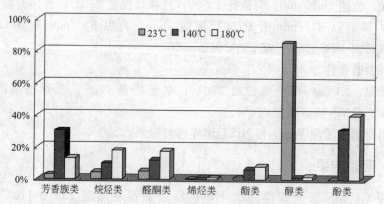

图 4-8 UF 树脂胶黏剂在不同温度条件下 VOC 释放的各类物质质量分数

4.4 小结

① 对兴安落叶松木材中的抽提物含量进行测定，结果表明，落叶松木材中各种抽提物含量心材较边材要高。其中 1% NaOH 抽出物含量最高，心材可达 24.44%，边材含量达到 14.81%。冷、热水抽出物的含量也较高，心材含量均在

10%以上。苯醇抽出物和乙醚抽出物的含量均较低，心材含量仅达 4.79% 和 1.31%。

② 通过静态顶空法、顶空固相微萃取法提取落叶松刨花中的 VOC 试验结果表明：与静态顶空法相比，顶空固相微萃取法提取的刨花中 VOC 成分较多，色谱峰峰形较好，重现性较好，是较适宜提取刨花中 VOC 成分的方法。

③ 采用顶空固相微萃取提取方法结合 GC/MS 分析，可以初步确定落叶松刨花中的有机挥发性物质主要有萜烯类、烷烃类、醛类、芳香烃类、酯类。

④ 通过正交试验设计，采用 HS-SPME-GC-MS 分析方法确定落叶松刨花 VOC 的最佳萃取条件为：萃取温度 60℃、平衡时间 40min、吸附时间 30min、脱附时间 4min。

⑤ 在优化后的 HS-SPME-GC-MS 萃取条件下，落叶松刨花中共检测出 16 种挥发性有机物质，其中萜烯类化合物 3 种，占总检测物质的 55.70%；其次为醛酮类化合物，占总检测物质的 15.70%。

⑥ UF 树脂胶黏剂在室温 23℃时所释放的 VOC 成分复杂，主要包括醇、醛酮类、烷烃类、芳香族类、酯类和少量烯烃类化合物，其中以醇类化合物的检出率最高，主要为乙醇和丙醇。当温度升高至 140℃/180℃时，实验检测得到的 VOC 成分以苯酚为主，醇类物质的质量分数有了明显的降低，其他类质量分数有明显上升，以苯酚的质量分数最高。

第5章

刨花板生产工艺与VOC的释放

木材在加工过程中存在着大量的 VOC 释放，如制材、干燥、制胶、人造板热压、油漆、二次加工处理等，直到人们在使用木质产品时也受到 VOC 释放的困扰，影响着人们的工作与生活。

国外对人造板 VOC 释放进行的相关研究表明，木质板材释放的 VOC 包括丙酮、苯、己烷、甲苯等，并对测试气候箱类型、材料装载比率、换气速率、样品贮存分析方法进行研究。Baumann 等研究发现刨花板和中密度纤维板释放的 VOC 主要是萜烯类和醛类，还有少量直链的醇类和丙酮，其释放量受木材种类的影响。木材本身在室温下也会释放出的 VOC，主要是以异戊二烯为构成单元的萜类，具有高挥发性特殊香味，这些成分与树木生长过程中释放的挥发性有机化合物一致。Mathias 对 OSB 热压后 24h 的 VOC 释放进行研究发现，由苏格兰松木做成的 OSB 主要的挥发物是萜烯和醛类，占所有挥发物 91%～99%。随着木材材料、性能、生产工艺以及储存条件的不同，VOC 的释放情况也有所不同。

木材在截断、剥皮、精截、刨片、砂光等操作过程中 VOC 的挥发量较小。木材的干燥及人造板热压过程中 VOC 的释放量一般较高。木材干燥中的 VOC 主要源于木材自身所含的一些易挥发性物质——抽提物。干燥过程中，VOC 随木材内水分的蒸发而挥发，挥发量会受树种、干燥温湿度、木材构造、含水率及干燥季节等因素的影响。在热压阶段，VOC 是否释放以及释放量的多少随着木材树种、类型、施胶量、热压温度和时间、生产速度的不同而变化。Mathias 等研究了由苏格兰松木做成的 OSB 热压温度、表面结构、干燥温度、热压时间对 VOC 释放的影响，所测 OSB 释放的 VOC 挥发物主要有萜烯类、醛类和酮类。人造板在进行二次加工时，如切削、砂光、开槽、镂铣、封边，尤其是在进行边部处理和涂饰、砂光时，产生的 VOC 的数量通常是无法估计的。日本宫本康太采用小气候箱法对于市场中的 LVL 的 VOC 和醛类的释放进行了研究，研究表明，不同种类的饰面单板，释放的 VOC 的种类和数量都不同，加甲醛捕捉剂到 LVL 试样中，会减少 50% 或更多的甲醛释放量。可见，木材从加工到产品成形投入使用，各个阶段都有不同程度的 VOC 的释放。木材原料本身、加工技术环节以及周围环境因素都是影响木材

VOC 释放的因素。

　　本章通过对落叶松刨花板释放的 VOC 进行定性定量研究，探讨刨花板热压工艺参数，如热压温度、热压时间、施胶量、板坯含水率、板坯结构、板材密度、板厚度参数对成板后刨花板 VOC 的释放及规律的影响，从理论上分析各工艺参数对刨花板 VOC 的产生及作用机理，同时对各工艺条件板材的物理力学性能参数进行测定。

5.1　实验材料、仪器和方法

5.1.1　实验材料及样品制备

(1) 木材

　　落叶松木材，取自黑龙江省朗乡实验林场，树龄 7 年，胸径 18cm。木材锯截成板方材后运至哈尔滨，在实验室经削片、刨片加工成刨花后，干燥至初含水率为 4% 左右备用。刨花平均尺寸为长 17.15mm，宽 2.46mm，厚 0.53mm，筛分值为 4 目以下的 6.68%，4~14 目 68.02%，14~16 目 3.24%，16~20 目 8.2%，20~40 目 10.73%，40~60 目 2.13%，60 目以上 1%。

　　采用常规生产方法压制幅面尺寸为 320mm×340mm 的落叶松刨花板，具体生产工艺流程如图 5-1 所示。

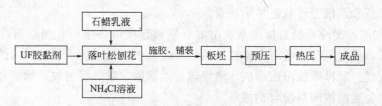

图 5-1　刨花板生产工艺流程图

　　实验根据工艺条件要求进行调胶、配胶，同时加入添加剂（防水剂、固化剂）等，拌胶机均匀搅拌原料，使胶黏剂均匀地分布在刨花表面。将拌胶均匀的刨花按生产工艺的要求，手工均匀地铺装成板坯，以保证压出的刨花板密度均匀一致，使板内各部分物理力学性能一致，以免发生翘曲变形。本实验所用坯模尺寸为 340mm×320mm。铺装结束后，将板坯在预压机内压至一定的密实程度，以防止松散、塌边，预压压力为 1.5MPa，预压时间 60s。预压后，板坯送入热压机，在一定时间内通过热量和压力的作用，使胶黏剂充分固化。根据实验影响因素控制不同的温度和时间等工艺条件，压制一定厚度的刨花板，热压压力 2.5MPa。成板后，试件需在室温条件下平衡处理 48h，使刨花板的温度和含水率趋于平衡，达到恒重，然后根据不同检测项目将板子锯切成不同规格尺寸的试件，等待进行各项性能检测。

(2) 胶黏剂

实验所采用的脲醛树脂胶黏剂取自黑龙江省林科院，pH 值为 8.9，黏度为 156s，固化时间 50s，固体含量为 69.68%，游离甲醛 0.6%，摩尔比 1.2。

(3) 防水剂

液体石蜡，用量 1.0%。

(4) 固化剂

NH_4Cl，浓度 20%，用量 1.5%。

(5) 其他

二氯甲烷（分析纯）、高纯氦气、活性炭颗粒。

5.1.2　实验仪器与操作条件

(1) Numen-1 型 1m³ VOC 与甲醛释放量检测用气候箱

仪器由中国林科院木工所研制。气候箱装置包括测试腔体、环境参数自动测量和控制系统、加湿和制冷系统、清洁空气供给设备、从腔体采集废气的出口配置。

① 测试腔体。外箱是冷轧钢板，表面采用静电喷涂工艺，内胆为优质不锈钢板，保温层用聚氨酯发泡形成。门封为磁性门封，密封性能好。箱体内部有冷、热气流风道，使箱体气体循环流畅，温、湿度均匀。

② 环境参数自动测量和控制系统。该系统为采样装置的主控制系统，控制的范围包括总电源开关、进气泵和采样泵控制开关、干湿球温度显示和调节装置、低温跟踪装置和系统工作状态显示装置。

③ 加湿和制冷系统。加湿系统由加湿器和连接设备组成，加湿器将水雾化为超微粒子，通过风动装置将水雾扩散到采集装置中，从而使采集箱体内的空气达到稳定的湿度。制冷系统由压缩机、蒸发器、过滤器、散热器组成。加湿和制冷系统均由采样装置的控制系统自动控制。

④ 清洁空气供给设备。实验中要保证发生和传送到实验腔体内的空气必须是洁净的。环境空气由无油空气压缩机抽取，然后经干燥除湿、活性炭过滤获取清洁空气进入测试腔体。

⑤ 腔体采集废气出口配置。由用于排出箱体内部空气的采样泵和控制气体流动速率的玻璃转子流量计组成，连接各装置的气体循环管均为特种惰性材料制成。采样装置工作原理图及整体采集装置如图 5-2 所示。

(2) TVOC 检测仪

使用美国华瑞科技有限公司生产的 PGM7240 便携式手持 VOC 检测仪。PGM-7240 手持式 VOC 气体检测仪是目前世界上最灵敏的手持式 VOC 检测器，它的光离子化检测器（PID）的精度能达到十亿分之一（ppb），适合室内空气质量（IAQ）检测。该仪器的主要特点是：采用新型的光离子化检测器（简称 PID），可以检测从 10ppb 极低浓度到 10000ppm 极高浓度的挥发性有机化合物和其他有毒气

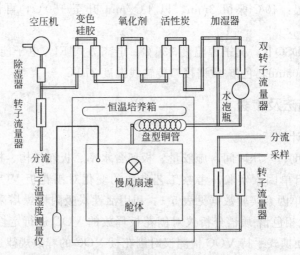

图 5-2 采集装置工作原理图

体。其中 ppm 表示百万分之一，ppb 表示十亿分之一，例如：$CO_2 = 1ppm$ 就是指在一百万的空气分子中，有一个 CO_2 分子。

主要测试步骤：

① "Ready..."（准备）。仪器准备就绪，可以开始检测。

② 开始检测。按 ［Y/＋］ 键开始测试循环。将显示检测点号码及测试的气体选择，泵将开启并显示检测读数。

③ 显示检测结果与数据采集。以 ppb 为单位的实时气体浓度每秒更新一次。当数据采集进行时，将闪现 "L"。只有在一个完整的数据采集周期完成后采集的数据信息才被保存。

④ 停止检测。按 ［MODE］ 键显示 "停止?"，按 ［N/－］ 键继续测试，按［Y/＋］ 键终止测试及数据采集，同时泵也自动停止。

⑤ 检测点号码的自动增加。在 SU 模式下，进行每次检测时，检测点号码自动增加 1。

⑥ 可变警报信号。在 SU 模式下，若测试的浓度超过了低限，蜂鸣及闪动警报将会激活。

⑦ 与计算机通信。连接仪器与计算机，启动 ppbRAE 应用软件。按 ［Y/＋］键，仪器显示："pause monitor, ok?"（暂停仪器?），再次按下 ［Y/＋］ 键，显示"Comm..."，仪器准备好从计算机中接受任务。

(3) 气相色谱-质谱联用仪

使用美国 Thermo Fisher 公司的 DSQⅡ气相色谱质谱联用仪（GC-MS）。

(4) 操作条件

气相色谱条件：TRACE TR-5MS 毛细管色谱柱（$30m \times 0.25mm \times 0.25\mu m$）；载气 99.996% 的氦气，流速 1mL/min；进样量 $1\mu L$；进样口温度 250℃；分流比

1∶40；程序升温：40℃保留 2min，以 4℃/min 升至 150℃，再以 10℃/min 升至 250℃。

质谱条件：DSQⅡ，离子源温度 230℃，电离方式 EI，电子能量 70eV，质量扫描范围 40～450amu，色谱-质谱接口传输线温度 270℃。

5.1.3　实验方法及步骤

（1）实验设计

选取热压温度、热压时间、施胶量、板坯含水率、板坯结构、板材密度、厚度 7 个工艺参数进行单因素实验，考察工艺参数的变化对刨花板 VOC 释放的影响，刨花板热压工艺单因素实验数据见表 5-1。利用活性炭吸附干燥塔采集刨花板释放的 VOC，通过气相色谱-质谱分析仪对刨花板释放的 VOC 进行定性定量分析，并利用 PGM7240 便携式手持 VOC 检测仪对刨花板 VOC 的释放规律进行测定。

表 5-1　刨花板热压工艺单因素实验表

考察因子	热压温度/℃	热压时间/min	施胶量/%	板坯含水率/%	板坯结构	板材密度/(g/cm³)	厚度/mm
热压温度	140	5	7	6	单层	0.7	8
热压时间	140	4/4.5/5/5.5/6	7	6	单层	0.7	8
施胶量	140	5	7/8/9/10/11	6	单层	0.7	8
板坯含水率	140	5	7	6/8/10/12/14	单层	0.7	8
板坯结构	140	5	7	6	单层/三层	0.7	8
板材密度	140	5	7	6	单层	0.6/0.65/0.7/0.75/0.8	8
厚度	140	5	7	6	单层	0.7	8/12/16/19/22

（2）刨花板 VOC 的采集

根据表 5-1 实验设计压制幅面尺寸为 320mm×340mm 的刨花板，为去除刨花板侧边的高释放需对其进行边部处理。边部处理采用释放性较低的铝质胶带进行边部密封，使裸露在空气中的测试样品面积为 0.20m² （单张刨花板）。边部处理后的刨花板样品采用聚四氟乙烯塑料薄膜进行包裹，放入冰箱中贮存备用。

刨花板的 VOC 释放采用小环境舱法进行采集测定。实验前首先用碱性清洁剂擦洗采集装置内表面，继而用自来水冲洗，最后用蒸馏水冲洗，清洗后将装置加温用清洁空气吹干。调整环境舱内温度为 23℃，相对湿度为 45%，空气交换率为 1 次/h，装载量为 1m²/m³，待实验舱内环境达到实验所需测试条件后，将试件迅速放置于环境舱体底板中心位置，使舱体内的空气循环不受到试样的影响。根据前期试验及相关文献资料查询，试件在舱体内平衡 15min 后开始进行刨花板 TVOC

释放量的连续测定。实验过程分为三个阶段，即 0～60min 快速释放期、60～150min 缓慢释放期、150～720min 稳定释放期。

刨花板释放的 VOC 定性测定是通过在实验过程中将装有活性炭的干燥塔用聚四氟乙烯管与气候箱出气口进行连接，对刨花板释放出的 VOC 进行吸附采集。干燥塔底部用干燥剂氯化钙填充，中间用脱脂棉隔离，上部填充在 300℃ 活化了 3h 的活性炭做吸附剂，连续 12h 吸附收集刨花板释放的 VOC。吸附采集结束后对吸附剂活性炭进行预处理，根据相似相容原理，选用二氯甲烷溶剂浸泡活性炭 20～30min，使活性炭中吸附的 VOC 解析到溶剂中，再将浸泡在溶剂中的活性炭进行过滤，滤液经旋转蒸发器浓缩后制备成样品，采用气相色谱-质谱联用仪（GC-MS）分析 VOC 的成分及相对含量。

（3）VOC 的测定分析

刨花板释放的 VOC 的定性测定是将采集的气体经过 GC-MS，在 5.1.2 节的分析条件下进行测试，用气相色谱-质谱-计算机联用技术检测得到的落叶松刨花板有机挥发性气体成分总离子图，各组分质谱分析经 NIST 谱库检索分析，确认其挥发成分。

5.2 热压工艺对刨花板 VOC 释放的影响研究

5.2.1 热压温度

图 5-3、5-4 所示为热压温度在 140℃、150℃、160℃、170℃ 和 180℃ 时压制的刨花板的 TVOC 释放情况。由图 5-4 可以看出，不同热压温度生产的刨花板其后期的 VOC 释放趋势基本相同，即随着暴露时间的延长呈现出先上升后平稳释放的

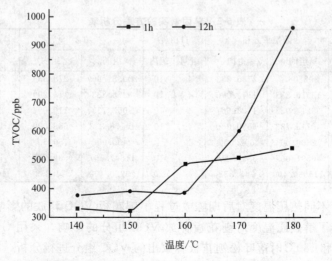

图 5-3 热压温度对刨花板 TVOC 释放的影响

趋势。由图 5-3 可以看出，随着热压温度提高，刨花板的 VOC 释放总量增加明显，在前 1h 的快速释放期，140℃时刨花板的 TVOC 释放量可达 331ppb，当热压温度升高至 180℃时，刨花板的 VOC 释放总量较 140℃时刨花板 VOC 释放总量提高 64.05％达到 543ppb；进入 12h 平稳释放期，热压温度为 140～160℃时刨花板的 VOC 释放量相差较小，分别为 376ppb、391ppb 和 360ppb；而热压温度 170℃和 180℃时刨花板的 VOC 仍保持较高释放，VOC 释放总量分别为 601ppb 和 907ppb。通过表 5-2 热压温度对刨花板 VOC 释放总量的单因素方差分析可知，热压温度对刨花板 VOC 释放总量影响极为显著。

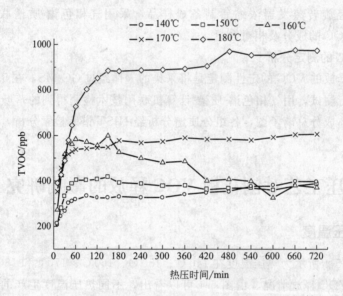

图 5-4　不同热压温度刨花板 12h TVOC 释放

表 5-2　单因素实验方差分析表

因素	偏差平方和		自由度		方差		F 值	p
	组间	组内	组间	组内	组间	组内		
热压温度	802206.7	2785.333	4	10	200551.667	278.533	720.028	.000
热压时间	13515.333	1142.000	4	10	3378.833	114.200	29.587	.000
施胶量	36214.933	1100.667	4	10	9053.733	110.067	82.257	.000
板坯含水率	40715.733	6880.000	4	10	10178.933	688.000	14.795	.000
板坯结构	2400.00	602.000	1	4	2400.000	150.500	15.947	.016
板材密度	46591.067	5897.333	4	10	11647.767	589.733	19.751	.000
板材厚度	119680.400	743.333	4	10	29920.100	74.333	402.513	.000

在明确了不同热压温度对后期陈放过程中刨花板 VOC 释放的影响及变化趋势后，为进一步了解热压温度对刨花板释放 VOC 组分的影响，采用 GC-MS 对热压温度为 140℃和 180℃时落叶松刨花板释放出的 VOC 组分进行分析。图 5-5 为热压温度 140℃和 180℃时刨花板 VOC 组分的总离子流量图。由图中可以看出，刨花板

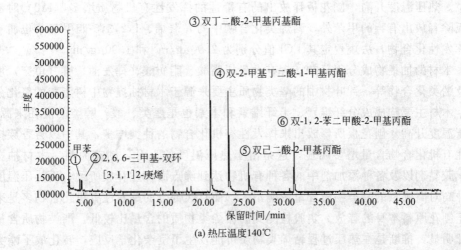

(a) 热压温度140℃

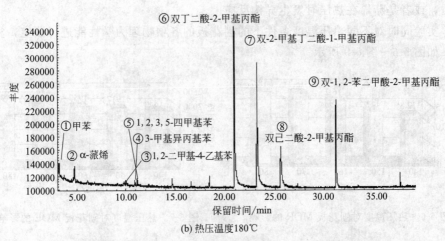

(b) 热压温度180℃

图 5-5　刨花板 VOC 成分的总离子流图

释放的化合物主要为芳香族化合物和酯类化合物。其中140℃时刨花板释放的 6 种 VOC 分别为甲苯（0.88%）、2,6,6-三甲基-双环［3.1.1］-2-庚烯（3.45%）、双丁二酸-2-甲基丙酯（40.67%）、双-2-甲基丁二酸-1-甲基丙酯（29.92%）、双己二酸-2-甲基丙酯（12.75%）、双-1,2-苯二甲酸-2-甲基丙酯（12.33%）。检测得到的 6 种化学物质中甲苯和 2,6,6-三甲基-双环［3.1.1］-2-庚烯被列为有毒性化合物，其 LCI 值分别限定为 $1.90\mu g/m^3$ 和 $2.00\mu g/m^3$。热压温度升高，刨花板释放 VOC 组分增多，在180℃时刨花板释放的 VOC 中共检测出 9 种挥发性有机物质，分别为甲苯（4.59%）、α-蒎烯（3.75%）、1,2-二甲基-4-乙基苯（0.92%）、3-甲基异丙基苯（1.07%）、1,2,3,5-四甲基苯（1.52%）、双丁二酸-2-甲基丙酯（31.85%）、双-2-甲基丁二酸-1-甲基丙酯（29.12%）、双己二酸-2-甲基丙酯（12.96%）、双-1,2-苯二甲酸-2-甲基丙酯（14.20%），释放的 VOC 仍以芳香族化合物和酯类化合物为主。热压温度升高，刨花板释放出的有毒性的挥发性有机物质增多，180℃时刨花板除释放出有毒的甲苯外，萜烯类化合物中的 α-蒎烯、1,2,3,5-四甲基苯也属有毒挥发性化合物，法规规定其 LCI 值分别为 2.00μg/m³ 和 1.90μg/m³。

　　木材的抽提物成分很复杂，含有大量树脂酸、脂肪酸、挥发油、鞣（单宁）质以及酚类化合物等。针叶材中的醛类物质主要来源于木材抽提物中树脂酸的氧化分解，木材主要构成成分纤维素、半纤维素和木素也是醛类、酸、醇类的潜在来源。热压温度升高，刨花板所释放出来挥发性有机化合物的种类增多，其中以芳香族挥发性有机化合物含量增多明显，这是由于热压温度的上升，刨花原料、木材抽提物、胶黏剂以及各种添加剂中的各种有机物达到沸点而挥发释放所致。而热压温度的升高对高沸点的酯类物质含量影响不大，而且大部分的挥发性有机化合物多是来自于刨花原料本身的释放。实验检测到的萜烯类物质的含量比较低，酯类物质含量上升明显，推断是在热压过程萜烯类物质可能发生了复杂化学反应，转化成了酯类物质，或者是萜烯在热压时发生异构反应。

　　实验同时对不同热压温度条件下的刨花板的各项物理力学性能进行测定，实验结果如图 5-6～图 5-9 所示。

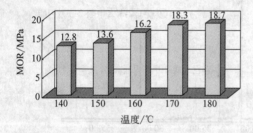

图 5-6　热压温度对刨花板 MOR 的影响

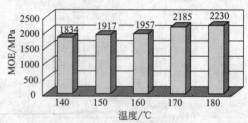

图 5-7　热压温度对刨花板 MOE 的影响

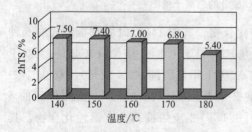

图 5-8　热压温度对刨花板 2hTS 的影响

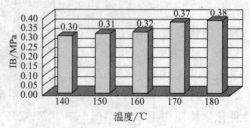

图 5-9　热压温度对刨花板 IB 的影响

　　由图可以看出，热压温度的提高，刨花板的 MOR、MOE 和 IB 均呈现出上升的趋势，而 2hTS 有明显降低的趋势。当热压温度从 140℃提高至 180℃时，其 MOR、MOE 和 IB 分别提高了 46.1%、76.1% 和 26.7%，而 2hTS 则降低了28%，达到了国家标准 GB/T 4897.1～4897.7—2003《刨花板》标准的要求。在

140～180℃的热压温度变化区间内,热压温度较低,胶黏剂的固化反应还不完全,刨花之间的空隙较大,热压温度的提高使纤维之间的胶黏剂固化完全,从而提高了纤维之间的结合力,增强了刨花之间的胶接强度。

5.2.2 热压时间

在热压时间为4.0min、4.5min、5.0min、5.5min、6.0min的条件下压制单层结构刨花板,对其VOC的释放进行连续12h的测定,结果如图5-10、图5-11所示。

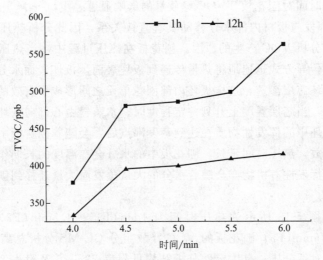

图 5-10 热压时间对刨花板 TVOC 释放的影响

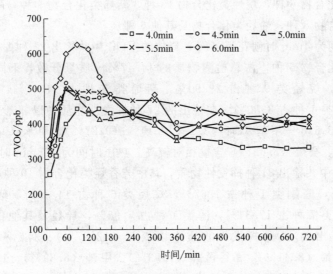

图 5-11 不同热压时间刨花板 12h TVOC 释放

由图 5-10 热压时间对刨花板 TVOC 释放量的影响研究表明，刨花板 VOC 释放初期 1h 和平衡期 12h 的总释放量随着热压时间的延长呈增加趋势。在刨花板 VOC 释放初期，热压时间对 TVOC 释放量有较大影响，热压时间延长，刨花板 TVOC 释放量增加显著，热压时间为 6min 时，刨花板 TVOC 释放量可达 626ppb（见图 5-11）。进入 12h 释放平衡期，不同热压时间刨花板 TVOC 释放量增长减缓，热压时间为 4.0min、4.5min、5.0min、5.5min、6.0min 的刨花板 12h 平衡浓度分别为 331ppb、413ppb、389ppb、403ppb、420ppb。由表 5-2 的单因素方差分析结果可知，当热压温度、施胶量、板坯含水率、板坯结构、板材密度、厚度 6 个因素固定时，热压时间对刨花板 TVOC 释放量的影响显著。

VOC 的挥发与板材内部水分移动具有直接关系，因此分析热压过程中含水率的变化有助于分析 VOC 产生的原因。刨花板在热压过程中，当热压机闭合时，压板热量通过热传导方式迅速地将热量传递到板坯表面，板坯表面水分迅速蒸发，向温度较低的板坯芯层渗透，这样板坯内部刨花单元之间形成了有效的对流传热。随着热压的进行，当芯层温度上升到一定程度时，水蒸气由心部向板坯边缘扩散。在热的作用下板坯中的挥发性物质在达到蒸发沸点后，会随着刨花板中水分的蒸发而迁移到表面释放，热压时间延长，刨花板中的水分会在温度的长期作用下使得蒸发量有所增加，挥发性有机物亦会随着水分的大量蒸发而大量迁移到刨花板的表面而释放。

图 5-12、图 5-13 所示为热压时间为 4min(F1)、4.5min(F2)、5min(F3)、5.5min(F4)、6min(F5) 刨花板的 VOC 释放组分 GC-MS 分析总离子流量图和各类物质含量相对百分比，具体定性分析结构见附表 23～26 及附表 8。由分析表可以看出，不同热压时间刨花板共检测出 77 种挥发性物质，其中芳香烃化合物 19 种，醛酮类化合物 6 种，烷烃类化合物 18 种，萜烯类化合物 9 种，酯类化合物 11 种，醇类化合物 8 种，烯烃类化合物及其他 6 种。

热压时间为 4min 时刨花板（F1）释放的 VOC 中共检出 27 种挥发性物质，其中芳香烃类化合物 6 种，占总检测物质的 14.47%（质量分数，下同），醛酮类 3 种占 6.34%，烷烃类 9 种占 29.90%，萜烯类 3 种占 14.47%，酯类 5 种占 23.02%，醇类 1 种占 3.50%。在检出的 27 种挥发性物质中以邻苯二甲酸二丁酯（10.61%）、3,6,6 三甲基-双环 [3.1.1]-2-庚烯（9.87%）、甲苯（9.18%）、十一烷（6.18%）、癸烷（5.63%）含量相对较高。热压时间为 4.5min 时刨花板（F2）释放的 VOC 中共检出 31 种挥发性物质，其中芳香烃类化合物 10 种，占总检测物质的 37.61%，醛酮类 1 种占 1.67%，烷烃类 6 种占 14.86%，萜烯类 4 种占 13.44%，酯类 7 种占 17.34%，醇类 1 种占 7.93%，烯烃及其他化合物 2 种占 7.16%。在检出的 31 种挥发性物质中以氯苯（12.97%）、3,6,6 三甲基-双环 [3.1.1]-2-庚烯（8.41%）、β-谷甾醇（7.93%）、甲苯（6.89%）、1-甲基-5-(1-甲基乙烯基)-环己烯（5.59%）含量相对较高。热压时间为 5min 时刨花板（F3）释

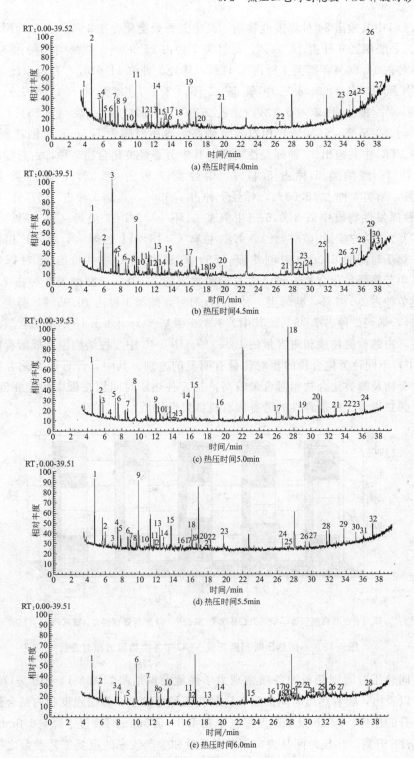

图 5-12 刨花板 VOC 成分的总离子流图

放的 VOC 中共检出 24 种挥发性物质，其中芳香烃类化合物 3 种，占总检测物质的 23.72%，醛酮类 6 种占 19.34%，烷烃类 7 种占 25.90%，萜烯类 1 种占 3.15%，酯类 5 种占 14.86%，醇类 1 种占 1.41%，烯烃 1 种占 11.61%。在检出的 24 种挥发性物质中以 3,6,6-三甲氧基-二环 [3.1.1]-2-庚烯（11.61%）、甲苯（11.60%）、邻二甲苯（6.22%）、乙苯（5.90%）、十一烷（5.55%）、癸烷（5.38%）、2-癸醛（5.30%）相对含量较高。热压时间为 5.5min 时刨花板（F4）释放的 VOC 中共检出 32 种挥发性物质，其中芳香烃类化合物 7 种，占总检测物质的 25.78%，醛酮类 3 种占 5.47%，烷烃类 7 种占 20.32%，萜烯类 5 种占 20.89%，酯类 6 种占 13.63%，烯烃 1 种占 1.33%，其他 3 种占 4.57%。在检出的 32 种挥发性物质中以 3,6,6-三甲氧基-二环 [3.1.1]-2-庚烯（14.83%）、甲苯（10.47%）、D-柠檬烯（7.64%）、邻二甲苯（5.18%）、乙苯（4.31%）相对含量较高。热压时间为 6.0min 时刨花板（F5）释放的 VOC 中共检出 28 种挥发性物质，其中芳香烃类化合物 4 种，占总检测物质的 21.38%，醛酮类 2 种占 7.82%，烷烃类 7 种占 20.87%，萜烯类 1 种占 17.21%，酯类 1 种占 10.95%，醇类 6 种占 14.02%，烯烃 2 种占 7.76%。其中，3,6,6-甲基-双环 [3.1.1]-2-庚烯含量仍然相对较高，占总检测物质相对含量的 13.51%。图 5-13 中 5 种结构刨花板所释放出的 VOC 中，不同种类化合物的相对含量有明显的差别。其中，芳香烃类化合物、烷烃类化合物及酯类化合物相对含量较高，且 5 种热压时间刨花板中均检测到甲苯、乙苯、邻二甲苯 3 种低毒性的芳香族有机挥发性物质。

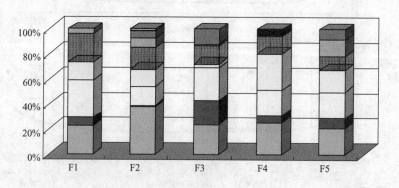

☐ 芳香烃类　■ 醛酮类　☐ 烷烃类　☐ 萜烯类　■ 酯类　■ 醇类　■ 烯烃类　■ 其他

图 5-13　不同热压时间刨花板 VOC 中各类物质的相对含量

不同热压时间刨花板的各项物理力学性能测试结果如图 5-14～图 5-17 所示。由图可以看出，随着热压时间的延长，刨花板弹性模量、静曲强度和内结合强度有缓慢上升的趋势，而 2h 吸水厚度膨胀率在 4.0～5.5min 时缓慢下降，6.0min 的板材的 2hTS 升高。热压时间是决定刨花板质量和生产效率的重要工艺参数之一。随着热压时间的延长，板坯的温度上升，胶黏剂进一步缩聚固化，水分不断汽化蒸发,刨花逐渐塑化和紧密化,在胶黏剂基本固化后,刨花板达到一定的密实程度,提高了刨花板的胶合强度。由于热压时间的延长使整个板坯受热均匀且充分,使板的芯层刨花之间胶接界面结合得更牢固,从而板的内结合强度提高。热压时间使刨花板回弹引起厚度增加,导致刨花板的含水率降低使厚度膨胀增大。

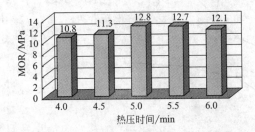

图 5-14　热压时间对刨花板 MOR 的影响

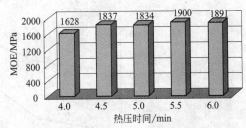

图 5-15　热压时间对刨花板 MOE 的影响

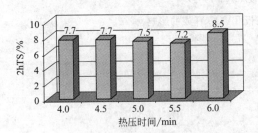

图 5-16　热压时间对刨花板 2hTS 的影响

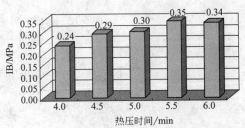

图 5-17　热压时间对刨花板 IB 的影响

5.2.3　密度

　　根据单因素实验设计,考察密度为 0.60g/cm³、0.65g/cm³、0.70g/cm³、0.75g/cm³ 和 0.80g/cm³ 的落叶松刨花板 VOC 释放情况,实验结果如图 5-18、图 5-19 所示。

　　如图 5-18 所示,板材密度的增加对刨花板初期和 12h 稳定期的 TVOC 释放量增加影响显著。在刨花板 VOC 快速释放期,密度为 0.60g/cm³ 刨花板的 TVOC 释放峰值为 379ppb,当密度增加到 0.80g/cm³ 时,刨花板 TVOC 释放峰值达到 662ppb,较密度为 0.60g/cm³ 的刨花板释放峰值提高了 74.7%。当刨花板的 VOC 释放进入稳定释放期,密度在 0.70~0.80g/cm³ 之间变化时,刨花板的 TVOC 释放量随密度的增加而上升缓慢,其 12h 平衡浓度分别为 348ppb,376ppb 和 385ppb。

　　刨花板材密度的增大,会使板材内部的气孔减少,空气的热导率比刨花的要小,因此刨花板的有效热导率就会增大。刨花板材密度增加使板材在热压时传热的速度减小,板坯的渗透性降低,影响板坯中蒸汽的对流,延缓了传热过程,在相同的热压时间下,密度较高的刨花板在后期所需的平衡时间延长,促进了挥发性物质

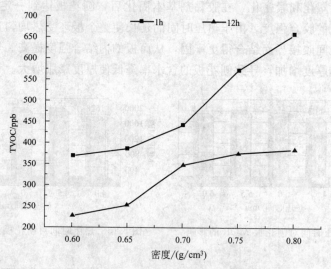

图 5-18　密度对刨花板 TVOC 释放的影响

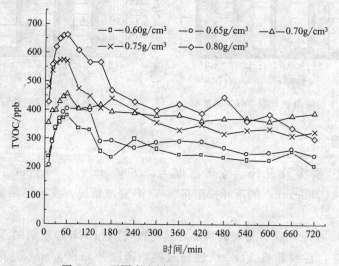

图 5-19　不同密度刨花板 12h TVOC 释放

进一步散发。此外，刨花板材密度增加使刨花原料用量和含水量相应增加，板坯内温度梯度、水蒸气压力和木材的细胞壁发生受力压溃的交互作用共同影响刨花板 VOC 的释放。

　　图 5-20、图 5-21 所示为不同密度刨花板释放的 VOC 成分总离子流量图及各类物质相对含量。不同密度刨花板共检测出 80 种挥发性物质。其中烷烃 31 种、芳香烃 14 种和酯类化合物 14 种，种类相对较多；其次为醛酮类化合物 8 种、醇类化合物 8 种、萜烯类化合物 3 种和烯烃类化合物 2 种。5 种工艺条件刨花板中，随着板材密度的增加，其释放出的 VOC 中芳香烃、脂肪烃及酯类化合物为主

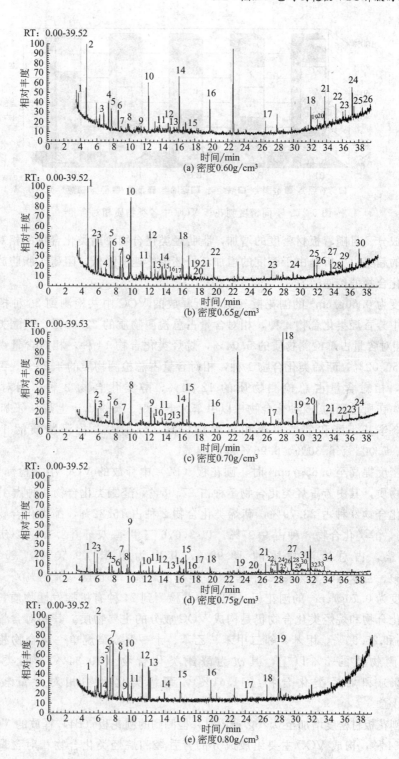

图 5-20 刨花板 VOC 成分的总离子流图

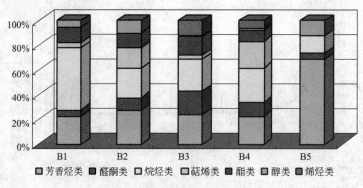

图 5-21　不同密度刨花板 VOC 中各类物质相对含量

要组成成分。且随着板材密度的增加，脂肪烃类化合物、酯类化合物的相对含量呈现下降的趋势，分析是由于密度的增加，板坯传热速度降低，阻碍了脂肪族化合物和酯类化合物的传递散发。

密度为 0.60g/cm³ 的刨花板（B1）所释放的 VOC 中共检测到 26 种挥发性物质，其中芳香烃类化合物 4 种，相对含量占总检测物质的 22.60%，醛酮类化合物 2 种，相对含量占总检测物质的 5.04%，烷烃类化合物 14 种，相对含量占总检测物质的 50.02%，萜烯类化合物 1 种，相对含量占总检测物质的 4.25%，酯类化合物 3 种，相对含量占总检测物质的 12.54%，醇类化合物 2 种，相对含量占5.55%。在所检测的 26 种化合物中以甲苯、十一烷、癸烷、十七烷、邻苯二甲酸-6-乙基-3-辛基丁酯和邻二甲苯相对含量较高，分别占总检测物质的 10.90%、7.37%、7.00%、6.30%、5.96%和5.84%。

当密度提高至 0.65g/cm³ 时，刨花板（B2）中释放的 VOC 中共检测到 30 种挥发性物质，其中芳香烃类化合物 7 种占 27.06%，醛酮类化合物 4 种占 10.41%，烷烃类化合物 9 种占 23.79%，萜烯类化合物 2 种占 16.32%，酯类化合物 5 种占12.45%，醇类化合物 3 种占 9.97%。以 3,6,6 三甲基-双环［3.1.1］-2-庚烯相对含量较高，占总检测物质的 13.98%，其次为甲苯（9.50%）、邻二甲苯（6.16%）、乙苯（5.39%）、2-甲基-5-（1-甲基乙烯基）环己醇（5.04%）。

密度为 0.70g/cm³ 的刨花板（B3）中共检测到 24 种有机挥发性物质，其中芳香烃类化合物和烷烃类化合物仍是构成 VOC 成分的主要物质，其相对含量分别占23.72%和25.90%，甲苯、邻二甲苯、乙苯、十一烷、癸烷单一化合物相对含量占总检测物质的 5%以上，其次为醛酮类化合物（19.34%）、酯类化合物（14.86%）和烯烃类化合物（11.61%），萜烯类化合物相对含量较低，仅占 3.15%。

当刨花板材密度增加至 0.75g/cm³ 时，检测到的刨花板（B4）释放的 VOC 种类增加至 34 种，构成 VOC 主要组成成分的芳香烃和烷烃类化合物相对含量分别为22.72%和28.45%，萜烯类化合物相对含量有所上升，占总检测物质的 21.87%，其次为醛酮类化合物（10.68%）、酯类化合物（8.16%）、烯烃类化合物（6.15%）。单一化合物相对含量较高的有2,6,6-甲基-双环［3.1.1］-2-庚烯（16.27%）、甲苯（5.34%）、十五烷（5.15%）、2-甲基-环戊酮（4.81%）和乙苯（4.05%）。

密度为 0.80g/cm³ 的刨花板（B5）所释放的 VOC 中检测到的 VOC 种类有所下降，仅有 19 种，以芳香烃类化合物、烷烃类化合物、醇类化合物和醛酮类化合物为主，质量分数分别为 68.45%、14.68%、11.70% 和 5.18%。芳香烃类化合物相对含量的上升，以对二甲苯、乙苯、1-乙基-2-甲基-苯、氯苯、邻二甲苯、1,3,5 三甲基苯含量的上升为主，分别占总检测物质的 15.02%、10.05%、9.16%、9.03%、8.96% 和 7.39%。

图 5-22～图 5-25 所示为不同密度的刨花板各项物理力学性能测试结果。密度升高，刨花板 MOR、IB 呈逐渐上升的趋势，MOE 则有先上升后缓慢下降的趋势。密度的增加使刨花板 2hTS 总体上呈下降的趋势。密度是影响刨花板物理力学性能的重要因素，板的密度越大，刨花的压缩率增加，减小了刨花之间的间隙，热压时板就越密实，使胶接界面的接触更紧密，改善了木质刨花之间的交织状况，长纤维的木质刨花提高了板的静曲强度和内结合强度。密度的增加使复合材料更密实，内部空隙变小，水分难以进入其内部，使水分在板内部的扩散速度变慢，降低了板材的吸水厚度膨胀率。

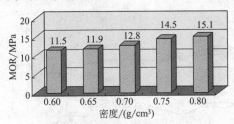

图 5-22　密度对刨花板 MOR 的影响

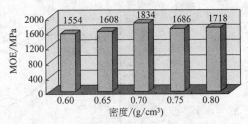

图 5-23　密度对刨花板 MOE 的影响

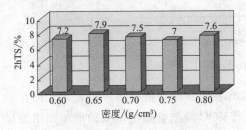

图 5-24　密度对刨花板 2hTS 的影响

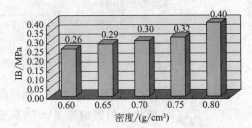

图 5-25　密度对刨花板 IB 的影响

5.2.4　厚度

为了考察刨花板厚度对刨花板 TVOC 释放量的影响，采用固定其他热压工艺参数，改变刨花板厚度的单因素方法，按照表 5-1 设计实验，测定结果如图 5-26、图 5-27 所示。

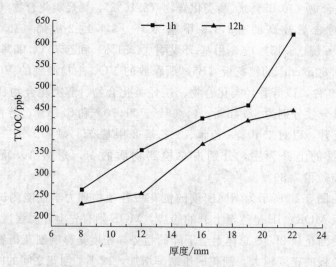

图 5-26　厚度对刨花板 TVOC 释放的影响

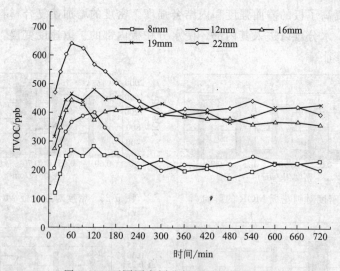

图 5-27　不同厚度刨花板 12h TVOC 释放

　　由表 5-2 厚度对刨花板 TVOC 释放量的影响方差分析结果可以看出，刨花板厚度对 TVOC 释放量的影响显著。刨花板 TVOC 释放量随板厚度的增加而增加显著。刨花板厚度为 8mm 时，TVOC 的释放峰值为 270ppb，当厚度增加至 22mm 时，TVOC 释放峰值达到 640ppb，是 8mm 刨花板的 2.37 倍。进入 12h 稳定释放期，8mm 刨花板的 TVOC 释放量为 227ppb，22mm 刨花板 TVOC 释放量为 445ppb，是 8mm 刨花板的 1.96 倍。在快速释放期和稳定释放期，刨花板 TVOC 释放量随刨花板厚度的增加呈非线性上升的趋势。

　　板坯厚度对刨花板 VOC 释放的影响相似。单位时间内从热压板进入板坯的热量不变，板坯增厚时，热容量增大，单位时间内到达芯层的热量减少，即随着板子厚度的增加，板坯中心温度上升的速度减小，达到平衡段的时间延长，而且平衡段的持续时间也会延长，增加了刨花板 VOC 的后期释放。

本节选取刨花板厚度为 8mm、12mm 和 16mm 三种厚度的刨花板，对其释放的 VOC 成分进行 GC-MS 分析，结果如图 5-28 所示。三种厚度规格的刨花板共检测到 57 种有机挥发性物质，其中芳香烃化合物 9 种，醛酮类化合物 12 种，烷烃类化合物 15 种，萜烯类化合物 3 种，酯类化合物 8 种，醇类化合物 4 种，烯烃类化合物及其他 6 种。

由图 5-28(a) 可以看出，厚度为 8mm 的刨花板（C1）释放出的 VOC 中共可

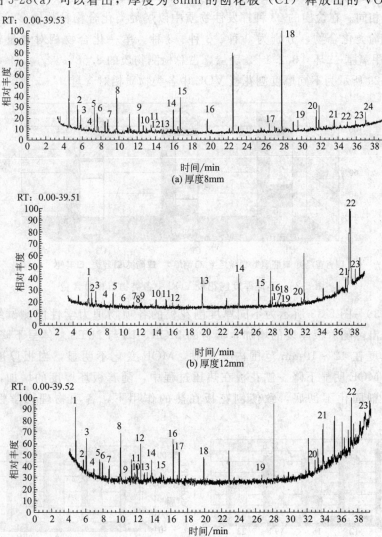

图 5-28　刨花板 VOC 成分的总离子流图

检测出 24 种挥发性物质，其中以烷烃类化合物（25.90%）、芳香烃类化合物（23.72%）和醛酮类化合物（19.34%）相对含量较高，单一化合物中 3,6,6-三甲氧基-二环 [3.1.1]-2-庚烯、甲苯、邻二甲苯、乙苯、十一烷、癸烷、2-癸醛的质量分数均超过 5%。

图 5-28(b) 所示为厚度 12mm 刨花板（C2）VOC 成分的总离子流量图。实验中共检测到 23 种有机挥发性物质，以萜烯类化合物为主要组成，其中角鲨烯的含量相对较高，占总检测物质的 55.61%。

图 5-28(c) 所示为厚度 16mm 的刨花板（C3）VOC 成分的总离子流量图。实验中检测到的有机挥发性物质种类和个数与 8mm、12mm 刨花板 VOC 释放种类和个数大致相同。在检出的 23 种挥发性物质中以烷烃类化合物种数较多，其次为芳香烃和萜烯类化合物，分别为 9 种、3 种、3 种。单一化合物相对含量较高的为 3,6,6-三甲氧基-二环 [3.1.1]-2-庚烯，占总检测物质的 8.58%。

图 5-29 所示为不同厚度刨花板 VOC 中各类物质相对含量。

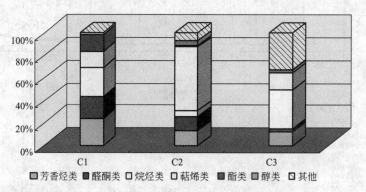

图 5-29　不同厚度刨花板 VOC 中各类物质相对含量

图 5-30～图 5-33 所示为不同厚度刨花板的各项物理力学性能测试结果。由图可以看出，随着板厚度的增加，板材的 MOR、IB 与 2hTS 总体呈下降的趋势。刨花板厚度在 12～19mm 范围内变化时，MOE 变化不明显，当板厚度增加至 22mm 时 MOE 明显下降。刨花板在热压过程中，随着板坯厚度的增加，板材芯层的胶黏剂固化不彻底，致使刨花板在热的作用下，各项物理力学性能有所降低。

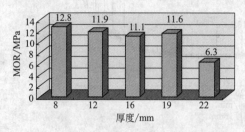

图 5-30　厚度对刨花板 MOR 的影响

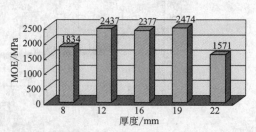

图 5-31　厚度对刨花板 MOE 的影响

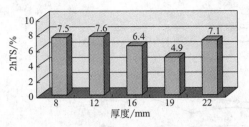

图 5-32 厚度对刨花板 2hTS 的影响

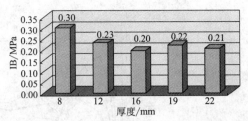

图 5-33 厚度对刨花板 IB 的影响

5.3 施胶工艺对刨花板 VOC 释放影响的研究

本节研究了刨花板施胶量的变化对 VOC 释放量的影响。在施胶量为 7%、8%、9%、10% 和 11% 的条件下，连续 12h 测定刨花板的 VOC 释放总量，结果如图 5-34、图 5-35 所示。

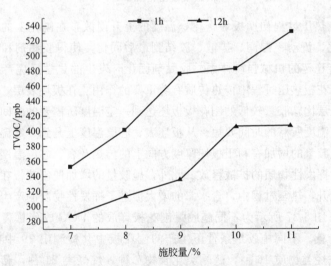

图 5-34 施胶量对刨花板 TVOC 释放的影响

如图 5-34 所示，刨花板 TVOC 释放总量随施胶量的增大而增大。当施胶量达到 11% 时，刨花板 12h 平衡期的 TVOC 释放量达到 407ppb，较施胶量为 7% 的刨花板平衡期内 TVOC 释放量 287×10^{-9} 增加了 41.8%。通过图 5-35 对刨花板进行 12h 连续的测定结果可知，在施胶量不同的情况下，各个刨花板的 TVOC 释放趋势却表现出基本的一致，即随着刨花板暴露时间的延长，其 TVOC 的释放浓度呈现先上升后缓慢降低至平稳释放的趋势，且施胶量越大，初期 VOC 释放峰值越大，其中施胶量为 11% 的刨花板其初期释放峰值达 548ppb，而施胶量为 7% 的刨花板初期 VOC 释放峰值仅为 403ppb。通过施胶量对刨花板 TVOC 释放量影响的方差分析结果表明（见表 5-2），施胶量的增加对刨花板 TVOC 的释放量影响显著。

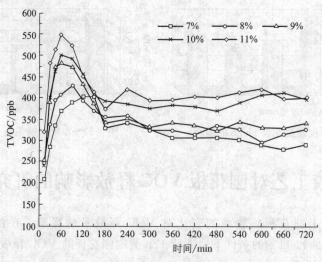

图 5-35　不同施胶量刨花板 12h TVOC 释放

刨花板在热压过程初期板坯密化，温度的上升使散布在刨花上的胶滴在热的作用下经过液化、流动、湿润、扩散、胶结到最后固化，使得胶黏剂和刨花单元间形成必要的具有稳定的机械强度体系。胶黏剂固化时发生的化学反应产生的热量和水的存在对于刨花板热压过程中传热传质有着重要的作用。在板坯表层，施胶量较高的刨花板板坯表层比施胶量较低的刨花板板坯达到一定温度所需要的时间长，而在板坯芯层达到一定温度所需的时间要短。从板坯表、芯层温度上升到一定温度的滞后时间长短来看，施胶量的增加有利于板坯厚度方向上的传热及表、芯层温度的趋同性，可以加速板坯中挥发性物质的扩散释放。此外，施胶量的增加使刨花板在生产过程中板坯的含水率上升，热压过程中，含水率的增大促进了挥发性物质的产生和释放。

图 5-36、图 5-37 所示为不同施胶量刨花板释放的 VOC 成分总离子流量图及各类物质相对含量。不同施胶量条件下生产的刨花板中共检测出 79 中有机挥发性成分。其中芳香烃类物质 16 种，醛酮类化合物 7 种，烷烃类 21 种，萜烯类化合物 3 种，酯类化合物 18 种，醇类 3 种，烯烃及其他 11 种。具体各施胶量条件下刨花板 VOC 释放化合物质量分数见附表 8～附表 22。

施胶量为 7％的刨花板（D1）所释放的 VOC 中共检测出 24 种挥发性物质，主要是烷烃类化合物（25.90％）、芳香烃类化合物（23.72％）和醛酮类化合物（19.34％）。在检出的 24 种挥发性有机物中，以 3,6,6-三甲氧基-二环［3.1.1］-2-庚烯（11.61％）、甲苯（11.60％）、邻二甲苯（6.22％）、乙苯（5.90％）、十一烷（5.55％）、癸烷（5.38％）、2-癸醛（5.30％）相对含量较高。施胶量为 8％的刨花板（D2）释放的 VOC 中共检测出 22 种挥发性物质，主要是烷烃类化合物（49.51％）、烯烃类化合物（13.50％），其中 2,6,10,14-甲基-十六烷、2-亚丙烯基环丁烯、2,7,10 三甲基-十二烷、3,6,6 三甲基双环［3.1.1］-2-庚烯相对含量较高，

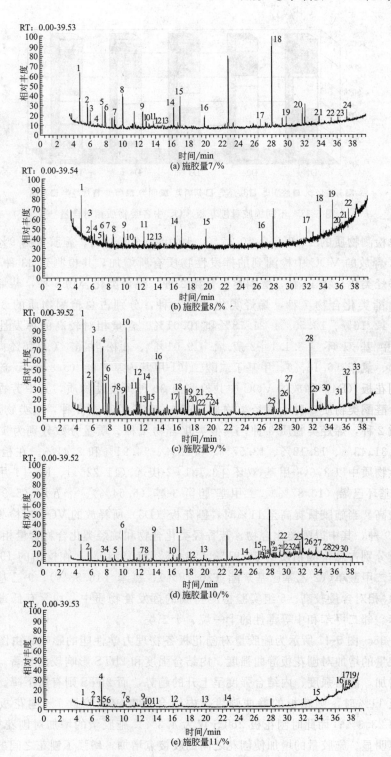

图 5-36 刨花板 VOC 成分的总离子流图

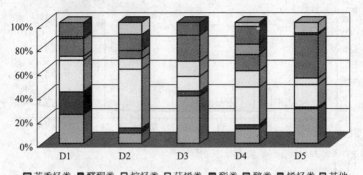

图 5-37 不同施胶量刨花板 VOC 中各类物质相对含量

分别占总检测物质的 12.29％、10.47％、10.08％、6.61％。施胶量为 9％ 的刨花板（D3）释放的 VOC 中检测到的挥发性物质有所增加，共检测到 33 种化合物，其中芳香烃类化合物 14 种，醛酮类化合物 2 种，烷烃类化合物 5 种，萜烯类化合物 3 种，酯类化合物 7 种，烯烃类化合物 2 种，分别占总检测物质的 39.16％、4.39％、12.16％、12.50％、21.78％ 和 10.01％。含量相对较高的挥发性物质为 3，6，6-甲基-双环［3.1.1］-2-庚烯（9.01％）、β-松油醇（7.46％）、甲苯（7.01％）、氯苯（6.16％）、甲基丁二酸二（1-甲基丙基）酯（5.87％）。施胶量为 10％ 的刨花板（D4）释放的 VOC 中共检测出 30 种挥发性物质，其中芳香烃类物质 5 种，醛酮类物质 2 种，烷烃类物质 10 种，萜烯类物质 2 种，酯类物质 5 种，醇类物质 2 种，烯烃类物质 3 种，其他类化合物 1 种。质量分数分别为 12.00％、3.64％、31.43％、13.12％、13.57％、8.92％、14.91％ 和 2.41％。在检出的 30 种挥发性物质中以 2,6,6-甲基-双环［3.1.1］-2-庚烯（11.22％）、R-5-［1-甲基乙烯基］-1-甲基环己烯（10.87％）、二甲基-胆甾-3-醇（6.64％）、十五烷（5.94％）含量相对较高。当施胶量提高至 11％ 时，刨花板（D5）所释放的 VOC 中检测到的物质只有 19 种，其中以酯类化合物、芳香烃类化合物和烷烃类化合物含量相对较高，相对含量分别占总检测物质的 36.91％、28.65％ 和 19.10％。在检出的 19 种物质中以邻苯二甲酸单（2-乙基己基）酯（20.78％）、氯苯（16.58％）、9-己基十七烷（9.87％）相对含量较高。5 组实验检测得到的挥发性物质中，均含有低毒性的甲苯、乙苯、邻二甲苯和中等毒性的十一烷、十二烷。

图 5-38～图 5-41 所示为施胶量对刨花板各物理力学性能的影响。由图可以看出，施胶量的增加对刨花板静曲强度、内结合强度和 2hTS 影响较为显著。随着施胶量的增加，静曲强度、内结合强度呈上升的趋势，而 2hTS 则有所下降。当施胶量增加至 11％ 时，刨花板的静曲强度、内结合强度较施胶量 7％ 刨花板提高了 31.2％ 和 23.3％；而此时刨花板 2hTS 仅为 4.3％。施胶量的增加对刨花板 MOE 的影响不明显。施胶量的增加使刨花之间的胶接点增加，增强了刨花之间的胶接能力，使刨花板厚度回弹降低，减少了刨花板的不可逆膨胀。

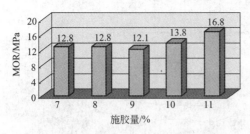

图 5-38 施胶量对刨花板 MOR 的影响

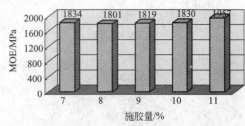

图 5-39 施胶量对刨花板 MOE 的影响

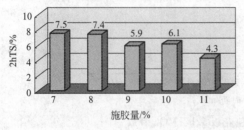

图 5-40 施胶量对刨花板 2hTS 的影响

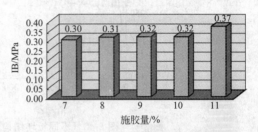

图 5-41 施胶量对刨花板 IB 的影响

5.4 铺装工艺对刨花板 VOC 释放影响的研究

5.4.1 板坯结构

刨花板在生产中按照板坯结构可分为单层结构刨花板、三层结构刨花板和渐变结构刨花板。受实验条件的限制，仅对单层结构刨花板和三层结构刨花板（芯、表层比例为 1∶1）的 VOC 释放情况进行测定，研究两种板坯结构对刨花板 TVOC 释放量的影响，结果见图 5-42、图 5-43。

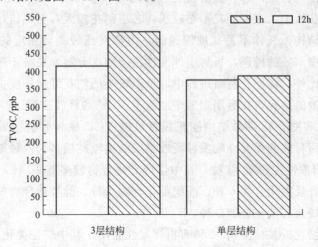

图 5-42 板坯结构对刨花板 TVOC 释放的影响

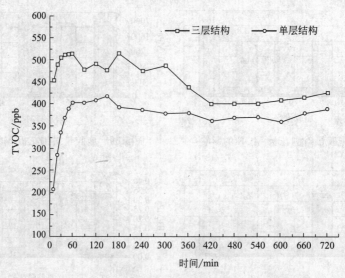

图 5-43　不同板坯结构刨花板 12h TVOC 释放

　　通过不同结构刨花板的 TVOC 释放图可以看出，两种结构刨花板的 VOC 释放随着暴露时间的延长呈现先上升后平稳释放的趋势，且三层结构刨花的 TVOC 释放量要明显高于单层结构刨花板 TVOC 的释放量。在刨花板 VOC 释放初期，单层结构刨花板 TVOC 释放量仅为 386ppb，三层结构刨花板的 TVOC 释放量是其释放量的 1.32 倍，达到 511ppb。当 VOC 释放进入稳定释放期，三层结构刨花板的 TVOC 释放较单层结构刨花板 TVOC 释放量增加较少，分别为 416ppb 和 376ppb。通过对不同结构刨花板的 VOC 释放量进行单因素方差分析结果（见表 5-2）可以看出，板坯结构对刨花板 TVOC 的释放量影响显著，其显著性因子为 $p = 0.016$。

　　单层结构刨花板中，芯、表层刨花板的刨花形态相同，本研究中为针状刨花，而三层结构刨花板中，表层刨花形态较小，芯层刨花较大，在热压过程中，由于小片刨花的排列结构，气体不易从周围逸出，内部气压较高，相应的汽化温度也较高，利于热压中水分的传递，板材中挥发性物质随水分蒸发更易于向板坯表层移动而大量释放；此外，在刨花制备过程中，形态较小的刨花纤维长度小，缩短了木材抽提物成分释放的路径，在后期加工中加速了 VOC 的释放速度。

　　由图 5-44 和图 5-45 两种结构刨花板释放的 VOC 成分分析结果可以看出，三层结构刨花板所释放的挥发性物质种类较单层结构刨花板多。两种结构刨花板释放的 VOC 共检出挥发性物质 43 种，其中烷烃类化合物较多有 15 种，其次为酯类化合物 9 种、芳香烃类化合物 6 种、醛酮类化合物 5 种、醇类化合物 3 种、萜烯类化合物 2 种和烯烃及其他化合物 3 种。

　　三层结构刨花板共检测到 32 种有机挥发性物质，其中烷烃类化合物 14 种，占总检测物质含量的 43.18%，其次为酯类化合物 4 种占 19.66%，芳香烃类化合物

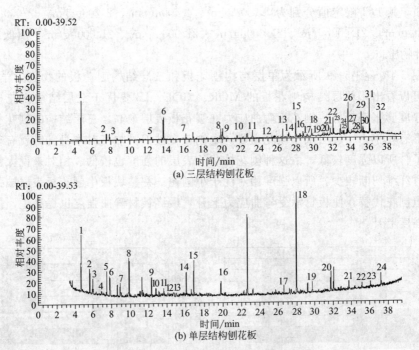

图 5-44 刨花板 VOC 成分的总离子流图

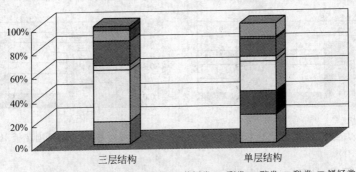

图 5-45 不同结构刨花板 VOC 中各类物质相对含量

6 种占 19.40%，醇类化合物 3 种占 9.02%，萜烯类化合物 2 种占 4.27%，酚类化合物 2 种占 3.57%，烯烃类化合物 1 种占 0.91%。而单层结构刨花板所释放的 24 种挥发性物质中烷烃类化合物、芳香烃类化合物和酯类化合物仍是构成 VOC 释放的主要成分，其相对含量分别占总检测物质的 25.90%、23.72% 和 14.86%；醛酮类化合物和烯烃类化合物种类和相对含量有所增加，共检测到 6 种醛酮类化合物，含量占总检测物质的 19.34%，1 种烯烃类化合物占 11.61%。两种结构的刨花板均检测到甲苯、乙苯、邻二甲苯、3-蒈烯、十一烷、十二烷、十四烷、十五烷和十六烷 9 种化合物，且这 9 种化合物均为德国建筑评估委员会界定的建筑材料释放的有毒性物质，其 LCI 限定值分别为 1.900μg/m³、4.400μg/m³、2.200μg/m³、2.000μg/m³、21.000μg/m³、21.000μg/m³、21.000μg/m³、21.000μg/m³、21.000μg/m³，属低度和中等毒性物质。

图 5-46～图 5-49 所示为单层结构刨花板和三层结构刨花板的物理力学性能。由图可以看出，单层结构刨花板的 MOR、MOE、IB 要优于三层结构刨花板，且吸水厚度膨胀率较低。刨花板弯曲应力在刨花板表层最高。三层结构的刨花板表层刨花形态较小，一般由细小刨花组成。小刨花在被刀具加工时本身纤维就有很多被切断了，所以强度较低，由这种刨花构成的表层的强度也较低。相对来说大刨花在加工时纤维切断较少，所以强度相对优于小刨花。在整块板中刨花板表层被强度较好的粗刨花代替，使板材承受弯曲应力上升，最终板材静曲强度也提高了，使整个板材强度上升。

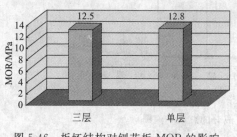

图 5-46　板坯结构对刨花板 MOR 的影响

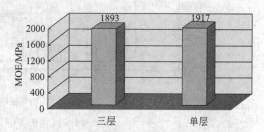

图 5-47　板坯结构对刨花板 MOE 的影响

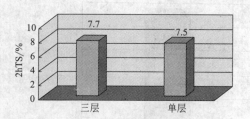

图 5-48　板坯结构对刨花板 2hTS 的影响

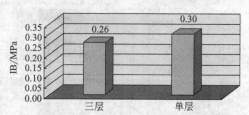

图 5-49　板坯结构对刨花板 IB 的影响

5.4.2　板坯含水率

按照表 5-1 实验设计，通过调整板坯含水率至 6%、8%、10%、12%、14%，研究不同板坯含水率对刨花板 VOC 释放的影响，结果如图 5-50、图 5-51 所示。

刨花板生产中板坯含水率不宜高于 14%，否则会出现鼓泡、分层现象而影响板材的其他物理力学性能。本节在保证板材物理力学性能符合国家标准的情况下，研究板坯含水率为 6%、8%、10%、12%、14%的刨花板 VOC 的释放。通过对刨花板的 VOC 释放进行 12h 的连续测定结果看出（图 5-50、图 5-51），不同板坯含水率刨花板 VOC 的释放随时间的变化趋势大体相同，即呈现先上升后平稳释放。板坯含水率增加，刨花板 VOC 初期和平稳期释放量增加明显。板坯含水率为 6%时，初期释放峰值为 403ppb，12h 稳定释放均值下降了 6.7%～376ppb。当板坯含

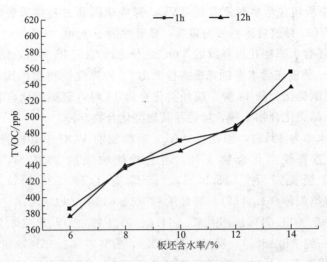

图 5-50 板坯含水率对 TVOC 释放的影响

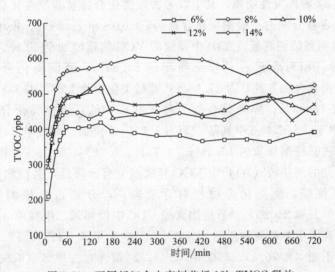

图 5-51 不同板坯含水率刨花板 12h TVOC 释放

水率增加至 14％时，刨花板的初期释放峰值达到 604ppb，12h 后刨花板 TVOC 释放均值下降了 11％～536ppb。雷亚芳对不同板坯含水率刨花板在热压过程中传热的影响进行了相关研究，结果表明，板坯表层的温度曲线可以分为快速升温段和慢速升温段，板坯含水率对板坯表层的升温速度影响很小，而板坯含水率的增大加快了芯层快速升温段的升温速度，汽化段的时间延长。当热压机闭合时，热压板的高温使与其接触的板坯表层刨花中的水分立即汽化向板坯内部移动，板坯含水率高时产生的水蒸气相对略多，向板坯内部移动的压力也大，使板坯内部各层的温度上升速度加快，有助于板坯内部挥发性物质的汽化。当板坯内的温度到达水分汽化的温度时，板坯内的水蒸气开始从心部向边部移动，挥发性物质随着水蒸气的移动向外释放。表 5-2 中板坯含水率对刨花板 TVOC 释放单因素方差结果表明，板坯含水率对刨花板 TVOC 释放量影响极为显著，显著性因子 $p=0.000$。

对不同板坯含水率刨花板释放的 VOC 成分进行 GC-MS 分析，结果如图 5-52、图 5-53 所示。5 种板坯含水率刨花板共检测出 75 种挥发性物质，其中芳香烃类化合物 18 种，醛酮类化合物 14 种，烷烃类化合物 13 种，萜烯类化合物 2 种，酯类化合物 17 种，醇类化合物 6 种，烯烃及其他类化合物 5 种。

当板坯含水率为 6% 时，刨花板（A1）所释放的 VOC 中共检测出 24 种挥发性物质，其中芳香烃类化合物 3 种，占总检测物质的 23.72%，醛酮类 6 种（19.34%），烷烃类 7 种（25.90%），萜烯类 1 种（3.15%），酯类 5 种（14.86%），醇类 1 种（1.41%），烯烃 1 种（11.61%），以 3,6,6-三甲氧基-二环 [3.1.1]-2-庚烯（11.61%）、甲苯（11.60%）、邻二甲苯（6.22%）、乙苯（5.90%）、十一烷（5.55%）、癸烷（5.38%）、2-癸醛（5.30%）相对含量较高。当板坯含水率提高至 8% 时，检测到的刨花板（A2）中释放的 VOC 种类有所增加，共检测到 27 种挥发性物质，其中以芳香烃类化合物和醛酮类化合物含量相对较高，其相对含量分别占总检测物质含量的 79.01% 和 11.29%。板坯含水率提高至 10% 时，检测到的刨花板（A3）中释放的 VOC 物质增加至 30 种。其中芳香烃类化合物 5 种，相对含量占总检测物质的 24.84%；醛酮类化合物 4 种，占 9.80%；烷烃类化合物 8 种，占 27.36%；萜烯类化合物 2 种，占 3.81%；酯类化合物 7 种，占 16.05%；醇类化合物 2 种，占 6.78%；烯烃类化合物 2 种，占 11.36%。以甲苯、3,6,6-三甲氧基-二环 [3.1.1]-2-庚烯、邻二甲苯、乙苯相对含量较高，分别占总检测物质的 10.31%、9.72%、6.18%、5.03%。板坯含水率为 12% 时，检测到的刨花板（A4）中 VOC 释放成分有所降低，共检测到 17 种，其中以芳香烃、烷烃、酯类化合物相对含量较高，分别占总检测物质含量的 30.68%、25.91% 和 31.23%。所检测到的 VOC 中以邻苯二甲酸单（2-乙基己基）酯相对含量较高，占总检测物质的 22.46%，其次为甲苯（11.46%）、邻苯二甲酸 6-乙基-3-辛基丁酯（8.76%）、邻二甲苯（6.83%）、对二甲苯（6.83%）和 7-甲基十六烷（5.39%）。板坯含水率为 14% 的刨花板（A5）所释放的 VOC 中共检测到 22 种挥发性物质，其中芳香烃类化合物种类和相对含量较高，共 10 种，占总检测物质含量的 76.54%；其次为烷烃类化合物 3 种，占 8.90%；酯类化合物 4 种，占 8.53%；醛酮类化合物 4 种，占 4.12%；醇类 1 种，占 1.91%。在检测到的 22 种挥发性物质中，以乙苯、对二甲苯、1,2,3-三甲苯、叔丁基溴苯、1,2,4-三甲基苯、间二甲苯相对含量较高，分别占总检测物质的 18.12%、10.77%、8.46%、8.23%、7.75%、6.55%。5 种板坯含水率的刨花板所释放的 VOC 中，以芳香烃类化合物的变化最为明显，随着板坯含水率的上升，芳香烃类化合物所占的相对含量呈上升的趋势。板坯含水率上升，热压时水分蒸发速度增快，有助于芳香烃类物质的移动散发。

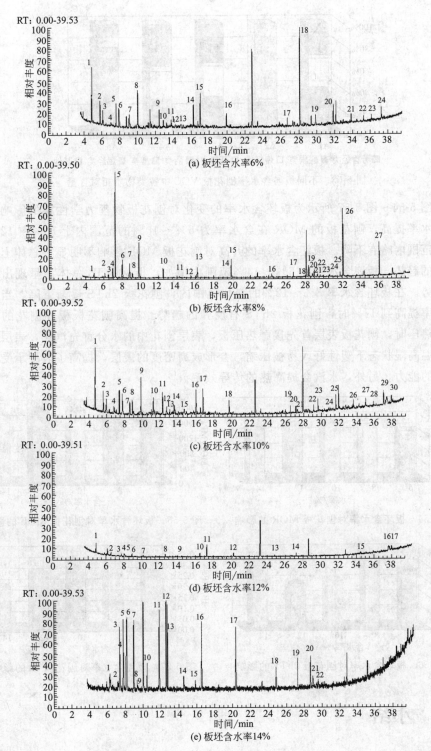

图 5-52　刨花板 VOC 成分的总离子流图

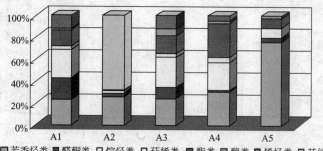

图 5-53　不同板坯含水率刨花板 VOC 中各类物质相对含量

图 5-54～图 5-57 所示为板坯含水率的变化对刨花板物理力学性能的影响。板坯含水率提高，刨花板的 MOR 在含水率为 6%～10% 的范围内上升，在 12%～14% 范围内略有下降。板坯含水率的升高对刨花板 MOE 影响不明显，总体上呈现上升的趋势。板坯含水率在 6%～14% 范围内增加，板材的 IB 总体上呈现出下降的趋势。在板坯含水率 8%～12% 的变化范围内，刨花板 2hTS 逐渐下降，当板坯含水率提高到 14% 时，刨花板 2hTS 有反弹的趋势。提高刨花板板坯刨花的含水率，热压时，刨花板表层首先接触热压板，表层刨花中的水分首先汽化，表层刨花在高温高湿状态下塑性好，易被压缩，会形成高密度的表层，提高了表层承受弯曲应力的能力。另外，水汽会提高热的传导效率。

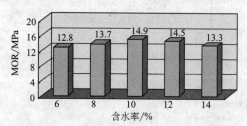

图 5-54　板坯含水率对刨花板 MOR 的影响

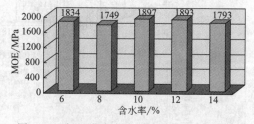

图 5-55　板坯含水率对刨花板 MOE 的影响

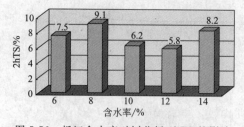

图 5-56　板坯含水率对刨花板 2hTS 的影响

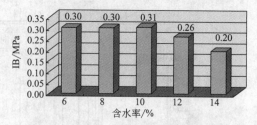

图 5-57　板坯含水率对刨花板 IB 的影响

5.5　小结

① 通过对不同工艺条件的刨花板 VOC 释放总量进行 12h 的连续测定发现，刨

花板中 VOC 的释放总量均呈现出随着暴露时间的延长呈现先上升后平稳释放的趋势。

② 热压温度、热压时间、施胶量、板坯含水率、板坯结构、板材密度、厚度对刨花板 VOC 释放总量影响进行单因素方差分析表明，7 个工艺参数对刨花板 VOC 释放总量均影响显著。刨花板 VOC 释放总量随热压温度、热压时间、施胶量、板坯含水率、板材密度、厚度的增加而增加，三层结构刨花板 VOC 释放总量高于单层结构刨花板 VOC 的释放。

③ 实验检测得到的刨花板 VOC 组成成分较为复杂，主要为芳香烃类化合物、醛酮类化合物、脂肪烃类化合物、萜烯类化合物、酯类化合物和醇类化合物 6 种。其中以芳香烃类、脂肪烃类和酯类化合物相对含量较高，分析其主要源于胶黏剂和木材主要构成成分纤维素、半纤维素和木素的降解。而存在于木材本身抽提物中的萜烯类化合物含量相对较低。

④ 采用不同热压工艺生产刨花板，其后期释放的 VOC 组成成分也有所差别。实验测定刨花板中芳香烃类化合物、脂肪族化合物、酯类化合物为刨花板 VOC 释放的主要组成，其中以 3,6,6-三甲氧基-二环［3.1.1］-2-庚烯检出率较高，可占总检出物质的 10% 以上，其次甲苯、乙苯、邻（对）二甲苯、十一烷、十二烷、十四烷、3-蒈烯、α 蒎烯检出率也较高，但相对含量相对较少。

⑤ 刨花板 VOC 的释放与板材内部温度、含水率分布有直接关系，分析热压过程中温度及含水率的变化有助于分析 VOC 产生的原因。热压温度升高、热压时间延长有助于板坯中有机挥发性物质在平衡阶段向外部扩散释放；施胶量增加、板坯含水率上升，使板坯表层刨花中的水分迅速汽化向板坯内部移动，向板坯内部移动的压力也大，使板坯内部各层的温度上升速度加快，有助于板坯内部挥发性物质的汽化释放；板材密度、厚度的增加对刨花板 VOC 的释放作用相似，板材密度、厚度增加降低了板材热压时传热的速度，延缓了传热过程，使刨花板后期的平衡时间延长，促进了 VOC 的进一步释放。此外，刨花原料、含水量的增加也对刨花板 VOC 的释放有一定的贡献。三层结构刨花板中小片刨花的结构有利于热压中水分的传递，缩短了 VOC 的释放路径，加速了 VOC 的释放。

通过对热压温度、热压时间、施胶量、板坯含水率、板坯结构、板材密度、厚度对刨花板各项物理力学性能测定结果表明，在试验设计的范围内，热压温度的升高、热压时间的延长、施胶量的增加、板坯含水率的提高、板材密度的增加对板材的 MOR 和 IB 有缓慢提高的趋势，对 2hTS 有明显降低的作用。单层结构刨花板的 MOR、MOE、IB 要优于三层结构刨花板，且吸水厚度膨胀率较低。板厚度的增加，对板材的 MOR、IB 与 2hTS 有降低的趋势。

第**6**章

刨花板性能的综合评价

6.1 主成分分析法

对于多因素问题，为了找到一组综合效果好的优良参数，常采用单因素轮换法或完全试验法。采用单因素轮换法时，试验次数较少，但因为其分散性差，故难以找到优良的实验参数组合。而完全试验法显然能够找到所有参数组合中的最优组合，但是其实验次数太多，在生产中常常因财力、物力和时间等原因而难以实现。

科学的实验设计即设计科学的试验条件是达到理想试验结果的基础。因此，如何合理地设计实验是一个值得重视的问题。正交实验设计是最常用的处理多因素多水平的实验设计方法。用正交表安排实验的方法称为正交实验设计。采用正交法优化处理多因素问题时，可以避免单因素方法的弊端，用较少的实验次数取得较好的效果。如13因素3位级（因素参数的用量称为位级）问题，只需要27次试验，而且由于试验具有均衡分散性，故可以找到较好的参数搭配。正交实验能在很多的实验条件中选出代表性强的少数实验条件，并能通过这少次数试验条件，推断找到接近最好的生产条件。同时还可以做很多进一步的分析，提供出比试验结果本身多得多的因素分析。它不仅可做方差分析，而且也使回归分析的计算变得十分简单。在正交试验中，各因素水平的安排因其正交表的搭配均衡性而具有均衡分散性和整齐可比性的特征，正交实验属于最优化实验设计。通过正交实验设计确定的最佳条件，即使不是全面试验中的最佳条件，也是相当好的条件。

根据设计目标或要考察的问题，首先必须明确试验目的，才能在此基础上做好后面的工作，收到较理想的效果。因为考察的具体问题不同，影响该问题的因素也不同。同时，还要确定考核实验结果的指标，以便对实验结果作出正确的判断。

正交设计的一般步骤如下。

① 确定指标或目标函数，挑因素、选水平、绘制因素水平表。

② 根据要做试验中的因子及水平数，选择合适的正交表，并正确安排试验方案。正交表是实验设计法的一个重要工具，它给出了实验设计的总体安排，是一种

简单而且容易掌握的有力工具。

③ 进行试验获得试验指标，对试验结果进行分析，确定最佳条件。若最优条件不在正交表中或属于因素范围的边界时，应补充试验。因素水平较多时，可以作趋势图，分析是否还有更好的条件，如有也应补充实验。

实际问题中，经常遇到研究多指标（变量）问题，然而多数情况下，不同指标之间有一定的相关性，由于指标较多，再加上指标之间有一定的相关性，势必增加了分析问题的复杂性。但是正交试验设计不能确定各考核指标之间的相关性，无法进一步达到减少工作量的目的。主成分分析就是设法将原来指标重新组合成一组新的互相无关的几个综合指标来代替原来指标，同时根据需要从中取几个较少的综合指标尽可能多地反映原来指标的信息。这种将多个指标化为少数互相无关的综合指标的统计方法叫做主成分分析法（PCA，Principal component analysis）。通过主成分分析法揭示各性能指标之间的相关性和各指标对整体性能指标的贡献率大小（即各指标的重要性）。排除了各性能指标间由于量纲不同和信息重叠所造成的影响，不用人为规定权数，排除主观因素的干扰，使得计算结果更加科学、真实可靠。

6.1.1 主成分分析法原理

在各个领域的科学研究中往往需要对反映事物的多个变量进行大量的观测，收集大量数据以便进行分析、寻找规律。多变量大样本无疑会为科学研究提供丰富的信息，但也在一定程度上增加了数据采集的工作量，更重要的是在大多数情况下，许多变量之间可能存在相关性而增加问题分析的复杂性，同时对分析带来不便。如果分别分析每个指标，分析又可能是孤立的，而失去综合性。盲目减少指标的同时会损失很多的信息，容易产生错误的结论。因此需要找到一个合适的方法，在减少分析指标的同时，尽量减少原指标包含信息的损失，对所收集的资料做全面的分析。由于各变量间存在一定的相关关系，因此有可能用较少的综合指标分别综合存在于各变量中的各类信息。

主成分分析是一种从空间区域划分和属性类别判断角度出发处理多元数据的非函数方法。20 世纪 70 年代初，美国 Washington 大学的 Kowalksi 教授开创性地将模式识别应用于化学领域。以后，主成分分析方法被广泛地应用于生物、矿产、化学分析和化工冶金等领域，其应用得到了很大的发展。

在主成分分析中，在自变量样本中提取几个综合变量，使之能最好地概括原数据样本中有用的信息，保证数据信息损失最少，这样的综合变量就是主成分。可以看到，如果把主成分按照携带信息多少的顺序排列，淘汰携带较少信息的主成分，而留下几个能最大限度地反映原始变量的主成分，那么就对高维变量空间进行了降维处理。无疑，在低维空间处理数据更加快捷、有效，甚至可以用直观的图形来反映变量信息。

　　主成分分析法是一种多元统计分析技术。主成分分析的中心目的是将数据降维，以排除众多化学信息共存中相互重叠的信息，将原变量进行转化，得到少数几个新变量。新变量是原变量的线性组合，同时，这些新变量要尽可能地表达原变量的数据结构而不丢失信息，新变量互不相关。

　　为了达到降维目的，就涉及原变量数据间的相关程度。相关程度一般有以下几种：第一，n 个原变量完全相关，此时剔除 $n-1$ 个原变量，只留一个新变量就可以包含全部的化学信息；第二，n 个原变量完全不相关，此时不可能将它们压缩为较少的新变量，主成分分析的出发点通常是原变量数据相关矩阵，如果原变量间完全不相关，相关矩阵为对角阵，主成分分析的去相关作用就无从谈起；第三，n 个指标有一定的关系，这才是主成分分析综合评价的前提条件。

　　主成分分析法对原变量（X）进行转换，得到的新变量（T）为 X 的线性组合；同时 T 要尽量多地表征 X 的数据结构特征和信息，并且相交，互不相关。主成分分析法的计算公式如下：

$$T_{n\times d} = X_{n\times d} L_{n\times d} \tag{6-1}$$

式中　T——新变量（得分矩阵）；

　　　　X——原变量；

　　　　L——载荷矩阵；

　　　　n——样本数；

　　　　d——主成分数。

　　每改变初始载荷向量 l，得到一个对应的得分向量 t，计算残差矩阵 E（$E = X - tl'$），直至新的得分向量与前一个得分向量中各元素间的偏差小于一个给定的阈值为止，否则以残差矩阵作为新的原始矩阵，直至得到完整的得分、载荷矩阵。为消除样本中各变量量纲和变化幅度的影响，将 X 作如下标准化处理：

$$x'_{ij} = \frac{x_{ij} - \overline{x_i}}{S_i} (i=1,2,\cdots,n; j=1,2,\cdots,p) \tag{6-2}$$

式中　$\overline{x_i}$——第 i 个样本的算术平均值；

　　　　S_i——第 i 个样本的标准偏差；

　　　　p——样本自变量数。

　　X 的协方差矩阵的特征值 λ 的大小反映对应的主成分样本的离差程度，因此可以利用每个主成分被解释的方差来表现样本差异信息以及衡量每个主成分所包含原始变量的信息量。主成分被解释的方差是该主成分所对应的特征值 λ 与所有 p 个特征值加和的比值，也可以使用累计方差 S_e 来表征。

$$S_e = \sum_{i=1}^{d} \lambda_i / \sum_{i=1}^{p} \lambda_i \tag{6-3}$$

　　在实际应用中一般取前几个被解释方差大的主成分来对整体样本进行分析。通常数学上的处理就是将原来 p 个指标做线性组合，作为新的综合指标，但这种线性组合，如果不加限制，则可以有很多。选取的方法如下：如果将选取的第一个线性组合即第一个综合指标记为 F_1，自然希望 F_1 尽可能多地反映原来指标的信息，这里"信息"表达方法最经典的就是用 F_1 的方差来表达，即 $\mathrm{Var}(F_1)$ 越大，表示 F_1 包含的信息越多。因此在所有的线性组合中所选取的 F_1，应该是方差最大的，故称 F_1 为第一主成分。如果第一主成分不是代表原来 p 个指标的信息，再考虑选取 F_2 即选第二个线性组合。为了有效地反映原来信息，F_1 已有的信息就不需要再出现在 F_2 中，用数学语言表达就是要求 $\mathrm{Cov}(F_1, F_2)=0$，称 F_2 为第二主成分，依此类推可以选出第三，第四，……，第 p 个主成分。不难想象这些主成分之间不仅不相关，而且它们的方差依次递减。因此实际工作中，就挑选前几个最大的主成分，虽然这样做会损失一部分信息，但是由于抓住了主要矛盾，并从原始数据中进一步提取了某些新的信息，因而在某些实际问题的研究中得益比损失大，这种既减少了变量的数目又抓住了主要矛盾的做法有利于问题的分析和处理。

自主成分分析法（PCA）引入分析化学计量学以来，已有很多关于 PCA 的文献发表，特别是应用于综合评价方面对解决实际问题有很大帮助。如：张传平等利用主成分分析法分析了胜利油田原油开采过程中成本项目间的系统联系，指出降低原油开采成本的对策，为决策提供理论依据；姚焕玫等运用主成分分析法对太湖水质的富营养化情况进行评价，可以用少数的综合变量取代原有的多维变量来进行有针对性的定量化评价；白晓平运用主成分分析法建立模型对露天半连续运输系统中的各子系统生产情况进行对比分析，得出了各子系统生产状况优劣排序，为露天煤矿的优化设计和生产管理提供了依据。

6.1.2 主成分的几何意义

从代数学观点看主成分就是 p 个变量 X_1，…，X_p 的一些特殊的线性组合，而在几何上这些线性组合正是把 X_1，…，X_p 构成的坐标系旋转产生的新坐标系，新坐标轴使之通过样本方差最大的方向〔或说具有最大的样本方差〕。因此主成分有如下性质。

① 主成分矢量是原始样本向方差最大的方向投影的轴，因此，选择若干特征值大的主成分构成的子空间，可提取最能表现样本差异性质的信息作为新的变量，即提取出有效的特征变量。

② 主成分相互正交，样本主成分矢量两两正交，因此，用主成分矢量作为新的特征变量，信号不会重叠，这样可以用少于原始变量数目的新变量更稳定地描述变量和目标的关系。

6.1.3 主成分的贡献率

主成分主要应用于对高维空间进行降维，将多因素问题变换为少因素问题，减少问题的复杂性。既然是降维，必然要损失部分信息。如果所损失的信息恰好是样本的噪声，那是最理想的，然而理论上这是无法预测的。由于主成分矢量 p 是由原始工艺参数线性组合而成，各主成分所含的原始工艺参数的信息不一样。为此，引入一个主成分的贡献率来衡量主成分所包含的信息量。定义主成分 T_j 对系统信息的贡献率为：

$$\mu_j = \frac{\lambda_j}{\sum\limits_{j=1}^{m} \lambda_j} \tag{6-4}$$

式中　μ_j——代表第 j 个特征向量的贡献率；

　　　λ_j——代表第 j 个特征值。

这里应用了主成分矢量的特征值，特征值大小反映了对应的主成分样本的离差程度，所以用它定义贡献率可以表现样本差异的信息。从统计观点考虑，降维后，构成低维空间的 m 个主成分对应的贡献率之和应满足：

$$\sum_{j=1}^{m} \mu_j \geqslant 0.75 \tag{6-5}$$

在主成分分析法中正是通过各成分的贡献率来选择作为原始样本投影空间的成分。

6.1.4　PCA 算法步骤总结

① 数据标准化

设有一样本集，含有 m 个变量，n 个样本，t 个连续目标量。样本集用自变量矩阵 $X(n \times m)$ 和目标矩阵 $Y(n \times t)$ 表示。标准化后的自变量为：

$$X_{ij} = \frac{X_{ij} - M_j}{S_j} \tag{6-6}$$

式中　X_{ij}——等号左边的 X_{ij} 是经标准化的第 i 样本的第 j 个变量的数据，等号右边 X_{ij} 系原始变量；

　M_j、S_j——分别是第 j 个变量的算术平均值和标准（偏）差。

其中：

$$M_j = \frac{1}{n} \sum_{i}^{n} X_{ij} \tag{6-7}$$

为第 j 个变量的算术平均值。

$$S_j = \sqrt{\left[\frac{1}{n-1} \sum_{i}^{n} (X_{ij} - M_j)^2 \right]} \tag{6-8}$$

为第 j 个变量的标准差。

② 求自变量矩阵的协方差矩阵 D

$$D = X^T X \tag{6-9}$$

③ 求协方差矩阵的特征值和特征矢量

$$DP = PA \tag{6-10}$$

式中　P——特征矢量；

　　　A——特征值。

④ 计算变量的主成分贡献率

⑤ 计算训练样本的主成分得分

$$T = XP \tag{6-11}$$

6.2　落叶松刨花板性能综合评价实例

刨花板在制备过程中，工艺参数的确定对刨花板的性能有显著的影响，为了确定最优的生产工艺参数，通常要进行大量的试验，并对其进行科学的分析处理才能得到。衡量刨花板质量的好坏有许多重要的物理力学指标，如密度、弹性模量、静曲强度、吸水厚度膨胀率、内结合强度、握螺钉力、表面胶合强度、甲醛释放量等。刨花板的生产需对这些物理、力学性能指标进行测试，通过测试结果进行刨花板工艺的优选，达到控制刨花板质量，生产高性能刨花板的目的。由于刨花板性能指标较多，且指标间并不是相互独立的，在选择工艺生产刨花板时，常发现有些指标好，有些指标差，难以决定最佳工艺。本章采用主成分分析法，选取衡量刨花板性能的弹性模量、静曲强度、吸水厚度膨胀率、内结合强度四项物理、力学性能指标及刨花板 VOC 释放量指标，以第 5 章中的刨花板单因素生产工艺的实验样本为依据进行主成分分析，提取对刨花板性能影响较大的因素，并对样本进行综合量化评价和排序。

6.2.1　实验材料及方法

（1）实验材料

落叶松刨花板。刨花板工艺条件参见第 5 章。

（2）实验方法

刨花板力学性能测定依据国家标准 GB/T 17657—1999《人造板及饰面人造板理化性能试验方法》。刨花板 TVOC 测定参见第 5 章。

应用 SPSS13.0 统计分析软件，对刨花板样本进行处理，对表 6-1 中的 5 个性能指标进行主成分分析，根据累积方差贡献率达到 80% 以上确定主成分个数，根据相关矩阵的特征向量列出成分表达式，最后根据主成分分值进行排序。

6.2.2　结果与分析

刨花板样品的各项指标的测定结果见表 6-1。

应用 SPSS 统计软件，将表 6-1 中的刨花板主要性状指标进行分析。将参数变量进行标准化处理，然后进行主成分分析，根据性状累计方差贡献率达到 80% 以上确定主成分个数。

表 6-1　实验各指标测定结果

序号	板号	TVOC/ppb	MOR/MPa	MOE/MPa	2hTS/ MPa	IB/MPa
1	A0	416.00	12.50	1893.00	7.70	0.26
2	A1	376.00	12.80	1917.00	7.50	0.30
3	A2	439.00	13.70	1749.00	9.10	0.30
4	A3	457.00	14.90	1897.00	6.20	0.31
5	A4	487.00	14.50	1893.00	5.80	0.26
6	A5	536.00	13.30	1793.00	8.20	0.20
7	B1	227.00	11.50	1554.00	7.20	0.26
8	B2	252.00	11.90	1608.00	7.90	0.29
9	B4	376.00	14.50	1686.00	7.00	0.32
10	B5	385.00	15.10	1718.00	7.60	0.40
11	C2	250.00	11.90	2437.00	7.60	0.23
12	C3	366.00	11.10	2377.00	6.40	0.20
13	C4	422.00	11.60	2474.00	4.90	0.22
14	C5	445.00	6.30	1571.00	7.10	0.21
15	D2	313.00	12.80	1801.00	7.40	0.31
16	D3	334.00	12.10	1819.00	5.90	0.32
17	D4	406.00	13.80	1830.00	6.10	0.32
18	D5	407.00	16.80	1957.00	4.30	0.37
19	F1	332.00	10.80	1628.00	7.70	0.24
20	F2	396.00	11.30	1837.00	7.70	0.29
21	F4	409.00	12.70	1900.00	7.20	0.35
22	F5	416.00	12.10	1891.00	8.50	0.34

表 6-2　实验样本数据的特征值与被解释的方差

主成分	初始特征根			提取初始特征根		
	特征根	方差贡献率/%	方差累计贡献率/%	特征根	方差贡献率/%	方差累计贡献率/%
1	1.726	34.521	34.521	1.726	34.521	34.521
2	1.475	29.504	64.025	1.475	29.504	64.025
3	0.976	19.529	83.554	0.976	19.529	83.554
4	0.564	11.271	94.825			
5	0.259	5.175	100.000			

　　主成分的特征根和贡献率是选择主成分的依据,将落叶松刨花板的 5 个性能指标转化为 3 个主成分。由表 6-2 可以看出,第 1 个主成分的特征值为 1.726,方差

贡献率为 34.521%，代表了全部性能信息的 34.521%，是重要的主成分；第 2 个主成分的特征值是 1.475，方差贡献率为 29.504%，代表了全部性能信息的 29.504%；第 3 个主成分的特征值是 0.976，方差贡献率为 19.529%，代表了全部性能信息的 19.529%；其他主成分的贡献率分别为 11.271%、5.175%，依次减少。前 3 个主成分的累积方差贡献率为 83.554 %，已经把刨花板板材主要性状的 83.554% 的信息反映出来，因此可以选取前 3 个主成分概括刨花板性能指标的绝大部分信息。

表 6-3　主成分载荷矩阵

名　称	主成分		
	1	2	3
TVOC	0.266	−0.259	0.923
MOR	0.911	−0.018	−0.004
MOE	−0.022	−0.853	−0.203
TS	−0.419	0.695	0.217
IB	0.805	0.444	−0.192

由主成分载荷矩阵（表 6-3）可以看出，刨花板 MOR 在第一主成分上的载荷较大，即与第一主成分的相关系数较大；刨花板 MOE 在第二主成分的载荷较大，即与第二主成分的相关系数较大，呈负相关；刨花板 TVOC 在第三主成分的载荷较大，与第三主成分的相关系数较大，呈正相关。对三个主成分进行命名，分别为抗弯性能主成分、弹性模量主成分和挥发性有机化合物主成分。3 个主成分因子的特征向量计算结构见表 6-4。由表 6-4 可见各主成分因子与每一参选因子间的关系有正有负，且大小不同。表明了每一主成分对相应因子的相关向和作用大小也是不同的。

表 6-4　主成分因子的特征向量

名　称	特征向量		
	1	2	3
TVOC	0.154	−0.176	0.945
MOR	0.528	−0.012	−0.004
MOE	−0.013	−0.578	−0.208
TS	−0.243	0.471	0.222
IB	0.467	0.301	−0.196

根据各性状相关矩阵的特征向量（表 6-4），可列出 3 个主成分的函数表达式：

$$Y_1 = 0.154X_1 + 0.528X_2 - 0.013X_3 - 0.243X_4 + 0.467X_5$$

$$Y_2 = -0.176X_1 - 0.012X_2 - 0.578X_3 + 0.471X_4 + 0.301X_5$$

$$Y_3 = 0.945X_1 - 0.004X_2 - 0.208X_3 + 0.222X_4 - 0.196X_5$$

最终构造的评价函数为：$Y = 34.521Y_1 + 29.504Y_2 + 19.529Y_3$

具体评价结果及排序见表 6-5 所示。

表 6-5 主成分分值、综合组成分值及排序

板号	Y_1	排序	Y_2	排序	Y_3	排序	Y	排序
A0	−0.33158	14	0.00900	13	0.60248	6	0.58474	14
A1	0.04234	11	0.18045	12	−0.09457	12	4.93893	11
A2	0.06942	10	1.06782	3	1.13158	3	56.00022	2
A3	1.10192	3	−0.45196	17	0.63552	5	37.11582	5
A4	0.72379	6	−0.94567	19	1.11191	4	18.79941	10
A5	−0.49141	16	−0.16642	16	2.48075	1	26.57256	8
B1	−0.84651	18	1.01586	4	−1.55982	21	−29.71219	18
B2	−0.59163	17	1.28341	1	−1.26580	20	−7.27737	15
B4	0.76167	5	0.59906	8	−0.07701	11	42.46451	4
B5	1.47909	2	1.18325	2	−0.16076	14	82.83062	1
C2	−1.07986	20	−1.04505	20	−1.81236	22	−103.50443	22
C3	−1.04512	19	−1.82673	21	−0.44838	16	−98.73071	21
C4	−0.32324	13	−2.68557	22	−0.19492	15	−94.20017	20
C5	−2.13191	22	0.19230	11	1.29887	2	−42.55634	19
D2	0.02606	12	0.60266	7	−0.83617	18	2.35089	12
D3	0.29080	8	−0.04331	14	−0.91449	19	−9.09809	16
D4	0.82709	4	−0.16228	15	0.00494	10	23.86060	9
D5	2.38979	1	−0.93708	18	−0.61777	17	42.78607	3
F1	−1.09042	21	0.70604	6	−0.14875	13	−19.71641	17
F2	−0.42213	15	0.35259	9	0.29595	8	1.61013	13
F4	0.56968	7	0.29251	10	0.09330	9	30.11831	7
F5	0.07213	9	0.77909	5	0.47548	7	34.76207	6

由表 6-5 可见，在测试板材中，第 1 主成分分值最高的是 D5 板，即热压工艺条件为热压温度 140℃，热压时间 5min，施胶量 11%，板材密度 0.70g/cm³，板厚度 8mm，板坯含水率 8% 的刨花板；第 2 主成分分值最高的是 B2 板，即热压工艺条件为热压温度 140℃，热压时间 5min，施胶量 7%，板材密度 0.65g/cm³，板厚度 8mm，板坯含水率 8% 的刨花板；第 3 主成分分值最高的是 A5 板，即热压工艺条件为热压温度 140℃，热压时间 5min，施胶量 7%，板材密度 0.70g/cm³，板厚度 8mm，板坯含水率 14% 的刨花板。综合评价得分第一位的为 B5 板，即热压工艺条件为热压温度 140℃，热压时间 5min，施胶量 7%，板材密度 0.80g/cm³，板厚度 8mm，板坯含水率 6% 的刨花板。

6.3 小结

① 利用主成分分析法，将刨花板质量的 5 项性能指标综合为 3 项，而且前 3 个主成分可分别表达刨花板力学性能和环保性能，三者的总累计方差贡献率可达 80％以上。主成分分析表明，在参选的 5 个性能指标中，挥发性有机化合物释放总量、抗弯强度和弹性模量是影响刨花板性能的主导因子，这些主导因子可以作为刨花板性能的评估和预测的指标。

② 以刨花板为样本，确定出刨花板性能的 3 个主成分的函数式，分别为 $Y_1 = 0.154X_1 + 0.528X_2 - 0.013X_3 - 0.243X_4 + 0.467X_5$；$Y_2 = -0.176X_1 - 0.012X_2 - 0.578X_3 + 0.471X_4 + 0.301X_5$；$Y_3 = 0.945X_1 - 0.004X_2 - 0.208X_3 + 0.222X_4 - 0.196X_5$。根据主成分函数式所计算出的主成分值可为衡量刨花板性能指标提供理论依据，得到的最终评价函数为 $Y = 34.521 Y_1 + 29.504 Y_2 + 19.529Y_3$，可用于评价刨花板综合品质指标。

③ 对刨花板进行综合评价，结果表明综合评价得分第一位的为 B5 板，即热压工艺条件为热压温度 140℃，热压时间 5min，施胶量 7％，板材密度 0.80g/cm³，板厚度 8mm，板坯含水率 6％的刨花板。

第7章
刨花板VOC释放控制技术

7.1 室内空气有害物质控制方法

降低 VOC 污染浓度的净化治理方法是多元化的，有的净化治理方法是针对室内空气污染直接研究开发出来的，有的则是将工业净化方法移植过来。到目前为止，研究开发出去除室内环境中污染物的净化材料和净化方法各种各样，种类繁多，然而每一种治理方法都有一定的局限性，不可能采用一种治理方法就能够把室内空气污染物统统去除掉。为了有效地控制室内空气污染，可以根据室内外环境空气污染类型、污染物发生源、发生的污染物种类和浓度，采取相应的控制措施，选用合理的治理方法。

目前的室内装修污染治理技术按照不同净化原理分类，种类较多，如通风、吸收、吸附、催化氧化、生物学方法、等离子体法、光催化法、遮盖法、静电方法和过滤方法等。净化材料名目繁多，按照净化材料的净化原理和所用材料来区分，基本上可以分为物理类净化材料、化学类净化材料和生物类净化材料 3 大类。物理类净化材料包括采用活性炭、硅胶和分子筛进行过滤、吸附的净化材料；化学净化材料主要指采用氧化、还原、中和、离子交换、光催化等技术生产的净化材料；生物类净化材料包括用微生物、酶进行生物氧化、分解的净化材料。在净化材料中物理类的活性炭、化学类的光催化剂、生物类的生物酶使用最为普遍，也具有代表性。

7.1.1 物理方法

物理法是利用特定的物质通过吸附、过滤、静电等物理手段去除污染物，而不发生化学作用，从而净化空气的方法。物理方法主要为物理吸附法，吸附技术由于脱除效率高，富集功能强，适用于几乎所有的恶臭有害气体的处理，因而是脱除有害气体比较常用的方法。吸附技术多采用多孔性的材料，如活性炭、硅胶、分子筛和氧化铝等作为气体污染物吸附剂，去除空气中挥发性有机化合物和臭气物质。其中又以颗粒活性炭和活性碳纤维最常用。

活性炭发达的空隙结构使它具有很大的表面积，很容易与空气中有毒有害气体充分接触，当这些气体碰到毛细管就会被吸附，所以活性炭具有极强的吸附能力。它不溶于水和其他溶剂，具有物理和化学上的稳定性，能耐酸、耐碱，所以能在较大的酸碱度范围内使用。除了高温下同臭氧、氯、重铬酸盐等强氧化反应外，不溶于水和其他溶剂，在实际条件下都极为稳定，所以活性炭的用途非常广泛。从 18 世纪开始，谢勒和方塔纳首先科学地证明了木炭对气体有吸附能力；1909 年欧洲首次推出粉末状活性炭，为活性炭开辟了一个新的巨大市场。20 世纪 70 年代，日本以黏胶、聚丙烯腈等为原料，率先生产出活性碳纤维（ACF），其具有形态多、有效吸附孔丰富、孔径分布均匀、吸附行程短、脱附速度快、吸附量大、易再生等优点，被认为是 21 世纪最优秀的环境材料之一。

CHAO 和 S. C. Lee 对 ACF 与光催化结合净化室内空气中的 VOC 进行了研究，结果表明，即使在十亿分之一浓度水平，仍可取得满意效果。Sawada 等在装有活性炭的花盆中栽培具有甲醛净化性能的植物，其对甲醛去除效果比单纯的活性炭吸附要好。常规的粒状活性炭和粉状活性炭有一些不可避免的缺陷：使用周期短、再生困难、成型性差和系统压力损失大等，其中最致命的是其分子量小，对沸点低的物质的吸附效果极低。相对于颗粒型活性炭，ACF 具有比表面积大，吸附、脱附速度快，可加工成各种形状，重量轻，使用方便，可与其他性能的材料形成复合材料，污染物高、低的场合均可适用，容易再生再利用，生成的炭粉尘少等优点。但无论是颗粒型活性炭还是活性碳纤维，都有其自身的不足之处：

① 不能将污染物彻底净化；

② 易造成二次污染；

③ 易吸附饱和，已吸附的污染物在条件发生变化时会释放出来，吸附剂要定时更换。

因此，如何将活性碳纤维与其他室内净化技术合理地结合起来，成为现在处理室内空气污染的一个重要研究方向。

日本、瑞典和中国等国家已经研究出一种硅藻土涂料，能吸收带臭味的分子，而这些分子难以靠通风来排除，使用硅藻土涂料则能够达到净化空气的目的。物理吸附过程是可逆的，当温度、湿度、风速升高到一定程度时，所吸附的气体污染物将从固体表面逸出，重新进入空气中，而吸附剂与吸附质分子原来的性状没有改变。此外，吸附一旦达到饱和，稳定性很差，容易脱附，因而要求经常更换滤芯。若不及时更换滤芯，吸附的有害物质、细菌和病毒等随时有释放出来的危险。解决这一问题，要从多方面综合考虑：采用合适的吸附剂；定期更换处理剂或吸附剂载体；对于不易处理的气态污染物，要采用具有自我再生能力或选择性的吸附剂。

7.1.2 化学方法

化学法是利用相应的活性化学物质与室内空气污染物发生化学反应，生成无毒无害或危害性小的物质的方法。此方法优点是：能够同时对多种空气污染物起到催化氧化、中和和吸附作用，效果更加显著；对于低浓度的污染物，去除效果也很好；使用寿命长。目前应用较多的化学治理方法主要为化学吸附法和光催化法。化学吸附是利用气体污染物与化学试剂发生化学反应，去除空气中的气体污染物，从而达到净化空气的目的。化学吸附法去除空气中的气体污染物，可采用中和反应、氧化还原反应和催化氧化反应。吸附剂吸附气体污染物的特征是依靠气体污染物与化学试剂之间的化学亲和力结合，其结合牢固，吸附反应是不可逆的，环境温度变化也不会引起已经吸附的污染物出现脱附现象，气体污染物浓度比较低时，去除效果也很好。针对治理甲醛污染研究较多的是利用缩聚法合成的一种多氨基的游离甲醛捕捉剂。例如，将三乙烯四胺与己二酸按一定比例进行缩聚反应，反应结束后真空干燥脱去过量的氨，得到浅黄色甲醛捕捉剂。对于沸点低于 0℃ 的气体，如甲醛、乙烯等吸附到活性炭上较易逃逸，这时就要用化学处理过的活性炭或者活性氧化铝之类来进行吸附处理。例如，用溴浸渍炭去除乙烯和丙烯，用硫化钠浸渍炭去除甲醛，用高锰酸钾浸渍的活性氧化铝去除乙烯等，皆属于化学吸附。

纳米光催化技术是近几年发展起来的一项空气净化技术，它主要是利用二氧化钛的光催化性能氧化甲醛，生成二氧化碳和水。光催化剂（Photocatalyst）也叫光触媒，其具有光催化活性高、化学性质稳定、氧化还原性强、难溶、无毒且成本低的特点，是研究及应用中采用最广泛的单一化合物光催化剂。其反应机理为，当纳米级二氧化钛超微粒子接受波长为 388nm 以下的紫外线照射时，其内部由于吸收光能而激发产生电子-空穴对，即光生载流子，然后迅速迁移到其表面并激活被吸附的氧和水分，产生活性自由氢氧基（·OH）和活性氧（·O），当污染物以及细菌吸附其表面时，就会发生链式降解反应，如图 7-1 所示。

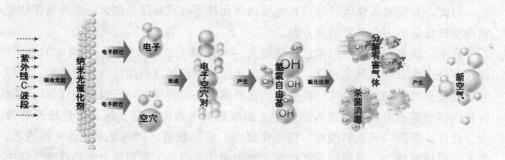

图 7-1　光催化剂反应机理

光催化氧化净化是近年来日益受到重视的一项污染治理新技术。其中，光催化剂以其化学稳定性好、无毒、廉价易得等特点，被誉为较为理想的环境治理光催化剂。这个过程不需要其他化学助剂，反应条件温和，是一个非常有发展潜力的研究领域。其原因是该技术具有以下特点：

①广谱性。迄今为止的研究表明，光催化剂几乎能氧化还原所有的有机污染

物，最终生成 CO 和 H：O 或无害的无机物。

② 经济性。反应能在常温常压下进行，设备简单，操作条件易控制，气相光催化可利用低能量的紫外灯，甚至直接利用太阳光。

③ 灭菌消毒。用于光催化的纳米材料同时还具有杀灭微生物的功能。微生物如细菌等是由有机复合物构成的，因此利用光催化氧化作用可以加以杀灭。

将纳米光催化技术应用于室内空气的污染治理，具有十分诱人的应用前景，而利用传统的活性炭吸附技术治理气态污染物，不仅能有效地清除浓度很低的挥发性有机化合物，且净化效率高。尽管如此，它们仍然存在着各自的缺点。光催化技术的缺点是：光催化剂的比表面积有限，对污染物的吸附性差，污染物在催化剂表面难以富集，致使污染物分子与催化剂分子碰撞减少，在降解低浓度的有机污染物时，催化效率非常低。另外，光催化过程中纳米粉末状催化剂固定和分离都较为困难，从而大大限制了其在实际污染净化中的应用。

日本在光催化空气净化设备的研究与开发方面一直位于科技和市场的前沿。1972 年日本学者 Fujishima 和 Honda 首次报道了用氧化钛作为光催化剂分解水制备氢气，之后人们对纳米 TiO_2 光催化材料的研究不断深入，发现纳米 TiO_2 在废水废气净化、光能转换、抗菌除臭等领域具有较强的应用价值。国内外许多研究者通过液相水解法、液相沉淀法、溶胶-凝胶法、水热法、微乳液法等方法制备纳米 TiO_2，使其光催化性能得到不断改善。

7.1.3 生物净化法

生物净化方法是目前国际最新的环保技术。生物法净化是利用微生物吸附、分解氧化有机物的能力，达到消除污染的目的。现今已开发出的生物酶制剂，通过有针对性地添加酶制剂与微生物结合，极大地提高了生物净化的作用。生物酶用于室内环境污染净化治理，具有无二次污染、使用简便、绿色环保等特点，是室内污染治理的重点发展方向。但由于微生物的活性与温度密切相关，所以使用时要注意调节室内的温度。

以植物特效溶解酶、微量氧化吸附剂、活化剂、稳定剂和聚合剂等混合经过高温化合后，冷却并加入少量结合剂制备的甲醛捕捉剂，可以较好地分解室内空气中的甲醛。生物过滤法是除去 VOC 有效而廉价的方法，在过滤器的多孔填料表面覆盖生物膜，废气流经填料床时通过扩散过程，把污染物传递到生物膜，并与膜内的微生物相接触而发生生物化学反应，使废气中的污染物完全降解为 CO_2 和 H_2O。金耀明等研究表明，利用生物膜分离技术分离醇、醛、酮以及苯、甲苯、乙苯、二甲苯等简单的芳香族化合物，效果非常明显。

采用生物酶净化室内空气是目前研究的新方向，正是由于酶的存在才使得微生物对多种污染物具有生物降解作用，因此可以利用活的微生物来治理环境废物。利用生物新技术生产的固定化酶与固定化微生物，能把微生物的酶提取出来，使其在微生物体外也发挥作用。固定化酶的生产方法，是从筛选、培育获得的优良菌体内提取活性极高的酶，再用包埋法（或交联法等）将其固定在载体上，制成不溶于水的固态酶（即固定化酶），之后便可利用其制成室内空气净化的材料。目前生物酶处理污染物主要应用在水污染处理和抑菌杀菌领域，但在空气净化方面也将会有很大的发展。

采用植物对室内空气质量进行监测是一种既经济、方便，又可靠、准确的方法。Wood R. A. 用白鹤芋、缨络椰子等做研究材料，对其吸收室内有害气体能力进行测试，结果表明，盆栽植物具有吸收 VOC 的能力，这种吸收是植物的生理反应，在 24h 内可以吸收高于标准 3～10 倍的有害气体，并可有效去除低浓度的有害物质。我国国内的研究起步较晚，且试验多集中在植物清除甲醛能力方面。李庆君等对 7 种观赏植物吸收甲醛能力测定结果为：海芋＞绿萝＞虎皮兰＞绿宝石＞佛肚竹＞肉桂，且二年生的虎尾兰吸收甲醛的能力强于五年生的虎尾兰。目前将绿色植物应用于室内空气净化的研究刚刚起步，至于植物对室内气体污染物的去除机制，以及植物吸收室内空气污染物后的衰退和吸收能力下降的问题尚未解决。

7.1.4　通风

加强通风换气是控制空气中挥发性有机污染物的一种有效方式。通风稀释作为控制室内空气污染的最直接方法早已得到广泛应用。通风分为自然通风和机械通风。自然通风是利用室外风力造成的风压或者室内外的温度差产生的热压而进行的通风，具体表现为通过墙体的缝隙渗透和通过门窗的空气流动。机械通风是借助机械设备把室外的新鲜空气经过适当的处理送入室内或把室内的空气经过消毒、净化处理后循环送回室内。机械通风对不同室内污染物的控制效果是不同的。美国 Offerman 等人研究发现，机械通风对甲醛浓度影响很小，室内甲醛浓度仅下降 0～38％，且随着通风量增加，通风降低甲醛浓度的作用减弱。增大通风量，一方面能通过换气降低甲醛浓度，另一方面也可能因为室内温度升高、湿度增大而加快甲醛释放速率，且使甲醛溶于水雾中而在室内滞留。

房间通风要考虑房间的朝向、通风口大小、风向、风速等因素，必要时可采用风扇等设备加强房间的空气流通。还应根据季节、天气的差异和室内人数的多少来确定换气频率。通常在春、夏、秋季每天应保持房间通风，冬季每天至少开窗换气30min 以上。其缺点是效率较低，对低污染比较有效，而高污染则需要很长的时间。

但是用加大新风量来提高室内空气品质的方法多是以消耗能源为代价的，当污染源变化时，固定新风量的方法会引起过量通风和欠通风，不仅引起能量的消耗，还会带来空气品质问题。因此，通风在降低污染物的浓度到足以缓解健康危害来说是经济有效的，但当浓度较低时，进一步通过加大通风量就是不可取的了。

7.1.5　烘烤法

装修材料和家具中的挥发性有机物释放会随着建筑物内部的温度增加而增加。为了减少新装修建筑物中有机污染物的浓度水平，一种有效的方法是烘赶工艺。这种方法是将新建建筑维持在较高的温度下一段时间，同时再进行正常的通风，使有机污染物加速释放。这种方法所采用的原理是使残留物的蒸汽压随温度的升高而增加，保持这样的条件一段时间后，残留污染物就将会较快速地蒸发，同时使有机污染物在以后的释放中相应的减少。

7.2　室内空气有害物质净化材料

7.2.1　活性炭

活性炭（Activated Carbon，简称 AC）是利用木炭、木屑、椰壳、各种果核、纸浆废液以及其他农林副产品、煤以及重质石油等为原料，经炭化活化（物理活化或化学活化以及两者相结合）而得到的产品。活性炭具有发达的孔结构。孔的形状有毛细管状、墨水瓶形、V 形等。活性炭的孔径分布很宽，根据国际理论与应用化学协会（IUPAC）分类，活性炭的孔被分为微孔（孔径 $r < 2nm$），中孔（孔径 $2 < r < 50nm$）和大孔（孔径 $r > 50nm$）。微孔活性炭因具有很大的比表面积而呈现出很强的吸附作用。中孔又叫介孔，适于负载催化剂及脱臭用化学药品，随着所负载的化学品种类的不同，可具有不同的功能。大孔通过让微生物及菌类在其中繁殖，使无机的炭材料能发挥生物质功能。

近年来，室内空气质量问题越来越受到人们的关注，室内空气污染控制技术也正成为环境工程研究的新热点。挥发性有机物大多属于非极性或弱极性物质，因此，希望选用非极性吸附剂来进行吸附。活性炭是一种非极性的多孔材料，对非极性或弱极性物质的挥发性有机物有较强的吸附能力。作为优良的吸附材料，多孔炭材料在室内空气污染控制中日益得到广泛的应用。多孔炭是指具有丰富孔隙结构的碳素材料，各种形态的活性炭是这类材料的典型代表。自 18 世纪发现木炭具有吸附气体的作用以来，以活性炭为代表的多孔炭材料陆续在许多领域，尤其是吸附分离领域得到广泛应用。活性炭具有高度发达的微孔结构，因而具有强大的吸附能力。由于孔径分布宽，活性炭能吸附各种不同大小的分子，适用于室内污染物浓度低、成分复杂的场所。此外，与沸石、硅胶、活性氧化铝等极性吸附剂相比，活性炭还具有非极性的特点。因此，活性炭被广泛用于吸附室内空气中的气态污染物。活性碳纤维是由有机纤维经炭化、活化而制得的新型炭材料。与颗粒状活性炭相比，活性碳纤维比表面积更发达，微孔直径小（集中在 1nm 左右）且丰富（微孔的体积占总孔体积的 90% 以上），同时微孔直接开口于纤维表面，因而具有吸附容量大，吸附效率高，吸附、脱附速度快等优点。由于其结构和性能的特殊性，用活性碳纤维吸附室内空气污染物已成为科研工作者的研究热点，并展现出广阔的应用前景。普通活性炭对室内气体的吸附多属于物理吸附，能够吸附几乎所有的气体。但是，仅有物理吸附时，只是利用其极其微小的吸附能力，实用价值很小。而且，活性炭是疏水性物质，有时缺乏对亲水性物质的吸附能力；同时物理吸附稳定性很差，在温度、压力等条件变化时容易脱附而造成二次污染。

化学吸附是利用吸附剂表面与吸附分子之间的化学键力所造成的，具有在低浓度下的吸附容量大、吸附稳定不易脱附和传播、可以对室内空气中不同特性的有害物质选择吸附净化等优点。通过表面化学改性，可变物理吸附为化学吸附，增加多孔炭材料的吸附能力或使其具有新的吸附性能。因此，积极探索针对处理室内空气污染物的活性炭改性技术，研究开发出高效的炭质吸附剂是室内空气净化剂的重要发展方向之一。

目前国内已有这方面的研究，如在活性碳纤维上添附脂肪酸类的酸性物质，利用酸碱中和反应以提高对氨的吸附性能；添加氢氧化钠、碳酸钠等碱性物质到活性碳纤维上，利用酸碱中和反应以提高对 H_2S、SO_2、ClO_2、硫醇类的酸性气体的吸附性能；将碘、溴或其他化合物添附到活性碳纤维上，以将硫化氢、硫醇、硫醚类物质氧化成硫、硫酸或生成其他硫化物而积蓄；在活性碳纤维上添附胺及胺的诱导体，以提高活性碳纤维对醛类的吸附性能；把铂族催化剂引入碳纤维载体上，以过渡金属与 H_2S、CH_3SH、NH_3、NO_x、CO 等形成络合物而去除污染物等。

由于吸附剂始终存在吸附容量有限、使用寿命短等问题，同时吸附达到饱和以后必须再生，操作过程必然是间歇性的。而催化则具有操作连续的优点，成为室内空气净化的主要发展方向之一。例如，利用 MnO_2、CuO 和 Pt 组成的催化剂可分解臭氧为氧。近年来，利用比表面积比活性炭更大的活性碳纤维上载附活性化学物质，制备出具有去污、抗菌作用更强的净化材料，应用前景广阔。

7.2.2　TiO_2 光催化剂

TiO_2 由于其特殊的能带结构，当波长小于 387.5nm 的光子照射到 TiO_2 表面时，处于价带的电子就会被激发到导带上，从而在价带和导带上分别产生了高活性的光生空穴（h^+）和光生电子（e^-）。然而，激发态的电子和空穴又能重新复合。

$$TiO_2 + h\nu \longrightarrow h^+(TiO_2) + e^-(TiO_2)$$

$$h^+ + e^- \longrightarrow 能量$$

由于纳米材料中存在大量的缺陷和悬键，这些缺陷和悬键能俘获电子或空穴并阻止电子和空穴的重新复合。而扩散到微粒表面的电子和空穴则产生了强烈的氧化还原电势。例如，电子能将微粒表面的氧化性物质还原，而空穴能将表面的还原性物质氧化。在水或空气体系中，可以与 TiO_2 表面吸附的 H_2O，OH^- 离子，O_2 发生反应，生成具有强氧化性的氢基自由基。

$$H^+ + H_2O \longrightarrow HO^- + H^+$$

$$e^- + O_2 \longrightarrow \cdot O_2^-$$

$$H_2O + \cdot O_2^- \longrightarrow \cdot OOH + OH^-$$

$$2 \cdot OOH \longrightarrow O_2 + H_2O_2$$

$$\cdot OOH + H_2O + e^- \longrightarrow H_2O_2 + OH^-$$

$$H_2O_2 + e^- \longrightarrow \cdot OH + OH^-$$

由此可见，H_2O，OH^- 以及 O_2 均是抑制空穴-电子复合的有效物质。所产生的 $\cdot OH$ 和 O^{2-} 都是强氧化性的活泼自由基，可将有机物最终分解为二氧化碳、水和其他无机小分子。其反应机理为：

$$有机污染物 + \cdot OH(或 \cdot O_2^-) \longrightarrow CO_2 + H_2O + 无机小分子$$

去除空气中污染物常用的多相催化氧化法大都需要在较高温度下进行，而光催化能在室温下利用空气中水蒸气和 O_2 去除空气污染物。利用光催化剂喷液在光照条件下可将空气中的有机物分解为 CO_2、H_2O 和相应的有机酸。

目前，国内外学者对烯烃、醇、酮、醛、芳香族化合物、有机酸、胺、有机化合物、三氯乙烯等气态有机物的 TiO_2 光催化降解进行了研究，其量子效率是降解水溶液中同样有机物的 10 倍以上。另外，在光催化剂喷液光催化反应中，一些芳香族化合物的光催化降解过程往往伴随着各种中间产物的生成，有些中间产物具有相当大的毒性，从而使芳香族化合物不适于液相光催化反应过程，如水的净化处理。但在气相光催化反应中，只要生成的中间产物挥发性不大，就不会从光催化剂喷液表面脱离进入气相，造成新的污染，而是进一步氧化分解，最终生成 CO_2 和 H_2O。

7.3 刨花板 VOC 释放控制方法研究

7.3.1 实验材料与仪器设备

(1) 实验材料

16mm 厚刨花板，取自黑龙江省绥化综合刨花板厂。

市售 4 种空气净化治理产品：活性炭、甲醛清除剂、奥因光催化剂、酶可邦。

椰壳活性炭，500g，四川达元科技有限公司

甲醛清除剂，500g，哈尔滨元和科技开发有限公司

奥因光催化剂，160mL，广州奥因光触媒有限公司

酶可邦，500mL，广州酶可邦科技有限公司

(2) 实验仪器与设备

80L VOC 与甲醛释放量检测用气候箱，东北林业大学研制；

PGM-7240 便携式手持 VOC 检测仪，美国华瑞科技有限公司；

INTERSCAN4160 型甲醛分析仪，美国。

7.3.2 环境小气候法

试验前，先将 VOC 与甲醛释放量检测气候箱舱体内表面分别用碱性清洗剂、

图 7-2 试件样本

自来水、去离子水擦洗。试验材料取自绥化综合刨花板厂生产的同一批次刨花板，在刨花板同一位置截取尺寸大小为 230mm×240mm 的试件，封边处理采用铝质胶带对试件边部完全密封，边部处理后幅面尺寸为 200mm×210mm，如图 7-2 所示。封边处理后舱内装载量为 $1m^2/m^3$。开启气候箱，调整舱内温度、湿度、空气交换率（ACH）至实验所需条件（见表 7-1），待舱体内温、湿度、风速稳定后放入刨花板试件，连续测定刨花板 VOC 释放浓度，每组试验重复进行 3 次。

表 7-1 实验方案

组别	温度/℃	相对湿度/%	空气交换率/(次/h)	装载量/(m²/m³)
A	23/30/40	45	1.0	1.0
B	23	10/30/45/70	1.0	1.0
C	23	45	0.25/0.5/1.0/2.0	1.0

材料中 VOC 的散发特性受很多因素的影响，其释放过程不仅与材料的特性、VOC 本身的特性、材料内部的孔隙特性等内部因素有关，还与环境温度、环境相对湿度、材料表面的风速、紊流程度等外界因素有关。图 7-3～图 7-5 所示为环境温度、相对湿度、空气交换率对落叶松刨花板 VOC 释放的影响，可以看出，不同环境条件参数对落叶松刨花板 VOC 的释放有较大的影响。

图 7-3 所示为在空气交换率为 1.0 次/h，相对湿度保持 45％不变的条件下，调节环境测试舱内的温度，测定落叶松刨花板释放的 VOC 总浓度。随着温度的升高，刨花板 VOC 释放浓度升高。当温度从 23℃上升至 40℃时，刨花板 60min 快速释放期内总的 VOC 释放量由 198ppb 上升到 391ppb，浓度提高了 97％。随着暴露时间的延长，刨花板 VOC 的释放浓度有明显下降的趋势。当刨花板 VOC 的释放进入相对稳定阶段，环境温度在 23～30℃之间变化时，VOC 的释放量变化不明显，而当环境温度提高至 40℃时，刨花板的 VOC 释放浓度仍较两者高 40％。从上述实验结果可以看出，环境温度对板材释放表面的气相平衡以及材料表面向空气层的释放有影响，当环境温度升高至 40℃时能够明显地促进 VOC 的释放。

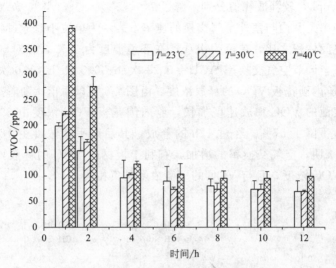

图 7-3 温度对刨花板 VOC 释放的影响

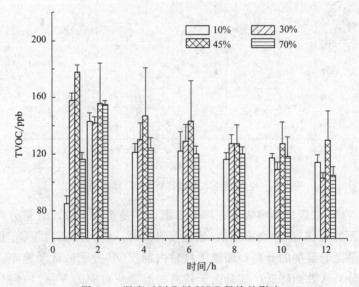

图 7-4 湿度对刨花板 VOC 释放的影响

图 7-4 所示为在相同的环境温度 23℃ 的条件下，相对湿度为 10％、30％、45％和 70％时刨花板 VOC 的释放趋势图。在 12h 的连续测定过程中，当环境相对湿度在 10％～45％之间变化时，刨花板 VOC 的初始释放浓度由 85ppb 上升至 116ppb，浓度增加了 36％；而相对湿度提高至 70％时，刨花板的初始释放浓度仅为 116ppb。对不同环境相对湿度条件下刨花板 VOC 的 12h 连续测定发现，随着暴露时间的延长，相对湿度在 10％～70％变化的刨花板 VOC 释放浓度呈缓慢下降的趋势。12h 时各相对湿度条件下的刨花板 VOC 释放浓度分别为 114ppb、103ppb、

130ppb 和 105ppb,较释放峰值分别下降了 7%、53%、36.9% 和 47.6%。

空气交换率是室内与室外空气交换的速率,表示为单位小时通过特定空间的空气体积与该空间体积之比,单位为次/h。在环境温度为 23℃,相对湿度保持 45% 不变的条件下,调节空气交换率 ACH=0.25 次/h、0.5 次/h、1.0 次/h、2.0 次/h,测定环境舱内刨花板 VOC 的释放浓度。由图 7-5 可以看出,随着空气交换率的增加,板材表面的 VOC 释放速度加快,舱内刨花板 VOC 浓度由 399ppb 下降至 172ppb,浓度下降了 57%。经过 12h 的释放,其后期平衡浓度由 184ppb 下降至 46ppb。结果表明,空气交换率的增加,有利于板材内 VOC 的释放,能够直接稀释空气中的 VOC 浓度,且与 VOC 的平衡浓度呈负相关。

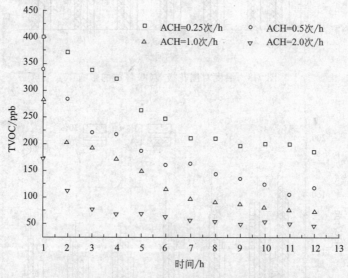

图 7-5　空气交换率对刨花板 VOC 释放的影响

温度对 VOC 浓度的影响表现在两个方面,一是扩散系数,二是分离常数(表面与空气界面处 VOC 的平衡常数)。当温度升高时,材料内部的 VOC 扩散系数增大,这主要是随着温度的升高,加速了材料内部 VOC 分子的运动速率。而随着温度的升高,分离常数则降低,这是由于较高的温度所对应的 VOC 的饱和蒸汽压较高。材料具有多孔结构,由于某些 VOC 与水不相溶,水蒸气向材料内部的扩散会占据一定孔隙空间,相对湿度增加时,水蒸气向材料内部扩散量增大,从而引起 VOC 在材料中的扩散系数降低,当相对湿度增加到一定程度时,会使得平衡时 VOC 在空气中的分压力减小,降低分离常数。当环境温度、相对湿度不变,而增大空气交换率时,即增强环境舱内的通风效果,有助于材料所散发出来的 VOC 能够快速地排出舱体,置换到外界空气中,这样材料表面的 VOC 浓度降低很快,促进材料内部的 VOC 进一步散发,增大材料内部的 VOC 浓度梯度,改变材料内部 VOC 散发的速度。VOC 在空气中的含量越小,也会加速板材中 VOC 的释放速率,空气中 VOC 含量增大到某一最大值（板材表面释放量）时，会抑制板材内部 VOC 的释放。

近年来，关于材料 VOC 的释放过程中都基于基本的传质过程。根据传质学原理，由于材料内部和空气中存在着 VOC 释放量梯度，因此会使材料内部的 VOC 不断向空气中释放。落叶松刨花板作为一种具有孔隙结构的建筑装饰材料，其 VOC 的释放特性与其他具有内部孔隙结构的干建筑材料的 VOC 释放特性相似。近几年来，对于地毯等干建筑材料中 VOC 的传质机理研究表明：材料内部 VOC 的扩散主要取决于环境因素、材料的性质和 VOC 组分自身的性质。Wolkoff 对 5 种建筑材料中的 VOC 释放进行测定，结果表明，温、湿度对材料中 VOC 的释放与建筑材料本身和 VOC 的种类有紧密的关系。Yang 指出建筑材料中 VOC 的释放规律会随着温度的变化而发生变化，且对不同的 VOC 有着不同的影响规律。Sollinger 等人指出温度的变化对低沸点的 VOC 释放没有明显的影响，而对高沸点的 VOC 释放则有显著的影响。Andersen 对硬纸板的 VOC 释放研究发现，环境温、湿度的变化对其甲醛的释放有着显著的影响。温度在 14～35℃ 之间平均每升高 7℃，甲醛的释放速率会成倍增长。同样，室温下湿度从 30% 升高到 70% 时，甲醛的释放速率也呈现出成倍增长的趋势。

7.3.3 物理法

试件截取及封边处理方法同 7.3.2 节。通过采用通风处理，在气候箱内放置活性炭及对试件进行烘焙处理的方法，测定 3 种方法对降低刨花板甲醛及 VOC 释放的影响。开启气候箱，调整舱体内温度至（23±0.5）℃，湿度（45±3）%，风速 0.1m/s。通风处理通过开启进、排气口，控制舱内空气流量为 1.88L/min；活性炭处理采用在密闭条件下放置 50g 粉末状活性炭在舱体内四周，测定刨花板甲醛及 VOC 的浓度；考虑到高温烘焙后建材有可能变形，因此，烘焙温度选择在 60℃ 变化烘烤处理，即将试件放置于 60℃ 烘箱内烘烤 1h 后放置于气候箱内测定其甲醛及 VOC 的散发，每组平行进行 3 次重复试验。

图 7-6 所示为刨花板在密闭条件、通风条件、放置活性炭和烘焙处理后板材的 VOC 释放情况。由图可以看出，未经任何处理的刨花板在密闭条件下放置 6h 的 VOC 释放总量变化较为平稳，浓度在 262～229ppb 之间波动。经过通风处理、烘焙处理和活性炭处理的刨花板在放入环境舱内 1h 后，其 VOC 释放都有显著的降低，释放浓度分别下降了 16.8%、53.4% 和 64.1%；持续放置 6h，3 种处理刨花板 VOC 的释放表现各不相同，通风处理的刨花板的 VOC 释放在连续测定中，其 VOC 浓度表现为持续下降的趋势，6h 的 VOC 释放浓度降低为初始浓度的 51.1% 至 134ppb；烘焙处理的刨花板在释放的最初 1h 内释放迅速，随着时间的延长，其释放浓度变化平稳，基本保持在 102～109ppb 之间；放置活性炭的刨花板在 1h 内其 VOC 的释放浓度即降至 94ppb，这种较低的释放一直持续了 4h，4h 后刨花板的

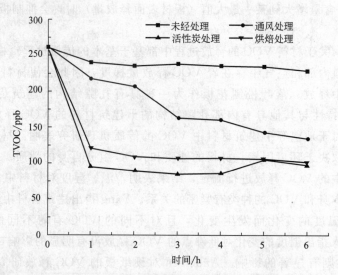

图 7-6　不同处理方法的刨花板 VOC 释放

VOC 释放浓度有缓慢上升的波动趋势。

综合 3 种处理刨花板其 VOC 的释放情况可以看出，烘焙和活性炭处理后，刨花板的 VOC 释放在短期内能够得到迅速的降低，随着时间的延长，其释放浓度变化不明显，且活性炭处理的板材后期会出现浓度上升的趋势，而通风处理的板材在降低刨花板的短期释放浓度上较烘焙处理和活性炭处理的板材表现较差，但随着时间的延长，刨花板 VOC 释放浓度呈持续下降的趋势。

表 7-2、表 7-3 为不同处理方法的板材在不同时间段甲醛的释放浓度和去除率情况。可以看出，三种处理方法在短期内均无法迅速降低板材中甲醛的释放，随着时间的延长，刨花板甲醛的释放浓度呈现出缓慢下降的趋势。6h 后，三种处理方法对甲醛的去除率分别达到 28.57%、61.9% 和 52.38%。比较三种处理方法对板材中甲醛的去除效果，由高至低排序为活性炭处理＞烘烤处理＞通风处理。

表 7-2　不同处理方法的刨花板甲醛释放浓度

测定时间/h	甲醛浓度/(mg/m³)			
	素板	通风处理	活性炭处理	烘烤法
0	0.26	0.26	0.26	0.26
1	0.24	0.23	0.17	0.21
2	0.24	0.22	0.11	0.16
3	0.22	0.21	0.10	0.15
4	0.23	0.16	0.09	0.13
5	0.24	0.15	0.09	0.11
6	0.21	0.17	0.08	0.10

表 7-3 不同处理方法不同时间对刨花板甲醛的去除效果

方法	去除率/%					
	1h	2h	3h	4h	5h	6h
通风处理	4.17	8.33	4.55	30.43	37.50	28.57
活性炭处理	25.00	29.17	54.17	54.54	62.50	61.90
烘烤法	12.50	33.33	31.82	43.48	54.17	52.38

　　活性炭吸附法最适于处理浓度较低的有机挥发气体,较易吸附脂肪和芳香族化合物、部分醇、酮、酯类等,常见的有苯、甲苯、己烷、庚烷、丙酮、四氯化碳、醋酸乙酯等,其成本较低,无副作用,但一旦吸附饱和就不再有吸附作用了。通风换气是降低空气中 VOC 的一种有效措施。但通风对材料内部的扩散效果是通过增大浓度梯度来实现的,因此,通风对降低材料内部 VOC 浓度的作用较为缓慢。通风处理可使空气中的 VOC 浓度降低,促进材料表面的 VOC 向空气中散发,增大浓度梯度。烘焙处理刨花板材在烘焙过程中,温度升高加速了材料内部的 VOC 向表面的释放,扩散率增大,从散发源向空气中的传质系数增大,使材料内的 VOC 残留减少,短时间的烘焙通风处理后使板材的 VOC 释放浓度降低,促使 VOC 散发达到新的平衡。烘焙、通风稀释技术与活性炭吸附、光催化处理技术相比具有原理简单、除去效率高、不产生二次污染和浓度反复等特点,已经成为一项非常有发展前景的室内空气处理技术。

　　1974 年世界卫生组织召开"室内空气质量与健康"的国际会议,提出高效的室内污染防治方法。其中,利用材料中的化学物质在高温下容易挥发的特性,通过升高材料表面温度来加速室内装饰装修有害气体的排出,同时与机械排风手段有机结合来降低污染发散量。烘焙排风稀释技术正被欧美、日本等发达国家普遍关注。

7.3.4 化学法

　　试件截取及封边处理方法同 7.3.2 节。按操作规范分别在表面喷涂市售的 3 种净化治理剂甲醛捕捉剂、奥因光催化剂、酶可邦生物酶,喷涂量分别为 $40g/m^2$,$10g/m^2$,$20mL/m^2$。处理后将试件放置于 VOC 与甲醛释放量检测气候箱中,密闭进排气口,光催化剂处理试件需开启紫外灯,在温度为(23 ± 0.5)℃,湿度为(45 ± 3)%,风速 0.1m/s 的条件下连续 6h 对刨花板甲醛与 VOC 浓度进行测定,平行进行 3 次重复试验,计算 3 种净化治理剂对甲醛及 VOC 的去除率。

　　图 7-7 所示为采用甲醛捕捉剂、光催化剂、生物酶试剂处理的刨花板 VOC 释放情况。由图可以看出,表面喷涂光催化剂试剂处理的刨花板其 VOC 的释放明显的下降。在紫外灯照射情况下,光催化剂处理板材的 VOC 释放浓度在 2h 即达到最低至 122ppb,较未经任何处理的素板降低了 48.1%,此后的 4h 随着时间的延

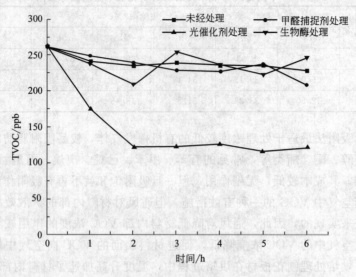

图 7-7 不同处理方法的刨花板 VOC 释放

长，板材 VOC 释放平稳，浓度变化保持在 116~123ppb 之间波动。甲醛捕捉剂处理对刨花板 VOC 的释放浓度的无明显的影响，与素板相比较，在 6h 的连续测定中，处理板材和未处理板材的 VOC 释放浓度相近，无明显的上升或降低趋势。喷涂生物酶处理剂的刨花板其 VOC 的释放情况较甲醛捕捉剂和光催化剂处理板材的VOC 释放均有所不同，在板材处理的最初 2h 中，刨花板的 VOC 释放呈现出下降的趋势，浓度下降了 20%~209ppb，此后 4h 的连续测定中，板材 VOC 的释放浓度上升至与素板的释放相近。

综合比较三种化学处理方法对板材 VOC 释放的去除情况可以看出，光催化剂处理对降低刨花板的 VOC 释放最为显著，甲醛捕捉剂的喷涂对板材的 VOC 无明显的降低作用，而生物酶的应用仅在短期内对板材的 VOC 释放有微量的降低，后期会出现反弹的现象。

表 7-4、表 7-5 为采用不同化学方法处理的刨花板甲醛释放及甲醛去除情况。由表可以看出，甲醛捕捉剂及光催化剂净化剂均能在短期内显著地降低板材中甲醛的释放。通过对板材甲醛释放浓度进行 6h 的连续测定中发现，甲醛捕捉剂处理和光催化剂处理的板材的甲醛浓度较素板分别降低了 66.67% 和 95.24%，分别降至 0.07mg/m³ 和 0.01 mg/m³，甲醛最高去除率分别为 75% 和 95.83%。而生物酶对降低刨花板中的甲醛效果不明显，在 6h 的测定中，对刨花板中甲醛的最高去除率仅为 20.83%。

不同的净化产品和净化方式由于其作用原理和作用方式不同，对于甲醛和VOC 的去除特征也不同。目前市场销售的甲醛捕捉剂是仅仅针对于消除甲醛，而不能清除苯、氨气等多种有害气体。其原理是将其直接喷涂或刷涂在装修用人造板

表 7-4 不同净化剂处理的刨花板甲醛释放浓度

测定时间/h	甲醛浓度/(mg/m³)			
	素板	甲醛捕捉剂	光催化剂	生物酶
0	0.26	0.26	0.26	0.26
1	0.24	0.07	0.09	0.25
2	0.24	0.06	0.07	0.25
3	0.22	0.07	0.01	0.25
4	0.23	0.07	0.01	0.20
5	0.24	0.07	0.01	0.19
6	0.21	0.07	0.01	0.20

表 7-5 不同处理剂不同时间对刨花板甲醛的去除效果

方法	去除率/%					
	1h	2h	3h	4h	5h	6h
甲醛捕捉剂处理	70.83	75.00	68.18	69.56	70.83	66.67
光催化剂处理	62.50	79.17	95.45	95.65	95.83	95.24
生物酶处理				15.00	20.83	4.76

材上，和甲醛发生一定的化学反应被消耗掉，生成另一种化学物质，而不能分解甲醛气体分子使之变成无害的物质，对后期持续不断散发的有害气体作用降低，是一种使用范围有限的、简单的应急处理手段，不能达到真正永久性地清除甲醛的目的。光催化剂以紫外光的能量来作为化学反应的能量来源，加速了氧化还原反应，使吸附在表面的氧气及水分子激发成极具活性的氢氧基及负氧离子，这些氧化力极强的自由基几乎可以分解所有对人体或环境有害的有机物质及部分无机物质，使其氧化分解为稳定且无害的物质以达到净化空气的目的。生物酶法净化是微生物以有机物为其生长的碳源和能源而将其氧化、降解为无毒、无害的方法。需要经过筛选、培育的适宜微生物菌种要在特定微生物的活性温度范围内应用，局限性较大，其是否真能处理掉所有的有害气体目前尚无定论。从本实验看，生物酶技术在降低刨花板甲醛及 VOC 的释放浓度上无明显影响。

选取 3 种常用的室内空气净化处理方法，通风处理、活性炭吸附处理和光催化剂净化剂处理，观察不同作用原理和作用方式对刨花板 VOC 释放的治理情况。图 7-8 所示为不同净化治理的刨花板连续 3d 的 VOC 释放情况。由图可以看出，未经任何处理的刨花板在舱体内，其 VOC 的释放随着时间的延长有缓慢的衰减。经过通风处理、光催化剂处理及放置活性炭处理的板材，其 VOC 的释放浓度有显著的下降趋势，其中以活性炭处理的板材初期的 VOC 释放下降最为迅速，其次为光催

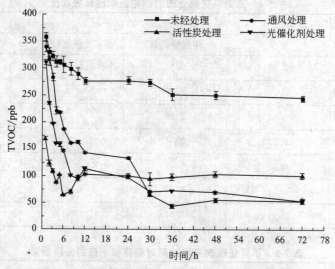

图 7-8 不同净化处理的刨花板 3d 的 VOC 释放量

化剂和通风处理。随着时间的延长，光催化剂和活性炭处理的板材的 VOC 释放浓度呈现出逐步下降的趋势，而活性炭处理板材在 6h 后，VOC 释放浓度回弹上升，12h 后其 VOC 的释放重新恢复平稳释放状态。经过 3d 的净化处理，通风处理刨花板、活性炭吸附处理和光催化剂净化剂处理的刨花板其 VOC 释放的去除率分别为78.5%、58.9%和78.0%。从短期快速治理效果来看，采用放置活性炭的方法能够较为迅速地降低板材的 VOC 释放，但当活性炭一旦吸附饱和，活性炭降低板材VOC 释放浓度的方法就不起作用。而通风处理和光催化剂处理板材则能够长期、持续地降低板材的 VOC 释放。

7.3.5 降低刨花板 VOC 释放治理方法成本概算

通过上述对刨花板 VOC 处理方法的对比可以看出，通风法治理刨花板的甲醛、VOC 释放是最为简便可行且长期有效地治理方法。其他几种物理、化学治理措施虽在短期内能够快速有效地降低刨花板的 VOC 释放，但随着时间的延长有些会出现浓度回弹及二次污染的情况，并附带一定的经济成本。依据各种处理方法推荐的使用量，结合市售产品售价，粗略估算出几种净化处理板材的成本，以提供信息与同类板材进行对比。

以市售幅面尺寸为 1220mm×2440mm 刨花板为例进行后期净化处理，其成本概算见表 7-6。几种净化处理方法比较，活性炭处理刨花板的附加成本相对较低，且其短期降低刨花板 VOC 释放浓度较为明显，而对长期降低刨花板 VOC 释放浓度的光催化剂来说，应用其处理刨花板的附加成本相对较高，单张刨花板的价格增加 20 元以上。

表 7-6 净化处理板材成本概算

处理方法	推荐用量	使用量	单价	成本/元
未处理刨花板			60 元/张	60
烘焙处理	1h	1h	0.51 元/(kW·h)×28kW·h	74
活性炭处理	100g/m²	297.68g	28 元/kg	68
甲醛捕捉剂处理	40g/m²	119g	150 元/kg	78
光催化剂处理	100m²/kg	29.768g	680 元/kg	80
生物酶(酶可邦)	20mL/m²	59.536mL	40 元/L	84

注：板材幅面为 1220mm×2440mm。

7.4 小结

人造板 VOC 的释放与环境温度、相对湿度、空气交换率等因素有关。一般情况下，刨花板 VOC 的释放浓度随着温度、相对湿度的增大而增大；环境温度在23~40℃、相对湿度在 10%~50%的范围内变化时，刨花板 VOC 的释放浓度与温度、湿度的变化呈正相关。空气交换率增大时，可以快速降低刨花板 VOC 的释放浓度，板材中 VOC 的释放也随之加快，与刨花板释放浓度呈负相关。合理提高环境温度、相对湿度，有利于刨花板 VOC 的释放，同时增加空气交换率可使刨花板释放污染物得到尽快释放，减少其后期污染。温度和相对湿度对材料中的 VOC 释放有很大影响，主要体现在 VOC 在材料内部的扩散系数的影响和对材料表面平衡程度的影响。

通风、放置活性炭和对板材进行烘焙处理 3 种物理方法，分别通过增大浓度梯度、吸附空气中 VOC 污染物、增大扩散率的作用原理，加速刨花板表面 VOC 释放，以减少板坯内部残留，是降低人造板 VOC 释放的有效手段。由于活性炭自身具有吸附饱和的特性，在处理高浓度污染物时应用具有一定的局限性。因此，采用不产生二次污染和浓度反复的烘焙处理、通风稀释技术可有效减少刨花板 VOC 的释放。

化学净化处理剂是短期内快速去除刨花板材有害物质释放的有效手段。其中，光催化剂处理对降低刨花板的甲醛及 VOC 释放最为显著。甲醛捕捉剂由于其作用原理的不同，在本试验中仅对甲醛的去除有效，对降低刨花板 VOC 的释放无明显作用。而生物酶对活性使用环境的限制，在试验中没有有效地降低刨花板的甲醛和VOC 释放。

第8章

总结与展望

本书对人造板有机挥发性物质释放方面的最新研究进展进行了回顾与总结，在前人研究的基础上，从污染源控制入手，对人造板工艺进行了研究，探讨了低VOC人造板释放最优工艺。本项研究围绕落叶松刨花板的有机挥发性物质的释放进行了研究，结合GC-MS分析方法对落叶松刨花释放的VOC提取方法进行筛选、优化，并对影响刨花板VOC释放及组成的热压生产工艺参数进行探讨，通过测定刨花板VOC释放总量及力学性能参数，对不同生产工艺参数条件下的刨花板性能进行综合评价。同时，应用常用的室内空气污染净化处理方法，对其在刨花板甲醛、VOC的净化处理效率进行比较分析。

8.1 结论

本项研究通过大量实验和研究工作，主要得到如下结论：

① 通过静态顶空法、顶空固相微萃取法提取落叶松刨花中的VOC试验结果比较，顶空固相微萃取法为比较适宜的提取刨花中VOC成分的方法。

② 结合GC-MS分析方法，采用正交试验设计得到的最佳顶空固相微萃取提取落叶松刨花中VOC的萃取条件为：萃取温度60℃、平衡时间40min、吸附时间30min、脱附时间4min。

③ 采用HS-SPME-GC-MS方法提取分析落叶松刨花中的VOC，共鉴定出16种有机挥发性物质，其中以萜烯类化合物相对含量较高，占总检测物质含量的55.7%。

④ UF树脂胶黏剂所释放的VOC成分主要包括醇类、醛酮类、烷烃类、芳香族类、酯类和烯烃类6类化合物。在23℃时，UF树脂胶黏剂所释放的VOC以醇类化合物为主，主要为乙醇和丙醇。在140～180℃高温条件下，UF树脂胶黏剂所释放的VOC物质中各类物质所占的相对含量有了明显的变化，醇类物质相对含量有明显降低，而芳香族化合物、酚类化合物、烷烃类化合物、醛酮类化合物和酯类化合物的相对含量有明显上升，其中以苯酚的检出率较高。

⑤ 对刨花板 VOC 的释放进行 12h 的连续测定发现，刨花板 VOC 的释放随暴露时间的延长总体上呈现出先上升后平稳释放的趋势。且热压温度、热压时间、施胶量、板坯含水率、板材密度、板厚度增加，其 VOC 释放总量也随之增加。处于释放平衡阶段的刨花板，热压温度为 180℃，刨花板 VOC 释放浓度达 973ppb；热压时间 6min，刨花板 VOC 释放浓度达 420ppb；施胶量为 11% 的刨花板 VOC 释放浓度为 407ppb；热压前板坯含水率为 14% 的刨花板 VOC 释放平衡浓度为 536ppb；板材密度为 0.80g/cm³ 的刨花板 VOC 释放平衡浓度为 385ppb；板坯厚度为 22mm 时刨花板 VOC 释放浓度为 445ppb。不同结构刨花板的 VOC 释放量也有所差别，三层结构刨花板 VOC 释放总量要高于单层结构的刨花板。实验所研究的 7 个热压工艺参数对刨花板的 VOC 释放量均影响显著。

⑥ 结合 GC-MS 分析方法对不同热压工艺条件下生产的刨花板所释放的 VOC 成分进行测定，实验所检测得到的刨花板 VOC 较为复杂，种类繁多，主要分为芳香烃类化合物、醛酮类化合物、烷烃类化合物、萜烯类化合物、酯类化合物和醇类化合物 6 种。其中以芳香烃类化合物、烷烃类化合物和酯类化合物相对含量较高，单一化合物中 3,6,6-三甲氧基-二环 [3.1.1]-2-庚烯、甲苯、乙苯、邻（对）二甲苯、十一烷、十二烷、十四烷、3-蒈烯、α-蒎烯检出率较高。通过刨花板原料 VOC 释放分析，可初步判断萜烯类化合物主要源于木材本身，而芳香烃类化合物、醛酮类化合物和烷烃类化合物是胶黏剂和刨花原料共同作用的产物。

⑦ 刨花板热压过程中板材内部温度、含水率、压力分布对刨花板后期 VOC 的释放有直接影响。热压温度升高、热压时间延长有助于板坯中有机挥发性物质在平衡阶段向外部扩散释放；施胶量增加、板坯含水率上升，使板坯表层刨花中的水分迅速汽化而向板坯内部移动，向板坯内部移动的压力也大，使板坯内部各层的温度上升速度加快，有助于板坯内部挥发性物质的汽化释放；板材密度、厚度的增加对刨花板 VOC 的释放作用相似，板材密度、厚度增加降低了板材热压时传热的速度，延缓了传热过程，使刨花板后期的平衡时间延长，促进了 VOC 的进一步释放。刨花板组成结构中形态较小的刨花有利于热压中水分的传递，缩短了 VOC 的释放路径，加速了 VOC 的释放。

⑧ 对不同热压工艺条件下生产的刨花板性能数据样本进行主成分分析，确定了影响刨花板性能的主要因素为：挥发性有机化合物释放总量、抗弯强度和弹性模量。这三者是影响刨花板性能的主导因子。对刨花板性能进行综合评价，得到刨花板产品质量综合评价得分第一位的为 B5 板，即热压工艺条件为热压温度 140℃，热压时间 5min，施胶量 7%，板材密度 0.80g/cm³，板材厚度 8mm，板坯含水率 6% 的刨花板。

⑨ 通过改变环境温度、相对湿度、空气交换率等室内微环境因素，可有效控制刨花板中 VOC 的释放。研究发现，刨花板 VOC 的释放浓度随着温度、相对湿度的增大而增大；环境温度在 23~40℃、相对湿度在 10%~50% 的范围内变化时，

刨花板 VOC 的释放浓度与温度、湿度的变化呈正相关。增大空气交换率，可以快速降低刨花板 VOC 的释放的浓度，与刨花板释放浓度呈负相关。

⑩ 采用物理方法和化学方法对刨花板材进行处理发现，由于其作用原理不同，对板材中释放的 VOC 净化效果也有所不同。通风、放置活性炭和对板材进行烘焙处理 3 种物理方法，均能有效地降低刨花板中甲醛和 VOC 的释放。活性炭由于自身具有吸附饱和的特性，在处理高浓度污染物时具有一定的局限性，因此，采用不产生二次污染和浓度反复的烘焙处理、通风稀释技术可有效减少刨花板 VOC 的释放。

化学净化处理剂对板材有机挥发性物质的去除效果研究发现，化学方法是短期内快速去除刨花板材有害物质释放的有效手段。其中，光催化剂处理对降低刨花板的甲醛及 VOC 释放最为显著，甲醛捕捉剂由于其作用原理仅对甲醛的去除有效，而生物酶对活性使用环境的限制，试验中未发现能够有效地降低刨花板的甲醛和 VOC 释放。

8.2　展望

近年来，我国人造板的生产发展突飞猛进，生产能力快速增长，已成为全球生产第一大国。随着生产设备的引进和技改力度的不断加大，我国人造板企业生产规模得到迅速提升。就刨花板生产来说，目前，全国累计刨花板生产线技术改造已达 85 条，年设计生产能力增加到 152 万立方米。然而木材原料的短缺制约了人造板企业的发展。由于木材原料短缺、原料价格上涨，部分人造板生产企业已出现半停产和停产。成本的提高导致企业经济效益下滑，甚至出现亏损。此外，由于原料短缺，一些生产企业采用一些劣质材料进行生产，对产品的质量也造成了严重的影响。我国的人造板质量与发达国家相比，尚有较大差距。提高产品质量和减少环境污染，将是我国人造板生产企业今后一个时期的主攻方向。

绿色、节能是保护地球的必要措施，随着绿色建筑、可持续建筑日渐成为当今建筑业发展的一大流行趋势，人们对于建筑的节能与生态环保要求越来越高。在对建筑进行绿色改造、环保变身的过程中，建筑室内外装饰装修材料的环保改造工作是刻不容缓也是首当其冲的。不良的建筑装饰材料容易从多方面造成室内环境污染。随着人们环保意识的增强，人们对环保建材的需求也越加迫切。调查资料显示，85% 左右的消费者宁愿多支付 10% 的费用购买绿色环保型产品，以保证全家的健康。建筑装饰材料作为一种建材产品也应满足环保性要求，环保型建材除了应该满足相应的力学、使用及耐久性能要求外，最大的特点是环境保护性，即节省资源和能源，不产生或不排放污染环境、破坏生态的有害物质，减轻对地球和生态系统的负荷，实现非再生性资源的可循环使用。

刨花板由于具有良好的物理力学性能和易于机械加工、表面加工及饰面性能，在家具、室内装修等领域应用广泛，并得到逐步扩大。目前国内生产的各种人造板所使用的木材胶黏剂基本上是脲醛树脂，脲醛树脂是由甲醛和尿素聚合而成的，后期释放的甲醛给家庭装修带来了极大的污染，以致装修后的房屋几个月内都无法入住。有调查研究表明，甲醛的缓慢释放持续时间可达 3～15 年。无醛刨花板将成为大众追求的对象。而无甲醛的刨花板所使用的胶黏剂是以天然植物为原料，经特殊合成工艺研制而成，彻底摒弃了甲醛、尿素合成的脲醛树脂胶黏剂对身体造成的危害，是消费者可以完全信得过的真正的绿色健康产品。

对人造板材料造成的室内环境污染的防治是一个系统工程，应该从源头抓起，在材料设计、生产工艺、材料选择、日常使用等各个环节加强监控力度。对人造板材料的环保检测与新型环保材料的研制与生产是建筑装饰材料环保改造工作的重中之重。

附　　录

附表 1　GC-MS 检测 UF 胶黏剂 23℃时释放 VOC 物质分析表

序号	保留时间 /min	化　合　物		质量分数 /%
		英文名	中文名	
1	3.83	Formic acid, butyl ester	甲酸丁酯	0.36
2	6.05	Isoproturon	2-乙基己醇	0.09
3	8.18	1,3-Dioxolane, 2-propyl-	2-丙基-1,3-环氧戊烷	0.26
4	8.54	Ethylbenzene	乙苯	0.11
5	9.08	o-Xylene	二甲苯	0.14
6	9.63	1,8-Nonadien-3-ol	1,8-壬二烯醇	0.07
7	10.54	1,3-Dioxolane, 4-methyl-2-pentyl-	4-甲基-2-乙基-1,3-环氧戊烷	0.09
8	12.48	Ethanol, 2-butoxy-	2-丁基-乙醇	43.65
9	14.29	2-Propanol, 1-butoxy-	1-丁基-2-丙醇	41.63
10	14.77	Butane, 1-(1-methylpropoxy)-	1-甲基丁基丁烷	1.61
11	15.35	Benzaldehyde	苯甲醛	4.29
12	16.46	Benzene, 1,2,4-trimethyl-	1,2,4-三甲基苯	0.15
13	16.64	Butanoic acid, butyl ester	丁酸丁酯	0.09
14	17.55	Benzene, 1-chloro-3-methyl-	1-氯-3-甲基苯	0.37
15	17.93	1-Cyclohexyl-2-buten-1-ol(c,t)	1-环己基-2-丁烯醇	0.15
16	19.16	Benzene, 2-ethyl-1,4-dimethyl-	2-乙基-1,4-二甲基苯	0.13
17	19.82	Acetophenone	苯乙酮	0.44
18	20.22	1,4-Cyclohexadiene, 3-ethenyl-1,2-dimethyl-	3-乙烯基-1,2-二甲基-1,4-环己二烯	0.19
19	20.58	Benzene, 4-ethenyl-1,2-dimethyl-	1,2-二甲基-4-乙烯基苯	0.22
20	21.39	Yohimbine	育亨宾	0.24
21	21.53	Benzene, 1,2,4,5-tetramethyl-	1,2,4,5-四甲基苯	0.15
22	22.62	Benzene, 1,2,3,5-tetramethyl-	1,2,3,5-四甲基苯	0.17

序号	保留时间/min	化合物 英文名	化合物 中文名	质量分数/%
23	23.95	Naphthalene	萘	0.41
24	25.42	Cyclohexane, isothiocyanato-	环己基异硫酸酯	0.32
25	25.83	Methylene Chloride	二氯甲烷	0.11
26	26.44	Cyclohexasiloxane, dodecamethyl-	十二甲基环六硅氧烷	0.67
27	27.33	Naphthalene, 2-methyl-	2-甲基萘	0.60
28	27.78	Naphthalene, 1-methyl-	1-甲基萘	0.19
29	29.69	Tetradecane	十四烷	0.08
30	30.78	Cycloheptasiloxane, tetradecamethyl-	十四烷基环己烷	1.93
31	31.19	Quinoline, 1,2-dihydro-2,2,4-trimethyl-	2,2,4-三甲基-1,2-二氢化喹啉	0.17
32	32.40	Pentadecane	十五烷	0.11
33	35.94	Cyclooctasiloxane, hexadecamethyl-	十六甲基环辛硅氧烷	0.39
34	47.45	2,5-Cyclohexadiene-1,4-dione, 2,5-diphenyl-	2,5-联苯环己二烯-1,4-酮	0.16
35	49.22	1,2-Benzenedicarboxylic acid, mono(2-ethylhexyl)ester	苯二甲酸单(2-乙基己基)酯	0.09
36	50.77	1,2,3,6,7,8,9,10,11,12-Decahydrobenzo[e]pyrene	1,2,3,6,7,8,9,10,11,12-十氢苯并[e]芘	0.13

附表 2　GC-MS 检测 UF 胶黏剂 140℃ 时释放 VOC 物质分析表

序号	保留时间/min	化合物 英文名	化合物 中文名	质量分数/%
1	3.87	Formic acid, butyl ester	甲酸丁酯	2.33
2	4.78	Toluene-D8	氘代甲苯	0.95
3	4.91	Toluene	甲苯	6.81
4	5.46	1-Phenyl-2-propanol	1-苯基-2-丙醇	0.21
5	6.53	Acetic acid, butyl ester	乙酸丁酯	1.91
6	7.96	Benzene, chloro-	氯苯	0.21
7	8.59	Ethylbenzene	乙苯	0.40
8	9.12	o-Xylene	二甲苯	1.20
9	10.61	Styrene	苯乙烯	0.76
10	10.78	Methane, dimethoxy-	二甲醇缩甲醛	3.83
11	13.31	Methylene Chloride	二氯甲烷	4.77
12	14.95	2-Methyl-2-heptene	2-甲基-2-庚烯	0.25
13	16.48	Phenol	苯酚	30.10

序号	保留时间/min	化　合　物		质量分数/%
		英文名	中文名	
14	17.84	Benzene,1-methyl-2-(1-methylethyl)-	邻异丙基甲苯	1.91
15	17.96	D-Limonene	柠檬烯	2.77
16	18.17	1-Hexanol,2-ethyl-	2-乙基己醇	0.80
17	18.64	6,6-Dimethylcycloocta-2,4-dienone	6,6-二甲基-环辛二烯	0.15
18	19.06	Benzaldehyde,2-hydroxy-	2-羟基-苯甲醛	10.49
19	19.49	Decane,3-methyl-	3-甲基-癸烷	0.19
20	19.85	Acetophenone	苯乙酮	0.95
21	20.63	Undecane	十一烷	1.53
22	21.09	Nonanal	壬烷	0.23
23	22.30	Benzene,4-ethenyl-1,2-dimethyl-	1,2-二甲基-4-乙烯基苯	0.25
24	22.65	2,7-Naphthalenediol,decahydro-	2,7-二羟基十氢萘	0.48
25	22.80	Undecane,2-methyl-	2-甲基-十一烷	0.21
26	23.02	Undecane,3-methyl-	3-甲基-十一烷	0.34
27	23.34	Benzene,1-methyl-4-(1-methylpropyl)-	1-甲基-4-(1-甲基丙基)苯	0.25
28	23.97	1H-Indene,1-methylene-	亚甲基茚	1.74
29	24.13	Benzoic acid,2-hydroxy-,methyl ester	水杨酸甲酯	0.27
30	26.09	Undecane,6-ethyl-	6-乙基十一烷	0.17
31	26.97	Undecane,2,6-dimethyl-	2,6-二甲基十一烷	0.25
32	27.33	Naphthalene,2-methyl-	2-甲基萘	0.61
33	28.97	Tetradecane,2,6,10-trimethyl-	2,6,10-三甲基十四烷	0.21
34	29.69	Tetradecane	十四烷	0.17
35	30.27	1,4-Methanoazulene,decahydro-4,8,8-trimethyl-9-methylene-,	长叶烯	0.21
36	32.39	Pentadecane	十五烷	0.82
37	34.50	Phenylmaleic anhydride	苯基顺酐	0.57
38	35.43	Butanedioic acid,methyl-,dibutyl ester	亚甲基丁二酸二丁酯	0.25
39	37.15	Pentadecane,2,6,10-trimethyl-	2,6,10-三甲基十五烷	0.17
40	37.38	Benzophenone	二苯甲酮	0.29
41	38.40	Heptadecane	十七烷	0.32
42	40.14	Octadecane	十八烷	0.17
43	40.78	Propanetrione,diphenyl-	二苯基丙三醇	0.15
44	41.54	Eicosane	二十烷	0.21
45	43.05	9,10-Anthracenedione	9,10-蒽二酮	0.19

序号	保留时间 /min	化 合 物 英文名	中文名	质量分数 /%
46	43.19	2-Propen-1-one,1,3-diphenyl-,(E)-	查耳酮;苯丙烯酰苯	0.23
47	43.71	Methanone,2-benzofuranylphenyl-	2-苯基苯并呋喃甲酮	0.40
48	44.14	2,3-Diphenylmaleic anhydride	2,3-联苯基马来酸酐	0.61
49	45.62	[1,1′;3′,1″-Terphenyl]-2′-ol	2,6-二苯基苯酚	0.82
50	47.59	2,5-Cyclohexadiene-1,4-dione,2,5-di-phenyl-	2,5-联苯对苯醌	14.53
51	49.24	1,2-Benzenedicarboxylic acid. mono(2-ethylhexyl)ester	邻苯二甲酸单(2-乙基己基)酯	1.32
52	49.45	7-Methyl-5-oxo-2-p-tolyl-3,5-dihydroin-dolizine-6-carbonitrile		0.23
53	50.72	1,2,3,6,7,8,9,10,11,12-Decahydro-benzo[e]pyrene	1,2,3,6,7,8,9,10,11,12-十氢苯并[e]芘	0.80

附表 3 GC-MS 检测 UF 胶黏剂 150℃ 时释放 VOC 物质分析表

序号	保留时间 /min	化 合 物 英文名	中文名	质量分数 /%
1	3.54	Methylene Chloride	二氯甲烷	1.46
2	3.85	Formic acid,butyl ester	甲酸丁酯	3.48
3	4.77	Toluene-D8	氘代甲苯	3.05
4	4.90	Toluene	甲苯	27.59
5	5.51	1,3,5-Cycloheptatriene	环庚三烯	0.66
6	5.62	Ethylbenzene	乙苯	1.32
7	8.65	p-Xylene	邻二甲苯	3.10
8	9.21	o-Xylene	对二甲苯	3.10
9	9.21	Cyclohexanone,3-methyl-,(R)-	3-甲基环己酮	0.70
10	14.89	Phenol	苯酚	0.99
11	16.32	Benzene,1-ethyl-3-methyl-	1-乙基-3-甲基苯	2.07
12	16.58	Bicyclo[2.2.1]heptan-2-one,1,7,7-trimethyl-,(1S)-	1,7,7-三甲基二环[2.2.1]庚烷-2-酮	0.47
13	22.66	Tridecane	十三烷	1.13
14	26.96	Bicyclo[4.4.1]undeca-1,3,5,7,9-pentaene	双环[4.4.1]-1,3,5,7,9-十一碳五烯	1.97
15	27.33	Pentadecane	十五烷	3.90
16	32.40	Methylene Chloride	二氯甲烷	0.47
17	32.97	1,3-Dioxolane,4-ethyl-4-methyl-2-pentadecyl-	1,3-二氧戊环-4-乙基-4-甲基-2-十五烷	0.56

续表

序号	保留时间/min	化合物		质量分数/%
		英文名	中文名	
18	34.49	Benzene,1,3,5-tri-tert-butyl-	1,3,5-三叔丁基苯	0.89
19	38.00	Heptadecane	十七烷	1.41
20	38.39	Benzoic acid,2-ethylhexyl ester	苯甲酸乙基己酯	0.52
21	38.65	2-Octyl benzoate	2-辛基苯甲酸	1.03
22	38.80	Benzoic acid,2-ethylhexyl ester	苯甲酸乙基己酯	1.03
23	38.80	Octadecane	癸烷	1.36
24	40.14	Phenol,2,4,6-tris(1,1-dimethylethyl)-	2,4,6-三叔丁基苯酚	1.88
25	40.35	Ethanedione,diphenyl-	二苯基乙二酮	1.08
26	40.78	Propanetrione,diphenyl-	二苯基丙三醇	1.08
27	40.78	Eicosane	二十烷	2.16
28	41.53	1-Heptatriacotanol	正三十七醇	2.16
29	41.82	Hexadecanoic acid,methyl ester	十六酸甲酯	0.75
30	41.94	1,2-Benzenedicarboxylic acid,butyl 2-ethylhexyl ester	1,2-苯二甲酸(2-乙基乙基)酯	1.36
31	42.09	Eicosane	二十烷	3.90
32	42.32	Tetracosane	二十四烷	3.90
33	42.45	1-Heptatriacotanol	正三十七醇	0.47
34	42.76	10,18-Bisnorabieta-8,11,13-triene		1.55
35	42.76	Methanone,2-benzofuranylphenyl-	2-苯基苯并呋喃甲酮	0.85
36	43.30	Heneicosane	二十一烷	0.94
37	43.56	Fluoranthene	荧蒽	1.27
38	43.72	Pyrene	芘	1.36
39	43.83	Docosane	二十二烷	1.79
40	44.06	[1,1′:3′,1″-Terphenyl]-2′-ol	2,6-二苯基苯酚	0.56
41	44.45	Tetracosane	二十四烷	0.61
42	44.67	2,5-Cyclohexadiene-1,4-dione,2,5-diphenyl-	2,5-联苯对苯醌	2.35
43	44.81	Benz(d)indeno(1,2-b)pyran-5,11-dione		0.61
44	45.62	1,2-Benzenedicarboxylic acid,mono(2-ethylhexyl)ester	苯二甲酸单(2-乙基己基)酯	6.30
45	46.98	Methylene Chloride	二氯甲烷	0.42
46	47.47	1,2,3,6,7,8,9,10,11,12-Decahydro-benzo[e]pyrene	1,2,3,6,7,8,9,10,11,12-十氢苯并[e]芘	0.85

附表 4　GC-MS 检测 UF 胶黏剂 160℃ 时释放 VOC 物质分析表

序号	保留时间 /min	化　合　物		质量分数 /%
		英文名	中文名	
1	3.95	Formic acid, butyl ester	甲酸丁酯	3.63
2	4.86	Toluene-D8	氘代甲苯	2.30
3	4.99	Toluene	甲苯	18.80
4	5.49	Cyclobutene, 2-propenylidene-	2-亚丙烯基—环丁烯	0.64
5	7.67	Furfural	糠醛	0.78
6	8.66	Ethylbenzene	乙苯	0.74
7	9.19	o-Xylene	二甲苯	2.07
8	10.66	Styrene	苯乙烯	1.33
9	16.35	Phenol	苯酚	18.07
10	17.10	Benzene, 1,2-dichloro-	1,2-二氯代苯	0.46
11	17.69	Benzene, 1-ethyl-3-methyl-	1-乙基-3-甲基苯	0.41
12	17.96	Isoproturon	异丙隆；N-4-异丙基苯基-N',N'-二甲基脲	0.55
13	18.16	1-Hexanol, 2-ethyl-	2-乙基己醇	1.10
14	19.05	Benzaldehyde, 2-hydroxy-	2-羟基苯甲醛	17.93
15	19.49	Nonane, 5-(1-methylpropyl)-	5-(1-甲基丙基)壬烷	0.64
16	19.85	Acetophenone	苯乙酮	1.15
17	20.63	Undecane	十一烷	3.63
18	21.09	Nonanal	壬醛	0.46
19	21.84	trans-4a-Methyl-decahydronaphthalene	反式甲基十氢化萘	0.32
20	22.06	Pentafluoropropionic acid, tridecyl ester	五氟丙酸十三烷基酯	0.28
21	22.45	Octadecane, 6-methyl-	6-甲基十八烷	0.28
22	22.81	Undecane, 2-methyl-	2-甲基十一烷	0.41
23	23.02	Undecane, 3-methyl-	3-甲基-十一烷	0.46
24	23.59	7-Hexadecyn-1-ol	7-十六-1-醇	0.41
25	26.97	Pentadecane	十五烷	0.92
26	27.33	Naphthalene, 2-methyl-	2-甲基萘	1.98
27	28.31	Dichloroacetic acid, 4-tridecyl ester	二氯乙酸-4-十三醇酯	0.37
28	29.69	Tetradecane	十四烷	0.64
29	30.27	1, 4-Methanoazulene, decahydro-4, 8,8-trimethyl-9-methylene-,	长叶烯	0.51
30	31.17	Pentadecane, 2,6,10-trimethyl-	2,6,10-三甲基-十五烷	0.37
31	31.51	Tetradecane, 3-methyl-	3-甲基-十四烷	0.37

续表

序号	保留时间/min	化 合 物		质量分数/%
		英文名	中文名	
32	31.92	Butanedioic acid, bis(2-methylpropyl)ester	丁二酸二(2-甲基丙)酯	0.55
33	32.39	Pentadecane	十五烷	3.26
34	32.60	Tetradecane,6,9-dimethyl-	6,9-二甲基-十四烷	0.92
35	33.23	Acetoxyacetic acid,4-tetradecyl ester	4-乙酰氧基乙酸十四烷酯	0.41
36	33.89	Decane,5-propyl-	5-丙基癸烷	0.46
37	34.35	Tridecane,6-cyclohexyl-	6-环己基-十三烷	0.32
38	34.58	Tetradecane,3-methyl-	3-甲基-十四烷	0.32
39	34.86	Pentadecane,3-methyl-	3-甲基-十五烷	0.28
40	35.43	Butanedioic acid, methyl-, dibutyl ester	亚甲基丁二酸二丁酯	0.78
41	37.15	Pentadecane,2,6,10-trimethyl-	2,6,10-三甲基-十五烷	0.69
42	37.39	Benzophenone	苯甲酮	0.32
43	38.40	Heptadecane	十七烷	0.97
44	44.80	Docosane	二十二烷	0.37
45	45.62	[1,1′:3′,1″-Terphenyl]-2′-ol	2,6-二苯基苯酚	0.37
46	45.80	Tricosane	正二十三烷	0.37
47	47.48	2,5-Cyclohexadiene-1,4-dione,2,5-diphenyl-	2,5-联苯对苯醌	4.05
48	47.65	Benz(d)indeno(1,2-b)pyran-5,11-dione		0.69
49	48.42	Tetratetracontane	正四十四烷	0.41
50	49.23	1,2-Benzenedicarboxylic acid, mono(2-ethylhexyl)ester	邻苯二甲酸单(2-乙基己基)酯	2.07
51	50.71	1,2,3,6,7,8,9,10,11,12-Decahydrobenzo[e]pyrene	1,2,3,6,7,8,9,10,11,12-十氢苯并[e]芘	0.37

附表 5 GC-MS 检测 UF 胶黏剂 170℃ 时释放 VOC 物质分析表

序号	保留时间/min	化 合 物		质量分数/%
		英文名	中文名	
1	3.85	Formic acid, butyl ester	甲酸丁酯	4.60
2	4.20	Methylene Chloride	二氯甲烷	0.85
3	4.77	Toluene-D8	氘代甲苯	1.34
4	4.89	Toluene	甲苯	7.44
5	6.51	Acetic acid, butyl ester	乙酸丁酯	2.06
6	7.63	Furfural	糠醛	0.72

序号	保留时间 /min	化 合 物		质量分数 /%
		英文名	中文名	
7	8.58	Ethylbenzene	乙苯	0.33
8	9.11	o-Xylene	二甲苯	1.11
9	10.60	Bicyclo[4.2.0]octa-1,3,5-triene	苯并环丁烯	0.82
10	14.77	Hexane,2-chloro-2,5-dimethyl-	2-氯-2,5-二甲基己烷	1.08
11	16.41	Phenol	苯酚	35.08
12	18.17	1-Hexanol,2-ethyl-	2-乙基-1-己醇	0.62
13	19.06	Benzaldehyde,2-hydroxy-	2-羟基苯甲醛	14.49
14	19.85	Acetophenone	苯乙酮	0.75
15	20.63	Undecane	十一烷	1.11
16	20.95	Fluoren-9-ol,3,6-dimethoxy-9-(2-phenylethynyl)-	3,6-二甲氧基-9-(2-苯乙炔基)-芴-9-醇	0.26
17	21.10	Nonanal	壬醛	0.23
18	22.80	Undecane,2-methyl-	2-甲基十一烷	0.29
19	23.01	Undecane,3-methyl-	3-甲基十一烷	0.36
20	23.79	Benzene,1,4-dimethyl-2-(2-methylpropyl)-	1,4-二甲基-2-(2-甲基丙基)苯	0.29
21	23.79	Benzene,1-ethyl-4-(2-methylpropyl)-	1-乙基-4-(2-甲基丙基)苯	0.29
22	23.98	Dodecane	十二烷	3.20
23	24.32	Undecane,2,6-dimethyl-	2,6-二甲基十一烷	0.23
24	25.30	Cyclohexane,hexyl-	环己酸己烷	0.26
25	26.08	Hexadecane,7-methyl-	7-甲基十六烷	0.29
26	26.97	Tridecane	十三烷	0.49
27	26.97	Pentadecane	十五烷	0.49
28	27.32	Naphthalene,2-methyl-	2-甲基萘	0.88
29	28.70	Tetradecane,3-methyl-	3-甲基-十四烷	0.26
30	29.68	Tetradecane	十四烷	0.42
31	30.27	1,4-Methanoazulene,decahydro-4,8,8-trimethyl-9-methylene-,	长叶烯	0.36
32	31.17	Tridecane,5-propyl-	5-丙基十三烷	0.20
33	31.92	Butanedioic acid,bis(2-methylpropyl)ester	丁二酸二(2-甲基丙)酯	0.23
34	32.39	Pentadecane	十五烷	1.63
35	32.55	Heptacosane,1-chloro-	1-氯-十七烷	0.52
36	33.89	Decane,5-propyl-	5-丙基-癸烷	0.23
37	35.43	Butanedioic acid,methyl-,dibutyl ester	亚甲基丁二酸二丁酯	0.39

序号	保留时间/min	化合物 英文名	化合物 中文名	质量分数/%
38	37.15	Pentadecane, 2,6,10-trimethyl-	2,6,10-三甲基-十五烷	0.49
39	38.40	Heptadecane	十七烷	0.85
40	40.14	Octadecane	十八烷	0.36
41	41.54	Eicosane	二十烷	0.75
42	42.39	Estra-1,3,5(10)-trien-17á-ol		0.20
43	43.52	17-Pentatriacontene	17-三十五(烷)烯	0.80
44	43.82	Heneicosane	二十一烷	1.11
45	44.81	Docosane	二十二烷	2.19
46	44.81	Tetracosane	二十四烷	5.49
47	45.81	Tricosane	二十三烷	1.99
48	46.50	Tricosane, 2-methyl-	2-甲基-二十三烷	0.29
49	49.22	1,2-Benzenedicarboxylic acid, mono (2-ethylhexyl) ester	邻苯二甲酸单(2-乙基己基)酯	0.91
50	50.25	Triacontane	三十烷	0.36

附表6 GC-MS检测 UF 胶黏剂 180℃ 时释放 VOC 物质分析表

序号	保留时间/min	化合物 英文名	化合物 中文名	质量分数/%
1	3.86	Formic acid, butyl ester	甲酸丁酯	5.73
2	4.78	Toluene-D8	氘代甲苯	0.96
3	4.90	Toluene	甲苯	4.74
4	6.52	Acetic acid, butyl ester	乙酸丁酯	1.22
5	7.62	3-Furaldehyde	3-糠醛	0.71
6	8.59	Ethylbenzene	乙苯	0.25
7	9.13	o-Xylene	二甲苯	0.96
8	10.61	Styrene	苯乙烯	0.63
9	10.76	Ethanol, 2,2'-oxybis-	2,2'-氧代二乙醇	0.69
10	13.41	Methylene Chloride	二氯甲烷	7.73
11	14.79	Cyclohexanone, 3-methyl-, (R)-	3-甲基环己酮	1.90
12	15.07	Cyclopentanone, 2,3-dimethyl-	2,3-二甲基环己酮	0.41
13	16.47	Phenol	苯酚	39.96
14	17.96	D-Limonene	柠檬烯	0.20
15	18.17	1-Hexanol, 2-ethyl-	2-乙基己醇	1.24
16	19.07	Benzaldehyde, 2-hydroxy-	2-羟基苯甲醛	12.10

续表

序号	保留时间/min	化 合 物 英文名	化 合 物 中文名	质量分数/%
17	19.85	Acetophenone	苯乙酮	1.47
18	20.63	Undecane	十一烷	1.12
19	20.96	4H-1-Benzopyran-4-one, 2-(3,4-dimethoxyphenyl)-3,7-dimethoxy-		0.28
20	21.09	Nonanal	壬醛	0.20
21	22.31	Butane,1,1'-[methylenebis(oxy)]bis-	1,1'-[亚甲基双(氧)]双丁烷	0.58
22	22.63	Benzene, 2-ethyl-1,4-dimethyl-	2-乙基-1,4-二甲基苯	0.63
23	22.81	2,3-Dimethyldecane	2,3-二甲基-癸烷	0.28
24	23.35	Benzene, 1-methyl-4-(1-methyl-propyl)-	1-乙基-4-(1-甲基丙基)苯	0.48
25	23.97	1H-Indene, 1-methylene-	亚甲基茚	3.50
26	24.42	Benzene,1-ethyl-2,4,5-trimethyl-	1-乙基-2,4,5-三甲基苯	0.18
27	25.30	Cyclohexane, hexyl-	环己酸己烷	0.28
28	25.52	Octane, 4-ethyl-	4-乙基-辛烷	0.23
29	26.09	Hexadecane, 7-methyl-	7-甲基十六烷	0.36
30	26.97	Tridecane	十三烷	0.56
31	27.33	Naphthalene, 1-methyl-	1-甲基萘	0.99
32	29.29	1,2,4-Methenoazulene, decahydro-1,5,5,8a-tetramethyl	1,2,4-亚甲基薁,十氢-1,5,5,8a-四甲基	0.30
33	29.69	Tetradecane	十四烷	0.28
34	30.27	1,4-Methanoazulene, decahydro-4,8,8-trimethyl-9-methylene-	长叶烯	0.46
35	32.40	Pentadecane	十五烷	1.07
36	34.58	Tetradecane, 3-methyl-	3-甲基-十四烷	0.23
37	35.43	Butanedioic acid, methyl-, dibutyl ester	亚甲基丁二酸二丁酯	0.33
38	37.15	Pentadecane,2,6,10-trimethyl-	2,6,10-三甲基-十五烷	0.30
39	37.38	Benzophenone	苯甲酮	0.20
40	38.41	Heptadecane	十七烷	0.51
41	40.14	Octadecane	十八烷	0.25
42	40.14	Eicosane	二十烷	1.12
43	40.78	Ethanedione, diphenyl-	二苯基乙二酮	0.30
44	42.44	Phthalic acid, butyl isohexyl ester	邻苯二甲酸二己酯	0.18
45	43.82	Heneicosane	二十一烷	0.53
46	44.54	17-Pentatriacontene	17-三十五(烷)烯	0.23

序号	保留时间/min	化 合 物		质量分数/%
		英文名	中文名	
47	44.80	Docosane	二十二烷	0.74
48	45.80	Tricosane	二十三烷	0.63
49	46.98	Tetracosane	二十四烷	0.71
50	48.43	Tetratetracontane	正四十四烷	0.25
51	49.23	1, 2-Benzenedicarboxylic acid, mono (2-ethylhexyl) ester	邻苯二甲酸单(2-乙基己基)酯	0.76

附表 7   GC-MS 检测的 A0 刨花板释放 VOC 物质分析表

峰号	保留时间/min	分子式	化 合 物		质量分数/%
			英文名	中文名	
1	4.75	C_7H_8	Toluene	甲苯	9.17
2	7.5	C_8H_{10}	Ethylbenzene	乙苯	2.04
3	7.82	C_8H_{10}	o-Xylene	邻二甲苯	2.45
4	9.93	$C_{10}H_{16}$	3-Carene	3-蒈烯	0.91
5	12.36	$C_{10}H_{22}$	Decane	癸烷	1.08
6	13.65	$C_8H_{18}O$	1-Hexanol, 2-ethyl-	2-乙基己醇	6.43
7	16.14	$C_{11}H_{24}$	Undecane	十一烷	1.67
8	19.81	$C_{12}H_{26}$	Dodecane	十二烷	2.66
9	20.04	$C_{10}H_{18}O$	p-menth-1-en-8-ol	alpha-松油醇	3.36
10	21.62	$C_{11}H_{16}O$	Benzene, 1-(1, 1-dimethylethyl)-4-methoxy-	1-(1,1-二甲基乙基)-4-甲氧基苯	1.15
11	23.31	$C_{13}H_{28}$	Decane, 5-propyl-	5-丙基癸烷	2.06
12	24.92	$C_{13}H_{26}$	Heptylcyclohexane	庚基环己烷	0.91
13	26.63	$C_{14}H_{30}$	Tetradecane	十四烷	2.28
14	27.25	$C_{15}H_{24}$	1, 4-Methanoazulene, decahydro-4,8,8-trimethyl-9-methylene-	长叶烯	2.52
15	28.45	$C_{21}H_{44}$	Heptadecane, 2,6,10,14-tetramethyl-	2,6,10,14-甲基-十七烷	0.93
16	28.84	$C_{14}H_{20}O_2$	2, 5-Cyclohexadiene-1, 4-dione, 2, 6-bis(1,1-dimethylethyl)-	2,6-二叔丁基-1,4-苯醌	2.14
17	29.27	$C_{12}H_{22}O_4$	Butanedioic acid, bis(2-methylpropyl)ester	丁二酸二(2-甲基丙基)酯	1.02
18	29.75	$C_{15}H_{32}$	Pentadecane	十五烷	2.26
19	30.43	$C_{18}H_{34}O_4$	Acetoxyacetic acid, 5-tetradecyl ester	5-十四烷-乙酰氧基乙酸酯	0.98
20	31.00	$C_{17}H_{36}$	Tetradecane, 2,6,10-trimethyl-	2,6,10 三甲基十四烷	1.30
21	31.75	$C_{13}H_{24}O_4$	Butanedioic acid, methyl-, bis (1-methylpropyl)ester	甲基丁二酸二甲基．丙基酯	3.08

峰号	保留时间/min	分子式	化　合　物		质量分数/%
			英文名	中文名	
22	32.05	$C_{16}H_{34}$	Hexadecane	十六烷	4.59
23	32.83	$C_{18}H_{38}$	Pentadecane,2,6,10-trimethyl-	2,6,10 三甲基-十五烷	3.49
24	33.16	$C_{16}H_{32}$	Decane,4-cyclohexyl-	4-环己基-癸烷	1.20
25	33.28	$C_{23}H_{48}$	Heptadecane,9-hexyl-	9-己基-十七烷	0.91
26	33.74	$C_{19}H_{40}$	Pentadecane,2,6,10,14-tetramethyl-	2,6,10,14-甲基-十五烷	10.42
27	34.12	$C_{16}H_{18}$	1,1'-Biphenyl,3,4-diethyl-	3,4-二乙基-1,1'-联苯	2.08
28	34.75	$C_{16}H_{34}S$	tert-Hexadecanethiol	十六硫醇	1.56
29	35.17	$C_{20}H_{42}$	Hexadecane,2,6,10,14-tetramethyl-	2,6,10,14-甲基-十六烷	7.42
30	35.38	$C_{14}H_{12}O_3$	Resveratrol	白藜芦醇	1.43
31	36.07	$C_{18}H_{26}O_4$	Phthalic acid,butyl isohexyl ester	邻苯二甲酸异丁基酯	9.76
32	37.16	$C_{16}H_{22}O_4$	Dibutyl phthalate	邻苯二甲酸二丁酯	5.84

附表 8　GC-MS 检测的 A1（B3/C1/D1/F3）刨花板释放 VOC 物质分析表

峰号	保留时间/min	分子式	化　合　物		质量分数/%
			英文名	中文名	
1	4.75	C_7H_8	Toluene	甲苯	11.60
2	5.7	$C_6H_{12}O$	Hexanal	正己醛	3.89
3	6.04	$C_6H_{12}O_2$	Acetic acid,butyl ester	乙酸丁酯	1.94
4	6.9	C_5H_6O	2-Cyclopenten-1-one	2-环戊烯-1 酮	1.99
5	7.51	C_8H_{10}	Ethylbenzene	乙苯	5.90
6	7.83	C_8H_{10}	p-Xylene	邻（对）二甲苯	6.22
7	8.94	$C_6H_{10}O$	Cyclopentanone,2-methyl-	2-甲基环戊酮	3.56
8	9.94	$C_{10}H_{16}$	Bicyclo[3.1.1]hept-2-ene,3,6,6-tri-methyl-	3,6,6-三甲氧基-二环[3.1.1]-2-庚烯	11.61
9	12.37	$C_{10}H_{22}$	Decane	癸烷	5.38
10	12.81	$C_{10}H_{16}$	3-Carene	3-蒈烯	3.15
11	13.66	$C_{10}H_{18}O$	2-Decenal,(Z)-	2-癸醛,(Z)-	5.30
12	14.16	C_7H_8O	Benzyl Alcohol	苯甲醇	1.41
13	14.79	$C_{10}H_{20}O$	Decanal	癸醛	3.05
14	16.15	$C_{11}H_{24}$	Undecane	十一烷	5.55
15	16.64	$C_9H_{18}O$	Nonanal	壬醛	1.54
16	19.82	$C_{12}H_{26}$	Dodecane	十二烷	4.08
17	26.63	$C_{14}H_{30}$	Tetradecane	十四烷	2.30

峰号	保留时间/min	分子式	化 合 物 英文名	化 合 物 中文名	质量分数/%
18	29.28	$C_{12}H_{22}O_4$	Butanedioic acid, bis(2-methylpropyl) ester	2-甲基丙基丁酯	3.07
19	29.76	$C_{15}H_{32}$	Pentadecane	十五烷	2.89
20	31.75	$C_{13}H_{24}O_4$	Butanedioic acid, methyl-, bis(1-methylpropyl) ester	1-甲基丙基丁甲酯	4.57
21	33.74	$C_{16}H_{34}$	Hexadecane	十六烷	3.36
22	35.17	$C_{23}H_{48}$	Heptadecane, 9-hexyl-	9-己基十七烷	2.35
23	36.07	$C_{18}H_{24}O_4$	Phthalic acid, cyclohexyl isohexyl ester	环己基邻苯二甲酸酯	1.79
24	37.17	$C_{21}H_{32}O_4$	Phthalic acid, butyl nonyl ester	邻苯二甲酸二丁酯壬酯	3.49

附表 9 GC-MS 检测的 A2 刨花板释放 VOC 物质分析表

峰号	保留时间/min	分子式	化 合 物 英文名	化 合 物 中文名	质量分数/%
1	4.75	C_7H_8	Toluene	甲苯	1.00
2	5.96	$C_6H_{14}O$	2-Pentanol, 4-methyl-	4-甲基-2 戊醇	0.53
3	6.35	$C_5H_{10}Cl_2$	Butane, 2,3-dichloro-2-methyl-	2,3-二氯-2-甲基-丁烷	0.72
4	6.82	$C_5H_4O_2$	3-Furaldehyde	3-糠醛	2.95
5	7.1	C_6H_5Cl	Benzene, chloro-	氯苯	29.51
6	7.85	C_8H_{10}	p-Xylene	对二甲苯	17.44
7	8.61	C_8H_{10}	o-Xylene	邻二甲苯	4.18
8	8.93	$C_6H_{10}O$	Cyclohexanone	环己酮	1.22
9	9.68	C_9H_{12}	Benzene, 1-ethyl-2-methyl-	1-乙基-2-甲基-苯	10.37
10	12.37	C_9H_{12}	Benzene, 1,3,5-trimethyl-	1,3,5-三甲基-苯	2.75
11	14.16	C_7H_8O	Benzyl Alcohol	苯甲醇	0.45
12	15.38	C_8H_8O	Acetophenone	乙酰苯(苯乙酮)	0.80
13	16.13	$C_{11}H_{24}$	Undecane	十一烷	2.41
14	19.78	$C_{10}H_8$	1H-Indene, 1-methylene-	1-甲基-1-氢-茚	6.07
15	19.78	$C_{10}H_8$	Naphthalene	萘	6.07
16	24.23	$C_{11}H_{10}$	Naphthalene, 1-methyl-	1-甲基-萘	0.97
17	26.61	$C_{14}H_{30}$	Tetradecane	十四烷	1.18
18	27.33	$C_{12}H_{12}$	Naphthalene, 1,6-dimethyl-	1,6-二甲基萘	0.36
19	28.25	$C_{10}H_{10}O_2$	Ethanone, 1,1'-(1,4-phenylene)bis-	对苯双酮	3.98
20	28.65	$C_9H_{12}N_2O$	Fenuron	非草隆(N-苯基-N,N'-二甲基脲)	1.23
21	28.9	$C_{10}H_{10}O_2$	Ethanone, 1,1'-(1,4-phenylene)bis-	对苯双酮	2.34

续表

峰号	保留时间/min	分子式	化　合　物 英文名	化　合　物 中文名	质量分数/%
22	29.25	$C_{12}H_{22}O_4$	Butanedioic acid, bis(2-methylpropyl) ester	双(2-甲基丙基)丁二酸酯	0.95
23	29.53	$C_8H_8N_2S$	2-(Methylmercapto)benzimidazol	2-(甲硫)咪唑	0.54
24	30.72	$C_{12}H_8O$	Dibenzofuran	二苯并呋喃	0.29
25	30.72	$C_9H_{12}O_3$	Benzene,1,3,5-trimethoxy-	1,3,5-三甲苯	0.29
26	31.73	$C_{13}H_{24}O_4$	Butanedioic acid, methyl-, dibutyl ester	甲基丁二酸二丁酯	1.13
27	37.16	$C_{21}H_{32}O_4$	Phthalic acid, butyl nonyl ester	邻苯二甲酸二丁酯壬酯	0.27

附表 10　GC-MS 检测的 A3 刨花板释放 VOC 物质分析表

峰号	保留时间/min	分子式	化　合　物 英文名	化　合　物 中文名	质量分数/%
1	4.75	C_7H_8	Toluene	甲苯	10.31
2	5.69	$C_6H_{12}O$	Hexanal	己醛	2.62
3	6.03	$C_6H_{12}O_2$	Acetic acid, butyl ester	乙酸丁酯	1.57
4	6.87	C_5H_6O	2-Cyclopenten-1-one	2-环戊烯酮	2.25
5	7.51	C_8H_{10}	Ethylbenzene	乙苯	5.03
6	7.83	C_8H_{10}	o-Xylene	邻二甲苯	6.18
7	8.63	$C_{19}H_{30}O_2$	Benzenepropanoic acid, decyl ester	苯丙酸癸酯	3.15
8	8.93	$C_6H_{10}O$	Cyclohexanone	环己酮	3.55
9	9.93	$C_{10}H_{16}$	Bicyclo[3.1.1]hept-2-ene, 3,6,6-trimethyl-	3,6,6-三甲基二环[3.1.1]-2-庚烯	9.72
10	11.44	C_9H_{12}	Benzene,1,3,5-trimethyl-	1,3,5-三甲苯	1.34
11	12.36	$C_{10}H_{22}$	Decane	癸烷	4.82
12	12.8	$C_{10}H_{16}$	4-Carene	4-蒈烯	2.42
13	13.51	$C_{10}H_{14}$	Benzene,1-methyl-3-(1-methylethyl)-	间异丙基甲苯	1.98
14	13.65	$C_{10}H_{18}O$	Cyclohexanol, 2-methyl-5-(1-methylethenyl)-,(1à,2à,5á)-	2-甲基-5-(1-甲基乙烯基)环己醇	4.06
15	14.79	$C_{10}H_{20}O$	2-Decen-1-ol,(Z)-	2-癸烯-1-醇	2.72
16	16.14	$C_{11}H_{24}$	Undecane	十一烷	4.64
17	16.63	$C_9H_{18}O$	Nonanal	壬醛	1.38
18	19.81	$C_{12}H_{26}$	Dodecane	十二烷	3.13
19	26.63	$C_{14}H_{30}$	Tetradecane	十四烷	1.89
20	27.25	$C_{15}H_{24}$	1H-Benzocycloheptene, 2,4a,5,6,7,8,9,9a-octahydro-3,5,5-trimethyl-9-methylene-	3,5,5-三甲-9-亚甲基-2,4a,5,6,7,8,9,9a-八氢-1H-苯并环糠烯	1.64

续表

峰号	保留时间/min	分子式	化合物		质量分数/%
			英文名	中文名	
21	27.43	$C_{15}H_{24}$	Cedrene	雪松烯	1.39
22	29.27	$C_{12}H_{22}O_4$	Butanedioic acid, bis(2-methylpropyl) ester	丁二酸-二(2-甲基丙基)酯	2.01
23	29.75	$C_{15}H_{32}$	Pentadecane	十五烷	2.72
24	31	$C_{15}H_{26}O_2$	Geranyl isovalerate	异戊酸香叶酯	1.41
25	31.75	$C_{13}H_{24}O_4$	Pentanedioic acid, dibutyl ester	戊二酸丁酯	3.24
26	33.74	$C_{21}H_{44}$	Heptadecane, 2,6,10,15-tetramethyl-	2,6,10,15-甲基-十七烷	2.39
27	35.14	$C_{25}H_{52}$	Heptadecane, 9-octyl-	9-辛基十七烷	4.56
28	36.07	$C_{18}H_{24}O_4$	1,2-Benzenedicarboxylic acid, butyl cyclohexyl ester	邻苯二甲酸丁酯环己酯	1.49
29	37.16	$C_{22}H_{34}O_4$	Phthalic acid, 6-ethyl-3-octyl butyl ester	邻苯二甲酸-6-乙基-3-辛基丁酯	3.18
30	38.1	$C_{23}H_{48}$	Heptadecane, 9-hexyl-	9-己基十七烷	3.22

附表 11 GC-MS 检测的 A4 刨花板释放 VOC 物质分析表

峰号	保留时间/min	分子式	化合物		质量分数/%
			英文名	中文名	
1	4.75	C_7H_8	Toluene	甲苯	11.46
2	6.36	$C_5H_{10}Cl_2$	Butane, 2,3-dichloro-2-methyl-	2,3-二氯-2-甲基-丁烷	3.30
3	7.51	C_8H_{10}	Ethylbenzene	乙苯	3.65
4	7.84	C_8H_{10}	o-Xylene	邻二甲苯	6.83
5	7.84	C_8H_{10}	p-Xylene	对二甲苯	6.83
6	8.63	$C_{17}H_{19}NO_2$	Benzeneethanamine, N-[(4-hydroxy)hydrocinnamoyl]-		4.22
7	9.93	$C_{10}H_{16}$	Bicyclo[3.1.0]hexane, 4-methyl-1-(1-methylethyl)-,-didehydro deriv.	4-甲基-1-(1-甲基乙基)双环[3.1.0]己烷-脱氢化衍生物	4.56
8	12.36	$C_{10}H_{22}$	Decane	癸烷	4.44
9	14.18	C_7H_8O	Benzyl Alcohol	苯甲醇	2.07
10	16.14	$C_{11}H_{24}$	Undecane	十一烷	4.06
11	16.63	$C_9H_{18}O$	Nonanal	壬醛	1.33
12	19.8	$C_{12}H_{26}$	Dodecane	十二烷	4.38
13	24.23	$C_{11}H_{10}$	Naphthalene, 1-methyl-	甲基萘	1.92
14	26.62	$C_{14}H_{30}$	Tetradecane	十四烷	4.35
15	33.73	$C_{17}H_{36}$	Hexadecane, 7-methyl-	7-甲基十六烷	5.39
16	36.85	$C_{16}H_{22}O_4$	1,2-Benzenedicarboxylic acid, mono(2-ethylhexyl) ester	邻苯二甲酸单(2-乙基己基)酯	22.46
17	37.16	$C_{22}H_{34}O_4$	Phthalic acid, 6-ethyl-3-octyl butyl ester	邻苯二甲酸 6-乙基-3-辛基丁酯	8.76

附表 12　GC-MS 检测的 A5 刨花板释放 VOC 物质分析表

峰号	保留时间/min	分子式	化合物		质量分数/%
			英文名	中文名	
1	6.04	$C_6H_{12}O_2$	Acetic acid, butyl ester	乙酸丁酯	1.07
2	6.88	$C_5H_4O_2$	3-Furaldehyde	3-糠醛	1.22
3	7.08	$C_6H_5C_1$	Benzene, chloro-	氯苯	6.30
4	7.48	C_8H_{10}	Ethylbenzene	乙苯	7.35
5	7.83	C_8H_{10}	p-Xylene	对二甲苯	10.77
6	7.83	C_8H_{10}	Ethylbenzene	乙苯	10.77
7	8.6	C_8H_{10}	Benzene, 1,3-dimethyl-	间二甲苯	6.55
8	8.96	$C_6H_{10}O$	Cyclohexanone	环己酮	1.00
9	9.68	C_9H_{12}	Benzene, 1,2,3-trimethyl-	1,2,3-三甲苯	8.46
10	10.1	$C_3H_5C_{13}$	Propane, 1,2,3-trichloro-	1,2,3-三氯丙烷	2.33
11	11.42	C_9H_{12}	Benzene, 1,2,4-trimethyl-	1,2,4-三甲基苯	7.80
12	12.21	$C_{10}H_{14}$	Benzene, tert-butyl-	叔丁基溴苯	8.23
13	12.37	C_9H_{12}	Benzene, 1,2,4-trimethyl-	1,2,4-三甲基苯	7.75
14	14.16	C_7H_8O	Benzyl Alcohol	苯甲醇	1.91
15	15.4	$C_{10}H_{11}ClO$	ç-Chlorobutyrophenone	氯苯乙酮	1.05
16	16.13	$C_{11}H_{24}$	Undecane	十一烷	4.45
17	19.8	$C_{22}H_{33}ClO_4$	Oxalic acid, 4-chlorophenyl tetradecyl ester	对氯苯基十四烷基乙二酸酯	5.76
18	24.23	$C_{11}H_{10}$	Naphthalene, 2-methyl-	2-甲基萘	2.55
19	26.62	$C_{14}H_{30}$	Tetradecane	十四烷	2.11
20	28.27	$C_{10}H_{10}O_2$	1(3H)-Isobenzofuranone, 3,3-dimethyl-	3,3-二甲基邻羟甲基苯甲酸内酯	1.20
21	28.66	$C_{18}H_{18}O_4$	Phthalic acid, 2-isopropyl-phenyl methyl ester	邻苯二甲酸-2-异丙基甲基酯	0.50
22	28.93	$C_{10}H_{10}O_2$	Ethanone, 1, 1'-(1, 3-phenylene)bis-	1,3-苯基双酮	0.84

附表 13　GC-MS 检测的 B1 刨花板释放 VOC 物质分析表

峰号	保留时间/min	分子式	化　合　物		质量分数/%
			英文名	中文名	
1	3.78	$C_2H_4C_{12}O$	Methane, oxybis chloro-	氧代二氯甲烷	1.42
2	4.76	C_7H_8	Toluene	甲苯	10.90
3	6.88	C_5H_6O	2-Cyclopenten-1-one	2-环戊烯酮	3.81
4	7.51	C_8H_{10}	Ethylbenzene	乙苯	4.35
5	7.83	C_8H_{10}	o-Xylene	邻二甲苯	5.84
6	8.64	$C_{13}H_{18}O_2$	Propanoic acid, 2, 2-dimethyl-, 2-phenylethyl ester	丙酸-2,2-甲基-2-苯乙基酯	3.50
7	8.97	$C_6H_{10}O$	Cyclopentanone, 2-methyl-	2-甲基-环戊酮	1.23
8	9.93	$C_{10}H_{16}$	Bicyclo[3.1.1]hept-2-ene, 3,6,6-trimethyl-	3,6,6三甲基-双环[3.1.1]-2-庚烯	4.25
9	11.44	C_9H_{12}	Benzene, 1,3,5-trimethyl-	1,3,5 三甲基苯	1.50
10	12.36	$C_{10}H_{22}$	Decane	癸烷	7.00
11	13.68	$C_{16}H_{32}$	Decane, 3-cyclohexyl-	3-环己基癸烷	3.11
12	14.79	$C_{10}H_{20}O$	2-Decen-1-ol, (E)-	2-癸烯-1-醇	3.91
13	15.8	$C_{17}H_{28}$	2, 4, 4, 6-Tetramethyl-6-phenylheptane	2,4,4,6-甲基-6-苯基庚烷	1.61
14	16.15	$C_{11}H_{24}$	Undecane	十一烷	7.37
15	17.58	$C_{11}H_{22}$	Cyclohexane, pentyl-	戊基环己烷	1.96
16	19.82	$C_{12}H_{26}$	Dodecane	十二烷	4.65
17	26.64	$C_{14}H_{30}$	Tetradecane	十四烷	2.13
18	32.05	$C_{16}H_{34}$	Hexadecane	十六烷	3.94
19	32.84	$C_{18}H_{38}$	Pentadecane, 2, 6, 10-trimethyl-	2,6,10-三甲基十五烷	2.09
20	33.15	$C_{40}H_{82}O_2$	Hexadecane, 1, 1-bis (dodecyloxy)-	1,1-双(磺酸钠)-十六烷	1.48
21	33.75	$C_{17}H_{36}$	Heptadecane	十七烷	6.30
22	35.16	$C_{21}H_{44}$	Heptadecane, 2, 6, 10, 15-tetramethyl-	2,6,10,15-四甲基-庚癸烷	4.92
23	36.08	$C_{22}H_{34}O_4$	Phthalic acid, 6-ethyl-3-octyl isobutyl ester	邻苯二甲酸,6-乙基-3-辛基异酯	3.09
24	37.17	$C_{22}H_{34}O_4$	Phthalic acid, 6-ethyl-3-octyl butyl ester	邻苯二甲酸,6-乙基-3-辛基丁酯	5.96
25	37.44	$C_{23}H_{48}$	Heptadecane, 9-hexyl-	9-己基十七烷	2.03
26	38.21	$C_{19}H_{36}O$	12-Methyl-E, E-2, 13-octadecadien-1-ol	12-甲基-十八烷醇	2.15

附表 14 GC-MS 检测的 B2 刨花板释放 VOC 物质分析表

峰号	保留时间 /min	分子式	化合物 英文名	化合物 中文名	质量分数 /%
1	4.76	C_7H_8	Toluene	甲苯	9.50
2	5.7	$C_6H_{12}O$	Hexanal	己醛	2.93
3	6.04	$C_6H_{12}O_2$	Acetic acid, butyl ester	乙酸丁酯	2.42
4	6.89	C_5H_6O	2-Cyclopenten-1-one	2-环戊烯酮	1.99
5	7.52	C_8H_{10}	Ethylbenzene	乙苯	5.39
6	7.83	C_8H_{10}	o-Xylene	邻二甲苯	6.16
7	8.64	$C_{19}H_{30}O_2$	Benzenepropanoic acid, decyl ester	苯丙酸癸酯	3.50
8	8.93	$C_6H_{10}O$	Cyclopentanone, 2-methyl-	2-甲基-环戊酮	4.28
9	9.7	C_9H_{12}	Benzene, 1,2,4-trimethyl-	1,2,4-三甲苯	2.45
10	9.94	$C_{10}H_{16}$	Bicyclo[3.1.1]hept-2-ene, 3,6,6-trimethyl-	3,6,6三甲基-双环[3.1.1]-2-庚烯	13.98
11	11.44	C_9H_{12}	Benzene, 1,3,5-trimethyl-	1,3,5-三甲苯	1.19
12	12.37	$C_{10}H_{22}$	Decane	癸烷	4.70
13	12.81	$C_{10}H_{16}$	4-Carene	4-蒈烯	2.34
14	13.66	$C_{10}H_{18}O$	Cyclohexanol, 2-methyl-5-(1-methylethenyl)-, (1à,2à,5á)-	2-甲基-5-(1-甲基乙烯基)环己醇	5.04
15	14.16	C_7H_8O	Benzyl Alcohol	苯甲醇	2.17
16	14.79	$C_{10}H_{20}O$	Cyclohexanol, 5-methyl-2-(1-methylethyl)-, (1à, 2à, 5á)-	5-甲基-2-(1-甲基乙基)环己醇	2.77
17	15.8	$C_{10}H_{14}$	Benzene, 1-ethyl-3,5-dimethyl-	1-乙基-3,5-二甲基苯	1.06
18	16.14	$C_{11}H_{24}$	Undecane	十一烷	4.65
19	17.5	$C_{11}H_{20}$	trans-4a-Methyl-decahydron-aphthalene	4a-反甲基萘烷	1.28
20	17.94	$C_{10}H_{12}$	Benzene, 4-ethenyl-1,2-dimethyl-	4-乙烯基-1,2-二甲基苯	1.31
21	18.3	$C_{10}H_{14}$	1,4-Cyclohexadiene, 3-ethenyl-1,2-dimethyl-	3-乙烯基-1,2-二甲基-1,4环己二烯	1.27
22	19.82	$C_{12}H_{26}$	Dodecane	十二烷	3.09
23	26.63	$C_{14}H_{30}$	Tetradecane	十四烷	1.24
24	29.27	$C_{12}H_{22}O_4$	Butanedioic acid, bis (2-methylpropyl) ester	二(2-甲基丙基)丁二酸酯	1.33
25	31.75	$C_{13}H_{24}O_4$	Butanedioic acid, methyl-, bis(1-methylpropyl) ester	甲基丁二酸二(1-甲基丙基)酯	2.29
26	32.05	$C_{44}H_{90}$	Tetratetracontane	四十四烷	1.76
27	33.75	$C_{20}H_{42}$	Hexadecane, 2, 6, 10, 14-tetramethyl-	2,6,10,14-甲基-十六烷	3.11
28	34.36	$C_{18}H_{34}O_2$	13-Hexyloxacyclotridecan-2-one		1.21
29	35.16	$C_{17}H_{36}$	Tetradecane, 2, 6, 10-trimethyl-	2,6,10-三甲基-十四烷	2.68
30	37.17	$C_{16}H_{22}O_4$	Dibutyl phthalate	邻苯二甲酸二丁酯	2.91

附表 15 GC-MS 检测的 B4 刨花板释放 VOC 物质分析表

峰号	保留时间/min	分子式	化合物 英文名	化合物 中文名	质量分数/%
1	4.76	C_7H_8	Toluene	甲苯	5.34
2	5.7	$C_6H_{12}O$	Hexanal	己醛	3.27
3	6.03	$C_6H_{12}O_2$	Acetic acid, butyl ester	乙酸丁酯	2.36
4	7.51	C_8H_{10}	Ethylbenzene	乙苯	4.05
5	7.83	C_8H_{10}	o-Xylene	邻二甲苯	3.78
6	8.63	C_8H_{10}	Ethylbenzene	乙苯	2.17
7	8.9	$C_6H_{10}O$	Cyclopentanone, 2-methyl-	2-甲基-环戊酮	4.81
8	9.7	C_9H_{12}	Benzene, 1-ethyl-3-methyl-	1-乙基-3-甲基-苯	2.92
9	9.94	$C_{10}H_{16}$	Bicyclo[3.1.1]hept-2-ene, 2,6,6-trimethyl-	2,6,6-甲基-双环[3.1.1]-2-庚烯	16.27
10	12.37	$C_{10}H_{22}$	Decane	癸烷	2.10
11	12.81	$C_{10}H_{16}$	3-Carene	3-蒈烯	2.85
12	13.65	$C_{10}H_{16}$	Cyclohexene, 1-methyl-4-(1-methylethenyl)-,(S)-	β-松油醇	3.84
13	14.76	$C_{10}H_{14}$	Benzene, 2-ethyl-1,4-dimethyl-	2-乙基-1,4-二甲基-苯	1.39
14	16.14	$C_{11}H_{24}$	Undecane	十一烷	2.83
15	16.63	$C_9H_{18}O$	Nonanal	壬醛	1.36
16	17.94	$C_{10}H_{12}$	1H-Indene, 2,3-dihydro-4-methyl-	2,3-二氢-4-甲基-1H-茚	1.55
17	18.3	$C_{10}H_{14}$	Benzene, 2-ethyl-1,4-dimethyl-	2 乙基-1,4-二甲基-苯	1.53
18	19.82	$C_{12}H_{26}$	Dodecane	十二烷	2.83
19	23.32	$C_{21}H_{44}$	Heptadecane, 2,6,10,14-tetramethyl-	2,6,10,14-甲基-十七烷	1.67
20	24.94	$C_{15}H_{27}Cl_3O_2$	Trichloroacetic acid, tridecyl ester	三氯乙酸十三烷酯	1.44
21	26.63	$C_{14}H_{30}$	Tetradecane	十四烷	3.13
22	27.26	$C_{15}H_{24}$	1H-Benzocycloheptene, 2,4a,5,6,7,8,9,9a-octahydro-3,5,5-trimethyl-9-methylene-	3,5,5-三甲-9-亚甲基-2,4a,5,6,7,8,9,9a-八氢-1H-苯并环糠烯	2.31
23	27.43	$C_{15}H_{24}$	Cedrene	雪松烯	2.75
24	28.64	$C_{17}H_{36}$	Tetradecane, 2,6,10-trimethyl-	2,6,10-三甲基十四烷,	1.46
25	28.86	$C_{12}H_{24}Br_2$	Dodecane, 1,2-dibromo-	1,2-二溴十二烷	1.74
26	29.28	$C_{12}H_{22}O_4$	Butanedioic acid, bis(2-methylpropyl)ester	二(2-甲基丙基)丁二酸酯	2.09
27	29.76	$C_{15}H_{32}$	Pentadecane	十五烷	5.15

峰号	保留时间/min	分子式	化合物		质量分数/%
			英文名	中文名	
28	29.95	$C_{17}H_{36}O$	1-Hexadecanol, 2-methyl-	2-甲基-十六醇	1.97
29	31.01	$C_{17}H_{36}$	Tetradecane, 2,6,10-trimethyl-	十四烷,2,6,10-三甲基	2.57
30	31.17	$C_{19}H_{38}$	Tridecane, 7-cyclohexyl-	7-环己基十三烷	1.22
31	31.75	$C_{13}H_{24}O_4$	Butanedioic acid, methyl-, bis(1-methylpropyl) ester	甲基丁二酸二(1-甲基丙基)酯	2.27
32	32.61	$C_{15}H_{24}O$	1H-3a,7-Methanoazulen-5-ol, octahydro-3,8,8-trimethyl-6-methylene-	雪松烯醇	1.25
33	32.84	$C_{17}H_{36}$	Hexadecane, 7-methyl-	7-甲基-十六烷	1.31
34	33.75	$C_{19}H_{40}$	Heptadecane, 2,6-dimethyl-	2,6-二甲基十七烷	2.45

附表 16 GC-MS 检测的 B5 刨花板释放 VOC 物质分析表

峰号	保留时间/min	分子式	化合物		质量分数/%
			英文名	中文名	
1	4.75	C_5H_9Cl	1-Butene, 3-chloro-2-methyl-	3-氯-2-甲基-1-丁烯	2.42
2	5.97	$C_6H_{14}O$	2-Pentanol, 4-methyl-	4-甲基-2-戊醇	5.49
3	6.36	$C_5H_{10}Cl_2$	Butane, 2,3-dichloro-2-methyl-	2,3-二氯-2-甲基-丁烷	4.80
4	6.89	$C_5H_4O_2$	3-Furaldehyde	3-糠醛	1.63
5	7.11	C_6H_5Cl	Benzene, chloro-	氯苯	9.03
6	7.51	C_8H_{10}	Ethylbenzene	乙苯	10.05
7	7.87	C_8H_{10}	p-Xylene	对二甲苯	15.02
8	8.62	C_8H_{10}	o-Xylene	邻二甲苯	8.96
9	8.98	$C_6H_{10}O$	Cyclopentanone, 2-methyl-	2-甲基-环戊酮	1.20
10	9.69	C_9H_{12}	Benzene, 1-ethyl-2-methyl-	1-乙基-2-甲基-苯	9.16
11	10.12	$C_3H_5Cl_3$	Propane, 1,2,3-trichloro-	1,2,3-三氯丙烷	2.73
12	11.44	C_9H_{12}	Benzene, 1,3,5-trimethyl-	1,3,5-三甲基苯	7.39
13	12.22	$C_{10}H_{14}$	Benzene, tert-butyl-	叔丁基溴苯	6.71
14	14.17	C_7H_8O	Bicyclo[2.2.1]hepta-2,5-dien-7-ol	双环[2.2.1]七溴-2,5-二烯-7-醇	2.79
15	16.14	$C_{11}H_{24}$	Undecane	十一烷	2.64
16	19.81	$C_8H_{16}O$	3-Hexanone, 2,4-dimethyl-	2,4-二甲基-3-己酮	3.43
17	24.24	$C_{11}H_{10}$	Naphthalene, 1-methyl-	1-甲基-萘	2.12
18	26.63	$C_{14}H_{30}$	Tetradecane	十四烷	2.09
19	28.27	$C_{10}H_{10}O_2$	Ethanone, 1,1'-(1,3-phenylene)bis-	1,1'-(1,3-苯)双酮	2.34

附表 17　GC-MS 检测的 C2 刨花板释放 VOC 物质分析表

峰号	保留时间 /min	分子式	化　合　物		质量分数 /%
			英文名	中文名	
1	5.96	$C_6H_{14}O$	2-Hexanol	2-己醇	2.01
2	6.35	$C_5H_{10}Cl_2$	Butane, 2,3-dichloro-2-methyl-	2,3-二氯-2-甲基-丁烷	1.65
3	6.83	$C_5H_4O_2$	Furfural	糠醛	3.56
4	7.85	$C_9H_{10}O$	4,6-Octadiyn-3-one, 2-methyl-	2-甲基-4,6-辛二炔-3 酮	1.14
5	8.92	$C_6H_{10}O$	Cyclopentanone,2-methyl-	2-甲基-环戊酮	2.36
6	9.93	$C_{10}H_{16}$	4-Carene,	4-蒈烯	0.83
7	11.42	C_9H_{12}	Benzene,1,2,3-trimethyl-	1,2,3-三甲基苯	0.79
8	12.21	$C_{10}H_{14}$	Benzene, 1-methyl-2-(1-methylethyl)-	1-甲基-2-(1-甲基)-苯	0.79
9	12.36	C_9H_{12}	Benzene,1,2,3-trimethyl-	1,2,3-三甲基苯	0.91
10	14.14	$C_{18}H_{17}N_3O_7$	N-Cbz-glycylglycine, p-nitrophenyl	对硝基苯基羰基-二甘肽	1.80
11	15.37	C_8H_8O	Acetophenone	苯乙酮	1.55
12	16.13	$C_{13}H_{28}$	Undecane,5,7-dimethyl-	5,7-二甲基十一烷	0.95
13	19.79	$C_{10}H_8$	1H-Indene,1-methylene-	1-甲基-氢-茚	4.06
14	24.23	$C_{11}H_{10}$	Naphthalene,1-methyl-	1-甲基-萘	7.03
15	26.61	$C_{14}H_{30}$	Tetradecane	十四烷	2.41
16	28.26	$C_{10}H_{10}O_2$	Ethanone, 1,1′-(1,4-phenylene)bis-	1,1′-(1,4-苯)双酮	2.03
17	28.65	$C_9H_{12}N_2O$	Fenuron	非草隆	0.87
18	28.9	$C_{10}H_{10}O_2$	Ethanone, 1,1′-(1,4-phenylene)bis-	1,1′-(1,4-苯)双酮	1.22
19	29.25	$C_{12}H_{22}O_4$	Butanedioic acid	丁二酸二甲酯	0.89
20	31.74	$C_{13}H_{24}O_4$	Pentanedioic acid	戊二酸二甲酯	1.21
21	37.17	$C_{17}H_{24}O_4$	Phthalic acid	间苯二甲酸	2.25
22	37.64	$C_{30}H_{50}$	2,6,10,14,18,22-Tetracosahexaene2,6,10,15,19,23-hexamethyl-	角鲨烯	55.61
23	38.3	$C_{20}H_{34}O$	1-Naphthalenepropanol, à-ethenyldecahydro-à,5,5,8a-tetramethyl-2-methylene-	a-乙烯基十氢-a,5,5,8a-四甲基-2-亚甲基-1 萘丙醇	1.94

附表 18　GC-MS 检测的 C3 刨花板释放 VOC 物质分析表

峰号	保留时间/min	分子式	化合物		质量分数/%
			英文名	中文名	
1	4.75	C_7H_8	Toluene	甲苯	6.36
2	5.7	$C_7H_{14}N_2O$	Azetidin-2-one, 3,3-dimethyl-4-(1-aminoethyl)-	3,3-二甲基-4-(1-氨乙基)-吖丁啶-2-酮	1.44
3	6.03	$C_6H_{12}O_2$	Acetic acid	乙酸	1.79
4	6.9	C_5H_6O	2-Cyclopenten-1-one	2-环戊酮	1.50
5	7.5	C_8H_{10}	Ethylbenzene	乙苯	2.65
6	7.82	C_8H_{10}	Ethylbenzene	乙苯	2.95
7	8.63	C_9H_{20}	Nonane	壬烷	2.09
8	9.93	$C_{10}H_{16}$	Bicyclo[3.1.1]hept-2-ene, 3,6,6-trimethyl-	3,6,6 三甲基-双环[3.1.1]-2-庚烯	8.58
9	10.9	$C_{10}H_{20}$	Cyclohexane,1,1,2,3-tetramethyl-	1,1,2,3-四甲基-环己烷	1.63
10	11.66	$C_{10}H_{16}$	Cyclohexane, 1-methylene-4-(1-methylethenyl)-	1-甲基-4-(1-甲基乙烯基)-环己烷	1.28
11	11.91	C_6H_6O	Vinylfuran	乙烯基呋喃	4.15
12	12.35	$C_{10}H_{22}$	Decane	癸烷	4.42
13	12.79	$C_{10}H_{16}$	Tricyclo[2.2.1.0(2,6)]heptane,1,7,7-trimethyl	1,7,7-三甲基-三环[2.2.1.0(2,6)]庚烷	1.50
14	13.63	$C_{10}H_{16}$	D-Limonene	D-柠檬烯	4.89
15	14.78	$C_{10}H_{20}O$	Cyclohexanol, 2-butyl-	二丁基环己醇	2.62
16	16.13	$C_{13}H_{28}$	Tridecane	十三烷	4.78
17	17.49	$C_8H_{17}N$	(S)-(+)-1-Cyclohexylethylamine	1-环己基乙胺	1.24
18	19.8	$C_{12}H_{26}$	Dodecane	十二烷	2.82
19	26.62	$C_{10}H_{23}NO$	Hydroxylamine, O-decyl	O 型癸羟胺	1.18
20	32.83	$C_{17}H_{36}$	Heptadecane	十七烷	1.82
21	33.75	$C_{21}H_{44}$	Heptadecane, 2,6,10,14-tetramethyl-	2,6,10,14-四甲基-十七烷	7.56
22	37.17	$C_{21}H_{32}O_4$	Phthalic acid	间苯二甲酸	6.01
23	38.74	$C_{44}H_{90}$	Tetratetracontane	四十四烷	8.05

附表 19 GC-MS 检测的 D2 刨花板释放 VOC 物质分析表

峰号	保留时间/min	分子式	化　合　物		质量分数/%
			英文名	中文名	
1	4.76	C_7H_8	Cyclobutene, 2-propenylidene-	2-亚丙烯基-环丁烯	10.47
2	5.69	$C_5H_{13}N$	2-Butanamine, 3-methyl-	3-甲基-2-丁胺	2.33
3	5.97	$C_6H_9N_3O$	2-Formylhistamine		3.36
4	6.35	$C_5H_{10}C_{12}$	Butane, 2,3-dichloro-2-methyl-	2,3-二氯-2-甲基-丁烷	2.65
5	6.96	$C_6H_{15}N$	2-Pentanamine, 4-methyl-	4-甲基-2-戊胺	2.16
6	7.5	C_8H_{10}	Ethylbenzene	乙苯	3.44
7	7.82	C_8H_{10}	o-Xylene	邻二甲苯	5.18
8	8.63	$C_{14}H_{20}O_2$	Hexanoic acid, 2-phenylethyl ester	2-苯乙基己酸酯	3.63
9	9.93	$C_{10}H_{16}$	Bicyclo[3.1.1]hept-2-ene, 3,6,6-trimethyl-	3,6,6 三甲基双环[3.1.1]-2-庚烯	6.61
10	10.89	$C_7H_{17}N$	(±)-2-Aminoheptane	(±)-2-氨基庚烷	1.62
11	12.35	$C_{10}H_{22}$	Decane	癸烷	5.24
12	12.8	$C_{10}H_{16}$	3-Carene	3-蒈烯	1.73
13	13.64	$C_{10}H_{16}$	Cyclohexene, 1-methyl-4-(1-methylethenyl)-,(S)-	β-松油醇	3.04
14	16.14	$C_{11}H_{24}$	Undecane	十一烷	5.10
15	19.81	$C_{12}H_{26}$	Dodecane	十二烷	5.21
16	26.63	$C_{14}H_{30}$	Cyclohexene, 1-methyl-4-(1-methylethenyl)-,(S)-	十四烷	4.44
17	32.84	$C_{23}H_{48}$	Heptadecane, 9-hexyl-	9-己基十七烷	2.56
18	33.74	$C_{15}H_{32}$	Dodecane,2,7,10-trimethyl-	2,7,10-三甲基-十二烷	10.08
19	35.18	$C_{20}H_{42}$	Hexadecane, 2,6,10,14-tetramethyl-	2,6,10,14-甲基-十六烷	12.29
20	35.67	$C_{36}H_{74}O_2$	Octadecane, 1-[2-(hexadecyloxy)ethoxy]-	1-[2-十六烷乙氧基]-十八烷	1.93
21	36.17	$C_{35}H_{48}O_3$	25-Norisopropyl-9,19-cyclolanostan-22-en-24-one, 3-acetoxy-24-phenyl-4,4,14-trimethyl-		3.63
22	37.17	$C_{21}H_{32}O_4$	Phthalic acid, butyl nonyl ester	邻苯二甲酸二丁酯壬酯	3.30

附表 20 GC-MS 检测的 D3 刨花板释放 VOC 物质分析表

峰号	保留时间/min	分子式	化合物 英文名	化合物 中文名	质量分数/%
1	4.75	C_7H_8	Toluene	甲苯	7.01
2	5.68	$C_6H_{12}O$	Hexanal	己醛	2.17
3	6	$C_6H_{12}O_2$	Acetic acid, butyl ester	乙酸丁酯	3.08
4	7.1	C_6H_5Cl	Benzene, chloro-	氯苯	6.16
5	7.5	C_8H_{10}	Ethylbenzene	乙苯	3.37
6	7.82	C_8H_{10}	o-Xylene	邻二甲苯	4.86
7	8.62	C_8H_{10}	o-Xylene	邻二甲苯	2.34
8	8.9	$C_6H_{10}O$	Cyclohexanone	环己酮	2.22
9	9.68	C_9H_{12}	Benzene, 1-ethyl-4-methyl-	1-乙基-4-甲基-苯	1.91
10	9.93	$C_{10}H_{16}$	Bicyclo[3.1.1]hept-2-ene, 3,6,6-trimethyl-	3,6,6-甲基-双环[3.1.1]-2-庚烯	9.01
11	10.81	C_9H_{12}	Benzene, propyl-	丙苯	1.06
12	11.09	C_9H_{12}	Benzene, 1-ethyl-3-methyl-	1-乙基-3-甲基-苯	2.74
13	11.43	C_9H_{12}	Benzene, 1,2,4-trimethyl-	1,2,4-三甲基苯	1.29
14	12.35	$C_{10}H_{22}$	Decane	癸烷	4.20
15	12.79	$C_{10}H_{16}$	3-Carene	3-蒈烯	1.72
16	13.63	$C_{10}H_{16}$	Cyclohexene, 1-methyl-4-(1-methylethenyl)-,(S)-	β-松油醇	7.46
17	15.79	$C_{10}H_{14}$	Benzene, 2-ethyl-1,4-dimethyl-	二乙基-1,4-二甲基-苯	1.91
18	16.13	$C_{11}H_{24}$	Undecane	十一烷	2.50
19	17.14	$C_{10}H_{14}$	Benzene, 1,2,3,4-tetramethyl-	1,2,3,4-甲基-苯	1.67
20	17.95	$C_{10}H_{12}$	1H-Indene, 2,3-dihydro-5-methyl-	2,3-二氢-5-甲基-1H-茚	2.41
21	18.3	$C_{10}H_{14}$	1,4-Cyclohexadiene, 3-ethenyl-1,2-dimethyl-	3-乙烯基-1,2-二甲基-1,4环己二烯	2.55
22	18.83	$C_{11}H_{16}$	Benzene, 2,4-diethyl-1-methyl-	2,4-二乙基-1-甲基-苯	1.37
23	19.82	$C_{12}H_{26}$	Dodecane	十二烷	2.89
24	20.31	$C_{11}H_{16}$	Benzene, 1-ethyl-2,4,5-trimethyl-	1-乙基-2,4,5-甲基-苯	1.07
25	27.45	$C_{15}H_{24}$	Cedrene	雪松烯	1.77
26	28.68	$C_{10}H_{10}O_4$	Dimethyl phthalate	邻苯二甲酸二甲酯	2.12
27	29.28	$C_{12}H_{22}O_4$	Butanedioic acid, bis (2-methylpropyl) ester	二(2-甲基丙基)丁二酸酯	3.59
28	31.75	$C_{13}H_{24}O_4$	Butanedioic acid, methyl-, bis(1-methylpropyl) ester	甲基丁二酸二(1-甲基丙基)酯	5.87

续表

峰号	保留时间/min	分子式	化合物 英文名	化合物 中文名	质量分数/%
29	32.55	$C_{13}H_{24}O_4$	Pentanedioic acid, dibutyl ester	戊二酸丁酯	1.49
30	33.75	$C_{18}H_{38}$	Pentadecane, 2,6,10-trimethyl-	2,6,10-三甲基-十五烷	1.40
31	35.18	$C_{20}H_{42}$	Hexadecane, 2,6,10,14-tetramethyl-	2,6,10,14-甲基-十六烷	1.18
32	36.08	$C_{18}H_{26}O_4$	Phthalic acid, butyl isohexyl ester	邻苯二甲酸酯异丁酯	2.61
33	37.18	$C_{16}H_{22}O_4$	Dibutyl phthalate	邻苯二甲酸二丁酯	3.02

附表 21 GC-MS 检测的 D4 刨花板释放 VOC 物质分析表

峰号	保留时间/min	分子式	化合物 英文名	化合物 中文名	质量分数/%
1	4.75	C_7H_8	Toluene	甲苯	4.12
2	5.69	$C_6H_{12}O$	Hexanal	己醛	1.73
3	7.5	C_8H_{10}	Ethylbenzene	乙苯	2.13
4	7.82	C_8H_{10}	o-Xylene	邻二甲苯	2.07
5	8.9	$C_6H_{10}O$	Cyclohexanone	环己酮	1.91
6	9.93	$C_{10}H_{16}$	Bicyclo[3.1.1]hept-2-ene, 2,6,6-trimethyl-,(ñ)-	2,6,6-甲基-双环[3.1.1]-2-庚烯	11.22
7	12.35	$C_{10}H_{22}$	Decane	癸烷	1.94
8	12.79	$C_{10}H_{16}$	1,3,6-Octatriene, 3,7-dimethyl-,(Z)-	罗勒烯	2.08
9	13.63	$C_{10}H_{16}$	Cyclohexene, 1-methyl-5-(1-methylethenyl)-,(R)-	R-5-[1-甲基乙烯基]-1-甲基环己烯	10.87
10	16.13	$C_{11}H_{24}$	Undecane	十一烷	2.11
11	17.93	$C_{10}H_{12}$	1H-Indene, 2,3-dihydro-4-methyl-	2,3-二氢-4-甲基-1H-茚	1.98
12	18.3	$C_{10}H_{14}$	Benzene,2-ethyl-1,4-dimethyl-	二乙基-1,4-二甲基-苯	1.70
13	19.8	$C_{12}H_{26}$	Dodecane	十二烷	2.43
14	24.93	$C_{11}H_{24}O$	1-Decanol, 2-methyl-	癸醇,2-甲基-1	2.27
15	26.62	$C_{16}H_{34}$	Pentadecane, 7-methyl-	7-甲基-十五烷	3.24
16	26.85	$C_{16}H_{26}O_3$	2-Dodecen-1-yl (-) succinic anhydride	十二烯基丁二酸酐	2.42
17	27.25	$C_{15}H_{24}$	1H-Benzocycloheptene, 2,4a,5,6,7,8,9,9a-octahydro-3,5,5-trimethyl-9-methylene-	3,5,5-三甲-9-亚甲基-2,4a,5,6,7,8,9,9a-八氢-1H-苯并环糠烯	1.96
18	27.43	$C_{15}H_{24}$	Cedrene	雪松烯	1.90

续表

峰号	保留时间/min	分子式	化合物 英文名	化合物 中文名	质量分数/%
19	28.25	$C_{16}H_{28}O_3$	Z-(13,14-Epoxy) tetradec-11-en-1-ol acetate		
20	28.63	$C_{15}H_{32}$	Tetradecane, 4-methyl-	4-甲基-十四烷	1.85
21	29.27	$C_{19}H_{36}O_4$	Acetoxyacetic acid, 4-pentadecyl ester	乙酰氧基乙酸-4-十五烷基酯	2.35
22	29.75	$C_{15}H_{32}$	Pentadecane	十五烷	5.94
23	30.43	$C_{18}H_{34}O_4$	Acetoxyacetic acid, 4-tetradecyl ester	乙酰氧基乙酸-4-十四烷基酯	1.93
24	30.91	$C_{16}H_{34}$	Tetradecane, 6,9-dimethyl-	6,9-二甲基-十四烷	3.96
25	31.74	$C_{13}H_{24}O_4$	Pentanedioic acid, dibutyl ester	戊二酸丁酯	4.23
26	32.83	$C_{16}H_{34}$	Dodecane, 2-methyl-8-propyl-	2-甲基-8-丙基-十二烷	2.85
27	33.75	$C_{17}H_{36}$	Tetradecane, 2,6,10-trimethyl-	2,6,10-三甲基-十四烷	4.46
28	35.17	$C_{20}H_{42}$	Hexadecane, 2,6,10,14-tetramethyl-	2,6,10,14-甲基-十六烷	2.15
29	36.07	$C_{20}H_{30}O_4$	Phthalic acid, isobutyl 4-octyl ester	邻苯二甲酸二异丁基四辛酯	1.69
30	38.11	$C_{28}H_{48}O$	Cholestan-3-ol, 2-methylene-,(3á,5à)-	二甲基-胆甾-3-醇	6.64

附表 22　GC-MS 检测的 D5 刨花板释放 VOC 物质分析表

峰号	保留时间/min	分子式	化合物 英文名	化合物 中文名	质量分数/%
1	4.75	C_7H_8	Toluene	甲苯	4.75
2	6.02	$C_6H_{12}O_2$	Acetic acid, butyl ester	乙酸丁酯	2.48
3	6.9	C_5H_6O	2-Cyclopenten-1-one	2-环戊烯酮	1.26
4	7.1	C_6H_5Cl	Benzene, chloro-	氯苯	16.58
5	7.5	C_8H_{10}	Ethylbenzene	乙苯	1.48
6	7.81	C_8H_{10}	o(p)-Xylene	邻(对)二甲苯	3.96
7	9.93	$C_{10}H_{16}$	3-Carene	3-蒈烯	4.73
8	10.12	C_6H_5Br	Benzene, bromo-	对氟溴苯	1.87
9	12.34	$C_{10}H_{20}O_2$	Propanoic acid, 2,2-dimethyl-, pentyl ester	2,2-二甲基丙酸戊酯	4.04
10	12.79	$C_{10}H_{16}$	Cyclohexane, 1-methylene-4-(1-methylethenyl)-	1-甲基-4-(1-甲基乙烯基)-环己烷	1.54
11	13.63	$C_{10}H_{16}$	Cyclobutane,1,2-bis(1-methylethenyl)-, trans-	1,2-二(1-甲基乙烯基)-丁烷	2.79

续表

峰号	保留时间/min	分子式	化合物 英文名	化合物 中文名	质量分数/%
12	16.12	$C_{11}H_{24}$	Undecane	十一烷	2.36
13	19.8	$C_{12}H_{26}$	Dodecane	十二烷	2.54
14	23.68	$C_{11}H_{10}$	Benzocycloheptatriene	苯并环庚-1,3-二烯	1.29
15	33.73	$C_{23}H_{48}$	Heptadecane, 9-hexyl-	9-己基十七烷	9.87
16	36.88	$C_{16}H_{22}O_4$	1,2-Benzenedicarboxylic acid, mono(2-ethylhexyl) ester	邻苯二甲酸单（2-乙基己基）酯	20.78
17	37.16	$C_{17}H_{24}O_4$	Phthalic acid, butyl 2-pentyl ester	邻苯二甲酸二丁基二戊酯	4.99
18	37.42	$C_{26}H_{44}O_5$	Ethyl iso-allocholate		4.62
19	37.86	$C_{24}H_{44}$	15-Isobutyl-(13aH)-isocopalane		8.05

附表 23　GC-MS 检测的 F1 刨花板释放 VOC 物质分析表

峰号	保留时间/min	分子式	化合物 英文名	化合物 中文名	质量分数/%
1	3.78	$C_2H_4Cl_2O$	Methane, oxybis[chloro-	氧代二氯甲烷	1.39
2	4.75	C_7H_8	Toluene	甲苯	9.18
3	5.7	$C_6H_{12}O$	Hexanal	己醛	2.19
4	6.01	$C_6H_{12}O_2$	Acetic acid, butyl ester	乙酸丁酯	2.59
5	6.35	$C_5H_{10}Cl_2$	Butane, 2,3-dichloro-2-methyl-	2,3-二氯-2-甲基-丁烷	1.48
6	6.88	C_5H_6O	2-Cyclopenten-1-one	2-环戊烯酮	2.86
7	7.5	C_8H_{10}	Ethylbenzene	乙苯	3.82
8	7.82	C_8H_{10}	p-Xylene	对二甲苯	4.89
9	8.63	$C_{19}H_{30}O_2$	Benzenepropanoic acid, decyl ester	苯丙酸癸酯	3.89
10	8.94	$C_6H_{10}O$	Cyclopentanone, 2-methyl-	2-甲基-环戊酮	1.29
11	9.93	$C_{10}H_{16}$	Bicyclo[3.1.1]hept-2-ene, 3,6,6-trimethyl-	3,6,6 三甲基-双环[3.1.1]-2-庚烯	9.87
12	11.43	C_9H_{12}	Benzene, 1,2,4-trimethyl-	1,2,4 三甲基苯	1.34
13	11.65	$C_{10}H_{16}$	Bicyclo[3.1.1]heptane, 6,6-dimethyl-2-methylene-, (1S)-	6,6-二甲基-2-甲基-双环[3.1.1]庚烷	1.98
14	12.35	$C_{10}H_{22}$	Decane	癸烷	5.63
15	12.8	$C_{10}H_{16}$	4-Carene	4-蒈烯	2.63
16	13.52	$C_{10}H_{14}$	Benzene, 1,2,4,5-tetramethyl-	1,2,4,5-甲基-苯	1.88

续表

峰号	保留时间/min	分子式	化 合 物		质量分数/%
			英文名	中文名	
17	13.65	$C_{10}H_{16}$	Cyclohexene, 1-methyl-5-(1-methylethenyl)-,(R)-	1-甲基-5-(1-甲基乙烯基)-环己烯	2.78
18	14.79	$C_{10}H_{20}O$	Cyclohexanol, 5-methyl-2-(1-methylethyl)-,(1á,2á,5á)-	5-甲基-2-(1-甲基乙基)-环己醇	3.50
19	16.14	$C_{11}H_{24}$	Undecane	十一烷	6.18
20	17.5	$C_{11}H_{20}$	trans-4a-Methyl-decahydronaphthalene	4a-甲基十氢化萘	1.67
21	19.82	$C_{12}H_{26}$	Dodecane	十二烷	3.26
22	26.63	$C_{14}H_{30}$	Tetradecane	十四烷	1.40
23	33.75	$C_{21}H_{44}$	Heptadecane, 2,6,10,15-tetramethyl-	2,6,10,15-甲基-十七烷	3.95
24	35.17	$C_{26}H_{54}$	Eicosane, 7-hexyl-	7-己基二十烷	3.83
25	36.08	$C_{17}H_{24}O_4$	Phthalic acid, isobutyl 2-pentyl ester	邻苯二甲酸二异丁基二戊酯	3.25
26	37.17	$C_{16}H_{22}O_4$	Dibutyl phthalate	邻苯二甲酸二丁酯	10.61
27	38.22	$C_{26}H_{44}O_5$	Ethyl iso-allocholate		2.68

附表 24 GC-MS 检测的 F2 刨花板释放 VOC 物质分析表

峰号	保留时间/min	分子式	化 合 物		质量分数/%
			英文名	中文名	
1	4.74	C_7H_8	Toluene	甲苯	6.89
2	6	$C_6H_{12}O_2$	Acetic acid, butyl ester	乙酸丁酯	1.84
3	7.09	C_6H_5Cl	Benzene, chloro-	氯苯	12.97
4	7.49	C_8H_{10}	Ethylbenzene	乙苯	3.09
5	7.81	C_8H_{10}	Benzene, 1,3-dimethyl-	1,3-二甲基苯	4.24
6	8.61	$C_{19}H_{30}O_2$	Benzenepropanoic acid, decyl ester	苯丙酸癸酯	2.19
7	8.91	$C_6H_{10}O$	Cyclopentanone, 2-methyl-	2-甲基-环戊酮	1.67
8	9.68	C_9H_{12}	Benzene, 1-ethyl-3-methyl-	1-乙基-3-甲基-苯	1.43
9	9.92	$C_{10}H_{16}$	Bicyclo[3.1.1]hept-2-ene, 3,6,6-trimethyl-	3,6,6 三甲基-双环[3.1.1]-2-庚烯	8.41
10	10.11	C_6H_5Br	Benzene, bromo-	对氟溴苯	1.36
11	11.08	C_9H_{12}	Benzene, 1-ethyl-4-methyl-	1-乙基-4-甲基-苯	2.22
12	11.65	$C_{10}H_{16}$	á-Pinene	a-蒎烯	1.78
13	12.34	$C_{10}H_{22}$	Decane	癸烷	4.21
14	12.78	$C_{10}H_{16}$	4-Carene, (1S,3R,6R)-(-)-	4-蒈烯	2.00

续表

峰号	保留时间/min	分子式	化 合 物		质量分数/%
			英文名	中文名	
15	13.62	$C_{10}H_{16}$	Cyclohexene, 1-methyl-5-(1-methylethenyl)-,(R)-	1-甲基-5-(1-甲基乙烯基)-环己烯	5.59
16	14.74	$C_{10}H_{14}$	Benzene, 1-methyl-4-(1-methylethyl)-	1-甲基-4-(1-甲基)-苯	2.09
17	16.13	$C_{11}H_{24}$	Undecane	十一烷	3.13
18	17.93	$C_{10}H_{12}$	Benzene, 4-ethenyl-1,2-dimethyl-	4-乙烯基-1,2-二甲基苯	1.65
19	18.29	$C_{10}H_{14}$	Benzene, 2-ethyl-1,4-dimethyl-	二乙基-1,4-二甲基-苯	1.68
20	19.8	$C_{12}H_{26}$	Dodecane	十二烷	2.46
21	27.42	$C_{15}H_{24}$	Cedrene	雪松烯	1.25
22	28.65	$C_9H_{12}N_2O$	Fenuron	非草隆(N-苯基-N',N'-二甲基脲)	1.57
23	29.25	$C_{12}H_{22}O_4$	Butanedioic acid, bis (2-methylpropyl) ester	二(2-甲基丙基)丁二酸酯	2.35
24	29.74	$C_{15}H_{32}$	Pentadecane	十五烷	1.25
25	31.73	$C_{13}H_{24}O_4$	Butanedioic acid, methyl-, bis(1-methylpropyl) ester	甲基丁二酸二(1-甲基丙基)酯	3.17
26	33.73	$C_{21}H_{44}$	Heptadecane, 2,6,10,15-tetramethyl-	2,6,10,15-甲基-十七烷	2.24
27	35.16	$C_{20}H_{42}$	Hexadecane, 2,6,10,14-tetramethyl-	2,6,10,14-甲基-十六烷	1.57
28	36.06	$C_{18}H_{24}O_4$	Phthalic acid, cyclohexyl isohexyl ester	邻苯二甲酸环己酯	2.39
29	37.17	$C_{16}H_{22}O_4$	Dibutyl phthalate	邻苯二甲酸二丁酯	3.19
30	37.57	$C_{47}H_{82}O_2$	Stigmast-5-en-3-ol,oleate	β-谷甾醇	7.93
31	38.24	$C_{26}H_{44}O_5$	Ethyl iso-allocholate		2.21

附表 25 GC-MS 检测的 F4 刨花板释放 VOC 物质分析表

峰号	保留时间/min	分子式	化 合 物		质量分数/%
			英文名	中文名	
1	4.75	C_7H_8	Toluene	甲苯	10.47
2	6.03	$C_6H_{12}O_2$	Acetic acid,butyl ester	乙酸丁酯	1.48
3	6.88	C_5H_6O	2-Cyclopenten-1-one	2-环戊烯酮	1.72
4	7.5	C_8H_{10}	Ethylbenzene	乙苯	4.31
5	7.82	C_8H_{10}	o-Xylene	邻二甲苯	5.18
6	8.63	$C_{19}H_{30}O_2$	Benzenepropanoic acid, decyl ester	苯丙酸癸酯	2.49
7	8.93	$C_6H_{10}O$	Cyclohexanone	环己酮	2.35

峰号	保留时间/min	分子式	化合物		质量分数/%
			英文名	中文名	
8	9.69	C_9H_{12}	Benzene,1-ethyl-2-methyl-	1-乙基-2-甲基-苯	1.88
9	9.93	$C_{10}H_{16}$	Bicyclo[3.1.1]hept-2-ene, 3,6,6-trimethyl-	3,6,6三甲基-双环[3.1.1]-2-庚烯	14.83
10	11.1	C_9H_{12}	Benzene,1-ethyl-2-methyl-	1-乙基-2-甲基-苯	1.23
11	11.66	$C_{10}H_{16}$	á-Pinene	a-蒎烯	1.94
12	11.83	$C_7H_{17}N$	2-Hexanamine,4-methyl-	4-甲基-2-己胺	1.46
13	12.36	$C_{10}H_{22}$	Decane	癸烷	3.79
14	12.8	$C_{10}H_{16}$	1S-à-Pinene	a-蒎烯	3.14
15	13.64	$C_{10}H_{16}$	D-Limonene	D-柠檬烯	7.64
16	15.45	$C_8H_{19}N$	Octodrine	二甲己胺	1.61
17	15.79	$C_{10}H_{14}$	1,3,8-p-Menthatriene	1,3,8-对-薄荷三烯	1.33
18	16.14	$C_{11}H_{24}$	Undecane	十一烷	3.71
19	16.63	$C_9H_{18}O$	Nonanal	壬醛	1.41
20	17.14	$C_{10}H_{14}$	Benzene,1,2,4,5-tetramethyl-	1,2,4,5-甲基-苯	1.15
21	17.93	$C_{10}H_{12}$	Benzene, 4-ethenyl-1,2-dimethyl-	4-乙烯基-1,2-二甲基苯	1.57
22	18.3	$C_{11}H_{16}O$	6,7-Dimethyl-3,5,8,8a-tetrahydro-1H-2-benzopyran	6,7-甲基-3,5,8,8a-四氢-氢-2-苯并吡喃	1.50
23	19.81	$C_{12}H_{26}$	Dodecane	十二烷	3.05
24	26.63	$C_{14}H_{30}$	Tetradecane	十四烷	2.01
25	27.43	$C_{15}H_{24}$	Cedrene	雪松烯	1.35
26	29.27	$C_{12}H_{22}O_4$	Butanedioic acid, bis(2-methylpropyl) ester	丁二酸二(2-甲基丙基)酯	2.01
27	29.75	$C_{15}H_{32}$	Pentadecane	十五烷	1.40
28	31.74	$C_{13}H_{24}O_4$	Butanedioic acid, methyl-, bis(1-methylpropyl) ester	甲基丁二酸二(1-甲基丙基)酯	2.77
29	33.74	$C_{19}H_{40}$	Pentadecane, 2,6,10,14-tetramethyl-	2,6,10,14-甲基-十五烷	3.76
30	35.17	$C_{20}H_{42}$	Hexadecane, 2,6,10,14-tetramethyl-	2,6,10,14-甲基-十六烷	2.61
31	36.07	$C_{26}H_{42}O_4$	Phthalic acid, butyl tetradecyl ester	邻苯二甲酸丁基十四基酯	1.83
32	37.17	$C_{22}H_{34}O_4$	Phthalic acid,6-ethyl-3-octyl butyl ester	邻苯二甲酸 6-乙基-3-辛基丁酯	3.05

附表 26 GC-MS 检测的 F5 刨花板释放 VOC 物质分析表

峰号	保留时间/min	分子式	化 合 物		质量分数/%
			英文名	中文名	
1	4.74	C_7H_8	Toluene	甲苯	8.70
2	5.69	$C_6H_{12}O$	Hexanal	己醛	3.14
3	7.49	C_8H_{10}	Ethylbenzene	乙苯	3.55
4	7.81	C_8H_{10}	p-Xylene	对二甲苯	4.93
5	8.94	$C_6H_{10}O$	Cyclohexanone	环己烷	1.99
6	9.93	$C_{10}H_{16}$	Bicyclo[3.1.1]hept-2-ene, 3,6,6-trimethyl-	3,6,6-甲基-双环[3.1.1]-2-庚烯	13.51
7	11.65	$C_{10}H_{16}$	á-Pinene	a-蒎烯	1.77
8	12.35	$C_{10}H_{22}$	Decane	癸烷	3.47
9	12.79	$C_{10}H_{18}O$	Bicyclo[3.1.0]hexan-2-ol, 2-methyl-5-(1-methylethyl)-	2-甲基-5-(1-甲基乙基)-双环[3.1.0]正己烷醇	2.87
10	13.63	$C_{10}H_{16}$	Cyclohexene, 1-methyl-5-(1-methylethenyl)-,	1-甲基-5-(1-甲基乙烯基)-环己烯	6.89
11	16.13	$C_{11}H_{24}$	Undecane	十一烷	3.57
12	16.62	$C_9H_{18}O$	Nonanal	壬醛	1.82
13	18.3	$C_{10}H_{14}$	Benzene, 2-ethyl-1,4-dimethyl-	二乙基-1,4-二甲基-苯	1.82
14	19.81	$C_{12}H_{26}$	Dodecane	十二烷	3.45
15	23.3	$C_{14}H_{30}O$	2-Hexyl-1-octanol	2-己基-1-辛醇	1.70
16	25.65	$C_{17}H_{36}$	Tetradecane, 2,6,10-trimethyl-	2,6,10-三甲基-十四烷	2.03
17	26.62	$C_{14}H_{30}O$	2-Hexyl-1-octanol	2-己基-1-辛醇	3.62
18	26.84	$C_{23}H_{30}N_2O_5$	Aspidospermidin-17-ol, 1-acetyl-19, 21-epoxy-15, 16-dimethoxy-		3.12
19	27.26	$C_{15}H_{26}O$	Globulol	蓝桉醇	2.42
20	27.44	$C_{28}H_{48}O$	Cholestan-3-ol, 2-methylene-,	二甲基胆甾-3-醇	1.78
21	28.26	$C_{35}H_{72}O$	1-Pentatriacontanol		2.13
22	28.63	$C_7H_5N_5O_3$	Pterin-6-carboxylic acid	蝶呤-6-羧酸	2.38
23	29.75	$C_{14}H_{30}O$	2-Ethyl-1-dodecanol	2-乙基-1-十二醇	4.51
24	29.94	$C_{23}H_{30}N_2O_5$	Aspidospermidin-17-ol, 1-acetyl-19, 21-epoxy-15, 16-dimethoxy-		5.02
25	31.75	$C_{13}H_{24}O_4$	Butanedioic acid	丁二酸	1.96
26	32.83	$C_{17}H_{36}$	Tetradecane, 2,6,10-trimethyl-	2,6,10-三甲基十四烷	2.66
27	33.75	$C_{21}H_{44}$	Heptadecane, 2,6,10,15-tetramethyl-	2,6,10,15-三甲基十七烷	3.23
28	37.16	$C_{16}H_{22}O_4$	Dibutyl phthalate	邻苯二甲酸二丁酯	1.96

[1] 沈学优，罗晓璐，朱利中．空气中挥发性有机化合物的研究进展．浙江大学学报，2001，28（5）：547-556.

[2] Austin C C，Wang D，Ecobichon D J，et al. Characterization of volatile organic compounds in smoke at municipal structural fires. J Toxieol Environ Health A，2001，63（6）：437-458.

[3] Brown S K. Chamber of formaldehyde and VOCs emission from wood-based panels. IndoorAir，1999，9（3）：209-215.

[4] Wieslander G，Norback D，Bjornsson E，et al. Asthma and the indoor environment：the significance of emission of formaldehyde and volatile organic compounds from newly painted indoor surfaces. International Archives of Occupational and Environmental Health，1996，69（2）：115-124.

[5] 孙咏梅，裘著革，戴树桂．香烟烟雾成分分析及其对 DNA 生物氧化能力研究．环境，2002，18（4）：203-206.

[6] 梁宏，余秉良，何正杰等．密闭环境中挥发性有机物行为特性分析．解放军预防医学杂志，1999，17（2）：85-88.

[7] Fenske J D，Paulson S E. Human breath emissions of VOCs. J Air Waste Manag Assoc，1999，49（5）：594-598.

[8] Pandit G C，Srivastava P K，Rae A M. Monitoring of indoor volatile organic compounds and Polycyclic aromatic，hydrocarbons arising from kerosene cooking fuel. Sci Total Environ，2001，279（1-3）：159-165.

[9] Charles J. Weschler. Changes in indoor pollutants since the 1950s. Atmospheric Environment，2009，43：153-169.

[10] 方家龙．乙醛及其毒性．国外医学卫生学分册，1996，23（2）：101-104.

[11] Hoffmann K，Krause C，Seifert B，et al. The German Environmental Survey 1990/92（GerES Ⅱ）：Sources of Personal exposure to volatile organic compounds. J Expo Anal Environ Epidermal，2000，10（2）：115-125.

[12] 欧超燕，赵进顺，杨红．室内空气中挥发性有机化合物污染的研究现状．东南大学学报，2003，22（4）：282-286.

[13] 成通宝，江亿．建筑装饰材料挥发性有机物及去除设备研究现状．暖通空调，2002，32（5）：41-43.

[14] 谢国辉，黄振辉．室内装修材料有机挥发物测定及其微核试验观察．华南预防医学，2002，28（4）：52-53.

[15] Molhave，Ghaly W S，Little J C，et al. Total volatile organic compounds（TVOC）in indoor air quality investigations．Indoor Air，1997，7（4）：252-240.

[16] 伊冰．室内空气污染与健康．国外医学卫生学分册，2001，28（3）：167-169.

[17] Wieslander G，Nonback D，Bjorsson E，et al. Asthma the indoor environment：the significance emission of formaldehyde and volatile organic compounds from newly Painted indoor surfaces. Int Arch Occup EnvironHealth，1997，69（2）：115-124.

[18] Wallace L A，Pellizzari E D，Hartwell T D，Davis V. The influence of personal activities on exposure to volatile organic compounds. Environmental research，1990，50：37-55.

[19] Brown V. M，Crump D. R，Gardner. Measurement of volatile organic compounds in indoor air by a passive technique. Environmental technology，1992，13：367-375.

[20] Schleibinger H，Hott U，Marchl D，et al. VOC-concentrations in Berlin indoor environments between 1988 and 1999. Gefahrstoffe reinhal der luft，2001，61（1-2）：26-38.

[21] Nhanes. Third National Report on Human Exposure to Environmental Chemicals. U. S. Department of Health and Human Services，Centers for Disease Control and Prevention. Atlanta，2005：05-0570.

[22] Brown S K. Volatile Organic Pollutants in New and Established Buildings in Melbourne，Australia. In-

door Air，2002，12：55-63.

[23] Zuraimia M S，Rouletb C A，Tham K W，et. al. A comparative study of VOCs in Singapore and European office buildings. Building and Environment，2006，41：316-329.

[24] Johe L Adgate，Lynn E E berly，Charled Stroebel，et. al. Personal，indoor，and outdoor VOC exposures in a probability sample of children. Journal of exposure analysis and environmental epidemiology，2004，14：14-23.

[25] Hugo Destaillatsa，Randy L. Maddalena，Brett C. Singer，et al. Indoor pollutants emitted by office equipment：A review of reported data and information needs. Atmospheric Environment，2008，42：1371−1388.

[26] Paolo Carrer，Marco Maroni，Daniela Alcini，et al. Assessment through Environmental and Biological Measurements of Total Daily Exposure to Volatile Organic Compounds of Office Workers in Milan，Italy. Indoor Air，2000，10：258-268.

[27] Kim Sun-Sook，Kang Dong-Hwa，Choi Dong-Hee，et al. Comparison of strategies to improve indoor air quality at the pre-occupancy stage in new apartment buildings. Building and Environment，2008，43：320-328.

[28] Nicolas L. Gilberta，Mireille Guaya，Denis Gauvin. Air change rate and concentration of formaldehyde in residential indoor air. Atmospheric Environment，2008，42：2424-2428.

[29] Kee-Chiang Chung. The Evaluation of total Indoor air quality in a multizone model of a building. Indoor and Built Environment，1996，5（5）：291-302.

[30] 戴天有，刘德全，曾燕君. 装修房屋室内空气的污染. 环境科学研究，2002，15（4）：27-30.

[31] 魏玉香. 南京市新装修住宅室内空气污染现状及对策建议. 环境科学与管理，2006，31（4）：84-85.

[32] 林希建，钟贵良. 长沙市新装修居室室内空气质量调查分析. 医学临床研究，2007，24（11）：1958-1959.

[33] 黄维，陆萌，常沁春等. 兰州市新装修室内环境空气污染特征. 环境与健康杂志，2007，24（2）：101-103.

[34] 余志林，李纯颖，邓暑芳等. 装修材料销售场所室内空气污染状况调查. 中国公共卫生，2007，23（4）：396-397.

[35] 李延红，薄萍，朱俐颖. 装饰材料对居室空气污染的调查. 中国公共卫生，1999，15（8）：751.

[36] 朱明亮，耿世彬. 装饰材料中 VOC 的散发规律及其影响因素. 洁净与空调技术，2005，2：56-59.

[37] 王冬云，时真男，崔山威. 涂料中挥发性有机化合物释放模拟试验研究. 河北建筑科技学院学报，2005，22（1）：4-7.

[38] 黄洪涛. 室内空气环境 VOCs 浓度场的 CFD 仿真分析. 硕士论文. 上海师范大学，2008，4.

[39] GB18582——2001.

[40] HJ/T 201——2005.

[41] 何小军，杨玉华. 室内空气中 TVOC 色谱分析采样技术及样品前处理. 广东建材，2008，9：149-151.

[42] Saalwaech ter A nn T. Am. Ind. Hyd. A ssoc. J，1977，38：476-486.

[43] 徐东群，崔九思等. 活性碳纤维吸附/热解析/毛细管气相色谱法测定低浓度 VOCs 的方法. 环境化学，1999，18（6）：566.

[44] Anna-lena Sunesson，Carl-axel Nilsson. Evaluation of adsorbents for sampling and quantitative analysis of microbial volatiles using termal desertion-gas chromatography. J of Chromatography A，1995，699：203-214.

[45] 陈宝生，李淑敏，张波. 吹洗和捕集色/质联机法鉴定室内空气挥发性有机物. 环境与健康杂志，1992，9（1）：26-28.

[46] 周宁孙. 固相微萃取法在环境监测中应用. 环境与开发，1999，14（2）：41-43.

[47] 沈学优，罗晓璐. 空气中挥发性有机物监测技术的研究进展. 环境污染与防治，2002，24（1）：46-49.

[48] Pellizzari E D，Wallace L A，Gordon S M. Elimination kinetics of volatile organics in humans using breath measurements. Journal of Esposure Analysis and Environmental Epidemiology，2009，2：341-355.

[49] 包志成，康君行. 五氯酚及其钠盐中氯代二噁英类分析. 环境化学，1995，14（4）：317-321.

[50] Robie T. Childers，Richard Therrien. A comparison of the effectiveness of trifluoperazine and chlorpromazine in Schizophrenia，American Psychiatric Association. 1961，118：552-554.

[51] Whalen M，Driscoll J. N. Detection of aromatic hydrocarbons in the atmosphere at PPT levels. Atmospheric environment. 1994，28：567-570.

[52] 刘建龙，张国强，陈友明等．便携式气相色谱仪在室内环境检测中的应用．建筑热能通风空调，2003，22（6）：67-70.

[53] 沈学优，刘勇建，沈红心等．高效液相色谱自动分析空气中痕量多环芳烃．环境化学，1999，（5）：20-22.

[54] VOC emissions from production and the industrial use of paints, inks and adhesuves in Flanders, Belgium: evalutaion of the reduction potential and the implementation of the European Solvent Directive 1999/13/EG. Air pollution XII Volume: 14 Pages: 305-314. 2004.

[55] Maria Risholm-Sundman. 木质人造板的 VOC 释放．人造板通讯，2003，6：15-18.

[56] Tarvainen V, Hakola H, Hellen H, et. al. Temperature and light dependence of the VOC emissions of Scots pine. Atmospheric chemistry and physics, 2005, 5: 989-998.

[57] Milota MR. HAP and VOC emissions from white fir lumber dried at high and conventional temperature. Forest Products Journal, 2003, 53 (3): 60-64.

[58] Thompson Ashlie, Ingram Leonard. Variation of terpenes in sapwood and heartwood of loblolly pine: Impact on VOC emissions from drying lumber samples. Forest Products Journal, 2006, 56 (9): 80-83.

[59] Gardner D. J, Wang Wenlong. Investigation of volatile organic compound press emissions during particleboard production. Part 1. UF-bonded southern pineForest products journal, 1999, vol. 49: 65-72.

[60] Mathias Makowski, Martin Ohlmeyer. Impact of drying temperature and pressing time factor on VOC emissions from OSB made of Scots pine. Holzforschung, 2006, 60 (4): 417-422.

[61] Mathias Makowski, Martin Ohlmeyer. Influences of hot pressing temperature and surface structure on VOC emission from OSB made of Scots pine. Holzforschung, 2006, 60 (5): 533-538.

[62] Martin Ohlmeyer, Dietrich Meier. Long-term development of VOC emission from OSB after hot-pressing. Holzforschung, 2005, 59 (5): 519-523.

[63] Kricej B, Tomazic M, Pavlic M, et. al. Activities to comply with the European VOC Directive in Slovenian furniture industry. 1st international conference on environmentally- compatible forest products, Fernando Pessoa Univ, Oporto, Portugal, 2004, 22-24: 325-331.

[64] Gaca P, Dziewanowska-Pudliszak A. Volatile organic compounds emission of selected wood species and other materials applied in furniture manufacture. Drewno, 2005, 48 (173): 119-125.

[65] Barry Alpha, Corneau Diane. Effectiveness of barriers to minimize VOC emissions including formaldehyde. Forest Products Journal, 2006, 56 (9): 38-42.

[66] Tohmure S, Miyamoto K, Inoue A. Measurement of aldehyde and VOC emissions from plywood of various formaldehyde emission grades. Mokuzai gakkaishi, 2005, 51 (5): 340-344.

[67] 曾海东，张寅平，王庆苑等．用密闭小室测定建材 VOC 散发特性．清华大学学报，2004，20（3）：60-62.

[68] 朱明亮，耿世彬．装饰材料中 VOC 的散发规律及其影响因素．洁净与空调技术，2005，2：56-59.

[69] 李春艳，沈晓滨，张立境．某种胶合板 VOC 散发的试验研究．洁净与空调技术，2007，1：20-21.

[70] 姚远．PTRMS 测定建材散发释放特性．中国工程热物理学会 2008 年传热传质学学术会议，北京，2008：106-108.

[71] 陈太安．木材干燥中有机挥发物的研究．世界林业研究，2003，16（5）：30-34.

[72] 李信，周定国．人造板挥发性有机物的研究．南京林业大学学报，2004，28（3）：19-22.

[73] 沈隽，刘玉，张晓伟等．人造板有机挥发物（VOCs）释放的影响及研究．林产工业．2006，33（1）：5-9.

[74] 龙玲，王金林．4 种木材常温下醛和萜烯挥发物的释放．木材工业，2007，21（3）：14-17.

[75] 龙玲，陆熙娴．杉木干燥过程中的有机挥发物释放．林业科学，2008，44（1）：107-116.

[76] 韩桂泉，季蕾琰，苏晔等．室内空气净化材料介绍．住宅科技，2006（12）：41- 45.

[77] 中国室内装饰协会室内环境监测工作委员会编．室内环境污染治理技术与应用．北京：机械工业出版社，2006，14.

[78] 郭晓玲，本德萍，李益群等．有限空间内空气净化材料研究的新进展．产业用纺织品，2005（8）：42- 45.

[79] 赵灵霞，钱公望．室内甲醛污染的治理．环境污染与防治，2005（8）：1-7.

[80] 朱前鹏，周永香．多元氨缩聚物游离甲醛捕捉剂的研制．西部皮革，2007，29（4）：22-24.

[81] 黄翔，殷清海，狄育慧等．纳米光催化材料在功能性空气过滤材料中的应用研究．洁净与空调技术，2001（3）：9-12.

[82] 郝晶玉，刘宗怀．纳米二氧化钛光催化剂的研究进展．钛工业进展，2007，24（1）：36- 41.

[83] Wood Ronald, et al. Study of Absorption of VOCs by Commonly Used Indoor Plants, Proceedings: In-

door Air 99，1999，2：690-694.

[84] Wood Ronald，et al. Pot-plants really do clean indoor air, The Nursery Paper, 2001 (2)：1-4.

[85] 李庆君. 观赏植物吸收居室甲醛能力的比较. 东北林业大学博士论文，2006.

[86] 徐晖，王燕，魏密苏. 环境工程中固定化酶与固定化微生物的应用. 沧州师范专科学校学报，2002，18 (3)：42.

[87] 朱天乐，郝吉明等. 室内空气污染控制. 北京：化学工业出版社，2003.

[88] Risholm-Sundman M，Lundgren M，Vestin E，Herder P. Emission of acetic acid and other volatile organic compounds from different species of solid wood. Holz Roh- Werkst, 1998，56：125-129.

[89] Yoshida H.，Kimura A，Hatori，T. etc. Emission behavior of VOCs in a model room with sugi-wood interior paneling. Mokuzai Gakkaishi. 2004，50 (3)：168-175.

[90] 郭廷翘，李明文，郭雪飞等. 落叶松球果挥发性物质的收集与鉴定. 东北林业大学学报，1999，27 (1)：60-62.

[91] 周恩宝，方洪壮，赵晨曦等. 兴安落叶松针叶挥发油的GC-MS和启发渐进式特征投影法分析. 分析实验室，2009，28 (6)：94-99.

[92] 徐伟，严善春，廖月枝等. 落叶松苗挥发物两种收集方法的对比分析. 生态学报，2009，29 (6)：2884-2892.

[93] Baumann M G D，Batterman S A，Zhang G. Z. Terpene emission from particleboard and medium- density fiberboard products. Forest Prod. J. 1999，49 (1)：75-82.

[94] Baumann M G D，Lorez L F，Battermann A，Zhang G. Z. Aldehyde emission from particleboard and medium- density fiberboard products. Forest Prod. J. 2000，50 (9)：75-82.

[95] Mathias Makowski, Martin Ohlmeyer. Comparison of a small and a large environmental test chamber for measuring VOC emissions from OSB made of Scots pine (Pinus sylvestris L.) Holz Roh Werkst, 2006，64：469-472.

[96] Mathias Makowski, Martin Ohlmeyer, Dietrich Meier. Long-term development of VOC emissions from OSB after hot-pressing. Holzforschung, 2005，59：519-523.

[97] Mathias Makowski, Martin Ohlmeyer. Influences of hot pressing temperature and surface structure on VOC emissions from OSB made Scots pine. Holzforschung, 2006，60：533-538.

[98] Mathias Makowski, Martin Ohlmeyer. Impact of drying temperature and pressing time factor on VOC emissions from OSB made of Scots pine. Holzforschung, 2006，60：417-422.

[99] 宫本康太，塔村真一郎，井上明生. Aldehyde and volatile organic compound emissions from laminated veneer lumber. 木材学会志，2006，52 (2)：113-118.

[100] 张传平，朱天松. 主成分分析法在油田原油开采成本分析中的应用. 石油大学学报，2002，4 (26)：101-103.

[101] 姚焕玫，黄仁涛. 主成分分析法在太湖水质富营养化评价中的应用. 桂林工学院学报，2005，4 (25)：245-251.

[102] 白晓平. 主成分分析法在露天半连续运输系统中的应用. 化工矿山技术，1997，26 (3)：1-3.

[103] 卢纹岱. SPSS for windows 统计分析. 北京：电子工业出版社，2002，46.

[104] 陈念贻，钦佩等. 模式识别方法在化学化工中的应用. 北京：科学出版社，2000，78.

[105] 朱峰. 综合评价中如何正确运用主成分分析. 统计工作，2005 (10)：45-48.

[106] Huang Hongyu，Fariborz Haghighat. Modeling of volatile organic compounds emission from dry building materials. Building and Environment，2002，37 (11)：1127-1138.

[107] P. Wolkoff. Impact of air velocity，temperature, humidity and air on long-term VOC emission from building products. Atmospheric Environment，1998，32 (14-15)：2659-2668.

[108] Yang X. D. Study of building materials emission and indoor air quality. Boston. Massachusetts Institute of Technology，1999.

[109] Sollinger S，Levsen K，Wunsch G. Indoor air pollution by organic emissions from textile floor coverings. Climate chamber studies under dynamic conditions. Atmospheric Environment，1993，27 (2)：183-192.

[110] 徐东群. 居住环境空气污染与健康. 北京：化学工业出版社，2005，97.